MAJA WINTER

Die Drachenjägerin 2

Das geheime Bündnis

Maja Winter

Die Drachenjägerin 2

Das geheime Bündnis

Roman

Originalausgabe

blanvalet

MIX
Papier aus verantwortungsvollen Quellen
FSC® C014496

Verlagsgruppe Random House FSC® N001967
Das FSC®-zertifizierte Papier *Super Snowbright*
für dieses Buch liefert Hellefoss AS, Hokksund, Norwegen.

2. Auflage
Originalausgabe August 2011 bei Blanvalet,
einem Unternehmen der
Verlagsgruppe Random House GmbH, München

Umschlaggestaltung: Umschlagmotiv:
© Illustration Marion Hirsch/HildenDesign
Lektorat: Angela Troni
HK · Herstellung: sam
Satz: Buch-Werkstatt GmbH, Bad Aibling
Druck und Einband: GGP Media GmbH, Pößneck
Printed in Germany
ISBN: 978-3-442-26818-4

www.blanvalet.de

Für die Frau unten im Tal sahen die Drachen vor dem gleißend blauen Hintergrund des Himmels schwarz aus. Der Umriss des Mannes wirkte klein und dunkel zwischen den riesigen Ungeheuern. Einer, der verloren war. Sie presste die Lippen aufeinander, während die Bestien ihn zerfetzten, ihn bissen, ihn wie einen Spielball gegen die Felswand warfen. Kein Schrei entschlüpfte ihrer Kehle, während sie von ihrem Versteck aus miterleben musste, wie er kämpfte, unerschrocken, unermüdlich, unbesiegbar.

Dann erhoben sich die Drachen wieder in die Luft und rauschten davon.

Stille. Der Felsvorsprung war leer. Sie konnte den Blick nicht abwenden, sich nicht bewegen, wie gelähmt starrte sie nach oben. Ihre Augen waren trocken, und in ihrem Mund breitete sich ein bitterer Geschmack aus, aber sie würde nicht weinen. Hatte sie es nicht immer gewusst, dass es darauf hinauslaufen würde? Wer sich mit Drachen einließ, warf sein Leben fort. Sie hatte es ihm oft genug gesagt, und er hatte nicht auf sie hören wollen, dieser Sturkopf von einem Mann. Der Zorn musste größer sein als die Trauer, oder sie war genauso verloren wie er.

»Du musst stark sein«, flüsterte sie, vielleicht zu sich, vielleicht auch zu dem Kind, das sie eng an sich presste. *Nur nicht weinen.* Sie sammelte die Kraft in sich, um nicht zusammenzubrechen, um nicht in den Schrei hineinzufallen, der in ihrer Kehle wuchs.

Wähle den Zorn. Alles ist besser, als das zu fühlen, was in deinem Herzen ist. Alles ist besser als dieser Verlust.

Erst als sich die dunkle Silhouette des Kämpfers quälend langsam wieder aufrappelte, keuchte sie auf. Er war es, zweifellos, selbst aus dieser Entfernung erkannte sie ihn an seinem Pferdeschwanz, an den breiten Schultern. Zum ersten Mal seit langem fühlte sie zaghafte Hoffnung in sich aufkeimen. Er lebte. Er würde zu ihr heruntersteigen, und dann würden sie fliehen, so weit sie konnten. Bis ans Ende der Welt, wenn es sein musste. Unwillkürlich begann sie zu zittern, und sie drückte das kleine Mädchen so fest, dass es protestierte, aber sie merkte nicht einmal, wie es versuchte, sich ihrem Griff zu entwinden.

Von hier unten war sein Zustand nur zu erraten, doch ihr war, als würde sie neben ihm stehen und fühlen, was er fühlte. Er sah nicht mehr aus wie ein Ritter. Von der Schulter bis zum Oberschenkel zog sich eine Reihe blutiger Löcher, und seine Kleidung war zerfetzt und verbrannt. Vom Knie bis zu den abgewetzten, von frischem Blut bedeckten Halbstiefeln lag der Knochen bloß. Trotzdem stand er noch aufrecht, schwankend zwar, aber ungebrochen. Mit dem einen Auge, das ihm geblieben war, blinzelte er in die Helligkeit des Tages.

Die Drachen hatten ihn für tot gehalten, aber er lebte noch. Er war nicht so leicht umzubringen. Vielleicht konnte er jetzt zu ihr zurückkehren. Alles würde gut werden …

In diesem Moment kam der rote Drache.

Die Frau starrte nach oben, unfähig, sich abzuwenden. Das riesige Tier bäumte sich auf, breitete die gewaltigen Schwingen aus. Seine Schuppen leuchteten im Sonnenlicht wie eine zweite Sonne, ein gefallener Stern. Es stieß ein unmenschliches Kreischen aus, einen Laut, der ihr das Blut in den Adern gefrieren ließ.

Das Kind wimmerte und drängte sich enger an sie. Die Frau hielt es fest, aber sie konnte immer noch nicht wegsehen, und so litt sie mit ihrem Mann, bis zum bitteren Ende: Das Feuer aus dem Rachen des Untiers hüllte die kleine, dunkle Gestalt des Ritters vollkommen ein. Er brannte wie eine Fackel; in dieses Licht getaucht wirkte er wie ein Zauberer in einer Wolke aus Macht.

Dann war er fort.

Asche regnete auf sie herunter.

Ein qualvoller Laut des Kummers kam über ihre Lippen. Sie schlug die Hand vor den Mund und konnte es dennoch nicht verhindern. Ihr Schrei hallte durch das Tal, wurde von den Felsen zurückgeworfen, vervielfachte sich. Ihr eigenes Leid gellte ihr in den Ohren, und erschrocken nahm sie das Kind hoch und rannte los.

Es gab kein Entkommen. Der Drache warf sich vom Felsvorsprung herunter, segelte über die Baumwipfel und brach krachend durch die Äste. Die Frau heulte auf und wandte sich in die andere Richtung, doch es war zu spät. Die mächtigen Schwingen ließen Äste und ganze Baumstämme zerbersten. Dagegen war die Stimme, die sie so hasste, geradezu sanft zu nennen, eine Stimme voller Gold, als malte die Sonne ihre Farben an den Himmel.

»Gib mir das Kind«, sagte der Drache.

»Nein!« Sie drückte das kleine Mädchen fest an sich. »Verschwinde! Du hast ihn umgebracht!«

»Gib sie mir«, befahl er. »Du kannst ihr Schicksal nicht wenden.«

Die Frau warf sich zu Boden. »Nur über meine Leiche!«, kreischte sie.

»Sie gehört mir.«

»Nein! Nein! Einen Schritt näher, und ich töte sie selbst. Du bekommst sie nicht!«

Immer noch regnete Asche auf sie herunter. Eine weiße Flocke legte sich auf die helle Haut der Frau, eine andere auf ihr goldblondes Haar. Sie wimmerte wieder, als hätte sie sich daran verbrannt. Doch im nächsten Augenblick klang ihre Stimme fest; die Stimme einer Mutter, die bereit ist, mit dem Tod in Person zu kämpfen.

»Sie gehört dir nicht, und ich werde dafür sorgen, dass du sie niemals bekommst. Sie wird nichts mit dir und deinesgleichen zu tun haben. Sie wird leben, verstehst du, leben!«

»Du bist es, die nichts begreift«, sagte der Drache ungerührt.

Die Frau war aufgestanden, sie schob das Mädchen hinter sich und ballte die Fäuste. Entschlossen blickte sie dem Untier entgegen.

»Verflucht seist du«, rief sie. »Beim Himmel und bei der Erde und bei allen Göttern! Nur meine Tochter ist mir geblieben – und wenn du an sie heranwillst, dann musst du mich töten, so wie du Harlon getötet hast. Aber sie wird dir im Halse stecken bleiben und dein Feuer auslöschen. Sie wird ihren Vater rächen und dir das Herz herausschneiden. Ich verfluche dich, Gah Ran ValaKarm, mit meiner ganzen Kraft. Wenn du es wagst, dich uns zu nähern, wird dieses Kind dein Untergang sein.«

In seinen Augen kreiste die Flamme. Funken stoben aus seinen Nüstern.

Da trat das Mädchen hinter seiner Mutter hervor und streckte die Hände nach ihm aus. Klare blaue Augen funkelten ihn an. Um den Hals trug das Kind eine silberne Kette mit zwei kleinen und einem großen roten Edelstein, rot wie der Drache selbst, glänzend und glatt wie Glas.

»Sie trägt die Kette«, flüsterte der Drache. »Du kannst ihr diese Bürde nicht abnehmen, Merina. Achte gut auf beide. Die Kleine sollte die Steine nicht verlieren. Ich werde da sein, schneller als ein Pfeil, aber es wäre besser für uns alle, wenn es gar nicht erst so weit kommt.«

Er flog auf. Seine Schwingen peitschten die Zweige. Blätter segelten wie im Sturm durch die Luft, als die gewaltige Kreatur sich aus dem Wald erhob.

Merina sank auf die Knie und legte die Arme um ihre Tochter.

1

Der Drache war blaugrün, als wäre er direkt aus dem Meer gestiegen. Er schlug mit den mächtigen Schwingen und erhob sich langsam in die Luft, in seinen Krallen die goldene Sänfte, in der drei Menschen saßen. Schon schwebte die ungewöhnliche Kutsche ein Yag über dem Boden, nun war es bereits ein Gildrek, eine Manneslänge … Mit einem wütenden Aufschrei stürzte Linn nach vorne. Sie sprang hoch, das Schwert in der ausgestreckten Hand, und erwischte gerade noch den Boden der Sänfte, die durch den Schlag ins Schaukeln kam. Das Mädchen kreischte, der Botschafter beugte sich aus einem der bogenförmigen Fenster und rief: »Höher! Nun flieg doch!« Die dritte Person, der Zauberer mit den kühlen grünen Augen, streckte die Hand aus und murmelte etwas.

Linn spürte einen kräftigen Stoß in den Magen und landete rücklings auf der Straße. Der Drache mit der Sänfte flog über sie hinweg, und das hübsche blonde Mädchen lachte fröhlich.

So nicht. So entkommt ihr mir nicht!

Rasend vor Zorn und Empörung schnellte die Drachenjägerin hoch, ohne auf den Schmerz in ihrem Rücken zu achten. Die geheimen Worte in der alten Drachensprache bildeten sich wie ohne ihr Zutun auf ihrer Zunge.

»Pai Ri Ko Res!« Sie spreizte die Finger.

Mondelang hatte Linn versucht, sich einzureden, dass sie keine Zauberin war, als würde dieses gefährliche und verbotene Talent, wenn sie es nicht einsetzte, einfach verschwinden. Doch jetzt, ohne nachzudenken, griff sie nach dem einzigen Mittel, das ihr noch blieb. Das letzte Mal, als sie diesen Spruch benutzt hatte, war in ihrem Zimmer ein Staubsturm entstanden, den sie kaum zu bändigen vermochte.

Die Gebirgsstraße war vom schmelzenden Schnee und vom Frühlingsregen der letzten Tage schlammig und aufgeweicht, und als Reaktion auf ihren Zauber schoss eine Schlammfontäne in die Luft, wuchs zehn, zwanzig Yags in die Höhe und ergoss sich über den Drachen und seine edlen Fluggäste. Die Welle traf ihn wie ein Peitschenhieb. Aufbrüllend fuhr das Ungeheuer herum, seine Krallen öffneten sich, die Sänfte wurde vom Schwung nach vorne geschleudert und krachte in die dichten Wipfel des Waldes. Erde und Gesteinsbrocken wirbelten in rasender Geschwindigkeit durch die Luft, ergriffen den Drachen und drehten ihn mit sich. Sein schrilles Kreischen schmerzte Linn in den Ohren, als er mit dem peitschenden Schwanz die Baumkronen rasierte. Verzweifelt kämpfte er gegen den Wirbel an, flatterte wie ein im Netz gefangener Singvogel und sank in atemberaubender Geschwindigkeit tiefer. Er stürzte auf sie herab, genau dorthin, wo sie mit gezücktem Schwert stand, den Kopf in den Nacken gelegt.

Es war zu spät, um zu fliehen und sich in Sicherheit zu bringen. Zu spät, um noch irgendetwas zu tun, um auch nur zu versuchen, den magischen Sturm zu lenken. In dem Moment, als sie den Zauber entfesselt hatte, war ihr bewusst gewesen, dass sie ihn nicht kontrollieren konnte. Aber dies war einer der Drachen, die ihr Heimatdorf zerstört hatten, einer der vier, die Höfe und Menschen in Brand gesetzt hatten, die schuld daran waren, dass Linn Brina verlassen hatte, um eine Drachenjägerin zu werden. Ihr Bruder Rinek, der ein Bein verloren hatte … Binia, ihre kleine Schwester, mit verbranntem Rücken, roten Blasen auf der Kopfhaut, ohne ihr goldenes Haar … vielleicht lebte sie nicht einmal mehr. Dieser Drache war einer der vier, die in die Stadt Lanhannat eingefallen waren und ihren Kampflehrer Bher und zwei seiner Freunde getötet hatten. Das alles blitzte wie ein einziger Gedanke durch ihren Geist, während das blaugrüne Ungeheuer kreischend vom Himmel fiel – *Ich hab dich, du Biest!* Und: *Verdammt, sollen die anderen etwa ungeschoren davonkommen?*

Dann regnete es Schlamm und Steine auf sie. Linn duckte sich, die Arme schützend über dem Kopf, und erwartete den Aufprall, doch nichts geschah. Sie blinzelte – die letzten Strahlen der rötlichen Abendsonne brachen durch die Wolken. Der Drache schwang sich mit einem erleichterten Fauchen höher und drehte eine Runde über den Bäumen, bis jemand rief: »Hier sind wir! Hier!« Als Nächstes stieg er mitsamt der Sänfte höher, um über den Berggipfel davonzusegeln, von einer Seite zur anderen schwankend wie ein angeschossener Vogel.

Der Wald verharrte abwartend in Stille, bevor zögernd das Leben weiterging, die Mäuse wieder zwischen den Wurzeln umherhuschten und das erste zaghafte Flöten der gefiederten Waldbewohner einsetzte.

Seufzend stand Linn auf. Mit dem Ärmel wischte sie sich das Blut von der Wange, wo ein Stein sie getroffen hatte. Sie hatte die Chance verpasst, ihren Feind zu töten. Die Ausländer waren fort, bevor sie die Gelegenheit gehabt hatte, ihnen die wichtigste Frage zu stellen: Was hatten sie mit diesem Drachen zu tun?

Doch andere Sorgen waren erst einmal wichtiger. Wo war Tani hingelaufen? Hoffentlich fand sie ihn wieder – oder wenigstens eins der anderen Pferde, die vielleicht noch irgendwo in der Nähe waren. Immerhin waren auch die Tijoaner her geritten. Bis vor kurzem hatte Linn allerdings gedacht, sie müsste die drei Gäste des Königs vor dem Drachen retten.

Linn horchte. Der Gesang der Vögel hatte sich zu einem

schluchzenden Gejaule verstärkt. Nein, das war ... menschlich. Unverkennbar.

»Hallo?«, fragte sie laut.

Um sich durch das undurchdringliche Gestrüpp einen Weg zu bahnen, musste sie ihr Schwert zu Hilfe nehmen. Obwohl die Bäume ihre Blätter noch nicht entfaltet hatten, war es in diesem Wald mit dem dichten Astwerk viel dunkler als auf der Straße; da jetzt auch noch die Sonne mit einem letzten Aufleuchten hinter der Bergkette verschwand, konnte Linn kaum etwas erkennen. Sie folgte dem Geräusch, bis vor ihr etwas Helles im Dämmerlicht schimmerte.

Licht fiel durch die zerbrochenen Äste. Am Fuß des Baumes hockte wie ein Häufchen Elend das blonde Mädchen aus Tijoa, den weißen Pelz um die Schultern. Tränen liefen ihr über die Wangen und verschmierten die kunstvolle Schminke, mit der sie ihre Schönheit hervorgehoben hatte. Als sie die junge Drachenjägerin erblickte, weinte sie noch lauter.

Linn kniete sich neben Chamija auf den feuchten Waldboden und legte ihr die Hand auf die Schulter.

»Fräulein? Seid Ihr verletzt?«

Die Tijoanerin schniefte und wischte sich mit dem Handrücken übers Gesicht, wobei sie noch schmutziger wurde. »Ich kann nicht aufstehen«, heulte sie. »Und sie sind ohne mich fort!«

Linn sah am Stamm hoch. »Von da oben seid Ihr heruntergefallen? Wie gut, dass die vielen Äste den Sturz abgemildert haben. Ihr habt sehr viel Glück gehabt, wisst Ihr das?«

»Mein Fuß tut weh«, schluchzte Chamija.

»Die anderen haben Euch einfach hier zurückgelassen?«

Diese Frage hatte noch lauteres Weinen zur Folge.

»Kommt, hier können wir nicht bleiben. Legt Euren Arm um mich, so, dann versuchen wir mal, ob Ihr Euch aufrichten könnt.«

Sie zog das Mädchen hoch, das sich schwer auf sie stützte.

»Geht es?«

»Ich kann nicht auftreten.« Die Tijoanerin stöhnte vor Schmerz.

»Jetzt reißt Euch endlich zusammen. Wir müssen auf die Straße. Ich werde versuchen, die Pferde zu finden. In welche Richtung sind sie gelaufen?«

Chamija blinzelte verwirrt.

»In welche Richtung?«, wiederholte Linn, langsam ungeduldig. »Sind sie nicht weggerannt, als der Drache gekommen ist?« Soweit sie wusste, gab es kein einziges Tier, das gelassen auf den Anflug eines Drachen reagierte. Nur Menschen wie sie selbst waren so vermessen, den Ungeheuern auch noch hinterherzujagen.

»Doch … aber … ich weiß nicht.«

Aus Chamija würde sie wohl nichts Nützliches herausbekommen. Linn schleppte das Mädchen durchs Dickicht zurück zum Weg. Sie hätte nicht sagen können, was sie mehr ermüdete – das Gejammer oder das Gewicht der Verletzten. So klein und leicht diese auch aussah, der durchnässte Pelz und womit sie sich sonst noch behängt hatte – Klunker, Täschchen und Stiefel –, zog nicht nur Linns Schultern, sondern auch ihre Laune nach unten.

Als Chamija sich schließlich mit schmerzverzerrtem Gesicht in den Schlamm sinken ließ, schalt Linn sich selbst.

Hab wenigstens ein bisschen Mitleid mit ihr. Sie ist aus dem Wipfel eines Baumes gestürzt, hat sich den Fuß und vielleicht noch mehr gebrochen, so wie sie gejammert hat, ihre Begleiter sind auf und davon, und nun sitzt sie hier mutterseelenallein – bis auf dich, ihre einzige Hoffnung. Und eben noch hat sie dich als Angreiferin erlebt.

Vielleicht hat sie ja sogar Angst vor dir?

Ein ungewohnter Gedanke für Linn, dass jemand sich vor ihr fürchten könnte.

»Geht nicht, bitte!«, flehte die Tijoanerin, als Linn sich der Wegbiegung näherte, um nach den Pferden Ausschau zu halten. »Lasst mich nicht allein!«

Nun, so große Angst wohl auch wieder nicht.

»Wir brauchen die Pferde. Ich gehe nur ein Stück, bis ich aus dem Wald rauskomme.«

»Nein! Bleibt bei mir!«

Das Betteln des Mädchens brachte Linn dazu, sich ungewohnt grausam zu fühlen, als sie entschlossen weiterlief. Es war tatsächlich nicht weit, kaum ein Viertelyagon – also ein Viertel von einer Stunde Fußmarsch –, bis die Bäume auseinandertraten und den Blick auf die steinigen Hänge freigaben. Die Straße folgte in unzähligen Windungen einem ehemaligen Flussbett durchs Gerin-Yan-Gebirge, dem flacheren Ausläufer der ganzjährig schneebedeckten Gerin-Berge. An einigen Stellen schien der Wald von den Hängen abzurutschen und bildete einen dunklen Tunnel, doch hier war das Gelände offen genug, um bis zur nächsten Wegbiegung sehen zu können. Zwischen den Steinen blühten unzählige gelbe und weiße Frühlingsblumen. Von Tani, Linns langbeinigem kastanienbraunem Wallach mit der hellen Mähne, war dagegen nichts zu sehen. Doch das hieß gar nichts – wenn er sich dazu entschlossen hatte, die Straße zu verlassen, konnte er ganz in der Nähe sein, ohne dass sie ihn bemerkte.

Ein Wimmern ließ sie herumfahren. Da stand Chamija und hielt sich am rötlichen Stamm einer Bergtanne fest, das Gesicht grau vor Schmerz.

»Gütiger Arajas!«, schimpfte Linn. »Wieso seid Ihr nicht geblieben, wo Ihr wart?«

»Lasst mich nicht allein«, stöhnte das Mädchen.

Linn eilte zu ihr und konnte sie gerade noch auffangen, bevor sie zusammenbrach. Sie hielt die junge Tijoanerin im Arm und überlegte fieberhaft, was sie tun sollte. Linns Herz zog sie vorwärts, dem Drachen nach, doch es bestand keine Möglichkeit mehr, ihn einzuholen. Vermutlich trug er seine kostbare Last über das Kriegsgebiet von Yan hinweg direkt nach Tijoa.

Chamija klammerte sich an sie. Das Mädchen zitterte am ganzen Körper. »Macht Feuer«, flüsterte sie mit klappernden Zähnen.

»Es gibt hier weit und breit kein trockenes Holz. Ich kann nicht.«

»Doch«, wisperte das Mädchen. »Zauberin.«

Linn erschrak. Chamija hatte natürlich miterlebt, was geschehen war. Für sie war Zauberei bestimmt etwas ganz Normales, doch in Schenn stand die Todesstrafe darauf.

»Das dürft Ihr niemandem verraten«, sagte die Drachenjägerin schnell. »Versprecht es!«

Die sonst so strahlend blauen Augen der jungen Tijoanerin wirkten dunkel, von Schmerz erfüllt, als sie wisperte: »Was könnt Ihr denn? Könnt Ihr … meinen Fuß … Heile mich …« Dann seufzte sie und fiel in Ohnmacht.

»Na wunderbar.« Der Abend senkte sich jetzt immer schneller herab. Linn musste sich eingestehen, dass sie nicht damit gerechnet hatte, die Nacht im Freien in den Bergen zu verbringen. Sie hatte nichts mitgenommen, was nötig gewesen wäre – keine Decken, keine Zündhölzer, keinen Proviant. Hals über Kopf war sie aufgebrochen, als sie gehört hatte, dass der blaue Drache in der Gegend war, ohne sich richtig vorzubereiten. Und nun hatte sie auch noch eine Verletzte zu versorgen.

Heile mich …

Wie denn? Sie hatte keine magischen Salben zur Hand, nicht einmal *Caness*. Sie hatte nichts, was von einem Drachen stammte und zum Zaubern benutzt werden konnte. Nur die bernsteinfarbene Schuppe an ihrem Schwert, doch die war bereits zum Vernichten bestimmt.

Andererseits – wie war es ihr überhaupt gelungen, den

Schlammsturm zu entfesseln? Auf Burg Ruath, wo sie den Zauberspruch gelernt und wo er zu ihrer eigenen Überraschung funktioniert hatte, schwebte überall Drachenstaub in der Luft. Hier im Wald entdeckte sie zwar nichts davon, allerdings war der blaugrüne Drache hier gewesen. Vielleicht hatte er auch Staub verloren oder irgendeine magische Hülle, die sie hätte benutzen können? Womöglich war noch irgendetwas davon da – weiter hinten im Wald, wo der Drache gegen den Sturm gekämpft hatte?

Linn legte Chamija vorsichtig auf die Erde, deckte sie mit ihrem weißen Umhang zu – dem Markenzeichen der Drachengarde des Königs – und eilte im Laufschritt zu der Wegbiegung, hinter der der Kampf stattgefunden hatte.

Es war jetzt so dunkel, dass sie den Weg kaum noch erkennen konnte. Der Boden war hier so durchweicht und aufgewühlt, dass sie aufpassen musste, nicht zu stürzen. Selbst wenn dem Drachen ein ganzes Horn abgebrochen wäre – wie sollte sie es hier finden?

Es gab einen Zauber, der Licht schuf, das hatte Linn ebenfalls auf der Burg miterlebt. Eine leuchtende Kugel ... wenn sie sich doch nur an die Worte erinnern könnte, die man dafür benötigte.

»*Qui ... ebon ...*« Sie war sich nicht sicher, wie der Spruch weiterging, ob überhaupt irgendein Zauber klappen konnte, wenn sie dabei nicht etwas von einem Drachen in der Hand hielt, aber während sie noch die Silben aussprach, fühlte sie das vertraute Brennen auf der Zunge, und ein fahles goldenes Licht erhellte die Straße zwischen den schwarzen Mauern der Tannen. Linn konnte die Quelle des Leuchtens nicht ausmachen, aber sie hielt sich nicht damit auf, darüber zu staunen, dass ihr auch dieser magische Versuch so leichtgefallen war. Da sie nicht wusste, wie lange das Schimmern anhalten würde, suchte sie rasch den nassen Boden nach etwas ab, das sie zum Heilen benutzen konnte. Jetzt wäre es praktisch gewesen, wenn sie Magie hätte spüren können, so wie es vermutlich alle Zauberer außer ihr vermochten. Leider fehlte ihr dieses Talent, also musste sie mit bloßen Händen im Schlamm wühlen.

Irgendwann ging das magische Licht wieder aus, und sie musste sich in völliger Dunkelheit zurücktasten. Hier draußen brach endlich der Mond durch die Wolken, der weiße Pelz schimmerte durch die Nacht und leitete sie zu Chamija zurück.

Linn kniete sich neben das Mädchen. Sie strich ihr die dreckverkrusteten Strähnen aus dem Gesicht – das nasse Haar fühlte sich an wie welkes Stroh – und legte der Verletzten die Hand auf die Stirn.

»Es tut mir so leid, ich habe nichts gefunden. Dabei würde ich Euch so gerne helfen. Es ist zu kalt. Bei allen Göttern, Ihr fühlt Euch an, als wärt Ihr aus Schnee.« Sie nahm das Mädchen in die Arme, um es wenigstens ein bisschen zu wärmen. Die Berge schienen in der Dunkelheit in die Höhe zu wachsen, stumm und feindselig, während sich die Frühlingswärme verflüchtigte.

»*Wintika* …« Der Heilungszauber kribbelte ihr auf den Lippen. Vielleicht half es ja doch, auch wenn sie nichts Magisches bei sich hatte. Vielleicht reichten ein paar Krümel Drachenstaub, die im Schlamm verborgen gewesen waren und nun an ihren schmutzigen Händen hafteten. »*Wintika.*«

Sie flüsterte es vor sich hin, immer wieder. So hatte sie den Narren geheilt, als er im Sterben lag, mit glitzerndem Staub an den Händen und diesem Drachenwort, das zerstörte Dinge wieder ganz zusammenfügen konnte, diesem uralten Wort aus einer heiligen Schöpfungsgeschichte. »*Wintika.*«

Linn murmelte es vor sich hin, den einzigen Schutz vor Kälte und Finsternis und Schmerz, während sie das wie leblos daliegende Mädchen festhielt. Chamijas Atem war so flach, dass

Linn immer wieder innehielt und horchte, ob sie überhaupt noch lebte.

Ein einziges Wort gegen den Tod und die Angst. »*Wintika.*«

Sie erwachte, und die Welt war nass und grau. Linn blinzelte und versuchte sich zu orientieren. Grau über ihr, Schwaden von Grau – und etwas Dunkles, Feuchtes.

Eine … Pferdeschnauze.

»Tani!«

»Ich habe mir schon gedacht, dass das dein Pferd ist«, erklang Chamijas muntere Stimme. »So wie er an dir interessiert ist, hat er dich zum Fressen gern.«

Linn setzte sich auf und wischte sich die Nässe aus dem Gesicht. Für einen Frühlingstag war der Morgen viel zu dunkel und zu grau. Schwere Wolken hingen tief über dem Wald, die Berghänge lagen irgendwo im Nebel versteckt. Der einzige Lichtblick war, dass Chamija bereits mit den Vorbereitungen für das Frühstück begonnen hatte. Sie kniete vor einem wüsten Haufen feucht glänzender Zweige, daneben lagen wie in einem Nest eine Handvoll Eier in verschiedenen Farben und Größen.

»Ich bin ein bisschen im Wald herumgeklettert«, erklärte das Mädchen fröhlich. »Aber für das Feuer bist du zuständig. Natürlich nur, wenn du dafür nicht zu müde bist.«

Linn hielt sich den Kopf. Sie fühlte sich wackelig und benommen, als hätte sie eine durchzechte Nacht hinter sich. »Ähm – Ihr könnt wieder klettern?«

»Aber sicher!« Chamija eilte mit ausgebreiteten Armen auf sie zu. »Du hast mich doch geheilt. Sag du zu mir, so handhaben wir das in Tijoa, wenn ein Zauberer einen Teil seiner Kraft für jemanden opfert. Dadurch sind wir verbunden, und jetzt bist du meine Freundin, ja?«

Linn ließ Chamijas begeisterte Umarmung und ein paar

Wangenküsse über sich ergehen, zu verwirrt, um sich zu sträuben. »Ich habe was geopfert?«

»Oh, ich vergaß, ihr sprecht hier in Schenn nicht so offen darüber. Ich habe mir sagen lassen, man fühlt sich danach wie gerädert. Deshalb wollte ich dir etwas zu essen anbieten, wenn du aufwachst. Der Heilungszauber gehört ja zu den schwierigsten Zaubern überhaupt, nicht wahr? Du musst völlig ausgelaugt sein!«

»Äh ... ja«, gab Linn zu und erinnerte sich daran, was Mora, die Frau ihres Kampflehrers Bher, ihr über Magie erzählt hatte. *Man muss für alles einen Preis bezahlen. Es gibt Zauber, der so stark ist, dass er dich verbrennt ...* Tatsächlich kam es ihr auch so vor, als wäre sie von innen her ausgeräuchert worden. Doch zugleich, trotz ihrer Müdigkeit und der Schwierigkeit, überhaupt aufzustehen, fühlte sie sich aufgedreht und euphorisch.

»Gebratene Eier wären himmlisch. Wenn ich nur wüsste, wie man Feuer zaubert. Und gibt es wohl einen Spruch, mit dem man eine Pfanne herstellen kann?«

Chamija lächelte schelmisch. »Ich habe einen Schild gefunden, im Wald. Anscheinend kommen hier öfter mal Ritter vorbei. Bleibt noch das Problem mit dem Feuer. Bist du schon kräftig genug für *Qui Andonaik?*« Erschrocken schlug sie die Hände vor den Mund. »Das sollte ich nicht so laut sagen, stimmt's? Ich weiß, wie ihr Zauberer seid, immer verschwiegen und misstrauisch, dass euch keiner die Worte stiehlt.«

Linn wischte sich die schmutzigen Hände an ihrer Tunika ab. »Dafür bräuchte ich aber ...« Sie zögerte. Wie viel wusste Chamija wirklich über Zauberei? So faszinierend es auch war, mit jemandem über Magie zu sprechen – Linn war sich nicht sicher, wie offen sie wirklich sein durfte.

»Keine Sorge.« Das Mädchen zwinkerte ihr zu. »Die Äste sind alle von der Lichtung, wo Ojia Ban in deinen Sturm geraten ist.«

»Ojia Ban?«

»Unser Drache. Der große Blaugrüne.«

»Euer Drache«, wiederholte Linn langsam. Sie erinnerte sich daran, dass sie so gut wie nichts über dieses fröhlich plappernde Mädchen wusste, das ihre Freundin sein wollte. »Ich bin auf diesen Drachen nicht sonderlich gut zu sprechen«, erklärte sie grimmig. »Ist dir eigentlich klar, dass er Lanhannat angegriffen hat, während dein Botschafter im Schloss weilte? Das ist noch nicht alles. Dieser Drache war auch in Brina, er hat mein Dorf zerstört und meine Geschwister verletzt!«

»Oh«, meinte Chamija bestürzt. »Wirklich? Von deinem Dorf weiß ich nichts, aber den Brand in der Stadt haben wir natürlich mitbekommen. Nexin war davon überzeugt, dass dafür ein wilder Drache verantwortlich war. Ojia Ban würde nie so etwas Schreckliches tun! Ist die schuldige Bestie außerdem nicht längst besiegt? Ich dachte, der Prinz hätte das Ungeheuer getötet. Dafür war doch die große Feier, an der wir teilnehmen durften?«

»Der Blaugrüne ist also Nexins Drache?« Linn senkte die Stimme, obwohl ihnen niemand zuhören konnte. »Ich habe gehört, wie Charrin ihn angeredet hat. Mit … Majestät.«

»Oh«, sagte Chamija zum zweiten Mal.

Danach schwieg sie ungewöhnlich lange, während Linn das neue Zauberwort am nassen Holz ausprobierte und ein munter loderndes Feuerchen in Gang brachte. Schlagartig fühlte sie sich noch erschöpfter, und nun fehlte ihr die Energie, auf eine Antwort zu drängen. Sie rührte die Eier mit dem Schwert um und streute ein wenig Dreck darüber, in der Hoffnung, dass noch genug Drachenstaub darin enthalten war, um den Würz-Zauber *Caness* wirken zu können. Es knirschte zwischen den Zähnen, doch tatsächlich schmeckten die Eier wunderbar. Eine Weile waren sie mit dem Frühstück beschäftigt, und jede gab sich ihren eigenen Gedanken hin.

»Nexin ist der neue König von Tijoa«, sagte Chamija schließlich. »Sein wirklicher Name ist Scharech-Par.«

»Warum hat er das denn nicht zugegeben?«

»Warum? Das fragst du? Wir Tijoaner dürfen doch nichts mitnehmen, wenn wir nach Schenn kommen. Keine Soldaten, keine Waffen. Wie könnten wir euch unseren König so völlig schutzlos in die Hände geben? Was, wenn Pivellius ihn festgehalten hätte, ihn gar als Geisel nehmen wollte?«

»Das hätte er niemals getan! Er würde doch einen ausländischen König in allen Ehren empfangen!«

»Glaubst du?«, fragte Chamija und seufzte. »Wir waren uns da jedenfalls nicht sicher. Darum geht es ja. Es muss endlich aufhören, dieses Misstrauen, diese Feindschaft … wegen etwas, das so lange Zeit zurückliegt. Der Große Krieg ist achthundert Jahre her, da sollte man doch langsam über seinen Schatten springen können! Das war meine Bedingung – dass er den ersten Schritt macht zu einer Versöhnung.«

»Bedingung wofür?«

»Für mein Jawort.« Erschrocken schlug Chamija erneut die Hand vor den Mund.

Linn starrte sie an. »Du bist seine Frau? Die Königin von Tijoa?«

»Noch nicht«, versicherte das Mädchen hastig. »Nur seine Verlobte. Er wollte mir die Reise gar nicht erlauben, aber ich musste unbedingt mit eigenen Augen sehen, wie ihr lebt. Ob ihr wirklich so … primitiv seid, wie bei uns alle glauben.« Sie kicherte verlegen.

»Du bist also die Braut des Königs? Wie kann er dich dann einfach hier zurücklassen und ohne dich davonfliegen?«

»Ich bin aus der Sänfte gefallen. Er hatte keine Wahl.«

»Er hatte keine *Wahl*? Als dich hierzulassen und sich selbst aus dem Staub zu machen?«

Linn war gegen ihren Willen beeindruckt, wie vehement

Chamija ihren Bräutigam verteidigte, der sie so schmählich im Stich gelassen hatte.

»Wie hätte das gehen sollen?«, fauchte sie. »Dazu hätte Ojia Ban landen müssen. Der Weg ist zu eng, das ist nur an der einen breiten Stelle möglich, und da standest du. Wir wissen alle, dass du einen Drachen töten kannst. Scharech-Par hätte erst gegen dich kämpfen müssen, und du hast gerade vorhin bewiesen, dass du auch zaubern kannst. Ein Zaubererduell hier in Schenn, nachdem gerade erst die Verträge unterzeichnet sind? Das konnte er nicht riskieren. Er musste aufgeben und darauf hoffen, dass ihr euch gut um mich kümmert – und dass ihr nicht merkt, wie wichtig ich ihm bin.«

Linn nickte, alles andere als überzeugt. Dieser Nexin war ihr von Anfang an nicht ganz geheuer gewesen. »Du bist also eine Prinzessin, wie? Na, wer hätte das gedacht. Und der Botschafter? Ist der auch noch jemand anders?«

»Nein, der ist echt.« Chamija versuchte, zerknirscht auszusehen, was ihr nur eine Weile gelang, dann brach das Lachen aus ihr heraus. »Oh, es hat solchen Spaß gemacht! Ich bin für mein Leben gern eine Schreiberin gewesen. Alles hat so gut geklappt – bis gestern, als du plötzlich aufgetaucht bist und alles verdorben hast!«

»Tut mir leid«, knurrte Linn, die am meisten bedauerte, dass der Drache entkommen war, selbst wenn er tatsächlich der Drache eines Königs war.

Auch Akir war aus Tijoa … Jener Händler, der die Drachen auf ihre Spur gebracht hatte. Was lief hier eigentlich?

»Du sagst es aber keinem, ja?«, bettelte Chamija.

Tani spitzte die Ohren und wieherte. Von irgendwoher aus dem Nebel kam die Antwort.

»Schnell«, drängte Chamija. »Versprich es, bitte! Wenn Pivellius erfährt, wer ich bin, könnte er das gegen Scharech-Par verwenden und ihn zu weiteren Zugeständnissen zwingen.

Du glaubst vielleicht, dein König würde so etwas nicht tun, aber die Mächtigen sind alle gleich. Wenn ihnen eine Geisel in den Schoß fällt, nutzen sie es aus, auch wenn sie beteuern, dass sie sich nur um einen kümmern wollen. Oh bitte, verrate mich nicht!«

Linn war schon damit beschäftigt, das Feuer auszutreten und nasse Blätter über die Glut zu häufen, um alle Spuren von Zauberei zu vertuschen.

»Ja«, sagte sie. »Natürlich. Jetzt beruhige dich und hilf mir lieber. Wie gut, dass wir wenigstens die Eier schon gegessen haben. Wir müssen auf dem Weg warten, dann forschen sie hoffentlich nicht nach, wo wir unser Lager hatten.«

Chamijas Geheimnis war sicher bei ihr – und sie konnte nur hoffen, dass die Braut des zauberkundigen Königs ihrerseits daran dachte, keinesfalls die Magie zu erwähnen.

2

»Ritterin Linnia!«

Prinz Arian höchstpersönlich war mitsamt einer Gruppe kampferprobter Gardisten unterwegs.

»Wer hat Euch die Erlaubnis erteilt, einfach das Schloss zu verlassen? Wie konntet Ihr eigenmächtig losreiten, noch dazu in so unsicheren Zeiten? Ich bin Euer Hauptmann, und Ihr habt mich zu fragen, verdammt noch mal! Wir sind die ganze Nacht geritten, um Euch einzuholen!« Wütend schrie er sie an.

Doch bevor Linn irgendetwas erklären konnte, trat Chamija aus dem Nebel, und dem Prinzen klappte die Kinnlade herunter.

»Fräulein Chamija? Was tut Ihr denn hier?«

Fassungslos ließ er den Blick über die beiden schmutzigen, zerlumpten Mädchen wandern.

»Ich habe sie gerade noch so aus den Fängen des Drachen retten können«, erklärte Linn, bevor die blonde Prinzessin etwas Falsches sagen konnte. »Nachdem mir klar geworden war, dass der Botschafter und seine Begleiter geradewegs in die Gefahrenzone hineinritten, bin ich ihnen so schnell wie möglich gefolgt. Ich war rechtzeitig da, wie Ihr seht, der Drache ist allerdings entkommen. Wichtiger war mir, die Schreiberin des Botschafters in Sicherheit zu bringen.«

»Was ist mit Herrn Charrin?«, wollte der Prinz wissen, schon milder gestimmt.

»Der ist weitergeritten. Chamijas Pferd ist durchgegangen, und der Botschafter konnte nicht warten, bis wir es gefunden haben. Er wollte ihretwegen auch nicht langsamer vorwärtskommen, in der Tat hatte er es sehr eilig, nach Hause zu gelangen.«

»Aber er lässt mich bald nachkommen«, versicherte Chamija.

»Vielleicht war es ihm sogar lieber, Euch hier in Sicherheit zu wissen«, murmelte der Prinz nachdenklich. »Die Reise durch Yan ist extrem gefährlich, noch dazu für eine hilflose Frau.«

Chamija machte wie aufs Stichwort ein äußerst hilfloses, verzagtes Gesicht. »Mir ist so kalt. Bringt Ihr mich denn jetzt zurück ins Schloss? Darf ich hierbleiben, bis die Lage sich beruhigt hat?«

»Gewiss«, sagte Arian mit unergründlicher Miene.

Sie erreichten Lanhannat am Abend. Die Pferde, so müde sie auch waren, gaben bei der Aussicht auf den warmen Stall ihr Bestes und mussten, sobald sie die vertrauten Hügel vor Augen hatten, nicht einmal mehr angetrieben werden.

»Ich hätte nicht gedacht, dass ich so schnell wieder hier sein würde«, flüsterte Chamija Linn ins Ohr.

Sie saßen zusammen auf Tani, obwohl der Prinz angeboten hatte, die junge Schreiberin mit auf sein Pferd zu nehmen. Linn hatte den Eindruck, dass er über Chamijas empörte Ablehnung erleichtert war. Nicht nur, dass ihr verdrecktes und nasses Gewand seine Kleidung beschmutzt hätte, sie war, so hübsch sie auch aussah, immerhin eine Tijoanerin, und trotz des Vertrags mussten alle sich schließlich erst daran gewöhnen, Tijoa als Bündnispartner zu betrachten. Die Lanhannater hätten womöglich kein Verständnis dafür gehabt, dass der Prinz, dem das halbe Königreich gehörte, sich so ungebührlich eng mit einer verhassten Ausländerin zusammentat.

Die schlafen schon alle, deswegen hätte er sich jedenfalls keine Sorgen zu machen brauchen, dachte Linn, als sie die Wegkreuzung erreichten und die erschöpften Pferde sich den Hang zum Schloss hinaufkämpften. Die meisten Gardisten stiegen ab und führten ihre Rösser. Linn tat es ihnen gleich; dass Chamija im Sattel sitzen blieb, würde Tani wohl kaum stören. Sie war leicht wie eine Feder und immerhin eine Prinzessin.

»Wie gut, dass mich niemand so sieht.« Chamija versuchte, ihre strähnigen Haare zu glätten. »Ich sehe schrecklich aus, oder? Niemals darf irgendjemand erfahren, wer ich bin!«

»Das wird nicht geschehen«, versicherte Linn.

»Da kommt jemand vom Schloss herunter«, jammerte Chamija. »Warum kann es nicht schon dunkel sein? Wir hätten uns lieber nicht so beeilen sollen.«

Beim Anblick der einsamen Gestalt, die in der Dämmerung den Weg hinunterschritt, erstarrte die Drachenjägerin.

Nival.

Ein junger Mann, das blonde Haar tief in der Stirn, einen langen Mantel um die Schultern, unter dem Arm das unvermeidliche dicke Buch, von Lederschnüren umwickelt, marschierte mit gesenktem Kopf an den heimkehrenden Rittern vorüber. Als er an Linn vorbeikam, schaute er durch die langen Strähnen kurz auf, und ein Blick aus grauen Augen traf sie, kurz und intensiv wie ein Blitz. Linn umklammerte die Zügel so fest, dass ihre Knöchel weiß hervortraten.

»Weiter«, flüsterte Chamija. »Du musst weitergehen.«

»Ja«, stammelte Linn. »Ja, natürlich.«

Die Prinzessin lachte leise. »Wie aufregend! Das ist also der Mann, den du liebst? Werdet ihr heiraten? Wann? Hoffentlich bald, ich war schon so lange auf keiner Hochzeit mehr.«

»Nein!«, rief Linn. Hastig senkte sie die Stimme. »Nein, du irrst dich. Wir lieben uns nicht. Ich kenne ihn kaum.«

»Ach?«, fragte Chamija und klang alles andere als überzeugt.

»Das kam mir eben ganz anders vor. Er hat dich mit seinem Blick geradezu abgeschossen, wie ein Schneehuhn aus Berat, das er den ganzen Winter über mit dem Fangnetz gejagt hat.«

Linn zuckte zusammen. Oh ja, Nival und sein magisches Netz … aber die Zeiten waren vorbei, als sie sich gewünscht hatte, seine Geheimnisse zu ergründen. Was sie gefunden hatte – Lüge und noch mal Lüge –, hatte ihr gereicht. Endgültig. Sie war fertig mit Nival und seinen Spielchen.

»Ich bin verlobt«, sagte sie mit Nachdruck, »und das eben war nur ein … ehemaliger Nachbar. Es war keine besonders gute Nachbarschaft, nebenbei gesagt.«

»Aha«, meinte Chamija.

Zu Linns Erleichterung wurde sie abgelenkt, da sie endlich das Tor durchquerten und ihnen eine ganze Schar Dienstboten entgegeneilte, um sich um Pferde und Ritter zu kümmern.

»Das Gemach des Fräuleins«, sagte der Prinz, »steht doch noch bereit?«

»Oh nein, nein!«, ging Chamija dazwischen. »Da will ich gar nicht mehr wohnen. Ich bleibe lieber bei Linnia.«

»Das wird nicht möglich sein«, meinte Arian. »In den Quartieren der Gardisten werdet Ihr wohl kaum unterkommen – Ihr seid Besseres gewöhnt. Natürlich behandeln wir Euch nach wie vor, wie es einem Ehrengast zusteht.«

»Ich bin nur eine einfache Schreiberin«, erklärte Chamija mit Entschiedenheit, »und ohne den Botschafter steht mir auch keine Sonderbehandlung zu. Ich will nicht in einem prunkvollen Zimmer wohnen, während meine Retterin in einer kahlen Kammer haust.«

Nach Linns Meinung fragte keiner der beiden. Arian stritt sich erst eine Weile mit Chamija und hielt dann plötzlich inne, als sei ihm eingefallen, worum es überhaupt ging. Übelgelaunt rief er: »Ach, macht doch, was Ihr wollt!«, und marschierte davon.

»Das sagen die Ritter immer, wenn man einen von ihn in die Enge treibt«, verriet Linn.

Die Prinzessin grinste zufrieden; ihr unangemessener Aufzug schien sie nicht mehr im Geringsten zu stören. »So geht es allen, wenn ich mit ihnen fertig bin. Übergib dem Knecht dort endlich dein Pferd und lass uns zu Bett gehen. Ein Bad wäre jetzt schön. Du hast hoffentlich noch etwas Sauberes und vor allem Trockenes zum Anziehen? Mein Gepäck ist davongeflogen, wie du weißt.«

Linn seufzte. »Mal sehen, was sich machen lässt.«

Am Morgen fand sie sich zum Training ein. Keiner der Gardisten schien sich überhaupt noch an ihren unerlaubten Ausflug zu erinnern oder zeigte Interesse daran, ob sie einem Drachen begegnet war. Linn wurde einfach ignoriert, nur Okanion, der ehemalige Hauptmann mit dem Narbengesicht, schüttelte besorgt den Kopf.

»Wir haben viel riskiert, um Euch bis hierhin zu bringen«, sagte er leise, »werft das nicht einfach weg.«

»Dann ist es also wahr?« Lautlos war Chamija hinter ihnen aufgetaucht. »Der Prinz hat den Drachen nicht selbst getötet, das warst du? Ich habe schon mehrfach etwas in der Richtung gehört.«

Okanion musterte die angebliche Schreiberin, die ein schlichtes graublaues Kleid trug, das ihre frische Schönheit noch betonte. Das lockige blonde Haar floss ihr über den Rücken und kringelte sich anmutig an den Schläfen.

»Was tut Ihr hier, Fräulein?«, fragte er scharf. »Auf diesem Platz wird gekämpft.«

Chamija ließ sich nicht beirren. Sie lehnte sich gegen den Sockel einer der steinernen Götterstatuen, von wo aus sie die Übungskämpfe gut beobachten konnte und auch selbst gesehen wurde. Ihre Anwesenheit lenkte die Ritter merklich ab, sodass Gunya, neben Linn die zweite Frau in der Garde, beinahe jeden Kampf gewann – sogar gegen den Prinzen, dem sonst beim Fechten niemand etwas vormachte – und schließlich wütend ihren Schild in den nassen Sand schleuderte.

»Schickt sie weg!«, forderte sie Arian auf. »Zuschauer haben hier nichts verloren!«

»Mich stört sie kein bisschen«, verkündete Hekam, einer der neuen Drachenjäger. »Eine schöne Frau beflügelt jeden Krieger.«

»Das haben wir ja eben gesehen, wie Ihr beflügelt werdet«, höhnte Gunya, die ihn nahezu ohne Gegenwehr entwaffnet hatte.

Der Prinz seufzte. »Bitte«, wandte er sich an Chamija, »könnt Ihr Euch nicht mit etwas anderem beschäftigen?«

»Womit?«, gab diese zurück. »Wenn ich allein durchs Schloss spaziere, wirft mir doch bloß der Nächstbeste Spionage vor.«

»Dann zieht Euch in Eure Kammer zurück!«, rief er ungeduldig.

Das Mädchen seufzte, warf ihm einen tadelnden Blick zu – Linn kannte diese stummen Vorwürfe von ihrer Mutter – und verschwand.

Sobald Chamija fort war, atmeten alle auf, und die Kämpfe gingen in gewohnter Härte weiter. Nachdem Linn zweimal verloren hatte – einmal gegen den Prinzen und einmal gegen Dorwit, einen Ritter, der seine schmächtige Statur mit einer unglaublich ausgefeilten Fechttechnik mehr als wettmachte –, ließ sie sich aufseufzend gegen eine Säule fallen und schloss die Augen. Es nieselte seit dem frühen Morgen, und sie konnte jetzt schon kaum mehr einen einzigen Muskel bewegen. Der Ritt steckte ihr noch in den Knochen. Dieser Tag würde lang werden; anscheinend war sie heute dazu ausersehen, ihr Unvermögen sämtlichen Rittern vorzuführen.

Linnia, die Aufmüpfige, die Ungehorsame – die außerdem nichts kann. Soll man wirklich glauben, Arians Ruhm sei nur gestohlen?

»Linnia.« Ein Flüstern dicht an ihrem Ohr.

»Geh weg«, zischte sie, zu müde, um ein paar lästige Fliegen wegzuscheuchen – oder den buntgewandeten Narren, der sich neben ihr in den Schlamm hockte.

»Wir müssen reden, Drachenmaid.«

»Müssen wir nicht«, gab sie zurück. Nein, sie würde die Augen nicht öffnen. Sie wollte ihn nicht ansehen – sein weiß geschminktes Gesicht mit den schwarz umrandeten Augen, den aufgemalten Brauen und den schwarzen Lippen. Das feine Läuten der Glöckchen an seiner Narrenmütze fand sie schon lange nicht mehr lustig. Dabei war es noch nicht lange her, dass der Narr des Königs ihr bester Freund gewesen war, mit dem sie Freud und Leid und fast alle ihre Geheimnisse geteilt hatte. »Verschwinde.«

»Warum hast du sie zurückgebracht? Die Tijoanerin?«

»Ich dachte, du magst Tijoa«, sagte sie. »Schließlich hast du den König dazu gebracht, einen Bund mit unseren Erzfeinden zu schließen, weißt du noch?«

Er sog scharf die Luft ein.

»Ach, stimmt. Da wusstest du ja noch nicht, dass sie einen Krieg gegen unseren alten Verbündeten Yan planten und wir nun nach dieser unseligen Entscheidung zwischen allen Stühlen sitzen.«

»Nein«, sagte er leise. »Linnia, tu das nicht. Bitte.«

»Keine Scherze? Kein Lachen? Du enttäuschst mich. Du klingst ja beinahe traurig. Wo ist der Triumph des königlichen Ratgebers, der du doch so gerne sein willst? Nun, das nächste Mal solltest du dich vielleicht vorher etwas besser informieren, bevor du Pivellius in eine Richtung drängst, die sich im Nachhinein als verhängnisvoll erweist.«

Jikesch schluckte alle ihre Grausamkeiten, als hätte er sie verdient. Als wenn einer wie er zur Einsicht fähig gewesen wäre.

»Warum ist sie wieder hier?«, fragte er ein zweites Mal. »Das kann doch kein Zufall sein! Was immer sie hier wollte, sie hat es noch nicht erreicht.«

»Beruhige dich. Sie ist nur die Schreiberin des Botschafters.« Linn hatte nicht vor, ihm zu erzählen, was zwischen ihr und Chamija vorgefallen war. Sie und der Narr waren keine Freunde mehr, und sie würde nie wieder den Fehler begehen, ihm zu vertrauen.

»Ich werde wachsam sein«, kündigte er an. »Das solltest du auch.«

»Ich pass schon auf, dass sich niemand an mich ranschleicht«, knurrte Linn und funkelte ihn an, damit ihm auf keinen Fall entging, wen sie dabei meinte. »Auf deine Ratschläge kann ich verzichten, danke. Geh und bring den König zum Lachen. Der hat es nötiger als ich, nach alldem, was du angerichtet hast.«

»Ist sie böse?«, murmelte er. »Böse auf mich? Eine Krankheit, die sie sich zugezogen hat, denke ich. Ob das wohl vorübergeht? Ob es ansteckend ist, eine Plage, die von einem zum anderen springt wie Flöhe, und am Ende hassen alle mich, so wie du mich hasst?«

Der Narr musterte ihr Gesicht, als suchte er dort nach etwas, das er nicht finden konnte. Dann schüttelte er mit einem Seufzen den Kopf, dass die Glöckchen laut klingelten, und schlich dann davon.

Wenigstens ein Duell hatte sie an diesem Tag gewonnen, doch das Gefühl des Triumphs stellte sich nicht ein.

Für wie dumm hält er mich?, dachte Linn wütend, als sie am Abend ihre Kammer betrat und das blonde Mädchen friedlich schlafend vorfand. Chamijas schmales Bett hatte Platz unter einem niedrigen Balken gefunden, im rechten Winkel zu Linns Schlafstätte neben dem Fenster. *Ich werde nicht vergessen, dass sie Tijoanerin ist. Jikesch war derjenige, der die alte Feindschaft unbedingt begraben wollte und uns in diese Schwierigkeiten hinein-*

geritten hat. In der Hoffnung darauf, dass Pivellius seine Meinung über Zauberei ändert! Nun, da haben wir jedenfalls noch eine Menge Arbeit vor uns.

Behutsam schälte sich Linn aus ihrer Tunika. Jede Bewegung schmerzte fast unerträglich. Sie wollte lieber gar nicht wissen, wie viele blaue Flecken sie davongetragen hatte.

»Schöne Kette«, murmelte Chamija verschlafen.

Hastig fuhr Linn mit der Hand zum Ausschnitt ihres Kleides. Normalerweise trug sie die Silberkette mit den drei roten Drachenschuppen, die wie glänzende Rubine aussahen, unter ihrer Kleidung.

»Ein Erbstück von meinem Vater.«

»Magisch?«

»Wieso sollte sie magisch sein?«, fragte Linn vielleicht eine Spur zu heftig.

»Immerhin bist du eine Zauberin. Die meisten Magier haben irgendwelche Amulette oder Ringe oder dergleichen.« Chamija lächelte unsicher. »Bei Treas, schau mich nicht so misstrauisch an, als wollte ich sie dir vom Hals reißen. Ich finde sie bloß hübsch, das ist alles. Normalerweise trage ich viel Schmuck, aber als Schreiberin musste ich bescheiden auftreten.«

Da Chamija selbst als Begleiterin des Botschafters mit Pelz und Prunk aufgefallen war wie ein Pfau, musste Linn wider Willen lächeln.

»Es würde dir sowieso nicht gelingen, mir die Kette abzunehmen. Mit jedem, der das bisher auch nur versuchen wollte, hat es ein böses Ende genommen.«

»Hu, wie gruselig! Da bleibe ich doch lieber bei den Kettchen und Broschen, die noch an meinem Pelz hängen. Stell dir vor, ich habe fast alles zu Hause gelassen, sogar mein Verlobungsgewand mit den Perlen. Woran erkennt man bei euch in Schenn, wenn ihr verlobt seid?«

»Ich hatte einen Ring«, sagte Linn leise. »Er war nur aus Eisen, aber wunderschön. Gefertigt hat ihn Yaro, der Sohn des Schmieds von Brina … Ein kleiner Bachkiesel als Stein.«

»Wie romantisch«, meinte Chamija nachdenklich. »Das ist … schön.«

»Ich habe ihn verloren.« In der Burg eines Drachen, der Eisen hasste … in Ruath, irgendwo im tiefen Süden. Verloren für immer.

»Liebst du ihn sehr, diesen Schmiedsohn?«

»Ja«, antwortete Linn. Sie wehrte den Ansturm der Gedanken ab, die Protest anmeldeten. *Du hast in Yaro nie mehr als einen Freund gesehen. Einen wunderbaren Freund, den ältesten und besten, den du je hattest … aber bei ihm hast du niemals das empfunden, was Nival in dir hervorgerufen hat, niemals diese andere Dimension von Gefühlen. In Yaros Nähe bist du immer nur ein Mädchen gewesen, nie eine Frau …* »Und du?«, fragte sie, um von ihren eigenen widersprüchlichen Empfindungen abzulenken. »Was ist mit dir und Scharech-Par? Er kam mir etwas … kühl vor.«

»Um nicht zu sagen: gefährlich, arrogant und geheimnistuerisch?«

»Äh …«

»In der Familie, aus der ich stamme, heiratet man nicht aus Liebe und Schwärmerei«, sagte Chamija. »Es geht immer nur um Politik. Der neue König braucht so viel Rückhalt wie nur möglich.«

»Wie ist er auf den Thron gekommen?«, fragte Linn. »Ich habe irgendwo gehört, er sei nicht der Sohn des früheren Königs Rinx?«

»Oh, aber nein«, lachte die Tijoanerin. »Die Krone an den nächstbesten Nachkommen weiterzureichen ist bei uns nicht üblich. Was, wenn das ein völlig unfähiger Kandidat ist, der doch gleich wieder gestürzt wird? Stabilität während einer Herrschaftsperiode kann nur erreicht werden, wenn der Stärkste und Beste den Thron besteigt.«

Linn war mit Waschen fertig und kuschelte sich in ihre Decke. Es war lange her, dass sie das Zimmer mit einem anderen Mädchen geteilt hatte. Mit Binia, ihrer kleinen Schwester, hatte sie sich ihr Leben lang nur gestritten; interessante Gespräche vorm Einschlafen hatte es bei ihnen nicht gegeben, seit Binia sich zu alt für Linns Drachengeschichten gefühlt hatte.

»Ich bin so sehr an unsere Tradition gewöhnt, dass ich alles andere erst einmal seltsam und unpraktisch finde«, sagte Chamija. »Bei uns messen sich die Magier, die aus gutem Hause sind und verheißungsvolle Fähigkeiten mitbringen, bis der Sieger feststeht – und der wird dann der neue König. Was würde es für einen Sinn machen, einen schwächeren Zauberer zu krönen oder jemanden, der über gar keine Magie verfügt? Der würde den Thron bloß sofort wieder verlieren, wenn ein stärkerer Zauberer die Hand danach ausstreckt. Oder wie soll einer Gesetze erlassen, wenn er nicht auch die Macht hat, sie durchzusetzen?«

»Dein Verlobter ist also der stärkste und fähigste Magier von ganz Tijoa?«, fragte Linn, die ein banges Gefühl beschlich. Zu gut erinnerte sie sich daran, wie Scharech-Par, oder Nexin, wie er sich als vermeintlicher Assistent des Botschafters genannt hatte, die Wachen gelähmt und die Schatzkammer geöffnet hatte – so schnell und nahezu beiläufig, dass es sie umso mehr vor ihm gegraust hatte. Wie es aussah, hatte sie sich noch nicht genug vor ihm gefürchtet, sonst hätte sie Jikesch eingeweiht und ihn dazu gebracht, den König vor diesem unheimlichen Zauberer zu warnen.

»Natürlich«, sagte Chamija. »Mit Abstand. Die anderen leben schließlich nicht mehr.«

»Wie bitte? Du meinst, die anderen Zauberer sind alle tot?«

»Jedenfalls diejenigen, die sich am Kampf um den Thron beteiligt haben. Man muss sich seiner Fähigkeiten schon sehr sicher sein, wenn man sich um die Krone bewirbt.«

Jetzt schauderte Linn erst recht.

»Wie kannst du damit leben? So einen skrupellosen Mann zu heiraten?«

Chamija schwieg lange. Schließlich sagte sie: »Nein, das ist er nicht. Skrupellos, meine ich. Er tut nur, was nötig ist, und nicht mehr. Schließlich hätte er versuchen können, dich zu töten, um den Drachen zu landen und mich nach Hause zu bringen. Dass er es nicht getan hat, zeigt mir, wer er wirklich ist. Bis dahin dachte ich, er würde jeden umbringen, der ihm in die Quere kommt. Du standest ihm nun wirklich buchstäblich im Weg, und er hat dich trotzdem verschont.«

»Na, vielen Dank«, sagte Linn langsam und erinnerte sich mit Unbehagen an Nexins kühles, spöttisches Lächeln. »Wie bringt er eigentlich diesen blauen Drachen dazu, ihm zu gehorchen?«

»Keine Ahnung«, gab Chamija gähnend zu. »Er ist ein Zauberer. Können Zauberer nicht alles, was sie wollen?«

Jikesch rollte über den Boden wie ein übergroßer violett-goldener Ball, schnellte hoch und wirbelte Rad schlagend um den Thron. »Rüstgeld!«, sang er. »Rüstgeld vom Fürstfeld!«

»Ruhe«, knurrte König Pivellius. »Wo war ich stehengeblieben? Schreibt, Findun: Die neue Besteuerung der Fürsten zur Finanzierung unserer Aufrüstung … Was?«

Der lange Rock bauschte sich um ihre bemerkenswert hübschen Knöchel, während Chamija mit klappernden Schuhen über die Marmorfliesen stakste. Zögernd streckte der Wächter die Hände nach ihr aus, berührte sie an der Schulter und fuhr erschrocken zurück, als sie ihn empört anfauchte.

»Majestät! Diese Leute sind unmöglich!«

»Was tut Ihr hier?«, erkundigte sich der König.

Der Narr ließ sich auf den Rücken fallen und riss fragend die Augen auf, um seine eigene Verwirrung zu überspielen. Auch er hätte gerne gewusst, was das Mädchen hier zu suchen hatte. »Wollt Ihr zu mir?«, rief er und breitete die Arme aus. »Oh Schöne, zu mir, zu mir!«

Chamija warf ihm einen kurzen verächtlichen Blick zu, dann gehörte ihre Aufmerksamkeit wieder dem König. Jikesch konnte nicht umhin zu bemerken, dass sich sogar die Wangen seines übellaunigen Herrn, der die Fünfzig weit überschritten hatte, röteten, als die blonde Tijoanerin sich so tief vor ihm verbeugte, dass das weit ausgeschnittene Kleid den Blick auf alle ihre Vorzüge freigab.

»Ich bin Schreiberin«, erklärte sie, »und ich will schreiben. In diese Kammer eingesperrt zu sein bringt mich noch um! Tagaus, tagein spreche ich mit einer Affendrossel, die im Käfig hockt und ›Faules Gör‹ zu mir sagt! Gebt mir eine Arbeit, ich flehe Euch an, Majestät!«

Der König gewann rasch seine Fassung zurück. »Ihr seid die Schreiberin des Botschafters von Tijoa. Nicht meine.«

»Oh bitte!« Sie wandte sich an Findun, der vor Entsetzen sein Buch fallen ließ, als sie seinen Arm umklammerte. »Habt Ihr keine Wünsche, nichts, wobei ich Euch helfen könnte? Ich habe eine gute Handschrift, soll ich es Euch zeigen?«

»Äh – das wird nicht nötig sein«, stammelte der königliche Beamte.

»Bringt die junge Dame wieder hinaus«, befahl der König dem Wächter, der furchtsam danebenstand und nicht wagte, Chamija anzufassen.

»Sicherlich könntet Ihr eine weitere Helferin gebrauchen, Herr Schreiber.« Resolut schüttelte das Mädchen den zaghaften Wachposten ab. »Ich weiß, es ist ein Nachteil, dass ich Tijoanerin bin, und mir ist auch bewusst, dass das neue Bündnis mir nicht von selbst Euer vollstes Vertrauen einbringt, Majestät. Doch sicherlich gibt es auch Abschriften, die nichts mit Geheimnissen zu tun haben. Ich könnte Stammbäume abmalen oder Familienchroniken oder Lobschriften über Heerführer und verstorbene Fürsten verfassen. Was immer Ihr wollt. Nur gebt mir endlich etwas zu tun!«

Der König sah zu Findun hinüber.

»Ich habe genug Mitarbeiter«, stammelte dieser.

»Geht«, befahl Pivellius und klang nahezu verzweifelt. »Ich finde eine Lösung für dieses Problem, dessen seid gewiss.«

»Na schön.« Chamija starrte auf Jikesch hinunter, in dessen Kopf sich partout kein lustiger Gedanke formen wollte. »Vielleicht könnte ich Euch ja als Närrin dienen, wenn kein Bedarf an Schreibern besteht?«

Der König nickte dem Wächter zu, der Chamija vorsichtig am Ärmel zupfte.

»Vergesst es nicht!«, rief sie noch, »Ihr habt es versprochen!«

Alle drei Männer atmeten auf, als die Tür hinter der Tijoanerin zufiel. Findun wischte sich den Schweiß von der Stirn.

»Wenn Tijoa Yan so schnell erobert wie dieses Mädchen mein Schloss, dürfte der Krieg bald vorüber sein«, sagte der König.

Das hätte meine Rede sein sollen, dachte der Narr frustriert. *Was ist bloß mit meinem Kopf passiert?* Er war viel zu beunruhigt, um sich auf seine eigentliche Aufgabe zu konzentrieren. Diesem Mädchen war nicht zu trauen – nichts würde Jikesch vom Gegenteil überzeugen. Am meisten bereitete ihm Sorgen, dass Linn in Chamija neuerdings ihre beste Freundin sah.

Er überließ den König und seine neuen Steuerpläne dem Schreiber und machte sich unbemerkt aus dem Staub.

»Wo ist sie hin?«

Er musste den Posten an der Tür nicht erklären, wen er meinte. Die Männer wiesen quer durch die Halle. »Da hast du dir aber etwas vorgenommen!«, rief einer ihm noch nach, als der Narr durch die Gänge eilte.

Jikesch wünschte sich, er hätte sie früher gefunden, bevor sie an diese Tür geklopft hätte.

»Aufmachen! Na los, macht endlich auf! Ihr seid doch da drin?«

Fassungslos kam er dazu, als Chamija eine unscheinbare Tür in einem abgelegenen Trakt des Schlosses mit den Fäusten bearbeitete.

»Das ist doch sein Zimmer?«, fragte sie und drehte sich zu ihm um.

»Wessen?«, fragte der Narr und kam vorsichtig näher.

»Die Stube des Schreibergehilfen.« Chamija stemmte die Hände in die Hüften. »Nival heißt er. Findun hat fünf von ihnen, bei den anderen war ich schon. Keiner will meine Hilfe annehmen. Das ist ungerecht – habe ich etwa verlangt, geheime Protokolle sehen zu dürfen? Ich will nur eine Feder zwischen den Fingern spüren, glatte Buchseiten unter der Haut ... Was ist?«

»Bei Barradas«, murmelte Jikesch und betrachtete sie feindselig. »Eure zierlichen Fingerchen sind zu zart, um die starren Buchstaben von Gesetzen zu meißeln. Wozu eignen sie sich besser – um einem Huhn den Hals umzudrehen?«

Chamija starrte zurück. »Du bist der Narr des Königs.«

»Närrischer und königlicher als ich ist wahrlich niemand.« Jikesch verbeugte sich.

»Hm.« Sie musterte ihn unverhohlen, während sie beim Nachdenken ihre Stirn in Falten legte und ihr niedliches Näschen rümpfte. »Ich nehme an, du bist recht schlau, anders könntest du mit dieser Aufgabe nicht lange überleben. Du siehst Dinge, die anderen nicht auffallen, hab ich recht? Du sprichst mit Leuten, mit denen sonst niemand zu sprechen wagt – beispielsweise mit mir. Alle anderen begaffen mich bloß und reden hinter meinem Rücken über mich. So ist es doch.«

»Gewiss«, sagte Jikesch vorsichtig.

»Hör mir zu, Narr, wenn ich dir jetzt etwas vorschlage. Eine Art Handel. Du hast überall Augen und Ohren. Würdest du es mir sagen, wenn du erfährst, dass jemand Übles gegen mich plant? Dem König wäre es peinlich, wenn einer ausländischen Gesandten an seinem Hof etwas zustieße, aber Unfälle passieren überall, und ich bin mir sicher, dass es im Schloss Leute gibt, denen es weitaus weniger Kummer bereiten würde als ihm. Du verstehst?«

Jikesch nickte zögernd.

»Ich habe es satt, vorsichtig zu sein. Mein gesunder Menschenverstand sagt mir, ich sollte nicht allein in einer Stube sitzen, in der jederzeit ein Feuer ausbrechen könnte. Oder durch einsame Gänge irren, wo ich die Treppe herunterfallen und mir das Genick brechen könnte. Am liebsten würde ich ja den Gardisten zusehen, und in ihrer Nähe könnte mir auch niemand einen bösen Streich spielen, aber der Prinz hat mich weggeschickt. Nein, ich brauche etwas zu tun, damit es wenigstens den Anschein erweckt, als gehörte ich hierher. Keine niedere Arbeit, die Tijoa beschämt. Wärst du bereit, mir zu helfen, bei einem der Schreibergehilfen unterzukommen und ihm zur Hand zu gehen?«

Wieder nickte Jikesch. »Nival ist viel zu schüchtern, um mit einer Frau zusammenzuarbeiten«, sagte er. »Ich würde es an Eurer Stelle bei Ukios versuchen.«

»Bei dem war ich schon.«

Mit einem einfachen Mittel konnte man sich die Freundschaft des ältesten Gesellen sichern – man musste nur Begeisterung für florale Ornamente heucheln. »Es gibt ein paar Dinge, die ich dir verraten könnte – allerdings sind wir noch nicht im Geschäft. Was springt für mich dabei heraus?«

Chamija strahlte ihn an, mit einem Lächeln, süß wie lonarischer Honig. »Oh, da wüsste ich etwas.« Sie beugte sich vor und legte die Hände an seine Wangen, und auf einmal kamen ihm ihre Augen sehr dunkel vor und unendlich alt.

Linn hatte damit gerechnet, dass die Enge der verwöhnten Prinzessin recht bald auf die Nerven gehen würde, doch Chamija erwies sich als erstaunlich tapfer.

»Oben bei den Adligen ist es kaum auszuhalten«, vertraute sie Linn an. »Die hassen alle Tijoaner, da mache ich mir nichts vor. Diese gierigen Gräfinnen haben sich ohne Ausnahme auf Nexin, ich meine Scharech-Par, gestürzt, er konnte sie kaum abwehren. Dabei gehört er doch mir! Nein, von denen habe ich wirklich genug. Was für ein Glück, dass du eine Zauberin bist, du kannst mich beschützen, wenn jemand mich umbringen will.«

»Warum sollte irgendjemand dich umbringen wollen?«

»Also wirklich, du bist vielleicht naiv.« Die Prinzessin lächelte ungläubig. »Tijoa befindet sich im Krieg mit Yan, und Yan ist seit Jahrhunderten mit euch verbündet. Ich kann mir vorstellen, dass eine Menge Leute wütend auf mich sind, auch ohne zu wissen, dass ich die Verlobte des Königs bin. Wachen nützen da gar nichts, man ist nur bei Zauberern in Sicherheit.«

Es beirrte Chamija auch nicht, dass Linn sich jede Zauberei im Schloss verkniff, selbst dann, wenn sie in ihrem Zimmer allein waren. Aber obwohl die junge Tijoanerin hin und wieder verständnislose Bemerkungen von sich gab, hielt sie nach außen hin dicht, und nicht mal der Schatten eines Gerüchts erreichte Ohren, die nichts davon hören sollten.

»Weißt du, was mir noch wichtiger ist? Du bist meine beste Freundin. Ich hatte nie eine. Keine richtige Freundin, meine ich. Immer wollten alle etwas von mir. Nur du, Linnia – du willst gar nichts.«

Sofort fühlte Linn sich schuldig. Denn einerseits mochte sie Chamija tatsächlich immer lieber. Ihr fröhliches Geplapper, aber auch die stillen Momente, wenn sie abends im dunklen Zimmer lagen und leise redeten und durch Chamijas Worte eine Einsamkeit schimmerte, die vielleicht erschreckender war als alles, was Linn je erlebt hatte.

Es ist nicht recht, dass ich sie benutzen will. Genau wie alle anderen.

Andererseits hatte sie sonst niemanden, der ihr mehr über Scharech-Par und seinen Drachen erzählen konnte. Über das Rätsel, warum ausgerechnet dieser Drache in Linns Dorf eingefallen war. Hatte der Zauberer ihn geschickt? Warum hätte er das tun sollen, wenn ihr Vater doch nie mit irgendjemandem aus Tijoa in Konflikt geraten war? Jedenfalls soviel sie wusste. Harlon hatte Schenn nie verlassen. Wie konnte er sich da den Zorn des mächtigsten Magiers von Tijoa zugezogen haben?

3

»Ein Drache! Aufwachen! Drachenalarm!«

Jemand bollerte lautstark an ihre Tür. Linn sprang so schnell aus dem Bett, dass sie über ihre Schuhe stolperte und gegen die Wäschekommode stürzte. Unter dem Tuch, mit dem Linn jeden Abend den Käfig verhängte, gab die Affendrossel ein verstörtes Fauchen von sich.

»Was ist los?«, fragte Chamija verschlafen, denn auf dem Gang erklangen laute Schritte, eiliges Türenschlagen und das Klirren von Waffen.

»Drachen! Wo ist die Lampe?«

»Zaubern geht schneller«, murmelte die Tijoanerin und gähnte. »Ich glaube, ich werde euch Schenner nie verstehen.«

Im Dunkeln tastete die junge Drachenjägerin sich ans Fenster. Lanhannat, die Stadt des Königs, lag friedlich schlafend im Tal. Eben kroch die Dämmerung im Osten herauf und tauchte den Himmel in ein diffuses Grau. Linn hielt Ausschau nach großen, geflügelten Gestalten, und fast erwartete sie, dass die Häuser unten in Flammen aufgingen, aber alles blieb ruhig. Jetzt erst fiel ihr auf, dass sie die Hörner nicht hörte, mit denen die Wache zusammengerufen wurde – also galt der Angriff nicht der Stadt. Wo immer der Drache sich auch befand, hier jedenfalls nicht. Trotzdem schlug ihr Herz so schnell, dass es fast schmerzte, und nun spürte sie auch die blauen Flecken, die sie sich eben zugezogen hatte.

»Ha?«, wisperte die Drossel.

»Sei ruhig, mein Schätzchen«, sagte Chamija, die sich oft stundenlang mit dem sprachbegabten Vogel beschäftigte, während die Drachenjäger im Hof trainierten.

»Ja, jetzt sind wir alle wach«, knurrte Linn, während sie sich darum bemühte, ein Brandhölzchen zu entflammen, um die Lampe anzuzünden. Ihre Hände zitterten zu stark. Zweimal brach es ab. Ihr blieb nichts anderes übrig, als sich im Dunkeln anzuziehen, doch gerade als sie nach ihrer Tunika tastete, glühte etwas auf, und der sanfte Schein der Lampe erhellte den Raum. Chamija, in ihrem langen weißen Hemd und dem Spitzenhäubchen auf dem blonden Haar, stand barfuß am Tisch.

»Du musst los? Wirklich? Auf Drachenjagd?«

»Wenn der Hauptmann mich mitnimmt.« Linn zog sich so hastig wie möglich an. Chamija brachte ihr das Kettenhemd und den Schwertgürtel. »Das macht er bestimmt«, sagte sie. »Er ist so nett, ich kann mir nicht vorstellen, dass er dir einen Wunsch abschlagen würde.«

Die Prinzessin, die von allen Seiten nur Übles erwartete, gab sich, was Arian betraf, merkwürdig blind. Der Prinz ließ Linn am härtesten von allen trainieren. Er trug ihr Dienste auf, die für eine Ritterin nahezu unwürdig waren, schickte sie als Botin in benachbarte Städte oder machte sie zum Leibwächter khanatischer Kaufleute. Bisher hatte er sie auf keine einzige Drachenjagd mitkommen lassen, dabei war die Garde immerhin schon drei Mal ausgezogen, ungewöhnlich häufig in diesem Frühjahr. Seit der Lichtmond angefangen hatte, brannte Linn vor Ungeduld, doch Chamija vertraute unerschütterlich darauf, dass Arian seine Gründe hatte. Es ging der jungen Prinzessin nicht in den Schädel, dass ein schöner Königssohn vielleicht aus kleinlichem Ärger oder gar aus Neid auf Linns Kampfkünste ungerecht sein könnte.

»Ich hoffe es«, murmelte Linn. Sie hatte langsam das Gefühl, hier im Schloss zu ersticken. Sie musste raus, musste sich ihren Feinden stellen! Diesmal würde sie es nicht einfach hinnehmen, wenn sie wieder zu Hause bleiben sollte.

»Wenn er dich nur anschaut, wird sein Herz schmelzen«, versicherte Chamija.

»Meinst du?«, fragte Linn zweifelnd. Sie hatte nicht die Absicht, irgendjemanden zu betören; als Ritterin war das auch kaum möglich.

Ihre Kleidung unterschied sich von jener der anderen Frauen – mit Ausnahme von Gunya, der zweiten Frau in der Garde –, denn statt eines langen Rocks und einer hüftlangen Tunika oder einem geschnürten Mieder trug sie eine knöchellange weite Hose, dazu eine schwarze Tunika und darüber das leichte Kettenhemd, das ihre Beweglichkeit nicht einschränkte. Niemand wusste um seine magischen Eigenschaften, die ihr zusätzlich Schutz gewährten. Ohne diesen Zauber wäre sie bei einem Wutanfall des Königs ums Leben gekommen, als er herausgefunden hatte, dass sie die Tochter des verbannten Verräters Harlon war. Dazu band sie den Gürtel um, an dem sie ihr Schwert befestigen würde, und natürlich den weißen Umhang der königlichen Garde der Drachenjäger.

Ihr Gesicht im Spiegel sah mittlerweile wie das einer Städterin aus, seit sie auf die bunten Bänder verzichtete, die jede unverheiratete Frau aus der Provinz Nelcken normalerweise im Haar trug, und sich auch das komplizierte Flechtmuster schenkte.

»Soll ich dir beim Kämmen helfen?«

»Danke – wenn ich es selbst mache, geht es schneller.«

»Du verstehst eben nichts von Frisuren«, schmollte Chamija. »Auch eine Drachenjägerin darf schön sein, oder nicht?«

»Für wen?«, fragte Linn zurück. »Für den Drachen? Damit er von meinem Anblick so gebannt ist, dass ich ihm in aller Ruhe das Herz aus der Brust schneiden kann?«

»Um Männer geht es dir ja nicht«, meinte Chamija missmutig. »Solange Yaro in Brina auf dich wartet.«

»Ganz recht«, meinte Linn. »Yaro wartet. Und die Ritter im Moment wohl auch, fürchte ich.«

Sie wusch sich noch rasch das Gesicht und riss die Bürste durch ihr dichtes braunes Haar. Der schlichte Zopf war in Windeseile geflochten. Als sie in den Speisesaal mit der hohen, gewölbten Decke trat, saßen die anderen Ritter schon an der langen Holztafel und stärkten sich an einer eiligen Mahlzeit aus Getreidebrei.

»Frauen«, brummte Hekam, ein Hüne von einem Soldaten, der schon am Boden seines Tellers angekommen war, »brauchen immer am längsten.«

»So?« Gunya, Mitte dreißig, mit einem schmalen Gesicht und kurz geschnittenen braunen Haaren, war nie um eine passende Antwort verlegen. Grinsend schnippte sie eine Haselnuss vom Tisch und traf ihn damit an der Stirn.

»Au!«

»Danke, mir war auch gerade danach«, sagte Linn und verstummte sofort wieder, denn der Prinz hob die Brauen.

Schwarz wie Rabenflügel schnitten sie durch seine Stirn und verliehen ihm ein grimmiges Aussehen. »Wie schön, dass Ihr Euch auch herbequemt, Fräulein Linnia«, sagte er kühl.

Sie wusste ja, dass die anderen Soldaten schneller waren. Sobald der Weckruf ertönte, standen sie schon fertig gerüstet auf der Matte. Wie sie das hinbekamen, war Linn nach wie vor ein Rätsel – schliefen sie vielleicht in ihrer Rüstung? Vermutlich verzichteten sie einfach darauf, sich zu waschen, und erachteten Haare kämmen oder gar eine Rasur für unwichtig, sobald es in die Schlacht ging.

»Ein Drache?«, fragte sie, ohne eine Miene zu verziehen, setzte sich neben Gunya an den Tisch und häufte sich einen Löffel Getreidebrei auf den Teller. »Wo?«

»Das wüsstet Ihr, wenn Ihr nicht so getrödelt hättet«, murmelte Gunya.

»Ritterin Gunya? Würdet Ihr unsere überaus berühmte Drachentöterin informieren, worüber wir gesprochen haben?«, meinte der Prinz.

Gunya seufzte und verdrehte die Augen, gehorchte aber ohne Widerspruch.

»Ein Drache«, erklärte sie knapp. »In Quintan, das ist ein Nachbardorf von Werrin. Wo das ist, muss ich Euch ja nicht erzählen.«

»Nein, das finde ich gerade noch.« In Werrin hatte sie der Garde geholfen, einen eisengrauen Drachen zu töten. Völlig unbefugt, weshalb man es ihr auch nicht gedankt hatte. Zusammen mit Jikesch … Nein, das war keine gute Erinnerung.

»Ein besonders schöner Drache«, sagte Hekam. »Der Beschreibung des Boten nach ist er gelblich, fast weiß, wie ein Stück vom Mond.«

»Was?« Linn verschluckte sich fast. Konnte es wahr sein, dass einer ihrer Feinde ganz in der Nähe war? »Den muss ich sehen!«

»Was bringt Euch auf die Idee, Ihr wärt bei diesem Einsatz dabei?«, fragte Gunya. »Prinz Arian hat die Truppe bereits eingeteilt. Es wäre mir aufgefallen, wenn Euer Name genannt worden wäre.«

Über den Tisch hinweg begegnete Linn dem Blick des jungen Hauptmanns, der sie geradezu trotzig anstarrte, als erwartete er Widerspruch.

Neben dem Prinzen saß Okanion, der ihretwegen seine Hauptmannsstelle an den Sohn des Königs verloren hatte. Die vernarbte Hälfte seines Gesichts verriet keine Regung, doch in seinen Augen las Linn die Warnung, nur ja keinen Fehler zu machen. Der erfahrene Drachenjäger hielt treu zu ihr, seit sie und der Narr ihm damals in Werrin das Leben gerettet hatten.

Hastig beugte sie sich über ihr Frühstück und schaufelte den lauwarmen Brei in sich hinein. Der Prinz hatte das Recht, mitzunehmen, wen er wollte. Niemals zog die gesamte Garde aus und ließ Lanhannat schutzlos zurück. Sie hatte nur gedacht … hatte gehofft … nun ja. Bestimmt würde sie sich nicht die Blöße geben, darum zu betteln, dass sie mitdurfte. Das Schloss und die Stadt zu bewachen war Ehre genug. Aber wenn dieser Drache zu den vier Ungeheuern gehörte, die ihre Heimat zerstört hatten, konnte niemand ernsthaft erwarten, dass sie zu Hause blieb!

»Ich …«, begann sie.

»Habt Ihr etwas an meiner Auswahl auszusetzen?« Der Prinz hatte sich diesmal einen Trupp aus erfahrenen Kriegern und ein paar Neulingen zusammengestellt – keine schlechte Mischung, musste sie zugeben.

»Nein, natürlich nicht. Aber …«

»Lasst Euch nicht provozieren«, formten Okanions Lippen – jedenfalls vermutete sie das, denn die linke Hälfte seines Mundes konnte er nicht bewegen.

»Beim letzten Mal durfte ich auch schon nicht mit«, hörte sie sich sagen. War sie nicht eben noch fest entschlossen gewesen, sich nicht zu beschweren? »Ich hatte gehofft, dass ich diesmal eine Chance bekomme. Dieser Drache …«

»Ihr müsst noch viel lernen«, unterbrach Arian das Mädchen und grinste breit. Er schien nur darauf gewartet zu haben, dass sie Einwände erhob.

»Aber ich …«

»Gehorsam«, betonte er. »Wir können diese Ungeheuer nur besiegen, wenn wir zusammenarbeiten und jeder sich an die Regeln hält.«

»Das werde ich tun«, beteuerte Linn. »Wirklich!«

»Gerade eben«, freute sich der Prinz, »habt Ihr mir bewiesen, dass Ihr noch nicht so weit seid. Kein anderer Ritter hat seinen

Unmut geäußert – weder diejenigen, die bei diesem Einsatz ihr Leben riskieren werden, noch die anderen, die zum Schutz Lanhannats zurückbleiben. Der Großteil des Gardelebens besteht aus Warten und Wachen. Haltet Ihr etwa die Stadt des Königs nicht für schützenswert?«

»Doch«, murmelte sie kleinlaut und senkte den Kopf, damit er die Wut in ihren Augen nicht sah.

Auch wenn Arian durchaus ein paar gute Eigenschaften besaß – im Moment wäre ihr allerdings auch unter Folter keine einzige eingefallen –, Dankbarkeit gehörte jedenfalls nicht dazu. Sonst hätte er nicht jede Gelegenheit genutzt, um sich dafür zu rächen, dass sie den Drachen getötet hatte, für den er von seinem Vater geehrt worden war. Arian war Brahans Erbe, der letzte Nachkomme des legendären Helden, des Mannes, der seine Braut aus der Drachengrube befreit hatte, um sie im Triumph nach Hause zu bringen. Mit Brahans Krönung zum König von Schenn hatte vor achthundert Jahren die Zeitrechnung begonnen, und niemand sonst – außer den Göttern – wurde so verehrt, höchstens noch Laran, Brahans ältester Sohn, der den Großen Krieg beendet hatte, indem er Bor-Chain von Tijoa tötete und das Wüten der Drachen beendete. In Arian steckte, so schwer es auch zu glauben war, ein wenig von Brahan, und wie jeder aus dieser Familie hatte er die Chance, Larans Heldentaten zu wiederholen.

Was war Linn dagegen? Bloß die Tochter eines verbannten Verräters.

Aber das ist mein Drache! Er gehört mir!

Die Drachenjägerin biss die Zähne zusammen, um nicht mit ihrem Protest herauszuplatzen, als sie mit den anderen Rittern in den Hof hinaustrat, wo die ausgewählten Jäger sich zum Auszug bereitmachten. Die Diener schmückten sechs stolze Streitrösser. Ein Pulk aus Knappen und Mägden wimmelte um die Garde herum und bereitete alles vor. Auch Chamija stand dabei, den Pelz um die Schultern geschlungen. Es war empfindlich kalt, ihre Wangen waren gerötet, und jeder Zweite beobachtete lieber sie statt die Drachenjäger.

Wenn ich jetzt sofort losreiten würde, über den Pass, statt die Gebirgsstraße entlang, könnte ich vor ihnen allen in Quintan sein, dachte Linn. Aber die Zeiten waren vorbei, als sie heimlich den Drachenjägern gefolgt war, um einen Kampf zu sehen. Sie und Jikesch. Endgültig vorbei.

»Ein Drache! Weh, weh, ein Drache!«

Eine violett gekleidete Gestalt rollte an den Zuschauern vorbei und sprang auf. Kleine Glöckchen klingelten an den Zipfeln der goldenen Mütze, als der Narr des Königs die Arme in die Luft reckte und schrie: »Ein Drache! Oh ihr gnädigen Götter, sie reiten los und haben sogar Bratspieße dabei! Welch ein Mahl für ein schuppiges Untier – Ritter in Eisen!«

»Verschwinde«, sagte der Prinz ungnädig und wollte dem Narren einen Fußtritt versetzen. Doch dieser wich behände aus, schlüpfte unter dem Schimmel des Hauptmanns hindurch und schnellte auf der anderen Seite wieder in die Höhe.

»Gebraten! Gebratener Ritter! Nach welchem Rezept wird der Drache kochen? Nach dem königlichen Pastetenrezept, mit Kräutern und Speckwürfelchen gewürzt, Ritter in Zwiebeln und Knoblauch?«

»Hau ab!«, schimpfte Arian und schlug nach dem Narren, brachte jedoch nur sein eigenes Pferd zum Scheuen.

Der Narr kletterte an einer der uralten Götterstatuen hoch, die diesen Teil des Schlosshofs schmückten, verneigte sich in alle Richtungen und krakeelte: »Die Drachenjägerin bleibt hier! Sie muss ihr Schwert putzen, sie muss ihre Schuhe polieren.« Er winkte in Linns Richtung. »Fräulein Drachentod! Schon wieder flieht der Prinz vor Euch! Flieht, was er nur kann, in den Rachen eines Drachen!«

»Willst du wohl runterkommen!« Mit der Dornlanze versuchte Arian, den Narren von der Statue herunterzuholen, doch der kletterte flink aus dem Schoß des ernst dreinblickenden Marmorgottes auf dessen Schultern.

»Ich wünschte, er würde es lassen«, murmelte Linn kopfschüttelnd. »Das wünsche ich mir wirklich.«

Sie musste ihm sagen, dass er sich aus ihren Angelegenheiten heraushalten sollte. Allerdings vermied sie es seit ihrem großen Streit, nachdem sie sein Geheimnis aufgedeckt hatte, überhaupt mit ihm zu sprechen. Immer noch schmerzte es sie viel zu sehr, ihn auch nur anzusehen. Jede Albernheit, die er von sich gab, fühlte sich an wie der Stich einer Flüsterwespe.

»Jikesch, hör endlich auf«, sagte sie, aber nicht laut genug.

Ungerührt machte der Narr damit weiter, den Prinzen zu verhöhnen. »Bald seid Ihr gar, Hauptmann Bratmann. Mit welchem Ritter stopft Ihr dem Drachen das Maul? Mit dem da? Oder dem hier? Der könnte hübsch hineinpassen, wenn er die Füße anzieht, die großen Füße …«

Drei Ritter hatte Arian beim letzten Einsatz verloren; kein Wunder, dass er empfindlich reagierte.

»Halt endlich die Klappe!«, brüllte er. »Oder ich werde dafür sorgen, dass dir das Lachen vergeht. Das waren edle Männer!«

Als Spielzeug und Glücksbringer des Königs war der Narr unantastbar. Niemand sonst hätte sich herausnehmen können, das auszusprechen, was seit dem Ende des Winters als Gerücht in der Stadt schwelte.

»Drachenjägerin auf der Jagd, welch seltener Anblick! Bratet, Prinzlein, schmort in Eurem Eisenhemdchen. Fürchtet Ihr, sie könnte Euch den Ruhm stehlen? Na? Fürchtet Ihr die Drachenjägerin, die Ruhmdiebin, die Drachentod-Diebin? Oh, ich sehe, wie Eure Knie schlottern vor Angst. Das linke vor dem Drachen, das rechte vor dem Mädchen.«

Arian warf die Lanze, doch obwohl er gut gezielt hatte, streifte die Waffe nur die Wange des steinernen Gottes, während auf dem Kopf des Standbildes der Narr saß und so laut schrie, dass es auf dem ganzen Hof widerhallte: »Zitterprinz! Schickt seine Leute in den Drachentod! Für die Ehre! Für die Krone! Für einen Ring mit einem Steinlein, so groß wie ein Zahn!«

Der Prinz bebte vor Wut. Als Okanion ihm die Hand auf den Arm legte, schüttelte er ihn unwillig ab.

»Ich bringe dieses Bürschchen um«, zischte er.

»Das ist es, was die Leute sagen werden«, meinte der ältere Drachenjäger. »Der Narr spricht es nur laut aus.«

»Laut? Oh ja, laut.« Der Prinz wandte sich plötzlich um, zu Linn, deren Wangen sich vor Verlegenheit bereits rot verfärbten. Am liebsten hätte sie Jikesch eigenhändig von der Statue gerissen, stattdessen musste sie mit den anderen Gardisten ordentlich aufgereiht dastehen und abwarten.

»Fräulein«, sagte Arian schroff, »Ihr wollt also unbedingt mit?«

»Es tut mir leid, Herr, ich kann nichts dafür, dass …«, setzte sie an, aber er unterbrach sie sofort.

»Wir haben keine Zeit für so etwas. Sattelt Euer Pferd.«

Freude wallte in ihr auf. »Ich darf doch mitkommen?«

»Bringen wir Euren kleinen Freund zum Schweigen.« Arian warf Jikesch, der oben auf dem göttlichen Kopf Kusshände verteilte, einen grimmigen Blick zu. »Ich habe keine Angst davor, dass Ihr mir den Ruhm stehlen könntet.«

»Das habe ich auch nie angenommen …«, wollte sie versichern, aber er hatte sich schon wieder abgewandt und erteilte den Dienern mit ungeduldiger, gereizter Stimme Befehle.

Linn vergaß völlig, damenhaft auszusehen, als sie zum Stall rannte, um ihr Pferd zu holen.

Tani begrüßte sie ohne große Begeisterung. Wie seine Artgenossen hatte er nichts dagegen, im Stall zu bleiben. Manchmal kam es Linn so vor, als sei sie die Einzige auf der ganzen Welt, die freiwillig auf Drachenjagd ging.

»He, du«, sagte Jikesch leise.

Sie versuchte ihn nicht anzusehen, während sie das gesattelte Pferd aus der Box führte. »Geh mir aus dem Weg.«

»Linnia«, bettelte der Narr und duckte sich vor ihrem zornigen Blick.

»Ich werde mich nicht bedanken, klar? Ich wollte warten, bis Arian bereit ist, mich mitzunehmen. Es war ganz und gar nicht nötig, so einen Aufstand deswegen zu machen.«

»Linnia«, flehte er.

»Lass mich vorbei!«

Tani zuckte unruhig mit den Ohren, die Gestalt mit dem weiß bemalten Gesicht, den schwarz umrandeten Augen und den schwarzen Lippen rührte sich jedoch nicht von der Stelle.

»Hör mich an, bitte. Es tut mir leid.«

»Nein«, sagte Linn, und sogar in ihren eigenen Ohren klang sie ähnlich schroff wie der Prinz. »Du hörst auf. Damit und mit allem anderen. Misch dich nicht ein. Bei allen Göttern«, fügte sie hinzu und erschrak selbst, wie heftig sie dabei wurde, »bleib endlich weg von mir!«

Er torkelte zur Seite, damit Linn den Braunen endlich aus dem Stall führen konnte. Die anderen Gardisten warteten schon.

»Frauen«, sagte Hekam und blickte sich vorsichtshalber nach Gunya um. »Immer zu spät.«

Arian nickte ihr zu, ohne eine Miene zu verziehen.

»Dann los.«

Der Trupp hatte das Tor beinahe erreicht, als hinter ihnen ein schriller Schrei ertönte.

»Linnia!«, schrie der Narr. »Fräulein Linnia, warte!«

Sie drehte sich um und sah, wie Jikesch über den Hof rannte und wild mit den Armen fuchtelte. »Das Schwert!«

»Was will er denn jetzt?«, fragte Hekam, der neben Linn ritt. »Habt Ihr etwa Euer Schwert vergessen?«

»Natürlich nicht. Keine Ahnung, was er hat«, meinte sie kühl. »Er ist völlig übergeschnappt. Das muss er wohl auch sein, als Narr des Königs.«

»Solange er noch weiß, dass er Pivellius' Narr ist und nicht der Eure«, murmelte der Ritter.

»Das Schwert! Linnia, warte!«, kreischte Jikesch, doch da ritten sie schon unter dem großen Torbogen hindurch. Wenigstens konnte er ihnen jetzt nicht mehr folgen. Unwillkürlich zuckte ihre Hand nach dem vergoldeten Schwert, das griffbereit an ihrer Seite hing. Die scharfe Klinge, die sie mit einem feinen Überzug aus Gold hatte versehen lassen, war von einer Hülle aus weichem Leder geschützt. Der Juwelier hatte sich sehr gewundert, als sie ihn auch noch darum gebeten hatte, eine große, bernsteinfarbene Scheibe in den vorher zweckmäßig schlichten Griff einzufügen.

»Das hübscheste Schwert der ganzen Drachengarde«, hatte er zwinkernd gemeint. »Wenigstens könnt Ihr Euch sicher sein, dass niemand ein ähnliches besitzt.«

Oh ja, darüber war sie sich im Klaren. Kein anderer Drachenjäger wusste, dass Drachen Eisen spüren konnten und Gold die Klinge für die Untiere unsichtbar machte. Keiner außer Linn schmückte seine Waffe mit einer Drachenschuppe – denn genau das war der vermeintliche Bernstein: eine Schuppe des Drachen Nat Kyah, die diesem Schwert magische Kräfte verlieh. Ihre Geheimwaffe gegen die Drachen. Ihr Garant für einen Sieg.

Wie konnte Jikesch auch nur einen Moment lang annehmen, sie würde ein anderes Schwert mitnehmen als dieses?

4

Die Wachen kreuzten die Lanzen, als Jikesch hinter den Reitern durchs Tor huschen wollte.

»Linnia!«, schrie er. »Warte!«

Doch es war zu spät. Der Trupp war schon hinter der ersten Wegbiegung und entzog sich seinen Blicken. Die Drachenjäger ritten in den Sommermorgen hinein, der sich grau und zögernd über den Himmel breitete.

»Na?«, fragte einer der Wächter. »Bist du etwa wild auf Heldentaten?«

Der Narr ließ sich nach hinten fallen und blieb eine Weile auf dem Rücken liegen. Wenn er nach oben starrte, konnte er die rauen Steine des Torbogens zählen; im Moment hätte er nichts dagegen gehabt, wenn sie heruntergerauscht wären und ihn unter sich begraben hätten.

»Ja«, sagte er matt. »Eine Heldentat. Drachenjagd auf Närrisch. Dem Ungeheuer die Hörner abreißen, das würd ich, damit ich mir damit in den Ohren herumstochern kann.«

»Hoffentlich nicht in meinen«, sagte der Wächter freundlich. »Und jetzt verschwinde hier vom Tor.«

Jikesch zog die Beine an, sprang in den Stand und warf sich sofort wieder nach hinten. Mit mehreren Überschlägen entfernte er sich von dem verbotenen Tor und landete schließlich in der Mitte des Hofs, wo sich die Zuschauer langsam zerstreuten.

Mit einem Satz schwang er sich auf eine halbhohe Marmorsäule und hockte sich dort hin. Um sich zu beruhigen, umfasste er seine Knie und legte das Kinn darauf. Eine Weile war ihm, als könnte er nicht atmen, als hätte er es verlernt, vorne am Tor, und er spürte nur sein Herz, das wie verrückt schlug.

»Das hast du wunderbar hingekriegt, du Narr«, murmelte er. »Schickst sie los. Ohne es ihr zu sagen. Ohne sie zu warnen. Warum? Warum nur?«

»Traurig? Nach einem solchen Erfolg?« Vor ihm stand der Ritter mit dem halben Gesicht.

»Die Drachenjägerin zog los, einen Drachen zu jagen«, sagte Jikesch. »Sie jagte los, ein Ungeheuer an sich zu ziehen. Fürchte die heißen Küsse der Drachen, ich sag's dir, werter Ritter. Eifersüchtig bin ich, wer hätte das gedacht?«

Okanion tastete über seine zerfurchte Wange. »Der Kuss eines Drachen«, sagte er leise. »Oh ja, ich weiß, was du meinst. Aber Linnia ist erstaunlich gut, und bis jetzt ist sie immer mit heiler Haut davongekommen. Mach dir keine Sorgen um deine Freundin.«

»Sie ist nicht meine Freundin«, sagte Jikesch wehmütig.

Okanions Lächeln brachte Kinder dazu, schreiend davonzulaufen, aber der Narr erkannte die aufrichtige Anteilnahme in dem zerstörten Gesicht.

»Sie wird zurückkommen«, versprach der Ritter, bevor er über den Hof davonmarschierte.

Jikesch seufzte. »Linnia«, flüsterte er, »ach, Linnia. Dieses Schwert ... oh weh. Oh weh!« Er ballte die Fäuste in ohnmächtiger Verzweiflung. Warum hatte er den Prinzen dazu gebracht, das Mädchen mitzunehmen, obwohl die Sache noch nicht geklärt war? Obwohl es ihm in den vergangenen Frühlingsmonden kein einziges Mal gelungen war, mit ihr darüber zu reden? Sie wich ihm aus. Sie drehte sich um und ging in eine andere Richtung davon, sobald er im Hof auf sie zulief. Er konnte nichts ausrichten, wenn sie sich einfach weigerte, mit ihm zu sprechen.

Der Narr stöhnte und biss sich in die Hände, die in feinen weißen Handschuhen steckten.

Wenn er sich sicher gewesen wäre ... er hätte es ihr in die Ohren geschrien, ganz gleich, ob sie zuhören wollte oder nicht. Aber die Zweifel waren zu groß, denn seine Kenntnisse über Magie waren bestenfalls bruchstückhaft. Trotzdem hätte er sie wenigstens warnen müssen.

»Warum so schüchtern, Jikesch, Narrenprinz?«, fragte er sich. »Seit wann fehlt es dir an Worten?«

»Kummer, kleiner Narr?« Chamija blickte zu ihm hoch. Bei ihrem liebreizenden Lächeln verkrampfte sich alles in ihm.

»Ich weiß nicht«, murmelte er. »Gar nichts mehr weiß ich.«

»Komm runter zu mir.«

Er war kein Hund, dass er auf so einen Befehl gehorcht hätte, doch zu seinem eigenen Erstaunen sprang er prompt von der Säule und fand sich zu ihren Füßen wieder.

Das Mädchen strich ihm über die weißen Wangen. »Sei nicht traurig, kleiner Narr. Weißt du denn nicht mehr, was ich dir versprochen habe? Die Zukunft ist hell und golden, mein Held auf dem Narrenthron. Doch der Weg dahin wird dunkel sein, und wenn ich dich unterwegs verliere, was dann?«

»Du hast mir etwas versprochen?«, fragte er verwirrt, denn er konnte sich beim besten Willen nicht mehr daran erinnern. Irgendetwas war gewesen, auf irgendetwas hatte er sich gefreut ... oder hatte er sich gefürchtet? Nicht einmal das wusste er mehr.

»Das war perfekt, vorhin«, sagte sie. »Gute Arbeit. Ich war mir sicher, dass du mich nicht enttäuschst. Und niemandem wird etwas geschehen – niemand Wichtigem, um genau zu sein. Lauf jetzt zum König. Heute glänzt du ja vor Einfällen, bestimmt wirst du nur so übersprudeln. Sonne dich in deinem

Sieg, und Pivellius wird zufrieden mit dir sein, so wie ich es bin.« Wieder tätschelte sie ihm die Wange, und er war zu verblüfft, zu verwirrt, um sich dagegen zu wehren. »Lauf jetzt, der Tag beginnt. Siehst du? Ein herrlicher Tag voller Möglichkeiten.«

Jikesch starrte in die Sonne, die über den Rand der Schlossmauer kroch und die Mosaike an den weißen Türmen aufleuchten ließ. Ein Glitzern und Flackern überzog das ganze Schloss, und in den Fensterscheiben spiegelte sich die Morgenröte. Er schüttelte den Kopf, dass die Glöckchen nur so bimmelten, und rannte über den Hof zum Haupteingang, die mächtige breite Treppe hinauf, bis vor das riesige Eingangstor, dessen Beschläge kupferfarben schimmerten.

»Ein Drache«, sang er. »Ein Schlossdrache, ein Drachenschloss. Erste Strophe: Er öffnet das Maul. Zweite Strophe: Ich trete ein. Dritte und letzte Strophe: Tür zu, Ende, aus.«

Kopfschüttelnd schob der Wächter die schwere Tür einen schmalen Spalt breit auf, damit Jikesch hindurchhuschen konnte. Die große Halle, in der König Pivellius vornehme Gäste empfing, war leer, und der Thron wirkte wie ein vergessenes Spielzeug.

Später erst würde der Herrscher über das Königreich Schenn und die Provinzen Nelcken, Honau und Inidria hier sitzen. Jetzt stand er gerade auf.

Zwei Diener halfen dem König beim Ankleiden. Sie hüllten seine Beine in Hosen aus dunkelblauem Tuch, passend zu einer Tunika in sattem Nachtblau. Das Wams, das er darüber zog, war mit mehreren goldenen Broschen verziert, Stücke aus einem Drachenschatz, den Pivellius selbst vor mehr als dreißig Jahren erbeutet hatte. Die grüne Brosche fehlte. Schuldbewusst starrte Jikesch auf die leere Stelle und konnte doch ein kleines Grinsen nicht unterdrücken.

»So still heute?«, fragte der König. »Es kommt mir vor, als läge eine Wolke über der Stadt und dem Schloss. Die Sonne kommt nicht durch, dabei fängt der Sommer gerade erst an. Was ist passiert?«

»Die Drachengarde ist heute Morgen ausgerückt, Majestät«, erklärte einer der Diener.

Pivellius richtete den Blick auf den Narren, der neben dem großen Ankleidespiegel saß und mit den Zipfeln seiner Narrenmütze spielte.

»Selbst du verbreitest Trübsinn«, beschwerte sich der König. »Soll ich das als schlechtes Vorzeichen nehmen? Werden die Ritter nicht vollzählig zurückkommen?«

Jikesch begutachtete sein eigenes Lächeln im Spiegel; eine zähnefletschende Grimasse. Ihm war nicht nach Scherzen, und sein Herz war schwer, es fühlte sich an wie ein Stein in seiner Brust.

Er hatte dafür gesorgt, dass Linnia bei dieser Mission dabei war – obwohl er es versäumt hatte, mit ihr über das Schwert zu sprechen. Nein, ein lustiger Tag begann anders. Wenn er schon dazu fähig war, Prinz Arian zu etwas zu zwingen, was dieser nicht wollte, warum dachte er dann nicht erst nach, bevor er seine Macht einsetzte?

Du hast es verbockt, Jikesch. Oh, du trägst diesen Hut mit Fug und Recht, königlicher Narr.

»Die Ritter sind gewillt, sich notfalls braten zu lassen«, sagte er düster. »Narren wie ich, mutig und unerschrocken. Man könnte sie für Löwen halten, wenn sie etwas mehr Haare hätten.« Er war nicht hier, um den König mit schweren Gedanken zu belasten. Die violette Gestalt im Spiegel grinste breit, mit blitzenden Zähnen. »Und der Drache hat sich ein Kochbuch gekauft mit schönen Bildern. Leider wird er nicht dazu kommen, irgendeins der Rezepte auszuprobieren. Die Ritter haben ihr Besteck mitgebracht und einen gesunden Appetit. Bevor der

Drache ihnen sagen kann, dass sie die Einladung falsch verstanden haben, landet er selbst auf dem Tisch, flambiert und mit Trauben und Äpfeln garniert.«

»Hm«, machte der König.

Jikesch hätte sich am liebsten gegen die Stirn geschlagen. Das war nicht witzig, sondern weit entfernt davon, irgendjemanden zum Lachen zu bringen. Aber sein Mund war trocken, und die Gedanken waberten zäh durch sein Hirn. Oh, er konnte es noch – hatte er das nicht erst vorhin im Hof bewiesen? Er war in der Lage, Menschen dazu zu bringen, andere Wege einzuschlagen als jene, die sie geplant hatten. Doch statt zu jubeln musste er sich darauf konzentrieren, nicht mit trübem Blick in irgendeiner Ecke zu hocken.

Ein Mädchen schritt durch seine Gedanken, ein blondes Mädchen mit einem weißen Pelz um die Schultern. Sie sah ihn an und lächelte, doch ihre Augen waren nicht mehr blau wie der Himmel, sondern dunkel wie die Nacht. »Ich weiß, was dir Freude macht«, wisperte sie. »Ich weiß, was du dir wünschst, im tiefsten Inneren deines Herzens, oh, ich weiß, was dort wohnt.«

»Garniert mit einem Schatz«, flüsterte er und hauchte den Spiegel an. »Mit Ringen und Ketten und Broschen …«

Oh verdammt! Warum hatte er das jetzt wieder gesagt! Natürlich streckte Pivellius die Hand aus, damit ihm jemand die Kette der verstorbenen Königin hineinlegte, eben jene goldene Kette mit dem grünen Stein, die er so viele Jahre mit sich herumgeschleppt hatte und die ihm verlorengegangen war. Kein Thema, um die Laune des Monarchen zu heben.

Jikesch biss sich auf die Zunge.

»Au!«, schrie er. »Ein Blutstropfen, groß und schön wie ein Rubin, ein funkelnder Edelstein. Ich bin reich! Ich bin ein König!«

Pivellius benetzte seinen Bart mit parfümiertem Wasser und griff nach seinem Zepter. Ein ganz ähnliches hatte er vor wenigen Monden seinem Sohn überreicht und ihm damit die Macht über das halbe Königreich überantwortet, doch da der König ein Mensch mit eingefleischten Gewohnheiten war, hatte er dieses hier behalten. Den Stab mit der vergoldeten Kugel am oberen Ende brauchte er nicht nur, um sich darauf zu stützen – schon seit längerem hatte der König Schmerzen in der Hüfte –, sondern er benutzte ihn gerne als Verlängerung seines Arms. Jetzt hieb er damit nach den Füßen der Diener, die eilig fortsprangen, und stach mit der eisernen Spitze in den Teppich.

»Soll ich dich auf dem Parkett aufspießen, du Hundesohn von einem Narren? Was soll dieser Schwachsinn?«

Jikesch tauchte die Nase in den kunstvoll gewebten Teppich. »Oh Herr, ich bin Euer Glück!«, wimmerte er. »Reichtum und Ehre! Euer Sohn wird zurückkommen, geadelt und gekrönt, eine Schleppe aus Drachenschuppen über der Schulter! Hinter ihm die Ritter im Triumph!«

Ohne den Kopf zu heben zog er ein Seidentuch aus dem Ärmel und flatterte damit herum, dann ein weiteres und noch eins. »Triumph!«, bellte er. »Sieg über alle Feinde des Königreichs!« Noch ein Tuch. Sie schwebten um ihn herum wie übergroße, verstörte Schmetterlinge. »Triumph! Der Segen der Götter über Schenn!« Er schüttelte den anderen Ärmel, und Glasperlen rollten heraus und ergossen sich über den Teppich wie ein Strom aus funkelnden Diamanten. »Der göttliche Segen«, wisperte er ehrfurchtsvoll.

Der König stocherte mit dem goldenen Stab in den Perlen herum und nickte versonnen. Dann wandte er sich an die Diener. »Wo bleibt mein Frühstück?«, fragte er schroff.

Inya, eine mollige Bedienstete mit schon ergrauten Haaren, trug das erste Tablett herein, hinter ihr die Prozession der jüngeren Frühstücksbringer, einer nach dem anderen, bis der Raum vor Leuten, Tellern, silbernen Hauben, Gläsern, Karaffen und den unterschiedlichsten Düften fast platzte.

Während der König aß, musste Jikesch zu seinen Füßen sitzen. Er bekam das, was Pivellius vom Tellerrand schnippte, und verspeiste es mit den gleichen gezierten Gesten wie sein Herr. Meistens war es mehr als genug, doch heute war der König in Gedanken versunken und schob sich einen Leckerbissen nach dem anderen in den Mund, von gebratenen Taubenbrüsten und mit Speckstreifen umwickelten Wachteln bis hin zu exotischen Früchten in mit Wein und Mandeln verfeinerten Soßen.

Obwohl der Narr vorhin noch geglaubt hatte, er müsse nie wieder etwas essen, regte sich jetzt der Hunger in ihm, und sein Magen knurrte vernehmlich.

Pivellius hob die Brauen.

»Verzeihung«, murmelte Jikesch, »mein Bauch will sich an diesem Gespräch beteiligen, obwohl er nichts Vernünftiges zu sagen hat.«

»So, so.«

Jikesch fand diesen Satz schwachsinniger als alles, was er an diesem Morgen sonst so von sich gegeben hatte; glücklicherweise war Pivellius meist gnädiger gestimmt, wenn es ihm schmeckte.

»Ja, mein Bauch fragt sich: Sollte es sich tatsächlich um eine Rosine handeln, die dort so vorwitzig in dem weißen See aus Honig, Milch und Zimt herumschwimmt? Eine echte Rosine, klein und tapfer?«

»In der Tat«, meinte der König liebevoll, zupfte die verschrumpelte Frucht mit Daumen und Zeigefinger heraus und warf sie Jikesch zu. »Es sieht nach einer tapferen Rosine aus.« Er tätschelte den Kopf des Narren. Lustig klingelten die Glöckchen.

»Überdies fragt sich mein Bauch«, fuhr Jikesch ermutigt fort, »ob das wirklich kandierte Früchte im Grießpudding sind, diese kleinen, bunten Dinger, die dem Mosaik an den Schlosswänden gleichen? Drachenschuppen aus Orangen, Zitronen und Feigen? Dieser Drache wird nicht lange leben, fürchte ich. Wir könnten ihn gemeinsam verschwinden lassen. Ein Zauberkunststück ohnegleichen.«

Eine steile Falte bildete sich auf der Stirn des Königs. »Wir essen hier«, sagte er grimmig. »Vergleichst du das etwa mit den finsteren Praktiken gottloser Magier?«

Mit einer Rolle rückwärts brachte Jikesch sich außer Reichweite des goldenen Stabes.

»Hört nicht auf mich!«, rief er. »Ich rede dummes Zeug. Bin ich nicht ein Narr? Doch dünkt mich, ich hätte Euch erst gestern davon sprechen hören, die Tochter des Grafen Krinius sei ein zauberhaftes Mädchen. Da wusste ich noch nicht, dass Ihr vorhattet, sie verbrennen und vierteilen zu lassen.«

Der König starrte ihn eine Weile stirnrunzelnd an, dann glättete sich seine Miene wieder. »Das habe ich gesagt?«, meinte er verblüfft. »Zauberhaft?«

»Ihr zauberlicher Gang«, rief der Narr, sprang wieder auf die Füße und ahmte das Hüftwackeln einer hübschen Dame nach. »Ihre zauberlichen Augen.« Er klimperte heftig mit den Lidern. »Ihr zauberliches Lächeln, hach, ihre Zauberzähne im Zaubermund. Magisch ihre anmutigen Gesten, ihr Duft, angereichert mit Rosen und Flieder, hüllt sie in eine Wolke aus Zaubernacht und Sommermagie. Vielleicht vermag sie sogar Euren Sohn zu verzaubern, den wütigen Prinzen?«

»Die jüngste Tochter von Krinius?« Der König schüttelte den Kopf. »Was mir da zu Ohren gekommen ist – also stimmt es?«

»Ihr Lächeln verbrennt ihm die Augen, oh Herr«, sagte der Narr und hob hilflos die Hände, wie um zu beteuern, dass er nichts dafür konnte.

»Ist es ernst?«, wollte Pivellius wissen.

Jikesch fiel auf die Knie und streckte flehend die Arme aus. »Nimm mein Herz, oh edler Prinz«, wimmerte er, dann sprang er auf, warf sich in die Brust, setzte das kühle Lächeln des Königssohns auf und sagte mit künstlich tiefer Stimme: »Behalte dein Herz, Mädchen, aber alles andere nehme ich gerne.«

Pivellius nickte. »Dann ist es ja gut – beinahe hättest du mir einen Schrecken eingejagt. Doch wenn diese Liebelei länger als ein paar Viertelmonde andauert, muss die Grafentochter das Schloss verlassen. Erinnere mich daran, Narr, und hab ein Auge auf die beiden.«

Der König ließ Arian seine kleinen Geheimnisse – auch wenn er dafür sorgte, stets gut darüber informiert zu sein. Solange der Prinz frei blieb für die ihm versprochene Braut aus Wellrah, griff Pivellius nicht ein. Jikesch wusste, dass sein Herr ihn als einen der wichtigsten Spitzel betrachtete. In der Nähe des Narren zeigte jeder sein wahres Gesicht, und falls nicht, war es relativ leicht, ihn dazu zu bringen. Mit den richtigen Sticheleien ließ sich fast jeder aus der Reserve locken. Dabei war natürlich von Vorteil, dass Jikesch überall im Schloss freien Zutritt hatte, so als wäre er der König selbst.

Der Schatten des Königs. Die Augen und Ohren des Königs. Sein Lachen und sein Zorn – Jikesch war alles gleichzeitig.

Das weiße Mädchen beugte sich vor und küsste ihn auf die Stirn. Sie hielt etwas in der Faust, und einen Moment lang erwartete er, einen Dolch in ihrer Hand zu sehen, klein und gebogen, so spitz wie eine Vogelklaue. Doch es war nur ein Glöckchen. Ein kleines goldenes Glöckchen, kaum größer als die an seiner Mütze.

»Hier«, sagte sie. »Ein Geschenk. Ist dort nicht eine Schelle abgerissen? Nehmen wir doch diese. Hörst du, wie unvergleichlich sie läutet?«

Pivellius hatte sein Mahl beendet. Vor dem großen Spiegel klaubte er sich die letzten Krümel aus dem Bart, straffte die Schultern und trat hinaus auf den Gang. Jikesch steckte sich rasch ein paar Reste vom Teller in den Mund und tollte ihm nach wie ein anhänglicher Hund.

Am Abend schmerzte ihm das Gesicht vom vielen Plappern, Blinzeln und Grinsen. Trotzdem sah man ihm die Anstrengung nicht an, als er die Mundwinkel auseinanderzog und plärrte: »Gute Nacht, Majestät. Mein lieber König, süße Narrenträume für Euch, königliche Gedanken für mich. Ich ahne es! Heute ist wieder so eine Nacht, in der wir die Träume tauschen!«

»Behalt deine närrischen Träume für dich.« Der König streifte seine Schuhe ab und warf sie nach Jikesch. Geschickt fing dieser sie auf und versuchte, sie über seine Narrenschuhe mit den gebogenen Spitzen zu ziehen.

Pivellius gähnte. »Fort mit dir. Jeden Abend bin ich müde, weil du mich so unendlich langweilst.«

Der Narr verbeugte sich anmutig. »Jeder Spiegel ist langweilig, denn er zeigt Euch nur Euer Gesicht. Immer bloß Eures und nie ein anderes.«

Er stellte die Schuhe des Königs neben das große Himmelbett, zog eine Grimasse vor dem hohen Spiegel und schlüpfte hinaus.

Neben den königlichen Gemächern lag seine eigene kleine Kammer. Sorgfältig schloss Jikesch die Tür ab und legte sein Ohr an das Holz. Schritte auf dem Gang verrieten ihm, dass die Diener des Königs vorbeigingen.

»Heißa!«, rief er. »Geliebtes Bettchen, sei mir willkommen!«

Er lauschte einen Moment und sprang zurück, als jemand gegen die Tür klopfte.

»Brauchst du noch was?«, fragte Inya, die mütterliche Dienerin, die sich in den Kopf gesetzt hatte, ihn aufzupäppeln. Wenn er verletzt war, kam er kaum gegen ihre Hilfsbereitschaft an, aber heute war er dem goldenen Stock stets geschickt ausgewichen. »Hast du genug zu essen bekommen?«

»Ich bin schon im Bett. Kleine Kinder müssen früh schlafen gehen.«

»Ach, Jikesch«, hörte er sie besorgt murmeln. »Na, dann bis morgen.«

Er horchte noch eine Weile, doch alles blieb ruhig. Bis zum Morgen würde ihn niemand mehr stören.

Jikesch öffnete den Deckel seiner Kleidertruhe und stieg hinein. Erst als er ihn wieder über sich geschlossen hatte, löste er den Riegel der hölzernen Seitenwand und rollte sich durch das Loch in einen schmalen Gang hinein. Mehrere Meter krabbelte er lautlos zwischen zwei hohen Wänden hindurch – die Glöckchen an seiner Mütze klingelten kein einziges Mal –, um eine Ecke und berührte schließlich die Rückwand eines großen Schranks, die sich ohne ein Geräusch zur Seite schieben ließ. Gewandt schlüpfte er durch die freigelegte Öffnung, spähte vorsichtshalber durch die Ritze zwischen den Türen und kletterte dann aus dem Schrank in ein Zimmer, in dem außer diesem wuchtigen Möbelstück noch ein Schreibpult, ein Tisch mit einer Waschschüssel und einem Spiegel sowie ein schmales Bett standen. Auf einem hohen Wandbord stapelten sich Tintenfässer und geschlossene Tiegel, die Zutaten für Tinte und Farben enthielten – und das eine oder andere nützliche Pulver.

Jikesch zog die Handschuhe aus, nahm die Mütze ab und fuhr sich mit den Händen durch das goldblonde, strähnige Haar. Im Spiegel blickten ihn müde graue Augen an. »Willkommen zurück«, murmelte er und holte eine kleine Flasche vom Bord herunter. Er entkorkte sie, schüttete sich ein paar Tropfen in die Hand und wischte sich damit über das Gesicht.

Sofort zerfloss die weiße Farbe, die ihm das maskenhafte Aussehen verlieh. Mit einem weichen Tuch tupfte er sich über die Lider und den Mund und entfernte mit geübten Handbewegungen die letzten Farbreste. Der Mann im Spiegel wirkte erschöpft. Seine Haut, an die selten ein Sonnenstrahl herankam, war unnatürlich blass. Ohne die schwarz gezeichneten Brauen war das Gesicht unauffällig; niemand hätte sich nach ihm umgedreht. Es gehörte einem jungen Mann Anfang oder Mitte zwanzig – sein Alter war schwer zu schätzen.

»Und wieder ein Tag um«, flüsterte er seinem Spiegelbild zu. »Keine schlechte Bilanz. Der König gesteht einem Mädchen zu, zauberhaft zu sein. Vielleicht nimmt er morgen schon das Wort ›Magie‹ in den Mund, ohne einen Anfall zu erleiden. Wir kommen langsam weiter, Jikesch, du und ich.«

Außerdem habe ich dafür gesorgt, dass Linnia auf Drachenjagd geht. Zu früh. Oh Barradas, ich hätte mir lieber die Zunge abbeißen sollen, als das zu tun.

Er versuchte, seine widerspenstigen Haare zu glätten. Aus dem engen Narrenkostüm herauszusteigen wäre einem weniger gelenkigen Menschen schwergefallen, doch auch wenn der Narr verschwunden war, bewegte sich der andere Mann mit derselben Anmut und Flinkheit. Er befreite sich aus dem violetten Anzug, hängte ihn in den Schrank und schlüpfte in die Kleider, die dort bereithingen. Die schlichte, dunkle Tunika eines königlichen Beamten. Im dazugehörigen grauen Mantel sah sein Gesicht noch blasser aus. Die gebogenen Narrenschuhe hatte er gegen einfache Halbstiefel aus dunklem Leder eingetauscht. Er kniff die Lippen zusammen, hob ein dickes Buch, das einen ganzen Stapel loser Seiten zusammenhielt, vom Tisch und schloss die Tür auf. Durch einen schmalen Spalt spähte er hinaus, und erst als er sich ganz sicher war, dass nicht etwa Chamija vor der Schreibstube lauerte, trat er in den stillen, dunklen Flur hinaus. *Unsinn. Sie ist bei Ukios, wie ich es ihr geraten habe, und ahnt nichts. Sie kann das nicht wissen.*

Trotzdem war er nervös wie selten, und bevor er um die Ecke bog, warf er einen raschen Blick nach allen Seiten. Danach erst wagte er sich in das Licht der Öllampen, die den mannshohen Gemälden an den Wänden Geltung verschafften. Der Wachmann am Ende des Ganges nickte ihm grüßend zu.

»Langer Tag, was, Herr Nival?«

»Bin leider nicht ganz fertig geworden. Aber das Licht reicht nicht mehr aus«, sagte Nival und zog die Schultern hoch, als bereite ihm die Vorstellung, eine Arbeit nicht zu Ende zu bringen, unermessliche Qualen.

»Grüßt Eure Tante von mir.«

»Danke schön, ich richte es aus.«

Seit Mora ihren Mann Bher beim Drachenangriff auf die Stadt verloren hatte, mussten nicht nur die Edlen im Palast auf ihre unvergleichlichen Meisterwerke der Backkunst verzichten. Mit Moras verzauberten Pasteten hatte Nival sich die Freundschaft der Wachen erworben; nun würde er sich etwas anderes ausdenken müssen, um sich das Wohlwollen der Bediensteten zu erhalten und zu verhindern, dass sie sich zu viele Gedanken über ihn machten.

Schleppenden Schrittes brachte er das Treppenhaus hinter sich und trat durch einen Nebenausgang in den Schlosshof. Auch die Wächter am Tor hielten ihn nicht auf. Niemand durchsuchte ihn, und dass seine Mundwinkel nervös zuckten, erregte keinen Verdacht. Alle waren es gewöhnt, dass Nival immer etwas durcheinander und schreckhaft war.

Wenigstens das muss ich nicht spielen, dachte er, als er den Weg hinunter ins Tal einschlug. Die Tore waren um diese Zeit meist schon geschlossen, aber die Wächter ließen ihn durch die kleine Seitentür in die Stadt. Auch sie waren es gewöhnt, regelmäßig mit Pasteten bestochen zu werden, und auch sie kamen gar nicht auf die Idee, ihn zu filzen.

Das dicke Buch unterm Arm hastete er durch die dunkler werdenden Straßen.

Das Alte Viertel, einer der ältesten Stadtteile, hatte früher durch besonders schöne Fassaden mit Schnitzereien im Holzwerk und Mosaiken an den Fensterrahmen Reisende aus dem ganzen Königreich angelockt. Jetzt war es ein finsterer Krater im

Herzen der Stadt Lanhannat. Rußgeschwärzte Mauern neigten sich beängstigend über die schmalen Straßen und drohten jederzeit einzustürzen. An einigen Stellen musste Nival über ganze Schuttberge klettern.

Er fluchte leise, als er mit dem Mantel an einem langen Nagel hängen blieb und der Stoff vernehmlich riss. In seinem zweiten Beruf als Geselle eines königlichen Schreibers musste er angemessen gekleidet sein, aber einen Schneider konnte er sich eigentlich nicht leisten. Er hatte darauf gehofft, dass er sein Haus noch vor dem Winter wieder herrichten lassen konnte; alle weiteren Ausgaben brachten dieses Ziel in Gefahr. Der König hatte ihm schon zu lange keine Edelsteine oder Perlen mehr geschenkt.

Die Kurze Gasse, ehemals eine von drei Häusern umstellte Sackgasse, war jetzt zur linken Seite und nach vorne hin offen. Nur das dritte Haus stand noch. Die eingerissene Mauer im ersten Stock hatte Nival grob mit Brettern verkleidet, doch von dem einstigen Glanz des Gebäudes war nichts mehr übrig. Seit das Haus gegenüber, das seiner Tante gehört hatte, bis auf die Grundmauern abgebrannt war, ging es seinem Heim wie Mora: Es dämmerte dahin und träumte von vergangenen Tagen. Trübes Licht drang durch die Bretterritzen, zu wenig, um die Straße und die umliegenden Trümmer zu erhellen.

Sein scharfes Gehör rettete Nival das Leben. Als es hinter ihm raschelte, warf er sich nach vorne, fing sich mit den Händen auf und wirbelte herum. Ein Krachen verriet ihm, dass der Metallstab, der nun das Steinpflaster getroffen hatte, dick genug gewesen wäre, um ihm den Schädel zu zerschmettern.

Sie waren zu dritt. Finstere Gestalten, die in der Dunkelheit kaum auszumachen waren. Das war der zweite Fluch, der dieses Viertel heimgesucht hatte: Zusammen mit seiner Schönheit hatte es auch seine Sicherheit verloren. Keine Nachtwächter patrouillierten durch die Ruinen der vormals wohlhabenden

Gegend, und kurzerhand hatten die Banden, die sich zuvor in den düsteren Vierteln der Stadt herumgetrieben hatten, ihren Wirkungsbereich ausgedehnt. Die Alte Stadt war nicht nur glanzlos und verloren, sondern mittlerweile ein gefährliches Pflaster.

»Was hat er da unter dem Arm?«, fragte einer der Angreifer. »Was hat er da, he?«

»Bloß ein Buch«, sagte Nival höflich. »Kann einer von euch etwa lesen? Falls nicht, kann ich es euch gerne beibringen.«

»Ein Gelehrter, sieh an«, höhnte einer der Räuber. Er klopfte mit dem Stab auf die Pflastersteine. Funken sprühten auf. »Die verdienen doch ganz gut – oder ist das bloß ein Gerücht? So wie das Gerücht, man sollte nicht allein durch die Straßen spazieren, wenn man nicht lebensmüde ist?«

Nival wich ein paar Schritte zurück.

»Ich … ich habe kein Geld«, stammelte er und horchte wieder. Jemand scharrte mit den Füßen, etwas weiter rechts als zuvor. Sie versuchten, ihn einzukreisen. Das bedeutete, dass sie besser sahen als er – und was das hieß, wusste er. Nachtglanz. Natürlich war es verboten, aber was kümmerte das dieses Gesindel? Nachtglanz, in die Augen gerieben, ließ einen im Dunkeln sehen wie eine Katze. Bei Einbrechern war dieses Zeug ungeheuer beliebt; auf dem Schwarzmarkt erzielte es unglaublich hohe Preise. Wenn jemand dafür Geld ausgegeben hatte, würde er nicht ruhen, bis sich diese Investition ausgezahlt hatte.

»Bitte«, jammerte er und setzte einen Fuß nach vorne, um besser abspringen zu können, »bitte, tut mir nichts.«

»Du wohnst hier«, sagte der Dritte. »Dass das mit gewissen Kosten verbunden ist, hat man dir längst mitgeteilt, oder?«

Also waren sie hier, um ein Exempel zu statuieren. Rasch warf Nival einen Blick zum Haus hinüber, aber er konnte nicht erkennen, ob die Tür unbeschädigt war. Er konnte nur hoffen, dass sie noch nicht bei Mora gewesen waren, und dort würden sie auch nicht hingelangen – nur über seine Leiche.

Nival packte das Buch mit beiden Händen, als zwei der dunklen Schatten über die Steine stiegen und auf ihn zuschlichen.

»Entweder wir erledigen ihn, und die alte Dame bezahlt«, meinte der Vorderste, »oder wir erledigen die alte Schachtel, und er bezahlt. Was meint ihr, für welche Variante sollen wir uns entscheiden? Was sagst du dazu, Gelehrter? Gibt dein schlaues Buch dir irgendeinen Rat?«

Die Metallstange fauchte, als der Kerl sie durch die Luft schwang.

Nival presste den Ledereinband an die Lippen und küsste ihn. »Zu früh, mein Schatz«, murmelte er. Sein Herz hämmerte wie wild. Aber keinen Moment verlor er sich in der Angst. Dies war nicht sein erster Kampf, und er würde dafür sorgen, dass es auch nicht sein letzter wurde.

Als die Stange auf ihn herunterfuhr, warf er sich nach hinten. Gleichzeitig fasste er den Gurt, mit dem das Buch verschlossen war, am äußersten Ende und wirbelte es durch die Luft.

»Ha!«, rief der Bandit, der ihn fast erreicht hatte, »er versucht doch tatsächlich ...«

Nival sprang nach vorn, unter der Eisenstange hindurch, die durch die Luft pfiff, und drosch dem Mann das Buch mitten ins Gesicht.

Es gab ein knackendes Geräusch, als würde eine Eierschale brechen.

Wölfisches Geheul ertönte. »Meine Nase, verdammt!«, schrie der Angreifer. »Schnappt ihn euch!«

Die schmalen Lichtstreifen, die durch die Ritzen der reparierten Haustür fielen, reichten immerhin, um Nival zu zeigen, dass der nächste Angreifer ebenfalls eine Waffe aus Metall besaß – vermutlich ein Messer. Er drehte sich um die eigene

Achse, während er das Buch um sich herumfliegen ließ. Der Räuber stürmte einfach vorwärts, durchbrach die Buchbarriere und streckte die Hände nach seinem Opfer aus.

Nival ließ seine einzige Waffe fallen und warf sich wieder nach hinten, kam mit beiden Händen auf brüchigen Steinen auf und prallte gegen den dritten Banditen. Ein scharfer Schmerz durchfuhr ihn, als sie zusammen zu Boden stürzten.

Verflucht, das auch noch! Der Mann hielt ihn fest und rammte ihm das Messer noch tiefer in den Rücken.

Nival schrie und versuchte, sich aus dem Griff seines Gegners zu befreien, aber seine größte Stärke, seine Schnelligkeit, konnte er momentan nicht ausspielen. Von vorne kamen die beiden anderen über die Trümmer. Der Kerl, der ihn gepackt hielt, warf ihn jetzt zur Seite; der Schmerz, als Nival rücklings auf die Steine prallte, war so groß, dass ihm beinahe schwarz vor Augen wurde. Die grellen Farbblitze, die durch die Nacht zuckten, verwandelten sich in Lichtfunken auf Metall. Er wollte sich zur Seite rollen, lag jedoch so ungünstig zwischen den Steinen, dass er sich nicht rühren konnte. Über ihm holte der Mann mit der Eisenstange aus.

5

Ein helles gelbes Viereck ergoss sich auf die Trümmer. In der offenen Tür stand eine kleine Gestalt, dunkel vor dem Licht.

»Nival?«, fragte Mora mit zittriger Stimme, die einer viel älteren Frau zu gehören schien. »Nival, alles in Ordnung?«

Er brachte kaum mehr als ein Stöhnen heraus. »Vorsicht, Nachtglanz«, krächzte er.

Der Mann mit der Eisenstange drehte sich um.

»Wen haben wir denn da? Ein altes Mütterchen?«

Mora trat einen Schritt auf die Straße hinaus. »Oh, so alt bin ich gar nicht«, sagte sie. »Ich sehe und höre noch sehr gut. Was macht ihr da mit meinem Neffen?«

Alle drei Banditen wandten sich jetzt ihr zu.

»Die alte Schachtel spricht mit uns«, sagte einer. »Nun, dann sprechen wir doch auch mal mit ihr, was meint ihr?«

Die kleine Frau blickte den dreien ungerührt entgegen. Sie musterte den Kerl mit der beeindruckenden Waffe.

»Was ist mit deiner Nase passiert? Bist du hingefallen? Ich habe etwas dafür, wenn du mich nett bittest.«

»Ich werd dir …«, begann er, doch in diesem Moment trat Mora vor und warf ihm ein glitzerndes Pulver ins Gesicht. *»Caness«*, zischte sie. Der Mann schlug die Hände vor die Augen und taumelte zurück.

»Was …«, rief einer der Angreifer, doch jetzt bewarf sie auch die beiden anderen. *»Caness! Caness! Quiria Beh! Beh!«* Sie band ihre Schürze ab und schlug damit nach den Räubern, die aufschrien und davontaumelten. Mora schleuderte ihnen die Schürze nach, die sich um die Beine des letzten wickelte und ihn zu Fall brachte. Sofort war sie über ihm, packte ihn am Kragen und schüttelte ihn. »Woher habt ihr das Nachtglanz?«

»Verflucht!«, heulte der Kerl und versuchte, die kleine Frau von sich wegzustoßen.

Sie streckte die Hand aus, und einer zahmen Schlange gleich glitt die weiße Schürze, die in der Dunkelheit leuchtete, zu ihr, folgte einem gemurmelten Befehl und legte sich wie ein Halstuch um die Kehle des Diebes.

»Das Nachtglanz«, wiederholte Mora unerbittlich. »Nenn mir einen Namen, und ich lasse dich am Leben.«

Der andere murmelte etwas.

»Was? Etwas deutlicher bitte.«

»Verreck, du alte Hure!«

»Ah, jetzt habe ich es verstanden. Bist du sicher, dass das alles ist, was du zu sagen hast?«

Der Verletzte schrie zuerst gellend auf, als der weiße Stoff ihn zu würgen begann. Wenig später konnte er nur noch keuchen und husten. Mit beiden Händen zerrte er an der Schürze, doch sie zog sich nur immer fester zu.

»Nachtglanz«, erinnerte Mora. »Wie heißt der Zauberer? Falls du seine Rache fürchtest, lass dir gesagt sein: Alles, was er dir *irgendwann* mal antun kann, kann ich dir *jetzt* antun.«

»Ich weiß nicht!«, heulte der Mann endlich. »Er zeigt sich uns nie!«

»War es Schirdan?«, fragte sie. »Schirdan aus der Kesselgasse?«

»Ich habe keine Ahnung. Ja, meinetwegen, er war's! Hör auf, er war's!«

Die Schürze schoss in Moras Hand zurück. Der Kerl rang nach Luft, rappelte sich schließlich auf und wankte hustend davon. Seine Freunde erschienen wieder zwischen den Ruinen. »Brauchst du Hilfe?«

»Ich brauche jedenfalls keine!«, rief Mora. »Verschwindet endlich!«

Sie setzte ihnen nach und prügelte sie mit der Schürze durch die Gasse. Schreiend liefen die Männer in alle Richtungen davon; jeder eine Blutspur hinter sich herziehend torkelten sie gegen Hauswände und stürzten über Mauerreste.

»Verzieht euch!«, schrie Mora. »Und wagt es ja nicht wiederzukommen!«

Erst als keiner mehr zu sehen war, kehrte sie vor ihre offene Haustür zurück. »Schirdan also«, murmelte sie. »Dieser Schwachkopf stürzt uns noch alle ins Unglück. – Nival?«

»Ich bin hier«, krächzte er und bemühte sich aufzustehen. »War das klug, Tante Mora?«

»Das frage ich dich«, gab sie zurück. »Du solltest nicht so spät nach Hause kommen, das habe ich dir oft genug gesagt. Ich werde nicht immer zur Stelle sein.«

»Ich kann ganz gut auf mich selbst aufpassen – wenn meine Gegner nicht mit magischen Mitteln ausgestattet sind. Was wirst du wegen Schirdan unternehmen?«

»Ihm einen Besuch abstatten – ganz freundlich, unter Kollegen. Verdammt, er ist mein wichtigster Lieferant.«

»Meiner auch«, knurrte Nival. »Die beste Tinte in Lanhannat.«

Schirdan war nicht nur ein Zauberer. Der hagere alte Mann, der so auffällig groß war, dass er in den meisten Häusern mit dem Kopf gegen die Decke stieß, war einer der wichtigsten Händler in der Stadt. Diverse Farben zum Einfärben von Stoffen bis hin zu den Lacken, die Töpfer und Tischler benötigten, bekam man in seinem Laden. Von Kaufleuten aus den Freien Städten bezog er kostbare Wurzeln und Beeren, aus denen er kräftige, reine Farb- und Duftstoffe herausfilterte. Darüber hinaus vertrieb er äußerst geheime und verbotene Substanzen. Nival hätte sich jedoch nicht träumen lassen, dass er auch das geächtete Nachtglanz herstellte.

Mora reichte ihm die Hand und zog ihn hoch. Beim Anblick seines schmerzverzerrten Gesichts schüttelte sie den Kopf. »Bei Arajas, brauchst du schon wieder eine Behandlung? Ich habe bald keine Salben mehr.« Er stützte sich schwer auf sie und humpelte an ihrer Seite ins Haus.

Warmes Licht verbreitete eine heimelige Atmosphäre, auf dem Tisch warteten eine Teekanne und ein Teller mit Rosmarinfladen.

Stöhnend ließ Nival sich auf das Bett fallen.

»Es ist nicht sicher um diese Nachtzeit«, schimpfte Mora. »Bei Belim, wann nimmst du endlich Vernunft an? Du bist nicht unsterblich!«

»Ich weiß«, seufzte er. »Ich konnte nicht früher kommen. Pivellius geht immer später schlafen.«

»Dann bleibst du eben im Schloss, wenn es zu spät wird.«

»Soll ich dich wirklich hier allein lassen?«

Mit geübten Handbewegungen zog sie ihm den Mantel aus, schob sein Obergewand hoch und untersuchte seinen Rücken. »Eine Stichwunde. Tief. Sehr tief, um genau zu sein. Du könntest tot sein!«

»Das Buch«, murmelte er. »Draußen … das Buch!«

»Das muss warten.« Mora tupfte seine Haut mit einem nassen Tuch ab, bevor sie ein Töpfchen aus dem Schrank holte. Behutsam verteilte sie eine bräunliche Salbe auf der Wunde, die sofort zu bluten aufhörte.

»Das wird jetzt wehtun – ich muss es richtig tief hineindrücken.«

Nival biss ins Kissen, während seine Tante die Verletzung behandelte.

»So. Aber glaub nicht, dass morgen große Sprünge möglich sind. Du bräuchtest Bettruhe.«

»Das geht nicht.« Stöhnend drehte er sich auf die Seite, Schweiß perlte ihm von der Stirn.

Mora legte eine Hand an seine Wange und betrachtete ihn zugleich liebevoll und verärgert. »Ach, Nival.«

»Das Buch«, erinnerte er sie.

»Na gut. Kümmern wir uns also um dein Buch. Wo ist es?«

»Irgendwo vor dem Haus, zwischen den Steinen.«

Mora verschwand nach draußen, kam wenig später mit dem Gesuchten zurück und legte es auf den Tisch.

Nival verzog das Gesicht, als er sich aufsetzte und schwankend aufstand. Er taumelte durch den Raum, ließ sich auf einen Stuhl sinken und löste mit zitternden Fingern den Gurt.

»Hast du es mit?«, fragte Mora atemlos. »Heute? Ausgerechnet heute? Was, wenn diese Diebe es gestohlen hätten?«

Er lachte. »Wie du vorhin aus dem Haus gekommen bist und diese Mörderbuben fertiggemacht hast, das war richtig beeindruckend. Wer wirst du sein, liebe Tante, wenn du erst einen ganzen Haufen Drachenschuppen dein Eigen nennst? Die mächtigste Frau von ganz Schenn?«

Mora nippte an ihrem Tee. »Manchmal genügen ganz kleine, wirkungsvolle Worte.«

»*Caness*«, flüsterte Nival. »Ich habe das erste Mal erlebt, dass du es für etwas anderes einsetzt als für deine unvergleichlichen Pasteten.«

Diesmal war es Mora, die lachte. Vergnügt und zufrieden. »Ja, *Caness*. Nur eine Prise Staub … du wusstest, dass es mehr als ein Gewürz ist.«

»Natürlich«, sagte Nival beleidigt, »aber dass man damit auch kämpfen kann, ist mir neu. Dann hätte ich ein Säckchen davon mitgenommen. Es scheint mir effektiver zu sein, als bloß einen Stapel Protokolle als Waffe zu verwenden.«

»Ich muss dir danken. Du hast mir zum Glück gesagt, dass sie Nachtglanz benutzt haben.«

»Und?«

»Ich habe diese Kerle bloß geblendet. Jeder Zauber macht anfällig für einen anderen Zauber. Sie haben ihre Sehfähigkeit verstärkt? Ich habe es rückgängig gemacht. Dadurch waren sie auf einen Schlag völlig blind. *Caness* ist Verwandlung. *Caness* macht aus fade würzig, aus alt neu, aus gering wertvoll. In der Tat habe ich es spontan für diesen neuen Zweck benutzt – um aus sehend blind zu machen. Um einen anderen Zauber aufzuheben. Es hat besser funktioniert, als ich dachte.«

»Und deine Schürze? Es hat sich angehört, als würdest du eine Peitsche benutzen.«

»Quiria Beh«, flüsterte Mora. »Ich sollte diese Wörter nicht hier aussprechen, in der Nähe dieser Schuppe – wer weiß, welche Bestimmung sie in sich aufnimmt, wenn ich so unbedarft damit um mich werfe? Das ideale Zauberwort, um aus harmlosen Gegenständen anhängliche, folgsame Waffen zu machen. Sollte jemand in deiner Gegenwart dieses Wort benutzen, sieh zu, dass du Land gewinnst.«

»Nur ein Narr legt sich mit einem Zauberer an.«

Mora warf ihm einen strengen Blick zu und hob die Brauen.

»Tja«, meinte Nival. Er entfernte die letzte Schlinge und schlug den Einband auf. »Bitte sehr, Frau Zauberin.«

Zwischen den fein beschriebenen Seiten steckte eine handtellergroße, flache Scheibe, die aussah, als sei sie aus blaurotem Glas.

Ehrfürchtig betrachtete seine Tante den glänzenden Gegenstand. »Ist sie echt?«

»Sag du es mir. Du bist die Magierin.«

Mora streckte ihre Hand danach aus und hielt die Handfläche ein paar Fingerbreit darüber, dann schloss sie die Augen und schien zu horchen.

»Macht«, flüsterte sie. »Die Schuppe ist echt, zweifellos.« Sie blinzelte eine Träne weg. »So groß … ich habe immer nur Pulver gehabt, höchstens kleine Stückchen. Aber das hier übertrifft alles.« Sie ließ die Hand vorsichtig sinken, bis sie die bläuliche Scheibe damit bedeckte.

»Es wird auffallen. Du hättest keine so große nehmen dürfen.«

»Sie stammt von einer Wand im hinteren Stallbereich. Ein großflächiges, buntes Mosaik. Niemand wird sie vermissen. Sie ließ sich leichter entfernen als die kleinere, die ich ursprünglich im Sinn hatte.«

»Hat dich auch wirklich niemand gesehen?«

Er dachte unwillkürlich an Chamija. *Eine helle Gestalt irgendwo an einem Fenster hoch oben. Ihr blondes Haar flattert wie eine Fahne, vielleicht ist es weiter oben windig? Hier unten im Hof weht jedenfalls kein Lüftchen. Ihre Augen sehen alles, wie ein Falke hoch oben, der nach Beute sucht …*

»Nun? Alles in Ordnung, Nival?«

»Ja«, sagte er leise. »Alles in Ordnung.«

Mora hielt die Drachenschuppe gegen die Lampe. Obwohl sie wie Glas aussah, war sie nicht durchsichtig und ließ auch kein Licht hindurch. Vielmehr schien sie es zu schlucken.

»Wenn der König das wüsste«, murmelte sie.

»Ich hoffe, ich lebe so lange, dass ich es ihm eines Tages erzählen kann.« Nival goss sich eine Tasse Tee ein und nippte daran. »Bestimmt hast du schon davon gehört. Die Drachengarde ist wieder ausgezogen.«

»Ja, natürlich. Diesmal sind sie alle beide dabei. In der Stadt reden die Leute von nichts anderem, sie schließen sogar Wetten ab, wer das Untier erledigt, der Prinz oder unsere Linnia.«

»Wie stehen die Wetten?«

»Setz auf Arian und du kannst reich werden, wenn er mit dem Kopf des Drachen nach Hause kommt.«

Nival seufzte. Er nahm seiner Tante die Drachenschuppe aus der Hand und drehte sie vorsichtig zwischen den Fingern.

»Linnia hat die Bernsteinschuppe in ihr Schwert einfügen lassen.«

»Hm«, machte Mora nachdenklich.

»Du warst dir sicher, dass sie kein magisches Blut besitzt, also wer hat für sie gezaubert? Welches Wort hat er oder sie benutzt, und genügt es? Vielleicht war sie bei Schirdan, wir haben weder sie noch ihn jemals gefragt.« Er stöhnte auf. »Kann es ihr überhaupt gelingen, den Drachen damit zu töten?«

»Woher soll ich das denn wissen? Ich bin kein Orakel. Ich dachte, du wolltest es erst überprüfen, bevor du sie gehen lässt.«

»In der Tat, das hatte ich vor.«

Forschend blickte sie ihn an. »Was ist los, Nival?«

»Ich weiß nicht«, seufzte er. »Alles ist … anders. Seltsam. Es kommt mir vor, als hätte ich den ganzen Tag schlafgewandelt, und jetzt erst bin ich zu mir gekommen, vorhin, als die Kerle mich angegriffen haben.«

Mora hob die Brauen. »Hat es etwas mit Linnia zu tun? Weil sie losgeritten ist? Fühlst du dich schuldig?«

»Es hat nichts mit ihr zu tun«, murmelte er nachdenklich. »Da ist etwas, im Schloss …« Er fand die richtigen Worte nicht. Ihm fiel nicht einmal der Name ein. Ein weißer Fleck in seinem Gedächtnis.

Ein Mädchen. Sie beugt sich vor und küsst mich auf die Stirn … legt mir den Finger an die Lippen, damit ich schweige. So schön ist sie, dass es schmerzt. Sie hüllt mich in ihren Pelz, und ich bin überrascht, wie schwer er ist. Unendlich schwer, wie ein Sack voller Steine … Meine Knie geben nach …

»Ist jemand hinter dein Geheimnis gekommen?«, fragte Mora scharf. Sie beugte sich vor und versenkte ihren Blick in seinen. »Nival? Ich habe dich etwas gefragt.«

Er blinzelte. »Ich bin da. Was?«

»Im Schloss gibt es keine Zauberer«, murmelte sie, und er kannte seine Tante gut genug, um zu merken, wie entsetzt sie war. »Keinen einzigen, es sind ja kaum noch welche in Lanhannat übrig. Wie kann das also sein?«

»Ich wurde nicht verzaubert«, protestierte er.

Ihre Augen sind dunkel wie die Nacht … Sie sieht bis in mein Herz und findet dort das, was niemand sehen darf. Was niemand wissen darf.

»Das gefällt mir nicht«, überlegte Mora. »Wer ist es? Schirdan könnte so etwas tun, aber warum sollte er? Um mir eins auszuwischen? Wir waren nie Konkurrenten, nicht auf diese Weise … Ich muss kurz in deinen Geist blicken, mein Junge, aber ich fürchte, es könnte wehtun. Danach wird dieser Stein leider nicht mehr zu dem zu gebrauchen sein, was wir ursprünglich mit ihm vorhatten … Aber das hier ist wichtiger.«

»Was?«, fragte Nival. »Wovon redest du?«

»Gar nichts. Sei still und schau zu.«

Sie legte die glänzende Drachenschuppe auf den Tisch und goss sich eine Tasse Tee ein.

Nival versuchte sich zu erinnern, wovon sie eben gesprochen hatten. »Ach ja, Linnias Schwert. Wie können wir sie in dem Glauben lassen, dass sie eine magische Waffe in der Hand hat, wenn dem nicht so ist? Und ich Trottel sorge auch noch dafür, dass Arian sie mitnimmt. Dieser Idiot. Ich habe nur noch daran gedacht, ihm eins auszuwischen. Er treibt mich in den Wahnsinn.«

Mora schien ihm nicht zuzuhören. Sie betrachtete die Schuppe und seufzte schwer.

»Wenn ich recht habe, ist das Schwert völlig nutzlos. Das arme Mädchen.«

»Ja«, bestätigte er bloß. Seine Tante wusste viel über ihn, aber seine wahren Gefühle hielt er selbst vor ihr verborgen. Versteckt hinter einer Maske, für die er nicht einmal weiße Farbe benötigte. Linnia war ihnen allen ans Herz gewachsen, als sie hier gewohnt hatte. Die Sorge um sie, die er an der Oberfläche zeigte, galt einer guten Freundin, deren Verlust ihm Kummer bereiten würde. Niemand durfte wissen, dass es ihn vernichten würde, sie zu verlieren, dass Linnia sein Herz, das er ihr geschenkt hatte und das sie nicht wollte, mit in den Abgrund der Drachenflamme reißen würde, wenn ihr etwas zustieß. Vor allem sollte Mora nichts davon erfahren.

Das weiße Mädchen sieht es. Sie sieht alles. Sie sieht diese Liebe und lächelt und wischt sie mit einer Handbewegung beiseite. »Tiefer«, sagt sie. »Zeig mir mehr, was ist da noch alles?« Es fühlt sich an, als würde sie in seinen Eingeweiden wühlen, während sie noch tiefer hinabsteigt. »Wo ist es? Das hier? Oh ja. Das ist dunkel genug. Wer hätte gedacht, dass ein so fröhlicher kleiner Narr so finstere Wünsche hegt?«

Eine Weile tranken sie schweigend ihren Tee.

Mora nahm die Drachenschuppe in die Hand, betrachtete sie versonnen und murmelte etwas – und auf einmal sprang sie auf und drückte ihm den Stein gegen die Stirn. Eisige Kälte durchzuckte ihn, und gleichzeitig loderte ein Brand auf, so heiß, dass er schrie. »Nimm ihn weg! Was tust du da!«

»Ich muss es sehen! Halt still!« Sie krallte die Hand um seine Schulter.

Der Schmerz flammte durch seine Gedanken, erfasste seinen ganzen Körper. Der Messerstich vorhin war nichts gegen den Brand, der sich nun durch seinen Geist fraß.

Er schrie, bis seine Stimme versagte, während Mora ihm den Drachenstein unerbittlich auf die Haut presste. Dann zog sie endlich die Hand zurück, und er sank auf dem Stuhl zusammen, keuchend, während ihm die Tränen übers Gesicht strömten.

»Was machst du denn da, Tante Mora?«

»Bei Belim und Bellius«, murmelte Mora verstört. »Oh ihr gnädigen Götter!«

Nival rang nach Luft und wischte sich den Schweiß von der Stirn. Kein Nachhall des Schmerzes war zurückgeblieben, doch seine Beine zitterten immer noch.

»Was sollte das? Willst du mich umbringen?«

»Ihr Name ist also Chamija?«

»Ja«, sagte er. Merkwürdigerweise war es auf einmal ganz einfach, über das blonde Mädchen zu reden. »Die Schreiberin aus Tijoa. Sie ... hat irgendetwas mit mir gemacht.«

»Ja«, bestätigte Mora. »Das hat sie. Der Bann ist nicht sehr stark, aber ... verzwickt. Das ist mehr als ein Fluch. Das ist schwierig und kompliziert, ein Geflecht aus verschiedenen Fäden ... Oh ihr Götter, ich beginne mich zu fürchten. Hast du irgendeinen Bund mit ihr geschlossen?«

Er nickte. Seine Erinnerung war erstaunlich klar. »So in der Art. Sie wollte etwas von mir und hat mir im Gegenzug versprochen ...«

»Was?«

»Wenn du es nicht sehen konntest, Tante Mora, werde ich es nicht sagen.« Er hatte sich wieder in der Gewalt.

Sie seufzte wieder. »So schlimm?«

»Ja«, sagte er. »So schlimm.«

»Ein geheimer Wunsch? Sie ist bis ganz nach unten gegangen? Was kannst du dir wünschen, Nival, was du nicht einmal mir sagen magst?«

Ihr strenger Blick versuchte ihn zu durchbohren.

»Wünschst du dir Arians Tod?«

»Ich werde dir nicht antworten«, sagte Nival.

Moras Gesicht war grau. »Das ist ernst. Ich muss es wissen, sag es mir.«

»Sonst was? Willst du einen Wahrheitstrank herstellen? Ich glaube nicht, dass du die Zutaten dafür hast.«

Sie starrte ihm einen Moment in die Augen. »Und schon entziehst du dich mir, schon bist du auf ihrer Seite … kaum merklich, aber es fängt bereits an. Hat sie etwas geflochten, um den Bund zu besiegeln? Ein Band? Hat sie dir einen Ring gegeben, eine Kette, irgendetwas, um dich zu binden, und du hast es genommen?«

Er sah Chamija so deutlich vor sich, als wäre es gestern gewesen. Wie sie sich zu ihm herunterbeugte, während er vor ihr kniete, von dem Gewicht des Pelzes nach unten gedrückt, die Hände flach auf den kalten Marmorfliesen.

»Ein Glöckchen«, sagte er. »Sie hat eins von der Narrenmütze abgerissen und ein neues an die Stelle genäht. Es sieht fast genauso aus wie das alte. Aber der Klang ist irgendwie … anders.«

»Oh, mein Junge«, flüsterte Mora. »Mein lieber Junge.«

»Was bedeutet das?«

»Ich kann diesen Bann nicht von dir nehmen. Sie hat euren Bund in deine Seele hineingenäht – wenn ich versuche, ihn zu entfernen, würde ich dir die Hälfte deiner Seele wegreißen. Du musst diesen Weg bis zum Schluss gehen, und ich kann dir nicht helfen. Nur ihr Tod oder deiner würde dich davon befreien. Was auch immer du dir gewünscht hast, du wirst es bekommen.«

»Nein«, flüsterte er. »Ich will es nicht. Es darf nicht geschehen!«

»Du wünschst dir etwas, von dem du dir wünschst, dass es gar nicht geschieht?«

»Ein Teil von mir will es«, sagte er. »Da ist etwas in Jikesch, ein Sumpf, auf dem sein Gelächter wuchert wie üppige Seerosen … Ich war immer stolz darauf, diesen Teil zu beherrschen. Er hätte sich diesen Wunsch leicht selbst erfüllen können, jederzeit.« Nival stöhnte leise. »Die Tijoanerin wollte, dass ich sie warne, wenn ihr jemand etwas antun will, und ich habe mir eine Gegenleistung gewünscht. Eigentlich wollte ich sie nur darum bitten, Linnia in Ruhe zu lassen und in einen anderen Teil des Schlosses zu ziehen. Bin ich schuld, weil ich Chamija einen Handel angeboten habe?«

»Niemand, der keine eigenen magischen Kräfte hat, kommt gegen eine dermaßen starke Zauberin an«, sagte Mora. »Was auch immer du vorgeschlagen hättest, sie hätte sich genommen, was sie wollte. Nein, Nival, du bist nicht schuld – nicht schuldiger als der Hirsch, der vor die Armbrust des Jägers springt.«

»Und jetzt?«, fragte er bang.

»Ich muss den Deckel, den ich angehoben habe, wieder schließen«, sagte Mora leise. »Du bist verloren.« Sie schüttelte den Kopf. »Ach, Nival. Eine schlechte Zauberin zu sein ist schlimmer, als gar nicht zaubern zu können. Ich weiß, was getan werden müsste, aber ich bin nicht dazu fähig. Ich kann sie nicht herausfordern.«

Die Untröstlichkeit in ihrer Stimme passte so gar nicht zu ihr. Wenn Mora sich geschlagen gab, bevor sie es auch nur versucht hatte – was traute sie Chamija zu?

»Dieses Mädchen kann Dinge, von denen ich nur vom Hörensagen wusste, dass es sie gibt. Das ist keine grobe Macht, das ist eine sehr subtile und geheime Kunst, und ich schätze, wenn du nicht verletzt und verwirrt gewesen wärst, hätte ich gar nicht gemerkt, dass du anders bist als sonst. Dabei war ich so stolz darauf, die Strauchdiebe zu erschrecken! Wie könnte ich gegen eine Magierin von solcher Kraft antreten? Selbst wenn ich es versuchen würde – allein hätte ich keine Chance. Ich könnte höchstens noch Schirdan aufsuchen und ihn fragen, ob er mir beisteht, aber wie sollen wir an diese Frau herankommen, ohne dass der König etwas merkt? Das ist ein Krieg, den wir nicht gewinnen können, Nival. Wir hätten sie alle gegen uns, Pivellius und seine Soldaten und dieses Mädchen, das nur mit dem Finger auf uns zeigen müsste und schon gesiegt hätte, bevor überhaupt ein Kampf stattfindet.«

»Wenn du mich töten musst, dann tu es«, sagte Nival und bemühte sich, seiner Stimme einen beherrschten, entschiedenen Klang zu geben. »Jikesch soll niemandes Werkzeug sein.«

Mora musterte ihn nachdenklich. »Erstaunlich«, überlegte sie, »wie sehr du immer noch du selbst bist ... So einen Gedanken dürftest du gar nicht fassen dürfen. Dein Wunsch müsste dich mit der Zeit verschlingen und dir nicht einmal die Hoffnung auf einen Ausweg lassen. Stattdessen sprichst du über Jikesch, als wäre es eine andere Person, der das alles passiert ist ... Das sieht dir gar nicht ähnlich. Warum sagst du *er* und nicht *ich*? Könnte es sein, dass die Zauberin dich gar nicht bemerkt hat, dass sie nur Jikesch gesehen hat? Dass dieses Bündnis nur den Narren betrifft und nicht dich? Dass sie von diesem Teil deines Lebens gar nichts weiß? Sie hat sich auf dich konzentriert, sie hat in die Tiefe gebohrt – vielleicht hat sie nicht zur Seite geschaut?« Mora beugte sich vor, und unwillkürlich zuckte er vor ihrer Hand zurück, in Erwartung von noch mehr Schmerz.

Seine Tante lächelte traurig. »Vielleicht gelingt es dir auf diese Weise, ihr zu entkommen: indem du Nival bist. Leg das Narrenkostüm ab und flieh, flieh aus der Stadt, so weit du nur kannst!«

»Nein!« Der Protest entfuhr ihm lauter und heftiger als beabsichtigt. Erschrocken schlug Nival die Hand vor den Mund. »Nein«, wiederholte er, »das geht nicht. Wie könnte ich einfach verschwinden? Ich wäre nicht hier, mit diesem ganzen ... Schlamassel, wenn ich das könnte. Dann wäre ich mit den Gauklern irgendwo draußen im Land. Weißt du das denn nicht? Ich würde auf allen Tischen tanzen und die Kinder zum Staunen bringen. Ich kann nicht aus Lanhannat fort, Tante Mora. Es gibt zu viel, was mich hier hält.«

»Auch wenn der König für dich bezahlt hat, heißt das nicht, dass du ihm gehörst. Was willst du denn noch alles verkaufen – Pivellius dein Lachen, Chamija deine Seele? Willst du ihnen etwa auch noch dein Herz und deinen Mut als kostenlose Dreingabe schenken? Du musst dich in Sicherheit bringen, Nival. Benutze deinen Verstand und deine langen Beine und renn, so schnell du kannst. Wenn es bei deinem Wunsch um den Prinzen geht, werde ich dich dazu zwingen, die Stadt zu verlassen. Ich erlaube nicht, dass du ihn umbringst.«

»Nein, Tante Mora, glaub mir, das habe ich nicht vor. Ich werde nicht gehen.«

»Eben noch warst du bereit zu sterben, damit diese Zauberin dich nicht benutzen kann!«

»Nein.« Er schüttelte den Kopf. »Ich kann nicht gehen, ich kann nicht, ich …«

»Ruhig.« Sie legte beide Hände an seine Schläfen. »Sei still, Nival.«

Die Worte berührten seinen Geist wie leise Musik. Sanft. Leicht. Nur ein Glitzern, wie die Sonne auf den Wellen eines Gebirgsbachs. Wie eine Berührung aus Drachenstaub, ein Netz aus Magie.

Die Angst hätte von ihm abfallen sollen. Er wartete darauf, sich erleichtert zu fühlen, doch es geschah nicht; stattdessen wuchs die Unruhe in ihm.

»Tante Mora«, flüsterte er, »ich fürchte mich. Vielleicht zum ersten Mal in meinem Leben seit … jenen Tagen. Wer ist diese Chamija? Was will sie von uns? Was wird sie hier anrichten?«

»Ich werde mich mit Schirdan beraten.« Mora betrachtete die glänzende Scheibe nachdenklich. »Eine Handvoll Macht«, murmelte sie. »So viel in so wenig … Manchmal packt mich die Angst, Nival, wenn ich darüber nachdenke, was alles möglich sein könnte. Dann verstehe ich sogar«, sie senkte die Stimme, »warum der König sich vor uns fürchtet. Magie … richtige

Magie, starke Magie, mehr als ein bisschen *Caness* … und das Königreich gehört jedem, der zugreifen will. Wie soll sich ein Herrscher auf dem Thron halten, gegen solche Kräfte? Allein diese kleine Schuppe kann Leben oder Sterben bedeuten – und es gibt noch Tausende davon, die unbewacht an den Wänden hängen! Wird dir nicht schwindlig, wenn du dir vorstellst, was das heißt?«

»Du glaubst, Chamija will das Schloss? Die vielen Drachenschuppen, die dort hängen? Des Königs Drachenhornbecher und Knochenmesser, seine mosaikverzierten Säulen und Wände und den Thronsaal?«

»Es ist wie eine Halle voller ungenutzter Magie«, sagte Mora. »Die alten Könige wussten das. Nur diese neuen, die nichts mit Zauberei zu schaffen haben wollen, sind blind und taub und ahnen nicht, dass sie auf einem Vulkan sitzen, der jederzeit ausbrechen und sie in Stücke reißen könnte.«

Nival lachte leise. »Kein Zauberer kann etwas mit so viel Magie anfangen, das hast du mir oft genug gesagt. Ein starker Zauber und er ist erschöpft, zehn Zauber und man kann dem Magier die Fingernägel einzeln ausreißen, ohne dass er auch nur ein einziges weiteres Zauberwort über die Lippen bringt. Und wenn Chamija noch so mächtig ist – sie würde innerlich verbrennen, wenn sie auch nur eine Handvoll dieser Drachenschuppen benutzen würde.«

»Was will sie dann?«

Es gab noch etwas. Linnia hatte den Befehl gehabt, danach zu suchen, und sie hatten beide geglaubt, sie wüssten, wo er zu finden war: der grüne Stein, nach dem Nat Kyah das Mädchen ausgeschickt hatte – eine Schuppe des alten Drachenkönigs. Die Kette der Königin, die Jikesch schließlich dem Drachen überreicht hatte, hatte sich jedoch als Fälschung erwiesen.

Diese Schuppe war nicht im Schloss, also konnte Chamija auch nicht darauf aus sein – oder etwa doch?

»Ich weiß nicht«, sagte er.

Mora nickte langsam. »Du gehst jetzt zu Bett«, bestimmte sie. »Wir können im Moment nichts tun, und du musst dich erholen. Vergiss nicht, wie schwer du verletzt warst. Und wenn du morgen wieder den Hüpffrosch Seiner Majestät spielst, brauchst du Kraft, um ihr zu widerstehen.«

Sie wussten beide, dass es unmöglich war, Mora besser als er. Nival hoffte immer noch, es könnte ihm jetzt, da er erfahren hatte, dass er verzaubert war, irgendwie gelingen, Chamijas Einflüsterungen zu widerstehen.

»Ins Bett«, befahl sie. »Schlaf! Oder soll ich mein Gedächtnis nach einem passenden Wort durchstöbern, das dich dazu zwingt? *Jagian* zum Beispiel?«

»Nicht nötig«, versicherte Nival hastig. »Ich gehe ja schon. Es ist nicht nötig, mich mit Zaubersprüchen zu bedrohen.« Seine Tante tat es häufig, aber nie zuvor hatte diese Drohung so einen schalen, bitteren Beigeschmack gehabt wie heute.

Ich bin mit einem Bann belegt … nein, nicht ich. Jikesch. Armer kleiner Narr.

Er schleppte sich die Treppe hinauf. Jeder Schritt tat unglaublich weh, aber er hatte nicht vor, sich zu beschweren, denn ohne seine Tante hätte er diese Nacht nicht überlebt. Moras Zauberei hielt ihn seit Jahren am Leben.

Selbst wenn ich die Verkleidung nicht anlege, werde ich immer wieder Jikesch sein. Das ist meine Natur. Nur ein Lachen, nur eine schlagfertige Antwort, und Chamija hätte mich wieder. Ich kann nicht vor ihr weglaufen. Auch nicht als Nival. Dabei dachte ich, als harmloser Schreiber könnte mir nichts Gefährlicheres zustoßen als Tintenspritzer im Gesicht und Schreibfehler auf dem Papier.

6

Hekam polierte sein Schwert. Hingebungsvoll rieb er es blank, hauchte darauf und brachte auch die letzte Stelle zum Glänzen.

»Habt Ihr keinen Knappen, der das für Euch erledigt?«, fragte Linn.

Zu viert warteten sie auf die Rückkehr der Kundschafter. Gunya hatte die Augen geschlossen, Dorwit wendete das Kaninchen, das über dem Feuer briet und verführerisch duftete, und Arian hatte sich in den Schatten zurückgezogen. Linn hielt sich ebenfalls gerne etwas abseits auf; die Unfreundlichkeit ihrer Gefährten zwang sie meistens dazu. Viel zu oft hatte sie auf ihrer Reise die Sternbilder am klaren Himmel betrachtet, sobald abends das Lager aufgeschlagen wurde. Jetzt, in den letzten Tagen des Lichtmonds, eroberten die großen Sommerbilder die Nacht: der Geier, der zweiköpfige Schwan und die Götterharfe. Linn konnte nicht anders, als immer wieder an Jikeschs Erklärung zu denken: dass die Sterne Funken des Lagerfeuers waren, an dem die Götter hinter ihrem Himmelsvorhang saßen, um ihre Kleider zu trocknen.

Sofort fühlte sie sich an einen anderen Abend versetzt, der tausend Jahre zurückzuliegen schien: Sie und der Narr betrachteten die Sterne, und er versprach ihr tausend Küsse. Zur Strafe musste er sich anhören, wie sie von Yaro schwärmte, und blieb dennoch so nah bei ihr, den Kopf an ihre Schulter gelehnt, und sie spürte seinen warmen Atem auf ihrer Haut …

Wenn sie es nicht mehr aushielt, war sogar ein Gespräch mit Hekam besser, als diese Erinnerungen zu ertragen.

»Ich fragte, ob Ihr keinen Knappen benötigt?«, wiederholte sie.

»Brauche ich nicht«, knurrte der blonde Hüne. »Ein Mann kümmert sich selbst um seine Waffen. Eine Frau kann das nicht verstehen.«

»Natürlich nicht«, stimmte Linn ihm zu. »Eine Frau würde niemals darauf kommen, irgendetwas zu putzen.«

Hekam stutzte, er schien sich zu fragen, ob das ein Witz sein sollte. »Hm«, machte er schließlich und fuhr damit fort, das Schwert für den Kampf vorzubereiten.

»Warum wollt Ihr eigentlich gegen Drachen kämpfen?«, fragte sie gewollt beiläufig.

»Hä?« Der Krieger blickte überrascht auf. »Warum? Weil diese stinkenden Viecher unser Land verwüsten, darum. Ein Mann hat das im Blut. Das Bedürfnis, seine Heimat zu verteidigen. Haus und Hof. Familie und Kinder.« Er spuckte auf die blitzende Klinge und nickte zufrieden. »Dein Ende, räudiges Ungeheuer. Hay! – Wann können wir denn endlich essen, Dorwit?«

»Wenn die Kundschafter zurückkehren.«

Linn seufzte innerlich. Sie vermisste Okanion. Ohne ihn war die Gesellschaft der königlichen Garde eine Folter, der sie nicht entgehen konnte – allein deshalb wünschte sie sich mittlerweile sehnlichst, endlich zu kämpfen und es hinter sich zu bringen.

»Ein Mann«, fuhr Hekam fort und versuchte, einen Blick auf sich selbst in dem spiegelnden Metall zu erhaschen, »stellt sich unerschrocken vor die Seinen. Außerdem geht es natürlich um die Ehre.«

Gunya, die auf der anderen Seite des Feuers hockte und mit verdrossener Miene Herbwurz kaute, schnaubte verächtlich. »Euer Weib und Eure Kinder wohnen also in Quintan, Ritter Hekam?«

»Wieso?«, fragte er verwirrt.

Linn suchte nach Gunyas Blick. Ein gemeinsames Lächeln, ein Zwinkern – aus solchen Momenten entstanden Freundschaften. Aber die ältere Ritterin starrte nur in die Flammen, als wäre dort der Drache zu sehen, dem sie bald entgegentreten würden.

Dorwit zwirbelte seinen Schnauzbart, stand auf und streckte sich. »Sie müssten längst zurück sein. Warum dauert das bloß so lange? Herr Hauptmann?«

Arian, der an seinen Reisesack gelehnt dasaß, die Arme hinter dem Kopf verschränkt, die Augen geschlossen, seufzte und richtete sich auf.

»Gute Kundschafter lassen sich Zeit«, sagte er, aber in seiner Stimme schwang dieselbe Unruhe mit, die auch Linn verspürte. »Verdammt, warum sind sie noch nicht wieder da?«

Ein paar mutige Bauern aus Quintan hatten den Drachenjägern den Weg zur Höhle gezeigt, aber niemand war bereit gewesen, sie näher heranzuführen. Den Gardisten tat es leid, auf die Annehmlichkeiten einer Übernachtung im Dorf zu verzichten, aber die nächsten Hänge, in denen es eine Höhle geben konnte, waren noch mehrere Stunden zu Pferd entfernt, und der Prinz bestand darauf, wenigstens einen Teil des Weges bis zum Abend zurückzulegen. Hier waren sie immer noch weit genug weg, um ein Feuer riskieren zu können, und die Pferde wussten nichts von der Nähe des Ungeheuers. Deshalb hatte der Prinz entschieden, zwei Männer vorauszuschicken, um herauszufinden, wo genau sich die richtige Stelle befand, und dann am frühen Morgen gleich nach Anbruch der Dämmerung anzugreifen. Die beiden Ritter, die er ausgesandt hatte, waren erfahrene Jäger, die schon so manche Begegnung mit den feuerspeienden Ungeheuern überlebt hatten, und der Befehl war eindeutig gewesen: nur kundschaften und Bericht erstatten.

»Wir sollten das Feuer ausmachen«, sagte Linn leise. Ein

Schauer lief ihr den Rücken hinunter. Sie wusste nicht, ob die anderen ebenso empfanden, aber die Nacht, eben noch erfüllt von Ungeduld und nervöser Anspannung wie vor jeder Schlacht, war auf einmal wie ein schwarzer, undurchschaubarer Vorhang, hinter dem sich irgendetwas verbarg. Ein Knistern lag in der Luft.

Gefahr …

»Wie sollen unsere Männer dann zu uns zurückfinden?«, fragte Hekam. »Sollen sie im Dunkeln umhertappen und sich fragen, wohin wir verschwunden sind? Wir brauchen sie morgen.«

»Still«, befahl der Prinz und hob die Hand. Sie horchten. Ein lauer Sommerwind strich leise rauschend durch die Wipfel der Bäume. Sie zuckten alle zusammen, als in der Ferne eine Eule schrie.

»Macht es aus!«, zischte Arian. »Verdammt, schnell, macht es aus!«

Hastig häuften Gunya und Linn Erde auf die Flammen. Eine Weile schimmerte die Glut noch durch die trockenen Krumen, dann war es stockfinster.

Sie standen da und lauschten. Neben Linn atmete Hekam, im Wald hinter ihnen raschelte es in den Blättern, eine Maus fiepte erschrocken.

Stille.

Sie spürte es wie ein Kribbeln auf der Haut.

»In den Wald!«, schrie sie. »Rasch, weg hier!«

Jeder stolperte für sich durch die Finsternis. Auf einmal war die Nacht taghell erleuchtet, Feuer fiel vom Himmel, und der Drache stieß herab wie ein riesiger schwarzer Raubvogel.

»Komm!« Jemand zerrte an Linns Arm, aber sie rührte sich nicht von der Stelle.

Ich bin dagegen gefeit, dachte sie, aber nicht das ließ sie dem Angreifer standhalten. Sie konnte sich einfach beim besten Willen nicht bewegen.

Versteck dich, damit niemand dich sieht … Doch der Drache hatte sie bereits gefunden und schien bis auf den Grund ihrer Seele zu blicken. Der Moment war nur flüchtig, aber für diesen einen kurzen Augenblick gab es nur sie beide auf der Welt: das Mädchen und den Drachen.

Erneut spie er Feuer, das die Bäume in Brand setzte. Funken sprühten durch die Nacht. Jetzt war er nicht mehr schwarz; die Schuppen, mit denen der gewaltige Leib bedeckt war, schimmerten mondfarben. Wie ein vom Himmel gefallener Stern landete er auf dem Rastplatz, glühend, flammend, funkelnd, richtete sich auf und breitete die mächtigen Schwingen weit aus. Äste zerbarsten. Ein Funkenregen ging auf die Ritter nieder, die sich zwischen den Baumstämmen versteckten, und brachte ihre Helme zum Glänzen.

Er war es. Linn kannte ihn – diesem hellgelben Drachen war sie schon zweimal in ihrem Leben begegnet. Und er kannte sie auch. Der Kopf des Untiers schoss nach vorne, die Hörner streiften Linn, und sie stürzte zur Seite, aber es war, als würde irgendetwas ihn daran hindern, sie zu töten. Gleich darauf zappelte eine Gestalt zwischen seinen Zähnen.

Hekam schrie wie ein Tier, wortlos. Sein ohnmächtiges Geheul erfüllte die Nacht mit Schrecken. Linn lag auf dem Boden und starrte nach oben, wo der Drache sein Opfer hin und her schwenkte. Das war ihr Albtraum. Das waren die Bilder, die sie ihr Leben lang verfolgt hatten: Drachen, die angriffen, die töteten, die verbrannten. Glitzernde Leiber, von ihrem eigenen Feuer beleuchtet, herrlich und entsetzlich.

Versteck dich. Mach dich ganz klein, duck dich. Niemand darf dich sehen.

Aber mittlerweile wusste sie, dass dieser Befehl nicht mehr galt. Dass jemand – ihr Vater? – ihr diese Worte zugeschrien hatte, vor vielen Jahren, als sie vier oder fünf gewesen war. Damals, als die Ungeheuer gekommen waren, um den berühmten Drachenjäger Harlon zu töten und seine Familie gleich mit. Immer wieder waren sie aufgetaucht, und jedes Mal war er da gewesen, der schreckliche rote Drache, direkt über ihr …

Damals musste ich mich verstecken. Aber heute nicht. Jetzt nicht mehr! Das ist einer von ihnen!

Linn sprang auf, zog ihr Schwert und ging damit auf den Drachen los.

»Linnia! Hierher!« Die anderen Ritter stürmten ebenfalls hinter den Bäumen hervor. Mit Dornlanzen versuchten sie, sich an den Hörnern und Ausbuchtungen am Schweif und Rücken des Drachen festzuhaken, um ihn abzulenken, doch das Untier fuhr herum und peitschte sie fort. Linn sprang vor und hieb mit ihrem Schwert nach dem Bein des Ungeheuers. Die Klinge prallte an den harten Schuppen ab, und der heftige Schlag schleuderte sie zurück. Sie landete unsanft auf dem Hintern und presste sich auf den Boden, als der Drache erneut herumfuhr und alles im Umkreis niederstreckte.

Er blutete nicht. Warum um alles in der Welt blutete er nicht, so wie Nat Kyah geblutet hatte?

»Nimm das!«, schrie sie und stürzte wieder auf ihn zu, schwang das Schwert, legte ihre ganze Kraft in den Angriff – und konnte die Waffe nicht festhalten, als sie auf das harte, undurchdringliche Hindernis traf. Das goldene Schwert flog davon, der Schmerz brannte in ihren Handgelenken. Auf der anderen Seite brachen wieder einige Ritter aus dem Wald hervor und setzten dem Drachen ebenso erfolglos mit Schwertern und Dornlanzen zu. Linn blickte sich rasch um – wo war ihre Lanze? Sie hatte ihr Gepäck am Lagerfeuer liegen lassen, als sie vor dem Drachen geflohen war.

Verzweifelt lachte sie auf, als das Untier sich ihr zuwandte. Es hatte ganz andere Augen als Nat Kyah – nicht wie kreisende Lava, sondern wie bewegtes Wasser in einem Teich. In seinem

Rachen kochte das Feuer, rote Glut wie geschmolzenes Eisen in einem schwarzen Kessel. Er ließ sich Zeit. Auch wenn er nicht sprach, war ihr, als könnte sie seine Gedanken beinahe hören.

Ich werde dich töten, Mädchen. Heute. Und ich will, dass du es weißt. Du sollst nicht schnell sterben. Du sollst wissen, was geschieht, und warum.

Linn ließ die Augen nicht von ihm, während sie sich bückte und nach ihrem Schwert tastete, in der absurden Hoffnung, es könnte hier irgendwo liegen. Stattdessen krallten sich ihre Hände um Holz. Besser diese Waffe als gar keine. *Ich werde nicht kampflos sterben. Ich – werde – nicht – kampflos – sterben!*

Als das Feuer auf sie zurollte, warf sie sich zu Boden und holte mit dem großen Ast zum Schlag aus, auch wenn es vergeblich war, denn der Drache war zu weit entfernt, um ihn zu treffen.

Die Flamme ging über sie hinweg. Ihr Rücken wurde heiß, ihre Haare brannten; in Panik rollte Linn sich über die Erde, um das Feuer zu ersticken, schnappte sich dann den brennenden Ast und sprang wieder auf.

»Hier bin ich!«, schrie Arian auf der anderen Seite des Ungeheuers. »Hier, du Scheusal!«

Der mondfarbene Drache drehte sich zu ihm um, langsam, als wollte er dem Prinzen einen Gefallen tun und ihn gleichzeitig verhöhnen. Linn dachte nicht darüber nach, was sie tat, als sie für einen Moment aus der Aufmerksamkeit der Bestie entlassen war. Sie umklammerte die behelfsmäßige Waffe und benutzte sie wie eine Dornlanze, als sie auf den Feind zustürzte. Das Herz des Drachen, jene pochende Stelle an seiner Brust, wo der Schuppenpanzer dünn genug war, um ihn zu durchbohren, lag ungeschützt vor ihr, aber sie hatte kein Schwert. Und keine Zeit, um danach zu suchen.

Nein, sie dachte nicht nach, ob es lebensmüde war oder tapfer, als sie den gekrümmten Ast benutzte, um sich an den spitzen Schulterstacheln des Drachen hochzuziehen. Er versuchte sie abzuschütteln, und als sein Kopf wieder herumfuhr, hielt sie sich mit einer Hand an einem Horn fest und stieß ihm mit der anderen das glühende Holz ins Auge.

Er brüllte, riss das Maul auf, und plötzlich ging ein Ruck durch den mächtigen Drachenleib. Die Flamme, die seinem Rachen entwich, setzte alles im Umkreis in Brand. Linn ließ sich fallen, versuchte wegzurobben, und wieder jagte eine Feuersbrunst über sie hinweg.

Der Boden bebte, als der Drache fiel. Die brennenden Bäume erhellten den Kampfplatz, und sie sah nur noch die kleine, dunkle Gestalt des Prinzen neben den blicklosen Augen des Drachen, das Schwert triumphierend in die Höhe gereckt, bevor der Schmerz sie einhüllte und forttrug.

»Au!« Stöhnend versuchte Linn sich aufzurichten. Sie wollte nach ihrem Nacken tasten, der höllisch schmerzte, aber jemand hielt ihre Hand fest.

»Lieber nicht«, sagte Arian.

Sie blinzelte, und es dauerte eine Weile, bis sie ihn scharf sehen konnte. Der Prinz saß an ihrem Bett, einen Verband um den rechten Arm, mit dunklem, gerötetem Gesicht. Seine sonst so auffälligen Augenbrauen waren verschwunden, was ihn merkwürdig nackt und jung aussehen ließ.

»Wo bin ich?«

»In Quintan«, erklärte der Prinz. »Wir wollen gleich nach Hause reiten – das heißt, diejenigen von uns, denen es möglich ist. Ihr bleibt besser hier, Ritterin Linnia.«

»Wie sehe ich aus?«

Sie erschrak – war ihr dasselbe passiert wie Okanion? Sie erinnerte sich nun wieder deutlich an den Kampf und das Feuer des Drachen. Einige Male hatte es sie erwischt. Oh, gütiger Arajas! »Bin ich verbrannt?«

»Nein, erstaunlicherweise habt Ihr recht wenig abbekommen.« Arian streckte die Hand aus und tastete sanft ihr Gesicht ab. Aufmerksam musterte er sie. »Die Nase – kein einziger Kratzer. Brauen und Wimpern – nicht einmal angesengt. Die Lippen – bereit zum Lächeln, wie immer.«

Sie wollte vor seiner Berührung zurückweichen, aber wieder durchfuhr sie der Schmerz.

»Warum tut es dann so verdammt weh?«

»Am Nacken habt Ihr eine üble Wunde«, erklärte er. »Wenn die nicht wäre, würde ich glauben, Ihr wärt gegen Drachenfeuer immun. Habt Ihr eine Erklärung dafür?«

Sie fuhr sich über das Gesicht und betrachtete dann ihre Hände, die nicht die leiseste Rötung aufwiesen. »Vielleicht ein magischer Schutz?«, bohrte er nach.

Linn widerstand der Versuchung, nach ihrer Silberkette zu greifen. In der Tat hatte sie geglaubt, dass das Schmuckstück mit der roten Drachenschuppe sie vor Feuer schützte, denn auch beim Kampf mit Nat Kyah hatte sie inmitten der bläulich glühenden Flammen gestanden, und ihr war nichts passiert. Warum war sie dieses Mal überhaupt verletzt? Ihr Blick fiel auf ihr Schwert mit dem Bernstein, das an der Wand lehnte, die Waffe, die sie so schmählich verraten hatte.

»Nein«, sagte sie langsam, »bloß Glück. Unwahrscheinliches Glück.«

Der Prinz stand auf. »Die Dorfheilerin rät Euch hierzubleiben. Aber ich wollte Euch trotzdem Bescheid geben, dass wir jetzt losreiten.«

»Ich komme mit!«

Ihr wurde schwindlig, als sie die Beine über die Bettkante schwang, aber sie atmete tief durch und ignorierte den Schmerz in ihrem Nacken. Es fühlte sich an, als hätte jemand dort ein Lagerfeuer entzündet, um über der Glut Fleisch zu braten. Ihr Fleisch.

»Sicher?«, fragte Arian und bot ihr seinen Arm, als sie schwankte. »Nicht, dass Ihr noch vom Pferd fallt.«

Sie fühlte sich nicht stark genug für einen Ritt von mehreren Tagen. Es würde eine fürchterliche Tortur werden, das Gerin-Yan-Gebirge zu durchqueren, aber nur in Lanhannat gab es die Medizin, die ihr helfen konnte, diese Verletzung ohne Narben zu überstehen.

Draußen machten sich die Ritter bereits zum Aufbruch fertig, unterstützt von den dankbaren Dorfbewohnern. Linn zählte rasch durch. Da war Gunya, eine tiefe Schramme im Gesicht, mit ihrem Dunkelschimmel, Dorwit kümmerte sich um zwei verstörte Fuchsstuten, Tani stand ebenfalls bereit, und das stolze weiße Ross gehörte Arian.

Hekam fehlte. Und die beiden Kundschafter ebenfalls. Sie hatten drei Leute verloren und zwei Pferde.

»Seid Ihr in der Höhle des Drachen gewesen?«, fragte Linn, denn sie wollte es nicht wahrhaben. »Vielleicht sind die beiden Ritter noch dort?«

»Ich habe nachgesehen«, sagte Arian schroff. »Glaubt mir, da ist nichts.«

Der Ritt war eine einzige Qual. Da auch die anderen Gardisten angeschlagen waren, ließen sie sich Zeit und rasteten viel häufiger als auf dem Hinweg. Arian saß die ganze Zeit über mit finsterem Gesicht auf seinem Pferd und brütete vor sich hin.

»Habt Ihr große Schmerzen?«, fragte Linn, die sich die übrig gebliebenen Haare hochgebunden hatte, damit nichts ihren Nacken berührte. Sie hatte ständig Durst und fühlte sich schwach und elend. Wenn sie träumte, dann von der Heilsalbe, die Nival ihr auf die Schulter gestrichen hatte, als sie verletzt gewesen war. Sie sehnte sich nach seinen kühlen Händen, und nur mit Mühe vertrieb sie ihn aus ihren Gedanken.

Der Prinz hielt sich den Arm. Der Verband war durchweicht und musste dringend gewechselt werden, aber sie hatten noch zwei Tage vor sich. »Drachen«, knurrte er hasserfüllt. »Hätten die Götter sich nicht etwas anderes einfallen lassen können, um uns heimzusuchen?«

»Hay Ran Birayik«, murmelte Linn. »Vermutlich werden wir nie verstehen, was er sich dabei gedacht hat.«

Arian blinzelte überrascht. »Der Gott der Zauberer. Ein finsterer Gott«, sagte er leise. »Der in der Nacht haust. Feuer entströmt seinen Händen, und seine Zunge ist ein vergiftetes Messer.« Misstrauisch starrte er sie an. »Hörner wachsen ihm auf dem Kopf, Blitze dienen ihm als Gewand. Woher kennt Ihr diesen Namen? Wie könnt Ihr es wagen, ihn auszusprechen?«

Linn erschrak. Sie hatte gewusst, dass Hay Ran Birayek der Gott der Drachen war und der Gott der Spieler. Aber dass ihn auch die Zauberer verehrten, war ihr neu.

»Ich bin keine Zauberin«, beteuerte sie.

Mit gerunzelter Stirn musterte er sie.

Es sah übel für sie aus, das wusste sie. Als Einzige von allen Drachenjägern war sie an Gesicht und Händen unversehrt. Die Blicke der anderen waren ihr nicht entgangen; es war, als suchten sie bloß noch nach einer Bestätigung für ihren Verdacht.

»Dieser Gott – ich habe nur von ihm gehört. Und da wir davon sprachen, warum die Drachen erschaffen wurden …«

»Von wem?«, wollte der Prinz wissen.

»Wie, von wem? Ihr meint, wer mir diesen Namen gesagt hat?« Mora. Die liebe kleine Mora, ihres Zeichens Pastetenbäckerin des Königs. »Ich weiß nicht mehr. Auf meiner Reise nach Lanhannat sind wir durch so viele Dörfer gekommen und haben unzählige Leute getroffen. Seltsame Menschen. Verrückte Alte, Bettler, die uns nachgerannt sind …« Sie legte die Stirn in Falten, als dächte sie nach.

Arian seufzte. »Verzeiht«, sagte er müde. »Wie kann ich annehmen, dass Ihr auf der Seite der Drachen seid, nach allem, was wir erlebt haben? Wenn Ihr ihn nicht abgelenkt hättet, wäre ich nie an sein Herz herangekommen. Der Schmerz benebelt meinen Verstand.« Er wandte sich zu den anderen um. »Wir machen Rast. Ich brauche …«

Kopfüber stürzte er aus dem Sattel und blieb mit dem Fuß im Steigbügel hängen. Linn und Dorwit sprangen rasch von ihren Pferden, um den jungen Mann behutsam auf die Erde zu legen.

Linn löste die Tücher um Arians Arm und fuhr zurück. Das Fleisch darunter sah fürchterlich aus: Durch die aufgerissenen Muskeln schimmerte der zersplitterte Knochen. Sie musste sich abwenden und tief durchatmen, um ihren Mageninhalt bei sich zu behalten.

»Und er wollte, dass ich in Quintan bleibe«, murmelte sie kopfschüttelnd. »Wie kommen wir denn jetzt nach Lanhannat? Einen Heiler von dort zu holen, würde mindestens sechs Tage dauern, wenn man sehr schnell reitet. Das ist zu lange.«

In Gunyas Gesicht regte sich nichts. »Jemand muss ihn zu sich aufs Pferd nehmen und festhalten. Was sonst?«

»Aber …«

»Er wird den Arm verlieren«, sagte die Ritterin. »Und möglicherweise auch sein Leben. Das ist der Fluch, der einen jeden Drachentöter trifft. Es ist bedauerlich, aber nicht zu ändern. Lasst uns lieber keine Zeit verlieren, wir müssen weiter.«

Linn säbelte ein Stück ihrer Tunika ab, um Arians verletzten Arm wenigstens notdürftig zu verbinden. »Wir müssen ihm die Rüstung ausziehen«, bestimmte sie. »Die ist viel zu schwer, und hier braucht er sie ja wohl nicht.«

Gunya schüttelte den Kopf. »Ein siegreicher Held kommt in seiner Rüstung nach Hause. Das dürft Ihr Brahans Erben nicht nehmen. Wollt Ihr etwa schon wieder den ganzen Ruhm für Euch?«

Linn hielt es nicht für nötig, darauf zu antworten. Mit Dorwits Hilfe nahm sie Arian den Brustpanzer und den Helm ab, obwohl Gunya nach wie vor der Meinung war, dass der Verletzte sowieso sterben würde und wenigstens ehrenvoll in Lanhannat einziehen sollte.

»Ihr könnt nicht einfach den Prinzen berauben!«, wetterte die Ritterin.

»Wir verstecken alles hier im Gebüsch. Man kann die Sachen später holen. Nennt mich nicht Diebin! Soll ich Euch Prinzenmörderin schimpfen?«

Das war ein Fehler. Wütend funkelte Gunya sie an. Aber dass sie damit die Aussicht auf ein gutes Auskommen mit ihrer Kameradin endgültig vertan hatte, kümmerte Linn jetzt nicht.

»Helft mir, ihn aufs Pferd zu heben«, bat sie Dorwit, der sich – schweigend, aber immerhin – auf ihre Seite schlug. Er half ihr, den Bewusstlosen vor ihr in den Sattel zu hieven. Auch ohne Rüstung war Arian schwer, und sie dankte Arajas, dem gütigen Gott, dass wenigstens ihre Hände und Arme unversehrt waren, obwohl die Schmerzen an Hals und Rücken immer schlimmer wurden.

Sie versuchte sich auf den Prinzen zu konzentrieren und sich mit ihm im Sattel zu halten. Sein dunkles Haar roch nach Rauch.

Was für ein trauriger Triumph, dachte sie. *Halb tot kommen wir nach Hause gekrochen, blutend, verbrannt, und drei von uns sind nicht mehr dabei.*

Der Drache war tot. Einer der vier, die sie geschworen hatte zu töten. Dies war der Beginn ihrer Rache – trotzdem hatte sie einen schalen Geschmack im Mund.

»Eins«, zählte sie.

Aber vielleicht war der Preis zu hoch.

Die Pferde waren so müde, dass sie den Aufstieg zum Schloss kaum noch bewältigten; allein die Aussicht auf ihren Stall trieb sie vorwärts. Linn musste weder die Zügel halten noch ihren Braunen antreiben, während er sich den Hang hinaufkämpfte.

Der Prinz in ihren Armen fieberte und murmelte unverständliches Zeug.

Schlafen. Absitzen und schlafen … niemanden sehen, niemandem Rechenschaft ablegen … Benebelt von Schmerz und Erschöpfung wollte sie nur noch ankommen, ihre Last loswerden und sterben. Allein, irgendwo in einer Ecke.

Doch die Nachricht von ihrer Rückkehr verbreitete sich schnell, und als die Drachenjäger durchs Tor ritten, wurden sie von einer Menschenmenge empfangen. Auch Chamija war darunter, mit vom Laufen geröteten Wangen stand sie da, und als sie Linns Blick begegnete, lächelte sie. Die meisten hatten schon bemerkt, wie wenige sie waren und in welchem Zustand sich der Prinz befand, und in den verhaltenen Jubel mischten sich Ausrufe der Besorgnis. Linn bekam davon kaum etwas mit. Sie ritt bis vor die Stufen, die zum Haupteingang des Schlosses führten, und übergab den verletzten Hauptmann dort den eilig herbeilaufenden Dienern, die mit einer Trage anrückten. Tani fand den Stall von alleine. Sie fiel halb aus dem Sattel und überließ es den Knechten, sich um das Pferd zu kümmern. Schon fast bewusstlos wankte sie durch die strohbedeckten Gänge und ließ sich irgendwo in eine Ecke fallen.

Flüsternd standen die Dienstboten zusammen. »Habt ihr ihn gesehen, den Prinzen? Das Gewand voller Blut. Das Gesicht grau und leer. Habt ihr? So sieht einer aus, dem ein Drache begegnet ist, so sieht ein Mann aus, der dem Schrecken ins Auge geblickt hat …«

Jikesch stand eine Weile da wie erstarrt. Er beobachtete, wie Chamija davonmarschierte, und auf einmal, wie merkwürdig, wurden die kleinen Details wichtig: wie der Rock um ihre Beine schwang, wie im Heben und Senken der Füße eine Handbreit Haut sichtbar wurde zwischen Rock und Stiefeln. Wie ihr blondes Haar sich auf dem Rücken bewegte, als sei es lebendig. Wie sie über die Schulter zurückblickte, auf ihn, der wie ein von einem Giftpfeil getroffener Krieger dastand, gelähmt, während er wartete, dass das Gift wirkte, das tödliche … wie sie ihm ein Lächeln schenkte, ein winziges bloß, aber eins, das nur ihm gehörte, wie ein Zwinkern unter Freunden.

Oh ja, auch er hatte die Heimkehr der Ritter miterlebt. Linnia auf ihrem langbeinigen Pferd, den Hauptmann vor sich im Sattel, an sie gelehnt. Nein, nicht den Prinzen hatte er in ihren Armen gesehen, sondern einen Mann, den sie festhielt, als könnte sie alles und sich gleich mit ihm verlieren, wenn sie ihn nur für einen Moment losließ. Wie widerstrebend sie ihn den Dienern überreicht hatte, als sei er die einzige Beute, die sie von diesem Kampf mitgenommen hatte …

Irgendwo in seinem Hinterkopf hörte er Moras Stimme: *Pass auf, was du denkst. Du wirst nie wissen, ob es deine Gedanken sind. Du wirst nie wissen, ob es deine Worte sind und deine Taten, und ob die Dinge, die geschehen, dein Werk sind oder ihres oder das Werk der Götter. Um dich herum wird alles zerbrechen, während du glaubst, dass du es in der Hand hältst … Es wird immer schwerer werden, dem Bann zu widerstehen. Am Anfang wird es dir noch ab und an gelingen, und das wird dich glauben lassen, dass du es mit ihr aufnehmen kannst, dass du dein eigener Herr bist, dass sie gar nicht so mächtig ist, wie sie tut. Doch irgendwann bist du verloren, und von da an gibt es kein Zurück mehr. Jetzt wärst du noch in der Lage zu fliehen. Irgendwann wird es zu spät sein, und du wirst dir nicht einmal mehr wünschen können, du hättest es getan.*

Ein Bild, das ihn mehr quälen würde als jedes andere … aber nicht Chamija hatte es gewoben mit den Farben ihrer Phantasie. Vielleicht war das das Schlimmste: zu wissen, dass es kein Trugbild war, kein Zauberwerk. Es war echt, er hatte es gesehen, mit eigenen Augen, und unzählige Leute mit ihm. Wie Linnia Arian nach Hause brachte. Warum nicht Gunya? Warum nicht Dorwit? Warum musste ausgerechnet sie das tun, seine Linnia, seine Schöne, sein Mädchen, seine Braut?

Weil sie nicht deine Linnia ist. Weil sie es nie war. Sie war schon immer die Verlobte eines anderen. Wenn sie dich je so geliebt hätte wie du sie, hätte sie dir verziehen, dass du deine Geheimnisse nicht so schnell und leicht aufgeben konntest. Geheimnisse sind nicht wie Kleidungsstücke, die man beliebig ablegen kann. Sie verwachsen mit der Haut. Es ist, als würde man dir ein Emblem auf die Haut nähen; es herauszureißen wäre dein Ende. Man muss es ganz sacht auftrennen, Stich für Stich, Vertrauen für Vertrauen … vorsichtig. Langsam.

Wenn sie ihn je geliebt hätte, sie hätte es verstanden. Die Mauern um ihn her schienen sich zu drehen. Jikesch wurde schwindlig, während um ihn herum Menschen hin und her eilten, geschäftig, während einige nach Heilern schrien, während andere wissen wollten, was passiert war – »Wirklich? Der Prinz? Der Prinz stirbt?« –, doch er sah nur Linnia und Arian und wie Chamijas Rock um ihre Beine schwang …

Dann kniff er die Augen zu, ballte die Fäuste, und als er schrie, einen bösen wilden Ruf wie ein aufgestörter Blätterdachs, und die verwirrten Blicke der Wachen und Mägde auf sich spürte, wurde er endlich ruhiger.

»Wo ist sie?«, murmelte er. »Alle sind herausgekommen, nur sie nicht. Denk nach, du Narr. Lass dich nicht blenden, von nichts und niemandem. Wo ist sie hin?«

Er eilte in den Stall, und dort fand er Linnia in einem Winkel, ins Heu gekuschelt, fest schlafend.

»Hier bist du«, flüsterte er. »Lebendig. Immer noch lebendig. Ist der Drache unter deinen Händen gestorben? Oder war es diesmal der Prinz, wie sie sagen? Geben sie Brahans Erben diese letzte Tat, damit er den Ruhm mit ins Grab nimmt, seine allerletzte Heldentat? Darf er ein bisschen wie Laran sein, jetzt am Schluss?«

Er hockte sich neben sie und betrachtete im Dämmerlicht des Stalls ihr schönes Gesicht. Behutsam streckte er die Hand aus und strich ihr Haar zurück, das ungewohnt kurz war, eine rötlich braune, buschige Mähne, die ihr Gesicht blass und schmal erscheinen ließ. Kindlich sah sie aus, während sie schlief, immer noch den Ausdruck grimmiger Entschlossenheit auf den Zügen. Der bittere, aschige Geruch des Feuers umgab sie wie ein dunkler Umhang, und etwas noch Dunkleres blühte auf ihrem Nacken. Jikesch beugte sich über sie und entdeckte die große Wunde hinten an ihrem Hals, die zwischen ihren Schulterblättern verschwand.

»Meine Schöne«, sagte er erschrocken. »Der Kuss des Drachen, zeichnet er deine glatte Haut? Wie bist du hergekommen, die Krallen des Drachen im Nacken?« Er sprang auf und sah sich um, doch niemand kümmerte sich um Linn. Die Knechte waren mit den erschöpften Pferden beschäftigt, sprachen über ihre Verletzungen, berieten über Salben und Tinkturen.

»Salben«, sagte Jikesch. »Das ist es. Warum sitze ich noch hier? Ich weiß, was du brauchst. Und wie du es bekommst.«

Er schob einen Arm unter ihre Kniekehlen, den anderen unter ihre Schultern. Behutsam hob er sie auf und stand schwankend da. Dann straffte er sich und wirkte einen ganzen Kopf größer als eben noch.

Seine Erscheinung mit dem violetten Kostüm und der goldenen Mütze hätte nicht auffälliger sein können, doch jetzt kam ihm zugute, dass er das Schloss wie seine Westentasche kannte. Vom Rossstall zum Viehstall und von dort über die Schuppen und den Hühnerverschlag erreichte er unbemerkt den Dienstboteneingang. Die Winkel und Treppen, Flure und ungenutzten Zimmer waren ihm alle vertraut. Seine kostbare Last im Arm eilte er durch die Gänge, verschnaufte in einer Nische hinter der Statue eines anmutigen jungen Mädchens und stand schließlich vor der Tür, die zu Nivals Schreibstube führte.

Jikesch sah sich noch einmal um, bevor er aufschloss und Linnia auf das schmale Bett legte. Schnell eilte er zurück zur Tür und machte sie sorgsam wieder zu.

Es war so dumm, ihretwegen alles zu riskieren. Wenn ihn doch jemand gesehen hatte? Wenn Chamija davon erfuhr, dass er Linnia hierhergebracht hatte – als Narr in die Kammer des so selten anwesenden Schreibers?

»Du Dummkopf«, schalt er sich selbst, »was tust du hier? Mora wird dir die Ohren langziehen, und der König bekommt vielleicht Lust, dich an den Füßen an den höchsten Turm zu hängen.«

Was wird Chamija tun? Sie darf es nicht wissen. Oh ihr Götter, lasst sie niemals wissen, was ich fühle …

Er nahm die Mütze ab, damit ihn die klingelnden Glöckchen nicht verrieten, und kramte hastig in seinem Schrank. In dem kleinen Topf, den er zwischen lauter leeren Tiegeln und Krügen hervorzog, war fast nichts mehr drin.

»War ich so oft krank in letzter Zeit?«, murmelte er vor sich hin. »Pivellius ist immer gereizt, wenn sein Sohn auf Drachenjagd geht.« Kleinere Wunden wie Schrammen, Blutergüsse und dergleichen behandelte Jikesch stets selbst, damit Mora sie gar nicht erst zu Gesicht bekam. Dummerweise hatte er sie schon länger nicht mehr um Nachschub gebeten, da er weder Lust auf ihre Fragen und Vorhaltungen noch auf ihr Mitleid hatte.

Jikesch zog sich die Handschuhe aus und tauchte den Finger in die braune Paste. »Tut mir leid«, entschuldigte er sich, als er das Zeug in die offene Wunde schmierte.

Stöhnend kam Linnia zu sich. Er arbeitete schneller und drückte ihren Oberkörper mit dem Knie herunter, damit sie sich nicht umdrehte, bevor er fertig war.

»Was …?«, krächzte sie.

»Gleich geht es dir besser. Versprochen.«

Wie ein Schleier hing der Schmerz über ihren Augen, dann

endlich begann die Salbe zu wirken, und Linnias Blick wurde klarer.

»Es ist … angenehm kühl«, seufzte sie. Dann fielen ihr die Augen zu, und sie sank auf das Kissen.

Jikesch zögerte. Vielleicht wachte sie bald wieder auf, vielleicht schlief sie aber auch mehrere Stunden. Am Zustand der Pferde war abzulesen, dass die Ritter sich nicht geschont hatten. In ihrer Eile, den Prinzen lebendig abzuliefern, hatten sie weder auf die Gesundheit der Tiere noch auf ihre eigene Rücksicht genommen. »Schlaf gut«, sagte er.

Er stand schon auf der Schwelle, als ihm einfiel, dass er Mütze und Handschuhe vergessen hatte. Dieses Mädchen verwirrte ihn mehr, als gut für ihn war. *Wenn Chamija das wüsste, was würde sie tun? Weiß sie es nicht sogar?*

Nein, er musste aufhören, an die Zauberin zu denken. Solange er konnte, musste er das Leben leben, das ihm gehörte, das er gewählt hatte, selbst wenn das hieß, dass er sich wieder und wieder für den Schmerz entschied. Es wäre so viel einfacher gewesen, Linnia einfach loszulassen und zu vergessen.

Linnia, in ihren Armen der bleiche Prinz …

»Oh Barradas«, flüsterte er, »ist das die Strafe dafür, dass ich in einer Stadt lebe, statt mit dem Wind zu ziehen?«

Kaum konnte er sich entschließen, was schwerer zu ertragen war – das schlafende Mädchen auf seiner eigenen Liegestatt, das staubige, verklebte Haar über den Wangen … oder auf diesen Anblick zu verzichten und die Tür sacht hinter sich zuzumachen. Beides, stellte er fest, als er den Schlüssel herumdrehte. Linnias Zorn würde vielleicht noch schwerer zu ertragen sein, aber er hatte keine andere Wahl, als sie hier einzusperren. Wenn sie aufwachte und herumschrie, gab es für ihn keine Rettung, aber er konnte nicht mehr warten. Er durfte sich nicht länger um dieses Mädchen kümmern, wenn der König Beistand brauchte.

Jikesch huschte durch den Gang und bewegte sich dabei so vorsichtig, dass selbst die Glöckchen schwiegen. Erst als er die große Treppe erreicht hatte, schwenkte er laut klingelnd den Kopf.

»Der König! Wo ist mein König, mein trauriger Spiegel?«, plärrte er, während er vor seinem inneren Auge immer noch das Mädchen in der kleinen Stube des Schreibergesellen sah, auf seinem Bett. Ein Bild, das er nicht loswurde. Ein Gefühl in seinen Händen – ihr Haar, ihre Haut …

Du bist mein Untergang, Linnia, dachte er und breitete die Arme aus. »Da seid Ihr!« Er flog auf den Mann mit dem königlichen Umhang zu, der mit versteinertem Gesicht im Gang herumstand – wie ein Diener, der sich nicht sicher war, ob es ihm erlaubt war, das Zimmer einer vornehmen Dame zu betreten.

»Keine Scherze«, befahl Pivellius schroff. »Er liegt da drin. Sie untersuchen ihn gerade.«

Jikesch sank auf dem Parkett in sich zusammen. Seine gequälte Miene spiegelte die ganze hilflose Verzweiflung des Monarchen.

»Der Prinz?«, flüsterte er. »Der junge Prinz, der dunkle Sohn?«

»Er hat den Drachen getötet.« Der König presste die Lippen zu einem schmalen Strich zusammen, während Jikesch die Hände nach oben streckte wie ein Ertrinkender. Ein einzelnes seidenes Tuch schwebte durch die Luft und legte sich über sein Gesicht.

»Hat dem Untier das Herz herausgeschnitten«, sprach der König weiter. »Wir müssten feiern. Ja, das müssten wir. Fünf Tage und fünf Nächte. Ich sollte in die Schatzkammer gehen und ein Geschenk auswählen. Was meinst du, Narr? Wollen wir gemeinsam etwas für meinen Sohn aussuchen? Einen Ring, eine hübsche Brosche, einen goldenen Becher?«

»Ja«, stöhnte Jikesch, der bald nicht mehr wusste, wo sein eigener Schmerz aufhörte und wo der des Königs begann. »Einen Becher. Golden. Mit Edelsteinen verziert. Eine königliche Gabe für den königlichen Drachentöter.«

Pivellius schluckte schwer. »Dann komm.« Er schlurfte davon, gebeugt, wie ein uralter Mann.

Jikesch legte das Ohr an die Tür und horchte. Drinnen stritten die Ärzte darüber, ob sie Arian den Arm amputieren sollten. »Er stirbt sowieso, also welchen Zweck hat es? Wollen wir einen einarmigen Prinzen in die Gruft tragen?«

»Es würde ihm wenigstens noch ein paar Tage verschaffen.«

»Die er wohl kaum genießen kann.«

»Es ist unsere Pflicht, alles für ihn zu tun, was möglich ist!«

»Damit er noch länger leidet? Jedem Tier in diesem Zustand hätten wir längst die Gnade erwiesen, seinem Leben ein Ende zu setzen.«

Der König winkte ihm. Jikesch riss sich von der Tür los und sprang seinem Herrn hinterher.

7

Das Fenster war so hoch oben in die Mauer gehauen, dass Linn auf den Tisch steigen musste, um hinauszusehen. Ihr Blick fiel auf eine helle Ziegelwand mit einigen länglichen Öffnungen. Es musste einer der Türme sein, die ihr die Aussicht versperrten. Zweifellos war sie immer noch im Schloss. Nun, das hatte sie sich bereits gedacht. Obwohl sie noch nie in dieser kleinen Kammer gewesen war, herrschte hier der vertraute Schlossgeruch vor, nach kalten Wänden und alten Möbeln. Wie im Trakt der Gardisten war der Boden mit einfachen Steinplatten ausgelegt, die nur grob zusammenpassten und nicht wirklich gerade waren, und infolgedessen kippelte der Stuhl, wo sie ihn auch hinstellte.

Linn versuchte sich aus dem Fenster zu lehnen, um in den Hof hinunterzuschauen, aber die dicken Mauern hinderten sie daran.

Missmutig stieg sie wieder herunter. »Na warte, Nival«, murmelte sie.

Die Tintenfässchen und Federn bewiesen, dass dieses Zimmer einem Schreiber gehörte. Da sie mit dem königlichen Hofschreiber Findun nichts zu schaffen hatte, konnte es nur einer seiner Gehilfen sein, der sie hergebracht hatte. Undeutlich erinnerte sie sich daran, dass sie ihr Pferd in den Stall geführt und den Knechten übergeben hatte. Und danach? Wie war sie hergekommen? Mit Jikesch? Der Narr würde es doch sicher nicht riskieren, sie in die Räumlichkeiten zu bringen, die seinem anderen Ich gehörten?

Sie tastete ihren Nacken ab. Die Berührung tat kaum noch weh, nur eine leichte Hitze war zu spüren. Er musste sie mit der magischen Salbe behandelt haben, das erklärte, warum sie sich so gut fühlte. Zum Bäume ausreißen. Ja, sie hätte sofort wieder aufbrechen können, zur nächsten Drachenjagd. Ihre plötzliche Genesung passte zu den Träumen, an die sie sich nur vage erinnerte. Fast jede Nacht träumte sie von Nival, aber dieser letzte Traum war so deutlich, dass sie ihn wahrscheinlich mit der Wirklichkeit verwechselte. Die kühlende Salbe auf ihrer Haut. Seine sanften und dennoch starken Hände. Dabei hatte sie sich doch geschworen, dass sie mit diesem Lügner nichts mehr zu tun haben wollte.

Hatte er sie hergebracht? Ihre Verletzung versorgt und dabei riskiert, dass sein doppeltes Spiel aufflog? Wie konnte er nur!

Dabei habe ich ihm doch unmissverständlich klargemacht, dass er mich in Ruhe lassen soll … Er kann es nicht. So wenig, wie ich aufhören kann, an ihn zu denken.

Allerdings hatte sie mittlerweile solchen Hunger, dass sie die Tür am liebsten mit den Fingernägeln aufgebrochen hätte.

»Verdammt, Nival«, murmelte sie, »warum hast du mich eingeschlossen?«

Aber sie wusste, warum. Auch wenn sie sich darüber ärgerte, hatte er kaum eine andere Wahl gehabt; er durfte natürlich nicht zulassen, dass jemand zufällig hereinkam und sie hier fand. Immerhin war er ein angehender königlicher Beamter, und schon ein Gerücht konnte seine Karriere und all seine Pläne zerstören.

Unruhig wanderte sie auf und ab. Das Licht, das von draußen hereinfiel, veränderte sich kaum merklich. Der sommerliche Tag entfaltete sich und mündete in den Abend. Linn vertrieb sich die Zeit damit, an der Tür auf Schritte zu horchen.

Man konnte sie an ihren Schuhen unterscheiden: die harten Stiefel der Ritter, leichtfüßig die Mägde, hin und wieder jemand in Eile, wahrscheinlich ein Botenjunge. Aber im Großen und Ganzen war es hier viel ruhiger als in jedem anderen Teil des Schlosses.

Sie war so sehr ins Lauschen vertieft, dass sie heftig zusammenzuckte, als etwas hinter ihr raschelte. Sie fuhr herum – nichts. Da, wieder, ein leises Scharren. Aus dem Schrank.

Schnell legte Linn sich ins Bett und deckte sich bis zum Kinn zu. Sie schloss die Augen und beobachtete durch die Wimpern hindurch, wie sich die Schranktür öffnete und der Narr ins Zimmer stieg.

Eine ganze Weile stand er neben ihrem Bett und starrte auf sie hinunter. Dann seufzte er leise, nahm seine Mütze und die Handschuhe ab, legte beides auf den Tisch und fuhr sich durch das verschwitzte Haar. Er beugte sich über die Waschschüssel, und als er sich umdrehte, waren die weiße Maske, die schwarzen Lippen und Augen verschwunden. Es war Nivals Gesicht. Seit Linn zur Garde gehörte und im Schloss lebte, hatte sie es bloß ein einziges Mal gesehen, bei ihrer Rückkehr mit Chamija. Jikesch sprang im Hof herum und ging ihr auf die Nerven, aber das war immer noch besser, als Nival zu treffen. Nicht einmal mehr in die Stadt ging Linn hinunter, obwohl sie ein dumpfes Schuldgefühl empfand, weil sie Mora nicht besuchte.

Während er sich umzog, kniff sie die Augen fest zu. Sie wollte ihn nicht sehen und riskieren, dass die alten Gefühle wieder aufflammten. Schlimm genug, dass sie immer noch von ihm träumte.

»Linnia?«, fragte er leise.

Nival beugte sich über sie. Diesmal konnte sie nicht ausweichen, also schlug sie die Augen auf und begegnete seinem ernsten Blick.

»Wie geht es dir?«

Sie setzte sich auf und gähnte, als sei sie gerade eben erwacht. »Hungrig. Und doch … erstaunlich gut.« Sie befühlte ihren Nacken. »Diese magische Salbe ist viel stärker als die andere, oder?«

»Du hast geschlafen«, sagte er. »Ich musste dich herbringen, um dich zu behandeln. Ich hoffe, du verzeihst mir, dass ich dich nicht um Erlaubnis gefragt habe, aber es ging dir nicht gut.«

Er wirkte vorsichtig, ein bisschen besorgt, als könnte sie jeden Moment wütend auf ihn losgehen.

Bin ich so schlimm? So ungerecht? Was hat er eigentlich für eine Meinung von mir?

»Danke«, sagte sie. »Das war sehr großzügig von dir.«

Sie schwiegen beide, verlegen.

Nival räusperte sich und ging zu dem Bord, auf dem die Tintenfässer standen. Er griff nach einem, schraubte es auf und zog ein kleineres Töpfchen heraus.

»Du weißt, dass einmal nicht reicht«, sagte er. »Wenn keine Narben zurückbleiben sollen, brauchst du mehr davon.«

»Es wird vollständig verschwinden?« Vorsichtig tastete Linn über die hügelige Landschaft, in die ihr Nacken sich verwandelt hatte.

»Glatte Haut wie ein Säugling«, versprach Nival. »Darf ich?«

Natürlich war sie ihm immer noch böse. Sie hatte sich so fest vorgenommen, nichts mehr für ihn zu empfinden. Ein Lügner. Er hätte ihr sagen müssen, dass er auch Jikesch war, bevor sie es selbst herausgefunden hatte. Bevor sie dem Narren verraten hatte, dass sie Gefühle für einen gewissen jungen Schreiber hegte.

»Was ist mit dir?«, fragte sie. »Du hast doch auch eine Narbe zurückbehalten.«

Es war so vertraut, so selbstverständlich. Seine Hände auf ihrer Haut. Die angenehme Kälte der Salbe. Linn schloss die

Augen und genoss es. Am liebsten hätte sie ihn gebeten, ihr auch noch die Schultern zu massieren, aber das wäre zu weit gegangen, immerhin hatte sie ihm noch nicht ganz verziehen.

»Nein«, sagte er, »habe ich nicht. Ich sage doch, man muss die Behandlung so lange fortsetzen, bis nichts mehr zu sehen ist.«

»Wirklich?« Sie drehte sich um und streckte die Hand aus, wie sie es schon einmal getan hatte. Am Hals hatte er eine Narbe gehabt, dort, wo der wütende Prinz den Narren mit dem Schwert getroffen hatte. Wegen dieser Narbe hatte sie Verdacht geschöpft und Jikeschs Geheimnis gelüftet.

Die Kerbe war verschwunden. Verwundert befühlte sie die Stelle. Makellos glatte Haut. Dann wurde ihr bewusst, dass sie etwas zu lange brauchte, um sich von seiner Narbenfreiheit zu überzeugen, und hastig zog sie die Hand zurück. Nival hatte vor Verlegenheit rote Wangen bekommen.

»Macht sich denn keiner darüber Gedanken?«, fragte sie. »Das muss doch jemandem auffallen.«

»Mein Kragen verdeckt die Stelle.«

»Und wenn du Jikesch bist?«

»Der König ist daran gewöhnt, dass ich sehr schnell genese. Ich glaube, er hält mich nicht für einen richtigen Menschen. Auf die Idee, dass Magie im Spiel sein könnte, ist er zum Glück noch nicht gekommen.«

»Das ist vielleicht nur eine Frage der Zeit.«

»Genau darüber muss ich mit dir reden.« Nival fuhr sich wieder durch die Haare, wie eine Katze, die sich vor lauter Verlegenheit zu putzen beginnt.

»Als ihr eingetroffen seid, galt alle Aufmerksamkeit dem Prinzen. Aber was ist mit den beiden Rittern, mit den Leuten in Quintan? Hat jemand gesehen, wie schwer du verletzt warst?«

»Ja«, antwortete sie. »Arian weiß es. Und er hat mit den anderen darüber gesprochen, ob ich die Reise überhaupt antreten kann.«

»Verdammt.« Nival sprang auf und wanderte unruhig durch die kleine Kammer. »Das ist übel, ganz übel.«

»Weil es den anderen auffallen könnte?« Jetzt begriff sie, warum er sich dafür entschuldigt hatte, dass er ohne ihr Einverständnis mit der magischen Behandlung begonnen hatte. Eine so rasche Genesung war verdächtig und konnte bedeuten, dass sie das Schloss und vielleicht sogar die Stadt verlassen musste.

»Wenn du dich zurückziehst, für eine Weile«, sagte Nival, »und wenn du die Behandlung jetzt abbrichst, werden sie sehen, was sie erwarten: eine vernarbte Stelle.«

»Wie Okanion? Tut mir leid, Nival, aber ich habe nicht vor, wie er auszusehen. Glaubst du wirklich, dass ich so bleiben will?«

Er sprach weiter, als hätte er ihren Einwand nicht gehört. »Es wird ihnen nicht einmal auffallen, wie schnell die Heilung geschieht. Aber du dürftest dich vorerst nirgends blicken lassen.«

Sie berührte vorsichtig ihren Nacken. Ihre Finger wollten unablässig über die Stelle streichen, um sich an das zerstörte Gewebe zu gewöhnen.

»Nein«, widersprach sie, »ich will die Behandlung nicht abbrechen. Ich möchte, dass es heilt. Richtig heilt.«

Nival seufzte. »Dann musst du gehen. Es tut mir leid. – Du solltest sowieso lieber von hier verschwinden«, fügte er leiser hinzu, als wüsste er etwas, das er ihr verschwieg.

Linn schüttelte den Kopf. »Was soll das, fängst du schon wieder damit an? Ich brauche die Garde! Ich habe es nicht geschafft, allein mit dem Drachen fertigzuwerden. Mein Schwert hat versagt. Wenn Arian ihn nicht getötet hätte …« Sie runzelte die Stirn. »Wie geht es ihm überhaupt?«

»Schlecht.«

»Wie schlecht?«

»Der König war in der Gruft«, berichtete Nival leise. »Unten im Keller, in der Gruft der Erben Brahans. Er lässt die Kammer schmücken, in der sein Sohn beigesetzt werden soll. Die Tischler arbeiten schon am Sarg. Kunstvoll soll er aussehen, denn sie werden den Prinzen durch die ganze Stadt tragen, die große Runde, wie es einem Drachentöter zusteht.«

Linns Hand schloss sich um das Töpfchen mit der Salbe. Nival folgte der Bewegung mit den Augen.

»Vergiss es«, sagte er. »Zehn Ärzte hocken an seinem Bett wie die Geier. Du kannst Arian nicht magisch behandeln.«

»Warum nicht? Nival, wir haben hier ein Heilmittel, das die schlimmsten Brandwunden schließen kann! Warum sollten wir ihn nicht retten können? Solange er noch atmet, ist er nicht verloren!«

»Er ist der Prinz.«

»Wie, er ist der Prinz? Du willst ihn nicht retten, weil er der Prinz ist?«

»Du kennst Pivellius nicht«, sagte Nival leise. »Glaubst du, er würde es dir danken? Er würde dich dem Henker ausliefern, ohne mit der Wimper zu zucken.«

»Aber wenn wir seinen einzigen Sohn retten? Hast du dann nicht endlich erreicht, wofür du die ganze Maskerade hier aufführst? Dass der König einsieht, wie nützlich Magie sein kann?«

»Er ist noch nicht so weit«, sagte Nival. »Außerdem, wenn sie merkt, dass hier jemand über Zaubermittel verfügt …«

»Wer, sie?«

Sein Blick wurde unruhig.

»Chamija«, flüsterte er, als wäre dieser Name ein unaussprechliches Geheimnis.

Linn konnte ihre Belustigung kaum verbergen. »Ach, Chamija. Sie weiß durchaus, dass hier noch der eine oder andere Zauber geschieht. Glaubst du, es interessiert sie? In Tijoa ist Zauberei alltäglich und angesehen. Sogar König Scharech-Par ist ein Zauberer.«

Nival schwieg eine Weile. »Hüte dich vor ihr.«

Vielleicht war es ein Fehler gewesen, seine Gegenwart zu meiden. Denn sobald er anwesend war, zerplatzten alle Träume, und zurück blieb nichts als Ärger. Eine bessere Heilmethode gegen unerwünschte Gefühle konnte es nicht geben. »Oh Nival, bei allen Göttern, lass das! Ich weiß, dass sie aus Tijoa ist, mir ist durchaus klar, dass sie genauso gut eine Spionin sein könnte wie eine gestrandete Schreiberin. Ich bin nicht so dumm, wie du glaubst. Aber ich finde auch, dass sie eine Chance verdient hat, immerhin sitzt sie tatsächlich ohne ihr Verschulden hier fest.«

»Und wenn sie gar nicht ist, was sie scheint?«

Er konnte es nicht lassen. Geheimnisse waren sein Leben, aber Linn war nicht bereit mitzuspielen. »Hör auf, in Rätseln zu sprechen. Was wirfst du ihr vor?«

Er antwortete nicht. Zweimal öffnete er den Mund und schloss ihn wieder. Sein Gesicht verdüsterte sich, und etwas Dunkles trat in seine Augen. Angst?

»Wenn du nichts zu sagen hast, dann lass es. Mir scheint, hier denken sowieso zu viele Männer über Chamija nach. Es gibt jetzt Wichtigeres. Was ist mit dem Prinzen? Wir müssen ihm helfen, Nival, wir müssen für ihn tun, was wir können.«

»Nein«, wiederholte er. »Du solltest nicht einmal daran denken. Der König will es nicht, und Arian würde es auch nicht wollen. Für einen wie ihn würdest du alles riskieren – dein Leben und meins und das von Mora? Das Leben aller Zauberer, die sich noch in dieser Stadt verstecken?«

»Für einen wie ihn«, wiederholte Linn bitter. »Das meinst du ernst? Dass es sich nicht lohnt – für einen wie ihn?«

»Genau das meine ich«, sagte Nival steif. »Er liegt im Sterben. Das ist der Lauf der Dinge. Wenn der König die Magier als seine Feinde betrachtet, dann hat er dieses Schicksal selbst gewählt.«

»Du würdest nicht kämpfen? Du würdest nicht riskieren, dass er seine Meinung ändert, wenn wir jetzt seinem Sohn helfen?«

Nival seufzte. »Lass es gut sein, Linnia. Ich kenne Pivellius besser als du. Die Frage ist, was machen wir jetzt mit dir? Wie schaffen wir dich aus dem Schloss?«

Sie vermochte es immer noch nicht zu fassen, wie Nival Arians Tod einfach so hinnehmen konnte. Natürlich war es riskant, ihm zu helfen, aber wenn man die Macht hatte, sein Schicksal zu wenden, durfte man doch nicht aus Feigheit darauf verzichten!

Das Gefühl von Innigkeit und Nähe war wie weggewischt. So kühl war er, so berechnend. Ein Lügner und Schauspieler. Nur seine Unsicherheit war nicht gespielt – die Feigheit war echt.

»Ich bleibe hier«, beharrte Linn. »Ich möchte, dass keine einzige Narbe zurückbleibt. Wenn ich ein Halstuch trage, wird man nichts sehen. Gunya und Dorwit werden glauben, dass ich es trage, um die hässlichen Wunden zu verdecken. Und wenn meine Haare erst wieder lang genug sind, werden sie sowieso nichts bemerken. Ich werde in Zukunft auf einen Zopf verzichten und sie offen tragen.«

Nival nickte langsam. »Bleibt nur noch die schnelle Heilung – auch das wirft Fragen auf.«

»Dann warte ich eben noch ein paar Tage, bevor ich mich wieder in der Öffentlichkeit zeige. Wenn wir eine Erklärung hätten für die Garde … hat mich eigentlich noch keiner vermisst?«

»Ich habe Gerüchte gestreut«, gab Nival zu. »Ein paar Leute haben dich angeblich gesehen, wie du in die Stadt gegangen bist, um dich von deiner Bekannten pflegen zu lassen. Mora wird schon etwas einfallen, um etwaige Besucher abzuwimmeln.«

»Niemand wird mich besuchen«, murmelte Linn. »Ich habe hier keine Freunde. Außer Chamija.«

Er erschrak sichtlich. »Das geht auf keinen Fall. Sie darf nicht runter zu uns in die Stadt kommen! – Nein, Linnia, du solltest dich lieber als Dienstmagd verkleiden, dann könntest du heute Abend mit mir zusammen das Schloss verlassen.«

Was war nur mit ihm los? Er war noch nervöser als sonst und schrak bei jedem Wort zusammen.

»Nein!« Sie dämpfte rasch die Stimme. »Nein, ich bleibe hier. So kräftig bin ich dann doch nicht, dass ich den weiten Marsch in die Stadt jetzt schon auf mich nehmen möchte. Etwas zu essen wäre mir dagegen schon recht.«

»Oh, wie rücksichtslos von mir!« Nival eilte an den Schrank und holte ein Bündel heraus, dessen Inhalt er auf dem Tisch ausbreitete. »Der König hat heute fast nichts gegessen ... ich habe dir etwas mitgebracht.«

Er beobachtete sie, während sie aß. Sie beeilte sich, denn sie wollte ihn so schnell wie möglich loswerden. Jeder Bissen konnte Arians Tod bedeuten.

»Ich werde mich selbst behandeln«, sagte sie. »Aber es ist ziemlich wenig Salbe übrig. Hast du noch mehr davon? Kannst du mir morgen etwas mitbringen?«

»Ja«, antwortete Nival, »zu Hause müsste ich noch etwas haben. Viel ist nicht mehr da, ich habe in letzter Zeit mehr verbraucht, als ich wollte ... und Mora ging es auch nicht so gut.«

Schuldbewusst erinnerte Linn sich daran, dass sie noch gar nicht nach ihrer ehemaligen Hausherrin gefragt hatte.

»Kommt sie denn zurecht – ohne Bher?«

»Schlecht, ehrlich gesagt«, meinte er. »Das war ein schwerer Schlag für sie.«

Linn nickte. »Grüß sie von mir, bitte.«

»Was dein Schwert angeht ...«

»Darüber reden wir morgen, ja? Ich bin wirklich erschöpft.«

Nival nickte. Er schien noch mehr sagen zu wollen, brachte aber offenbar nicht den Mut dazu auf.

»Was deine Freundin Chamija angeht …«, begann er schließlich.

»Oh nein, nicht das schon wieder!«

»Was auch immer sie dir sagt, schließ nie einen Handel mit ihr ab. Lass dich auf nichts ein und versprich ihr nichts.«

»Was sollte ich ihr denn versprechen?« Nival schaute sie so sorgenvoll an, dass sie ihm ganz gewiss nicht verraten würde, dass sie und Chamija sich bereits gegenseitig Stillschweigen zugesichert hatten. Was sollte daran falsch sein?

»Gute Nacht«, sagte er leise.

Sobald er fort war, wurde Linn munter. Sie sprang auf, wischte die Reste der königlichen Mahlzeit zur Seite, um Platz auf der Tischplatte zu schaffen, und breitete dort die Utensilien aus, die Nival benutzte, um sich in Jikesch zu verwandeln. Die Tintenfässchen hatte sie nicht kontrolliert, aber die weiße und schwarze Schminke hatte sie vorhin bereits gefunden. Natürlich war sie nicht annähernd so geschickt wie der Narr, aber bei schlechter Beleuchtung mochte es angehen. Die Mütze verbarg ihr Haar. Nun nur noch rasch das Kostüm – sie hätte es vor dem Schminken anziehen sollen, aber zum Glück verwischte die Gesichtsbemalung nicht. Fertig.

Sie blickte in den Spiegel und erschrak fast vor sich selbst, so sehr ähnelte sie dem echten Narren. Ihre frauliche Figur verbarg sie mit dem Bündel, das sie sich vor die Brust hielt. Darin befanden sich der Salbentopf und eine zusammengerollte Decke, sodass sie es wie einen Säugling tragen konnte.

Beeil dich, trieb ihre innere Stimme sie an. *Schnell, schnell, bevor es zu spät ist!*

Sie stieg in den Schrank, schob die hintere Wand zur Seite und gelangte in einen schmalen, dunklen Gang. Vorsichtig tastete sie sich voran. Die Glöckchen klingelten unaufhörlich; wenn das jemand durch die Wand in seinem Zimmer hörte, würde er sich wundern. Oh verdammt! Sie hatte keine Ahnung, wo sie herauskommen würde und ob sie überhaupt in die richtige Richtung ging. Die Geheimgänge erwiesen sich als ein Labyrinth. Es gab unzählige Verzweigungen, und immer wieder endeten Sackgassen vor den verschiedensten Türen. Manchmal fiel durch winzige Schächte Licht auf den Gang, sonst hätte sie völlig die Orientierung verloren.

Schließlich war sie nach ihrer eigenen Einschätzung irgendwo im königlichen Flügel. Sie drückte eine Tür auf, die sie nicht in einen Schrank, sondern in einen behaglich eingerichteten Raum führte, in dem sie schon einmal gewesen war. Hier hatte sie ein paar wertvolle Anstecknadeln gestohlen, wie sie sich nun voller Scham erinnerte. An jene Zeit, in der sie als Leibeigene des Drachen Nat Kyah grüne Edelsteine gesammelt hatte, dachte sie nur äußerst ungern zurück.

Linn schlich durchs Zimmer und schlüpfte hinaus auf den Flur. Hier kannte sie sich wenigstens einigermaßen aus, dank ihrer zahlreichen Diebestouren mit Jikesch. Dort die breite, mit Teppich ausgelegte Treppe hinauf, um die Ecke, an den Wachen vorbei – nur nicht hinschauen, damit ihnen ja nicht das falsche Gesicht auffiel oder sie gar etwas sagen musste. Die Männer standen schweigend da. Machten sie immer solch düstere Mienen? Hieß das etwa, dass sie zu spät kam, dass Arian bereits gestorben war?

In dieser Richtung ging es zu den königlichen Gemächern. Auf den Gängen eilten trotz der fortgeschrittenen Stunde Diener und Mägde hin und her, standen Fürsten und Ritter beisammen und flüsterten mit gedämpfter Stimme. Linn schnappte ein paar Satzfetzen auf. Anscheinend warteten sie darauf, dass jeden Moment die Nachricht vom Tod des Prinzen verkündet wurde.

»Jetzt ist nicht der richtige Augenblick für Narreteien«, sagte ein graubärtiger Fürst ernst.

Linn schlich gebückt weiter, wobei sie versuchte, Jikeschs

geschmeidige Bewegungen und gewollte Tollpatschigkeit zu imitieren – ein Ding der Unmöglichkeit. Zum Glück waren alle so abgelenkt, dass niemand wirklich auf sie achtete. Ohne die Verkleidung wäre sie niemals so weit ins Herz des Schlosses vorgedrungen, bis vor Arians Tür, vor der ein kränklich aussehender Posten Wache hielt. Der Mann streckte den Fuß vor, um Linn einen Tritt zu verpassen.

»Ich bin des Königs Glück«, sagte sie und versuchte, ihre Stimme so zu verstellen, dass sie der des Narren glich. »Vielleicht bringe ich wenigstens etwas Glück in dieser schweren Stunde.«

Der Wächter verzog das Gesicht, als wollte er gleich losweinen, und öffnete lautlos die Tür. Linn schlüpfte hinein.

In diesem Raum war sie noch nie gewesen. So weit hatte ihr Mut selbst bei ihren gewagtesten Diebstählen nicht gereicht. Das Gemach des Prinzen war größer als Moras ganzes Haus – ein Raum mit hoher Decke, mit kostbaren Hölzern vertäfelt. Die Wände, mit bestickten Teppichen behängt, lenkten den Blick von dem großen Himmelbett ab, das auf einem erhöhten Podest in der hintersten Ecke des Zimmers stand. Auf dem Weg dorthin musste sie an mehreren Sitzgruppen vorbei, wo Fürsten und Heiler gemeinschaftlich saßen und sich flüsternd berieten. Linn stockte der Atem, als sie hörte, dass es bereits um das Festmahl zur Trauerfeier ging.

Vor dem Bett herrschte Stille. Hier saß der König, gebückt auf einem schlichten, harten Stuhl, das Gesicht in den Händen verborgen, während ein einzelner tapferer Arzt Blut aus dem gesunden Arm des Prinzen abzapfte.

»Ich ziehe die Hitze heraus«, murmelte er unablässig. »Ihr werdet schon sehen. Die Hitze muss raus.«

»Mein König«, flüsterte Linn.

Pivellius hob den Kopf. »Kommst du doch noch?«, fragte er müde. »Um mir beizustehen in dieser dunkelsten Stunde?«

»Herr.« Linn kniete sich hin und senkte den Kopf, damit er ihr Gesicht nicht sah. Sie wagte nicht, die Stimme zu heben. Zum Glück brannten nur ein paar Kerzen und keine helleren Lampen, die dem König mehr von ihr gezeigt hätten, als ihr recht war. Das Bündel an ihre Brust gepresst wie ein kleines Kind wisperte sie: »Herr, lasst mich Euer Glück sein. Ich will die Götter um Glück bitten.«

Er starrte sie an und sah durch sie hindurch. Wenn seine Augen nicht vor Tränen blind gewesen wären, hätte ihm die Veränderung, die mit seinem Narren vorgegangen war, auffallen müssen. »Du willst was?«

»Schickt die Leute hinaus«, bat sie. »Und diesen Arzt – hat er nicht lange genug sein Unvermögen bewiesen? Lasst mich mit dem Prinzen allein. Zum … äh, Beten.«

»Zum Beten?«

Linn nickte. Das Klingeln der Glöckchen durchbrach die Stille. Zärtlich wiegte sie das Bündel in ihren Armen und hoffte, dass es irgendwie närrisch aussah. »Für den Sohn. Ja.«

»Zu welchem Gott?«

In Linns Dorf beteten alle zu Arajas, dem Gütigen, aber das hätte sie vielleicht verraten, also erfand sie kurzerhand einen neuen Gott.

»Zu … Siaweh, dem Gott des Glücks. Dem, äh, Gott der Narren. Ich werde ihn bitten, den Drachenfluch aufzuheben.«

Pivellius seufzte. »Was schadet es«, murmelte er. Er bedeutete dem Arzt zu gehen, blieb aber auf seinem Platz sitzen. Linn zögerte. Sie durfte ihn wahrscheinlich nicht noch einmal darum bitten, sie mit dem Prinzen allein zu lassen, und die Zeit drängte.

Auf Zehenspitzen näherte sie sich dem Bett des Verwundeten. Sie wünschte sich, sie hätte die lästige Mütze abnehmen können, aber das leise Klingeln schien Arian nicht zu stören. Sein Gesicht glänzte im Schein der Kerzenflammen vor

Schweiß. Er atmete so flach, dass sie ihr Ohr seinem Mund nähern musste, um überhaupt etwas zu hören.

Linn packte die Decke aus und kniete sich darauf, mit dem Rücken zum König, der wie blind vor sich hin stierte und hoffentlich nichts bemerkte. Leise murmelte sie ein paar Worte, als würde sie beten, stellte den Salbentopf zwischen ihre Knie und hob das blutgetränkte Tuch, das auf dem Arm des Prinzen lag. Sofort überkam sie ein Würgereiz. Das verkohlte Fleisch verbarg kaum den Knochen, das Feuer des Drachen hatte den halben Arm weggefressen. Sie wunderte sich, dass die Ärzte ihn nicht längst abgenommen hatten, dann fiel ihr ein, dass Jikesch erwähnt hatte, Pivellius habe es nicht erlaubt.

Ein halsstarriger alter Mann. Auf gar keinen Fall durfte er merken, was sie vorhatte.

Linn tauchte die Fingerspitzen in die Salbe. Es kostete sie Überwindung, Arian zu berühren, aber sie zwang sich dazu. Nur aus diesem Grund war sie hier.

»Oh Siaweh, hör mich an«, intonierte sie etwas lauter, als sie den König hinter sich schnaufen hörte. *Oh Arajas,* dachte sie, *oh Gütiger, verzeih mir. Du weißt, wofür ich das hier tue. Du weißt, warum ich einen Gott erfinden musste.*

Würde überhaupt irgendeiner der Götter diese Frechheit verzeihen?

Sie biss die Zähne zusammen und arbeitete weiter, erinnerte sich wieder an ihr angebliches Gebet und murmelte noch etwas. »Nimm den Fluch von ihm …« Gab es so etwas vielleicht wirklich, einen Fluch für Drachenjäger? Dass alle, die einen Drachen töteten, sterben mussten? Dann war auch sie irgendwann an der Reihe. Eines Tages würde das Unheil auch über sie kommen, so wie es schon über ihren Vater gekommen war …

»Nimm den Fluch von ihm, oh Siaweh …« Wenn es diesen Fluch tatsächlich gab, dann war Hay Ran Birayik der Einzige, der dafür zuständig war, ihn aufzuheben. Seinen Namen durfte sie nicht anrufen – aber hatte sie das nicht ihr Leben lang getan? »Hay«, flüsterte sie. »Ich wette, ich schaffe es. Hay, hay, hay.«

Sie schmierte die Paste in das zerstörte Fleisch. Davon bekam sie sicher Albträume. Wahrscheinlich konnte sie zwei Tage nichts essen. *Oh nein, denk jetzt nicht ans Essen …*

»Sind wir schon da?« Arian blinzelte.

Sofort war der König an seiner Seite. Linn konnte gerade noch das Töpfchen einpacken und davonkriechen.

»Mein Sohn.«

Sie wollte nichts hören; das hier stand ihr nicht zu. Wie kam Jikesch damit zurecht, an einem Leben Anteil zu haben, das ihn eigentlich nichts anging?

Pivellius beugte sich mit Tränen in den Augen über den Prinzen. »Hast du noch … ein letztes Wort? Willst du mir etwas sagen?«

Arian leckte sich über die aufgesprungenen Lippen. »Wenn ich etwas Wasser bekommen könnte?«

»Wasser!«, schrie der König.

Linn kroch an die Wand neben ein Tischchen und umklammerte die Knie mit beiden Händen, wobei ihr auffiel, dass sie ihre Handschuhe neben dem Bett hatte liegen lassen. Während die Ärzte eine Karaffe mit Wasser anschleppten, holte sie eilig die Handschuhe und zog sich dann wieder stumm zurück.

»Er atmet kräftiger«, stellte einer der Heiler verwundert fest.

»Das Fieber ist gesunken. Ich sagte doch, der Aderlass zieht die Hitze aus ihm heraus.«

Die Worte drangen wie von fern an ihr Ohr. Linn rollte sich in ihrer Ecke zusammen und wunderte sich, dass sie das alles nichts mehr anging. Das Stimmengewirr wurde immer leiser und hörte irgendwann ganz auf.

8

Durchs Fenster hielt die Dämmerung Einzug, grau in grau hoben sich die Möbel vom dunkleren Hintergrund ab. Wie kahle Bäume ragten die Pfosten des gewaltigen Himmelbettes bis an die Decke. Längst waren die Kerzen erloschen.

Im Sessel ruhte der König und schnarchte leise. Was hatte sie geweckt? Schlaftrunken rappelte Linn sich auf. Sie hielt sich an einem Tischchen fest – und wunderte sich darüber, dass sie weiße Handschuhe trug. Dann kam die Erinnerung zurück.

Sie war hier als Narr. Oh Arajas! Ihr Plan hatte nicht vorgesehen, dass sie hier im Zimmer des Prinzen einschlief. Sie musste schleunigst in Nivals Kammer zurück.

Auf Zehenspitzen schlich sie ans Bett des Kranken.

Arian schlief unruhig, der verletzte Arm lag über der Decke. Im Dämmerlicht konnte Linn nicht viel erkennen, doch bestimmt brauchte er eine weitere Behandlung. Vorsichtig öffnete sie den Deckel des Salbentopfes, zog den rechten Handschuh aus und kratzte den letzten Rest der Paste aus dem Topf. Sie beugte sich vor – mussten die Glöckchen bloß immer so klingeln! Als sie den Arm des Prinzen berührte, fuhr er hoch und hielt sie am Handgelenk fest. Linn unterdrückte einen Aufschrei.

»Fass mich nicht an«, rief Arian. »Verdammte Missgeburt! Willst du mich umbringen, da der Drache es nicht vermocht hat? Ist deine Haut so giftig wie sein Atem?«

Linn entwand ihm ihre Hand und streifte sich hastig den Handschuh über. Der Ruf des Prinzen hatte den König geweckt, und im vorderen Teil des Zimmers wurde ein Arzt munter, der dort wohl auf seinen Einsatz gewartet hatte.

»Herr! Wie geht es Euch?«

So viele Menschen eilten gleichzeitig an das prinzliche Bett, dass Linn sich rasch zurückziehen konnte. Als sie sich jedoch in Richtung Tür davonstehlen wollte, rief der König sie zurück.

»Hiergeblieben, Narr! Entferne nicht das Glück aus diesem Gemach!«

»Er soll verschwinden«, murrte Arian. »Euer kleiner Spaßvogel treibt mich in den Wahnsinn.«

»Bete!«, befahl Pivellius. »Bete weiter! Es hilft! Ich werde sämtliche Priester deines Gottes herrufen lassen!«

»Äh …« Leider gab es keine Priester eines Gottes, den sie sich ausgedacht hatte. Und es wurde immer heller; unmöglich konnten das Kostüm und die Gesichtsbemalung dem Tageslicht standhalten.

Linn kauerte sich neben den Sessel des Königs und hielt den Kopf gesenkt. Solange sie tat, als würde sie beten, würde man sie hoffentlich in Ruhe lassen und weder Späße noch akrobatische Kunststücke von ihr erwarten.

Sie fühlte sich ausgelaugt und müde. Ihre eigene Verletzung verlangte nach Ruhe; ihr Durst wurde stärker, aber sie wagte nicht, sich an der Karaffe des Prinzen zu bedienen. Außerdem verspürte sie mittlerweile ein äußerst menschliches Bedürfnis. Was war das für ein König, der einem befahl, im Zimmer zu bleiben?

Bald leckten die Strahlen der Morgensonne über die Fensterbrüstung. Gold ergoss sich ins Zimmer und brachte sämtliche Verzierungen und Edelsteine zum Glänzen. Der Prinz wurde in seinem Lager von den aufgeregten Ärzten umschwärmt, bis er sie laut schimpfend davonjagte und nach ihnen schlug. Seine Stimme war wieder kräftig und wie gewohnt gereizt. Auch wenn er dem Befehl seines Vaters gehorchte und das Bett nicht verließ, bestand kein Zweifel daran, dass er jeden Heiler, der ihm zu nahe kam, verprügeln würde.

»Was tun diese Kappengeier hier? Raus hier! Raus!«

Die Fürsten, die gestern noch flüsternd die angenehmen Begleitumstände einer Trauerfeier erörtert hatten, ergriffen die Flucht.

Der König fuhr sich durch den struppigen Bart.

»Geht ruhig, Vater«, sagte Arian. »Ich bin müde und erschöpft, etwas Schlaf wird mir guttun. Euch sicherlich auch.«

Pivellius zögerte.

»Ich kann nicht schlafen, wenn mir alle dabei zusehen! Und nehmt Euren lustigen Diener am besten gleich mit.«

Ja, dachte Linn, die ganz seiner Meinung war. *Ich muss hier raus. Jetzt sofort!*

Der König gähnte. »Der Narr bleibt hier. Er soll weiterhin auf dich aufpassen und den Segen der Götter auf dich herabflehen.«

Nein!

Linn wäre dem König am liebsten nachgelaufen, aber er schritt aus dem Zimmer, ohne sich umzusehen, ein anderer als am Vortag, kein gebeugter Greis mehr, sondern ein Mann in den besten Jahren, voller Hoffnung. Ein Mann, der erwartete, dass man ihm gehorchte.

»Na wunderbar«, stöhnte Arian und bedachte die violette Gestalt mit einem finsteren Blick. »Das hat mir noch gefehlt.«

Linn wagte kaum aufzusehen. Würde er sie nicht sofort erkennen? Doch ihr Durst wurde übermächtig. Nival hatte recht gehabt, sie war noch lange nicht gesund.

»Dürfte ich«, flüsterte sie und streckte die Hand aus, wobei sie das Gesicht abwandte, »etwas Wasser?«

Weil sie nicht hinsah, konnte sie nicht ausweichen. Die

schwere Karaffe traf sie am Schienbein, und nur mit Mühe konnte sie einen Schmerzensschrei unterdrücken.

»Bitte schön«, sagte der Prinz liebenswürdig. »Und jetzt lass mich in Ruhe und wage es bloß nicht, mich noch mal anzusprechen.«

Er kuschelte sich in sein Kissen, während Linn sich fast die Zunge abbiss, um nicht zu schreien.

Der Vormittag verwandelte den Himmel in ein sanftes Blau. Hilflos saß Linn da und wartete, bis der Prinz eingeschlafen war, dann hinkte sie an die Tür und öffnete sie vorsichtig. Bevor sie auch nur den Kopf hinausstrecken konnte, schubste der Wächter sie zurück.

»Bete!«, befahl er. »Du sollst bei ihm bleiben, du bist das Glück des Prinzen.«

Er schob die Tür wieder zu. Stöhnend blieb Linn davor stehen und drängte die Tränen zurück. Was jetzt? Schließlich kroch sie auf den Sessel des Königs, rollte sich zusammen und versuchte einzuschlafen.

Jemand rüttelte sie an der Schulter. Ertappt fuhr sie hoch und blickte in Nivals finsteres Gesicht. Er bebte vor Wut. Unsanft packte er sie am Arm und zog sie aus dem Sessel hoch. Der Prinz schlief zum Glück und bemerkte nicht, wie der Schreibergehilfe einen mit einer Jagdszene bestickten Wandteppich zurückschlug und mit der Gestalt im Narrenkostüm dahinter verschwand.

Sie standen in einem dunklen Gang. »Komm«, zischte er, und Linn folgte ihrem Retter durch das Labyrinth zwischen den Schlosswänden bis zu der bekannten Holztür, die durch den Schrank in die Schreibstube führte.

Nival schloss sie mit Nachdruck hinter ihnen.

»Was«, stieß er atemlos hervor, »hast du dir bloß dabei gedacht?« Er kochte vor Wut, als er ihr die Narrenmütze vom Kopf riss. »Raus aus meinem Kostüm«, schnauzte er sie an. »Aber schnell!«

»Ich mach ja schon!« Linn drehte sich um und versuchte, die Arme durch den engen Stoff zu ziehen.

Nival ging es offenbar nicht schnell genug. Er riss ihr das Kostüm vom Leib, und obwohl sie kaum etwas darunter trug, hatte er keinen Blick dafür.

»Hast du etwas gemerkt? War etwas anders?«, verlangte er zu wissen, Wut und Angst in der Stimme. »Hast du dich anders gefühlt?«

»Wie?« Sie verstand die Frage nicht.

»Du darfst nicht der Narr sein! Nie, niemals darfst du diese Mütze tragen! Oh bei allen Göttern, tu das ja nie wieder!«

»Ich wollte gleich zurückkommen«, versicherte sie, während sie sich hastig in die Decke hüllte. »Aber dann bin ich eingeschlafen, und heute Morgen hat der König mich nicht weggelassen.« Sie war nicht einmal versucht, sich umzudrehen, während er sich hinter ihr in den Narren verwandelte. Auf den Anblick seines schlanken und dennoch muskulösen Körpers konnte sie gut verzichten.

»Oh, ich weiß. Die Geschichte macht bereits die Runde. Von der Freude des Königs und der wundersamen Heilung des Prinzen. Wenn er merkt, dass ich weg bin, bringt er mich um.«

»Das würde er doch nicht tun. Nival, bitte, ich …«

»Du hast ja keine Ahnung!« Nur mit Mühe dämpfte er seine Stimme. Sie hatte den stets korrekten, verlegenen Nival noch nie so erlebt – nicht einmal damals, als er glaubte, sie sei hinter sein Geheimnis gekommen. »Weißt du, was du getan hast? Pivellius hat mich Arian geschenkt. Damit ich ihm noch mehr Glück bringe. Bei allen Göttern, Linnia, was hast du mir da eingebrockt?«

Sie drehte sich um. Am Tisch stand Nival, schon im Kostüm, und schminkte sich hastig das Gesicht.

»Ich weiß, du und Arian, ihr mögt euch nicht besonders …«

»Er wollte mich umbringen!«

»Er hat dich auch für einen Dieb gehalten, der den König bestohlen hat. Damit hatte er schließlich nicht unrecht.«

»Er hasst mich«, beklagte sich Nival. Nein, Jikesch. Schon klang seine Stimme anders, und auch seine Körperhaltung veränderte sich.

Er stieg in den Schrank und drehte sich noch mal zu ihr um. »Er wünscht sich seit langem meinen Tod, und als er die Gelegenheit erhielt, hat er nicht gezögert, das Schwert gegen mich zu erheben. Wusstest du nicht, dass das Wohlwollen des Königs mein einziger Schutz ist in diesem Schloss? Pivellius liebt mich so sehr, wie Arian mich verabscheut – und jetzt gehöre ich ihm! Vielen Dank, Verehrteste.« Er verbeugte sich vor ihr. Ein höhnisches und zugleich verzweifeltes Lächeln umspielte seine Lippen. »Als wenn mein Gott mich opfern würde, um einen Prinzen zu heilen!«

»Wer ist denn dein Gott?«

Er schüttelte den Kopf und stieg in den Schrank.

»Warte!«, rief sie ihm nach. »Siaweh.«

»Was?« Sein weißes Gesicht erschien noch einmal.

»Das ist der Name des Gottes, zu dem ich angeblich gebetet habe. Der den Fluch aufgehoben hat.«

»Auch das noch«, murmelte Jikesch. »Das ist das lonarische Wort für Bratpfanne.«

»Dann muss ich es auf dem Markt aufgeschnappt haben«, wollte sie erklären, doch er hatte die Schranktür bereits hinter sich geschlossen.

Linn wusste nicht, wie sie die Salbe vom Gesicht bekommen sollte, denn sie ließ sich nicht abwaschen. Müde und verzagt saß sie auf dem Bett. Irgendwann beschloss sie, sich wenigstens anzuziehen, und entdeckte auf ihrer Tunika den Korb, den Nival wohl dort hatte fallen lassen, als ihm aufgegangen war, was ihr Verschwinden zu bedeuten hatte. Er hatte ihr ein ordentliches Frühstück mitgebracht – ein paar Äpfel, mittelalte Fladen und ein winziges Töpfchen mit Honig. In dem größeren Topf befand sich eindeutig Salbe.

Wieder einmal regte sich das schlechte Gewissen in ihr, weil sie ihn so gemein behandelt und dann auch noch die Situation ausgenutzt hatte, um Arian zu retten. Nein, deswegen konnte sie sich nicht schuldig fühlen. Deswegen nicht.

Linn bestrich die spannende Haut in ihrem Nacken mit der wohltuenden Salbe und ließ sich seufzend aufs Bett sinken. Mit der weißen Maske im Gesicht konnte sie das Zimmer nicht verlassen, also blieb ihr nichts anderes übrig, als sich auszuruhen.

Sie fühlte sich wie eine Gefangene.

Wer ist denn dein Gott?

Er hatte ihr nicht geantwortet, aber sie wusste es. Nival hatte ihn angerufen; schon damals hätte sie erkennen können, dass er nicht der war, der er zu sein vorgab. Kein einziges Mal hatte sie Belims Namen aus seinem Mund gehört. Belim, den alle in Schenn anbeteten. Oder Bellius, seinen kaum weniger beliebten Bruder. Auch Treas und Trineas, das andere göttliche Bruderpaar, wurden oft angefleht, doch niemals von Nival. Er hatte nur Barradas angerufen, immer nur Barradas, den Gott der ungehorsamen Kinder, der Verlorenen, der Verbannten, der Gaukler und Landstreicher.

Jikesch reichte Arian den Krug. Obwohl er eben noch lautstark nach etwas zu trinken verlangt hatte, ließ der Prinz angewidert das Gefäß fallen, das auf dem harten Marmorboden zersprang.

»Ich will nichts anfassen, was von dir kommt, du Missgeburt. Diener!«

Er klingelte, und sofort erschien ein Mädchen, um die Bescherung zu beseitigen, und ein zweites, um ihm den gewünschten Wein zu bringen. Die Ärzte hatten davon abgeraten, dass der Kranke Alkohol trank, aber Arian ließ sich davon nicht beirren. Vermutlich wollte er damit hauptsächlich die besorgten Heilkundigen ärgern.

Jikesch war das nur recht. Er zog sich in den hintersten Winkel des Gemachs zurück und wartete darauf, dass der Prinz müde wurde und einschlief. Nur dann konnte der Narr sich erlauben, den Raum zu verlassen und bei Linnia nach dem Rechten zu sehen. Innerlich ballte er die Fäuste, wenn er bloß an sie dachte.

»Komm her«, befahl Arian. »Schau dir das an.«

Jikesch war es leid, verhöhnt und mit Geschirr beworfen zu werden, trotzdem näherte er sich gehorsam dem Himmelbett. Der junge Prinz hatte sich aufgesetzt, die dicken Kissen in den Rücken geschoben und betrachtete seine Wunde. Der Arm sah immer noch fürchterlich aus, wie von einem betrunkenen Metzger mit verbundenen Augen der Länge nach halbiert, aber entzündet wirkte er nicht mehr.

»Was sagst du dazu? Wie hast du das gemacht?«

»Ich habe gebetet«, erklärte Jikesch missmutig.

»Aha. Zu wem? Zu Siaweh, wie ich hörte? Wer bitte schön soll das sein? Von diesem Gott habe ich ja noch nie gehört.«

»Siaweh ist … ein Deckname.« Es war nicht auszuschließen, dass Arian ein paar Brocken Lonarisch beherrschte. »Der Name meines Gottes ist geheim. Ich darf ihn Unbefugten gegenüber nicht aussprechen.«

Oh Barradas, verzeih mir.

»Sprichst du etwa mit den dunklen Göttern? Erkläre dich!«

»Die dunklen Götter würden sich nicht damit abgeben, einen so hochwohlgeborenen, tapferen und edlen Mann wie Euch zu heilen.«

»Ha!«, schnaubte Arian. »Dann sag mir seinen Namen, damit ich ihn ehren kann. Ich bin der Prinz, ich befehle es dir!«

Jikesch warf sich mit einem Überschlag nach hinten, wobei er an einen Sessel und eine hohe Vase stieß. Er umklammerte die

Vase, die umzukippen drohte, und rief: »Oh göttliches Missgeschick! Königliches Wort gegen göttliches Gebot, oh weh, welch Durcheinander in meinem armen Kopf!«

»Lass das Herumgehampele«, meinte Arian gereizt. »Mein Vater mag Gefallen daran finden, ich aber nicht. Also, du möchtest es nicht sagen? Wie kommst du auf die Idee, dass es mich kümmert, was du willst?«

»Hat der Prinz nicht genug von göttlichen Flüchen?«

Das gab Arian dann doch zu denken. Er zog die Stirn kraus und betrachtete seinen Arm. »Werde ich wieder kämpfen können?«, fragte er.

»Ihr lebt«, sagte der Narr und trat vorsichtig näher. »Reicht Euch das nicht?«

»Du klingst darüber nicht begeistert.« Der Prinz musterte ihn misstrauisch. »Warum hast du mich gerettet, obwohl du mich nicht ausstehen kannst? Das frage ich mich. Oh ja, das ist doch sicher eine Frage, die du beantworten kannst, ohne in Konflikt mit deinem geheimnisvollen Narrengott zu kommen?«

Wenn es nach ihm gegangen wäre, hätten sie dieses Gespräch niemals geführt. Arian auch nur anzusehen bereitete Jikesch nahezu körperliches Unbehagen.

»Ihr seid der Sohn meines Herrn«, antwortete er schließlich, als die Stille zwischen ihnen immer unangenehmer wurde. »Mich nennt er sein Glück, aber Ihr seid es.«

Der Prinz nickte langsam. Einen Augenblick lang dachte Jikesch, er wollte sich bedanken.

»Was für ein grausamer Scherz«, murmelte Arian. »Mich zum Leben zu zwingen, mit … dem da. Ein Arm ohne Muskeln. Ich bin ein Drachenjäger! Ich bin Brahans Erbe, ich bin nicht zum Krüppel geboren – und jetzt werde ich nie wieder ein Schwert führen können. Hast du das damit bezweckt? Eine Rache, wie sie abscheulicher nicht sein könnte? Du lachst, wie immer, mit deiner grotesken Fratze. Amüsierst du dich über dein Werk?

Ein Prinz, der zu nichts taugt, eine Witzfigur, erbärmlicher als du selbst. Gleichzeitig raffst du so viel Ehre zusammen für diese Tat, wie du nur kannst.«

Jikesch hörte sich den Ausbruch des Prinzen an, ohne eine Miene zu verziehen. Er konnte seine Gesichtszüge beherrschen, seine Gefühle verbergen, tief in seinem Inneren, dennoch war es ihm selten schwerer gefallen als jetzt, dem arroganten Kerl nicht an die Gurgel zu springen.

»Mein Vater hat dich mir zum Geschenk gemacht«, sprach Arian weiter. »Es wäre unehrerbietig von mir, das nicht zu würdigen. Doch wisse, Narr – über deine Späße kann ich nicht lachen. Ich brauche dich nicht, und deine kriecherische Art widert mich an. Du bist nicht mein Glück, du bist mein Fluch, fleischgewordenes Unglück. Aus Gehorsam meinem Vater gegenüber werde ich deine Anwesenheit hinnehmen, doch lass dir gesagt sein, ein Fehler, nur ein einziger Fehler, ein falsches Wort, eine Frechheit zu viel, und du baumelst oben am Turm. Haben wir uns verstanden?«

»Ja, Herr.«

Vielleicht war der Hass mittlerweile so groß, dass er aus Jikeschs Augen sprühte, und vielleicht bemerkte Arian es, denn er lächelte.

»Gut. Dann troll dich. Na los, raus hier. Du kannst im Vorraum herumhüpfen oder die Gäste des Königs unterhalten. Du kannst die Fürsten trösten, die sich Hoffnung auf den Thron gemacht haben. Als wenn jemals ein anderer als der Erbe des Heiligen Brahan auf dem Thron von Schenn sitzen könnte! Muntere sie auf, bring sie zum Lachen. Wenn ich Glück habe, erschlägt dich einer der edlen Herren, denen du einen Strich durch die Rechnung gemacht hast.«

»Ja, Herr. Das wäre vermutlich ein großes Glück«, sagte Jikesch trocken.

»Hör auf zu lachen!«, schrie Arian und tastete mit der gesunden Hand nach irgendeinem Wurfgeschoss, fand jedoch nur das Kissen.

Jikesch fing es auf, warf sich damit zu Boden und rief: »Ich bin getroffen! Ich bin tot! Er bringt sein Glück um, alle Flüche der Götter lauern über ihm!«

»Droh mir nicht«, warnte der Prinz wutschnaubend. »Wage es nicht, mir zu drohen. Und jetzt hinaus!«

Der Narr rannte zur Tür, und selbst in seinen eigenen Ohren klang sein Kichern irre. *Nur raus hier, bevor ich der Versuchung erliege und die Hände um den prinzlichen Hals lege …* Er schoss zwischen den Hellebarden der beiden Wachmänner hindurch auf den Gang und flitzte um die Ecke, bevor diese ihm nachsetzen konnten. Sollte der Prinz es übernehmen, ihnen zu erklären, dass er den Glücksbringer nicht in seinem Zimmer haben wollte. Jikesch rannte so schnell er konnte, fort von dem Zorn, der in seinem Herzen loderte, heißer als eine Drachenflamme.

»Du könntest aufhören.« Mora hatte ihm eine Tasse heißen, würzigen Kräutertee gemacht.

Nival nippte vorsichtig daran, verbrühte sich die Zunge und fluchte leise. Heute ging wirklich alles schief.

»Ich weiß«, sagte er bitter. »An Pivellius wäre ich irgendwann herangekommen. Er hat mir vertraut, er hat mir zugehört, er suchte sogar meinen Rat. Aber Arian? Dieser Mistkerl denkt nicht, hört nicht zu und ist obendrein unfähig zu lernen. Der arroganteste und sturste Esel, den das heilige Königsgeschlecht von Schenn je hervorgebracht hat! Einen Moment lang war ich voller Hoffnung für dieses Land und die Magier. Fürst Nezky ist einer der heißesten Anwärter auf das Erbe, und er ist uns gewogen. Aber kaum habe ich den Traum geträumt, von einem Königreich, in dem wir frei sind, wurde er auch schon zerschlagen.«

»Das Volk würde Nezky niemals akzeptieren. Er stammt nicht von Brahan ab.«

»Wenn du wüsstest, wie mir dieser alte Brahan zum Halse heraushängt!«

Mora rührte sich einen Löffel Honig in den Tee. »Ach, mein armer Junge«, murmelte sie. »Die Arbeit von Jahren – an einem einzigen Tag vernichtet. Aber Linnia hat ein gutes Herz, wenigstens das musst du ihr zugutehalten.«

»Ich muss gar nichts«, knurrte Nival.

»Hast du ihr gesagt, dass wir ein paar Versuche machen sollten, wegen der Drachenschuppe?«

Er hatte überhaupt nicht mehr mit dem Mädchen gesprochen. Bevor er in die Stadt hinuntergegangen war, hatte er sie noch einmal in der Schreibstube besucht und ihr gezeigt, wie sie die Gesichtsbemalung loswerden konnte. Wenn sie traurig und geknickt gewesen wäre, hätte er ihr vielleicht verzeihen können. Stattdessen war sie sogar froh über das, was sie getan hatte.

»Er lebt, ja?«, hatte sie gefragt, und über ihr Gesicht war ein triumphierendes Leuchten gehuscht. Da hatte er sie stehenlassen und war einfach gegangen.

Linnia, in ihren Armen der Prinz, er lehnt sich an sie, als wäre sie alles, was ihn zusammenhält … und sie ist bereit, alles zu riskieren, nicht nur ihr Leben, sondern das von uns allen, für diesen Widerling, für diesen grausamen Soldaten, dem das halbe Königreich gehört …

Mora seufzte. »Es ist wichtig, das weißt du doch? Immer noch. Jetzt vielleicht mehr denn je.«

»Sie wird keinen Drachen für uns töten«, sagte er. »Ich glaube nicht, dass sie überhaupt irgendetwas für uns tun wird.«

Dieses Mädchen mit dem walddunklen Haar. Kurz und zerzaust war es jetzt – sie sah fast aus wie ein Junge. Ein bemerkenswert hübscher Knabe mit weicher, glatter Haut. Jungenhaft auch ihr trotziger Blick und die Bereitschaft zu kämpfen, selbst wider alle Vernunft. Jedenfalls kannte er kein anderes Mädchen, das so war wie Linnia.

»Dann bring sie dazu. Es wird immer schwerer, Pulver zu bekommen, und für ein paar farbige Zauberkristalle bezahlt man auf dem Schwarzmarkt inzwischen so unglaublich viel Geld, dass ich auch gleich meine Kunst aufgeben kann. Ich habe den Verdacht, dass irgendjemand hier in Lanhannat alles aufkauft, um die Preise hochzutreiben.«

»Ich könnte wieder etwas aus dem Schloss mitbringen. Dort liegen haufenweise Schuppen herum.«

»Untersteh dich. Du lebst sowieso schon im Schatten des Galgens.« Sorgenvoll schüttelte Mora den Kopf. »Rede mir nicht ein, dass sie unbewacht herumliegen. Auch nur einen einzigen Splitter mitzubringen ist eine gefährliche Aktion, das weißt du so gut wie ich. Erst recht, wenn du Jikesch bist und Chamija erfahren könnte, was du tust.« Sie seufzte. »Ich war bei Schirdan. Er ist sehr vorsichtig und wollte sich auf nichts festlegen. Von Nachtglanz weiß er nichts – behauptet er jedenfalls. Am Ende stimmt es sogar, denn wir wissen nicht, was diese Zauberin aus Tijoa vermag. Eine direkte Konfrontation hält Schirdan auf jeden Fall für falsch. Doch wir sollten uns vorbereiten, darin ist er sich mit mir einig. Wir brauchen mehr Drachenmagie. Wenn Linnia uns von ihrem letzten Kampf ein paar Schuppen mitgebracht hätte, wären wir in einer ganz anderen Situation. Wann fragst du sie endlich danach?«

Nival knurrte etwas Unverständliches. Mit Linnia zu reden, so wie mit seiner Tante? Das hatte er noch nie gekonnt. Und jetzt … wie sollte er es fertigbringen, sie um etwas so Wichtiges, so Entscheidendes zu bitten – um einen Drachen? Den sie auch noch töten sollte, ohne dass jemand davon erfuhr? Um einen ganzen Berg voller Schuppen?

»Das hätten wir früher tun müssen«, sagte er leise. »Mittlerweile weiß Linnia, welche Macht darin liegt. Warum sollte sie uns diese Macht geben? Vielmehr wird sie befürchten, dass wir damit ihrem geliebten Prinzen schaden könnten.«

»Linnia ist in den Prinzen verliebt?«, fragte Mora überrascht. »Bist du sicher?«

Nival nickte düster. »Ich fürchte schon.«

»Das ist nicht gut. Das ist … gefährlich. Nein, dann darfst du sie wirklich nicht darum bitten, einen Drachen zu erlegen und ihn uns zu übergeben. Wenn der König davon erfährt … Oh bei Belim und Bellius, du machst mir Angst, Nival. Was sind das für Zeiten, wenn von allen Seiten her Schwierigkeiten drohen? Habe ich einen Fehler begangen, als ich dir verboten habe, ihr den Hof zu machen? Ich wollte, dass jeder von euch sich auf seine Fähigkeiten konzentrieren kann, du auf deine Aufgabe bei Hofe, sie auf den Kampf gegen die Drachen. Leidenschaft und Liebe machen alles nur kompliziert und hindern einen daran, den Weg, der einem bestimmt ist, zu Ende zu gehen. So war es bei mir und Bher … starke Gefühle sind immer hinderlich beim Zaubern. Ohne ihn wäre ich schon viel weiter. War das falsch, mein Junge? Wenn Linnia zu dir gehörte, könnten wir ihrer wenigstens sicher sein.«

»Nein«, widersprach Nival und küsste seine Tante auf die Wange. »Du hast genau richtig gehandelt.«

»Sie ist so hübsch«, sagte Mora leise. »Du hattest sowieso keine Chance. Sie könnte jeden haben. Sie hätte sich gar nicht für dich interessiert.«

»Ja«, sagte er bitter. »Da hast du recht. – Hat es eben an der Tür geklopft? Hast du das auch gehört?«

»Das wird doch nicht Linnia sein? Hast du ihr nicht gesagt, sie soll in der Schreibstube bleiben?«

Er griff nach der Lampe und eilte die steile Treppe hinunter, ein banges Gefühl in der Brust. Mittlerweile traute er der Drachenjägerin alle Dummheiten zu, und er wusste, wie es war, sich gefangen zu fühlen.

Doch in der dunklen Gasse war niemand. Er hielt nach allen Seiten Ausschau und dachte an die Halunken, die ihn überfallen hatten. »Ist da jemand?«, fragte er halblaut.

Das Mädchen kam von vorne, aus den Trümmern von Moras Haus herausgeschritten. Der weiße Pelz schimmerte, noch bevor sie in den Lichtkegel trat, und die feinen Tröpfchen des abendlichen Sommerregens glänzten wie Perlen auf ihrem Haar.

»Ich bin Chamija«, sagte sie mit sanfter Stimme, und erstaunlicherweise lag nicht die Spur eines tijoanischen Akzents darin. »Ihr seid doch Herr Nival, der Schreiber?«

»Ja«, antwortete er und versuchte in ihrer Miene zu erkennen, ob sie wusste, dass er noch mehr war als das.

»Ich habe gehört, Linnia sei hier – Ihr wisst schon, Linnia Harlon, die Drachenjägerin. Ist das wahr?«

Er stand immer noch an der Tür, die Lampe in der Hand, und konnte sich nicht rühren.

»Nein«, sagte er schließlich. »Da seid Ihr falsch unterrichtet.«

»Oh«, meinte Chamija und lachte, »keine Sorge. Ich bin Linnias Freundin, ihr kleines Geheimnis ist bei mir sicher. Dafür habe ich volles Verständnis. Darf ich hereinkommen, oder wollt Ihr mich im Regen stehen lassen?«

Um nichts in der Welt mochte er sie ins Haus lassen, aber als sie sich an ihm vorbeischob, brachte er es nicht fertig, sie festzuhalten und daran zu hindern.

Sein Mut sank, sein Herz klopfte schneller, und als er die Tür schloss, kam es ihm vor, als würde er seine eigene Gefängniszelle absperren.

Chamija hielt sich nicht damit auf, die unbeleuchtete Wohnstube zu durchsuchen, sondern huschte leichtfüßig die Treppe hinauf. Hastig ging er ihr nach, auf einmal von Angst um Mora ergriffen.

Als er oben ankam, hatte sich das blonde Mädchen bereits auf der Bettkante niedergelassen und die Hände der alten Frau ergriffen.

»Ich habe damit gerechnet, eine Kranke vorzufinden, aber nicht diese. Ihr müsst Frau Mora sein, Linnias frühere Vermieterin. Ihre Dienstherrin, um genau zu sein, nicht wahr?«

»Linnia ist nicht hier«, meinte Mora. »Hat Nival Euch das nicht gesagt?«

Er bewunderte seine Tante für ihre Ruhe. Sie schien nicht im Mindesten eingeschüchtert, als sei dieser unerwartete Gast tatsächlich nichts weiter als Linnias Freundin.

»Oh doch, das hat er erwähnt«, bekannte Chamija ungerührt. »Ich wollte trotzdem gerne die Menschen kennenlernen, die ihr so viel bedeuten. Eine Drachenjägerin braucht eine Familie, die ihr Rückhalt gibt. Wenn man so eng mit dem Tod lebt, ist das extrem wichtig, findet Ihr nicht auch? Man muss immer wissen, wofür man kämpft.«

»Ja«, sagte Mora. »So ist es. Habt Ihr Familie?«

Die Tijoanerin nickte. »Ja, aber mit meiner ist es etwas ... kompliziert. Meine Eltern sind schon lange tot, und ich bin ganz auf mich gestellt. Ich beneide Leute, die ganz normal leben können. Ein Liebster, Kinder, irgendwann Enkel ... eine Tradition, die sich bewährt, die zu einem passt. Nur das Altwerden ist ... schmerzhaft. Ich bin sicher, davon könnt Ihr ein Lied singen.«

»In der Tat«, bestätigte Mora. Ihr Blick irrte zu Nival, schien zu fragen: *Was will sie? Was soll das?*

»Dann will ich Euch nicht länger stören.« Chamija sprang auf, sodass sie plötzlich direkt vor Nival stand, und ergriff seine Hände. »Wie froh ich bin, dass ich hier war! Ihr seid so freundlich und gut, das spüre ich sofort.« Ihre Finger waren wie kleine Krallen, selbst wenn er gewollt hätte, er hätte sich ihr nicht entziehen können. »Nun muss ich zurück zum

Schloss. Bestimmt könnt Ihr mich ein Stück begleiten? Dieses Viertel ist so dunkel und unheimlich.«

Es gab keinen Ausweg. »Ja«, sagte Nival gepresst, »natürlich.«

Sie hakte sich bei ihm unter, so wie Linnia es getan hatte bei ihren gemeinsamen nächtlichen Spaziergängen. Es regnete noch immer, doch Chamija schien es nichts auszumachen. Sie hielt ihr herzförmiges Gesicht in den Regen und lächelte versonnen, und er fragte sich, ob er sie wohl schön gefunden hätte, ob ihr kindlicher Charme ihn beeindruckt hätte, wenn er nicht gewusst hätte, wer sie war.

»Ich arbeite jetzt hin und wieder bei einem Eurer Kollegen mit«, sagte sie. »Bei Ukios. Er liebt Blumenzeichnungen, und ich kenne mich glücklicherweise ganz gut mit Blüten und Kräutern aus. Merkwürdigerweise konnte er mir nicht viel über Euch erzählen. Ihr seid nie dabei, wenn die anderen Gesellen etwas trinken gehen. Ein Einsiedler und Eigenbrötler. Anscheinend sieht man Euch kaum im Schloss, Ihr sitzt nur in Eurer Kammer und arbeitet. Dafür seid Ihr erstaunlich oft gar nicht da, wenn man bei Euch anklopft.«

»Mag sein«, sagte Nival betont beiläufig, als würde es ihn gar nicht interessieren, dass sie sich so viele Gedanken über ihn machte.

»Ich habe hin und wieder vor Eurer Tür gestanden«, bekannte Chamija, so bedeutsam, als wären andere Männer für dieses Geständnis gestorben.

»Aha«, meinte Nival, dem beim besten Willen nicht einfallen wollte, wie er darauf reagieren sollte. Er konnte ja schlecht sagen: *Ich will Euch nicht vor meiner Tür! Mir graust es vor Euch!*

Sie war stehen geblieben, dicht vor ihm, und legte ihre zierliche kleine Hand an sein Wams mit den versilberten Knöpfen.

»Linnia ist meine Freundin«, sagte sie, »und ich will ihr nicht wehtun. Sagt mir eins: Ist da irgendetwas zwischen euch, oder seid ihr wirklich nur Nachbarn gewesen, wie sie behauptet?«

»Bloß Nachbarn«, brachte er heraus, sich ihrer Nähe nur allzu sehr bewusst. Um nichts in der Welt hätte er seine wahren Gefühle für Linnia preisgegeben, aber ihm war klar, dass seine eilige Antwort wie eine Einladung klang.

»Gut«, flüsterte sie und lehnte den Kopf an seine Brust.

Wieder einmal wusste er nicht, was er tun sollte. Ein gewöhnliches Mädchen hätte er eilig abgewimmelt und sich aus dem Staub gemacht, doch eine mächtige Zauberin zu brüskieren konnte sich als verhängnisvoll erweisen. Zögernd streckte er die Hand aus und berührte unbeholfen ihr Haar.

»Wovor hast du Angst?«, fragte sie leise, das Ohr genau über seinem Herzen. Er konnte das wilde Hämmern nicht willentlich bezähmen.

»Das ist keine Angst. Ich … ich will bloß nichts falsch machen.« Erstaunlicherweise war das sogar die Wahrheit. Er wollte höchst ungern noch einen weiteren Fluch auf sich laden.

Hell und klein schimmerte ihr Gesicht im Licht der Straßenlaternen, und die üppige Haarpracht lag wie ein Gespinst aus allerfeinstem Spinnengewebe um ihren Kopf.

Was würde Linnia wohl denken, wenn sie ihn mit Chamija so sah, so innig vertraut? *Linnia, mit Arian im Arm …* Es sollte ihn nicht kümmern, was sie dachte. Er war frei, zu tun, was immer er wollte, und warum hätte er sich nicht mit dem hübschesten Mädchen weit und breit abgeben sollen? Nur leider war ihm überhaupt nicht danach.

»Du bist viel zu schön für mich«, stammelte er. Am liebsten wäre er einen Schritt zurückgewichen, hätte sich umgedreht und wäre losgerannt, doch noch hatte er sich in der Gewalt. »Das, ähm, ist … eine Ehre, die mir nicht zusteht.«

»Wie meinst du das? Du bist ein Schreiber, ich bin eine Schreiberin. Was ist daran nicht in Ordnung? Wir sind beide freie, erwachsene Menschen. Warum sollte ich nicht wählen, wen ich will?«

»Weil … oh ich tauge nicht für so etwas«, stöhnte er. Nicht einmal, um hinter ihre Geheimnisse zu kommen, nicht einmal, um Linnia eins auszuwischen, nicht einmal, um sich das Wohlwollen einer mächtigen Zauberin zu sichern, würde er Chamija küssen. Ihre Lippen streiften seine Wangen, als er sich fortdrehte und zurücksprang.

»Nival!«, rief sie fassungslos, und die Enttäuschung in ihrer Stimme klang so echt, die Tränen glitzerten so mitleiderregend in ihren Augen, dass er sich vorkam wie der gemeinste Schuft, als er das tat, was er schon die ganze Zeit hatte tun wollen: Er drehte sich um und rannte, als wäre ein ganzer Schwarm fliegender Drachen hinter ihm her.

9

Chamija weinte. Linn beugte sich über sie, legte ihr tröstend eine Hand auf die Schulter.

»Was hast du? Ist etwas passiert? Hat jemand dich beleidigt?«

Das Mädchen setzte sich auf. Ihr helles Haar schimmerte im Dunkeln. »Nein, Linnia. Lieb, dass du fragst. Mir ist nur … ach!« Sie seufzte. »Du bist meine einzige Freundin hier, nicht wahr?«

»Natürlich«, sagte Linn. »Das bin ich.« Sie setzte sich neben Chamija aufs Bett und umarmte sie. »Sag mir, was dir Kummer macht.«

»Wirst du immer zu mir halten?«, wisperte das jüngere Mädchen mit tränenerstickter Stimme. »Wirst du das?«

»Natürlich.«

»Versprichst du mir das?«

Unwillkürlich dachte Linn an Nivals Warnung. *Was auch immer sie dir sagt, schließ nie einen Handel mit ihr ab. Lass dich auf nichts ein, versprich ihr nichts …* Und warum hätte sie Chamija auch etwas versprechen sollen, was sie ihr längst zugesichert hatte?

»Wir sind Freundinnen. Tun Freundinnen das nicht füreinander?«

»Du bist so gut zu mir.« Chamija schlang die Arme um Linn und weinte an ihrer Schulter. »Wenn du wüsstest, was ich getan habe …«

»Was?«, fragte Linn alarmiert.

»Ich wollte nur einen Kuss. Nicht mehr. Er hat so ein hübsches, junges Gesicht …«

»Wer?«, wollte Linn wissen, und es durchfuhr sie kalt.

»Oh ihr Götter«, heulte Chamija, »ich bin noch nie so beleidigt worden, und dabei habe ich es auch noch verdient! Du sagtest, du bist verlobt. Du hast mir gesagt, du willst nichts von ihm!«

»Nival?«, fragte Linn. Sie versuchte, sich aus Chamijas Umklammerung zu lösen, doch das Mädchen hielt sich an ihr fest.

»Warum hast du mir nicht die Wahrheit gesagt? Warum hast du mich angelogen? Dann hätte ich es doch gar nicht erst versucht!«

»Du hast … bei Arajas, du hast dich an Nival herangemacht? Oh Chamija!«

»Dumm, nicht wahr? Aber ich dachte, als Freundin würdest du mir vertrauen. Du hast immer nur von Yaro geredet, deinem Verlobten, und ich dachte, Nival wäre wirklich nur dein Nachbar. Er hat so eine schöne Handschrift … ich hab sie gesehen, auf den Protokollen. So fein, ein solch eleganter Schwung …«

»Er hat dich also abgewiesen?«, fragte Linn und verspürte eine wilde Befriedigung, die sich eigentlich gar nicht mit ihrer Wut auf Nival vertrug.

»Und ihr seid *doch* Liebende! Warum hast du es mir nicht gesagt, Linnia? Du bist schuld, dass ich mich so schlecht fühle, als hätte ich dich verraten.«

»Mach dir doch nicht so viele Gedanken«, tröstete Linn ihre Freundin, während sie vor Wut innerlich kochte. »Ich will nichts von Nival. Meinetwegen kannst du ihn haben, allerdings ist er ein zäher Brocken. Ich glaube, er ist ein wenig in mich verliebt, daher hat er keinen Blick für andere Frauen, auch nicht für jemanden wie dich. Traurig, aber wahr.«

»Dann liebst du ihn gar nicht?« Langsam trockneten Chamijas Tränen. »So wie er dich auf dem Weg angesehen hat …«

»Ich sage dir doch, er ist in mich verliebt, und es fällt ihm, glaube ich, immer noch schwer zu akzeptieren, dass ich verlobt bin.«

Das Mädchen nickte und lächelte wieder. »Na gut. Aber das hättest du mir lieber gleich sagen sollen. Wollen wir uns nicht immer die Wahrheit sagen, damit so etwas erst gar nicht passiert? Es war so peinlich! Oh bitte, versprichst du mir das? Keine Geheimnisse mehr?«

Linn wollte schon ja sagen, da hörte sie wieder Nivals Stimme in ihrem Geist: *Versprich ihr nichts …*

»Du bist aus Tijoa«, sagte sie. »Es könnte Dinge geben, die ich mitbekomme und die ich dir gar nicht verraten darf.«

»So etwas meine ich nicht«, rief Chamija ungeduldig. »Nein, was uns Mädchen betrifft. Wen du liebst. Was du dir am meisten wünschst. Solche Sachen. Was Freundinnen eben voneinander wissen müssen. Es soll mir nie wieder passieren, dass ich nach etwas greife, was dir gehört. Bitte, versprich mir das.«

»Ja«, sagte Linnia. »Gut, ich verspreche es.« Sie wollte hinzufügen: *Du kannst ihn meinetwegen haben, Nival gehört mir nicht, und ich will gar nichts mit ihm zu tun haben* – doch nichts davon brachte sie über die Lippen. *Jedem Mädchen, das sich an Nival heranmacht, werde ich die Augen auskratzen!*

»Dein Verlobter ist nicht da«, meinte Chamija nachdenklich. »Brina ist weit weg. Wirfst du denn wirklich keinen Blick auf andere Männer? So viel Tugendhaftigkeit ist mir beinahe unheimlich, in Tijoa wartet man jedenfalls nicht jahrelang auf seinen zukünftigen Ehepartner, ohne sich in der Zwischenzeit anderweitig umzusehen. Jetzt werd nicht gleich rot! Was ist mit dem Prinzen? Der gefällt dir, das merke ich genau.«

»Ich lebe nicht für die Liebe irgendeines Mannes.«

»Sondern?« Chamija sah so verwirrt aus, als hätte sie nie an diese Möglichkeit gedacht.

»Für meine Rache«, sagte Linn leise. »Ich bin hinter dem Mörder meines Vaters her, verstehst du? Hinter dem Drachen, der Harlons Leben zerstört hat, der alles, was meine Familie hätte sein können, vernichtet hat. Das ist nicht die Vergangenheit, Chamija. Es ist meine Gegenwart. Das Feuer und die Toten – es hört niemals auf, wenn ich es nicht beende. Liebe ist nicht wichtig. Nur die Aufgabe.«

»Oh Linnia!«, rief die Prinzessin schockiert. »Wie fürchterlich! Es muss mehr im Leben geben, als Drachen zu töten!«

Linn beschloss, das Thema zu wechseln. »Was ist denn mit dir und deinem wunderbaren König, deinem Verlobten?«

»Ach, der«, seufzte Chamija wehmütig.

Linnia streichelte ihrer Freundin über den Rücken, bis sie einschlief. Dann erst schlüpfte sie wieder in ihre Kleider und huschte hinaus auf den stillen Gang.

Im Zimmer war es fast dunkel. Nur eine einzelne Kerze brannte langsam; die Flamme flackerte leicht, als sich der Wandteppich leise anhob und eine Gestalt dahinter hervorschlüpfte.

Linn näherte sich auf leisen Sohlen dem Bett des Prinzen. Eine Weile horchte sie auf seine gleichmäßigen Atemzüge und prüfte, wie tief er wirklich schlief, indem sie mit den Fingerspitzen über seine Hand strich. Sein Atmen setzte für einen Moment aus. Er seufzte im Schlaf und drehte sich auf die Seite.

Noch einmal fasste sie ihn an; diesmal reagierte er gar nicht. Ermutigt holte sie das Cremetöpfchen aus ihrer Gürteltasche und tupfte die Salbe auf seinen verletzten Arm. Als sie fertig war, betrachtete sie ihn nachdenklich. Die Brauen waren immer noch nicht nachgewachsen, aber das schwarze Haar fiel ihm über die Wange wie ein Schatten. Friedlich sah er aus, wenn er so tief und fest schlief. Nicht mehr verärgert oder übellaunig wie tagsüber, sondern freundlich und – ja, durchaus auch anziehend. Der Blick seiner dunklen Augen ruhte verträumt auf ihr.

»Äh …«

Es war zu spät, jetzt noch durch den Geheimausgang zu verschwinden. Arian griff nach ihrer Hand.

»Linnia«, flüsterte er.

»Ja«, sagte sie und versuchte die in ihr aufsteigende Panik zu unterdrücken. »Ja, ich, äh …«

»Ich habe es erst für einen Traum gehalten«, sagte er leise. »Nacht für Nacht. Von einer gütigen Heilerin, die aus den Schatten heraustritt und mir die Schmerzen nimmt. Eine Botin der Götter, denn jeden Morgen sieht mein Arm besser aus. Sollten die gnädigen Götter ein Einsehen haben? Das habe ich mich gefragt, während die Ärzte sich in die Brust werfen und darauf warten, dass sie einen Leckerbissen bekommen wie ein braver Hund. Jede Nacht derselbe Traum. Merkwürdig, dass die Götter eine Frau zu mir schicken, die einer gewissen Drachenjägerin ähnlich sieht.«

»Nun ja«, murmelte Linn. Sie wusste nicht, wie sie das erklären sollte. Wenn sie die Geheimtür verriet, würde Nival sie vermutlich umbringen.

»Was habt Ihr mit mir gemacht?«, fragte Arian und streckte verlangend die Hand aus.

Sie legte das Töpfchen hinein. Was blieb ihr anderes übrig? Wenn sie sich weigerte, konnte er die Wachen hereinrufen und sie dazu zwingen.

Der Prinz öffnete den Deckel und schnupperte an dem Inhalt. »Was ist das?«

»Eine Heilsalbe«, antwortete sie. »Ich habe sie auf dem Markt gekauft, sie soll angeblich sehr gut bei Brandwunden helfen. Bitte verzeiht mir, Hoheit. Ich dachte, dass Eure Ärzte sich jede Einmischung verbitten, daher habe ich eigenmächtig gehandelt.«

Oh ihr Götter! Lasst ihn nicht fragen, wie ich hier hereingekommen bin. Lasst ihn nicht auf die Idee kommen, die Salbe könnte magisch sein. Schlagt ihn mit Blindheit!

Arian gab ihr das Töpfchen zurück.

»Am Ende waren es also doch nicht der Narr und sein Gebet … Ihr wart es. Obwohl ich Euch den Platz als bester Drachenjäger streitig gemacht habe. Obwohl Ihr lieber Okanion als Hauptmann hättet – glaubt Ihr, das wüsste ich nicht? Trotzdem gebt Ihr mir meine Kraft zurück. Bald werde ich so weit sein, dass ich in die Garde zurückkehren kann. Warum tut Ihr das für mich?«

»Mir ist egal, wer der beste Drachenjäger ist«, flüsterte Linn, immer noch starr vor Schreck, weil er sie entdeckt hatte. Weil er die ganze Zeit über gewusst hatte, dass sie ihn jede Nacht besuchte. Wie lange schon stellte er sich schlafend und horchte auf ihre Schritte? »Wir brauchen jeden einzelnen guten Drachentöter in der Garde.«

Seine Fingerspitzen tasteten über ihren Unterarm. Ein Schauer lief ihr über die Haut.

»Gibt es nicht … andere Gründe?«, fragte er leise. »Ihr schleicht schon seit Jahren durch dieses Schloss, und immer stellt sich irgendwie heraus, dass Ihr auf der Suche nach mir seid.«

In ihren Füßen kribbelte es. Sie musste hier weg. Schnell. Aber wohin, wenn er zusah? Nicht durch den Geheimgang jedenfalls. Wenn sie allerdings durch die Tür floh, wusste bald ganz Lanhannat, dass sie nachts im Zimmer des Prinzen ein und aus ging.

»Linnia.«

Selten hatte jemand ihren Namen so ausgesprochen. Zärtlich. Verheißungsvoll. Voller Begehren.

Aber er war immer noch der Prinz, den sie eigentlich nicht ausstehen konnte – was sie ihm leider nicht sagen durfte. Er zog sie zu sich herunter, bis sie in seinen Armen lag. Seine Lippen erforschten ihr Gesicht. Linn ließ es zu und dachte nur: *Nein. Oh nein. Was mache ich jetzt bloß?*

Er würde wütend werden, wenn sie ihn zurückstieß, und anfangen, Fragen zu stellen. Fragen wie: Warum bist du sonst hier? Wie kommst du überhaupt in mein Gemach?

Sein Mund fand den ihren. Er küsste gar nicht mal schlecht, das musste sie zugeben. Seine Hand wühlte sich in ihr Haar.

Ich muss hier weg, oh ihr Götter! Bei Siaweh, der heiligen Bratpfanne!

Seine Finger tasteten über die unebenen Stellen in ihrem Nacken. »Du benutzt sie auch selbst«, stellte er fest. »Was ist mit dem Rest der Garde? Hast du Gunya und Dorwit ebenfalls etwas von diesem Wundermittel abgegeben?«

Sie hasste es zu lügen. Unwillkürlich versteifte sie sich und rückte von ihm ab.

»Die Salbe war sehr teuer. Ich habe nur das hier.«

»Ich bin reich.« Er lächelte, aber sie konnte nicht mitlächeln. »Wenn wir dieses Zeug auf unserem nächsten Einsatz mitnehmen, brauchen wir nie wieder zerfetzt und ohnmächtig nach Hause zu kriechen. Wir nehmen ein ganzes Fass mit, was meinst du, meine Süße?«

»Das Mittel ist sehr selten.«

»Das lässt sich ändern. Wir haben gute Heiler im Schloss, die es herstellen könnten, wenn sie die Rezeptur kennen. Ich bin sicher, dass der Mann, der diese phantastische Arznei gemischt hat, sich darüber freuen wird, wenn ihn die Ärzte des Königs besuchen und ihn entsprechend entlohnen.«

Er sollte nicht sprechen. Er sollte nicht denken. Er sollte überhaupt aufhören, mit allem. Oh Arajas, wie sollte sie ihn nur dazu bringen aufzuhören, über Zauberei nachzudenken?

Doch dann tat er es selbst. Er verschloss ihren Mund mit einem Kuss, und ihr blieb nichts anderes übrig, als zuzulassen, dass er sich auf diese Weise ablenkte.

Fürst Nezky führte die Pastete mit abgespreiztem kleinem Finger zum Mund und biss herzhaft hinein. Er kaute langsam, wobei seine Augen nach oben wanderten, als könnte er dort das finden, was seiner Mahlzeit fehlte.

»He, du! Nicht weglaufen!«

Das Dienstmädchen schlich ängstlich näher. »Ja, Herr?«

»Was ist damit los? Sie schmecken nicht so wie früher.«

»Ich … ich weiß nicht. Wir kaufen nur erstklassige Ware ein. Das sind die besten Pasteten von ganz Lanhannat.«

»So, meinst du?«

Jikesch hockte auf dem Teppich und beobachtete die Szene. Er hätte dem Fürsten verraten können, dass Mora nicht mehr backte. Dass ihr Backofen bei dem Drachenangriff zerstört worden war. Dass sie nicht mehr dieselbe war seit Bhers Tod und sich mit einer Verbissenheit auf ihre Zauberei stürzte, die ihn manchmal erschreckte. Fieberhaft suchte sie nach Formeln und Gegenständen aus Drachenmagie, um ein Bollwerk aufzubauen gegen die Bedrohung, die sie hier im Schloss vermutete. Jikesch konnte darüber nur den Kopf schütteln. Chamija tat doch gar nichts, sie lebte ganz normal vor sich hin. Vielleicht hatte er sich wirklich in ihr getäuscht. Außerdem, was für ein lächerlicher Gedanke, dass Mora etwas gegen eine so starke Zauberin auszurichten vermochte!

»Hm«, murmelte der Fürst. Mit einer Handbewegung entließ er das Mädchen. »Da fehlt *Caness*«, sagte er zu sich. »Eindeutig. Kein *Caness*, ein Jammer. Gibt es denn in der ganzen Stadt kein einziges Körnchen mehr davon?«

Er wusste es? Das überraschte Jikesch. Doch erst recht riss er die Augen auf, als Nezky von irgendwo an seiner Kleidung ein Stoffbeutelchen klaubte, mit den Fingerspitzen hineinfuhr und das bekannte glitzernde Pulver über seinen Teller streute.

»Und eine Prise *Caness*. So. Jetzt kann man es essen.« Seit langem hatte Jikesch diesen Mann im Auge – einen großen, kräftigen Adligen, der gerne aß und öfter über den Durst trank, aber als einer der nächsten Verwandten des Königs nicht vernachlässigt werden durfte. Seine Ansichten über Magie schimmerten immer wieder in den Gesprächen durch, die der Narr belauschte. Sehr liberale Ansichten, die Pivellius besser nicht zu Ohren kommen sollten.

Der Fürst blickte auf und stutzte kurz, als er merkte, dass der Narr vor ihm hockte. Jikesch sah den erschrockenen Gedanken, der sich in seinen Augen spiegelte: *Verdammt, der Spion des Königs!* »Das ist ein Gewürz«, erklärte Nezky hastig. »Ein äußerst schmackhaftes Gewürz.«

»Gewürze versalzen die Leber«, verkündete der Narr wichtigtuerisch. »Honig verklebt die Zähne. Pfeffer – Geld zum Niesen. Und eine Prise *Caness* – der Kuss der Götter auf unserem Teller. Guten Appetit, Ihre Seine Eure Fürstliche Durchlaucht.«

»Ach ja«, murmelte Nezky und blinzelte misstrauisch. Vermutlich fragte er sich, ob der kleine violette Kerl nicht schon viel zu viel gehört und gesehen hatte.

Jikesch seufzte innerlich. Ein solcher Mann auf dem Thron!

Doch es hatte keinen Zweck, an diesem Traum festzuhalten. Arian erfreute sich bester Gesundheit, von Tag zu Tag ging es seinem Feind besser. Während der Sommer seine Glut über der Stadt entfachte, blühte der Königssohn mehr und mehr auf.

Bald wird er auf den nächsten Drachen losstürmen, dachte der Narr, *dann werden wir ja sehen. Das nächste Mal hat unser lästiges Prinzlein vielleicht nicht so viel Glück.*

Er erhob sich und trottete aus dem Speisesaal des Fürsten hinüber in den königlichen Flügel. Um Arians Gemächer machte er einen weiten Bogen, doch in den Gängen herrschte eine seltsame Unruhe. Neugierig geworden beschloss Jikesch, nach dem Rechten zu sehen. Auch wenn er dann Gefahr lief, von einem wütenden Prinzen verprügelt zu werden. In letzter Zeit hatten sich die Fußtritte und Schläge vervielfacht; die Wachen machten sich einen Spaß daraus, ihn zu treten oder zum Stolpern zu bringen, seit er Arian gehörte, der aus seiner Abneigung gegen ihn keinen Hehl machte.

Die Tür zum prinzlichen Schlafgemach stand offen, sodass die laute Stimme des Verletzten bis in den Gang hallte.

»Wenn er nicht reden will, dann bringt ihn zum Reden!«

»Ich fürchte …«, begann eine weinerliche Stimme, die einem der Ärzte gehörte.

»Was fürchtet Ihr? Warum solltet Ihr überhaupt etwas fürchten? Wenn jemand Angst haben sollte, dann doch wohl dieser verfluchte Zauberer!«

Jikesch stockte der Atem.

»Wir sind uns nicht einmal sicher, ob wir den richtigen Mann haben.«

»Dann sucht so lange, bis Ihr ihn habt! Meine Güte, begreift Ihr nicht, worum es hier geht? In dieser Stadt wird Magie gewirkt. Heimlich. Gegen das Gebot des Königs! Ihr steht doch nicht etwa auf der Seite dieser Verbrecher?«

»Keineswegs«, beteuerte der Mann. »Ich meine nur, was nützt es, den Gefangenen zu foltern, wenn er möglicherweise gar nichts weiß?«

»Oh, er weiß etwas. Jeder weiß irgendetwas. Und, verdammt noch mal, jeder tut so, als wüsste er überhaupt nichts!«

Jikesch zuckte zusammen, als er einen Schlag und einen kurzen Aufschrei hörte. Aus der Tür kam einer der Ärzte herausgeschossen, ein kleiner, schon etwas älterer Mann, der ihn mit seiner Glatze und den scharfen blassblauen Augen an Bher erinnerte. Arian tobte noch eine Weile, dann kam er ebenfalls aus dem Zimmer und marschierte mit finsterem Blick den Gang hinunter. Jikesch folgte ihm wie ein lautloser Schatten. Er konnte kaum atmen, so sehr hatte ihn das Entsetzen gepackt. Der Prinz hatte einen Zauberer gefangen? Wer konnte das sein? Ging es denn schon wieder los? Das konnte, nein, das durfte nicht sein! Wieso ausgerechnet jetzt?

Der Narr stöhnte innerlich, während er Arian nachhuschte, eine Treppe hinab und eine weitere. Er ging zu den Verliesen, kein Zweifel.

Auf Zehenspitzen, mit wild klopfendem Herzen, schlich Jikesch die Stufen hinunter in die Eingeweide des Schlosses. Der ganze Hügel war ausgehöhlt; hier unten befand sich nicht nur ein Keller wie unter einem gewöhnlichen Stadthaus, sondern ein zweites Schloss, das man nicht nach oben, sondern quasi mit der Spitze und den Türmen nach unten ins Gestein gebaut hatte, ein Schloss ohne Gold aus Drachenschätzen, Marmor aus Lonar oder edlen Hölzern aus den Riesenwäldern von Bet-Jar. Ein Schloss für die Gefangenen, für die Verbrecher, in dem sie leben konnten, Jahr für Jahr, in Finsternis und Einsamkeit und absoluter Stille, nur unterbrochen vom leisen Wispern der Mäuse und dem Ächzen, das der Berg hin und wieder von sich gab.

Ein Schloss für die Toten – auch die Gruft der Könige lag hier unten.

Jikesch schauderte. Hierhin hatte er sich nie wieder gewagt. Die Erinnerungen quollen ihm entgegen wie dunkler Rauch, der aus einem Schlot stieg und ihm in den Augen brannte. Er blieb stehen, rang nach Luft und starrte die Stufen hinunter, während er am ganzen Leib zitterte.

»Na, Kleiner? Kommst du nicht hinterher?«, fragte der Wächter, ein freundlicher Mann, der hier das Grauen bewachte, als könnte es von selbst wieder ans Tageslicht klettern. Die Schreie der Gefolterten. Das Stöhnen der halb Verhungerten, die immer nur so viel bekamen, dass sie leben mussten, dass ihre Körper, die nach Luft und Nahrung und Sonne schrien, sich weigerten zu sterben, sich jeden Atemzug, jeden Herzschlag weiterkämpften.

Dieser Wächter gehörte nicht zu Prinz Arians Gefolge und hatte sich nicht an seiner Niedertracht angesteckt. Er nickte dem Narren freundlich zu. »Wenn du bei deinem Herrn sein willst«, sagte er, »geh zwei Stockwerke tiefer. Du solltest es hören, dann findest du die richtige Kammer.«

»Was werde ich hören?«, wisperte Jikesch bang, doch er wollte die Antwort gar nicht erfahren. Er wusste, was dort unten war, außer der Stille. Außer dem Nagen der Ratten, dem Klirren von Ketten. Dem Schaben von winzigen Krallen auf dem kahlen Stein. Dem Flüstern und Singen des Windes, der durch Luftschächte eindrang und in den Ecken heulte. Nichts konnte diese Erinnerungen jemals auslöschen.

Er wollte nicht weitergehen, keinen einzigen Schritt, wieder hinein in jenen Schrecken, den er Tag für Tag von sich fernhielt. Nur lautes Lachen konnte das Wispern übertönen, laut und noch lauter.

Aber er musste es herausfinden. Ob der Prinz vielleicht Chamija festgenommen hatte? Nein, sie hatten über einen Mann gesprochen. War Mora in Gefahr? Das allein zählte.

»Sei kein Feigling, kleiner Narr«, flüsterte er. »Geh schon. Geh schon.«

»Sie haben ihn lange beobachtet«, erzählte der Wächter. »Die Spitzel des Königs hegten einen Verdacht, aber sie brauchten etwas mehr. Doch jetzt haben sie sofort zugeschlagen.«

Wie viele Zauberer wohnten wohl noch in Lanhannat? Bestimmt gab es mehr von ihnen, als Nival wusste, vielleicht eine Handvoll … Es durfte nicht Schirdan sein. Auf keinen Fall Schirdan, der Mora kannte.

»Jetzt?«, murmelte Jikesch und starrte immer noch die Treppe hinunter. »Warum jetzt?«

Dort unten brannten Fackeln. Es würde nicht dunkel sein. Ganz gewiss nicht. Arian hasste die Dunkelheit. Jeder hasste sie. Ganz besonders Kinder.

Er schluckte. *Ich bin kein Kind mehr. Es geht um Mora. Jetzt beweg dich endlich, na los!*

Seine Beine zitterten, als er das Knie beugte und den Fuß auf die nächste Stufe setzte. Die ersten Schritte waren so anstrengend, dass ihm der Schweiß ausbrach. Er wankte voran, fiel fast von der Treppe und stolperte, bevor er merkte, dass er auf dem unteren Absatz angekommen war.

Die Luft war hier bereits merklich kühler. Er tastete sich an der Wand entlang bis zur nächsten Treppe, die noch tiefer hinunterführte.

Nein, die Kammer war nicht zu verfehlen. Es war nicht das Licht, das durch die halb offene Tür nach draußen fiel. Auch nicht die laute Stimme des Prinzen, der seine Anklagen herausschrie. Ebenso wenig die heisere Stimme des Foltermeisters, der die Fragen stellte, wenngleich in einem anderen Tonfall, nicht drohend, sondern so überaus liebenswürdig und freundlich, dass man ihm alles gestehen und Trost in seiner Umarmung suchen wollte.

Es war dieses Wimmern, die Schreie eines Menschen, der nicht mehr schreien konnte. Sein Flehen, von Schluchzern unterbrochen.

Natürlich war es keine der Stimmen, die Jikesch all die Jahre begleitet hatten. Jeder starb anders, seinen eigenen Tod, und fand seine eigenen Worte. Jeder brachte einen anderen Laut hervor, aus seiner Brust, seiner Kehle, wie die Blüte des Astajin-Baumes, der seine ganze Kraft in dieses letzte, verschwenderische Blühen legte und dann verwelkte, weshalb die Frucht nachher auf einem stinkenden, verfaulten Haufen heranwuchs. Sie zu ernten bedurfte einer unfassbaren Willensanstrengung, und doch war sie das Köstlichste, was die Sümpfe von Jagor zu bieten hatten und wurde selbst auf den Tafeln der verwöhntesten Könige nicht verschmäht.

Jikesch wankte, als er sich an den Türrahmen lehnte.

»Ich bin kein Zauberer«, beharrte der Gefangene. Der Narr schloss die Augen, denn er wusste, dass er diese Bilder mitnehmen und viele Nächte keinen Schlaf finden würde. »Glaubt mir doch! Ich bin nur ein Kaufmann. Nichts als ein Kaufmann!«

»Natürlich bist du ein Zauberer. Du willst uns doch nicht etwa erzählen, dass du nicht wusstest, was du da verkaufst?«

»Nein!« Das Jammern endete in einem lauten Schrei.

»Nun, nehmen wir mal an, es stimmt. Du würdest uns doch keine Lügen erzählen?«

»Nein! Nein, das würde ich nicht!«

»Wer hat dir die Ware geliefert? An wen hast du sie weiterverkauft?«

Jikesch zwang sich dazu, die Augen zu öffnen, obwohl er die Stimme längst erkannt hatte. Ein Mann, so lang, dass er kaum auf die Bank passte, an die sie ihn gefesselt hatten. Außer ihm waren nur drei Personen anwesend. Der Prinz. Der Foltermeister. Und ein Soldat.

Drei. War er imstande, drei Männer zu töten, von denen zwei zum Kampf ausgebildet waren? Der Prinz konnte den einen Arm nicht benutzen, doch er gehörte nicht zu den Männern, die sich ergaben. Zuerst musste der Narr also den Soldaten ausschalten, dann Arian, als Letztes den Henker. In dieser Reihenfolge. Und verhindern, dass irgendjemand von ihnen floh.

Jikesch spürte, wie er am ganzen Leib zu zittern begann. Er würde sich wie ein echter Krieger verhalten müssen. Konnte er das? Würde er es über sich bringen, drei Menschen zu töten, um Mora zu retten? Sobald der Gefangene ihren Namen nannte, musste er es tun. Nein, vorher, bevor es zu spät war …

Der Narr biss sich auf die Lippen. Er hatte keine Waffe. Wenn er wenigstens eine Drachenschuppe besessen hätte, die Mora mit einem Kampfzauber versehen hatte! Doch die silberblaue, die er ihr heute mitbringen wollte, die er im Schuh unter seinem Fuß spürte, war ganz und gar unverzaubert.

Er würde sich das Schwert des Soldaten schnappen müssen.

Ach, Unsinn! Unselige Träume! Er hatte keine Chance – und musste es dennoch versuchen. Vielleicht, wenn Barradas auf seiner Seite war, gelang es ihm, den Soldaten zu überrumpeln und danach die beiden anderen. Er war schneller als sie. Viel schneller.

Er durfte nur nicht zögern. Nicht denken. Nicht fühlen. Nur handeln. Töten, ohne Zauberwaffe, ohne eigene Absicherung, in einem ehrlichen Kampf, der ihn das Leben kosten konnte.

Danach würde er fliehen müssen. Man würde ihn jagen, in der ganzen Stadt, im gesamten Königreich, und der König würde Lanhannat auf den Kopf stellen und alle Zauberer herausschütteln … und Mora finden.

Nein, den Prinzen umzubringen war keine Lösung. Es würde alles nur noch schlimmer machen.

Der Gefolterte stöhnte und murmelte etwas Unverständliches. Mora? Hatte er gerade »Mora« gesagt?

»Diebesgesindel«, schrie der Gefangene. »Ich habe die geheimen Worte für Nachtglanz verkauft – an die Diebe!«

»Nachtglanz?«, fragte der Prinz. »Was ist das?«

Jikeschs Mitleid mit dem Gepeinigten verflüchtigte sich. Wie konnte Schirdan es wagen, mit den Dieben zu paktieren? Das Überleben der letzten Magier in Lanhannat hing davon ab, kein Aufsehen zu erregen, das wusste Schirdan ganz genau! Man musste im Verborgenen arbeiten und durfte nicht die Aufmerksamkeit der Wache auf sich ziehen. Oh, bei Barradas! Schirdan kannte Mora so gut, dass er sie mühelos beschreiben konnte.

Hinter Jikesch erklangen Schritte – ein halbwüchsiger Diener trabte den Gang herunter. Er beachtete den Narren nicht einmal, als er sich an ihm vorbeidrängte, und auch die Szene in der Folterkammer schien der Junge gar nicht wahrzunehmen.

»Prinz Arian, Hoheit, Euer Vater verlangt nach Euch.«

Der Angesprochene nickte, er wirkte erfreut. »Gut, darauf

habe ich gewartet. Ihr unternehmt nichts, während ich fort bin!«, wies er den Henker an.

Jikesch drückte sich an die Wand, als Arian an ihm vorbeieilte.

Der Foltermeister nutzte die Pause, um vor den Augen des Gefesselten zu trinken. »Willst du auch etwas? Ja? Nun, ich will mal nicht so sein, ich hole dir ein Glas Wasser.«

Was wie Barmherzigkeit klang, würde in eine neue Art von Folter münden, das wusste Jikesch. Er starrte auf die Bank, an der Schirdan hing und leise ächzte. Der Soldat, jetzt der einzige Wächter in der Kammer, reckte sich und trat hinaus auf den Gang.

Sofort huschte Jikesch hinein. »Schirdan!«, flüsterte er.

Der Angesprochene öffnete die Augen und musterte ihn. In seinem Blick wohnte der Schmerz, tief und glühend, als wälzte sich dort ein Drache.

»Der Narr des Königs?«, wisperte er und versuchte zu lachen. Ihm fehlten ein paar Zähne, Blut färbte Lippen und Zahnfleisch.

»Hör mir zu«, sagte Jikesch hastig. »Sag ihnen nichts. Keine Namen. Sie werden alle Magier töten, egal, was sie dir versprechen. Verrate niemanden, bitte!«

Schirdan starrte ihn an, als versuchte er, durch die dicke Farbschicht hindurch das Gesicht zu erkennen, das dahintersteckte.

»Töte mich«, flüsterte er.

Jikesch fuhr zurück und schnappte nach Luft. »Nein!«

Er konnte niemanden töten. Wenn er es vermocht hätte, warum hatte ihn dann die Vorstellung, die drei Männer umzubringen, so entsetzt? Dabei hatten sie es verdient – und sie hätten sich gewehrt. Schirdan dagegen, so viel Übles er auch getan hatte, lag hier völlig hilflos. Wie konnte er einen Wehrlosen, einen Verletzten, jemanden, den er am liebsten losbinden und durch die Gänge tragen wollte, ans Tageslicht, und dort freilassen mit dem Segen aller Götter – wie konnte er so jemanden töten?

»Sie tun es sowieso«, sagte Schirdan. Er hatte keine Stimme mehr, jedenfalls keine, die menschlich klang; sein Mund bewegte sich, und Jikesch musste halb erraten, was er ihm mitteilen wollte. »Ich weiß nicht, ob ich die Kraft habe zu schweigen. Töte mich.«

Im Gang marschierte der Soldat auf und ab. Von ferne näherten sich die eiligen Schritte des Foltermeisters, hallten vor ihm her wie eine Drohung.

»Nicht noch mehr Schmerz. Bitte«, wisperte der Zauberer.

Jikesch blieben nur wenige Augenblicke, um sich zu entscheiden. Gleich würde der Henker zur Tür hereinkommen, dann war es zu spät. Der Prinz würde Moras Namen erfahren und seine Soldaten aussenden, um sie zu holen. Kaum vorstellbar, dass sie bald hier liegen könnte, ihre kleine, ausgemergelte Gestalt. Wie lange würde der Folterer brauchen, um ihren Widerstand zu brechen? Die Zauberin war zäh und halsstarrig; Stunden und Tage würde sie ihren Peiniger hinhalten und alles erdulden, was es an Grausamkeiten zu erleiden gab.

Jikesch hielt die Drachenschuppe in der Hand, bevor er wusste, was er tat. Die glänzende Scheibe trug keinen Zauber in sich; vor wenigen Stunden erst hatte er sie heimlich von der Schlosswand abgelöst. Bis jetzt hatte sich keine Gelegenheit ergeben, sie in die Schreibkammer zu schmuggeln.

Eine tödliche Waffe? Nein, nichts als eine abgerundete Scheibe, wie ein seltener Edelstein, ein Stein aus einem Mosaik, Schlossschmuck.

Er hielt sie über das Herz des Mannes.

»Sag es«, flüsterte er. »Gib ihr die Bestimmung. Ich bin kein Zauberer; du musst es selbst tun.«

Schirdans Augen weiteten sich, dann murmelte er mit blutigen Lippen ein einziges Wort.

Der Tod kam sofort, ein Diener, der gerne und schnell gehorchte. Der Schmerz in den Augen des Gefolterten verschwand in demselben Moment, als sein Blick brach, vielleicht einen Hauch früher. Schirdan gab sich dem Drachenfeuer hin, das kurz in seinen Augen aufleuchtete – oder hatte Jikesch sich getäuscht? Er dachte nicht darüber nach. Sein Verstand weigerte sich aufzunehmen, was eben geschehen war. Ohne eine bewusste Entscheidung zu treffen, steckte er die Drachenschuppe in den Schuh zurück, und als der Henker hereinkam, gelang es Jikesch – ebenfalls ohne dass er etwas dafür konnte –, wie ein Irrer zu kichern.

»Einen feinen Toten habt ihr da«, grinste er. »Einen wunderbaren Toten, garniert mit Blut und Knochensplittern, gespickt mit ausgeschlagenen Zähnen, gebunden mit Sehnen und gesalbt mit seiner eigenen Pisse.«

Während der Henker rasch den Wasserkrug abstellte und an die Seite des Toten eilte, huschte Jikesch aus der Kammer. Er rannte die Treppen hoch, dem Prinzen nach, der noch nicht weit sein konnte. Nur ein paar gemurmelte und erratene Worte lagen zwischen Arians Aufbruch und seinem eigenen, nur ein kleiner Mord, nur ein stiller, heimlicher Zauber. Nur ein Blick, in dem Qual sich in Ergebenheit verwandelte.

»Er hat sich dem Drachen ergeben«, flüsterte Jikesch, »er kapitulierte, warf sich ihm zu Füßen, empfing den Kuss. Er flog auf den Flügeln des Drachen davon, entging euch, schlug euch ein Schnippchen. Ich war nur dabei. Meine Hände sind ohne Blut und meine Augen ohne Tränen.«

Er murmelte vor sich hin, während er die Stufen hochjagte, durch die Halle rannte und den Prinzen einholte, bevor er den großen Saal betrat, in dem der König auf seinem Thron saß wie ein Vogel in einem Baum, eine Eule, die auf Weisheit hoffte. Jikesch wollte die Hoffnung nicht aufgeben, dass diese Weisheit irgendwann eintreffen könnte, wie ein Blitz, der in den Baum fuhr und dabei die Eule mit Licht erfüllte.

»Was kommt mir da zu Ohren?«, fragte Pivellius. Er klang munter und energisch. »Du hast ein Geschenk für mich, mein Sohn?«

»Du hast ganz recht gehört, Vater«, sagte der Prinz. »Meine Spitzel hatten endlich Erfolg. Ich habe dir doch gesagt, in der Stadt versteckt sich noch mindestens ein Zauberer.«

»Dabei wollte ich dir das nicht glauben.« Der König schaute seinen Sohn liebevoll an, seine Augen leuchteten.

»Dass die Kette der Königin verschwunden ist, war das Werk eines Zauberers. Es konnte gar nicht anders sein. Die Magier haben schon immer versucht, dir zu schaden, indem sie erst das Leben meiner Mutter und dann deine Erinnerungen an sie zu vernichten trachteten. Die Feinde mussten irgendwo da draußen sein. Deshalb habe ich unermüdlich weiterhin nach dem Nest der üblen Magie gesucht.«

Jikesch sank in sich zusammen. Die Kette der Königin! Daran hatte er gar nicht mehr gedacht.

Er hatte sie gestohlen, für Linnia, damit sie ihren Pakt mit dem Drachen erfüllen konnte. Der Prinz hatte diesen Diebstahl auf sich nehmen sollen – war das nicht so vereinbart gewesen? Wie konnte Arian es wagen, den Zauberern den Verlust in die Schuhe zu schieben?

Er, Jikesch, hatte Schirdan umgebracht. Nicht mit der Drachenschuppe, nicht vorhin, sondern schon damals, als er für dieses Mädchen, das er so verzweifelt, so närrisch, so blind und bedingungslos liebte, zum Dieb geworden war.

Es war seine Schuld. Er hatte die Zauberer ins Verderben gerissen, er hatte Arian den Vorwand geliefert, den der Prinz brauchte, um die Stadt mit Spitzeln zu unterwandern.

Oh Barradas! Ein Wimmern kam aus der Kehle des Narren, heulend sank er auf dem Marmorboden zusammen.

Überrascht schauten ihn König und Prinz an.

»Er ist tot!«, jammerte Jikesch. »Tot, von oben bis unten, von

Kopf bis Fuß, von Bauch bis Rücken, Hinterteil und Vorderteil, alles tot!«

»Wer ist tot?«, fragte Arian scharf. »Bist du nicht eben noch unten im Verlies gewesen? Der Gefangene war nicht tot, als ich gegangen bin. Er ist höchstens ohnmächtig geworden, der Schmerzen wegen. Ein Mann, der nicht viel aushält, wie mir schien. Gleich machen wir weiter, ich bin mir sicher, er wird uns alles sagen, was wir wissen wollen.«

»Tot«, stöhnte Jikesch. Er musste den Schmerz nicht spielen, die Trauer, die ihn ergriff und sein Herz wie mit einer unerbittlichen Faust zusammenpresste. »Mausetot. Euer Magier, ängstlich wie ein Hase, flatternd, zitternd, schlotternd, starb! Starb!«

»Rede endlich klar!«, rief Arian ungeduldig. »Das ist doch Unsinn, oder nicht? Soll das einer deiner Späße sein?«

»Starb beim Anblick des Henkers«, wimmerte Jikesch, und die Glöckchen klingelten, während er den Kopf hin und her warf, »des Zittermeisters, des Messerfürsten, des Schlingenkönigs!«

Der König nickte langsam. »Das war's dann wohl.«

»Nun denn. Das ist der letzte Beweis.« Der Prinz hob die Hände. »Wer kann schon sterben, auf eigenen Wunsch, wenn nicht ein Zauberer? Wenn ich ehrlich sein soll, ist mir das durchaus recht. Ich habe lieber einen toten Magier hier im Schloss als einen lebendigen, der wer weiß was zustande bringt.«

Pivellius runzelte die Stirn. »Wie viele gibt es wohl noch unten in der Stadt? Merkwürdig, dass sie ausgerechnet jetzt aus ihren Löchern kommen. Nun, da Tijoa und Yan sich im Kriegszustand befinden. Es ist, als würden sie darauf lauern, dass wir geschwächt sind, um auch Schenn ins Chaos zu stürzen.«

»Dieser Krieg hat mit uns nichts zu tun«, sagte Arian. »Wir werden den Yanern nicht zu Hilfe kommen, das wissen sie mittlerweile. Sie werden nicht die Gelegenheit erhalten, sich zu rächen, wenn sie erst unter Tijoas Herrschaft stehen.«

»Und du?«, fragte der König. »Was machen deine … Pläne?«

»Yan wird fallen«, sagte der Prinz. »Danach ist Samaja an der Reihe. Erst dann, wenn unser Nachbar im Norden groß genug ist, um uns den Rücken zu stärken, werden wir uns umwenden und nach Süden blicken.«

»Unsere Vorfahren haben einen hohen Preis für die Provinzen bezahlt«, erinnerte Pivellius. »Inidria war ein harter Brocken … und in den Chroniken heißt es, die gesamte Priesterschaft des Gottes Arajas habe Schenn verflucht, als wir Nelcken besetzten.«

»Das interessiert mich nicht. Belim ist tausendmal stärker als diese kleinen Gebirgsgötter. Wir hätten die Nelckener damals zwingen sollen, Arajas aufzugeben und Belim anzubeten.«

»Es war schwer genug, sie zu halbwegs richtigen Schennern zu machen. Bist du sicher, dass wir in der Lage sind, Khanat und die anderen Städte in unser Reich zu integrieren? Die Leute dort sind stolz und halsstarrig, und sie haben in den vergangenen Jahrzehnten ganz anders gelebt als wir.«

»Es wird Zeit, dass wir die Ebene zurück zu den Göttern bringen«, sagte Arian. »Ich will mir einen Platz in den Chroniken verdienen, Vater, und das geht nur mit Mut und Tatkraft, nicht, wenn man immer nur zögert und abwägt. Tijoa wird an unserer Seite sein, die alte Feindschaft begraben. Wir beenden die gottlosen Zustände in der Ebene. Der Weg ans Meer wird frei sein, das bedeutet Handel an der Stillen Küste bis hoch nach Hak und Jagor, sogar bis jenseits des Meeres. Die Insel Ghenai und das geheimnisvolle Bet-Jar! Ich könnte endlos davon schwärmen, was es im Norden alles zu entdecken gibt, wenn Tijoa die Grenzen für uns öffnet.«

»Vielleicht solltest du lieber versuchen, Tijoa zu erobern, statt den Süden«, murmelte der König nachdenklich. »Wir hätten uns mit Wellrah, Yan und Samaja zusammentun und gen Norden ziehen können.«

»Diese drei sind bereits unsere Verbündeten, seit so vielen Jahren, und was hat es uns genützt? Sie waren nie bereit dazu, einen Feldzug von diesen Dimensionen zu wagen. Das Kriegführen liegt ihnen nicht im Blut, so wie uns. Es ist lange genug ruhig gewesen, Vater, nun ist die Zeit für uns gekommen. Wir werden wieder jemand sein in dieser Welt, Belim mit uns.«

Pivellius zögerte. »Vielleicht war es zu früh, dir das halbe Königreich zu überlassen«, sagte er nachdenklich. »Für diesen Krieg bräuchtest du das ganze.«

»Dann gib es mir, Vater, und ich werde dich stolz machen.«

»Noch bin ich nicht tot«, gab der König zurück und reckte das Kinn grimmig vor. »Solange ich lebe, mein Sohn, werde ich tun und lassen, was mir beliebt.«

Unbeachtet saß Jikesch auf dem kalten Marmorboden, die Arme um die Knie geschlungen, und spürte die harte, glatte Drachenschuppe unter seiner Fußsohle, wie einen Nagel, der sich ihm ins Fleisch bohrte.

10

Die Sonne brannte heiß auf den staubigen Platz zwischen den Marmorgöttern und verführte dazu, sich zu ergeben, bevor man überhaupt angefangen hatte. Es wäre eine Wohltat gewesen, sich wenigstens die Haare zusammenzubinden, aber das kam nicht in Frage.

»Ihr seid wieder da, Ritterin Linnia?«, meinte Okanion. »Das ist gut, Ihr könnt gleich an der nächsten Runde teilnehmen.«

Die anderen Ritter sahen nicht aus, als hätten sie Linn schmerzlich vermisst. Manchmal war es aber auch gut, ignoriert zu werden; so fragte sie wenigstens niemand aus, wo sie die Zeit bis zu ihrer Genesung verbracht hatte. Die beiden Kämpfenden in der Mitte machten einfach weiter, die Zuschauer ließen sich nicht ablenken. Nur ein paar Augenpaare blieben überrascht an ihrem kurzen Haarschopf hängen.

»Wie schön, willkommen zu sein«, murmelte Linn bitter.

Sie packte ihr Schwert, umklammerte es, als könnte es sich wieder gegen sie wenden und sie verletzen, wenn sie nicht aufpasste. Ein verräterisches Schwert, so wie Nat Kyah ein Verräter gewesen war. Die Bernsteinschuppe ließ es wie ein hübsches Schmuckstück aussehen, das sich gut an der Wand eines Schlosses gemacht hätte, dabei war es nichts wert. Eine Waffe, die sie im Stich gelassen hatte.

Umso entschlossener wollte sie gegen jeden Gegner kämpfen, den Okanion ihr zuwies.

»Ritterin Gunya«, sagte er. »Ihr seid an der Reihe.«

Die andere Frau warf Linn einen finsteren Blick zu. In den Blicken der übrigen Drachenjäger glomm erstmals Interesse auf. Anscheinend behagte es ihnen mehr, wenn Frau gegen Frau kämpfte, als wenn ein Mann sich dazu herablassen musste. Die Drachenjäger beugten sich gespannt vor und – nein, das hatte ihr noch gefehlt – machten eine Wette daraus. Wobei die meisten ihr Geld auf Gunya setzten.

Die Ritterin lächelte spöttisch. »Hoffen wir, dass Ihr die ganze Zeit nicht nur auf der faulen Haut gelegen habt. Seid Ihr bereit?«

»Natürlich«, gab Linn zurück. »Jederzeit.«

Das verhasste goldene Schwert lag gut in der Hand, fügsam, verheißungsvoll. Ihr Arm schnellte hoch, wehrte Gunyas ersten Schlag ab, dann sprang sie zur Seite und griff ihrerseits an, doch die Ritterin parierte mit aufreizender Lässigkeit.

Sie fochten eine Weile, ohne dass eine von ihnen einen nennenswerten Vorteil erzielte.

»Hübsche Frisur«, meinte Gunya gehässig. »Drachen sind erstaunlich gute Barbiere.«

Linn schlug fester zu, und genau damit hatte ihre Gegnerin wohl gerechnet. Sie ließ die goldene Klinge an ihrer eigenen Waffe abrutschen und wandte die Kraft, die Linn eingesetzt hatte, gegen sie. Ein Ruck, eine schnelle Drehung, und das Bernsteinschwert flog davon, prallte gegen eine Marmorstatue und schlug einen der Ritter, der nichts Böses ahnend dort saß und döste, in die Flucht.

Wenigstens hatte Linn nun all diejenigen, die gegen sie gewettet hatten, glücklich gemacht.

Okanion schüttelte den Kopf, sagte aber kein Wort.

Linn ging ihr Schwert holen, während Gunya von ihren Freunden mit Beifall empfangen wurde.

Ich hätte es besser gekonnt. Ich hätte nicht einmal auf die Finte hereinfallen müssen, und was kümmert es mich, wie meine Haare aussehen?

Oder machte sie sich da selbst etwas vor?

Sie hatte gerade verloren. War es nicht etwas zu selbstherrlich, sich trotzdem für die beste Kämpferin zu halten? Gegen Drachen anzutreten war einfach etwas anderes, aber nicht einmal das hatte sie beim letzten Mal hinbekommen.

Das nächste Paar betrat den Kampfplatz. Linn lehnte sich gegen die Statue, um ihnen zuzusehen, und stellte auf einmal fest, dass sie ausgerechnet den Platz neben Arian erwischt hatte.

Er schaute sie nicht an, sondern blickte starr geradeaus. »Warum hast du das getan?«, fragte er leise. »Du hättest sie zum Schweigen bringen können.«

»Glaubst du? Ich bin mir nicht sicher.«

Verstohlen musterte sie ihn. Sein Gesicht war immer noch erstaunlich hell ohne die Brauen, die sehr zögerlich zu wachsen begannen, bisher nur ein dunkler Schatten über den Augen. Seine schwarzen Haare waren länger als ihre und leicht zerzaust. Hatte er etwa schon gekämpft? Nein, das würde er nicht tun, er hatte ihr versprochen, sich noch zurückzuhalten. Niemand durfte ahnen, was unter seinem Ärmel geschah, wie die Muskeln wuchsen, wie sich glatte Haut bildete, wie das Wunder seinen Fortgang nahm. Es gab keine glaubwürdige Erklärung dafür – außer vielleicht, dass die Götter das Herrschergeschlecht von Schenn besonders liebten.

»Du musst die Beste sein«, murmelte er, ohne den Blick vom Kampfplatz abzuwenden. »Wie sonst soll ich erklären, dass ich dich zum nächsten Drachenkampf mitnehmen werde?«

»Hat es«, sie wagte kaum zu atmen, »einen neuen Überfall gegeben?«

»Nein, noch nicht.« Er wandte ihr das Gesicht zu. »Aber sicher bald. Der Krieg in Yan lockt die Drachen an, und sie lassen sich in der Provinz Honau bereits vermehrt blicken. Das war zu erwarten. Wir fürchten uns nicht vor ihnen, nicht wahr?«

»Nein«, bestätigte sie, »das tun wir nicht.«

»Ich will dich in meiner Nähe haben, wenn wir erneut ausziehen«, sagte er. »Ich will, dass du ganz nah bei mir bist, Linnia. Ich habe noch so viel vor … und ich glaube, du bist die Richtige, um an meiner Seite zu kämpfen. Der Prinz und das Mädchen mit der Maske – davon werden sie bald Lieder singen in den Straßen. Wie findest du das? Hört sich das nicht großartig an?«

Linn fühlte, wie ihr das Blut in den Kopf schoss; sie glühte wie ein in Brand gestecktes Dorf.

»Ich fürchte, Ihr habt da etwas missverstanden«, sagte sie hastig. »Dieser Kuss … das war nicht richtig. Es war bloß, ähm … ich glaube, Eure Dankbarkeit hat Euch überwältigt. Es bedeutet nicht, dass … nein, Hoheit, ich gehöre nicht an Eure Seite. Gebt Okanion, was ihm als Eurem fähigsten Mann zusteht.«

»Oh, ich glaube nicht, dass ich es falsch verstanden habe«, widersprach Arian. »Außerdem ist es üblich, dass der beste Ritter neben dem Hauptmann reitet. Sobald ich meine Genesung bekanntgebe, werde ich wieder das Kommando übernehmen, und du wirst bei mir sein.«

Eben musste sich einer der Kämpfer geschlagen geben, und die Arena war frei für die nächsten.

»Ich hatte eigentlich immer den Eindruck, dass Ihr mich nicht ausstehen könnt«, sagte sie mutig.

»Ich habe bloß gegen meine Gefühle angekämpft«, erklärte der Prinz, und wenn er dabei nicht so feierlich ausgesehen hätte, hätte sie lauthals losgelacht. Das konnte doch nicht sein Ernst sein? »Es tut mir leid, wenn ich mich wie ein Ekel benommen habe.«

Wartete er darauf, dass sie ihm widersprach? Den Gefallen würde sie ihm nicht tun, Prinz oder nicht. Selbst der Erbe des

Heiligen Brahan sollte sich zu benehmen wissen. Als Ritter, als Hauptmann, als Prinz und als Mann.

»Hört mir doch zu, Hoheit. Ihr missversteht mich völlig. Ich diene dem Königreich, und wenn ich Euch gerettet habe, dann deshalb.«

Er starrte auf ihre Lippen. Linn seufzte; offensichtlich hatte Arian, von feuriger Liebe ergriffen, kein einziges Wort mitbekommen.

»So, jetzt weißt du es. Manchmal wünschte ich, ich wäre kein Prinz, der auf eine bestimmte Braut festgelegt ist. Sondern dass ich frei wäre und tun könnte, was ich will. Aber das, was mir an Freiheit bleibt, möchte ich wenigstens auskosten. Melde dich zum nächsten Kampf. Sofort, bevor irgendjemand sich fragt, was wir hier bereden. Diesmal gewinnst du, verstanden?«

So war er ihr fast lieber. Arian, der alle herumkommandierte, war wenigstens ein Arian, den sie kannte. Linn trat auf den Platz hinaus, und als einer der Ritter vom Sockel eines kopflosen Götterknaben heruntersprang und brüllte: »Wer will es mit mir aufnehmen?«, wusste sie, dass sie diesmal tatsächlich gewinnen würde. Obwohl der Mann ein gewaltiger Hüne war, der sie mit dem kleinen Finger zerquetschen konnte – oder der es vielmehr von sich glaubte. Ha, sollte er es nur versuchen.

Das Sommergewitter, das den frühen Abend verdunkelt hatte, zog gerade wieder ab, als Nival sich auf den Heimweg machte. Zum Glück wurde er am Tor durchgewunken, obwohl hier seit neuestem erhöhte Wachsamkeit herrschte; dem harmlos aussehenden Schreibergesellen traute man wohl keine Schlechtigkeiten zu.

Nach Schirdans Tod war er lange nicht mehr in der Stadt gewesen, er hatte nicht ein einziges Mal die Gelegenheit gehabt, aus seiner Rolle als Narr herauszuschlüpfen. Ein paar Stunden Schlaf in Jikeschs Kammer waren ihm zwischendurch vergönnt, mehr nicht. Den Geheimgang zu benutzen hatte er nicht gewagt, auf einmal von dem Gedanken besessen, dass Chamija vor Nivals Tür lauern könnte. Natürlich war das Unsinn; die Zauberin verbrachte mittlerweile viel Zeit bei seinem Schreiberkollegen. Trotzdem war ihm, als könnte er ihre Gegenwart spüren, als sei sie überall, immer gerade außer Sicht. Im nächsten Zimmer, hinter der Biegung – doch wenn er dann losrannte und um die Ecke spähte, war niemand da.

Das Schlimmste war, dass er keine Ahnung hatte, wie viel sie wirklich wusste. Konnte sie seine Gedanken lesen? Dann war er verloren. Beobachtete sie ihn nur? Was erwartete sie von ihm? Anfangs hatte es ihn nervös gemacht, ihr zu begegnen, inzwischen konnte er es kaum mehr ertragen, nicht zu wissen, wo sie steckte und was sie trieb.

Lachte sie darüber, dass er sich als Nival ein wenig sicherer vor ihr fühlte? Wenn er zu Mora unterwegs war, führte er seine Feindin dann vielleicht geradewegs zu seiner Tante? Um sicherzugehen hätte er darauf verzichten müssen, diese Identität auszuleben. Aber wie sollte er sich von der Person fernhalten, die hier in Lanhannat seine ganze Familie war?

Er zweifelte noch, ob er mit Mora darüber sprechen konnte, was im Verlies geschehen war. Kaum hatte er die Mütze abgelegt und sich die Farbe vom Gesicht gewaschen, durchfuhr ihn wie ein Schock das Ausmaß dessen, was er getan hatte. Schirdan war tot, und er selbst war auf eine Weise daran beteiligt gewesen, die ihm im Nachhinein immer seltsamer vorkam. Der Zauberer, gefesselt und voller Angst – und ja, in jenem Moment hatte es so ausgesehen, als würde es keinen anderen Ausweg geben als den Tod. Jikesch hatte ihm die Schuppe auf die Brust gelegt, den Todesspruch verlangt … aber Schirdan war ein mächtiger Magier. Hätte er nicht, mit der großen Drachenschuppe, die ihm da plötzlich zugefallen war, seine Ketten sprengen und aus dem Schloss entkommen können?

Warum habe ich ihn nicht darauf hingewiesen? Auch Zauberer sind nur Menschen, und Schirdan war so voller Schmerz und Angst, dass er nicht fähig war, um sein Leben zu kämpfen. Warum habe ich ihn so schnell aufgegeben? Warum habe ich ihn sterben lassen, ihm nur dabei geholfen, den Tod herbeizuführen?

Warum? Sieht das Jikesch etwa ähnlich, sich so schnell ins Unvermeidliche zu fügen?

Nival kämpfte gegen sein Entsetzen über sich selbst an, während er in die Stadt hinuntermarschierte. Er brauchte dringend Trost. Vielleicht hatte Mora sogar schon von Schirdans Tod gehört, und wenn nicht, würde sie es Stück für Stück herausbekommen, einfühlsam und dennoch überaus hartnäckig, so wie meistens. Er hatte bisher nur wenige Geheimnisse vor ihr bewahren können.

Die Kette. Mora weiß nichts davon. Nichts von Linnia. Auch nichts davon, dass ich an ihrer Seite gegen Drachen gekämpft habe, dass ich sie geküsst habe, dass ich sie in meinem Bett hatte – obwohl nichts zwischen uns passiert ist, würde Mora mich dafür totschlagen mit eigenen Händen, ganz ohne verzauberte Schürze –, von alldem, was zwischen uns war, ein Zauber anderer Art und doch genauso wirklich, genauso mächtig, genauso zwingend.

Er wollte nicht über Linnia nachdenken, aber wie immer, wenn er allein, mit gesenktem Kopf und todmüde durch die dunklen Straßen marschierte, sah er sie vor sich. Nicht seine Tante sollte ihn trösten, Linnia sollte es tun. Sie sollte ihn in den Arm nehmen. *Linnia und Arian … oh dieses Bild, unauslöschlich! Barradas, befreie mich von diesem Bild!*

Von ferne grollte der Donner, Feuchtigkeit stieg in Schwaden von der Straße auf. Links und rechts zu seinen Füßen bildeten sich schlammige Rinnsale, und von den Dächern tropfte es auf sein Haar. Immer stärker, neue Wolken schoben sich über die Stadt.

Der Sturm ist noch nicht vorbei … Wir waren es beide, Linnia, dachte er traurig. *Wir haben Schirdan auf dem Gewissen. Ich habe ihn getötet, und du hast dem Prinzen das Leben wiedergegeben, das er wie immer auf üble Weise nutzt. Wir haben die Stadt von einer Plage befreit und einen Mann getötet. Das ist zum Teil gut und wird die Straßen sicherer machen, zum anderen ist es furchtbar und unverzeihlich, und ich weiß nicht, wie ich damit leben soll …*

Er war tief in Gedanken versunken, und das Tropfen und Gurgeln des Wassers dämpfte alle Geräusche um ihn her. Deshalb bemerkte er die Angreifer fast zu spät.

Das Alte Viertel lag im Dunkeln, daher passte er dort meist auf wie ein Luchs. Doch in dieser Straße genossen die Passanten noch die Beleuchtung der großen Marktstraße, und man konnte es sich normalerweise erlauben, ein wenig zu träumen. Einige blasse Lampen blinkten trübe an ihren eisernen Haken, Licht schimmerte in den Pfützen. Letztlich warnte Nival bloß der Schatten, der über die nasse Straße flackerte.

Der Angreifer wollte ihn gerade anspringen, als der Schreibergeselle sich nach vorne warf und auf Händen und Knien aufkam. Er rollte sich herum und sprang auf; gleichzeitig sah er die anderen aus einem Winkel hervortreten. Es waren mindestens zehn. Ebenso viele Straßen lagen zwischen diesem Ort und seinem Haus, in dem Mora auf ihn wartete. Diesmal musste er es alleine ausfechten. Oh Barradas, zehn Mann!

»Ich habe kein Geld!«, rief er.

Sie umkreisten ihn. »Wir wollen kein Geld«, sagte einer, und seine Stimme ließ keinen Zweifel daran, dass er immer bekam, wonach ihn verlangte. »Wir wollen dich.«

Das musste die Rache sein für Moras Attacke.

Na dann. Vielleicht war dies eine gute Nacht, um zu sterben.

Sie waren bewaffnet, mit Knüppeln und Messern, einer trug sogar ein langes Schwert. Fast ein Dutzend zu allem entschlossene Kerle, der Abschaum der Stadt, gegen ihn – einen Schreiber, der sich früher scherzhaft als Affen von Lanhannat bezeichnet hatte. Jene Zeit, in der er nur mit einem Netz bewaffnet gegen die brutalsten Schläger angetreten war, die Ziege, der Meister der Hinterhofkämpfe, aufgestellt hatte, war lange vorbei. Nival verstand es durchaus zu kämpfen, aber er war kein Krieger und würde nie einer sein.

Das hier war der Beginn eines Gemetzels, bei dessen Ende er in seinen Einzelteilen auf dem Pflaster liegen und nur noch nach etwas aussehen würde, das ein Betrunkener ausgekotzt hatte. Den jungen Mann überkam der Drang, hysterisch zu lachen. Meckernd erklang sein Gekicher – die Stimme des Narren.

»Ihr wollt mich?«, rief er. »Dann greift zu. Hier bin ich!«

Sie umkreisten ihn lauernd, zogen den Kreis immer enger. Der Regen floss an den Angreifern herunter, webte einen Vorhang zwischen ihm und ihnen, verzerrte ihre Mienen. Nival drehte sich, um sie alle im Auge zu behalten, um im Voraus zu erahnen, wer beginnen würde.

Dieser da, mit dem struppigen Bart. War das der Anführer? Der Mann verzog das Gesicht, bevor er losstürmte, das Messer in der Rechten.

Nival bewegte sich mit schlafwandlerischer Sicherheit. Er tauchte unter dem Arm hindurch und brach aus dem Kreis aus, dann wirbelte er herum und sprang dem Kerl mit beiden Beinen in den Rücken. Als der Bärtige stürzte, benutzte Nival ihn als Sprungbrett, um den Nächsten anzufallen, einen von denen, die knüppelschwingend angetreten waren. Der Aufprall warf den Mann gegen seine Kumpane, doch er ließ den Schlagstock nicht los, sondern versuchte, Nival damit abzuwehren. Der junge Schreiber krallte sich in die Tunika des Fremden und trat ihm mit voller Wucht in die Weichteile.

Der Getroffene sackte in sich zusammen. Er schrie nicht, jammerte nicht einmal. Als hätte jemand die Fäden einer Marionette durchgeschnitten, fiel er um; die blicklosen Augen glänzten im Schein der trüben Lampe.

Nival brauchte einen Moment, um zu begreifen, dass der Dieb tot war – seit wann war ein Tritt in die kostbarsten Schätze eines Mannes tödlich? Er sprang zurück, stolperte fast über den Messerstecher, der immer noch bäuchlings in einer Pfütze lag und nicht einmal den Versuch gemacht hatte, sich aufzurappeln.

Bewusstlos? Tot? Er hatte keine Zeit, um es nachzuprüfen. Die acht Übrigen brüllten ihre Wut hinaus und griffen alle gleichzeitig an. Sie stürmten auf ihn los, das Regenwasser spritzte nur so unter ihren Füßen, als sie auf ihn zurannten.

Kam die Erkenntnis in diesem Augenblick, während er die Banditen wie eine tödliche Lawine auf sich zurollen sah?

Er hatte eine Waffe in seinem Schuh, gefährlicher als alles, was er jemals zuvor besessen hatte. Dagegen war das Netz, das er bei seinen Schaukämpfen als Affe von Lanhannat benutzt hatte, ein schlechter Scherz. Moras Schürze? Zum Lachen.

Hier kam der Tod.

Nival vergaß Nival. Er wurde zu Jikesch, rollte sich nach vorne, griff im Rollen nach seinen Schuhen, streifte sie ab, schleuderte sie den Angreifern entgegen, packte die Schuppe und schlug damit nach den Beinen der Räuber, als er mitten zwischen sie fuhr.

Auf der anderen Seite sprang er auf und versuchte die Lage einzuschätzen, die sich geringfügig verbessert hatte. Zwei Männer waren liegen geblieben; die anderen, erschrocken und wütend, schnappten nach Luft, hielten sich aber zurück. Sie starrten ihn an. In der silberblauen Schuppe spiegelte sich das Licht, als hielte er ein Stück vom Mond in der Hand, eine Klinge, die mit einer Schnelligkeit und Unausweichlichkeit tötete, die ihn benommen machte. Wenn die Götter so gnadenlos wären, wer könnte jemals vor ihnen bestehen? Es hätte ihn nicht gewundert, wenn der Todeszauber sich durch seine Handfläche gegraben hätte und bis in sein Herz gekrochen wäre, ein hungriger Drache, den nur Vernichtung und Verderben befriedigen konnten.

»Wer seid ihr?«, rief er. »Was wollt ihr wirklich von mir?«

Er erwartete keine Antwort und erhielt auch keine. Sie umkreisten ihn mit brennenden Augen. Nachtglanz. Wie konnten sie immer noch Nachtglanz benutzen, wenn Schirdan tot war? An wen hatte er den Zauber verkauft?

»Wenn ihr fliehen wollt, tut es«, sagte er. »Ich werde euch nicht verfolgen.«

»Ha!«, rief einer, und gemeinschaftlich gingen sie auf ihn los.

Er musste nur schnell sein. Springen, sich drehen, den Arm vorgestreckt. Ein Salto. Noch einer, dazu eine halbe Drehung. Die Schuppe hier durch einen Rücken ziehen, dort einen Arm streifen.

Sie starben wie die Fliegen. Nival erwartete, dass die letzten drei fliehen würden, wünschte sich nichts mehr, als dass sie es täten, aber sie ließen einfach nicht von ihm ab, und am Schluss lag auch der Letzte am Boden.

Der Regen fiel sanft auf die Toten. Ein Berg von Leichen. Ihm wurde übel, während er sie betrachtete. Wie konnte er das getan haben – und selbst dabei unverletzt bleiben? Nun, wenigstens etwas, das kam schließlich selten genug vor. Er stellte sich vor, wie Mora ihn fragte: Wie war dein Heimweg? Irgendwelche besonderen Vorkommnisse?

Ich habe den Tod in der Hand getragen, würde er sagen. *Einen Tod wie eine Drachenflamme, schnell und schrecklich. Jetzt weiß ich, warum der König die Zauberer so fürchtet. Endlich verstehe ich es. Ich habe genug von Magie gesehen, mehr als genug für ein ganzes Leben. Aber sonst geht es mir gut, danke der Nachfrage.*

Am liebsten hätte er das entsetzliche Werkzeug weit von sich geschleudert, nur wer würde es finden, und was würde mit demjenigen geschehen, der es berührte?

Nival wankte davon, hinein in die Dunkelheit des Alten Viertels. Der Regen benetzte seine Wangen und vermischte sich mit seinen Tränen. Er weinte, ohne es zu merken.

Ich bin kein Krieger. Kein Mörder. Kein Soldat. Kein Ritter. Nicht mal ein Zauberer. Nur ein Narr. Nimm dieses verfluchte Ding, Tante Mora, befreie mich davon … Dieser Fluch ist schlimmer als alles, was Chamija mir je hätte antun können.

Zugleich war da ein Triumphgefühl, für das er sich schämte. Dafür brauchte er ebenso Vergebung wie für das Töten. Ihn schwindelte, er fühlte sich wie berauscht, wildes Lachen mischte sich in seine Traurigkeit. *Ich habe gesiegt. Ich habe sie fertiggemacht. Sie wollten mich töten – doch hier bin ich, immer noch und nicht ganz so leicht umzubringen, wie sie dachten.*

Ha!

Mit bebenden Händen schob Nival die Haustür auf, dann wurde ihm bewusst, dass sie offen gestanden hatte, obwohl Mora immer abschloss.

Ein ungutes Gefühl überkam ihn. Im Flur war es dunkel.

»Tante Mora?«, fragte er halblaut. »Bist du da? Bist du noch wach?«

Die Tür zur guten Stube stand sperrangelweit offen. Er brauchte kein Licht, um zu merken, dass die Schatten anders waren als sonst, dass die Möbel nicht an ihrem gewohnten Platz standen.

Nival horchte in die Stille, eine ganze Weile, bevor er nach der Lampe tastete. Auch sie befand sich nicht wie sonst neben der Tür, ebenso wenig das Tischchen mit den gedrechselten Beinen.

Er zwang sich dazu, ruhig zu atmen und zu horchen. Auf fremde Atemzüge, einen Mörder im Dunkeln, irgendein verräterisches Scharren.

Nichts.

Schließlich bückte er sich, suchte nach der Lampe und fand

sie auf dem Boden, an die Wand gerollt. Seine Finger wurden seine Späher, tasteten über den Boden, über die Trümmer, über Scherben, bis er die Zündhölzchen fand.

Licht flammte auf, und Nival fürchtete sich vor dem, was er sehen würde. Es war sogar noch schlimmer: Sie hatten nichts heil gelassen, nichts verschont.

»Mora?«, fragte er leise und fürchtete sich noch mehr, vor ihrem Nicht-Antworten, vor dieser Stille, die nur durch seine Schritte gestört wurde.

Die Treppe hinauf. Da war sein Zimmer – durchwühlt und geplündert, und hier, Moras kleine Schlafkammer.

Leer.

Er ging wieder hinunter. Wo sollte er noch suchen?

Draußen? War sie vielleicht geflohen? Aber wohin sollte sie fliehen – und warum? Eine so mächtige Zauberin wie sie würde sich doch zu verteidigen wissen? So eindrucksvoll, wie sie sich gegen die Angreifer vom letzten Überfall in Szene gesetzt hatte …

Nival trat hinaus in den Regen. Gegenüber lagen die Ruinen des zerstörten Hauses, das so viele Jahre ihr Heim gewesen war.

Vorsichtig, die Lampe immer noch in der Hand, stieg er über die Steine und Balken. Und da war sie. Eine kleine, reglose Gestalt, durchnässt vom Regen. Ihre Wangen waren kalt.

»Mora?«, fragte er bang.

Sie rührte sich nicht. Schlug nicht die Augen auf und rief: Habe ich dich erschreckt? Sie lag da wie tot, und er dachte: *Hier liegt sie wie tot, aber es kann nicht sein.*

Er erlaubte ihr nicht, tot zu sein.

»Verlass mich bitte nicht«, flüsterte er. »Nicht du auch noch. Oh Barradas, bin ich nicht heimatlos genug?«

Nival hielt ihre Hand, blieb bei ihr sitzen, im Regen, und grübelte darüber nach, dass ihm seine Angreifer leidgetan hatten.

Dabei hatte er doch gemerkt, dass sie darauf aus gewesen waren, ihn umzubringen, nicht bloß Diebe, sondern Mörder. Dass sie jedoch bereits hier im Haus gewesen sein könnten, hatte er nicht bedacht.

Eine Weile saß Nival da, nur ein paar Augenblicke, die ihm wie eine Ewigkeit vorkamen. Mühsam raffte er sich auf; er wollte Mora wenigstens ins Trockene bringen. So leicht war sie, als er sie hochhob, als hätte sie überhaupt kein Gewicht. Viel leichter als Linnia, die so zierlich wirkte und doch jede Menge Muskeln unter der zarten Haut beherbergte. Mora war schon immer klein gewesen, aber nach Bhers Tod war sie mehr und mehr geschwunden, hatte keinen Appetit gehabt, keine Kraft mehr, kein Interesse an irgendetwas. Allein die Zauberei war ihr wichtig gewesen, was sie noch mehr ausgezehrt hatte. Es war immer ein Fehler, den Hunger der Macht zu unterschätzen.

Nival trug seine Tante über die dunkle Gasse in sein Haus. Oben in seinem Zimmer legte er sie auf die Matratze, stellte die Lampe daneben und wünschte sich, das, was an diesem Abend passiert war, hätte im Dunkeln bleiben können. Was hatten sie ihr angetan? Ihr Gesicht war grün und blau verfärbt. Die Mörder hatten sie wahrscheinlich mit Knüppeln aus dem Haus getrieben, er dachte an die bärenstarken Kerle, die ihn überfallen hatten, und ein solcher Hass stieg in ihm auf, dass er am liebsten aufgesprungen wäre, um sie noch einmal zu töten. Nur dieses Mal viel langsamer.

Blut färbte ihr dunkelblondes, von grauen Strähnen durchzogenes Haar. Der Schlag auf den Kopf hatte sie stürzen lassen … Ihre Hände waren mehrfach gebrochen, die mageren Arme mit dunklen Flecken übersät. Sie hatte sich also gewehrt, bevor sie geflohen war. Ob der Angriff wohl wegen Schirdan erfolgt war, der jetzt keinen Nachschub an Nachtglanz mehr liefern konnte?

»Haben sie dir nicht geglaubt?«, flüsterte er. »Du hättest niemanden verraten. Auch wenn ihr wegen des Nachtglanzes eine Auseinandersetzung hattet, würdest du nie jemanden den Schergen dieser Mörder ausliefern.«

Ganz sanft nahm er Mora in die Arme, wiegte sie weinend wie eine zerbrochene Puppe – und erstarrte.

Ihr Herz schlug noch. Oder wünschte er sich das nur? Wünschte er es sich so sehr, dass er glaubte, es zu fühlen? Nival wusste, wie es war, wenn man jemanden verlor. Wie man versuchte, den Unglauben, die Fassungslosigkeit mit Beweisen zu füttern, dass es nicht sein konnte, dass es nichts als ein Traum war oder irgendein furchtbarer Irrtum.

Aber wenn er sich das nun nicht eingebildet hatte?

Er legte Mora vorsichtig wieder auf die mit Stroh gefüllte Matratze. Die Eindringlinge hatten darauf eingestochen, sich aber nicht die Mühe gemacht, die Füllung herauszuzerren und im Raum zu verteilen, so wie sie es in Moras Kammer getan hatten.

Atmete sie? Er horchte. Da war nichts. Falls doch, dann so leise, dass es kaum wahrnehmbar war. Die Gewissheit wuchs, ebenso wie die Hoffnung: Sie war nicht tot, jedoch so schwach, so schwer verletzt, dass nur wenig fehlte.

Die Salbe! Nival sprang auf. Er brauchte jetzt unbedingt die magische Medizin! Hektisch sah er sich um, bis ihm einfiel, dass sich das letzte Töpfchen oben im Schloss befand, in seiner Schreibstube, und dass er Linn erlaubt hatte, damit ihren Nacken zu behandeln. Er hatte ihr eingeschärft, sparsam damit umzugehen. Der Tiegel musste noch fast voll sein.

Das Stadttor war um diese Zeit längst geschlossen, er musste auf das Morgengrauen warten. Die Stunden dehnten sich endlos, während er an Moras Seite wachte.

11

Nival schloss seine Kammer auf, wie jeden Morgen, wenn er die Nacht unten in der Stadt verbracht hatte. Doch heute zog er sich nicht sofort um, denn an diesem Schicksalstag hatte er nicht die Absicht, sich in einen Narren zu verwandeln. Er nahm nur den Salbentopf vom Bord, sah flüchtig hinein – noch genug drin, den Göttern sei Dank! – und machte sich rasch wieder auf den Heimweg.

Erst als er Moras Kopf zur Seite drehte, das Haar von der großen Wunde zurückstrich und die Fingerspitzen in die Salbe tauchte, merkte er, dass etwas nicht stimmte.

Nival wusste, wie sich das Heilmittel anfühlen sollte, wie es roch, wie es zwischen den Fingerkuppen leicht krümelig zerfiel. Die Farbe war wie immer, aber alles andere passte einfach nicht. Er schnupperte an der Paste und leckte sich über die Finger.

Das war definitiv nicht die Salbe, die er ins Schloss gebracht hatte. Die Paste war nicht essbar, sondern verströmte einen Duft nach Ton oder Erde …

Nival ließ sich zurücksinken.

Konnte sie das getan haben – Linnia? Hatte sie sich etwas von der Töpferin mischen lassen, zu der sie so oft ging? Ton in der von ihr gewünschten Farbe für einen Krug oder einen kleinen Teller – oder für eine heimtückische Täuschung? Damit er dachte, der Tiegel sei noch voll …

Wozu hatte Linnia die Zaubersalbe benutzt? Hatte sie sich alles in den Nacken geschmiert, um nur ja keine Narbe davonzutragen? So viel?

Der Prinz.

Bei Barradas, er war so dumm! Er hatte ihr vertraut, er hatte das bisschen Salbe, das übrig war, mit ihr geteilt …

»Tut mir leid, Tante Mora«, flüsterte Nival. »Ich … komme gleich wieder.«

Seine Wut auf Linnia musste warten, jetzt hatte Dringlicheres Vorrang. Selbst wenn er ganz Lanhannat absuchen musste und was es auch kostete, er musste einen neuen Salbentopf auftreiben. Sofort – oder Mora würde nie mehr erwachen.

Die einzige Möglichkeit, die ihm blieb, wenn er nichts fand, war Chamija. Nein. Daran wollte er nicht einmal denken.

»Ihr habt einen eigenwilligen Kampfstil«, befand Ichokar. Als ehemaliger Soldat, der als Söldner in zahlreichen Schlachten gekämpft hatte, gab er seine Meinung stets mit Selbstbewusstsein und, wie Linn fand, einer gewissen Arroganz zum Besten. Beinahe jedes Mal, wenn er den Mund öffnete, betonte er, dass er ganz genau wisse, wie man überlebte und gleichzeitig dafür sorgte, dass dem Feind nicht dasselbe Glück beschieden war.

»Nun ja …«, begann Linn. Sie hatte die Übungskämpfe im Hof noch nie gemocht, aber mittlerweile hasste sie diese Art des Trainings. Von allen Seiten beobachtete man sie, und immer war jemand zur Stelle, der etwas Abfälliges zu sagen hatte. Wenn sie unterlag, hagelte es dumme Bemerkungen, und wenn sie siegte, spielte mehr oder weniger unterschwellig der Vorwurf mit, sie halte sich an keinerlei Kampfregeln.

»Wirkt nicht gerade … elegant«, frotzelte Ritter Dorwit, der ihr offenbar nicht verzeihen konnte, dass sie dem Drachen von Quintan unversehrt entkommen war, während er immer noch hinkte.

»Es muss nicht elegant wirken.«

Besonders die Ritter adliger Herkunft – also eigentlich alle – achteten sehr auf einen eleganten Stil mit tausend Verbeugungen, höflichen Beschimpfungen und einer ganzen Abfolge möglichst unterschiedlicher Finten. Je mehr man davon beherrschte, desto größeren Eindruck konnte man schinden.

»Solche Leute verstehen nichts von Stolz und Ehre«, raunte einer der Gardisten seinem Nachbarn zu, halblaut, sodass auch wirklich alle es hören konnten. »Kein Wunder, wenn man bedenkt, wer ihr Vater war.«

Linn biss die Zähne zusammen. Ihren Erzeuger zu verteidigen würde es nur noch schlimmer machen. Seinetwegen die anderen Ritter herauszufordern hätte danach ausgesehen, als würde sie sich für ihn prügeln, für Harlon, einen vom König verbannten Verräter.

Sie wandte sich ab und marschierte über den Hof davon, wo ihr die blonde Prinzessin entgegenkam.

»Was machst du für ein Gesicht!« Chamija legte Linn den Arm um die Schultern und führte sie zwischen die Statuen zurück. »Hör mir zu, ich weiß, womit ich dich aufheitern kann. Heute kam wieder ein Bote aus Yan.« Sie senkte die Stimme. »Es geht mich ja eigentlich nichts an … Aber die Hauptstadt Kirilan wurde bereits eingenommen, der König ist geflohen, und die Kämpfe verlagern sich nach Süden. Auch hier an der Grenze wurden Drachen gesichtet. Darunter einer – halt dich fest –, der braun ist wie eine Kröte.«

»Braun?«, wiederholte Linn aufgeregt.

»Das ist einer von deinen, nicht wahr?«, fragte Chamija. »Die hinter dir her sind – oder hinter denen du her bist. Warum sagt dir das denn keiner? Ich verstehe die Leute hier nicht, ehrlich. Wenn ich die beste Drachenjägerin an meinem Hof hätte, würde ich dafür sorgen, dass sie genug Ungeheuer vor die Klinge bekommt.«

»Die beste? Ach ja«, seufzte Linn. »So weit bin ich leider noch nicht.«

»Würdest du … hast du je in Erwägung gezogen …« Das Mädchen biss sich auf die Lippen. »Ich weiß, dass Scharech-Par dich gefragt hat. Würdest du nach Tijoa gehen, Linnia, wenn es dir hier zu viel wird? Was dich dort erwartet … es ist nicht vergleichbar mit dem Leben hier.«

Linn erschrak. Manchmal vergaß sie beinahe, wer Chamija in Wirklichkeit war, nämlich die zukünftige Königin von Tijoa.

»Dort interessiert es keinen, was dein Vater getan hat. Du könntest deine Zauberkräfte erproben. Wir haben auch Drachen, die uns das Leben schwer machen, sogar mehr als hier bei euch; vor Brahans Erben haben sie wenigstens Respekt.«

»Ich …«, begann Linn, doch ihre Freundin winkte ab.

»Nein, ich will dich nicht dazu überreden. Ich wollte nur wissen, wie du darüber denkst.«

Linn hatte nie ernsthaft über das Angebot des tijoanischen Zauberers nachgedacht.

»Tut mir leid, ich hoffe, dass du nicht beleidigt bist, wenn ich es so offen sage: Aber was soll ich denn in Tijoa?«

Merkwürdigerweise hatte sie das Gefühl, dass Chamija darüber erleichtert war. Sie lächelte den Rittern zu, die sich mitten im Kampf nach ihr umschauten und pfiffen.

Linn drehte sich um.

Wie lange saß Jikesch wohl schon da und beobachtete sie? Mit Augen schwärzer als die Nacht, kälter als ein Bach aus den Bergen?

Er sprang von der Marmorfrau herunter, überschlug sich und wirbelte Rad schlagend davon, in Richtung Stall. Dort richtete er sich auf und starrte zu ihr herüber mit einem Blick, der sie frösteln ließ.

»Warte hier«, sagte Linn zu Chamija. »Ich bin gleich zurück.«

Jikesch wartete neben seiner Eselin. Als er merkte, dass Linn seinen Wink verstanden hatte, stieg er die Leiter zum Heuboden hinauf, wo sie schon viele wichtige Gespräche geführt hatten. Hier hatte sie ihm ihre Liebe zu Nival gestanden, ohne zu wissen, dass ihre beiden Freunde ein und dieselbe Person waren.

Ein Ort, den sie seitdem gemieden hatte. Ein ungutes Gefühl beschlich die junge Drachenjägerin; sie ahnte schon, worum es gehen könnte.

Durch eine Luke fiel das Licht golden flimmernd über sie, als sie sich dem Narren gegenübersetzte. Staub tanzte in der Luft. Sie hoffte nur, dass er nicht herumschrie.

Jikesch schwieg. Lange. Was sollte dieser eindringliche Blick? Er sagte kein einziges Wort.

»Ist es denn so schlimm?«, brach es aus ihr heraus. »Ich wollte ihm helfen, mehr nicht. Weil ich nicht wusste, woher ich diese Salbe sonst bekommen kann, habe ich weiterhin die aus dem Topf benutzt, den du mir gegeben hast. Selbstverständlich ersetze ich dir den Schaden. Mir ist schon klar, dass sie recht teuer ist, aber das war es mir wert, verstehst du? Arian ist ein Drachentöter, er braucht seinen Arm. Es hat nicht gereicht, ihm nur das Leben zu retten.« Sie seufzte tief und versuchte es noch einmal. »Kannst du das wirklich nicht verstehen?«

Endlich öffnete er den Mund. »Mora wurde überfallen.«

»Bei Arajas! Wie schlimm ist es?«

Sein Gesicht war weiß, aber er redete nicht mit dem fröhlichen, übersprudelnden oder gehässigen Organ des Narren.

»Nur noch ein Funke Leben«, flüsterte er. »Mehr nicht. Sie ist zäh, weißt du?« Er lachte freudlos. »Sie war schon immer äußerst halsstarrig.«

»Das tut mir ja so leid«, war alles, was Linn herausbrachte. Wie lange hatte sie Mora nicht besucht? Vergessen, nach ihr zu fragen? Schon viel zu lange. Sofort fühlte sie sich schuldig. »Du hast sie doch behandelt? Hat es denn nicht geholfen?«

Er hob die Hände und ließ sie wieder fallen. Und schwieg. Da war er wieder, dieser Blick, vor dem sie zurückzuckte, vor dem sie fliehen wollte, ein Angriff, dem sie nicht mit dem Schwert begegnen konnte.

»Nival?«, fragte sie bang, denn dies war nicht der Narr, der ihr hier gegenübersaß. »Nival, was ist passiert? Wer hat sie überfallen? Warum? Wie schlecht geht es ihr wirklich?«

Er antwortete auf keine ihrer Fragen. Stattdessen sagte er: »Du hast den Prinzen geheilt.«

»Ja«, gab sie zu.

»Du hast …« Er verbarg das Gesicht in den Händen.

Allmählich verstand sie. »Du wolltest die Salbe holen – für Mora?«

Sie versuchte, die Wahrheit zu ergründen, da er sie offenbar nicht aussprechen konnte. »Und dann war etwas anderes in dem Topf.« Ihr wurde heiß und kalt. »Ich dachte nicht, dass es so dringend sein könnte«, flüsterte sie. »Ich wollte es dir sagen, bald. Wirklich, Nival, das wollte ich. Wie hätte ich ahnen können, dass Mora sie brauchen würde? Oh bitte, rede mit mir. Was ist los? Hast du wertvolle Zeit vergeudet, als du die Salbe geholt hast?«

»Ja«, bestätigte er leise. »Wertvolle Stunden.«

»Aber jetzt – sie hat doch so lange durchgehalten, bis du ihr helfen konntest?«

»Ich kann ihr nicht helfen«, sagte er. »Es gibt nichts mehr. Das war der letzte Tiegel.«

Linn starrte ihn an und wunderte sich, dass sie früher in den schwarz umrandeten Augen des Narren nicht sofort Nivals düsteren Blick erkannt hatte.

»Wie, der letzte?« Wie verschwenderisch waren sie damit umgegangen. Bei jeder kleinen Verletzung, bei jeder Schramme … und was ihren Nacken anging, hatte ihr die Heilung nicht genügt. Sie hatte ihre schöne, glatte Haut wiederhaben wollen. Natürlich war sie davon ausgegangen, dass es Nachschub geben würde. Warum auch nicht?

»Aber … wie das? Hast du nicht versucht, etwas zu kaufen?«

»Mora liegt im Sterben«, sagte er. »Und Schirdan, der Zauberer, der sie beliefert hat, ist tot.«

»Tot? Wurde er auch überfallen? Es wird doch wohl noch mehr Zauberer in dieser großen Stadt geben!«

»Nein. Ich kenne jedenfalls keinen anderen. Pivellius hat gründlich aufgeräumt in Lanhannat. Es gibt niemanden mehr.«

»Aber … ausgerechnet jetzt. Ausgerechnet beide, auf einen Schlag.«

Wieder dieser Blick. Sie fuhr zurück. »Nein!« Sie wehrte die Anklage ab, bevor er sie aussprechen konnte. »Nival, bitte, schau mich nicht so an! Wie hätte ich wissen können, dass ich vor der Wahl stand, Arian oder Mora zu retten? Dass ich mich mit der Entscheidung für den Prinzen zugleich gegen deine Tante entschieden habe? Niemand hätte das ahnen können! Ich gebe zu, ich hätte es nicht tun dürfen, aber ich wollte doch nicht, dass es so kommt. Ich wollte es nicht!«

Sie streckte die Hand nach ihm aus, aber er wich vor ihr zurück.

»Fass mich nicht an!«, zischte er.

Tränen stiegen ihr in die Augen. »Bei allen Göttern, Nival, es tut mir so leid!«

»Du hast dem Prinzen die Salbe gegeben.«

»Ja, das habe ich doch schon gesagt. Ich musste es tun. Deine kleinliche Abneigung …«

»Du hast Arian behandelt«, wiederholte er, ohne sie zu beachten. »Den Sohn eines Mannes, der alles Magische hasst. Dachtest du, er würde dankbar sein?«

»Aber … ich habe ihm doch nicht gesagt, was das für eine Medizin ist!«

»Für wie dumm hältst du Arian? Ihm das Leben zu retten

war schlimm genug, aber konntest du es nicht dabei bewenden lassen? Glaubtest du wirklich, er würde nicht erkennen, was du da tust? Du hast ihm vor Augen geführt, dass in dieser Stadt immer noch Magie praktiziert wird. Du hast ihn auf die Spur gebracht, und er ist ihr gefolgt. Du, Linnia, hast den letzten Zauberer dieser Stadt auf dem Gewissen.«

»Nein!« Sie keuchte erschrocken auf. »Der Prinz – er kann es nicht gewusst haben. Dann hätte er doch niemals zugelassen, dass ich ihn vollständig heile. Dann hätte er mich ausgefragt und mich dem Gericht ausgeliefert!«

»Nicht unbedingt«, meinte Jikesch ruhig. »Nicht, wenn er denkt, du wüsstest nicht genau, was du da getan hast. Dich ins Verlies zu sperren hätte ihm nichts gebracht. Er musste nur den Zauberer finden, der diese Mittel herstellt. Den Zauberer, den er bereits im Verdacht hatte. Der solche hübschen kleinen Tiegel mit einer braunen Paste vertreibt.«

Sie starrte ihn an. Glaubte er das wirklich? Dass sie am Tod eines Mannes schuld war?

»Schirdan ist tot«, flüsterte er. »Er ist hier unten im Schloss gestorben, im Verlies. Damit ist der einzige Mensch tot, der Mora hätte retten können.« Er stand auf. Von Jikeschs zauberhafter Anmut war nichts übrig, er bewegte sich so vorsichtig, als würden ihn unvorstellbare Schmerzen in die Knie zwingen. »Mir bleibt nur, Chamija zu bitten, dass sie Mora heilt. Vielleicht«, fügte er leise hinzu, »war genau das ihr Plan. Mich dazu zu bringen, dass ich auf den Knien vor sie hingekrochen komme.«

»Chamija?«, fragte Linn verwirrt. »Was hat sie denn damit zu tun?«

»Außer, dass sie jetzt die einzige Zauberin in Lanhannat ist? Dass niemand ihr mehr entgegentreten kann?«

»Chamija?« Linn konnte nicht fassen, wie er von ihrer Freundin sprach. »Aber sie ist gar keine Zauberin. Sie ist doch bloß …« Sie biss sich auf die Zunge, bevor sie verraten konnte, dass das Mädchen nur die Verlobte eines Zauberers war. Allerdings des mächtigsten Zauberers von Tijoa, vermutlich des mächtigsten überhaupt zwischen dem Berater Gebirge und dem Großen Fluss.

»Das war alles, was ich dir noch sagen wollte«, meinte er, während er zur Leiter ging. »Ich habe dir vertraut, Linnia. Das war ein Fehler, wie ich nun weiß. Wir haben dich an unseren Geheimnissen teilhaben lassen, damit ist jetzt Schluss.«

»Warte!«, rief sie. »Was heißt das?« Sie konnte es nicht ertragen, dass er ging, als wollte er niemals wiederkommen.

Er hob den Kopf, mit den Füßen stand er schon auf der Leiter. Seine Augen, hell und zugleich dunkel, kalt und hart wie Kieselsteine, sahen irgendwie an ihr vorbei, als wäre es unerträglich für ihn, sie auch nur mit seinem Blick zu streifen.

»Sprich nicht mit mir«, sagte er. »Ich kenne dich nicht mehr. Wage es nicht, zu meinem Haus unten in der Stadt zu kommen. Solltest du die Frechheit besitzen, weiterhin meine Geheimgänge zu benutzen, werde ich mich zu wehren wissen. Wenn du noch mehr Geheimnisse ausplauderst, kann ich dich nicht daran hindern, und ja, ganz ehrlich, ich rechne sogar damit. Aber was immer du tust, du wirst mir nicht noch einmal in die Quere kommen. Dafür werde ich sorgen.«

Er verschwand. Als Letztes sah Linn seine Mütze, die lustigen Glöckchen bimmelten freundlich. Sie wollte weinen, und in ihrer Kehle schmerzte ein wildes Schluchzen, aber ihre Augen blieben trocken. Wie eine Katze rollte sie sich im Heu ein und starrte in die golden flirrende Luft, in der die Staubkörnchen tanzten.

»Was willst du hier?« Nival starrte sie finster an. »Ich habe dir gesagt, du bist hier nicht erwünscht.«

»Lebt sie noch?« Linn schob ihn einfach zur Seite, ohne seine Wut zu beachten. »Wo ist sie?«

»Du hast hier gar nichts …«

Sie spähte nacheinander in alle Zimmer, bis sie die Kranke im oberen Stock fand, auf Nivals Bett. Wie eine Hülle, klein und beschädigt, die Mora, als sie gegangen war, einfach hiergelassen hatte, weil es sich nicht lohnte, sie mitzunehmen. Geronnenes Blut verklebte ihren Hinterkopf und zog sich wie eine dunkle Schlange über ihr Ohr.

Linn setzte sich auf den kleinen Hocker, der aus ein paar Bruchsteinen zusammengesetzt war, und wollte die Hand der Bewusstlosen ergreifen, als sie bemerkte, wie dunkel verfärbt und geschwollen diese war.

Sie begnügte sich damit, ihre Finger sanft auf Moras Arm zu legen.

Nival trat hinter ihr in die Kammer, lautlos wie ein Schatten. Er presste die Lippen zusammen, sagte aber nichts, am Krankenbett wollte er offenbar zum Glück nicht streiten.

»Hast du *Caness*?«

»Es gibt nichts mehr«, beschied er ihr schroff. »In der ganzen Stadt nicht. Was willst du denn damit? Sie schön duften lassen?«

»Es gibt viele Leute, die *Caness* benutzen, nicht nur die Zauberer. Bei Arajas, irgendjemand wird doch noch etwas übrig haben! Was ist mit den Gasthäusern? Den schlechten, nicht den guten. Wenn die dort den Reisenden billiges, minderwertiges Essen servieren, haben sie bestimmt Säcke voll mit dem Zeug.«

Nun war es seine Sache, ob er ihr gehorchte. Dieser selbstgefällige Idiot. Linn wandte Mora ihre volle Aufmerksamkeit zu.

»Es wird alles gut, du wirst sehen«, flüsterte sie. »Bleib hier bei uns, bitte.«

Doch was, wenn Mora das gar nicht wollte? Wenn die alte Frau Bher folgen wollte, in die Glückseligkeit, die die Götter für die guten Menschen bereithielten?

Nein, dann wäre sie längst tot. Was immer Mora in diesem Leben hielt, war ihr wichtiger.

Es dauerte endlos lange, bis Nival zurückkam. Linn fuhr hoch, als sie seine Stimme hörte.

»Ich war oben im Schloss. Einen Fürsten bestehlen.« Er öffnete die Hand, in der silbriges Pulver glitzerte. Linn griff mit den Fingerspitzen in den Drachenstaub. Die Frage, wer im Schloss so etwas benutzen könnte, schluckte sie herunter; jetzt war nur noch Mora wichtig.

»*Wintika* …« Sie hielt sich nicht damit auf, nach einzelnen Wunden zu suchen, sondern puderte die Verletzte großzügig mit dem glänzenden Staub ein. »*Wintika.*«

Nival sog hörbar die Luft ein. »Das kannst du nicht«, flüsterte er. »Nur Zauberer …«

»Stör mich nicht!«, fauchte Linn. »Entweder du hältst den Mund oder du gehst raus.«

Sie machte weiter, konzentrierte sich auf die Handbewegung, die Silben, die leichte Berührung ihrer Zähne an den Lippen, der Zungenspitze am Gaumen. Als tanzte ihr Mund, nach einer vorgeschriebenen Choreographie. Ein Schwertkampf. Elegant? Nein, auch hier kämpfte sie vor allem um den Sieg, stieß die Worte hervor, drängend, zwingend. Sie gab dem Drachenstaub seine Bestimmung, eine andere, als er normalerweise erhielt. »*Wintika.*«

»Du kannst doch nicht …«, begann Nival und verstummte wieder. Sie vergaß völlig, dass er anwesend war. Nur Mora war hier. Bloß der Drache, von dem sie nichts weiter wusste, als dass seine Macht in dieser Handvoll Staub wohnte. »*Wintika.*«

Die zierliche kleine Frau auf dem Bett stöhnte leise. Ihre Lider flatterten, aber sie öffnete die Augen nicht.

Linn hob den Kopf und begegnete Nivals Blick.

»Und jetzt?«, flüsterte er. Der Hass und die Kälte waren aus seiner Stimme verschwunden.

»Sie wird überleben«, sagte Linn. »Ich war auch tödlich verletzt und habe es mit ein bisschen Glanz überstanden. Du hast mir damals gesagt, dass es nicht reicht, dass ich weiter behandelt werden muss. Du hattest so viele verschiedene Salben und Öle und Pasten …«

»Alles verbraucht«, meinte er. »Davon ist nichts mehr übrig.« Ehrfürchtig fügte er hinzu: »Was war das eben? Woher kennst du dieses Wort?«

»Aus meiner Gefangenschaft auf Burg Ruath.« Eine Zeit, über die sie nicht gerne sprach.

»Das ist …« Nival schüttelte verwundert den Kopf.

»Was?« Selten hatte sie ihn so erlebt. Er hätte sich um Mora sorgen sollen, sie untersuchen, sich davon überzeugen, dass es ihr besser ging, stattdessen starrte er Linn an, erstaunlicherweise ohne rot zu werden, ohne sie zu hassen und ohne sie zu lieben. Er musterte sie, als würde er sie zum ersten Mal sehen.

»Was ist?«, fragte sie. Langsam machte er sie nervös.

»Du bist eine Zauberin?«, fragte er.

»Es ist wie mit *Caness*. Man muss nur dieses andere Wort aussprechen, und das Pulver wirkt so, wie man es sich wünscht.«

»Ich dachte, ich weiß einiges über Magie«, sagte er leise, »aber in letzter Zeit habe ich gelernt, wie wenig Ahnung ich davon habe. *Caness* kann jeder, habe ich immer gedacht – doch wusstest du, dass es möglich ist, damit andere Zaubersprüche aufzuheben?«

»Ja«, sagte Linn langsam, sie erinnerte sich an die wirbelnde Staubschlange auf Burg Ruath, die auf ein einziges Wort hin wieder zerfallen war. »Das habe ich auch schon getan.«

»Mit einfachen Worten kann man unglaubliche Dinge erreichen.« Seine Augen glänzten. »Nun sehe ich, dass selbst der schlichte Staub Großes bewirken kann … Oh Linnia, bist du dir im Klaren darüber, was du gerade gemacht hast?«

»Ich habe sie geheilt. Bei der letzten Person, bei der ich das getan habe, warst du nicht so begeistert.«

»Das war etwas anderes«, meinte Nival ungeduldig. »Du hast ein Zaubermittel benutzt, das vor dir jemand mit einer Bestimmung versehen hatte. Aber in diesem Fall …«

»Ich habe dich damals genauso geheilt, weißt du nicht mehr? Drachenstaub an meinen Händen. Deine Halswunde. *Wintika.*«

Er starrte sie an und griff sich an den Hals. »Nein«, sagte er verblüfft, »davon weiß ich nichts.«

»Du standest an der Schwelle des Todes. Du warst am Verbluten. Ich hatte nur dieses Zeug an den Händen … Was dachtest du denn, wie du überlebt hast?«

»Ich …« Er rang nach Worten. »Ich dachte, es sei nicht so schlimm gewesen.«

Seine grauen Augen wirkten merkwürdig dunkel, als trüge er immer noch einen nachtschwarzen Ring darum. »Arian hat mich also umgebracht?«

Vielleicht hatte sie Dankbarkeit erwartet. Jetzt, da er auf einmal begriff, dass sie ihm das Leben gerettet hatte. Stattdessen pflegte er nur wieder seinen Hass auf den Sohn des Königs.

»Er hat mich also nicht nur fast, sondern richtig ermordet?«

Es war so lächerlich. »Du bist nicht tot, stimmt's?«

»Er ist mein Mörder. Du wusstest es. Und trotzdem … und trotzdem … liebst du ihn?« Nival war so blass, und die Ringe unter seinen Augen waren so dunkel, dass er keine Farbe brauchte, um wie Jikesch auszusehen. »Wieder ein Schritt hinunter in die Erkenntnis«, flüsterte er. »In das Moor, das sich Wahrheit nennt, in dem man versinkt und erstickt. Wusstest du, dass die Wahrheit schwarz wie die Nacht ist, bitter und tödlich? Lügen sind leicht und bunt, wie Seifenblasen … Aber die Wahrheit ist der Sumpf, aus dem es kein Entkommen gibt.«

Sie konnte es nicht ertragen, wenn er, Nival, wie Jikesch redete. Dann kam er ihr vor wie ein Wahnsinniger, eine groteske Gestalt mit irrem Lachen, deren Worte mehr schmerzten als Peitschenhiebe.

»Eine Zauberin«, murmelte er. »Sie verrät nicht nur unsere Geheimnisse, sie verrät sich selbst. Eine Zauberin in den Armen des Prinzen, das Opfer legt sich ins Bett des Henkers! Ist das ein Scherz der Götter? Sie haben so viel mehr Humor als ich. Man kann Barradas nicht trauen, am wenigsten, wenn er Glück verschenkt.«

»Lass das!«, zischte sie. »Ich kann es nicht mehr hören!«

Nival fuhr sich mit der Hand über die Augen, er zitterte.

»Ja«, sagte er mit veränderter Stimme. »Also bleiben wir ernst, der Situation angemessen, rüsten wir uns mit Würde und Anstand. Erkläre mir, wie du es vermagst, mit *Caness* Wunden zu würzen und den Tod zu verbannen.«

»Nicht mit *Caness. Wintika* ist das entscheidende Wort. Es ist genauso leicht wie *Caness.*« Sie hoffte, dass er sich endlich zusammenriss und vernünftig mit ihr redete. Wenn sie geahnt hätte, wie sehr es ihn durcheinanderbrachte, dass seine Halswunde ihm beinahe den Tod gebracht hätte, dann hätte sie es niemals erwähnt.

»Keineswegs«, widersprach Nival. »Die Heilsalben werden anders hergestellt, nicht aus dem Abrieb der Schuppen, sondern aus zerstoßenen Drachenhörnern oder Zähnen. Besonders kostbare und seltene Arzneien enthalten Drachenzunge. Nur wenige Zauberer können damit überhaupt etwas anfangen und auf dieser Grundlage arbeiten. Mora war nicht in der Lage dazu. Sie hat immer fertige Pasten kaufen müssen. Schirdan dagegen war sehr gut darin. Er konnte sogar Nachtglanz herstellen – das macht man aus den Augen der Drachen. Mora musste sich auf Horn oder Zahn beschränken, doch auch daraus lassen sich sehr wirksame Dinge herstellen.«

Linn fragte nicht nach, was Nachtglanz war. Sie sah auf ihre mit Drachenstaub bedeckten Fingerspitzen. »Es ist ganz einfach«, beharrte sie.

»*Wintika*«, flüsterte Nival. »Ich kannte dieses Wort. Ich habe es gekauft, du ahnst nicht, wie viel es gekostet hat ... und wie enttäuscht wir waren, als Mora damit nichts anfangen konnte. Es war zu groß für sie, oder sie hat das mit der Aussprache nicht richtig hinbekommen.«

Linn wollte immer noch nicht so recht glauben, dass das, was sie getan hatte, etwas Besonderes war.

»Tödliche Verletzungen mit Drachenzunge zu heilen, das vermögen nur die besten Zauberer. Aber du hast es mit nichts als Staub getan. Mit ... Abfall. Ob du es wahrhaben willst oder nicht, das ist außergewöhnlich.«

Ja, sie hatte es gewusst – irgendwie. Hatte es geahnt, als ihr der Sieg gegen Nat Kyah so erstaunlich leichtgefallen war, als das Schwert mit der Drachenschuppe seinen Panzer durchdrang, als wäre er nicht fester als Brot. Aber seit sie gegen den Drachen von Quintan gescheitert war, hatte sie aufgehört, daran zu glauben, dass sie magische Kräfte besaß.

»Vermutlich«, fuhr er fort, »bist du eine der letzten Zauberinnen, die es gibt. In Lanhannat. Möglicherweise sogar in Schenn. Abgesehen von Chamija natürlich«, fügte er mit einem bitteren Lachen hinzu.

»Das ist doch lächerlich.« Linn war nicht nach Scherzen zumute. Schließlich war Mora immer noch in Gefahr. Sie atmete gleichmäßig, aber überstanden war es noch lange nicht. »Woher willst du überhaupt wissen, dass Chamija eine Magierin ist? Kannst du das spüren?«

»Nein«, sagte er, »nur die Auswirkungen ihrer Magie. Mora konnte es.«

»Deine Tante kennt sie doch gar nicht!«

»Sie ist hier gewesen, Linnia. In diesem Zimmer.«

»Warum?«, fragte Linn überrascht und erinnerte sich an ein weinendes Mädchen, das einen schweren Fehler beklagte.

»Das frage ich mich auch«, murmelte er. »Weiß sie, was du alles kannst? Aber natürlich weiß sie das … Worum geht es hier? Um den Stein? Ist sie hier, um nach der grünen Schuppe zu suchen?«

»Woher sollte Chamija denn davon wissen?« Linn schüttelte den Kopf. »Du verrennst dich da in Dinge, Nival … Hörst du dir jemals selbst zu? Gut, ich kann ein wenig zaubern, aber nicht wirklich gut. Ich habe ein paar Wörter gelernt, das ist alles. Ich kann viel besser kämpfen als zaubern. Bher hat mich unterrichtet, nicht Mora.«

»Das war ein Fehler.« Er starrte sie immer noch an. »Wir haben dich falsch eingeschätzt, wir dachten …«

»Wie meinst du das? Wer, wir?«

»Wir …« Er stockte verzweifelt, wandte sich schließlich von ihr ab und griff nach Moras gebrochener Hand. Die Blutergüsse verblassten bereits, trotzdem war sie immer noch nicht erwacht. »Du kannst dir nicht vorstellen, was all die Dinge kosten, die ein Zauberer braucht«, sagte er leise. »*Caness* ist nicht so rar wie Zähne oder Hörner oder Krallen. Die benötigt man, weil sie nicht so hart sind wie Schuppen, man kann sie zermahlen und mit anderen Zutaten vermengen. Eine Schuppe kostet ein Vermögen …«

Langsam begann Linn zu begreifen. »Mora und du – ihr wolltet, dass ich euch Trophäen mitbringe? Stücke von den Drachen, die ich töte?«

»Wir suchten jemanden, dem wir vertrauen können. Jemanden, der uns nicht an den König verrät.«

»Deshalb hast du mich zu Mora geführt, als ich nach meiner Ankunft in der Amtsstube gesagt habe, ich wollte eine Drachentöterin werden? Damit nicht die Garde, sondern Bher mich unterrichtet? Deshalb hast du ihn dazu gebracht, dass er mich unterweist, durch diesen Schaukampf, der ihn so geärgert hat? Das habt ihr ausgeheckt, du und Mora? Ihr wolltet einen Drachenjäger nur für euch?«

Er hielt ihrem Blick stand.

»Was hast du ihr gesagt, als ich vor dem Haus gewartet habe? Dass du jemanden gefunden hast, der das für euch tun könnte? Ein dummes Mädchen, das Drachen töten will und begierig darauf ist, es zu lernen? Eine Tochter von Harlon, dem Verräter, die voraussichtlich sowieso nie in der Drachengarde landen wird?«

»Ja«, sagte er. »Genau das habe ich ihr gesagt. Außerdem noch«, fügte er leiser hinzu, »dass da ein Mädchen steht, das nichts kann, aber davon solle sie sich nicht täuschen lassen. Ich habe ihr gesagt, schau sie dir an. Sie ist zart wie ein Kind, aber sie hat diesen Blick. Mädchen mit solchen Augen sind selten. Wetten, sie gibt nicht auf? Sie wird alles erreichen, was sie will, egal, wie lange es dauert. Das ist eine echte Drachenjägerin.«

»Was war mit deinem Onkel?«

»Bher wusste nichts davon und wollte auch gar nichts davon wissen. Er war sehr skeptisch, was Zauberei betraf. Durch und durch ein Mann des Königs.«

»Dass ausgerechnet du mir vorwirfst, ich würde dein Vertrauen missbrauchen!«, sagte sie bitter.

Wie merkwürdig, dass sie diesen Fremden so anziehend gefunden hatte. Warum hatte sie eigentlich geglaubt, er sei in sie verliebt? Gleich bei ihrer ersten Begegnung hatte sie das angenommen, als er ihr die Wohnung bei seiner Tante empfohlen hatte. Dabei war er nur aufgeregt gewesen, weil er jemanden gefunden hatte, der töricht und tapfer genug war, um gegen Drachen kämpfen zu wollen. Er war überhaupt nicht an ihr als Frau interessiert gewesen, während sie sich ihm, von ihrem eigenen Charme überzeugt, an den Hals geworfen hatte!

Nivals Augen waren kalt und wachsam. Schon wieder tat er

nichts anderes, als sie abzuschätzen und sich zu überlegen, inwiefern sie ihm von Nutzen sein konnte.

»Würdest du es tun?«, fragte er. »Trotzdem?«

»Was?«, fragte sie tonlos. Nun wusste Linn überhaupt nicht mehr, was sie empfand. Immer noch Mitleid? Mit Mora, dieser intriganten Zauberin?

»Wenn wir sie retten wollen, brauchen wir etwas von einem Drachen.«

»Geh doch ins Schloss und kratz eine Schuppe von der Wand!«, entgegnete sie heftig.

»Das habe ich schon getan«, antwortete er ruhig. »Dummerweise ist es aufgefallen, und die Wachen sehen jetzt genau hin, ob jemand das kostbare Mosaik des Schlosses beschädigt. Aber du hast mir nicht zugehört. Ich brauche keine Schuppen, ich will Hörner und Zähne oder gar ein Stück Zunge.«

Linn wunderte sich darüber, dass sie Nival einmal so schrecklich geliebt hatte, dass sie geglaubt hatte, das Herz müsste ihr zerspringen.

»Das fragst du mich – jetzt noch? Erst wolltest du nichts mehr mit mir zu tun haben, weil ich Arian gerettet habe, und jetzt fängst du schon wieder damit an, was ich alles für dich erledigen soll – für euch beide, sollte ich wohl besser sagen? Nein, Nival. Ich werde überhaupt nichts mehr für euch machen. Im Moment weiß ich gar nicht, warum ich überhaupt hergekommen bin.«

»Vielleicht, um etwas wiedergutzumachen? Immerhin hast du Chamija in die Stadt gebracht.«

»Lass Chamija aus dem Spiel!«, rief Linn. »Oh ihr Götter, hör doch endlich auf! Warum gehst du nicht und suchst die Kadaver, die von der Drachengarde liegen gelassen wurden? Du könntest sie ausweiden und mitnehmen, so viel du tragen kannst. Ist das nicht eine viel bessere Idee?«

Er runzelte die Stirn. »Hast du das nie mitbekommen? Jeder Drache gehört dem Dorf, das er heimgesucht hat, und die Einwohner bewachen ihn, bis er weggeschafft wird. Die Leute verkaufen die toten Drachen an reisende Händler, die sie auf große Ochsenkarren verladen.«

»Nein, das wusste ich nicht.« Sie hatte sich nie Gedanken darüber gemacht, was mit den Überresten der Drachen geschah. »Warum sollte jemand das Zeug kaufen?«

»Sie gehen nach Tijoa«, sagte Nival. »Wo Zauberei noch gestattet ist. Dort müsste man als Magier leben! Hier in Schenn ist es nicht nur zu gefährlich, sondern auch kaum möglich, wenn einem die Zutaten fehlen.«

Er starrte sie so flehend an, dass sie jeden Moment damit rechnete, er würde sie anbetteln, nicht nach Tijoa zu verschwinden. Doch er sagte bloß: »Bitte geh nicht zurück ins Schloss, Linnia. Wir könnten … bei Barradas, verstehst du nicht? Mit einem Drachen … wenn Mora wieder gesund ist … sie kann dir so viel beibringen. Gemeinsam könntet ihr gegen Chamija antreten und ihr einen Strich durch die Rechnung machen. Ihr beide könntet Schenn und den König retten und …«

Linn unterbrach ihn, denn sie konnte sich das nicht länger anhören. »Den König retten?«, fragte sie dumpf. »Und das von einem, der den Prinzen sterben lassen wollte? Du bist der Feind des Königtums, nicht ich. Du bist krank, Nival – krank vor Eifersucht und irre von diesen ganzen Gedanken, an denen du dich festbeißt. Es reicht.«

Sie war schon an der Tür, als er sie am Arm festhielt. »Geh nicht, bitte! Geh nicht zurück zu ihr!«

»Fass mich nicht an.« Linn schüttelte seine Hand ab. »Nie wieder. Ich weiß nicht, wer du bist. Ich weiß nicht, was du willst, und es interessiert mich auch nicht. Du hast verlangt, dass ich mich von dir fernhalte? Gut, das kannst du haben.«

Noch einmal streckte er die Hand nach ihr aus. Die Worte lagen ihr auf der Zunge, als würden sie dort wohnen und auf ihre Stunde warten. Linn reagierte instinktiv – als folgten ihre Handlungen einem Pfad, der zu einer immer breiteren Straße wurde.

»Pai Ri Ko Res!«, zischte sie.

Der Sturm ihres Zorns wallte auf, Drachenstaub, Staub und Holzsplitter, Tücher und Decken. Alles wirbelte durcheinander, sie konnte Nival kaum noch erkennen, wie in einem magischen Schneetreiben flogen Trümmer und Einrichtungsgegenstände um ihn herum. Dann packte der Sturm auch ihn, und sie hörte ihn unterdrückt schreien, als er in die Höhe gerissen wurde und die Wucht des Windes ihn gegen die Wand schleuderte. Sie sah nur noch, dass er auf den Boden prallte, während es Möbelteile, Staubflocken und Geschirr um ihn regnete, wie das Entsetzen sich in seinen Augen spiegelte, wie er sich mit dem Handrücken über die blutige Lippe fuhr – dann rannte sie schon die Treppe hinunter, fest entschlossen, dieses Haus nie wieder zu betreten.

12

Auf dem Heimweg weinte Linn. Sie wollte sich ihre Maske vors Gesicht binden, damit niemand es merkte, aber dann wurde ihr bewusst, dass dies Nivals Maske war, dass er sie auf der Haut getragen hatte, und sie schleuderte sie von sich wie ein ekliges Insekt. Hektisch blinzelte sie die Tränen fort und versuchte, ein stolzes Gesicht aufzusetzen, einer Ritterin würdig, aber es gelang ihr nur für die kurze Zeit, während sie an den Wachen vorbeiging.

Sobald sie in ihrem Zimmer angekommen war, konnte sie sich nicht länger beherrschen.

Chamija nahm sie in den Arm und drückte sie fest. »Was ist passiert? Ist das Blut an deinem Ärmel? Hat jemand dich verletzt?«

»Bist du eine Zauberin?«, fragte Linn zurück.

Chamija antwortete nicht sofort, sie wirkte überrascht. »Weißt du das denn nicht?«, fragte sie schließlich.

»Keine Geheimnisse zwischen uns. Das hast du versprochen. Also, was ist? Kannst du zaubern?«

»Ja, natürlich«, sagte Chamija leise, sie klang verunsichert. Auf ihrem Schoß lag der Pelz wie ein kleines Hündchen, sie grub die Finger in das dichte weiße Fell. Verwirrung stand in ihren klaren dunkelblauen Augen. »Ja«, sagte sie noch einmal. »Warum fragst du?«

»Du bist eine Zauberin?«, rief Linn. »Wie soll ich das denn

wissen, wenn du mir das nicht sagst? Keine Geheimnisse zwischen uns, ha!«

»Ich verstehe dich nicht, Linnia. Du hast es doch gespürt! Ich bin selbstverständlich davon ausgegangen, dass du Bescheid weißt.«

»Nein«, sagte Linn dumpf. »Ich kann keine Magie spüren.«

»Oh.« Chamija versank wieder in Schweigen.

Die Drachenjägerin seufzte. »Ich hatte ja keine Ahnung. Du hast mir also Theater vorgespielt, dort im Wald, als ich dich geheilt habe?«

»Nein«, widersprach das Mädchen. »Man kann sich nicht selbst heilen. Ich konnte nichts für mich tun. Weißt du denn immer noch nicht, dass Zauberer nicht allmächtig sind? Gerade Heilen erfordert so viel Kraft, dass es einen Verletzten umbringen würde, wenn er das an sich selbst versucht. Ich habe dir nie etwas vorgespielt, Linnia, ich dachte, du weißt das alles.«

Linn versuchte, hinter die Fassade des herzförmigen Gesichts zu blicken, hinter dieses von goldenen Locken eingerahmte Porträt.

»Warum bist du hier?«

»Wie meinst du das?«, fragte Chamija verstört.

»Warum – bist – du – hier? Antworte mir!«

»Du warst dabei«, protestierte die Tijoanerin. »Wie kannst du das fragen? Ich bin aus der Sänfte gefallen. Glaubst du, ich hätte mich absichtlich aus solch großer Höhe heruntergestürzt? Ich hab mir fast alle Knochen gebrochen, das hätte leicht mein Ende sein können. Es hat verdammt wehgetan, glaub es oder nicht. Außerdem wusste ich nicht, wie stark du bist, ob du mich würdest heilen können, und ob du es überhaupt tun würdest, nachdem du uns angegriffen hattest.«

»Ich weiß nicht mehr, was ich glauben soll«, murmelte Linn. »Ich weiß gar nichts mehr.«

»Linnia«, sagte Chamija sanft, »ich lebe in diesem Schloss so wie du, ganz ohne Zauber. Ich weiß, dass Magie mich hier in Schwierigkeiten bringen würde. Kannst du mir nicht einfach vertrauen? Was soll ich tun, damit du mir glaubst? Soll ich …« Sie lächelte auf einmal. »Du hast es mir versprochen, weißt du noch? Dass du mir sagen wirst, was in deinem Herzen ist. Was du dir am meisten wünschst. Sag es, und wenn ich kann, werde ich dir helfen.«

Linn horchte in sich hinein, ob sie irgendeinen magischen Zwang verspürte. War es das, wovor Nival sie gewarnt hatte? Doch er war von Natur aus misstrauisch. Geheimniskrämerisch und aggressiv. Einer wie er kannte kein Mitleid, keinen Sinn für Gerechtigkeit. Er und sein verdammtes Ziel, die Zauberei wieder aufleben zu lassen – und wenn die Magie ihm begegnete, bekämpfte er sie genauso verbittert wie Seine Majestät der König selbst.

»Die Drachen«, flüsterte Linn. »Ich muss gegen sie antreten, und ich weiß nicht mehr, wie. Mein Schwert hat mich im Stich gelassen. Ich dachte, ich hätte es verzaubert, denn gegen Nat Kyah konnte ich es einsetzen – gegen den gelben Drachen war es jedoch wirkungslos. Meinetwegen wäre der Prinz fast gestorben, weil ich glaubte, ich wäre stark und unbesiegbar, und dann war ich es gar nicht.« Das Gefühl des Versagens hatte sich so tief in sie eingebrannt, dass es immer noch schmerzte wie eine offene Wunde.

»Zeig mir dein Schwert«, bat Chamija. Lange betrachtete sie die Waffe mit der bernsteinfarbenen Schuppe, die Linn ihr gereicht hatte.

»Ist der Zauber zu schwach?«, fragte Linn zaghaft.

»*Wina-Beret,* nicht wahr? Zerstörung.«

»Das kannst du erkennen, nur indem du es anschaust?«

»Ein sehr wirkungsvoller Zauber«, meinte Chamija. »Tödlich und gewaltig. Gefährlich in den Händen einer Anfängerin. Vielleicht konntest du den Drachen damit überrumpeln, so zornig und ungestüm, wie du vermutlich in jenen Kampf gegangen bist. Du hast seine eigene Macht gegen ihn gewandt, das war geschickt. Mir wird erst langsam klar, wie stark du bist – und wie gut es ist, dich nicht als Gegnerin zu haben.«

Lob bedeutete Linn nichts. »Warum hat das Schwert versagt?«

»Warum du es gegen den einen Drachen verwenden konntest und gegen den anderen nicht? Um das sagen zu können, muss man sich mit Drachen sehr gut auskennen. Und mit Magie.« Chamijas Stimme frohlockte.

»Sag es mir. Bitte!«

»Da ist aber jemand gierig, wie? Beruhige dich erst einmal. Wollen wir runter in die Küche gehen und nachsehen, ob wir ein Stück Kuchen stibitzen können? Dann machen wir uns einen Tee und …«

»Sag es!«

Linns Herz hämmerte wild. Die Antwort auf diese Frage war die Antwort auf alles. Wenn sie einen Weg fand, einen Drachen zu verletzen, konnte sie ihn auch töten. Allein. Mit einem Schwert, das ihr einen Sieg wie jenen über Nat Kyah ermöglichte, konnte sie losziehen und jeden Drachen erschlagen, der ihr in die Quere kam.

Sie wollte es. Sie wollte diese Information, so dringend, wie sie sich selten etwas gewünscht hatte.

»Wenn du auf einem Haufen toter Drachen sitzt, wirst du sehr mächtig sein«, sagte Chamija. »Ich weiß, ich habe es dir versprochen … aber ich muss erst sicher sein, dass du deine Macht nicht gegen mich verwendest.«

»Warum sollte ich?«

»Vielleicht habe ich dir nicht die ganze Wahrheit gesagt«, sagte Chamija. »Stell dir vor, ein großer Magier wie Scharech-Par hat dich im Schloss gesehen und erkannt, was für ein ungeschliffenes, gewaltiges Talent sich in dir verbirgt. Möglicherweise hat er dir angeboten, mit nach Tijoa zu kommen, und du wolltest nicht. Könnte es nicht sein, dass er mich gebeten hat, hierzubleiben und zu überwachen, was aus diesem jungen Mädchen wird, in dem das magische Blut so laut singt, und wer versuchen könnte, dieses Mädchen zu seinen Zwecken zu beeinflussen? Vielleicht gibt es tatsächlich jemanden, der dich als Werkzeug benutzen möchte, der dich gegen mich aufhetzen will, weil er fürchtet, du könntest nicht uns beiden gleichzeitig vertrauen.«

»Ja«, sagte Linn tonlos.

»Es könnte durchaus sein«, sprach Chamija weiter, »dass es ein paar Dinge gibt, die ich mir von dir wünsche – denn kein Zauberer kann dasselbe wie ein anderer, ein jeder hat Stärken und Schwächen. Wir Magier sind aufeinander angewiesen. Wie ich schon sagte, keiner von uns ist allwissend oder allmächtig. Du bist in der Lage, gegen Drachen zu kämpfen, doch die meisten Zauberer sind relativ hilflos, was diese Ungeheuer angeht. Dabei brauchen sie die Drachenmagie so dringend für ihre eigene. Scharech-Par hat eine der gefährlichsten Bestien bezwungen, aber er ist auch einer der mächtigsten Magier, die es gibt und jemals gab, und er ist es gewöhnt, viel zu riskieren. Ich wäre nie so mutig gewesen, mich zum Königsduell zu melden.«

Sie stockte.

»Was verlangst du von mir?«, fragte Linn.

»Dass du mir vertraust«, sagte Chamija. »Dass du meine Freundin bist. Mehr nicht.«

»Du bist die erste Freundin, die ich jemals hatte«, sagte Linn langsam. »Das bedeutet mir viel.« Sie musste davon ausgehen, dass Chamija ihr immer noch nicht alles gesagt hatte – aber wie sollte sie damit leben, ihrer Mitbewohnerin ständig zu misstrauen und hinter jedem Wort und jeder Tat Hintergedanken zu vermuten? Sie *wollte* ihr glauben.

»Ja«, sagte sie, und in ihrem Herzen stieg ein Lächeln auf, froh und leicht. »Nichts lieber als das.«

Ein Strahlen überzog Chamijas hübsches Gesicht. »Komm her«, meinte sie fröhlich. »Ich habe schon herausgefunden, wie man hier in Schenn ein Bündnis besiegelt.«

Sie hauchte einen Kuss auf Linns Lippen, weich und zart wie die Berührung eines Schmetterlings.

»Danke«, flüsterte sie. »Oh danke! Ach, aber hier sitze ich und ergehe mich in Vorfreude, und du wartest immer noch! Es tut mir leid, dass ich dich so auf die Folter gespannt habe! Nun sollst du endlich erfahren, was mit deinem Schwert nicht stimmt. Am besten zeige ich es dir. Komm mit nach draußen, in den Hof.«

Chamija sah sich nach allen Seiten um. Sie befanden sich auf der Brustwehr, neben einem der weißen Türme. Wenn man sich vorbeugte, konnte man in den Hof hinunterspähen, wo gerade eine Viererreihe Soldaten aufmarschierte. Die blonde Zauberin murmelte etwas und klaubte zwei kleine Drachenschuppen von der Schlosswand, die eine in einem glänzenden Kupferton, die andere blaugrau, beide kaum größer als ein Daumennagel.

»Jetzt gib mir deine Kette.«

Sofort fuhr sich Linn mit der Hand an den Hals. »Nein!«

Chamija seufzte. »Da du sie nie abnimmst, darf ich sie wenigstens anfassen?«

»Nein!« Sie zwang sich dazu, ruhig zu atmen, schließlich konnte ihre Freundin nicht wissen, was dieses Schmuckstück ihr bedeutete. »Was hast du vor?«, fragte sie misstrauisch.

Chamija winkte sie zu der breiten Steinbrüstung.

»*Wina-Beret*«, flüsterte sie über der glänzenden kupferfarbenen Schuppe und zog sie durch den glatt geschliffenen Stein. Die Bewegung hinterließ eine feine Kerbe, als hätte sie durch Butter geschnitten. »Schärfer als jede Klinge«, sagte Chamija. »Sie gleitet durch jedes Material. In Tijoa sind die Dinger bei Einbrechern sehr beliebt. Sieh her.« Sie kratzte mit der verzauberten Schuppe über die blaugraue. »Es geht, merkst du's? Man kann den Drachenpanzer beschädigen, mit einer verzauberten Schuppe. Sie schneidet alles – Haut, Rüstungen, Stein, Drache gegen Drache. Das macht dieses Zauberwort so gefährlich, es zerstört einfach alles. In eine Waffe eingebunden überträgt sich diese Schärfe auf dessen Schneide. So wie bei deinem Schwert. Aber kann die Klinge das durchdringen, worauf es ankommt? Wenn du es mich nicht tun lässt, versuch es selbst. An deinem roten Anhänger.«

»Nein!«

»Deinem Schmuck wird nichts geschehen, glaub mir.«

Linnia zog die Kette aus ihrem Ausschnitt, vorsichtig, als wäre sie zerbrechlich, dabei waren die glänzenden blutroten Scheiben, die größere in der Mitte, aber auch die beiden münzgroßen, die in die silberne Fassung eingesetzt waren, aus dem unzerstörbarsten Material, das es gab.

»Ich will sie nicht beschädigen.«

»Hast du Angst, du könntest es?«

Widerstrebend näherte Linn ihre Hand den roten Steinen. »Vielleicht ist sie dann nicht mehr wirksam.«

»Vertrau mir.«

Linn fiel es unerwartet schwer, mit dem kupferfarbenen Schneidwerkzeug ihre kostbare Halskette zu berühren. Schließlich strich sie vorsichtig daran entlang, an einer Ecke, fast schon unter der silbernen Fassung.

»Nichts«, meinte sie erleichtert.

»Wie kann sie wirkungslos sein?«, fragte Chamija. »Drachen kämpfen gegen Drachen, sie sind nicht unverwundbar! Es gibt verbürgte Berichte darüber, dass sie einander verletzen und auch töten können.«

»Lebendige Drachen«, flüsterte Linnia. In ihren Augen spiegelte sich Verstehen.

»Als Nat Kyah dir eine seiner Schuppen überließ, hat er dir

eine Waffe gegen sich selbst in die Hand gegeben. Drachen sind Wesen voller Magie, und ein kundiger Zauberer kann jedes Stück von einem Drachen nutzen. Wie stark dieser Zauber ist, hängt davon ab, ob es um einen toten Drachen geht oder um einen lebendigen. Ein Teil von einem lebendigen Drachen stirbt nicht. Nicht so, als wenn wir uns einen Nagel oder gar einen Finger abschneiden. Es bleibt viel mächtiger, als es ein Stück von einem toten Drachen jemals sein könnte. Der rote Drache lebt«, erklärte Chamija. »Kein Zauber eines toten Drachen kann stärker sein als der eines lebendigen. Nicht einmal der Zerstörungszauber, und das ist einer der stärksten überhaupt. Du kannst darauf einhämmern, wie du willst, es wird nicht das Geringste passieren.«

Linn ließ sich das Gehörte eine Weile durch den Kopf gehen. »Ich dachte … gibt es nicht doch eine Schuppe, die mächtiger ist als alle anderen, obwohl sie von einem toten Drachen stammt? Mir ist«, sie zögerte, »als hätte ich einmal davon gehört.«

Chamija senkte die Stimme. »Du meinst doch nicht etwa den ValaNaik? Seine Macht ist nicht mit den Maßstäben anderer Drachen zu vergleichen, das stimmt wohl. Aber sein Leib wurde vernichtet. Von ihm existieren keine Schuppen mehr.«

Linn wusste nicht, ob sie erleichtert oder enttäuscht sein sollte. Wenn es diesen grünen Stein, für den schon so viele Menschen gestorben waren, gar nicht gab – wofür hatte sie dann gekämpft und Nat Kyah betrogen, und wofür hatte er die Zerstörung über die Stadt gebracht?

»Woher weißt du das?«

Die Zauberin verzog den Mund zu einem Lächeln. »Es hat seine Vorteile, wenn Magie nicht verboten ist und Wissen ausgetauscht werden darf. Nun sollten wir uns jedoch wieder deinem Problem zuwenden.«

»Ich konnte Nat Kyah also besiegen, mit seiner eigenen Schuppe, weil er noch lebte. Das ist … bei Arajas, das ist grausam.«

»Für ihn schon«, stimmte Chamija ungerührt zu. »Verstehst du nun? Dem nächsten Drachen konntest du damit nicht mehr schaden. Du brauchst etwas von einem lebendigen Drachen.«

Nachdenklich betrachtete Linn ihre Kette. »Könnte ich die Steine in eine Waffe umwandeln?«

»Sie haben schon eine Bestimmung«, erinnerte Chamija.

»Welche? Kannst du sie auch spüren?«

»Die Kette schützt dich«, sagte sie. »Vor Drachen und vor Zauberern. Ein wertvolles Vermächtnis.«

»Aber das hat sie ja gar nicht«, wandte Linn ein. »Mich vor dem Feuer beschützt. Ich habe mich an einigen Stellen verbrannt.«

Die Zauberin zögerte. »Vielleicht schützt sie dich nicht vollkommen. In jedem Zauber liegt auch immer ein Weg, ihn zu umgehen. Jedenfalls brauchst du zum Kämpfen eine Schuppe, die neu ist und die kein Zauberer vor dir in der Hand hatte.«

Linn nickte langsam. »Dann weiß ich, was ich zu tun habe.« Ein entschlossenes Funkeln trat in ihre Augen, und auf einmal lachte sie laut auf. »Ja!«, rief sie. »Ich weiß, was ich tun kann! Es ist so verdammt gefährlich, dass ich verrückt bin, auch nur daran zu denken, aber … Ja! So werde ich es machen.« Nun lachte auch Chamija. »Worauf wartest du dann noch?«

Nichts und niemand hätte Linn davon abhalten können, sofort auf Drachenjagd zu gehen. Nicht einmal das Verbot des Prinzen. Deshalb hatte sie ihn gar nicht erst um Erlaubnis gefragt und war auf eigene Faust losgezogen. Mittlerweile war sie sich nicht so sicher, ob das die beste Idee gewesen war, denn sie vermisste ihre Truppe mehr, als sie je gedacht hätte. Einen Drachen hatte sie auch noch nicht gefunden, obwohl sie weit in die Provinz Honau vorgedrungen war.

Das kleine Dorf, das vor Linn an einem bewaldeten Hang lag, erinnerte sie an Brina, und kurz verspürte sie den scharfen Stich des Heimwehs. Allerdings sahen die Häuser ganz anders aus, graue Mauern und strohgedeckte Dächer. Doch das Leben hier wirkte vertraut: Die Mädchen trugen bunte Bänder in den Zöpfen, und die kleinen Jungen liefen barfuß und waren so schmutzig und frech wie überall.

»Ich bin im Auftrag des Königs unterwegs«, erklärte Linn, als sich ihr ein paar Erwachsene näherten. »Ich bin eine Beamtin aus Lanhannat und zähle die Drachen, die im Königreich Schenn leben.«

Eine Lüge, aber sie hatte auf ihrer Reise rasch gemerkt, dass die Leute die Wahrheit mit Unglauben aufnahmen. Wenn sie ankündigte, dass sie gegen Drachen kämpfen wollte, lachte man sie aus. Sich als Beamtin vorzustellen war dagegen, so absurd es in ihren eigenen Ohren klang, für die meisten akzeptabel. Beamte taten merkwürdige Dinge und schrieben Zahlen in ihre Bücher; das kannte man landein, landaus von den Steuereintreibern. Dass Schreiber auf die Idee kamen, die genaue Anzahl von Drachen zu erfassen, erschien den Menschen zwar verrückt, aber glaubhaft.

»Hier gibt es keine Drachen«, versicherten ein paar Bäuerinnen, doch irgendetwas an der Art, wie sie es sagten, machte Linn stutzig. Der Mann neben ihnen, eine schwere Axt über der Schulter, war möglicherweise ein Holzfäller. Warnend schüttelte er den Kopf.

»Seid ihr sicher?« Das konnte eventuell lohnend werden. »Auch nichts … Ungewöhnliches?«

Gespannt beugte sie sich vor, und sofort wurden die Augen der Dörfler groß. Mit einem heimlichen Fluch schob Linn ihre vergoldete Dornlanze zurück ins eigens dafür genähte Futteral. Die Waffe, wie auch ihr Schwert, war ausschließlich für die Drachen bestimmt und nicht für die gierigen Blicke von Menschen.

»Ich kann euch helfen«, versprach sie. »Indem ich dafür sorge, dass der König jemanden schickt.«

»Im Wald auf der anderen Seite des Wassers lebt etwas«, flüsterte die eine. »Geht dort nicht hin!«

Im Uferschlamm zeichneten sich Spuren ab – riesige Abdrücke von krallenbewehrten Tatzen. Fünf Zehen. Tief eingedrückte Spuren – das Tier, das hier durch den Bach gewatet war, musste nicht nur sehr groß, sondern auch sehr schwer sein.

Es gab nur ein Wesen, das solche Füße hatte.

Linn blickte zum Wald am jenseitigen Ufer hinüber. Der Herbst begann bereits damit, die Blätter zu röten. War der Drache auf der Durchreise gewesen, so wie sie, oder lebte er hier?

Linn wanderte am Ufer entlang, auf der Suche nach weiteren Spuren, die ihr hätten sagen können, ob er häufiger hierherkam, aber außer den Abdrücken im Flussbett fand sie nichts. Über den Brombeeren und dem verfärbten Laub wurde es langsam Abend. Der Wald hatte etwas an sich, vor dem ihr graute, und der Gedanke, ins Dorf zurückzukehren und dort zu übernachten war verlockend. Doch sie hatte nicht vergessen, wie verlangend die Bauern ihre vergoldeten Waffen betrachtet hatten. Es würde ihr nichts anderes übrig bleiben, als hier draußen zu bleiben. Obwohl es schon Drachenmond war, waren die Nächte noch mild genug, um unter freiem Himmel zu schlafen, wenn man weder Mücken noch Ameisen scheute. Linn musste sich nur entscheiden, auf welcher Seite des Bachs sie ihr Lager aufschlagen wollte. Drüben in dem dunkleren Wald, in dem sie sich besser verstecken konnte, wo jedoch höchstwahrscheinlich ein Drache lebte? Falls dem so war, wollte sie ihn gerne finden, bevor er sie bemerkte.

Die Dörfler erschienen ihr im Moment als das größere Übel, daher watete sie durch den Bach ans andere Ufer, an das sich hoffentlich niemand sonst traute. Abendsonne glitzerte auf den Wellen. Kühl umspülte das Wasser ihre bloßen Füße; die Schuhe hatte Linn vorsichtshalber ausgezogen, um das Pferd durch das flache Flussbett zu führen. Folgsam trottete Tani auf die andere Seite, doch sobald es darum ging, zwischen die dicht belaubten Bäume ins Waldesdunkel zu treten und Abschied von der Sonne zu nehmen, wurde er unruhig.

Kein Wunder, denn das Gefühl des Unbehagens wurde hier übermächtig. Linn band ihn an einem Baum fest und redete leise auf ihn ein, bis er sich etwas entspannte. Auch ihr war der Appetit vergangen, sie musste sich dazu zwingen, ein wenig von ihrem Proviant zu essen. Das karge Mahl aus trockenem Fladen und einem Apfel erinnerte sie daran, dass eigentlich Fastenzeit war; ein tröstlicher Gedanke, dass woanders auch nicht üppiger gespeist wurde. Die Waffen legte sie griffbereit neben sich. Irgendwo in der Ferne stimmte ein Wolf die Gesänge der Nacht an. Durch eine Lücke zwischen den Wipfeln glitzerten die Sterne. Belims Fuchs war teilweise zu sehen, der Mast des Heldenschiffs prangte direkt über ihr. Kurz verschwand er, als der vertraute Schatten über sie hinwegzog. Wie immer, wenn Linn die Stadt verließ, war Gah Ran in der Nähe. Flügel, hinter denen die Sterne verschwanden, eine Spur aus Finsternis. Nachts war er nicht rot, nachts war er nur ein Albtraum, mit dem sie gelernt hatte zu leben. Der Drache, der sich seit ihrer Kindheit in ihrer Nähe aufhielt, der auf seine Stunde wartete. Um sie zu töten, so wie er ihren Vater getötet hatte. Er war dabei gewesen, als ihr Dorf angegriffen wurde, er gehörte zu den Ungeheuern, die Lanhannat heimgesucht hatten, an jenem schrecklichen Tag, als ihr Meister Bher gestorben war. Wie immer, wenn sie ihren Todfeind sah, erneuerte sie ihren Schwur.

Ich werde dich rächen, Vater. Ich werde deinen guten Namen wiederherstellen. Wenn der Name Harlon jemals wieder einen ehrbaren Klang bekommt, ist das für dich, mein Vater.

Vor dem Einschlafen tastete sie nach der Silberkette.

Die Schuppen eines lebendigen Drachen. Mit dem richtigen

Zauber versehen waren sie stärker als der Drache selbst. Nein, sie fürchtete sich nicht vor ihm, ihrem Fluch, der wie ein dunkles Verhängnis über ihr schwebte.

Die Drachen sind das Herz der Welt … »Aber selbst wenn du mein Herz wärst, würde ich es dir herausschneiden«, flüsterte sie beinahe zärtlich. Dort oben war ihr Feind, aber sie hatte nicht vor, ihre präparierten Waffen an ihm auszuprobieren.

Den größten Gegner sparte man sich bis zum Schluss auf.

Wolfsgeheul wiegte sie in den Schlaf.

Am nächsten Morgen war der Wald nicht weniger düster und unheimlich als am Abend zuvor. Linn band sich die selbstgemachte Maske vors Gesicht, bevor sie aufbrach. *Ich bin eine Drachenjägerin. Ich fürchte mich nicht.*

Sie atmete tief durch, doch ihr klopfendes Herz ließ sich nicht mit billigen Tricks beruhigen. Mit dem Schwert bahnte sie sich einen Weg durch das Gestrüpp, das hier wucherte. Ein riesiger Schmetterling streifte ihre Wange. Drüben hatte es nach Beeren und Blättern geduftet, hier roch die Luft anders, schwer und feucht. Niemand sammelte an diesem Ort Früchte oder Pilze oder schlug Holz; keine Menschenseele betrat jemals diesen Wald. Es gab weder Wege noch Hütten; kein Jäger, kein Holzfäller, kein Köhler ging hier seinem Tagewerk nach.

Irgendwo oben in den Zweigen schluchzte ein Vogel und verstummte, als Linn nach einer Ranke hackte und einen Ast erwischte. Das Krachen erschien ihr unangemessen laut, als sei jeder zur Stille verpflichtet.

Der Vogel setzte wieder mit seinem Gesang ein, er stieß seine trillernden Schluchzer aus und schien dann ebenso wie sie zu lauschen, ob jemand ihm antwortete.

Linn krallte die Hand fester um die Dornlanze, als sie auf eine Schneise traf. An der Stelle waren Sträucher und Brombeeren plattgewalzt, als wäre ein ganzer Kriegstrupp durchgezogen. Die Drachenjägerin nahm die Einladung an und folgte der unübersehbaren Spur mitten durch den Wald. Sie trat so leise wie möglich auf, bückte sich, um Äste zur Seite zu legen, duckte sich unter herabhängenden Ranken hindurch, stieg vorsichtig über Wurzeln und abgebrochene Stängel.

Als der Wald sich zu einer Lichtung öffnete, blieb sie stehen und hielt den Atem an. Sie hatte eine unbewachsene Fläche vor sich, die wie ein riesiger Saal wirkte, wie das Gewölbe, unter dem ein König hätte thronen können. Über ihr berührten sich die Wipfel gewaltiger Bäume, sodass die Kuppel im Halbdunkel lag. Vorwitzige Sonnenstrahlen hatten sich durch einzelne Lücken gekämpft; die meisten endeten irgendwo oben im Astwerk, doch einige wenige ließen sich an Spinnwebfäden bis auf den Waldboden herab, wo sie liegen blieben wie glänzende Münzen.

Überall glitzerte es.

Ein Schatz. Ein gewaltiger Haufen – Linn konnte weder seine Ausmaße abschätzen noch feststellen, woraus er bestand – bedeckte den Boden des Platzes. Als hätte ein Riese, der bis an den Himmel reichte, im Dickicht seine Geldkatze verloren, die beim Aufprall aufgeplatzt war.

Linn schlug das Herz bis zum Hals. Sie rührte sich nicht, zur Bewegungslosigkeit erstarrt versuchte sie im Halbdunkel zu erkennen, ob der Drache irgendwo vor ihr lag. Dann spürte sie einen Luftzug in ihrem Rücken und drehte sich ganz vorsichtig um.

Er bewegte sich sehr leise für ein so großes Tier. Statt krachend durch den Wald zu stampfen, glitt er nahezu lautlos über die vorbereitete Schneise, schnell und nur mit einem kaum hörbaren Schaben wie eine gigantische Schlange. Die Flügel fest an den Leib gepresst setzte er die großen Tatzen behutsam auf, wobei der gehörnte Kopf hin und her schwang. Linn stand unter einer Staude großer, intensiv duftender Blätter, von denen Tropfen in ihr Haar rieselten. Sie dankte allen Göttern dafür, dass ihre Waffen mit Gold überzogen waren und der Drache das Eisen nicht wahrnehmen konnte. Er witterte etwas, aber der Schatz überlagerte alle anderen Gerüche. Von Nat Kyah wusste sie, dass Drachen Gold spüren konnten und es deshalb so sehr liebten; zugleich aber waren sie in der Nähe ihres Schatzes am verwundbarsten, da dieser alle anderen Eindrücke überdeckte.

Der Panzer glitt als Erstes an ihr vorbei, dann der mit Hörnern und Dornen besetzte Schwanz. Er war braun, aber dies war nicht der Drache, der Brina und später Lanhannat überfallen hatte. Die Schuppen sahen aus, als seien sie aus rauchdunklem Glas, fast durchsichtig, und darin Rauch und Asche, verbranntes Holz und Rinde.

Die Enttäuschung traf Linn mit voller Wucht, aber sie zögerte trotzdem keinen Augenblick. Sie handelte, ohne zu überlegen, nutzte die Gunst der Stunde, ohne auf eine bessere Gelegenheit zu hoffen. Als der Drache halb an ihr vorüber war, reckte sie die Dornlanze vor, verhakte sie zwischen den Stacheln, die zu einem Kamm aufgereiht waren, und drehte mit einem heftigen Ruck eine Schuppe heraus. Das alles geschah so schnell, dass der Drache erst herumwirbelte, als ihn der plötzliche Schmerz durchfuhr. Linn sprang rasch unter die hohen Gewächse, die Schuppe fest in der Hand. Sie duckte sich, warf die Lanze zur Seite und holte das Schwert heraus, während das Ungeheuer brüllte und eine sengende Stichflamme die Pflanzen über ihr versengte.

Sie hatte die Bernsteinschuppe entfernt, und in die entstandene Lücke fügte sie nun die neue Schuppe ein.

»Wina-Beret«, flüsterte sie.

Gerade als der Drache sie entdeckte, als sein mächtiger Schädel zu ihr hinunterstieß, sprach sie den Zauber aus, und die Klinge schnitt ihm mitten durch die Nüstern.

Erschrocken heulte er auf. Bevor er begriffen hatte, dass sie imstande war, ihn zu verletzen, führte sie schon den nächsten Schlag aus, diesmal gegen sein Vorderbein. Blut quoll aus der Wunde. Sein Geschrei gellte ihr in den Ohren, als sie unter seinem Feuer hindurchtauchte und ihm das Schwert zwischen den Pranken in die Brust stieß.

Sie hatte zwar nicht das Herz getroffen, aber er blutete heftig, ganze Sturzbäche strömten aus seinen Wunden. Rasend vor Schmerz und Wut drehte der Drache sich im Kreis, um seine Peinigerin zu erwischen. Knisternde Funken tanzten durch die Luft. Ein Baum ächzte, als das Untier ihn mit voller Wucht traf, Linn war jedoch längst hinter den nächsten Baumstamm gesprungen. Sie wartete auf die Gelegenheit, das empfindliche Herz zu treffen. Ihr eigenes schlug schnell, doch nicht mehr vor Angst. In Momenten wie diesem war sie wach und konzentriert, und ihre Hand zitterte kein einziges Mal. Jede Bewegung war selbstverständlich, als hätte Linn sie tausendmal geübt, als hätte alles, was sie je getan hatte, auf diesen Augenblick hingeführt. Dafür war sie geboren. Sie huschte zwischen Bäumen und Sträuchern hindurch. Wenn der Drache innegehalten hätte, hätte er sie gehört, doch halb wahnsinnig vor Schmerz tobte er und machte einen Lärm wie ein Sommergewitter.

»Wo bist du?«, schrie er.

In seiner Stimme lag kein Zauber, sie war wie ein Brand, wie berstendes Holz und Hammerschläge, laut und vernichtend, da war keine sanfte Verführung.

Dies war nicht Nat Kyah, dies war keiner ihrer Feinde. Für einen Moment war Linns Herz völlig frei von Hass oder Zorn. Er war nichts als Wild, das es zu erlegen galt. Kein Feind. Nur Beute. Mit einem Aufschrei sprang sie nach vorn und versenkte die tödliche Klinge in der pulsierenden Stelle über seinem Herzen.

Danach erst fiel die Anspannung von ihr ab. Ihre Beine zitterten, sie schaffte es kaum, sich hinzusetzen und den Kopf gegen den Baumstamm zu lehnen.

Linn konnte es kaum fassen, so unwirklich kam ihr das Ganze vor, als würde sie das alles hier nur träumen: den Wald, die schluchzenden Vögel irgendwo im Dickicht, das flirrende Licht, den toten Drachen, der so schnell gestorben war. Überrascht.

»Oh ja«, flüsterte sie grimmig, »ich werde für weitere Überraschungen sorgen, versprochen.«

Sie brauchte eine Weile, um wieder zu sich zu kommen, doch schließlich stolperte sie zurück an den Bach, wo sie sich sorgfältig Gesicht und Hände wusch. Tani begrüßte sie erleichtert.

»Das wäre geschafft«, sagte sie zu dem Pferd, das sich die weichen Nüstern streicheln ließ – das beste Zeichen dafür, dass kein Drachenblut mehr an ihren Händen klebte.

Sie hatte gar nicht gemerkt, wie lang die Jagd gedauert hatte. Es war bereits später Nachmittag, ein warmer, träger Tag im goldenen Drachenmond, der als dünne Sichel über den Wipfeln hing. Linn tauchte die müden Füße ins Wasser, gähnte, und legte sich irgendwann ganz hin, mitten hinein ins trockene Ufergras.

Bald schlief sie, eingehüllt in Wärme, Sonnenlicht und das beruhigende Plätschern des Baches.

Ein Ruck. Ein Schmerz. Linn war sofort hellwach, fuhr hoch, sah den Mann durchs Flussbett rennen, Wasser spritzte bei jedem Schritt auf. In der Hand hielt er ihre Silberkette.

»Nein!«, schrie sie auf. Da erst bemerkte sie die anderen beiden. Der eine hatte sich das Schwert gegriffen, der andere die Dornlanze. Männer aus dem Dorf. Sie mussten ihr gefolgt sein, des Goldes wegen – dabei lag der größte Schatz dort hinten im Wald, frei verfügbar für jeden, der sich ins Dickicht traute.

»Vorsicht«, warnte der jüngere der beiden Männer. »Keinen Schritt weiter.« Er umfasste den Schwertgriff mit beiden Händen.

»Wir hätten sie töten sollen, als sie noch schlief«, sagte der andere, in dem sie den Holzfäller erkannte. Mit dem Daumennagel kratzte er an den goldenen Haken der Dornlanze. Durch den Kampf mit dem Drachen war der wertvolle Überzug bereits beschädigt. Enttäuschung machte sich in seinem Gesicht breit, als er feststellte, wie hauchdünn die Beschichtung tatsächlich war.

»Gebt mir meine Waffen zurück«, sagte Linn.

Der dritte Dieb hatte das jenseitige Ufer fast erreicht. Oh Arajas! Auf keinen Fall durfte er mit ihrer Kette verschwinden!

Sie sprang vor, wich dem Mann aus, der ungeschickt das Schwert schwang, und trat dem Holzfäller mit voller Wucht gegen das Knie. Während er zurücktaumelte, griff sie mit beiden Händen nach der Dornlanze. Der Dieb hielt die Waffe fest, aber mit einer raschen Drehung zog sie ihm einen der Haken durchs Gesicht, und mit einem Aufschrei ließ er los. Linn wirbelte herum und fing mit der Lanze den Schlag des goldenen Schwertes auf. Sie hob die Arme, damit auch ihr Gegner das Schwert höher halten musste, und schlug ihm rechts und links die beiden Enden der Lanze um die Ohren. Der Kerl ließ das Schwert fallen und ging stöhnend in die Knie. Linn packte ihre beiden Waffen und sprang in den Bach, dem Dieb ihrer Kette hinterher.

Der Dörfler rannte durch das seichte Wasser flussabwärts, statt sein Heil im Wald zu suchen. Er war schnell und hatte einen großen Vorsprung, obendrein hemmte der steinige Grund ihren Lauf, als sie ihm nachstolperte. »Gib sie mir zurück!«

Er wandte sich um und lachte sie an. Im Flussbett kam ihnen das halbe Dorf entgegen, mindestens fünfzig Männer mit Stecken, Mistgabeln und Äxten; einer hatte sogar ein Schwert. Sie boten eine ganze Armee auf, um Linn zu töten.

Fast hatte der Dieb seine Freunde erreicht; Linn erkannte, dass sie zu spät kommen würde. Entweder musste sie gegen alle diese Leute kämpfen oder sie würde ihnen einen Teil des Schatzes im Austausch gegen die Kette anbieten müssen.

Der Mann schwang triumphierend seine Beute.

Da fiel etwas Riesiges, Rotes aus dem Himmel, wie ein Stein, der den Göttern aus den Händen geglitten war. Plötzlich war es zwischen ihnen, breitete die Flügel aus und peitschte die Bäume zu beiden Seiten des Ufers. Einen Augenblick lang sah Linn nur den Drachen, der auf den jungen Mann herunterfuhr, und hörte einen Schrei aus vielen Kehlen aufbranden, den das Geheul des Opfers noch übertönte – ein schrilles Kreischen in Todesangst, als das rote Ungeheuer den Mann mit sich in die Höhe riss.

Linn hörte sich selbst schreien und stürzte nach vorne; das Drachentöterschwert erhoben warf sie sich ihrem Feind entgegen, doch der Rote erhob sich bereits wieder in die Luft. Den Dieb immer noch in den Krallen flog er auf sie zu.

»Komm her!«, brüllte sie.

Er war riesig, im Anflug kam er ihr sogar größer vor als Nat Kyah, ein Albtraum aus Feuer. In Gah Rans roten Schuppen brach sich das Sonnenlicht; er war so hell, dass er sie blendete, als er direkt auf sie zusteuerte. Linn warf sich ins flache Wasser, während er über sie hinwegbrauste, sein peitschender Schwanz wirbelte den Bach auf und zog eine Fontäne aus spritzendem Wasser und herumwirbelnden Steinen hinter sich her. Prustend kam das Mädchen wieder hoch. Die Dornlanze hatte sie verloren, doch das Schwert umklammerte sie noch immer. Als sie damit nach dem Drachen schlagen wollte, erhob er sich schon wieder in die Luft, machte einen Salto über den Wipfeln und stieß erneut auf sie herab. Es ging so schnell, dass sie nur breitbeinig nach sicherem Stand suchte und das Schwert fester umklammerte.

Linn hatte die magische Kette nicht mehr – wenn er jetzt Feuer nach ihr spie, war sie verloren. Sie duckte sich zwar, wich aber keinen Zoll zur Seite, als er heranschoss. Etwas Dunkles platschte vor ihr ins Wasser. Der Schwanz des Drachen streifte sie, als er in einer steilen Kurve wieder nach oben flog. Eine Fontäne heißen Blutes spritzte auf sie, und ihr war, als würde es ihr die Haut verbrennen. Sie heulte auf, warf sich ins Wasser und tauchte das Gesicht in die kühlen Wellen. Etwas stieß gegen ihren Arm, und sie schrie auf, als sie den zerschmetterten Dieb erkannte. Um seinen Hals baumelte immer noch die Kette mit dem Anhänger – ihn hatte sie jedenfalls nicht vor dem Zorn des Drachen geschützt. Linn zog sie ihm über den Kopf und versuchte nicht darauf zu achten, dass dem Mann der halbe Schädel weggerissen worden war. Sie wusch das Silber im Bach und legte sich die Kette wieder um.

Dann erst schaute sie sich um.

Die Dorfbewohner hatten sich aus dem Staub gemacht. Nur die beiden Männer, mit denen sie als Erstes gekämpft hatte, waren noch da. Der Holzfäller kniete am Ufer, hielt sich die blutende Wange und starrte ihr mit vor Entsetzen geweiteten Augen entgegen. Der andere lag auf dem Rücken, Blut lief ihm aus den Ohren. Linn seufzte. Sie packte ihre Sachen zusammen und stellte fest, dass Tani sich losgerissen hatte und verschwunden war. Zum Glück war er im Dickicht des dunklen, alten Waldes nicht weit gekommen. Linn folgte der Spur aus zertrampeltem Gestrüpp und fand den großen braunen Wallach zitternd und mit rollenden Augen im Gebüsch. Beruhigend redete sie auf das Pferd ein, zupfte ihm ein paar Kletten und Dornen aus der Mähne und legte ihm schließlich den Sattel auf.

»Komm«, sagte sie sanft, »holen wir uns den nächsten Drachen.«

13

Nival schrak hoch und lauschte mit hämmerndem Herzen in die Nacht. Alles war dunkel, die Lampe längst erloschen. Er brauchte einen Moment, um sich darauf zu besinnen, wo und wer er war.

Nein, nicht Jikesch. Nicht im Schloss. Er war hiergeblieben, bei Mora. Mora!

Hastig beugte er sich nach vorn, tastete nach ihr, doch die Kranke schlief fest, ihr Atem ging ruhig und gleichmäßig. Er hatte befürchtet, sie werde in dieser Nacht sterben, doch Linnias Heilzauber wirkte offenbar.

Nival stand auf, reckte sich und schüttelte die Schultern aus. Er war auf dem Stuhl sitzend eingeschlafen, und alle Knochen taten ihm weh. Wie ein alter Mann tappte er zur Tür, öffnete sie … und prallte mit einem Aufschrei zurück. Das Treppenhaus stand in Flammen, Hitze schlug ihm wie mit der Faust ins Gesicht.

»Mora! Tante Mora, es brennt!«

Die alte Frau ächzte leise, als er sie in ihre Decke einwickelte und hochhob. Einen Moment stand er mit ihr mitten in der Stube, ratlos, wohin er sich wenden sollte, dann öffnete er das Fenster.

Um nach unten zu springen war es zu hoch. Nach oben aufs Dach würde er niemals kommen, nicht mit Mora zusammen. Blieb nur der halbe Torbogen, der aus dem Haus herausragte und über der Straße im Nichts endete, die kleine Brücke, die einmal die beiden Häuser verbunden hatte. Nival kletterte auf das Fenstersims und schob den Fuß auf die brüchigen Steine des Bogens. Aus den unteren Fenstern drang Licht, das flackernde Feuer beleuchtete die Straße und spiegelte sich in den Pfützen; es hatte den ganzen Tag geregnet. Mit der linken Hand tastete er sich vor, griff in einen Spalt. Während er mit der Rechten seine Tante an sich gepresst hielt, krallte er sich fest. Er sammelte seine Kraft und sprang. Sie kamen auf der Brüstung auf und fielen zusammen auf die Steinplatten, die er seit dem Drachenangriff nicht mehr betreten hatte. Der Grund dafür wurde ihm gerade eben wieder klar: der Bogen war mitten über der Straße abgebrochen, und er spürte die Kante schmerzhaft im Rücken.

Mit äußerster Vorsicht rollte er sich ab, zog Mora behutsam nach vorne, von der Stelle weg, wo der Torbogen aufhörte zu existieren. Die Steine stöhnten unter der Belastung; als er sich aufrichten wollte, knirschte es unheilvoll, und dass es sich dabei nicht um seine eigenen Knochen handelte, war nur ein schwacher Trost.

Sie lagen auf einer morschen halbierten Brücke, die mindestens zwei Gildreks über der Straße endete, und hinter ihnen im Haus schlugen die Flammen mittlerweile mannshoch aus den geborstenen Fenstern. Niemand eilte herbei, um das Feuer zu löschen. In der Tat, wurde Nival bewusst, hatten sie keine Nachbarn mehr. Keiner war hier, um ihnen zu helfen.

Was hätte er für eine kundige Zauberin gegeben, doch von Mora war in diesem Zustand nichts zu erwarten, die Anstrengung eines Zaubers hätte sie mit Sicherheit umgebracht. Nival forschte in seinen Taschen nach irgendetwas Hilfreichem, schließlich löste er seinen Gürtel und zog ihn aus dem Hosenbund. Er arbeitete schnell und geschickt, während das Gemäuer immer lauter und bedrohlicher seufzte und die Hitze aus dem Haus ihn anwehte. Rasch knotete er die Decke um Mora, band den Gürtel darum und benutzte auch seine Tunika, um seine Tante an dem behelfsmäßigen Seil auf die Straße hinunterzulassen. Als sie fast unten angekommen war, sah er die beiden Gestalten.

»Wusste ich's doch«, sagte der eine. »Die zwei sind schwer umzubringen. Gut, dass wir dageblieben sind.«

Nival wartete nicht darauf, was sie unternahmen. Er ließ Mora los und sprang. Weich landete er auf einem der Kerle, der mit einem Aufschrei zusammensackte. Bevor der Mann sich wehren konnte, rollte Nival sich ab und trat ihn mit aller Kraft in den Rücken. Der zweite, kleinere griff an, in jeder Hand ein Messer. Nival sprang um ihn herum, löste seine Tunika aus dem Kleiderhaufen, in dem Mora stöhnte, und drehte sie zu einer behelfsmäßigen Waffe zusammen.

»Was wird das?«, höhnte der Mörder.

»Das frage ich mich auch«, sagte Nival. »Es war tatsächlich eine gute Idee von euch, auf mich zu warten.« Er schwang die Tunika über den Kopf. Die Schnelligkeit und überraschenden Drehungen verwirrten den anderen. Der Mann warf eins der Messer, da schlang sich auch schon das Tuch um sein Handgelenk. Nival zog ihn mit einem kräftigen Ruck nach vorn und trat ihm gleichzeitig in den Bauch.

Die tödliche Drachenschuppe steckte immer noch in seinem Schuh, daher war auch dieser Mann sofort tot.

Bevor Nival sich seiner Tante zuwandte, warf er beide Leichen in das brennende Haus. Dann hob er Mora auf und verschwand mit ihr in der Nacht.

»Fünf Drachen? Fünf? Oh, ich wusste es, du bist die Beste!« Chamija sprang wie ein Kind in die Höhe und klatschte in die Hände.

»Kannst du Heilsalben anrühren?«, fragte Linn. Die Erschöpfung steckte ihr noch in den Knochen, und natürlich war sie aus den zahlreichen Kämpfen nicht ganz ohne Verletzungen hervorgegangen. Da sie sich nicht selbst heilen konnte, hoffte sie, dass Chamija ihr bei der Herstellung einer Salbe helfen könnte. Vielleicht wusste sogar Nival, wie es ging – aber ihn mochte sie nicht fragen. Nein, mit diesem Mistkerl würde sie nie mehr sprechen.

Linn streifte die Stiefel ab und streckte sich auf ihrem Bett aus. »Wenn ich das gewusst hätte«, murmelte sie. »Wir hätten uns so viel Leid ersparen können.«

»Wie bist du vorgegangen?«

»Den zweiten Drachen habe ich am Leben gelassen«, sagte Linn. »Er war sehr hübsch, wie aus Bronze. Die Schuppe macht sich gut an meinem Schwert, nicht wahr? Wer hätte gedacht, dass es so schwer ist, eins dieser Ungeheuer zu verschonen und zu fliehen, aber ich wollte auf keinen Fall mit ihm kämpfen.«

»Dadurch hattest du die Schuppe eines lebendigen Drachen, um damit gegen die nächsten zu kämpfen«, meinte die Tijoanerin. »Geschickt!«

»Die Grenze zu Yan verdient bald den Namen Drachengrube«, sagte Linn mit einem erschöpften Lächeln.

»Oh Linnia, ich bin so stolz auf dich! Du bist wirklich die Beste!«

»Sie ist die Beste?« An der Tür stand der Prinz und wirkte alles andere als begeistert.

Hastig setzte Linn sich auf. Er hatte überhaupt nicht das Recht, hier hereinzuplatzen. Arian schien jedoch nicht in der Verfassung, sich um Anstand zu scheren.

»Sie bekommt fünf Runden um die Stadt«, forderte Chamija. »Wie es ihr zusteht. Sowie fünf Belohnungen! Hat der König schon die Geschenke ausgewählt?«

»Das ist von jetzt an meine Aufgabe«, sagte Arian grimmig; es fehlte nicht viel, und er hätte geknurrt.

»Ich lasse euch jetzt mal kurz allein«, zwitscherte Chamija und schlüpfte grinsend aus dem Zimmer.

Linn sehnte sich nach Schlaf, nach einem Bad, nach Ruhe und einer guten warmen Mahlzeit. Nach der Aufregung der letzten Viertelmonde brauchte sie nicht noch Streit dazu.

Doch Arian stritt nicht. Zu ihrem Erstaunen marschierte er unruhig die wenigen Schritte zwischen den beiden Betten hin und her, ohne sie dabei anzusehen.

»Du bist wieder da«, sagte er. »Linnia, die Drachenjägerin. Siegreich. Draußen singt man bereits Loblieder auf dich. Ich müsste dich aus der Garde werfen, weil du einfach so verschwunden bist. Schon wieder! Doch die Stadt würde es nicht verstehen und mir meine Strenge übelnehmen.«

»Es tut mir leid ...«, begann sie, aber er unterbrach sie sofort.

»Ich kann nicht sagen, was ich fühle. Ich wünschte, das Volk würde mich so lieben, wie es dich liebt. Natürlich bin ich Belim dankbar, dass du gesund zurückgekehrt bist. Was wiegt mehr, meine Freude oder der Stachel in meiner Seele?« Er blieb stehen und starrte sie an. »Ich hasse dich!«

Linn schwieg bestürzt.

»Nein!«, rief er aus. »Ich hasse dich nicht. Ich will dich in die Arme schließen, aber ich traue mich nicht, denn ich fürchte mich davor, dass du mich zurückweist. Welches Mädchen in diesem Schloss, in Lanhannat, ja in ganz Schenn würde den Prinzen zurückweisen, dem das halbe Königreich gehört? Wer, außer dir?«

Er funkelte sie an, und Linn verstand gar nichts mehr. Was las sie in seinen Augen? Wut, Ärger, Verlangen oder war da noch mehr, eine Verzweiflung, die sie gar nicht in ihm vermutet hätte?

»Wer bist du?«, flüsterte er. »Was machst du mit mir? Du hast mich nicht geheilt. Du hast deinen Namen in meinen Arm geschrieben, und nun werde ich dich nicht los. Bist du eine Zauberin? Hast du mich verhext, damit ich nicht anders kann, als dich zu lieben, obwohl es das Letzte ist, was ich will?«

Oh Arajas, er liebt mich? »Nein«, sagte sie langsam, denn ihr blieb nichts anderes übrig, als zu lügen. *Ein Bund,* dachte sie. *Hat Chamija es nicht gesagt? Wer heilt, gibt einen Teil seiner Kraft und schafft einen Bund …* Aber wie konnte dann ein Heiler arbeiten, wenn ihn danach alle liebten, die er pflegte? Nicht mit Zauberei jedenfalls. Das war die Antwort auf viele ihrer Fragen: *Zauberei heilt nicht, sondern schafft nur Verwirrung.*

Arian starrte sie an, seine dunklen Augen schienen zu brennen wie Drachenaugen.

»Es tut mir leid«, flüsterte sie. »Es war nie meine Absicht, Euch wehzutun.«

Er kniete sich vor sie auf den harten Boden. »Du hast nie den Prinzen in mir gesehen«, sagte er. »Nur den Mann. Den selbstgerechten und hin und wieder sogar ungerechten Mann. Wie muss ich werden, damit du mich lieben kannst? Was muss ich sein? Ich werde versuchen, mich zu bessern, ich werde alles tun, was du willst. Nur schau mich nicht immer so an, so streng und verächtlich. Ich gebe zu, dass ich der unwürdigste von Brahans Nachkommen bin – aber vielleicht kann aus mir ja doch noch der Held werden, den du dir wünschst?«

»Ich brauche keinen Helden«, sagte Linn. »Nein, Hoheit, Ihr irrt Euch. Ich habe stets den Sohn des Königs in Euch gesehen. Ich habe dem Prinzen das Leben gerettet, nicht irgendeinem Mann. Dem Königreich habe ich einen Dienst erwiesen, nicht Euch. Wenn Ihr nur ein Mann wärt, ein Ritter, der es wagt, ungebeten ins Zimmer zweier Mädchen zu poltern, hätte ich Euch längst das Knie in die Magengrube gerammt und Euch gezeigt, wo die Tür ist.«

Seltsam, wie schwer es ihr fiel, ihm so schroff zu antworten. Aber es musste sein, ein für alle Mal sollte ihn das von seiner unangebrachten Schwärmerei heilen.

»Gut«, sagte Arian und stand auf. »Ihr verlangt also Anstand, Fräulein Linnia, Ihr verlangt besseres Benehmen … das könnt Ihr haben. Ich gehe natürlich, wenn Ihr das wünscht.«

Er war schon an der Tür, als er sich noch einmal umdrehte. »Morgen wird die Garde für Euch um die Stadt reiten. Mein Herz wird brennen vor Eifersucht, wenn die Menge Euch zujubelt. Aber gleichzeitig wird es flammen vor Stolz, weil Ihr eine Jägerin seid, wie wir noch nie eine in unserer Mitte hatten. Weil die alten Geschichten von Brahan und Laran erneut wahr werden, in Euch … und weil Ihr, ob Ihr es wollt oder nicht, an meiner Seite reiten werdet. Weil ich Euch ansehen werde, immerzu, ohne dass Ihr Euch verstecken könnt – oder werdet Ihr wie sonst Eure Maske tragen?«

»Ich habe sie verloren«, sagte Linn und schämte sich dafür, wie patzig sie klang. »Leider bin ich nicht sehr geschickt darin, mir eine neue zu machen.«

Er nickte und zog die Tür sacht hinter sich zu.

Wenig später stürmte Chamija herein, drehte sich lachend, dass ihr Rock wehte, und warf die Arme in die Höhe.

»Oh, ein Prinz! Ein echter Königssohn! Hättest du je gedacht, dass du so weit kommst, liebe Linnia?«

»Zwischen uns ist nichts«, wehrte Linn verlegen ab.

»Komisch, das sagst du von allen Männern, die in deiner Nähe sind. Nur dein Verlobter bedeutet dir etwas? Nur dieser ferne Mann, während alle, die hier sind, auf Granit beißen?« Chamija zögerte. »Dann macht es dir vielleicht auch nichts aus …«

»Was?« Linn schrak hoch, denn die Prinzessin blickte ungewohnt ernst.

»Nival ist tot«, sagte sie. »So hieß er doch, nicht wahr? Dein Schreiber. Ich habe es nur erfahren, weil ich ab und zu mit diesem anderen Gehilfen zusammenarbeite …«

»Was ist passiert?«, rief Linn. »Er kann nicht tot sein!«

»Doch«, widersprach Chamija. »Es gab einen Brand im Alten Viertel. Man hat nur noch zwei Leichen gefunden, eine große und eine kleine … Linn, warte!«

»Nein!«

Linn war schon zur Tür hinaus. Die Augen blind vor Tränen rannte sie den Gang hinunter. Es konnte nicht wahr sein. Nival tot? Nival, ihr Nival? Während sie mit den Drachen gekämpft hatte, fern der Stadt, war er gestorben – einfach so, ohne ihr die Chance zu geben, sich mit ihm zu versöhnen? Und Mora? Mora etwa auch?

Sie stieß gegen eine Gestalt, die mit gesenktem Kopf vor ihr herging und sofort zugriff, als das Mädchen weitertaumeln wollte.

»Linnia! Kommst du mir doch nach?«

»Er ist tot!«, heulte sie. Diesmal wehrte sie sich nicht gegen die Umarmung. Arian zog sie an sich, und Linn klammerte sich an ihn, den einzigen Halt in einem Meer von Tränen.

»Wer ist tot? Nun wein doch nicht so, meine Liebe.« Er küsste sie aufs Haar, auf die Stirn, auf die Lider. Sie bemerkte weder die Mägde noch die Wächter, die vorbeischlichen und fortzusehen versuchten. Der Prinz küsste ihr die Tränen von den Wangen.

Er ist tot, und es ist zu spät … Er ist tot, und nun wird es immer, immer zu spät sein …

Lange stand sie so da, und Arian hielt sie an sich gepresst und küsste sie, und genau das war der Trost, den sie brauchte. Salzig schmeckten die Küsse wegen all der Tränen.

Linn seufzte.

Sie lehnte den Kopf an seine Brust. Das Fenster vor ihr ging hinaus auf den Hof; gerade marschierte die Garde auf. Eine kleine violette Gestalt tollte zwischen den langbeinigen Pferden hin und her und wich geschickt den Hufen aus.

Sie erstarrte.

»Wer ist tot?«, wollte Arian erneut wissen. »Wer, meine Liebe?«

»Niemand«, antwortete sie. »Ich habe mich geirrt. Niemand ist gestorben. Höchstens mein Stolz.«

»Ein Ring«, sagte der Prinz. »Ich weiß, es müsste eigentlich ein goldener sein, aber ich habe diesen hier ausgewählt.«

Das silberne Schmuckstück passte mit dem funkelnden roten Stein perfekt zu ihrer Kette, dem magischen Erbstück. Linn zögerte, einen Ring von ihrem Verehrer anzunehmen, doch die Gaben waren ihre Belohnung als Drachenjägerin, und es wäre unangebracht gewesen, etwas anderes hineinzudeuten.

»Ein Dolch«, fuhr er fort, »mit einer vergoldeten Klinge. Du weißt schon, wofür. Als Drittes diese mit Diamanten besetzte Lederscheide. Nicht nützlicher als eine schlichte, aber entschieden schöner. Das vierte Geschenk ist dieses Tuch – aus tijoanischer Seide, der feinsten, die es gibt. Ihr Wert ist in den letzten Jahren unglaublich gestiegen. Der Botschafter brachte es mit, und ich möchte, dass du es bekommst.«

Der Stoff war so weich, dass er wie Wasser über die Hände zu fließen schien. Linn hatte nie zuvor etwas berührt, das sich so unwirklich anfühlte. Auf dem kostbaren Tuch waren viele kleine Figuren abgebildet. Linn hatte den Eindruck, dass es die Legende von Brahan darstellte, doch bevor sie es näher betrachten konnte, überreichte er ihr schon das fünfte Geschenk.

»Was … oh ihr Götter. Arian!«

Es war eine Maske. Gegen dieses Prachtstück war die alte ein schlichter Lappen gewesen. Sie war grün, aus winzigen kleinen Schuppen und dazu weich und anschmiegsam. Er legte sie ihr um; die Maske kam ihr vor wie eine zweite Haut.

»Es hat sich gelohnt, sie aufzustöbern«, sagte er leise, »wenn du dafür auf einmal meinen Namen kennst.«

»Wo hast du sie her?« Sie befühlte ihr Gesicht. Die Maske war noch da, obwohl sie mit ihrer Haut zu verschmelzen schien. »Sie ist wunderschön!«

»Die habe ich in der Schatzkammer gefunden.« Er grinste. »Keine Ahnung, seit wie vielen Jahren sie dort gelegen hat, bis sie ihre Bestimmung gefunden hat. Sie passt perfekt zu dir, es ist unglaublich. Ich habe sämtliche Regale und Kisten durchwühlt nach Geschenken, die dich erfreuen könnten. Sagtest du nicht gerade, du hättest die alte Maske verloren?«

»Was ist das für ein Material? Es sieht aus wie Schlangenhaut.« Linn nahm die grüne Maske wieder ab und betrachtete sie, wie sie sich in ihre Handflächen schmiegte. »Aber es fühlt sich ähnlich an wie die Seide.«

»Ich bin mir nicht sicher, aber ich glaube, die Maske gehört zu den Geschenken, die ein Verwandter vor vielen Jahren aus Jagor mitbrachte. Er wurde nie König; der zweite Sohn von Anguan war kein Thronfolger und konnte es sich erlauben, die Welt zu bereisen. Es heißt, er erlebte viele seltsame Dinge in der Bucht von Beran-Jar und erkundete sogar die Länder jenseits des Stillen Meeres. Das hier lag in einer Kiste, die noch weitere Gegenstände aus Jagor enthielt. Die Sumpfschlangen aus diesem Reich sind giftig, und der Prinz hat sich wohl nie von ihrem Biss erholt und wurde nicht alt … Aber diese Haut ist natürlich harmlos. Schlangen tragen das Gift in den Zähnen, nicht in den Schuppen.«

Die Zuschauer wurden langsam unruhig. Okanion trat näher heran.

»Seid Ihr fertig? Können wir jetzt losreiten? Verzeiht, Hoheit, aber die Pferde sind ungeduldig.«

»Nicht nur die Pferde«, sagte Arian, sah dabei aber Linnia an. »Wollen wir?«

Sie nickte. Mit der grünen Maske über den Augen würde die Runde um die Stadt noch eine andere Bedeutung erhalten. Was würden die Menschen sehen? Eine Drachenjägerin? Ein geheimnisvolles Mädchen an der Seite des Königssohns? Eine Heldin, die unbesiegt zurückkam, immer wieder?

Die glänzende grüne Schlangenhaut lag wie ein Streicheln auf ihrem Gesicht, und ihr war, als würde sie flüstern, eine Stimme, leiser als jeder Gedanke.

Jagor … Lonar … Ghenai … Komm. Was hält dich hier? Dort draußen ist die Welt. Tijoa … Tijoa, Tijoa, Tijoa …

Der Narr blieb stumm, als die Garde aus dem Tor ritt. Der Hauptmann und Linnia nebeneinander, und Arian lächelte sie an. Eine Faust krampfte sich um Jikeschs Magen, als das Mädchen zurücklächelte, doch dann streifte ihn ihr Blick, hart und kalt, und ihn überkam das Bedürfnis, sich ganz klein und unsichtbar zu machen.

Jemand legte ihm eine Hand auf die Schulter. Er musste sich nicht umdrehen, um zu wissen, wer es war. Eine Hand, klein und kühl.

»Komm«, befahl Chamija.

Er trottete ihr nach wie ein gehorsamer Hund; wenn hier irgendetwas unsichtbar war, dann die Leine, die ihn an sie band.

Als sie zwischen den Götterstatuen angekommen waren, die heute verlassen dastanden, ohne Zeugen von Schaukämpfen, persönlichen Niederlagen und Triumphen zu werden, wandte sie sich ihm zu.

»Nun, mein kleiner Spion, wie sieht es aus? Erstatte mir Bericht.«

Die Worte kamen aus seinem Mund, ohne dass er sie zurückhalten konnte. Er hätte die Zähne zusammengebissen, wenn es etwas genutzt hätte, doch er hatte bereits die Erfahrung gemacht, dass es nichts half.

»Arians Truppen sind unter der Führung von Ichokar unterwegs nach Khanat«, sagte er. »Flüchtlinge aus Yan und eine Drachenplage machen den Norden unsicher. Der Prinz erwägt, auch dorthin Soldaten zu entsenden, denn Gerüchte von einem maskierten Mädchen, das sämtliche Drachen erschlägt, machen die Runde. Linnias Rückkehr hat alle aufgestört. Die Drachenjäger werden unruhig, sie hoffen nun auf ähnlich großen Ruhm, wenn im Grenzgebiet wirklich so viele Drachen ihr Unwesen treiben. Solange die Untiere vor allem unter den Flüchtlingen wüten, hat der König es nicht eilig, aber sobald die Bevölkerung der Provinz Honau betroffen ist, muss er eingreifen. Mittlerweile zweifelt Arian daran, ob es richtig war, die Truppen in die Ebene zu schicken.«

»Dann ist Lanhannat also ungeschützt?« Chamija schüttelte besorgt den Kopf. »Damit spielen wir ihm in die Hände. Das gefällt mir nicht … Aber es gibt keinen anderen Weg, um Arian zu zeigen, auf wen er sich verlassen kann. Ja, Pivellius muss die Jäger aussenden, und zwar so bald wie möglich.«

»Es ist Herbst«, sagte Jikesch. »Soll er sie in den Winter schicken? Wir müssen auf den Frühling warten.«

»Das ist gar nicht mal so verkehrt. Dann hast du den Winter über Zeit, ihn dazu zu bringen.«

»Die Garde untersteht jetzt dem Prinzen«, erinnerte der Narr.

»Der nicht auf dich hört. Aber der König tut es.«

»Nicht mehr«, murmelte Jikesch. »Er hat mich verschenkt und braucht mich nicht länger.«

»Ach, Unsinn!« Chamija lächelte liebreizend. »Er hat dich doch gern, mein Kleiner. Besuch ihn. Bring ihn dazu, dass seine Mundwinkel sich heben. Er hat wenig zu lachen, der gute alte König. Arian wird dich schon nicht vermissen, dafür sorge ich.«

Jikesch verzog das Gesicht, als hätte er Schmerzen.

»Ach«, sagte die Zauberin, »glaubst du etwa, ich vermag es nicht, den Prinzen abzulenken? Denkst du, weil er Linnia ansieht, als könnte er ihretwegen tatsächlich zu einem Helden werden, würde er vergessen, dass es noch andere Frauen gibt auf dieser Welt, die die Götter erschaffen haben? Glaubst du, es gibt irgendein Ziel, das ich nicht erreichen könnte?«

»Nein«, sagte Jikesch leise. Dann wagte er es, vorsichtig zu fragen: »Wem spielen wir in die Hände?«

»Dem Mann, der nach dieser Stadt greifen wird«, antwortete sie ungeduldig. »Ich habe nicht mehr viel Zeit, um zu tun, was ich vorhatte. Wir beide müssen uns beeilen, kleiner Narr. Die Dinge müssen sich entscheiden, bevor er kommt.«

»Wer?«, fragte Jikesch bang.

»Wer schon? Scharech-Par, wer sonst? Ich habe nicht gewusst, dass er die Maske in die Schatzkammer gelegt hat. Oh ihr Götter, er hat mir nichts davon gesagt, was bedeutet, dass er mir nicht so vertraut, wie ich dachte … Übles bedeutet das, mein kleiner Narr. Aber so schnell gebe ich nicht auf. Geh zum König, um den Rest kümmere ich mich. Bereiten wir alles vor, für das, was kommen mag. Hast du eine Ahnung, mein kleiner Kerl, was das sein könnte?«

»Ihr wollt den Prinzen für Euch«, flüsterte er. »Genau wie das Schloss. Sobald es Euch gehört, werdet Ihr das Unterste zuoberst kehren, auf der Suche nach dem grünen Stein.«

Chamija zog die Brauen hoch. »Du weißt vom ValaNaik? Nun bin ich doch überrascht. Ja und nein – obwohl du es ganz gut getroffen hast, in dieser Hinsicht irrst du dich.«

Jikesch sagte nichts. Er schaute sie nur an und fühlte die Last seines Verrats auf sich, zu schwer, um sie zu ertragen. Außerdem war da noch dieser Wunsch … von dem niemand je hätte erfahren dürfen. Es spielte alles ineinander, jeder von ihnen würde bekommen, was er wollte. Aber so hatte er sich die Rückkehr der Zauberer nicht vorgestellt.

»Ich weiß bereits, wo der Stein ist«, erklärte sie. »Ich muss nur die Hand ausstrecken und danach greifen. Aber mit allem anderen liegst du gar nicht so falsch.«

»Und Linnia?«, flüsterte er.

»Meine liebe Freundin? Wozu taugt sie, außer Drachen zu töten? Was könnte für einen Zauberer nützlicher sein, als so viele tote Drachen wie möglich? Aber jetzt trägt sie die Maske, und das könnte bedeuten, dass Scharech-Par all das gewinnt, was er sich wünscht und was er niemals haben darf, wenn wir die Welt retten wollen, wie sie ist. Es liegt nun an uns, das zu verhindern. An uns beiden, mein kleiner Narr.«

Der Mond nimmt ab, und er nimmt zu. Frost überzieht die Stadt mit weißen Blumen, und Schnee verschönert die dunkelsten Ecken von Lanhannat.

Schwarzmond.

Eismond.

Wispermond.

Und der Bann, dachte Jikesch, *der Bann gräbt sich immer tiefer in die Seele hinein, dieser Bann, der vor Wärme und Licht flieht, ins Dunkle und Kalte.*

»Nein«, sagte Pivellius streng. »Nein, du nicht, mein Sohn.«

»Aber«, begehrte Arian auf, »ich bin Drachenjäger. Ich muss die Garde begleiten. Ich muss Ehre erringen für Brahans Namen!«

»Du bist nicht nur Drachenjäger«, widersprach der König. »Du bist der Prinz, und nun, da du die Verantwortung für das halbe Königreich trägst, kannst du dich nicht länger in solche Gefahr begeben. Du hast bewiesen, dass du einen Drachen töten kannst, du bist bereits ein Held. Das weiß jeder, und das muss genügen. Lass die Garde ziehen und kümmere dich um Schenn. Was ist mir da zu Ohren gekommen von Gefechten vor Khanat und Herret? Deine Truppen haben die Städte belagert, den ganzen Winter hindurch? Willst du den Frieden mit Wellrah gefährden? Das werden die Wellraher niemals zulassen.«

»Sie können uns nicht daran hindern«, versetzte Arian. Unmutig trat er mit dem Fuß nach dem Narren, der auf dem Teppich hockte und mit den Fransen spielte.

»Ich erkenne dich nicht wieder«, meinte der König. »Was sind das für Zeiten, in die du uns führst? Ich fürchte, dass uns alles unter den Händen wegbröckeln wird, wenn du so weitermachst. Du solltest so schnell wie möglich heiraten, bevor die Wellraher einen Rückzieher machen. Ich werde einen Boten nach Rawell schicken, dass sie herkommen und die Prinzessin mitbringen sollen. Die Vermählung könnte im Blütenmond stattfinden.«

»Nein!«

Das kam so heftig heraus, dass Pivellius überrascht zurückfuhr.

»Nein«, wiederholte Arian, um Fassung ringend. »Ich kann dieses Mädchen nicht heiraten. Ich kann nicht … ich will nicht.«

»Sollte tatsächlich etwas an den Gerüchten dran sein? Über dich und die Drachenjägerin?«

Der Prinz schwieg trotzig. Jikesch kniff die Augen zu und versenkte die klingelnde Mütze in seinen Händen, aber schließlich konnte er nicht anders und sah doch hin. Arian, bleich und ernst, hielt dem zornigen Blick seines Vaters stand.

»Ich muss meine eigene Wahl treffen«, sagte er.

»Harlons Tochter? Eher enterbe ich dich.«

»Das kannst du nicht! Du hast mir die halbe Krone gegeben!«

»Als Vorgeschmack auf dein Erbe, ja. Aber ich bin immer noch König, und wenn du dich dieser Verantwortung als unwürdig erweist, werde ich dir wieder alles nehmen. Vergiss das nicht. Du erfüllst die Verträge, die wir mit Wellrah ausgehandelt haben, die deine Mutter ausgearbeitet hat! Es geht um ihr Vermächtnis, und ich werde keinen Widerspruch dulden.«

Arian senkte den Blick und schwieg, die Lippen aufeinandergepresst.

»Du kannst jetzt gehen.«

Sobald der Prinz aus dem Raum war, seufzte der König. »Oh Belim«, stöhnte er, »wohin führt das alles bloß? Wenn ich zwischen drei oder vier Söhnen wählen könnte … aber ich habe nur diesen einen.«

»Harlons Tochter«, flüsterte Jikesch. »Das Volk preist ihren Namen, als sei sie Brahans Erbin und nicht die jenes unseligen Ritters.«

»Die Garde soll ausziehen«, bestimmte der König, »und dieses Mädchen mit ihr.«

In Jikeschs Gesicht zuckte ein Muskel. Er fühlte den Widerspruch auf seiner Zunge brennen, aber er konnte ihn nicht aussprechen. Schon lange konnte er nichts mehr sagen, was Chamijas Plänen zuwiderlief. Ohnmächtig vor Zorn und Angst schlang er die Teppichfransen um seine Finger und flüsterte: »Sie ist nicht unsterblich.«

»Zehn Drachen«, überlegte Pivellius. »Soll sie zehn Drachen erschlagen, für die Hand meines Sohnes.«

»Sie wird nicht zurückkommen«, klagte Jikesch. »Ein Drache wird dabei sein, der schneller ist, der stärker ist, der sie einhüllt in Feuer wie in den Mantel eines Königs. Ein Drache, unbesiegbar und schrecklich.«

»Eben darauf hoffe ich. Nein, Linnia soll die Garde nicht begleiten, sondern allein ausziehen und sich als Nachfahrin Brahans erweisen, wenn nicht dem Blute, so zumindest dem Herzen nach.« Der König lächelte grimmig. »Das ist mein Wille. Ich werde es Arian sagen und darauf bestehen, dass die Sache unter uns bleibt. Es soll, falls es jemals nach außen dringt, wie ein Gerücht klingen, nicht wie ein Versprechen. Im Volk soll es heißen, ich würde sie mit Gold und Silber überschütten. Bist du nicht gut darin, Geschichten unter die Leute zu bringen?«

»Das bin ich«, bestätigte der Narr traurig.

»Gut, dann tu es. Möge es vage bleiben, was sie bekommt. Es reicht, wenn dieses Mädchen daran glaubt.«

Jikesch beugte sich so weit vor, dass er auf den Rücken rollte. Er lag da und umklammerte seine Füße. Die tödliche Schuppe brannte unter seiner Fußsohle.

Erfüll dir deinen Wunsch … jetzt.

Es war noch zu früh.

Nein, es durfte niemals geschehen. Er war kein Mörder! Er war hier, um des Königs Ratgeber zu sein. Deshalb hatte er sich von den Gauklern verkaufen lassen … nicht um der Rache willen. Nicht, um in der Nähe des Königs Schmerz mit Schmerz heimzuzahlen und Tod mit Tod und Entsetzen mit Entsetzen … nicht deshalb.

Tief in seinem Herzen hatte der Fluch die Wahrheit freigelegt, eine Wahrheit, so dunkel und bitter wie Asche … *Deshalb bist du hier. Den Mann, den du in dir gefunden hast, den Jungen, an den Mora glaubt, hat es nie gegeben. Von Anfang an warst du nichts weiter als ein Meuchelmörder mit einem Messer, das Lachen getränkt von Galle und Hass. Das war der Plan, gefasst im Herzen eines Kindes. Es ist immer noch dort, im Dunkeln. Dieses Kind, das keuchend durchs Labyrinth tappt, das Gesicht von Blut und Tränen verschmiert …*

Der König beugte sich zu ihm hinunter und tätschelte ihm den Kopf. »Eine gute Idee, mein treuer Freund.«

Wessen Hund bin ich denn noch? Chamijas Hund. Des Königs Hund. Der Dreck unter Arians Schuhen. Die Straße ist tödlich für Spielleute, die aufhören zu spielen. Wir Tensi müssen uns ins Nichts werfen, wie ein Falke, der darauf vertraut, dass der Wind ihn trägt, in Barradas' Hände, die zupacken oder fallen lassen. Bin ich aus seiner Hand gefallen und hier gelandet – verloren? Es ist, als würde ich die Treppe hinunterstürzen, die endlose Treppe ins Labyrinth …

»Sie wird sterben«, flüsterte er. »Die prinzliche Braut. Die schöne Braut mit dem goldenen Schwert. Doch was, wenn sie gar nicht sterben kann? Wenn Magie sie schützt?«

»Magie?« Pivellius runzelte die Stirn. »Linnia ist eine Zauberin? Dann brauche ich keinen anderen Grund als diesen, und Arian wird sich schaudernd von ihr abwenden.«

Jikesch biss sich in die Hand. Er schlug die Zähne so tief er konnte in die weißen Handschuhe, bis er Blut schmeckte.

»Magie«, wisperte er. »Warum ist sie zurückgekommen, unbeschadet? Warum war der Prinz fast tot und sie so munter? Warum ist sie immer so froh und gesund und hat so rote Wangen? Das Haar fällt ihr glänzend auf die Schultern, und ihr Schwert wird schärfer und schärfer. Was ist das für ein Mädchen? Die Tochter eines Zauberers – vielleicht?«

»Wer weiß«, flüsterte Pivellius, der ihm wie gebannt zuhörte.

»Die Tochter eines Zauberers«, wiederholte Jikesch. »Konnte nicht auch Harlon allein Drachen töten, ohne die Garde? Niemand durfte zusehen, wenn er in den Kampf zog. Warum?, das frage ich mich. Oh ja, ist das nicht eine Frage, die einmal gestellt werden muss? Was erbte sie von ihm, Herr König? Sein Blut? Seine flinke Hand, sein treffsicheres Auge? Die Gier zum Kampf? Oder etwas Greifbares, etwas, das sie sich umlegen kann wie einen Schutz gegen Feuer und Tod und Verderben?«

»Die Kette?«, fragte der König. »Die auch Harlon trug? Oh ja, ich habe sie erkannt, obwohl Linnia sie so selten herzeigt. Warum wohl? Aus welchem Grund verbirgt ein hübsches Mädchen seinen Schmuck, statt sich damit herauszuputzen?« Nachdenklich kraulte er seinen Bart. »Auf einen bloßen Verdacht hin kann ich sie nicht festnehmen … dazu ist sie zu beliebt im Volk. Doch wenn man eine Probe arrangieren würde … bei der sich zweifelsfrei feststellen ließe, ob die Kette magisch ist, ob Linnia unter einem Schutz steht, der übernatürlich und verboten ist? Dann könnte ich sie aus Arians Nähe entfernen … oh ja. So machen wir es.«

Pivellius schritt mit stolzen, schwingenden Schritten davon.

Jikesch zitterte am ganzen Leib. Nur mit größter Anstrengung rappelte er sich auf und wankte zum Fenster. Er öffnete die Fensterflügel und hielt das Gesicht in den scharfen Wind, der ihn sofort erfasste und ihm fast die Mütze vom Kopf riss. Während er sich am Sims festhielt, stieß er ein gequältes Stöhnen aus.

»Gut gemacht«, sagte eine Stimme dicht an seinem Ohr. »Ich bin stolz auf dich, kleiner Narr.«

»Nein«, ächzte er. »Nein, nein …«

Er beugte sich vor. Dort unten das Pflaster, weit, weit unten. Der weiße Hof, auf dem der letzte Schnee glänzte. Es würde sich anfühlen wie fliegen. Einmal im Leben würde er die Arme ausbreiten und sich vorkommen wie ein Drache, mächtig und tödlich, und wie ein Held, der tat, was getan werden musste.

»Nein, mein Lieber.«

Chamija stand hinter ihm, dabei hatte er gedacht, er hätte ihre Stimme nur geträumt. Bald wusste er nicht mehr, wann sie wirklich da war und wann nur in seinen Gedanken.

»Mach es zu«, befahl sie. »Wir sind hier noch lange nicht fertig.«

Seine Finger zitterten so heftig, dass er den Riegel kaum bewegen konnte, als er den Fensterflügel wieder schloss.

Arian legte Linn die Hände auf die Schultern. Sie musste zu ihm aufsehen. Merkwürdig, schon lange hatte sie aufgehört zu denken, dass er zu schwach war für das Erbe, das auf ihm lastete.

Er war erfreulich attraktiv, das hatte er dem legendären Helden auf den vergilbten Bildern voraus. Eigentlich machte er sich ganz gut als Brahans jüngster Spross.

Was zählt es, was hier geschieht, wer in Schenn auf dem Thron sitzt? Erhebe den Blick. Schau, was da draußen vor sich geht, in den Ländern des Südens und Nordens und überall. Jagor. Lonar. Ghenai. Werlis. Khanat. Laub an einem Baum. Was ist Schenn? Nichts als ein Blatt im Herbst, das sich bald vom Zweig lösen wird. Nichts als eine Schneeflocke, die taut, wenn der Frühling kommt. Geh, bevor der Sturm kommt. Geh nach Tijoa. Das ist das Königreich, in dem das Herz der Welt schlägt. Tijoa …

»Was?«, fragte sie verwirrt.

»Du hast davon gehört, oder?«, fragte Arian. »Die Geschichte mit den zehn Drachen?«

Tijoa, flüsterte es. *Erhebe den Blick von allen deinen Sorgen, deinen kleinen Kümmernissen. Dort ist es. Dort geschieht es. Dort wartet es. In Tijoa.*

Den Winter über war die Stimme immer lauter geworden, immer klarer, als würde auf ihrer Schulter ein unsichtbares Wesen sitzen, das ihr ins Ohr schrie.

»Was?«, wollte sie fragen. *»Was wartet dort?«*

Linn blinzelte und versuchte, sich auf den Mann vor ihr zu konzentrieren. »In der Tat, das habe ich. Der König verspricht mir einen Schatz, wenn mir das gelingt. Das kommt mir alles so … unwirklich vor.«

»Da ist noch mehr«, sagte er. »Dieser Schatz, den er dir in Aussicht stellt …«

»Ja?«

»Bin ich.«

Einen Moment lang bekam sie keine Luft. Es war, als hätte jemand sie erschossen, mit einem Pfeil, der ihr noch in der Brust steckte.

Arian lachte leise. Er nahm ihre Hände in die seinen.

»Mein Vater weiß, dass echtes Heldentum tausendmal mehr wert ist als Abstammung und Geld. Wir hätten das ganze Volk auf unserer Seite. Und trotzdem …« Er befeuchtete seine trockenen Lippen. »Du solltest es nicht tun. Zehn Drachen? Wir beide wissen, dass ein einziger Drache genügt, um zehn tapfere Ritter zu Asche zu verbrennen. Die Leute jubeln und reden, aber sie haben keine Ahnung. Wir beide dagegen – wir kennen die Drachen. Jeder falsche Schritt, eine falsche Entscheidung, ein Stolpern, ein Zögern, und es ist zu Ende. Tu es nicht, Linnia. Bleib hier, bei mir.«

Geh. Was hält dich hier? Geh nach Tijoa. Dort ist das Herz dieser Welt.

»Dann verspricht der König also mehr, als du halten willst?« Sie sah ihn an und wusste immer noch nicht, was sie über ihn dachte. Er hatte recht – sie hatte stets nur den Mann in ihm gesehen, nie den Königssohn. Einen Mann, der es ihr schwer gemacht hatte, ihn zu mögen. Selbst jetzt, da sie langsam Vertrauen zu ihm fasste, war sie sich immer noch unsicher, ob ihre Gefühle über bloße Zuneigung hinausgingen. Sie hatte bereits Freundschaft und Liebe verwechselt, und sie hatte schon einmal ihre Liebe jemandem geschenkt, der sie nicht verdiente.

»Ich würde mitkommen, wenn ich nur könnte«, sagte Arian. »Überall würde ich mit dir hingehen, bis ans Ende der Welt.« Wer hätte gedacht, dass der stolze Königssohn ihr jemals so etwas anbieten würde, während Nival an seinen verrückten Plänen festhielt und sich um nichts in der Welt davon abbringen ließ? »Als Thronfolger muss ich jedoch auch an andere denken, verstehst du? Ich bin nicht mein eigener Herr. Ich will, dass du hierbleibst, bei mir, in Sicherheit – gleichzeitig kann ich dich kaum schnell genug fortschicken, damit du diese Aufgabe erledigen und zu mir zurückkommen kannst, als meine Braut.«

»Was ist mit deiner Verlobten in Wellrah?«

»Wellrah bedeutet nichts«, befand er. »Meine Mutter kam von dort, also werden sie das Bündnis nicht so schnell aufkündigen. Wir haben Tijoa an unserer Seite! Das ändert alles. Ich kann heiraten, wen ich will. Und«, er beugte sich vor und küsste sie sanft, »ich will dich.«

Wellrah ist nichts als ein Blatt, das der Sturm vom Baum schütteln wird. Schenn wird durch die Luft wirbeln. Wo ist das Zentrum des Sturms? Wo sind das Herz und das Auge und wo die Wurzeln des Baums? Weißt du es immer noch nicht?

»Tijoa«, antwortete sie innerlich, während sie sich von Arian küssen ließ. *»In Tijoa, wo sonst?«*

»Linnia«, seufzte der Prinz zärtlich.

Sie erwiderte den Kuss, ohne wirklich bei ihm zu sein. Sonst hätte sie sich nicht fragen können, was sie dabei empfand. Es war … schwierig. Er berührte ihr Herz auf seine Weise, mehr, als Yaro es je vermocht hatte – vielleicht gerade, weil Arian ihr nicht so vertraut war, sondern auf eine erregende Weise fremd. *Du wirst ihn jetzt nicht mit Nival vergleichen. Nival ist für dich und für die ganze Welt gestorben, ihn musst du aus allen Gleichungen streichen.*

»Ich bin auch verlobt«, brachte sie schließlich heraus. *Ich werde Yaro nicht heiraten*, dachte sie gleichzeitig. *Ich kann nicht. Wird es ihm das Herz brechen? Oh Arajas, wie soll ich mich nur entscheiden?*

»Eine Verlobung ist nur so lange gültig, bis etwas Entscheidendes dazwischenkommt«, sagte Arian. »Also wenn das hier kein Grund ist … sofern du mich denn willst.«

Sie konnte nicht antworten, denn sie wusste es nicht.

Was machst du in Schenn?, flüsterte es. *Dort draußen geschehen die Dinge, die zählen. Weit hinter dem Gebirge, hinter der Grenze, beginnt die Welt. Dort schlägt das Herz …*

Yaro zu enttäuschen, der sie liebte, der in Brina ein Haus für sie baute, wog schwer. Aber konnte sie sich überhaupt vorstellen, je wieder in ihr Dorf zurückzukehren und all das hinter sich zu lassen, Lanhannat und die Garde und den Prinzen?

»Was willst du tun? Gegen die Drachen ausziehen oder … oder bleibst du bei mir? Ich könnte meinem Vater zeigen, was ich von seinen Bedingungen halte. Soll er doch sehen, wo er einen anderen Sohn herbekommt.«

Sich an Arians Brust zu schmiegen fühlte sich immer noch fremd an, und Linn war noch lange nicht bereit, mit ihm überallhin zu gehen. Seine Liebesschwüre wärmten ihr Herz, aber in der Ferne lockten die Drachen mit ihren gleißenden Schuppen, den wilden Augen, den Hörnern und Krallen und ihrem Feuer, und sie liebte es noch viel mehr, als sie irgendeinen Mann liebte, das zu sein, was sie war: eine Drachenjägerin.

Der Sturm. Dort draußen. Hörst du ihn?

»Ich breche heute noch auf«, sagte sie. »Allein. Und ich bringe den Beweis mit für meine Siege.«

»Bringst du dann auch die Antwort mit?«, fragte er.

Sie nickte, unfähig zu sprechen.

Zehn Drachen lang Zeit für ein Ja. Aber ihr war, als bräuchte sie mindestens hundert Drachen, um von ihrem Vielleicht herunterzukommen.

14

Der erste Weg führte Linn in ihr Zimmer, wo sie ein paar Kleidungsstücke einpackte. Chamija saß auf ihrem Bett und sah ihr dabei zu.

»Du gehst also«, sagte sie. »Ich hoffe, nicht zu weit. Such dir deine Drachen im Süden, nicht im Norden. Es ist besser für dich, nicht nordwärts zu reisen.«

»Warum? Die meisten Drachen halten sich an der Grenze zu Yan auf. Dort brauchen die Leute meine Hilfe.«

Chamija verzog das Gesicht. »Ich war nicht wachsam genug«, sagte sie, »und jetzt ist es zu spät. Vermutlich hilft es nicht, wenn ich dir rate: Nimm die hübsche grüne Maske ab, die der Prinz dir geschenkt hat, und reite nach Süden.«

»Was?« Ungläubig starrte Linn ihre Freundin an. »Wie meinst du das?«

»Das ist keine Schlangenhaut aus Jagor. Aber ach, was rede ich zu tauben Ohren! Ich sollte es besser wissen. Wahrscheinlich war Scharech-Par nur aus dem einen Grund hier – um den Angelhaken auszuwerfen. Diesen Zauber kann nicht einmal ich von dir nehmen. Auf meine Worte kommt es jetzt nicht mehr an. Mir bleibt nur, darauf zu hoffen, dass du stark genug bist.«

»Stark genug wofür? Um die zehn Drachen zu töten?«

»Reite los«, sagte Chamija, »und komm zurück. Mehr verlange ich gar nicht. Wenn du das fertigbringst, bin ich schon stolz auf dich – mehr, als du dir vorstellen kannst.«

Im Stall hockte Jikesch. Linn musste an ihm vorbei, um zu ihrem Pferd zu gelangen, und ertappte sich dabei, dass sie ihn am liebsten getreten hätte, so wie Arian es sich angewöhnt hatte.

»Geh mir aus dem Weg«, zischte sie.

Der Narr war ungewohnt schweigsam. Er rührte sich nicht von der Stelle, und während sie Tani sattelte, brütete er dumpf vor sich hin. Erst als sie den Braunen aus der Box führte, wachte er auf, und für einen kurzen Moment war ihr, als würde sie Nivals Gesicht vor sich sehen und Nivals Stimme hören.

»Geh nicht. Bitte.«

Sie drehte sich zu ihm um, und wieder überkam sie der bittere Wunsch, ihn zu schlagen – für das, was er war, und für das, was er nicht sein konnte.

»Warum?«, fragte sie.

Er starrte nicht sie an, sondern ihre Maske, als stünde eine dritte Person zwischen ihnen, eine unsichtbare Gestalt in Grün. Sie erhielt keine Antwort, aber damit hatte sie auch nicht gerechnet. Nur Scherze und Geheimnisse, und von beidem hatte sie genug.

Schnee glättete den steinigen Weg den Hügel hinab. Es war kalt, aber solange der Schnee nicht taute, würde die Straße durch die Gerin-Yan-Berge gut passierbar sein, und sobald sie erst in der Provinz Honau war, konnte das Wasser von den Hängen herabfließen, so viel es wollte.

An der Wegkreuzung warteten drei Reiter. Okanion, Gunya und Dorwit. Waren sie ebenfalls nach Drachen ausgeschickt worden?

»Ich wurde allein ausgesandt«, sagte Linn.

»Nein«, widersprach Okanion. »Wir werden mit Euch reiten, Ritterin Linnia.«

»Aber …« Hatte der Prinz ihr diese Begleiter mitgegeben? Um dafür zu sorgen, dass sie heil zurückkam? Dann wusste er nicht, dass er ihr damit einen schlechten Dienst erwies. Schließlich durfte niemand wissen, dass sie ein verzaubertes Schwert benutzte; es war zwar auf den ersten Blick nicht ersichtlich, aber vielleicht würde doch irgendwann jemand darauf kommen.

»Der König hat uns befohlen, bei Euch zu bleiben«, sagte Gunya. »Ihr habt doch kein Problem damit? Wenn er Euch mehr Reichtum in Aussicht stellt, als irgendein Mädchen Eures bescheidenen Ranges je erträumen darf, so muss er sicher sein können, dass Ihr diese zehn Drachen tatsächlich alleine besiegt habt.«

»Ihr wisst davon?«, fragte Linn überrascht.

»Mädchen, jeder in ganz Lanhannat weiß davon. Pivellius muss dafür sorgen, dass Ihr ihn nicht betrügt – indem Ihr fremde Siege für Eure eigenen ausgebt oder Drachenschuppen kauft, um sie als Trophäen mitzubringen.«

Okanion wirkte darüber nicht glücklich.

»Auf geht's«, sagte er mit rauer Stimme. »Nordwärts. Oder habt Ihr vor, an einer anderen Stelle nach den Drachen zu suchen?«

Während sie ritten, lenkte er sein Pferd an ihre Seite.

»Die beiden wissen nicht alles«, sagte er leise. »In der Stadt heißt es nur, der König habe Euch einen besonderen Schatz versprochen. Doch die Stimmen mehren sich, die darüber klagen, dass er Euch möglicherweise loswerden will und Euch deshalb in die Gefahr schickt.«

Er hatte ihr seine zerstörte Gesichtshälfte zugewandt, wie eine Warnung.

Das Auge des Sturms. Tijoa. Dort ist keine Gefahr, dort ist das Zentrum der Stille.

»Wir alle werden wie Blätter vom Baum geschüttelt.« Linn seufzte. »Hat Pivellius Euch gesagt, worum es wirklich geht?«

Okanion antwortete nicht sofort. »Ich habe Euch einmal ein

Bild gezeigt«, sagte er. »Von einer Frau mit Augen, die älter waren als sie selbst. Traurige Augen. Ich kannte die Königin, und obwohl sie eine wunderbare Frau war, so war sie doch nicht stark genug für diesen Platz oben, fern von … richtigen Menschen. Ihr wisst, was ich damit meine. Menschen, die ihre Hände in Mehl tauchen können.«

»Es geht mir nicht darum, Königin zu werden.«

»Das glaube ich Euch sogar«, meinte Okanion. »Doch Ihr könnt Arian nicht haben, ohne diesen Preis zu bezahlen. Noch dazu würdet Ihr sämtliche Fürsten und Grafen im Schloss gegen Euch aufbringen. Alle, die Euch einen solchen Aufstieg missgönnen, würden dafür sorgen, dass Ihr Eures Lebens nicht mehr froh werden würdet. Für Irana war es schon schlimm genug, und sie war immerhin eine Prinzessin.«

»Habt Ihr sie geliebt? – Entschuldigt, bitte. Das geht mich nichts an.«

»Ich habe sie verehrt«, erwiderte Okanion ruhig. »Ihre Schönheit und Tapferkeit bewundert. Mehr hätte ich mir nie herausgenommen. So solltet auch Ihr es halten, was Mitglieder der königlichen Familie angeht.«

Die Straße durchs Gebirge war Linn beim letzten Mal, als sie allein gereist war, nicht so lang vorgekommen. Sie schlängelte sich zwischen den höheren Bergen hindurch und war normalerweise auch mit Wagen mühelos zu befahren, aber Linn kam es vor, als wäre sie selbst zu Jikesch, der störrischen Eselin, geworden. Das Reittier des Narren, das denselben Namen trug wie er, verzagte vor dem kleinsten Hindernis, und so ging es Linn jetzt auch – jede noch so geringe Steigung kam ihr qualvoll vor.

Schneller. Der Norden ist noch so weit. Du watest durch Blätter, die zu Füßen des Baumes liegen, rot und golden. Du stapfst durch Schnee, der sich in braunen Schlamm verwandeln wird. Schön und doch nicht mehr als der Abfall eines Jahres. Weiter! Schneller! Er wartet.

Er?

Es lag nicht an Okanion. Auch nicht an Dorwit, der sich meist unauffällig im Hintergrund hielt, hin und wieder seinen Bart kraulte und eine weise klingende Aussage zum Besten gab, wie »Der Weg hinter dem Hügel führt voran« oder »Die ersten zehn Yagons sind immer die schwersten«. Manchmal verstieg er sich zu Bemerkungen, die Linn wirklich erstaunten.

»Wenn Drachen dichten könnten, hätten sie wenigstens einen Grund, über Yan herzufallen.«

»Aha«, meinte Gunya gereizt. »Wie überaus witzig.«

Ohne die zweite Ritterin wäre diese Reise vielleicht sogar amüsant gewesen, so aber hatte Linn das Gefühl, als klebten die Hufe ihres Pferdes am steinigen Weg. Sie kamen nicht voran. *Der Norden ruft. Nach Tijoa, nach Tijoa! Er wartet. Das Herz der Welt.* Und, schlimmer noch, sie konnte nicht entkommen. Es war gar nicht das, was Gunya sagte, sondern die Art, wie sie jeden in ihrer Nähe mit Blicken und ihrem abfälligen Lächeln zum Schweigen brachte.

Als sie die Berge hinter sich hatten und das leicht hügelige, bewaldete Grenzgebiet erreichten, war Linn bereit, sich auf jeden Drachen zu stürzen und ihn mit bloßen Händen zu erwürgen, Hauptsache, sie konnte dieser erzwungenen Gemeinschaft so schnell wie möglich entfliehen. Aber vermutlich würde sie mindestens zwanzig Drachen töten müssen, um Gunya zufriedenzustellen.

Wenn es denn irgendwo Drachen gegeben hätte.

Das erste Dorf, das sie erreichten, war menschenleer. Auf den Feldern und Weiden brach der Frühling an, gelbe und weiße Blumen sprossen wie Pilze aus der Erde; dazu hätten spielende Kinder und tanzende Mädchen gepasst, nicht diese Grabesstille. Man hätte glauben können, die Ansiedlung sei von Drachen heimgesucht worden, wenn nicht die Häuser alle unversehrt gewesen wären. Eine Frau in der Tracht der honauischen Bauern, die vor ihrem Haus stand und die Gardisten mit großen, verstörten Augen anstarrte, reagierte auf Okanions Anfrage mit Unverständnis.

»Drachen? Hier? Warum sollte es denn bei uns Drachen geben?«

»Wir hörten, sie würden die gesamte Provinz Honau heimsuchen«, erklärte er geduldig, »entlang der Grenze, und die Flüchtlinge verfolgen. Aber Ihr hattet bislang keine Probleme?«

Die Frau schüttelte den Kopf.

»Das freut mich für Euch.« Er wandte sich an Linn. »Wir müssen also noch weiter nach Norden.«

»Merkwürdig«, murmelte sie. »Bei meinem letzten Besuch hat es in dieser Gegend vor Drachen nur so gewimmelt. Aber ich war weiter westlich, näher an den Bergen, vielleicht liegt es daran.«

»Drachen? Wo gibt es Drachen?«

Die Bäuerin stieß ein erschrockenes Keuchen aus, als am Fenster hinter ihr ein Junge von vielleicht dreizehn, vierzehn Jahren erschien und die Ritter neugierig bewunderte.

»Zurück! Ich habe dir gesagt, lass dich nicht blicken! – Er ist elf«, sagte sie rasch zu Okanion, »erst elf, ich schwör's!«

Linnia beschlich ein ungutes Gefühl, während sie die einsame Dorfstraße weiterritten. »Die Frau glaubte, wir würden ihren Sohn mitnehmen, wenn er alt genug ist? Verstecken sich alle hier vor uns? Warum, bei allen Göttern?«

Der Drachenjäger seufzte. »Alle jungen Männer werden zu den Waffen gerufen, wusstet Ihr das nicht?«

»Meine Brüder und meine Neffen sind unterwegs Richtung Ebene«, ergänzte Dorwit.

»Aber …« Linn wollte nicht glauben, was sie da hörte. »Davon merkt man in Lanhannat nichts.«

»Nein«, sagte Okanion düster, »das ist die Pflicht, die auf den Provinzen lastet: Soldaten zu stellen, wenn der König danach verlangt.«

»Ich bin aus Inidria«, erklärte Dorwit.

Der Sturm schüttelt die Blätter vom Baum. Wundert dich das?

Unvermittelt musste Linn an Yaro denken. Wenn nun auch in Nelcken die jungen Männer zum Dienst gerufen wurden? Wie sah wohl ihr Dorf aus – ebenso verlassen wie dieses? Es hatte ihr immer Trost gegeben, dass zu Hause alles in Ordnung war. Jedenfalls hatte sie glauben können, in Brina sei alles wieder so wie früher. Die Häuser aufgebaut, die Kranken genesen … Und wenn nicht? Was, wenn nicht?

Als Nächstes stießen sie auf ein Dorf ganz anderer Art. Anscheinend war es ein Lager oder etwas Ähnliches gewesen; Tücher und Stangen wiesen darauf hin, dass hier Zelte gestanden hatten, ausgetretene Feuerstellen, noch nicht lange heruntergebrannt, erzählten von einem hastigen Aufbruch. Ein Schneehaufen glänzte im Sonnenschein, der letzte Rest eines ehemaligen Walls. Linn mochte sich nicht vorstellen, wie die Menschen hier im Winter gelebt hatten, ohne Mauern und Kamine.

»Wo sind all die Leute hin?«, fragte Dorwit und stocherte in der Asche. »Hier, ein Löffel.« Er fischte eine geschwärzte Suppenkelle aus der Feuerstelle.

Linn betrachtete das Fundstück eingehend. »Das ist keine Honauer Arbeit. Diese Blumenmuster stammen aus Yan, würde ich behaupten. Ich bin eine Zeit lang mit einem Kaufmann aus Yan unterwegs gewesen, der hatte auch überall solche Muster, sogar an seinem Wagen. Das hier war ein Flüchtlingslager.«

»Wie gut sie über alles Bescheid weiß«, ätzte Gunya. »Ich

bin wirklich beeindruckt. Die beste Drachenjägerin des Königs kennt sich auch noch mit Blümchen und Löffeln aus.«

»Also Leute, die vor dem Krieg geflohen sind«, stellte Okanion fest, ohne auf Gunya zu achten. »Sind sie jetzt schon wieder zurück nach Yan? Reiten wir weiter, das gefällt mir nicht.«

Auf dem Weg in Richtung Grenze stießen sie auf weitere verlassene Lager, was das Stirnrunzeln des Ritters noch vertiefte. Dafür trafen sie bald auf Soldaten, von denen sie misstrauisch beäugt wurden. Die Drachenjäger ritten weiter, obwohl es Linn bald vorkam, als wären es nicht ihre eigenen Soldaten, sondern Feinde, so abweisend blickten die Männer auf die Gardisten.

»Halt!« Ein Soldat sprang vor ihnen auf den Weg und erkannte gleichzeitig das Wappen des Königs an ihren Schilden. Er nahm zwar Haltung an, salutierte, machte aber keinerlei Anstalten, sie vorbeizulassen.

Okanion trieb sein Pferd ein paar Schritte vorwärts. »Wie sieht es aus, Soldat?«, fragte er freundlich.

»Ich habe Order, niemanden durchzulassen«, erklärte der Mann und betrachtete verstohlen das zerstörte Gesicht des Drachenjägers.

»Ich glaube kaum, dass diese Regelung für die Garde des Königs gilt«, sagte Dorwit verärgert.

Der Soldat wand sich sichtlich. »Ich bitte um Verständnis, aber wir brauchen … Ungestörtheit. Außerdem«, er linste verlegen zu Linn und Gunya hinüber, »ist das nichts für Frauen.«

»Kommt.« Okanion hätte den Mann über den Haufen geritten, wenn dieser nicht rasch zur Seite gesprungen wäre. »Das müssen wir uns nicht bieten lassen.«

»Aber wir haben Befehle!«, rief der Soldat ihnen noch nach.

»Das kann doch wohl nicht wahr sein«, schimpfte Gunya, heiser vor Wut. »Haben die denn gar keinen Respekt?«

Die Bäume traten weiter zurück und entließen die vier Reiter auf die Kuppe eines Hügels. Unter ihnen befand sich der

Bach, der die Grenze zwischen Yan und Honau markierte. Nun wusste Linn endlich, warum die Soldaten keine Zeugen wollten. Sie trieben eine Schar Menschen in abgerissener Kleidung auf den Bach zu; Menschen mit Wagen und Karren, beladen mit Körben und Kisten – Flüchtlinge aus Yan. Brutal drängten die Soldaten die Yaner ins eiskalte Wasser. An dieser Stelle gab es keine Furt, sodass die Wagen umkippten und mitsamt ihrer Last versanken. Ein Knäuel aus Deichseln und Wagenrädern bildete einen Haufen am Ufer. Menschen schrien, flehten die Soldaten an und wurden trotzdem rücksichtlos weitergestoßen. Der Bach selbst schien nicht sehr tief zu sein. Ein alter Mann, ein kleines Kind auf den Schultern, ging aufrecht hindurch, das Wasser reichte ihm nicht höher als bis an die Brust. Triefende Gestalten stiegen auf der anderen Seite aus dem Wasser und zogen ihre Gefährten ans rettende Ufer.

Aber das Schlimmste war nicht die Szene am Bach, waren nicht die Menschen, die ihr Hab und Gut aufgeben mussten, wenn sie ihr Leben durchs Wasser hindurch retten wollten, sondern der Drache, der über dem Wald jenseits der Grenze kreiste. Ein Drache, der im Sonnenlicht funkelte wie ein fliegender Kristall – er hatte die Farbe einer Gewitterwolke, und genauso drohend hing er über den Wipfeln. Ein Feuerstoß entflammte die Baumkronen, und Geschrei ertönte, so laut, dass es bis hierhin zu hören war. Die Menschen am Bach kämpften, um auf dieser Seite zu bleiben, und hatten doch keine Chance gegen die Übermacht der Soldaten.

»Das muss aufhören!«, rief Linn. Sie preschte den Hügel hinab über das aufgeweichte Gras, dicht gefolgt von Okanion und den anderen. »Aufhören!«, rief sie. »Im Namen des Königs!«

Einige Soldaten drehten sich auf ihren Ruf hin um, und ein Offizier, erkennbar an seinem federbestückten Helm, trat ihnen entgegen.

»Ihr wünscht?«, fragte er kühl.

»Bei Arajas, dahinten ist ein Drache!«, schrie Linn. »Wie könnt Ihr die Leute dort hintreiben!«

»Die Drachen in Yan sind nicht unser Problem«, entgegnete der Mann. »Seit wir verhindern, dass Yaner in Schenn einfallen, bleiben auch die Ungeheuer drüben.«

»Einfallen?« Linn konnte kaum noch sprechen vor Wut. »Was soll das denn bitte schön heißen? Das sind Flüchtlinge!«

»Ich muss Euch bitten, Euch nicht einzumischen.« Der Offizier schien nach einem ruhigeren Gesprächspartner zu suchen, schrak vor Okanions entstelltem Äußeren zurück, scheiterte an Gunyas verächtlichem Lächeln und wandte sich schließlich an Dorwit. »Wir befolgen hier nur unsere Befehle. Wir kämpfen gegen die Drachen – auf unsere Weise. Ihr dürft nicht verkennen, dass wir damit unsere eigene Bevölkerung schützen. So viele Drachenjäger, wie wir andernfalls benötigen würden, gibt es gar nicht. Also lasst uns unsere Arbeit tun.«

»Befehlt Euren Männern sofort, damit aufzuhören«, rief Linn. Sie konnte immer noch nicht fassen, was sie hier mit ansehen musste, und umklammerte instinktiv ihr Schwert. Am liebsten hätte sie Okanions warnendes Kopfschütteln ignoriert, aber Gunya sagte leise: »Ihr mögt unschlagbar sein, was Drachen angeht – aber gegen hundert Soldaten seid Ihr machtlos. Bei Treas, lasst das Schwert stecken.«

Linn rang mühsam um Atem, während sie gegen ihre Wut ankämpfte. »Dann muss es eben der Drache sein.«

»He!«, rief der Offizier ihr nach, als sie Tani über die Wiese lenkte, ein Stück von den Flüchtlingen entfernt, dorthin, wo der Bach das einzige Hindernis zwischen den beiden Königreichen darstellte. »Das sind nicht unsere Drachen!«, rief er. »Ihr dürft nicht …«

Linn hörte ihn nicht mehr. Ihr war auch gleich, ob die anderen Drachenjäger ihr nachkamen. Auf gar keinen Fall würde sie zulassen, dass dieser Gewitterdrache den Wald abbrannte und über die Menschen herfiel.

Ja! Nach Norden! Über die Grenze. Ja, ja! Durch den Sturm hindurch.

»Wartet!«

Sie dachte gar nicht daran, aber am Wasser musste sie absteigen und den widerstrebenden Wallach dazu bewegen, ihr in den Bach zu folgen. Da hatten die anderen drei sie schon erreicht.

»Es kümmert mich nicht, auf welcher Seite der Grenze dieser Drache ist«, rief Linn.

»Wir haben nicht vor, Euch aufzuhalten, Ritterin Linnia«, sagte Okanion, der ebenfalls abstieg. »Wir kommen mit.«

Selbst Gunya schien ausnahmsweise nicht auf Linn wütend zu sein.

»Das ist eine Schande für Brahans Erben«, stieß sie zwischen zusammengebissenen Zähnen hervor. »Eine untilgbare Schande.«

Vielleicht war es von Vorteil, von Kopf bis Fuß durchnässt zu sein, wenn man einen Drachen angreifen wollte. Linn fühlte sich durch ihre nassen Kleider jedoch gehemmt und unbehaglich. Sie fror. Viel lieber hätte sie sich an einem behaglichen Feuer aufgewärmt, als gegen ein Ungeheuer anzutreten, doch die Wut hatte auch durch das kalte Bad nicht nachgelassen. Sie schüttelte sich wie ein nasser Hund und packte ihr Schwert.

Okanion blieb als Wache bei den Pferden zurück; zu dritt pirschten sie durch den Wald.

»Der Drache kann nicht landen, bevor er die Bäume verbrannt hat«, sagte Linn. »Entweder wir warten so lange oder wir suchen eine Lichtung und versuchen, ihn dorthin zu locken.«

Gunya stapfte hinter ihr her. Sie war wie ausgewechselt. Noch nie zuvor hatte Linn einen so sinnvollen Vorschlag von ihr vernommen wie diesen: »Anlocken? Dazu brauchen wir ein paar Flüchtlinge.«

»Wir müssen also ein paar dieser verschreckten Seelen dazu bringen, sich auf eine Lichtung zu stellen und die Aufmerksamkeit des Drachen zu erregen?« Dorwit seufzte. »Schon klar. Das Untier würde sich nicht ausgerechnet auf uns stürzen, wenn so viel hilfloses Frischfleisch herumläuft.«

Sie stöberten ein paar verschreckte Frauen auf, die ihre Kinder an den Händen packten und davonrannten.

»Die Farben von Schenn zu tragen ist hierzulande keine Empfehlung mehr«, sagte Gunya düster. »Wie können wir mit ihnen reden, wenn sie alle solche Angst vor uns haben?«

Über ihnen fauchte der Drache. Es regnete brennende Zweige, doch der Wald war feucht vom Nebel und nicht so leicht in Brand zu setzen. Im Schatten, wo kein Sonnenstrahl hinfiel, hatten sich Schneewehen gehalten, auf denen man leicht ausrutschen konnte. Dicker Qualm versperrte ihnen die Sicht. Wieder hastete eine Gruppe Yaner vorbei, darunter diesmal auch einige Männer, doch Gunyas Versuch, sie zum Stehen zu bringen, war nicht von Erfolg gekrönt. Schlimmer noch, einer der Flüchtenden war dermaßen verzweifelt, dass er sie angriff. Sein Blick blieb an Linns grüner Maske hängen, da ging er auch schon mit einem dicken Knüppel auf sie los. »Verdammte Schenner! Verräter! Ihr habt uns im Stich gelassen!«

Vielleicht sahen die Drachenjäger in nassem Zustand nicht so ehrfurchtgebietend aus wie sonst, trotzdem gelang es ihnen recht mühelos, den Mann zu entwaffnen.

»Seid verflucht!«, brüllte er.

»Hört zu«, begann Linn, aber es war unmöglich, sich verständlich zu machen, denn aus der ganzen Gruppe war niemand bereit, ihnen Aufmerksamkeit zu schenken. Nach einem Schwall an Beschimpfungen zogen die Yaner weiter. Ihre Kinder heulten, während glühende Äste auf den Weg stürzten.

»Wie können sie das unterscheiden?«, murmelte Dorwit. »Das ist nicht normal, wisst ihr das? Drachen verhalten sich nicht so.«

»Was meint Ihr?«, fragte Gunya.

»Warum die Flüchtlinge? Warum ist der Bach eine Grenze für die Bestien? Warum machen sie einen Unterschied zwischen uns und den Yanern? Da drüben auf der Wiese sind genug Soldaten, die der Drache im Kreis herumjagen könnte, viel wehrhafter als diese armen Familien sind die auch nicht.«

»Es sei denn, die Drachen befolgen Befehle«, sagte Linn. Sie wusste selbst, wie unglaublich das klang. Wenn sie nicht mit angesehen hätte, wie die Tijoaner sich von einem Drachen transportieren ließen, wäre ihr das genauso unwahrscheinlich erschienen. »Es sei denn, ein Zauberer hätte so viel Macht über diese Ungeheuer, dass sie nicht von Blut und Schätzen angelockt werden, sondern in Yan sind, weil sie hierhergeschickt wurden.«

Tijoa. Dort liegt die Antwort. Das Herz der Welt. Das Auge des Sturms. Dort. Er wartet.

»Das ist völlig absurd.« Gunyas Stimme hatte wieder den gewohnt arroganten Tonfall angenommen.

»Ist es nicht – leider«, beharrte Linn. »Der neue König von Tijoa ist nicht zu unterschätzen. Ich habe gesehen, dass ein Drache ihm gehorcht.«

Die anderen starrten sie an.

»Niemand hat je Drachen befehligt!«, protestierte Gunya.

»Nicht seit Bor-Chain«, sagte Dorwit leise. »Er hat sie in seinem Krieg zu Hilfe gerufen, wisst Ihr noch? Der Tyrann konnte sie zwingen, zu tun, was er wollte. Die alten Legenden lügen nicht. Laran vermochte es übrigens auch. Sollte Scharech-Par ein zweiter Bor-Chain sein, genauso mächtig und furchtbar wie der Tyrann der Geschichten? Dann seien uns die Götter gnädig. Belim sei Dank, dass die Tijoaner heutzutage auf unserer Seite sind, denn diesmal haben wir keinen Laran.«

Gunya schnaubte verächtlich. »Dafür kann ich Belim nicht danken – dass Brahans Erben sich in den Dienst der Tijoaner stellen.«

»Seid vorsichtig, was Ihr sagt«, meinte Dorwit. »Ihr bewegt Euch auf dünnem Eis.«

»Still!« Linn hob die Hand.

Das Rauschen der Drachenflügel über ihnen ließ ihr Herz schneller klopfen. Feuer tropfte durch das frische hellgrüne Blätterwerk.

»Verdammt! Weiter, rasch! Er weiß, wo wir sind.« Ganz in der Nähe schlichen ein paar Yaner vorbei. »Gebt acht mit dem Wagen!«

»Kesim?«, fragte Linn ungläubig.

Einer der Männer, der einen Handkarren hinter sich herzog, richtete sich auf. Sie hätte den yanischen Kaufmann, der sie aus ihrem Heimatdorf in die Hauptstadt gebracht hatte, fast nicht erkannt, denn vor drei Jahren war er beleibt gewesen, sein gemütliches Gesicht und seine gute Laune hatten ihr den Abschied von Brina leicht gemacht. Nun schlotterten ihm die Kleider um den deutlich abgemagerten Leib, und seine Augen waren wachsam und misstrauisch. Kurz lüpfte sie die Maske, um ihm ihr Gesicht zu zeigen, denn er schien sie nicht mehr zu kennen.

»Linnia?«, hauchte er ungläubig.

»Kesim! Was macht Ihr hier?«

Er wischte sich den Schweiß von der Stirn. »Es gibt keinen Ausweg«, murmelte er. »Sie hetzen uns schon durchs ganze Land. Dort vorne sind überall Soldaten, niemand kommt durch, sie haben die Grenze dichtgemacht. Hunderte von Flüchtlingen strömen wieder zurück nach Yan, wo sie von den Drachen empfangen werden. Wohin? Wir müssen versuchen, uns nach Samaja durchzuschlagen, aber ersten Gerüchten zufolge geht es nun auch dort los. Sie kreisen uns ein.«

»Kesim, wartet.« Linn hielt ihn am Arm fest. Sein irrer Blick verriet ihr, dass er in Gedanken schon weit fort war. »Wartet, hört mir zu. Wir drei holen den Drachen da runter. Gibt es hier eine Lichtung, ein offenes Gelände?«

Jetzt erst schien er sie richtig wahrzunehmen. »Du bist eine Drachenjägerin geworden? Du … Ihr seid das Mädchen mit der Maske? Von dem sie überall erzählen? Mit dem magischen Schwert?«

Das waren gefährliche Gerüchte.

»Ich hole mir diesen Drachen«, versprach sie, »wenn Ihr mitmacht, Herr Kesim. Eine Lichtung. Wir brauchen ein bisschen Platz, wo er landen kann. Zeigt mir einen solchen Ort.«

Er nickte. Sie war sich nicht sicher, ob er sie verstanden hatte, aber er führte die Drachenjäger quer durchs Unterholz, wobei er seinen kleinen Karren über Baumstämme hob und über Wurzeln zerrte, doch stets so sorgsam darauf achtgab, dass sein Gefährt nicht zu stark durchgerüttelt wurde oder gar umkippte, als würde er darin sein Herz spazieren fahren.

»Geschirr habt Ihr nicht da drin, wie?«, fragte sie, während Kesim sich schnaufend einen kleinen Hang emporkämpfte. »Nein, das würde klappern. Was sonst? Ein schlafendes Kind vielleicht, so behutsam, wie Ihr damit umgeht?«

Kesim antwortete nicht. Verbissen stapfte er weiter, bis die Bäume weiter auseinandertraten. Der Wind rauschte in den Wipfeln und schüttelte kalte Regentropfen aus den Zweigen.

Der Kaufmann wandte sich zu den Rittern um. »Der Drache kommt«, flüsterte er. »Er kommt immer, ganz gleich, wo ich hingehe. Er jagt mich durchs ganze Land. Ich glaube«, er senkte die Stimme etwas mehr, bis er kaum noch zu verstehen war, »er kann sie hören.«

Er ist verrückt, dachte Linn erschrocken. *Oh Arajas, der gute alte Kesim ist völlig durchgedreht! Was hat er gesehen im vergangenen Jahr? Was geschieht bloß in Yan – ein neuer Drachenmond?*

Der Drache gab die Antwort. Er stürzte sich auf die Lichtung wie ein Adler, der Beute erspäht hatte. Kesim versuchte nicht einmal zu fliehen, stumm und benommen blickte er seinem Schicksal entgegen.

Da sprang Linn vor, stieß den Mann zu Boden und rannte auf den Drachen zu. Sie verließ sich darauf, dass die beiden Ritter mitkamen und das Untier rechts und links einkreisten. »Mein magisches Schwert! Willst du es schmecken?« Die Wut beflügelte sie, ein Zorn, der mehr noch Verzweiflung glich. Jegliches Hochgefühl war ihr abhandengekommen. Feuer flutete über sie hinweg, sie schritt durch die Flammen auf den überraschten Drachen zu, zog ihm die Schneide durch das verblüffte Drachengesicht. Ein Schauer von Blutstropfen ging auf sie nieder. Irgendwo seitlich brüllte Dorwit: »Nimm das, du Vieh!« Auch Gunya schrie etwas, aber der Drache achtete auf keinen von beiden. Erneut fuhr sein Kopf auf Linn hinab. Sie sprang nach vorne, rollte sich unter der ausholenden Tatze hindurch und hieb nach den Beinen, dem Bauch, sie rannte durch das strömende Blut, als würde sie in einem warmen Sommerregen tanzen. Der Drache kreischte vor Schmerz, er fauchte grimmig, aber wie hätte sein Zorn größer sein können als ihrer?

»Das ist für Yan!«, schrie sie. »Das ist für Kesim! Das hier für die Kinder am Bach! Nimm das und das und das!«

Sie sprang durchs Feuer wie durch Mondlicht, unbeschadet, und während Nat Kyahs Flammen sie noch beeindruckt und auf eine Weise verlockt hatten, die ihr im Nachhinein immer rätselhaft vorgekommen war – so, als wäre Drachenfeuer süß und etwas, das man genauso gut begehren wie fürchten konnte –, empfand sie diesmal nichts außer der wilden Wut, die der Krieg in ihr ausgelöst hatte.

Hatte Laran sich so gefühlt, als er die Drachen vernichtete? Als er dem schrecklichen Blutvergießen noch mehr Blut und

Schmerz gegenüberstellte, weil er nicht anders konnte? Dort, das Herz des Drachen hinter der Schuppenwand, die sich heftig bewegte, als lebte in seinem Inneren ein eigenes Wesen … und dann war es vorbei.

Linns Beine zitterten, und sie dachte nur noch: *Es ist keineswegs vorbei, im Gegenteil. Es fängt erst an. Was muss ich tun, damit es endet? Was?*

Alles dreht sich um das Zentrum. Weißt du immer noch nicht genug? Fühlst du es nicht? Dorthin, nordwärts, wo er wartet. Einen Schritt hast du getan, über die Grenze. Nun tu den nächsten. Komm.

Sie drehte sich um und schwankte. Dorwit fing sie auf, Gunya räusperte sich. »Das war wohl zu viel für Euren Freund.«

Kesim lag auf dem feuchten Waldboden, wo sie ihn hingeschubst hatte. Wenigstens war er weich gelandet. Dass er sich in eine Ohnmacht geflüchtet hatte, nahm keiner der Drachenjäger ihm übel, denn sie alle wussten um den Schrecken, den die Nähe eines Drachen bewirkte.

»Oh ihr Götter.« Gunya wirkte ungewöhnlich verstört. »Ihr seht fürchterlich aus, Linnia.«

Sich mit einem blutgetränkten Ärmel übers Gesicht zu wischen brachte herzlich wenig. Linn spürte die Erschöpfung bis in die Knochen. Sie bettete sich ebenfalls auf die modrigen Blätter, ohne ihr Schwert loszulassen.

»Es werden noch mehr kommen«, murmelte sie. »Es ist ein Sturm, wisst ihr. Ein Sturm, der alles hinwegfegen wird.«

»Sollen sie ruhig«, knurrte Gunya.

Dorwit hielt das Ohr an Kesims Karren. »Da drinnen knistert es«, verkündete er.

»Aha«, meinte Gunya ohne Interesse.

Linn sah sich ebenso wenig in der Lage, aufzustehen und Dorwit daran zu hindern, weiter herumzuschnüffeln. Sie hätte Kesims Hab und Gut verteidigen sollen, aber sie lag nur da, alle viere von sich gestreckt, und fragte sich, ob sie jemals in der

Lage sein würde aufzustehen. Dorwits Munterkeit ließ Rückschlüsse zu, inwieweit er sich überhaupt an diesem Kampf beteiligt hatte, doch selbst das war ihr gleich.

»Ich frage mich …« Der Ritter hob die Plane an, die die Ladung verdeckte, Stroh raschelte, dann erklang ein überraschter Ausruf. »Igitt, was ist das?«

»Was hat er da transportiert?«, fragte Gunya schläfrig. »Seine tote Frau?«

»Maden.« Dorwit verzog vor Abscheu das Gesicht. »Sie krabbeln hier herum, in einem riesigen Haufen … oh ihr Götter! Wir sollten das ganze Ding hier abfackeln.«

»Nein!« Wie fest Kesim auch geschlafen haben mochte, die Bedrohung seines Schatzes weckte ihn sofort. Er stürzte sich auf Dorwit, stieß ihn zur Seite, seine Augen blitzten unheilvoll. »Bleib da weg, du Idiot!«

Dorwit war kein Mann, der sich ungestraft anfassen und beleidigen ließ. Er hatte schon das Schwert gezogen, als Linn sich aufrappelte und dazwischenging. Sie taumelte vor Erschöpfung, aber es war nicht nötig, gegen einen der beiden zu kämpfen – ihre blutbefleckten Hände reichten, um sowohl Kesim als auch Dorwit zurückweichen zu lassen.

»Bleibt uns vom Leib!«, rief der Ritter.

Der Händler starrte sie an. »Oh ihr Götter«, murmelte er. »Jetzt werden sie unruhig. Seht! Es fängt bereits an!«

Dicke Würmer krochen über den Rand des Wagens, erhoben die Köpfchen und tasteten mit ihren winzigen Stummelbeinchen in der Luft herum, bevor sie den Weg nach unten einschlugen.

»Oh nein«, jammerte der Yaner. »Wie kriege ich sie jetzt wieder zurück ins Stroh? Ich muss sie vor dem Frost schützen!«

»Bei allen guten Göttern, mein alter Freund«, sagte Linn, »es steht schlimmer um Euch, als ich dachte. Ihr fahrt Maden durch die Gegend, Herr Kesim?«

Gunya sprang mit einem Schrei auf und hob den Fuß, um die erstaunlich schnell krabbelnden Dinger zu zertreten.

»Nein!«, schrie Kesim auf. »Meine Ferrans! Die sind unbezahlbar!«

Zu Linns Überraschung hielt die Ritterin inne. »Ferrans?« Sie bückte sich und hob ein Tierchen auf. »Seht her«, meinte sie erstaunt und hielt Linnia ein sich windendes Krabbelwesen vor die Nase.

Es war keine Made, sondern eindeutig eine Raupe. Daumendick und fingerlang, ein bizarres, schillerndes Geschöpf mit spitzen Hörnern, einem gezackten Kamm und einem in zwei spitzen Stacheln auslaufenden Hinterteil.

»Tijoanische Seidenraupen«, sagte Kesim müde. »Eine davon ist mindestens hundert Goldtaler wert.«

Ein paar Tierchen hatten sich zu Linns Füßen versammelt und begannen ihre Stiefel hinaufzuklettern. Die meisten anderen jedoch krochen erstaunlich schnell und zielstrebig auf den toten Drachen zu.

»Drachenraupen? Ferrans?« Ja, Linn erinnerte sich, schon einmal von ihnen gehört zu haben. Akir, ein Kaufmann aus Tijoa, hatte in Linns Dorf Drachenkrallen als Wettsteine verkauft – mit ihnen gewann man angeblich jede Wette –, doch wie sich im Nachhinein herausgestellt hatte, dienten sie nur dazu, die Drachen auf Linns Spur zu bringen. Der Tijoaner hatte von den Raupen geschwärmt, die er zu den Wundern seines Heimatlandes zählte, da sie so feine Seide produzierten, wie es sie nirgends sonst gab, genannt Drachenseide. Da war es eigentlich keine Überraschung, dass Kesim, der sich für gute Stoffe begeisterte, sich nun auch für diese Raupen interessierte.

Besonders sinnvoll schien Linn das jedoch nicht. »Was wollt Ihr denn mit Ferrans? Ich dachte, die gibt es nur in Tijoa? Gehen sie nicht ein, wenn man sie woanders hinbringt?«

»Sie leben an den Hängen des Berat-Gebirges«, wusste

Gunya, »und selbst dort sind sie selten. In letzter Zeit kommt immer weniger Seide aus Tijoa.« Sie warf Linn einen merkwürdigen Blick zu. »Ich schätze, Ihr habt keine Ahnung, wie viel das Tuch wert ist, das der Prinz Euch geschenkt hat.«

»Meine Nichte hat letztes Jahr im Blütenmond geheiratet«, sagte Dorwit. »Es war kein Fetzen Seide zu bekommen, nicht einmal für den Hochzeitsgürtel. – Was haben sie vor?«, Mit sichtlichem Abscheu beobachtete er den Strom der Raupen.

»Keine Ahnung«, sagte Kesim ratlos. »Das Drachenblut lockt sie an, aber ... ich hätte nicht gedacht ... Normalerweise fressen sie Blätter.«

»Das ist ja widerlich«, meinte Gunya streng. »Wir sollten zusehen, dass wir hier fortkommen.«

Linn war im Moment so ziemlich egal, was die Ferrans anstellten, solange sie nichts mit ihnen zu tun hatte. Sie streifte die Tiere von ihren Stiefeln ab. »Ich geh mich erst einmal waschen. Außerdem habe ich einen Mordshunger. Kann man diese Dinger braten?«

Kesim sah aus, als wollte er auf sie losgehen, doch dann lachte er. »Ein Scherz«, murmelte er. »Beruhige dich, nur ein Scherz.«

Kopfschüttelnd machte Linn sich davon. Ihr lieber, singender Kaufmann war völlig verrückt geworden. Seidenraupen, die nur in Tijoa leben konnten, für hundert Goldtaler das Stück – kein gewiefter Geschäftsmann ließ sich auf so einen Handel ein, es sei denn er erwartete, damit Tausende von Talern zu verdienen.

Vielleicht, dachte sie, *während sie in den kalten Bach hineinwatete, weiß er ja mehr als ich.*

Sie hatten Okanion und die Pferde geholt, während der Händler damit beschäftigt war, seine kostbaren kleinen Schätzchen einzusammeln. Nachdem sie sich am Feuer gewärmt und getrocknet hatten, führte Kesim die Drachenjäger weiter durch den Wald. Nun würde sich zeigen, ob er tatsächlich wusste, wo sich das nächste Flüchtlingslager befand.

»Noch weiter östlich, Richtung Samaja«, erklärte er mit müder Stimme. »Wenn wir nach Schenn nicht durchkommen, müssen wir es dort versuchen, und das gilt für alle, nicht wahr?«

In seinen Augen lag ein Funkeln, das Linn irritierte. Sie kannte ihn besser, als er glaubte – bei diesem Blick witterte er Profit, da war sie sich sicher. Deshalb sorgte sie dafür, dass die anderen vorausgingen, und wartete auf ihn mit seinem Handkarren.

»Was ist los, Herr Kesim?«, fragte sie ihn. »Erwartet Ihr dort einen Mittelsmann? Jemanden, dem Ihr die Raupen verkaufen könnt? Bringen wir Euch zu einer wichtigen Verabredung, ohne es zu wissen?«

»Ich werde sie nicht verkaufen. Ganz bestimmt nicht. Nach allem, was ich durchgemacht habe, um sie zu bekommen … Ihr habt ja keine Ahnung.«

»Was habt Ihr denn durchgemacht?«

»Wie viele Leute ich bestechen musste … Es sind nicht nur die Ferrans, versteht Ihr, es ist das geheime Wissen. Wie man sie ernährt, darauf kommt es an. Blätter, oh ja. Ganz bestimmte Blätter? Auch das. Aber da ist noch mehr. Ohne das Wissen der Eingeweihten sind sie nutzlos. Wenn Ihr sie stehlen würdet – sie würden Euch eingehen. Keine Seide, kein einziger Kokon …« Er stockte, sein Gesicht verdüsterte sich. »Sie verfolgen uns«, flüsterte er. »Erst die Soldaten. Ich weiß nicht, wie viele von ihnen Scharech-Par hinter uns hergehetzt hat. Ich war es nicht alleine, wisst Ihr, wir waren mehrere Händler, die sich zusammengeschlossen hatten. Wir wollten eine neue Zucht aufmachen, yanische Seide. Die Auflagen aus Tijoa waren uns zu hoch, wir dachten, wenn wir eigene Raupen besitzen … Doch dann wurden die Bauern ermordet, die uns einen Teil ihrer

Zucht verkauft hatten … und wir sind gerannt. Wir dachten, wenn wir erst hinter der Grenze sind, sind wir in Sicherheit.« Er lachte freudlos. »Wir hatten ja keine Ahnung. König Scharech-Par hat Yan den Krieg erklärt und konnte uns deshalb seine Soldaten über die Grenze nachjagen. Die Drachen fliegen über uns. Sie suchen uns, Tag und Nacht … Meine Haare sind grau geworden. Wir haben uns getrennt, um unsere Chancen zu erhöhen, aber manchmal denke ich, ich bin der Einzige, der noch übrig ist.«

»Moment mal.« Linn blieb stehen und packte ihn am Arm. »Ihr wollt damit sagen, das ist der Auslöser für diesen Krieg? Die Ferrans? Das kann doch wohl nicht wahr sein!«

»Die Drachen jagen die Flüchtlinge«, murmelte Kesim. »Sie suchen nach uns und treiben uns von der Grenze weg, damit wir uns nicht nach Schenn retten – schon lange, bevor Eure Soldaten uns daran gehindert haben, dorthin zu entkommen. Aber warum sollte ich die Deckung des Waldes verlassen? Sagt mir das. Nur, um noch viel schutzloser ihrem Feuer ausgeliefert zu sein? Nein, danke.«

Linn konnte es immer noch nicht fassen. »Ich glaube das nicht. Es geht um Seide, um eine gestohlene Zucht? Dafür machen die Tijoaner ganz Yan nieder? Bei Arajas, warum gebt Ihr ihnen die Raupen nicht einfach zurück!«

»Nicht gestohlen«, verwahrte Kesim sich. »Gekauft.«

»Offenbar hatten diese Bauern nicht das Recht dazu, Euch Ferrans zu verkaufen. Tijoa lebt vom Handel exklusiver Güter … Herr Kesim, ich begreife Euch nicht. Wie konntet Ihr das nur tun?«

Nein, er war nicht verrückt. Nicht verrückter als jeder andere Kaufmann, der alles für ein riskantes Geschäft dahingab. Aber dass er damit einen Krieg ausgelöst hatte … oder redete er bloß so großspurig daher? Möglicherweise hatte beides auch nichts miteinander zu tun. Die Verknappung der Seide … und dass

Tijoa sich seines Nachbarn bemächtigte, geschützt von einem neuen Vertrag mit Schenn.

»Wenn Ihr die Raupen zurückgebt, wird Scharech-Par dann seine Truppen abziehen? Die Drachen zurückpfeifen?«

»Niemand wird erfahren, wo ich meine Zucht aufbaue«, flüsterte Kesim. »Ich werde mich zurückziehen und vorgeben, ein Waldbauer zu sein … Wachen aufstellen … nein, lieber keine Wachen, jeder Mensch, der etwas weiß, ist einer zu viel.« Ein misstrauisches Funkeln trat in seine Augen.

Linn seufzte. »Ich begreife Euch immer noch nicht, Herr Kesim, aber nein, von mir habt Ihr nichts zu befürchten. Ich habe Euch gerade eben vor einem Drachen gerettet, zählt das nichts?«

Er entspannte sich ein wenig. Linn lenkte ihre Aufmerksamkeit nach vorne und stellte fest, dass ihre Mitstreiter recht laut über irgendetwas diskutierten.

»Es ist ja wohl klar, dass das nicht gilt«, sagte Gunya streng. »Erstens war ich beteiligt …«

»Ihr habt überhaupt nichts gemacht«, widersprach Dorwit. »Der Drache hat Euch nicht einmal beachtet. Das war einzig und allein Linnias Leistung, und er zählt natürlich, warum auch nicht?«

»Weil wir in Yan sind, deshalb. Wir wurden ausgesandt, um für den König und Schenn zu kämpfen.«

Linn ging ein paar Schritte schneller und holte auf.

»Tja«, sagte Okanion unbehaglich. »Um Eurer zehn Drachen willen sollten wir über die Grenze zurück.«

Nach Norden. Geh nicht zurück, denn er wartet. Du musst nach Norden, noch weiter nach Norden.

»Nein!« Linns Schrei war zu laut, ihre Stimme klang panisch. »Nein«, wiederholte sie, zwang sich zur Ruhe. »Die Drachen verfolgen Kesim. Ganz gleich, ob er die Raupen unrechtmäßig erworben hat oder nicht, niemand verdient es, im Feuer eines

Untiers zu sterben. Wir bleiben hier. Wenn sich vor uns wirklich ein größeres Lager befindet, dann sind die Drachen nicht fern.«

»Ritterin Gunya hat recht«, meinte Okanion. »Ich bin mir nicht sicher, ob wir das gelten lassen können.«

»Es war ein Drache, und er zählt«, beharrte Dorwit. »Ich meine mich zu erinnern, dass Ihr ebenfalls der Ansicht wart, wir müssten über die Grenze und ihn erlegen.«

Gunya drehte sich zu Linn um. »Was wollt Ihr tun? Unseren Feinden beistehen? Denn das sind die Yaner jetzt. Oder kümmern wir uns um unsere eigenen Angelegenheiten, und Ihr sammelt Punkte für das Wohlwollen des Königs?«

»Wie schlecht Ihr mich kennt«, sagte Linn. Sie warf einen Blick zu Kesim hinüber, der sich mit seinem Wagen abmühte. »Wenn Ihr das auch nur fragen könnt.«

15

Jikesch konnte sich vor Hunger kaum noch auf den Beinen halten. In der Küche hatten sie ihn weggejagt, als er dort etwas stibitzen wollte. Zu seinem Erstaunen hatte Chamija ein neues Betätigungsfeld gefunden und sich in der Küche breitgemacht. Nach Nivals angeblichem Tod hatte sie das Interesse an der Schreiberei schlagartig verloren; jetzt rührte sie in den Töpfen herum und bestand darauf, für den König tijoanische Gerichte zuzubereiten. Unbekannte Düfte zogen durch die Gänge, und der Eingang zur Küche wurde auf einmal von mageren Fürstinnen und beleibten Herren verstopft, die sich früher nicht einmal in die Nähe der Wirtschaftsräume begeben hätten. Nun schnupperten und diskutierten sie lauthals darüber, was wohl als Nächstes im Speisesaal kredenzt werden würde.

Jikesch hätte gerne überwacht, was dort vor sich ging, aber Chamija hatte ihn mitleidslos aus diesem Bereich vertrieben. Sogar der König schickte den Narren weg, da er jetzt dem Prinzen gehörte, und der dachte nicht im Traum daran, seinem lästigen Begleiter etwas von seinem Tisch abzugeben. Zum ersten Mal, seit er hier im Schloss wohnte, fühlte Jikesch den nagenden Stich des Hungers.

Auf dem Boden hockend beobachtete er resigniert, wie Arian Wachteln verspeiste. Von seinem Platz hier unten konnte er nicht einmal sehen, ob die winzigen Vögel gefüllt waren oder selbst die Füllung darstellten. Verführerisch duftete es nach gebratenem Fleisch – und nach *Caness.* Jikesch erkannte den Duft, der allem eine besondere Note verlieh, und doch war irgendetwas daran anders als sonst … Wenn er es vermocht hätte, hätte er vielleicht sogar seinen verhassten Herrn davor gewarnt, aber es war ihm unmöglich, über Chamija zu reden. Sobald Jikesch den Mund öffnete, um Andeutungen über ihre wahre Natur zu machen, war er stumm.

»Herr«, wisperte er.

Arian blickte auf. »Du redest doch nicht etwa mit mir? Noch dazu, während ich frühstücke?«

»Herr, dieser Duft …« Ist magisch, wollte er sagen, doch natürlich machte seine Zunge dabei nicht mit. Er musste den Satz anders beenden, musste den Bann irgendwie überlisten, ohne ihn zu brechen. Ohne dass Chamija es merkte. »Nie zuvor hat es so … tijoanisch in Schenn geduftet.«

»Hast du Angst, die Ausländerin könnte mich vergiften?« Der Prinz lachte.

Nicht nur Euch. Nein, das ganze Schloss, das ganze Königreich …

»Düfte erobern die Welt«, sagte er. »Kriege werden geführt mit Pfeffer und geheimen Kräutlein. Feinschmecker unterliegen mit Schimpf und Schande. Euer prinzlicher Magen bereitet dem Untergang den Boden.«

»Wie? Wenn du mir etwas sagen willst, sprich klar. Oder noch besser: Sprich gar nicht. Du verdirbst mir den Appetit.«

»Es gibt ein Gewürz«, sagte Jikesch, »das macht aus alt neu, aus fade schmackhaft, aus langweilig exquisit. Das Geheimnis der besten Köche. Lasst Eure Rede gewürzt sein mit einer Prise der gesalzensten Worte, doch hört genauer hin.«

Arian schüttelte verwirrt den Kopf. »Mich bringst du nicht so durcheinander, wie du es bei meinem Vater geschafft hast.«

Ein Diener öffnete die Tür. »Hoheit? Fräulein Chamija bittet darum, Euch ein besonderes Getränk servieren zu dürfen.«

»Nur herein mit ihr«, meinte der Prinz munter.

Das blonde Mädchen trug ein Tablett mit einer Kanne und einem Becher darauf. Beides bestand, wie Jikesch sofort sah, aus Drachenhorn.

»Drachentee?«, fragte er sofort. »Bekommt der Kranke Arznei, die ihm wohl mundet? Bekommt der Gesunde eine Medizin, die ihm die Adern zerfrisst? Drachenblut? Drachengesang? Feuer zum Trinken?«

Chamija warf dem Narren einen strengen Blick zu, der ihm wie ein scharfer Schmerz durch den Kopf fuhr. Er kroch unter den Tisch und stöhnte leise.

»Euer Narr scheint zu glauben, dass ich Euch vergiften will, Hoheit«, sagte die Tijoanerin. »Dabei ist der Tee nur nach einem Rezept aus meiner Heimat gekocht. Freundschaft und Verständigung gingen seit je durch den Magen, wenn Ihr mir diese Bemerkung gestattet. Vielleicht möchtet Ihr vorkosten lassen, um sicherzugehen?«

Jikesch hörte, wie sie den Becher direkt über ihm auf die Tischplatte aufsetzte. Darauf folgte das Plätschern, als sie den Tee eingoss. Der Duft erreichte ihn mit einiger Verzögerung, schwer und einlullend.

»Mein Prinz«, japste er. »Trinkt nicht!« Er wunderte sich darüber, dass sie ihm erlaubte, das zu sagen, aber Arians Reaktion machte ihm klar, warum.

»Dann werde ich erst recht trinken«, sagte der Prinz. »Wenn dieses kleine Scheusal sich darüber beschwert, muss es gut sein.«

»Ihr habt so viel Geduld mit ihm«, meinte Chamija. »Ich bewundere Euch dafür. Bei uns in Quint wäre er längst ausgepeitscht und auf die Straße geworfen worden.«

»Allerdings dachte ich schon darüber nach, ihn einfach wegzuschicken. Dann bin ich ihn los und muss mich nicht jeden Tag über ihn ärgern. Aber mein Vater hängt an ihm, er glaubt, der Narr bringe mir Glück.«

»Könige irren sich selten«, sagte Chamija.

»Aber hin und wieder kommt es doch vor.«

Sie lachte kokett. »Im Moment würde es vielleicht genügen, ihn aus dem Zimmer zu schicken.«

»Das dachte ich auch gerade. Los, Narr, verschwinde.«

Jikesch kroch zwischen den Stuhlbeinen hindurch und unter dem Tisch hervor.

»Man könnte ihm ein paar Manieren beibringen«, schlug Chamija vor.

Er sah jetzt, dass sie sich auf den Tisch gesetzt hatte, so als wollte sie gleich auf den Teller des Prinzen klettern. Ihre Hand ruhte auf dem Griff der Kanne, klein und fest, und Jikesch dachte darüber nach, wie seltsam es war, dass diese zarte Mädchenhand dabei war, sich über ein ganzes Königreich zu legen, und dass niemand es bemerkte, obwohl es vor aller Augen geschah. Sie hätte ihm nicht einmal verbieten müssen zu reden – wer glaubte schon einem verrückten Narren?

»Darf ich in die Stadt hinuntergehen?«, fragte er.

Arian setzte den Becher ab und schloss genießerisch die Augen.

»Darf ich?«

»Geh endlich!«, fuhr ihn der Prinz an. »Kann ich nicht einmal in Ruhe diese Mahlzeit hier genießen? Dieses fortwährende Geplapper macht mich wahnsinnig!«

Jikesch schlüpfte durch die Tür.

Er vermied es, Chamija anzuschauen, aber er fühlte ihren Blick auf sich, dunkel und kalt.

Seit er seine zweite Identität als Nival aufgegeben hatte, kam Jikesch nur noch selten aus dem Schloss heraus. Seine Schreibkammer stand leer, doch er wagte nicht, sie zu benutzen, und noch hatte er sich keine andere Verkleidung überlegt, um wie früher ein und aus zu gehen. Die Wächter am Tor staunten nicht schlecht, als er auf sie zustolzierte, wichtig wie ein aufgeplusterter Hahn.

»Darf raus«, krähte er. »Narr nach Narrhannat, mit prinzlichem Segen auf närrischen Wegen!«

Die Posten sahen sich zweifelnd an. »Du durftest noch nie hier raus«, sagte einer. »Warum sollte das auf einmal anders sein? Hast wohl von den Spielleuten da unten gehört, wie, und nun willst du zuschauen, wie andere es noch bunter treiben als du?«

Sein Herz machte einen Sprung. »Spielleute in der Stadt?«, fragte er entzückt. Sein Grinsen wurde breit, bis ihm bewusst wurde, dass jeder in Chamijas Nähe in Gefahr war, sich selbst zu verlieren. Wie viele Flüche würde sie noch aussprechen, wie viele Banne weben, wie viele Tees in Drachenhornbechern kredenzen wie kostbaren Wein, und niemand wusste, was sie enthielten?

»Oh, lasst mich gehen! Lasst mich springen!«

»Jetzt gehört er Prinz Arian«, erinnerte der Zweite. »Der mag es halten, wie er will.«

Jikesch verschränkte die Arme vor der Brust. »Prinzlicher Glücksbote«, erklärte er. »Ich trage sein Glück hinunter in die Stadt und versenke es in einem Brunnen. Oder in einer Kiste unter dem Türsturz. Wenn die Tijoaner kommen, ist es in Sicherheit.«

»Wenn die Tijoaner kommen? Ach, Narr, das sind jetzt unsere besten Freunde.« Der Tonfall des Mannes ließ keinen Zweifel daran, was er von dieser neuen Freundschaft hielt. »Nun lauf schon. Misch dich unter die Spielleute. Aber sei heute Abend zurück, bevor das Tor geschlossen wird, hörst du?«

»Hörst du«, sang der Narr, während er den Hügel hinabtollte, »hörst du zu? Hörst du alles?« Sobald die Wächter außer Hörweite waren, sank er in sich zusammen. »Hörst du mich, Chamija?«, flüsterte er. »Auch hier? Wie weit reicht deine Macht?«

Doch die Verlockung war zu groß, den Spielleuten zu begegnen und dabei vielleicht festzustellen, dass es genau die Sippe war, nach der er sich sehnte – und das direkt vor der Nase der Zauberin.

Bevor er sich auf die Suche nach ihnen machen konnte, musste er allerdings noch dieses Gesicht und dieses Kostüm loswerden.

Das Haus lag in einer der schäbigsten Gegenden Lanhannats, und der Weg dahin hatte seine Tücken. Alte und verwitterte Gebäude säumten Straßen, die niemand je fegte, und Öllaternen waren ein seltenes Gut – keiner, der hier lebte, hätte eine davon an die Wand seines Hauses gehängt, denn schon am nächsten Morgen wäre sie verschwunden gewesen. Jikesch sah sich mehrfach um. Am helllichten Tag war er eine viel zu auffällige Gestalt, und am meisten fürchtete er, dass ihm jemand vom Schloss gefolgt sein könnte. Wie ein Hase hatte er Haken geschlagen und den unwahrscheinlichsten und kompliziertesten Weg gewählt, aber man musste nur die Leute befragen, um seine Spur wiederzufinden.

»Hast du dich verlaufen, Kleiner?« Ein paar Halbwüchsige hielten ihn für ein leichtes Opfer. »Die Spielleute sind nicht hier, sondern auf dem Marktplatz. Sollen wir dir den Weg dahin zeigen? Für ein paar Kupferlinge?«

»Danke, zu liebenswürdig.« Er schnitt eine Grimasse und sprang den Jungen an, der die beste Kleidung und einen recht hübschen Schlapphut trug. Der Angriff kam so überraschend, dass die anderen nach dem ersten Schreck die Flucht ergriffen, sobald sie ihren Freund bewusstlos zusammensinken sahen.

Jikesch fing den Jungen auf, bevor er mit dem Kopf auf dem Boden aufschlug; sein schneller, harter Schlag wirkte nicht immer, aber diesmal hatte genug Zorn darin gelegen, und er hätte am liebsten mit den übrigen Jugendlichen weitergemacht, wenn sie noch zur Verfügung gestanden hätten. Rasch zog Jikesch den Ohnmächtigen in eine Seitengasse. Er hatte Glück – eins der Häuser war offenbar unbewohnt, die Tür leicht zu öffnen. Ohne neugierige Blicke befürchten zu müssen, entkleidete er sein Opfer. Flink schlüpfte er aus dem Narrenkostüm und legte die verwaschene Kleidung eines Jungen an, der keinen Meister hatte. Nichts an den Sachen deutete auf irgendein Gewerbe hin. Ein Tagedieb – mehr nicht. Dafür passten die geflickten Hosen recht gut, und die hüftlange Tunika enthielt erstaunlich viele Taschen mit interessanten Gerätschaften. Jikesch wischte sich die Schminke aus dem Gesicht. Die erprobte Paste, die nur magisch entfernt werden konnte, war ihm schon seit langem ausgegangen. Für die auffällig gelben Schuhe, die Mütze mit den Glöckchen und sein Kostüm fand er ein gutes Versteck unter ein paar Brettern, für den Fall, dass hier hin und wieder Bettler Zuflucht suchten. Den halb nackten Jüngling lud er wieder auf der Straße ab; er würde die bittere Erfahrung, einmal selbst bestohlen worden zu sein, sicher überleben. Vielleicht änderte der Bursche ja seinen Lebenswandel, irgendeinem Gott fiel das auf, und er belohnte Nival für seine gute Tat.

Heiliger Barradas, dachte Nival, nicht länger Jikesch, *hab Dank für diese günstige Gelegenheit.*

Er zog sich den weichen Hut tief ins Gesicht, und sofort begann es in seinen Haaren zu kribbeln. Ergeben seufzte er.

Na schön. Wie immer, Barradas, sind deine Geschenke nicht vollkommen.

Von hier aus war es nicht weit bis zu seinem Ziel. Das alte Haus hatte nichts von der Würde und der geschichtsträchtigen Ausstrahlung seines früheren Heims in der Kurzen Gasse. Dieses Gebäude war nie schön gewesen, nicht einmal zu seiner Entstehung vor vielleicht mehreren hundert Jahren. Wie ein Haufen aus Steinen und Balken hielt es sich gerade noch aufrecht. Das überstehende Dach schien sich auf Nival herabstürzen zu wollen, und er duckte sich unwillkürlich. Niemand, der einigermaßen bei Verstand war, lebte freiwillig in so einer Bruchbude. Man musste schon ordentliche Schlösser an den Türen anbringen, um Einbrecher abzuhalten, die sich aus Mitleid veranlasst sahen, den notleidenden Bewohnern einen kurzen Besuch abzustatten.

Nival streckte die Hand aus, um zu klopfen, da erinnerte er sich an die Drähte in seinen neuen Taschen, und versuchte es damit. Mühelos glitten die Zapfen aus ihren Löchern, was beim Aufschließen bestimmt sehr hilfreich war, wenn man Gicht in den Fingern hatte. Für einen Dieb war es fast zu leicht, obwohl er aus der Übung war. Aber manche Dinge verlernte man eben nie. Sacht schob er die Tür auf, spürte einen Luftzug hinter der rechten Schulter und ließ sich sofort nach vorne fallen.

Der Boden erzitterte, als der Knüppel auf die Stelle niederfuhr, an der Nival eben noch gestanden hatte. Der alte Mann neben der Tür schrie vor Schmerz auf und ließ die Waffe fallen.

»In diesem Moment hättest du das Messer in der Brust, falls ich eins mitgebracht hätte«, sagte Nival. »Aber der Versuch war nicht schlecht. Ich habe nicht erwartet, dass einer von euch noch so gute Ohren hat.«

»Nival?« Der Alte riss die Augen auf. »Junge, bist du das?«

Nival nahm den Hut ab und lächelte. »Weilt der Mann dieses Namens nicht längst unter den Toten?«

»Braucht Ihr Hilfe, Herr Lireck?« Ein Mädchen war auf der steilen Treppe aufgetaucht, die ins obere Stockwerk führte. Sie war blond und hübsch, ähnelte aber in nichts sonst Chamija. Dieses Mädchen war alles andere als zart und lieblich. »Habt Ihr den Einbrecher geschnappt? Soll ich ihm eins über den Schädel ziehen, oder seid Ihr schon dabei, ihn zu fesseln?«

»Gar nichts habe ich«, brummte Lireck. »Den Hausherrn habe ich gefangen, sonst niemanden.«

»Guten Tag, Fräulein Agga«, grüßte Nival.

Agga stieg die Stufen hinunter und nahm ihn misstrauisch in Augenschein. »Ihr habt verschmierte Farbe im Gesicht, Herr Nival. Was ist das für ein verlotterter Anzug für einen Mann, der im Schloss arbeitet?«

»Im Hut sind Läuse«, ergänzte er und drückte ihr seine neue Errungenschaft in die Hände, wobei er ihre angewiderte Miene ignorierte. »Doch was beschwert Ihr Euch über mein Aussehen? Hier steht auch nicht alles zum Besten. In diesem Haus gibt es Ratten, wie ich sehe.«

»Ich tue, was ich kann«, verteidigte Agga sich und schob eine angenagte Brotkante mit dem Fuß unter den wurmstichigen Schrank im Flur. »Aber wenn man sich um drei faule alte Kerle kümmern muss, bleibt nicht viel Zeit zum Putzen.«

»Wie geht es Mora?«, fragte er und hörte auf zu lächeln.

»Besser«, sagte Lireck und klopfte Nival auf die Schulter. »Viel besser. Sie blüht auf und gedeiht, das macht nur unsere Gesellschaft und nicht etwa die zweifelhaften Heilkünste dieser … Person.«

»Na wartet«, schnaubte Agga. »Noch so eine Beleidigung, und Ihr seht mich nie wieder. – Kommt, Herr Nival. Überlassen wir diesen Sterbenden seiner Reue.«

Nival folgte ihr in die kleine Stube unter dem Treppenaufgang.

»Du kannnst nicht kündigen«, rief Lireck ihr nach. »Du steckst mit drin, mein liebes Fräulein!«

Agga seufzte, während sie einen Schemel an Moras Bett schob. »Ihr wisst, ich gebe mein Bestes.«

Sie hatte keine Wahl gehabt, aber unglücklich schien sie nicht zu sein. Als Nival das Haus nach dem Brand seines alten Heims gekauft und die Bewohner dafür ausgesucht hatte, war er sich anfangs nicht sicher gewesen, ob Agga die Richtige für diese Arbeit war. Immerhin hatte sie sich während der Zeit als Moras Dienstmädchen nicht gerade als zuverlässig erwiesen – dass sie das billigste Fleisch gekauft und in die eigene Tasche gewirtschaftet hatte, weckte berechtigte Zweifel an ihrer Loyalität. Ihre neue Stelle hatte sie höchstwahrscheinlich nur wegen ihrer schönen Augen bekommen. Aber sie trug ein dunkles Geheimnis mit sich herum, dem sie nicht entkommen konnte. Eines Abends hatte er ihr aufgelauert und sie daran erinnert, dass sie mit ihren verdorbenen Pasteten den König vergiftet hatte – dass es aus Nachlässigkeit geschehen war, würde Pivellius keineswegs nachsichtig stimmen –, und danach war sie gerne bereit gewesen, hier einzuziehen und sich um Mora zu kümmern.

Es hatte eine Weile gedauert, bis er herausgefunden hatte, wo die überlebenden Greise untergekommen waren. Bevor die Drachen in die Stadt gekommen waren, um Linnia zu töten, hatten fünf alte Männer, alles ehemalige Knappen, bei Bher und Mora gewohnt. Zwei von ihnen waren zusammen mit Bher ums Leben gekommen; was aus den anderen geworden war, wusste Nival nicht. Zuerst hatte er Borlin gefunden, der eine vage Ahnung hatte, wo Kasidov steckte, und dieser hatte, obwohl er kaum das Haus verließ, einmal zufällig Lireck getroffen. Als Letzter war also der muntere Weißbart, zusammen mit seiner neuen Affendrossel, hier eingezogen. Hatte er vorher wie neunzig ausgesehen, wirkte er jetzt wie ein Hundertjähriger. Doragos und Robans Abwesenheit fiel umso mehr auf, jetzt, da die anderen wieder zusammen waren. Bhers Fehlen schmerzte unablässig.

»Mein Junge«, flüsterte Mora.

Agga zog sich respektvoll zurück. Er hörte, wie sie hinter der Tür den armen Lireck ausschimpfte, der vehement abstritt, eine Strebe des Treppengeländers entfernt und auf dem Fußboden zerschlagen zu haben.

»Schön, dich zu sehen, Tante Mora.« Nival versuchte zu lächeln. Sie war immer noch so schwach, dass ihr Händedruck kaum zu spüren war. »Wann bringst du diesen Haushalt endlich mal in Schwung?«

»Ich würde die anderen nur stören, wenn ich auch noch mitmischen würde.« Ihre Augen funkelten, ungebrochen. »Aber viel wichtiger ist, wie es dir geht. Mora, die Pastetenbäckerin, ist tot – damit kann ich leben. Doch was ist mit Nival, dem Schreibergesellen? Du brauchst ihn. Du darfst nicht immer nur Jikesch sein, nicht mit dieser Zauberin im Nacken.«

Er bedeckte das Gesicht mit beiden Händen. »Ich weiß. Ich habe schreckliche Dinge getan.«

»Schlimmere Dinge als die, dass du gestohlen hast, um dieses Haus zu kaufen und uns alle zu ernähren?«

»Ja«, bestätigte er, »viel schlimmere.«

»Ich bin mir nicht sicher, ob ich es hören will.« Mora streckte die Hand aus und legte sie ihm auf die Stirn. »Der Bann wird immer stärker – ich kann es spüren und muss nicht einmal tief hineingehen. Nival, ich habe es dir schon einmal gesagt: Du darfst nicht zurück ins Schloss. Sonst werden Sachen passieren, die niemand mehr rückgängig machen kann. Willst du schuld daran sein, wenn ganz Schenn untergeht? Du darfst Arian nicht umbringen, ganz gleich, wie sehr du ihn hasst.«

»Das habe ich auch nicht vor«, murmelte er zornig. Es war keine Lüge, er war auf der sicheren Seite, und dennoch musterte Mora ihn mit ihren klugen Augen, und er fühlte sich unbehaglich wie nie.

»Du darfst es nicht tun«, flüsterte Mora. »Ich verbiete es dir. Ich werde kämpfen – wenn es sein muss, gegen dich.«

»Du hast ja keine Ahnung!«, fuhr er sie an. »Was weißt du schon von dem, was ich vorhabe?«

»Es ist auch mein Schmerz«, sagte Mora. »Wie kannst du das vergessen? Deine Mutter war meine Schwester, sie war alles, was ich hatte, meine ganze Familie. Du kanntest sie acht Jahre lang, aber ich habe mein Leben mit ihr verbracht, sie war der wichtigste Mensch für mich, wie ein Teil von mir … Glaubst du, ich wüsste nicht, was du fühlst? Meinst du, ich kenne diese Dunkelheit nicht und den Hass und die Sehnsucht nach Rache? Wie oft habe ich über meinen Pasteten gesessen und mich gefragt, wie es wäre, wenn ich nicht *Caness* darüberstreue, sondern etwas anderes. Wenn ich einen Zauber auf die Fleischkuchen lege, der jeden, der davon isst, ersticken lässt, langsam und qualvoll? Glaubst du«, ihre heisere Stimme wurde lauter, »du bist der Einzige, der dieser Versuchung widerstehen muss?«

»Woher weißt du …?«, flüsterte er, und ihm stockte der Atem.

»Wenn es nicht Arian ist, bleibt nur ein einziger Mensch übrig. Der Mann, der deine Mutter ins Verlies werfen ließ. Der Mann, der die Schergen nach mir ausschickte, die stattdessen meine Schwester mitnahmen – und ihren kleinen Sohn.«

»Pivellius hat es verdient«, knurrte Nival.

»Ja, das hat er. Viele Menschen haben den Tod verdient, aber du wirst ihm nicht die Rechnung präsentieren. Du nicht. Das überlässt du den Göttern.«

»Ich habe nie gedacht, dass du es weißt«, sagte er langsam.

»Was? Dass du nur aus diesem einen Grund nach Lanhannat zurückgekehrt bist? Dass du nur dafür deine Freiheit geopfert hast und deine eigene Zukunft und alles, was du hättest sein können? Für deine Rache? Warum denn sonst? Was glaubst du, wovon ich geträumt habe, während ich gebacken habe, während ich Luzines Leben gelebt habe, als könnte ich sie so zurückholen, Tag für Tag und Nacht für Nacht, während ich bei jedem Klopfen dachte, die Wächter würden kommen, um auch mich zu holen? Hass wächst sehr schnell in einem Garten voller Angst. Hass wuchert in jeder dunklen Ritze, wie Brennnesseln, die sich nicht herausziehen lassen, so feste Wurzeln und so störrisch …«

»Hast du gehofft, ich würde es tun?«, fragte er leise. »Da du es nicht konntest? Ich weiß, viele haben darauf gehofft.«

»Im Gegenteil, ich habe gehofft, dass du stärker bist als ich. Dass du diesen Traum aufgibst, während ich noch darüber gebrütet habe. Du warst so klug und mutig, und nein, Nival, du hast nicht das Herz eines Mörders. Wie könntest du derjenige sein, der das vollbringt, was nicht einmal Bor-Chain gelang – Brahans Linie zu beenden? Unsere Rache hätte ganz Schenn zerstört.«

»Ich weiß«, sagte Nival. »Ich dachte tatsächlich, ich wäre längst darüber hinweg, über diese finsteren Pläne. Wie viele Jahre hat es gekostet, das zu werden, was ich wollte? Jemand, der neben dem Thron sitzt und den Zeitpunkt bestimmen kann und die Art des Todes ... jemand mit Macht. Und jetzt? Ich überfalle Straßendiebe und öffne die Tür zu meinem eigenen Haus mit einem Dietrich. Der dunkle Wunsch in mir ist so wach und lebendig wie nie zuvor, als hätte Chamija mich einen schwarzen Wurm schlucken lassen, der sich durch meine Eingeweide frisst. Übrigens braut sie äußerst seltsame Tees in der Schlossküche.«

Mora ließ sich ins Kissen zurücksinken und stöhnte. »Warum bin ich bloß so schwach! Ausgerechnet jetzt!«

Ausgerechnet jetzt. Ich habe Linnia verraten, dachte er, doch das vermochte er nicht auszusprechen. *Schon das zweite Mal. Ich habe sie losgeschickt in die Gefahr, zweimal. Das erste Mal habe ich eine bittere Ernte eingefahren: Linnia in Arians Armen, ein Gift, wirksamer als alles ... Werde ich jemals erfahren, ob Chamija mich dazu gezwungen hat oder ob ich den Wunsch dazu in mir getragen habe, ohne es zu wissen? Das Mädchen zu vernichten, das ich selbst nicht haben kann. Ich soll klug und mutig sein? Schön wär's, und über mein Herz will ich lieber gar nicht erst nachdenken ...*

Er legte ihr eine Hand auf die Stirn.

»Schlaf, Tante Mora. Ich hätte dich nicht so aufregen sollen, das bekommt dir nicht.«

Als er aus dem Zimmer trat, fühlte er sich wie ein uralter

Mann. Er lehnte die Stirn gegen den Holzpfosten in der Wand und versuchte zu atmen, während die Beklemmung ihm alle Luft aus den Lungen zu pressen drohte.

»Euer Hut«, sagte Agga leise.

»Danke«, flüsterte er.

Im Haus roch es nach Ratten und Moder. Fäulnis wehte ihm aus der nur mit einem morschen Brett abgedeckten Kellerluke entgegen. Er presste die Hände auf den Bauch und kämpfte gegen den Brechreiz an.

»Deine Tante wird schon wieder«, sagte der glatzköpfige Borlin sanft. Neben ihm wirkte Kasidov, als wäre er eben aus dem Bett gefallen, der Haarkranz weiß und wirr.

Er hielt Nival etwas entgegen.

»Was ist ...?« Da erkannte er seine Maske. Linnia hatte sie ihm gestohlen, hatte sie so lange stolz getragen. Das Mädchen mit der Maske ... Doch jetzt trug sie die neue, die ihr der Prinz geschenkt hatte. Den ganzen Winter über hatte Jikesch vermieden, den Schaukämpfen beizuwohnen, da die Drachenjägerin ihm so fremd geworden war mit der grünen Schlangenhaut. »Woher hast du das?«, fragte er heiser.

»Wir sind ein paar Mal drüben in der Kurzen Gasse gewesen und haben die Trümmer durchsucht«, erklärte Borlin. »Erstaunlich viel gab es da noch zu finden, ein paar Handkarren voll haben wir beladen. Unsere Waffensammlung lagert jetzt hier – falls du also eine Revolution planst, wir sind dabei. Die Maske lag auf der Straße, in einer Pfütze, und wartet seitdem auf dich.«

»Woher wisst ihr, dass sie mir gehört?«

Borlin zögerte und hatte auf einmal ein Problem mit seinen Zähnen, an denen er umständlich herumwackelte.

Kasidov schnaubte unwillig. »Dir? Dem Mädchen gehört die Maske, die ganze Stadt hat sie damit gesehen. Wenn die Drachenjägerin jetzt etwas Besseres hat, soll sie es halten, wie sie will. Doch wir dachten, du möchtest eine kleine Erinnerung an sie.«

Nival starrte den alten Mann an, aus dessen Mund er noch nie so eine lange Rede gehört hatte. Er schloss die Finger um den Stoff. Und er hatte schon geglaubt, sie wüssten von seinen Hinterhofkämpfen, wo er als der Affe von Lanhannat diese Maske getragen und Gegner mit so fragwürdigen Namen wie »Panther von Werlis« oder »Kralle der Finsternis« zu Kleinholz verarbeitet hatte. Stattdessen nahmen sie nur an, dass er unglücklich verliebt war.

War er es noch? Sie schienen das zu glauben. Nichts wussten sie davon, wie es war, wenn man miterleben musste, wie die Liebste sich veränderte, sich abwandte, wie sie Menschen die Hand reichte, die nicht einmal würdig waren, dass man sie hasste. Linnia tat sich mit dem Abschaum von Schenn zusammen, mit Brahans edlem Erben, und hatte dafür sogar Mora und die Sicherheit der Zauberer geopfert. Konnte Liebe sterben? Ja, sie konnte. Fast wäre es ihm lieber gewesen, die Alten hätten alle seine Geheimnisse gekannt, bis auf dieses eine.

Nival bedankte sich nicht. Er setzte sich den Hut auf, der noch feucht war von der Behandlung, der Agga ihn unterzogen hatte, und nach irgendwelchen Kräutern roch, zog ihn sich tief in die Stirn und ging.

Die Gaukler hatten den gesamten Marktplatz in Beschlag genommen. Die Wagen hatten sie draußen vor den Stadtmauern aufgebaut, denn Spielleute hatten nicht das Recht, in der Stadt zu übernachten. Nival drängte sich durch die Menge, und mehr als einmal bekam er einen Ellbogen in die Seite, doch die zarten Finger an seiner Hüfte spürte er sofort. Er griff nach hinten und hielt ein überaus erstauntes Bürschchen in den Armen. »Wolltest du an mein Bündel?«, fragte er freundlich.

»Nein, nein!«, beteuerte der Knabe. Er war kaum älter als

fünf, sechs Jahre. Hinter ihm stand ein Mädchen mit einer über und über mit Frühlingsblumen bedeckten Mütze, Panik spiegelte sich in ihren Augen.

»Ist Cassemin hier?«

Der Junge begann heftig zu zappeln, aber Nivals Griff entkam er nicht.

»Also ja. Das trifft sich gut. Bring mich zu ihm, du weißt doch sicher, wo er steckt.«

»Ich kenne keinen Cassemin«, behauptete der Junge trotzig.

»Bring mich trotzdem zu ihm. Ich bin nicht von der Wache.« Als er mit der Hand ein kaum sichtbares Zeichen machte, riss das Kind die Augen auf, jetzt erst recht überrascht.

»Ja, Herr.« Selbst die Jüngsten wussten, dass dieses Zeichen sie zu Gehorsam verpflichtete. Das Mädchen eilte voraus, und gemäßigten Schrittes folgte ihr Nival, die Hand immer noch auf der Schulter seines kleinen Gefangenen.

Sie gingen an den Bühnen vorüber, die die Gaukler aufgebaut hatten – Kisten in verschiedenen Größen, auf denen sie tanzten, jonglierten, sangen und andere Kunststücke aufführten. Davon ließ er sich keinen Moment ablenken, sondern hielt das Kind fest, bis es ihn zu einem kleinen Zelt im hinteren Bereich des Marktplatzes geführt hatte. Das Mädchen verschwand durch die Öffnung, und sofort wurde Nival von mehreren Männern umringt. Sie musterten ihn – kräftige Kerle, von Wind und Wetter gegerbt. Die kunstvollen Malereien auf der Haut zeigten ihre Reiseroute an; je mehr von diesen Bildern ein Tensi besaß, umso weiter war er in der Welt herumgekommen. Einer der Männer war besonders bunt und auffällig. Wellen auf seiner Schulter deuteten das Stille Meer an, Korallen die Insel Ghenai, und die grünen Schlangen bewiesen, dass er in Jagor gewesen war. Zahlreiche sich windende Drachen, die sich über sein linkes Schlüsselbein krümmten und in seinem Hemd verschwanden, waren sein ganzer Stolz. Der Schnauzbart hing ihm in zwei Zöpfen zu beiden Seiten der Mundwinkel herab, und auf dem nahezu kahlen Schädel prangte ein einzelner blonder Zopf, von blauschwarzen Dornen und Zeichen umrahmt. Mit wachsamen grauen Augen betrachtete er Nival, dann verzog er den Mund zu einem breiten Grinsen.

»Ich hätte dich fast nicht wiedererkannt, Bürschchen«, rief er und schlug Nival auf die Schulter. »Ha!«, brüllte er. »Seht ihn Euch an! Was für ein schmucker junger Tensi mein Sohn ist!«

16

Cassemin umschlang den jungen Mann, und dort, in den kräftigen Armen seines Vaters, suchte Nival nach einem Gefühl, das er verloren hatte, und fand doch nur eine vage Erinnerung daran. Er hatte auf viele Jahre mit seiner Familie verzichtet. Auf die Bilder auf seiner Haut, die ihn zu einem Mann gemacht hätten, der bei den Tensi etwas galt. Auf den Wind im Gesicht und Barradas' Segen über ihm.

»Geh, wenn der Wind ruft«, murmelte er, »flieg im Sturm, sieh dich nicht um. Hinter dir, hinter dir, Mädchen weinen, Soldaten rennen, sieh dich nicht um.«

Die alten Tensi-Lieder kamen ihm wieder in den Sinn, während er draußen die Musik hörte, das Klappern der Taktstöcke, das Pfeifen der Flöten, das Vibrieren der unzähligen Saiten von Wimbas und Listrans, den Lieblingsinstrumenten der Gaukler.

»Das ist mein Junge!«, dröhnte Cassemin.

Die anderen Männer hatten die Musterung offenbar abgeschlossen und waren nicht geneigt, Cassemins Begeisterung für Nival zu teilen. »Weiße Haut wie ein Säugling«, maulte einer. »Wo lebst du, in einem Haus am warmen Ofen?«

»Siehst aus wie ein Bestran. Pfui, da hält sich Barradas die Augen zu.«

Nival lächelte. Die raue Art der Spielleute war ihm vertraut, und er nahm ihnen die Worte nicht übel – hatten sie nicht recht? Er sah tatsächlich aus wie ein Städter, ein Bestran. Sein

Vater umfasste seinen Arm und befühlte die Muskeln. »Kriegst du auch genug zu essen?«

Gegen eine ordentliche Tensi-Mahlzeit hatte Nival nichts einzuwenden. Er folgte ihnen ins Zelt, wo sich gerade hinter einem Paravent ein paar Tänzerinnen umzogen und nun mit raschelnden Röcken und klimpernden Ketten an Hand- und Fußgelenken hervorkamen. In ihre wallenden Locken waren Trophäen aus aller Herren Länder eingebunden – Schlangenhäute und Löwenzähne, Federn von Vögeln, von denen die Leute in Schenn noch nicht einmal gehört hatten. Das Ohr der Vortänzerin war von unzähligen Stacheln durchbohrt. Sie schenkte Nival einen abschätzenden Blick aus ihren feurigen meergrünen Augen.

»Was macht ein Bestran hier?«

Nival bewegte die Hände so rasch, dass nur ein geübtes Auge die Zeichenfolge erkennen konnte – zwei unflätige Wörter, von denen bereits eins gereicht hätte, um ihm die Brüder des Mädchens auf den Hals zu hetzen.

Doch statt beleidigt zu sein grinste sie breit. »Jikesch? In dieser Stadt gibt es nur einen einzigen Tensi. Bei Barradas, ich habe dich gar nicht erkannt.«

»Nenn mich nicht Jikesch«, sagte er rasch. »Der Name ist im Moment nicht sicher. Vetter genügt vollkommen.«

»Oh, mein lieber Vetter!« Sie schenkte ihm eine klirrende Umarmung und trat dann wieder einen Schritt zurück, um ihn zu betrachten. »Wie groß du geworden bist! Ist er doch, oder? Was sagst du dazu, Onkel Cassemin? Ein Gesicht, so hell und weich wie ein Lämmchen.«

Nival schluckte. Bei den Tensi war man ohne die in die Haut geritzten Reiseandenken niemand. Nur die Bestrans, die Sesshaften, die nichts von der Welt wussten, blieben so, wie sie geboren waren, ohne je dazuzulernen. Für sie gab es keine Veränderung, die sich auf der Haut zeigte, die Geschichte eines erfüllten Lebens. Er hätte sich wohler gefühlt, wenn er seinen Verwandten gar nicht erst hätte vorführen müssen, was aus ihm geworden war, doch die Gefahr im Schloss ließ ihm keine Wahl.

»Warum seid ihr hergekommen?«, fragte er. »Warum jetzt?«

»Weil uns unser Weg hergeführt hat«, antwortete Cassemin, »weil die Hinweise auf Lanhannat gedeutet haben. Alle Zeichen am Wegesrand wiesen hierhin. Wir folgen dem Wind, mein Sohn, und wohin er uns treibt, dort gehen wir hin. So wie du, ein Blatt, das der Sturm in eine Ecke geweht hat, Barradas mit dir.«

»Jikesch! Jikesch ist da!« Immer mehr Spielleute drängten ins Zelt. Unter ihnen auch Meister Tymon, der ihn gelehrt hatte, wie man sich mit ein wenig Farbe im Gesicht und ein paar Requisiten so verwandeln konnte, dass niemand einen erkannte. Alasan drückte ihn an ihren üppigen Busen und kniff ihn in die Wange, wobei sie ihm das Versprechen abnahm, sich im Messerwerfen mit ihr zu messen; immerhin war er ihr bester Schüler gewesen. Olkis lästerte ausgiebig über seine jungfräuliche Haut, dabei war er es doch gewesen, der Jikesch gezeigt hatte, dass Erfahrung sich ebenso gut auf Pergament verewigen ließ wie auf Haut. Olkis war unschlagbar, was die Herstellung von Schreibfedern und verschiedenfarbigen Tinten anging, auch wenn er sie normalerweise dazu benutzte, die Körper seiner Mitreisenden zu verschönern.

»Nicht Jikesch. Bitte nennt mich nicht Jikesch.«

Nival konnte es noch so oft wiederholen, sie verstanden nicht, dass dieser Name zurzeit sein schlimmster Feind war. Er durfte sich nicht wie Jikesch fühlen, nicht reden wie er, nicht der Versuchung erliegen, sein Kostüm anzulegen und sie vergessen zu lassen, dass er beinahe ein Bestran war. Doch seltsamerweise war gerade hier, bei seinen Verwandten und Freunden, der Unterschied seiner beiden Leben besonders klar umrissen. Die Spielleute trennten sehr scharf zwischen ihrem privaten Leben und ihren Auftritten, bei denen sie vor Publikum zu anderen, fremdartigen Wesen wurden, deren Kunststücke alles Menschenmögliche übertrafen. Wenn sie dagegen nicht auf der Bühne standen, waren sie einfach nur sie selbst.

Cassemin setzte sich neben ihn, während Nival einen Topf mit Brissle in die Hand gedrückt bekam – einem Gericht, das er seit Jahren vermisst hatte. Keine gefüllten Wachteln aus dem Palast kamen an das hier heran – schlicht aus Wurzeln und Zwiebeln gekocht, mit einer halben Tasse Ziegenmilch verfeinert. Das Geheimnis waren die Wurzeln der Wildberilie, welche die übrigen Völker für ungenießbar hielten. Man musste genau wissen, wie man sie zubereitete, um das unvergleichliche Aroma zu erhalten und die Bitterstoffe auszuschwemmen.

»Wir sind hier, um dich mitzunehmen«, sagte sein Vater.

»Das habe ich mir gedacht«, meinte Nival leise.

»Alasan hatte wieder Träume. Üble Träume. Und was man sonst so hört, von diesem Krieg, den Tijoa gegen Yan führt … Selbst für unsereins gibt es kaum noch ein Fortkommen. Wir mussten auf der östlichen Seite des Großen Flusses bleiben, um bis hier herunter zu gelangen, und sogar in Samaja werden Kriegsgerüchte laut … Es ist, als wäre mit diesem neuen König in Tijoa ein wildes Tier aus dem Käfig gelassen worden, das jetzt alle in seiner Umgebung beißt. Ein tollwütiges Tier, aber es wäre eine Beleidigung, es einen Fuchs zu nennen, jedenfalls für alle Füchse, die mir bisher begegnet sind. Der Unmut über Schenn wird immer lauter. Niemand in Yan und Samaja will begreifen, warum Brahans Erben ihnen nicht zu Hilfe eilen. Der Krieg wird auch hierherkommen, mein Sohn.«

»Ich weiß«, sagte Nival. »Selbst wenn niemand sonst im Schloss das zu wissen scheint.«

»Was tust du dann noch dort?«

Cassemin seufzte, als sein Sohn nicht antwortete. »Für Luzine war unser Leben nichts. Sie wäre nie glücklich geworden mit einem wilden Haufen Tensi, ohne Backofen und Mehlsäcke. Aber du bist anders, Jikesch. Du bist kein Bestran. Du kannst dir ein hübsches Wams anziehen und samtene Beinkleider und Stiefel wie ein Prinz … und wirst doch immer ein Tensi sein. Ein ganzer Tensi, kein halber. Was immer du selbst von dir glaubst – du bist einer von uns. Das sieht man auf den ersten Blick. Du bewegst dich wie ein Tensi, du kämpfst wie ein Tensi. Du kannst einen König und eine ganze Stadt an der Nase herumführen, du könntest diesem Pivellius, verflucht sei sein Name, den Thron unter dem Hintern verschwinden lassen und seine Krone an einen Hehler veräußern, und er würde dich immer noch hätscheln und über deine Witze lachen.«

»Ja«, sagte Nival. »Ich weiß.«

»Du bist unglücklich hier.«

»Das bin ich.«

»Dann komm mit uns! Wir werden nach Süden ziehen, bevor aus den Schwelbränden ein Feuer wird, das niemand mehr löschen kann. Du solltest uns begleiten, mein Junge.«

»Ich kann nicht«, sagte er leise.

»Ich habe mir nie verziehen, dass ich dich verkauft habe, auch wenn du es noch so sehr wolltest. Luzine ist tot, und nichts kann sie zurückbringen. Um dich muss ich mich kümmern, nicht um Dinge, die sich nicht mehr ändern lassen. Noch ist Zeit. Du kannst nach wie vor genug Bilder auf deiner Haut sammeln, um einer der angesehensten Männer unseres Volkes zu werden. Wir werden die Ebene bereisen und entdecken, was dahinter liegt, wenn der Wind uns weiter nach Süden treibt. Ein Sturm braut sich zusammen, möglich, dass er uns weiter trägt als jemals zuvor.«

Nival öffnete den Mund, aber Cassemin schüttelte den Kopf. »Überleg es dir, mein Sohn. Antworte mir nicht sofort. Schlaf eine Nacht drüber oder zwei … Wir werden eine Weile hierbleiben, und wenn wir wieder zusammenpacken, dann sollst du mit mir in meinem Wagen sitzen. Ich habe dich verkauft, ich kann dich jederzeit zurückstehlen. Selbst wenn die Wachen alle unsere Kisten durchwühlen, sie würden dich nicht finden, wenn du das nicht willst, auch wenn du direkt vor ihrer Nase sitzt.«

Nival spürte Cassemins Blick auf seinem Gesicht. Trotz des mangelnden Prestiges hatte es seine Vorteile, keine Reisebemalung zu besitzen. Jemand wie er konnte in tausend Gestalten schlüpfen. Unter den Tensi gab es immer ein paar, die dafür ausgewählt wurden, und aufgrund seiner Begabung war recht schnell klar gewesen, dass er dazugehören würde.

»Weißt du noch«, meinte er, »damals in Lonar? Ich war zwölf, und alle anderen Jungen bekamen ihr erstes Bild. Aber du hast es mir verboten, und meine Freunde haben mich Bestran geschimpft.«

»Ja«, sagte der Gaukler mit rauer Stimme.

»Du wusstest schon damals, dass ich die Familie verlassen und nach Lanhannat gehen würde. Ist es nicht so?«

Sein Vater nickte.

»Schau«, sagte Nival leise. Er wickelte sein Hosenbein hoch. Über dem Knie wurden einige bunte Linien sichtbar, ein Schnörkel, ausufernd wie eine Wurzel, die vergebens nach Halt suchte.

»Du hast eins?«, fragte der Tensi überrascht.

»Eins«, sagte Nival. »Eins für Lanhannat und das Schloss. Niemand hat es je gesehen.«

»Zeig her«, forderte Cassemin ihn auf.

Nival tat ihm den Gefallen. Während er das Bild auf seinem Bein nach und nach enthüllte, beobachtete er das Gesicht seines Vaters ganz genau, auf der Suche nach Anzeichen von Enttäuschung.

»Du hast es selbst gestochen? Geschickte Hände hast du, mein Sohn. Die Farben sind brillant.«

»Olkis war ein guter Lehrmeister«, meinte Nival verlegen. »Aber sag es ihm nicht, ich weiß, wie empfindlich er reagiert, wenn jemand ihm die Arbeit abnimmt.«

»Das ist kein Schloss«, murmelte der ältere Spielmann. »Nicht wie unsere üblichen Stadtbilder. Ich frage mich … was für eine merkwürdige Wahl. Ein Affe mit einer Krone? Das ist selbst für Tensi-Maßstäbe ungewöhnlich.«

»Es erzählt meine Geschichte und verrät dabei nicht zu viel. Wenn es im Schloss jemand zu sehen bekäme, würde er sich nichts denken – einer, der so wild herumhopst wie ich, darf sich wohl einen Affen nennen. Und unten in der Stadt …«

»Wer bist du hier?«

Nival fühlte unerwartet Dankbarkeit in sich aufsteigen. *Ein Gefühl wie zu Hause …* Einem Tensi musste man nicht erklären, wie man mehrere Personen sein konnte.

»Das ist schwierig«, sagte er. »Ich war zwei, einer davon ist tot und der andere … sollte besser sterben.« Er wartete auf die Frage, die Cassemin nicht stellen würde: Warum hast du es nicht getan?

Warum? Wozu die langen Jahre der Ausbildung? Wozu der Beste sein, der Junge mit den tausend Gesichtern, wozu auf die vielen Bilder verzichten, die deine Geschichte erzählen, wenn du dann nicht zu Ende bringst, was du tun wolltest?

»Ich habe versprochen, euch nachzukommen«, sagte Nival. »Wie lange hast du gewartet, bis du gemerkt hast, dass ich nicht kommen würde? Dass ich das Blatt bin, das in die Ecke geweht wurde, und der Wind mich nicht weiterträgt?«

»Sieh nicht zurück«, zitierte Cassemin ein altes Lied, »sieh dich nicht um, das Spiel von Wind und Wasser macht selbst die Flüsse krumm … Ich habe nie aufgehört zu warten, mein Sohn. Nicht auf deine Tat, meine ich, sondern auf dich. Als ich das Messer geworfen hatte, das wir alle zusammen geschmiedet hatten, vergaß ich das Ziel.« Er spielte mit seinen langen

Kinnzöpfen und blickte nachdenklich. Die vielen Wege, die er gegangen war, hatten seine Augen klar und hell gemacht wie geschliffene Kieselsteine im Flussbett. »Nun bin ich hier, um das Messer wieder aus der Zielscheibe herauszuziehen und in meinen Gürtel zu stecken. Du gehörst weder Pivellius noch mir, mein Sohn. Du gehörst Barradas und seinem Sturm. Der König hat mir zu wenig bezahlt; es gibt nicht genug Gold hier in Lanhannat, um dich aufzuwiegen. Du bist zu schwer dafür, und leicht wie eine Feder wirst du mit dem Wind fliegen, wenn wir weiterziehen.«

Nival lächelte schmerzlich, Bitterkeit grub Furchen in sein Gesicht, die ihn weitaus älter machten, als er war. *Vielleicht summieren sich die Jahre,* dachte er, *wenn man mehrere Leben gleichzeitig lebt.*

Trotzdem war dies hier – der Schlapphut, der immer noch streng nach irgendwelchen Kräutern duftete, die gestohlene Kleidung, die Taschen voller Dietriche, kleiner Klingen, Bindfäden und Zündhölzer – die einzige Möglichkeit, Chamija wenigstens für ein paar Stunden zu entkommen.

Mora wird mich verrückt nennen, wenn ich nicht mitgehe, dachte er. *Die Alten würden versuchen, mich zu überwältigen, in einen Sack zu stecken und auf einen dieser Wagen zu laden, wenn sie wüssten, dass ich nur so den König retten kann, und sie alle lieben den König, jeder auf seine Weise.*

Selbst ich liebe ihn irgendwie, oder ich hätte es längst getan. Oder liebe ich mich, meine Hände in den weißen Handschuhen, die so unschuldig wirken, die nichts Böses tun können? Weil der Narr viel zu wild und fröhlich ist, um ein einziges finsteres Ziel zu verfolgen? War die Figur, die ich entworfen habe, die falsche, und als ich in ihre Haut schlüpfte, wurde ich jemand, dessen Lachen echt war und der nicht töten konnte?

»Jikesch?« Der Junge, den er beim Stehlen erwischt hatte, lugte ins Zelt. »Da ist eine Frau, die überall auf dem Marktplatz nach dir fragt. Eine Bestran. Soll ich sie herbringen? Sie kennt das Zeichen nicht.«

Eine kalte Hand legte sich um sein Herz. »Ist sie blond und trägt einen weißen Pelz um die Schultern?«

»Du bist aschfahl«, meinte Cassemin und sprang alarmiert auf. »Wer ist sie?«

»Ich muss mich umziehen, sofort«, stammelte Nival. »Sie darf mich nicht in dieser Kleidung sehen. Habt ihr hier noch ein Narrenkostüm?«

»Junge, niemand kommt hier herein, wenn wir ihn nicht einladen.«

»Sie braucht keine Einladung«, flüsterte er. Schnell sprang er hinter den Paravent und zog sich um. Er setzte sich eine klingelnde Mütze auf. Spiegel und Töpfchen mit verschiedenfarbiger Schminke mussten ausreichen, um ihn in den Narren zu verwandeln. Als er aus dem Zelt stürzte, sah er Chamija auf sich zumarschieren, ärgerlich wehrte sie die Kinder ab, die sich aufdringlich an ihren Arm gehängt hatten. Ein scharfer Stich der Angst durchfuhr ihn, als er die Tensi-Kinder so nah bei der gefährlichen Zauberin sah, doch er grinste bloß frech und ließ sich nichts anmerken.

»Suchst du mich bei den Meinen?«

Die Kinder starrten ihn kurz an, aber sie waren zu gut erzogen, um sich zu seiner Verwandlung zu äußern. Tensi verkleideten sich andauernd, wenn auch nicht jeder von ihnen das perfekte Spiel beherrschte. Siedend heiß fiel ihm ein, dass die gelben Narrenschuhe noch in dem leeren Haus warteten, dass er im Moment die schlichten Schuhe des jugendlichen Diebs trug, darin die tödliche Drachenschuppe. Auf keinen Fall durfte sie nach unten sehen, auf seine Füße.

»Der Prinz ließ dich gehen«, sagte Chamija kühl, »aber das bedeutet nicht, dass ich dich ebenfalls gehen lasse. Es ist bereits spät. Was tust du hier so lange bei dem Wandervolk?«

»Dies und das«, antwortete er keck. »Tanzen und singen, kosten und trinken, küssen und spielen. Möchtet Ihr irgendetwas davon mit mir tun?«

Chamija versenkte ihren dunklen Blick in seine Augen. Jikesch musste sich dazu zwingen, nicht zurückzuzucken, als ihn etwas Kaltes streifte wie mit eisigen Fingern.

»Gibt es Zauberer unter den Spielern?«

Er erschrak – wie konnte sie wissen, wie das Volk sich selbst nannte? »Tensi« bedeutete »Spieler«, doch das wusste niemand, so wenig wie die Sesshaften eine Ahnung davon hatten, wie die Gaukler sich nannten.

»Nein«, antwortete er.

»Wirklich? Niemanden? Niemand, der träumt, den Visionen heimsuchen, der die Wahrheit sieht, wenn sie vor ihm her schreitet in einem fremden Gewand?«

»Alles nur Spielerei«, antwortete Nival freundlich, während das Entsetzen ihm die Kehle zuschnürte. »Alles nur Taschenspielertricks. Sorgfältig einstudiert und mit der Ahnungslosigkeit und dem guten Willen des Publikums garniert.«

»Wie kommt es, dass ich dir das nicht recht glauben kann? Warum bilden sich Schweißperlen auf deiner Stirn, kleiner Narr? Warum zittert dein rechtes Lid, und dein linkes Auge tut, als sei es blind? Wer kann zaubern?«

»Niemand«, flüsterte er.

Aber so wie er seinen Verrat an Linnia nicht hatte verhindern können, war er auch diesmal machtlos. Er konnte nur beten, dass die Zauberin ihn nie, niemals nach Mora fragte.

»Die dort«, wisperte er und nickte zu einer der Tänzerinnen hinüber. »Alasan. Sie kann weiter sehen als andere.«

Chamija betrachtete die Gruppe der tanzenden Frauen. Ihr Gesicht verriet nicht, was sie dachte. Vielleicht, hoffte Jikesch, war es nicht so schlimm, wenn man Wahrträume hatte. Vielleicht war wenigstens das verzeihlich.

»Weiter«, befahl sie unerbittlich.

»Olkis ist ein Priester von Barradas«, brachte er heraus. »Er spricht mit dem Wind und liest in den Blättern.

Aber das ist keine Zauberei«, behauptete er trotzig.

»Zauberei ohne Drachenmagie?« Chamija lächelte versonnen. »Ich dachte, diese Art der Zauberei wäre längst vergessen. Sie war gut und hat ihren Zweck erfüllt, aber gegen das, was inzwischen möglich ist, war sie schwach. Kräuter und Tränke und Gebete … vor achthundert Jahren mochte das noch angehen, aber ich bin überrascht, dass sich diese Dinge gehalten haben, seit ich die Drachen für uns entdeckte.« Chamija nickte ihm huldvoll zu. »Wundert dich das?«

»Ja«, stammelte er. »Ihr wirkt nicht so … alt.«

»Oh, ich bin um einiges älter, als ich aussehe.« Sie zeigte ihre blendend weißen Zähne. »Ich bin nicht einfach irgendeine Zauberin. Ich habe das Talent magischen Blutes und die nutzlose Macht der verdammten Drachen miteinander verwoben. Ich bin die Ahnherrin aller Zauberer, wenn du so willst, denn ich war es, die entdeckte, was man mit der Macht anstellen kann, die den Drachen gehört. Ich war es, die als Erste herausfand, wie man den Mächtigen die Kraft stehlen kann, um stärker zu werden als sie. Ich habe diese Art von Zauberei begründet, und deshalb gehört sie mir.«

Sie lächelte. »Du glaubst mir nicht? Nun, das solltest du aber. Diese kleinen, armen Gaukler, wie Wind und Blätter … das kann nicht schaden, denke ich. Aber Träume … hat diese Alasan *Caness*? Drachensteine? Was besitzt sie?« Sie musterte die Tänzerin, eine Frau, die die dreißig schon überschritten hatte und dennoch mühelos mit den jüngeren Mädchen mithalten konnte. »In ihrem Haar, jetzt sehe ich es. Ein Zahnsplitter, mehr nicht. Seit wann trägt sie das? Seit wann legt sie sich einen Drachen und seine magischen Träume unters Kopfkissen?«

»Ich weiß es nicht«, flüsterte er verzweifelt. »Bitte …«

»Du darfst hoch ins Schloss gehen«, schlug Chamija vor. »Du musst es nicht mit ansehen. Geh, mein Kleiner, und erfreu den König mit deinen Späßen. Er hat schlechte Laune.«

Jikesch wunderte sich, dass er jemals angenommen hatte, ihre Augen wären blau. Sie waren schwarz wie die Tinte auf dem Schädel seines Vaters und erzählten die Geschichte eines langen Lebens. Von einem Weg, gewunden und krumm und voller Steine … die Augen einer uralten Frau.

»Doch wenn du zuschauen willst, dann sieh genau hin«, sagte sie. »Lass dir nichts entgehen und wisse, wer ich bin und was ich tun kann. Glaubst du immer noch, du könntest mir entkommen?«

»Nein«, wisperte er.

»Schön.« Sie lächelte.

Er wartete darauf, dass etwas geschah. Dass Alasan zusammenbrach, die Hände am Hals. Doch die Mädchen tanzten, und die Musik spielte, und rein gar nichts passierte. Die Zuschauer klatschten und warfen ihre Münzen in die bereitstehende Kiste.

»So.« Alasan eilte auf ihn zu, fasste ihn am Arm. »Jetzt bin ich fertig. Komm, Jikesch. Nach dort hinten, komm mit. Du hast es mir versprochen, weißt du nicht mehr?«

»Ja«, sagte er dumpf. Er wandte sich nicht nach hinten, um zu sehen, ob Chamija ihnen folgte. Wie ein Tier, das zur Schlachtbank geführt wird, trottete er hinter der hübschen Tänzerin her zum Stand der Messerwerfer, die dem staunenden Publikum ihre Treffsicherheit demonstrierten.

»Ich bin der Narr des Königs.« Er musste wenigstens versuchen, Widerstand zu leisten. »Es wäre nicht gut, wenn man mich hier sieht, wie ich Messer durch die Gegend schleudere.«

»Ach was«, meinte die junge Frau unbekümmert. »Wir haben hier noch mehr Narren, die genauso kostümiert sind wie du. Niemandem wird etwas auffallen, und wenn man dich fragt, sagst du, es sei einer deiner Vettern gewesen. Nechtrisch turnt auch da herum. Sieht er nicht fast aus wie du?«

Der andere Narr war ganz ähnlich geschminkt, nur dass seine Lippen rot waren statt schwarz; Kostüm und Mützen dagegen waren gleich. Sie hätten Zwillinge sein können.

»Hier.« Alasan drückte Jikesch das Messer in die Hand, und er schleuderte es, ohne hinzusehen. Seltsam, dass seine Finger nicht zitterten, nicht einmal jetzt, obwohl er darauf wartete, dass jeden Moment etwas Schreckliches geschah. Dass er die Mitte getroffen hatte, das Zentrum des Gelingens, bestätigte ihm der Beifall der Zuschauer.

»Ins goldene Herz.« Alasan nickte anerkennend. »Du bist wahrlich ein Adler, Wind unter den Flügeln.«

Ihr Messer bohrte sich neben seinem ins Holz, und das Publikum zollte ihr seinen Beifall.

Die Männer trugen das hölzerne Gestell ein paar Yags weiter nach hinten und lächelten herausfordernd. Schon die vorige Entfernung hatte gutes Können verlangt, jetzt brauchte man etwas mehr als das.

Die Bürger von Lanhannat tuschelten. »Das schafft er nie! Seht ihn euch an! Eine Witzgestalt.«

»Die Frau ist nicht stark genug. Man braucht Kraft in den Armen dafür.«

»Unsinn. Man muss nur gut zielen können.«

Alasan hob die Hand, und die Leute verstummten, angespannt vor Erwartung.

»Das ist leicht«, sagte Jikesch. Immer noch hatte er Angst. Chamija kontrollierte seine Bewegungen nicht, wie er befürchtet hatte, und dennoch kribbelte es in seinem Nacken vor Anspannung. Er schloss die Finger um den Messergriff und sah sich wieder kurz nach der Zauberin um. Stand sie irgendwo im Publikum? Ihm war, als könnte er ihren kalten Blick spüren.

»Na los«, zischte Alasan, »worauf wartest du?«

Er warf das Messer, und es flog, wie es fliegen sollte.

Sie strahlte ihn zufrieden an und tänzelte zur Scheibe, doch statt nur die Messer herauszuziehen, stellte sie sich vor das Brett und winkte ihm herausfordernd.

Sie hatten das oft genug getan. So oft, dass es keinen Grund gab, um ihr Leben zu bangen. Obwohl es Jahre her war, zweifelte Nival nicht daran, dass er dieses Spiel noch beherrschte. Er wusste, wie er werfen musste: Schnell, ein Messer nach dem anderen, dicht neben ihre Haut, so dicht, dass die Zuschauer den Atem anhielten, nach Luft schnappten, mit ängstlichen Gesichtern dastanden und trotzdem nicht weggehen konnten.

»Los!«, rief sie ihm zu. »Fürchtest du dich mehr als ich?«

Er warf. Ein Messer, zwei, das nächste. Alle Messer, die einer der Männer ihm reichte, und er malte damit Alasans Umrisse nach, nagelte ihr Haar ans Holz, das mit Federn und Schleifen, mit kleinen Muscheln und winzigen Steinchen geschmückte Haar.

Einer Frau unter den Zuschauern wurde schlecht, sie stolperte davon. Die Männer johlten begeistert. Münzen regneten in die Kisten. Jemand fragte: »Ist das nicht der Narr, der immer im Schlosshof sitzt?«

Lachend kam Alasan auf ihn zu. »Oh ich wusste, du kannst es noch. Keinen Augenblick hatte ich Angst.«

Nivals Herz hämmerte wild, als er antwortete: »Ich schon.«

Sie legte eine Hand auf seine Schulter. »Mit dieser Nummer werden wir unterwegs gut verdienen, wenn du uns begleitest, Jikesch.«

Er erstarrte. Hatte Chamija das gehört? Wo war sie?

»Du und dein Vater und ich … wie ein richtige Familie.«

»Was soll das heißen, mein Vater und du?«, fragte er.

»Nun … kannst du dir das nicht denken?«

Der wilde Zorn, der ihn plötzlich durchströmte, traf ihn mit der Gewalt einer Frühjahrsflut, mächtig und zerstörerisch, und riss ihn mit sich.

»Deshalb ist ihm die Rache nicht mehr wichtig – weil er meine Mutter vergessen hat?«

Aus diesem Grund war es seinem Vater also egal, ob sein Sohn die mörderische Mission erfüllt hatte. War es dem Tensi je um Luzines Schicksal gegangen? Oder hatte Cassemin nur seinen Sohn loswerden wollen, der im Weg war, als er um eine jüngere Frau werben wollte? Der erfahrene Spielmann hatte die Waffe geschmiedet, die einen König töten konnte – und dann den Attentäter, den er geschaffen hatte, seinem Schicksal überlassen. Eine Laune, mehr nicht. Was kümmerten die Tensi Könige, was kümmerten sie Bestrans? Was bedeutete ihnen der Tod einer Bestran-Frau, die niemals mehr gewesen war als ein Zeitvertreib?

Es war nur ein einziger Augenblick, in dem die Dämme brachen, in dem der Zorn sich ungehindert Bahn brechen konnte. Jikesch krallte die Hand um Alasans Arm, sein Fuß zuckte vor, und er trat sie gegen das Schienbein. An die Schuppe in seinem Schuh erinnerte er sich erst, als die Tänzerin vor ihm auf dem Pflaster lag, das Gesicht weiß, die Augen blicklos, und sich unter ihrem Kopf eine Blutlache ausbreitete.

Da rannte er, wie gejagt von tausend Flüsterwespen, drängte sich durch die Menge, schob sich durch unzählige Beine, die ihm den Weg versperrten, hetzte durchs Tor. Heulend und weinend stürmte er den Hang hinauf, zurück ins Schloss, wo wenigstens niemand wohnte, um den er Angst hatte.

17

»Ihr schleicht Euch von beiden Seiten an«, sagte Okanion. Der Drache ruhte in einer Mulde am Ufer eines Flüsschens wie ein Schatz in einem mit Samt ausgeschlagenen Kästchen. Ein Juwel in Silberrot. Seine Schönheit verschlug Linn den Atem.

»Warum wir?«, beschwerte sich Gunya. »Sie soll ihn erledigen. Es war nicht die Rede davon, dass wir ihr helfen und sie dann den ganzen Ruhm und die Geschenke einsackt.« Die Zeit, in denen sie Linn fast menschlich vorgekommen war, war offenbar vorüber. Die junge Drachenjägerin hatte schon gehofft, dass sie sich den Respekt der Ritterin verdient hatte, doch das war wohl nicht von Dauer gewesen.

»Manchmal frage ich mich, wie Ihr so lange überleben konntet«, meinte Linn, »ohne dass Euch jemand Eure reizende Nase gebrochen hat.«

»Ha!«

»Keine Sorge, ich werde das nicht übernehmen. Schließlich habt Ihr mir das Leben gerettet«, fügte Linn hinzu, »auch wenn Ihr Euch anscheinend nicht daran erinnern könnt. Bei meinem ersten Kampf mit einem Drachen, in Werrin, wisst Ihr noch?«

Gunya grunzte etwas Unverständliches.

»Da wäre es doch schade, wenn es umsonst gewesen sein sollte, nicht wahr? Also, ich empfehle Euch, Okanions Anweisungen zu befolgen. Sichert die Seiten, ich werde von vorne angreifen. Meinetwegen können wir auch vierzig Drachen töten, bis jeder von uns zehn hat.«

»Na los«, sagte Okanion. »Wer jetzt noch zögert, hätte lieber Kammerjäger werden sollen statt Drachenjäger.«

Je näher sie dem Drachen kamen, umso weniger wirkte er wie ein Juwel; vor ihnen wuchs er zu einem funkelnden Felsen empor, von Disteln und Blumen bewacht. Seine Hörner und Zacken waren leicht rötlich. Linn fand ihn wunderschön und verharrte einen Moment staunend, bevor sie sich an den Abstieg machte und zwischen kleineren Felsbrocken hindurch auf das schlafende Ungeheuer zuging. Es gab hier kaum Deckung. Dort, wo Dorwit und Gunya sich anschlichen, waren die Sträucher und Gräser fast einen Gildrek hoch, aber von dieser Seite war sie völlig ungeschützt. Der Drache musste nur die Augen aufreißen und würde sie erblicken, eine Kriegerin mit einem goldenen Schwert, das er nicht eher fühlen konnte, als bis es zwischen seine Schuppen fuhr.

»Für das Königreich«, murmelte sie und rannte mit einem wilden Schrei den Abhang hinunter. »Der Siebte!«

Den Sechsten hatte sie am Bach erwischt, als er verhindern wollte, dass die Yaner nach Honau entkamen; an der Stelle hatten keine schennischen Soldaten aufgepasst. Die vier Drachenjäger waren durch brennende Lager gekommen und durch zerstörte Dörfer; manchmal war es kaum zu unterscheiden, ob Drachen oder tijoanische Soldaten hier gewütet hatten.

Der Siebte hatte ebenfalls keine Chance gehabt.

Sieben hatte Linn erledigt auf dem Weg durch die yanischen Wälder. Sieben Drachen hatten die Schärfe ihres Schwertes zu schmecken bekommen, manche davon waren gerade dabei gewesen, sich über die Flüchtlinge herzumachen. Nun ging es um den achten.

Die Drachenjägerin duckte sich hinter die Wurzel eines vom

Sturm gefällten Baumes. Der Drache flog ziemlich hoch. Nachdem er das Lager verwüstet hatte – die Jäger waren zu spät gekommen, um es zu verhindern –, wandte er sich nach Osten. Sie verfolgten ihn jetzt schon seit Tagen und warteten auf eine günstige Gelegenheit zum Kampf.

Am glücklichsten war Linn, wenn sie kämpfte und die zitternden Flüchtlinge hinter sich wusste, wenn sie Unglück verhindern konnte, statt es nur zu rächen, doch dieser Drache war schlau. Er hatte mehrere Stellen im Wald heimgesucht, kurz bevor die Drachenjäger gekommen waren, und flog dann gemächlich weiter. Linn fragte sich, ob das Ungeheuer wusste, dass sie hinter ihm her waren, denn statt einfach zu verschwinden, sorgte es dafür, dass sie ihm stets auf der Spur bleiben konnten.

Sie winkte die anderen näher. »Er geht dort hinten runter. Wenn wir uns beeilen, können wir ihn nachts erwischen.«

»Oh ihr Götter«, jammerte Kesim. »Sollten wir nicht lieber an ihm vorbeischleichen?«

Linn bedachte ihn mit einem strafenden Blick. »Er tötet Eure Landsleute, Herr Kesim. Es geht nicht nur darum, dass Ihr ihm entkommt.«

Solche Leute wie er waren immer nur auf ihren eigenen Vorteil bedacht, und es brachte nichts, ihnen das übelzunehmen. Wenn es wirklich darauf ankam, war Kesim durchaus hilfsbereit und uneigennützig. Diese Raupen brachten ihn um den Verstand, was die Tiere nicht gerade sympathischer machte. Wenigstens krabbelten sie nicht mehr; nach ihrer ekelhaften Blutmahlzeit hatten sie sich eingesponnen. Der Händler behütete ihren Schlaf, als seien sie kleine Kinder, die das geringste Geräusch stören könnte.

Zähneknirschend halfen Okanion und Dorwit ihm mit seinem Karren, damit sie überhaupt vorankamen. Es wurde zunehmend dunkel, aber sie schlugen kein Lager auf. Der Drache war ganz in der Nähe; keiner von ihnen wollte riskieren, frühzeitig bemerkt zu werden. Bisher hatten sie unwahrscheinliches Glück gehabt, aber sie ließen sich davon nicht zu Sorglosigkeit verleiten.

»Ich brauche jedenfalls kein Feuer«, sagte Kesim mit klappernden Zähnen. »Geht ruhig weiter und kümmert Euch nicht um mich. Ich passe auf die Pferde auf.«

Linn hatte den Verdacht, dass er sich ungestört seinen Ferran-Puppen widmen wollte, aber ihr war das nur recht. Sie nickte den anderen zu. Nebeneinander zogen sie los, zum nächsten Kampf.

Es war noch nicht völlig dunkel. Obwohl die Sonne gerade erst in den Abgrund der Nacht gestürzt war, hing bereits der Mond wie ein silbernes Ei über dem Wald, und die Äste und Baumstämme, über die Linn hinwegkletterte, wirkten merkwürdig gestreift. Sie spähte nach oben, wartete auf den dunklen Schatten, der die Sterne beim Vorbeifliegen für einen Atemzug auslöschte, doch alles schien friedlich.

Nun, dachte sie, nicht von der Abwesenheit des roten Drachen überzeugt, *genauso friedlich wie dieses Land hier, still und schläfrig unter dem Mond. Trau dem Anschein nicht.*

Allen, die das Elend der Flüchtlinge erlebt hatten, kam das Funkeln der Sterne vor, als würden die Götter dort oben lächeln, fremd und unbeteiligt.

Das Gelände stieg leicht an, und Linn hielt nach den bevorzugten Ruheplätzen der Drachen Ausschau: einer Höhle, einer Mulde, etwas, in das sich das riesige Wesen hineinkuscheln konnte wie ein Kaninchen, das Schutz brauchte. An der Stille konnte sie erkennen, dass sie nicht mehr weit von ihm entfernt war – alle Drachen breiteten Schweigen um sich aus wie eine Decke. Tiefer und dichter schien es zu werden, als sei es stofflich wie Nebel, eine Wolke aus ehrfurchtgebietendem Glanz.

Sie kniete sich hinter einen Baumstamm. Etwas glühte vor ihnen schwach in der Dämmerung.

Linn wandte sich ihren Mitstreitern zu und gab ihnen mit einer Handbewegung zu verstehen, dass sie den Drachen umkreisen sollten. Gunya und Dorwit schlichen in die eine Richtung, Okanion in die andere.

Sie zog ihr Schwert und trat vor. Der Boden knisterte hörbar unter ihren leichten Schritten, Blätter raschelten vernehmlich, kleine Zweige brachen. Rechts und links machten ihre Kameraden nicht weniger Lärm. Der Drache würde sich entscheiden müssen, in welche Richtung er sich wandte. Er war dunkel, seine genaue Farbe konnte sie bei diesem Licht nicht erkennen. Die mächtige Gestalt füllte alles aus. Sie packte ihr Schwert fester …

Jemand bewegte sich hinter ihr.

»Ich bin's nur«, sagte Gunya und legte Linn eine Hand auf die Schulter. »Ich wollte bloß …«

Da hob der Drache den Kopf, und Rauch stieg aus seinen Nüstern. Seine Augen glühten golden, schwarze Flammen tanzten in den Pupillen.

»Ihr seid also gekommen.« Seine Stimme ein Raunen, sanft und knorrig zugleich, wie das Schwanken uralter Bäume im Wind. »Das war ein Fehler.«

»Warum?«, fragte Linn. »Warum verfolgt ihr diese Menschen? Hat er euch Drachen geschickt … Scharech-Par?«

»Ich kenne niemanden dieses Namens.«

Er richtete sich auf die Vorderbeine auf, und Linn packte ihr Schwert fester. Gunya stand immer noch so dicht hinter ihr, dass sie störte, doch gerade als Linn die Ritterin bitten wollte, zur Seite zu gehen, fühlte sie einen scharfen Ruck an ihrem Hals, einen kurzen Schmerz.

»Meine Kette!«, schrie sie und fuhr herum.

Gunya war einige Schritte zurückgesprungen, in ihrer Hand

baumelte die Silberkette mit den roten Anhängern, ihre Augen waren groß und dunkel vor Schrecken.

»Hinter dir!«, schrie sie.

In diesem Augenblick griff der Drache an.

Linn hatte keine Zeit, Gunya zu verfolgen und ihr Eigentum zurückzuholen. Sie reckte dem Untier das Schwert entgegen und sprang es mit erhobener Klinge an, aber es war schneller als sie. Bevor ihr magisches Schwert ihn treffen konnte, riss er das Maul auf, richtete sich zu seiner vollen Größe auf und brüllte.

Linn sprang mitten ins Feuer.

Es war blau und fühlte sich anders an als jede andere Flamme, die sie über sich hatte ergehen lassen. Hitze umspielte ihr Gesicht, strich ihr zärtlich über die Wangen, prickelte auf ihrer Haut.

So endet es also … im Feuer eines Drachen … was hat mich je glauben lassen, es könnte anders ausgehen?

Wie kommst du übrigens jetzt noch nach Tijoa?

In ihrer Hand brannte das Schwert, es vibrierte leicht, erwartungsvoll. Die magische Schuppe glühte wie nie zuvor, wild und tödlich, und Linn war, als könnte sie den Zauber, den sie darauf gelegt hatte, sehen: *Wina-Beret,* die Zerstörung, nicht länger nur ein Wort, sondern pure Macht. Auch der Drache hatte sich verändert, er schien gewachsen zu sein, ragte bis in den Himmel, seine Präsenz war so gewaltig wie nie zuvor, als würden die Grenzen verschwimmen, ihre und seine.

Vielleicht muss ich jetzt sterben, dachte Linn und wunderte sich zugleich darüber, dass sie noch Zeit hatte, um in ganzen Sätzen zu denken. »Aber dich«, rief sie laut, »dich nehme ich mit, du Dreckskerl!«

Sie sprang, tauchte aus den Flammen hervor und bohrte das Schwert in den Leib des Drachen. Er blutete, aber es war kein Blut wie sonst. Leuchtendes Feuer strömte zwischen den verletzten Schuppen hervor, rann ihr über die Hand, spritzte ihr ins Gesicht, und überall dort, wo es sie traf, spürte sie ein seltsames Prickeln.

In diesem Moment fielen weitere Drachen vom Himmel. Im Schein der brennenden Bäume waren sie gut zu erkennen, aber Linn hätte das Licht nicht gebraucht, um sie zu sehen, so mächtig war ihre Gegenwart, so gewaltig stießen sie an den Rand ihres Bewusstseins. Sie schwankte und fiel hin, für einen Moment benommen.

Irgendwo hörte sie Gunya schreien: »Nein! Nicht noch mehr!«, aber in diesem Moment begriff Linn nicht, warum das, was da vom Himmel kam, gefährlich sein könnte oder auch nur schrecklich. Es war bloß mächtig. Nicht menschlich und nicht tierisch, sondern etwas, das in keine Kategorie passte und alle ihre Sinne sprengte – so als würde es Sonnen regnen statt Wassertropfen. Der eine war braun wie Baumrinde – das war der Drache, den sie seit Jahren suchte. Ein anderer glänzte in einem so tiefen rötlichen Blau, dass er nahezu Violett wirkte. Auch Gah Ran war da – flammendes Rot ließ die Luft erzittern und die Bäume zur Seite knicken. Flügel rauschten. Glühende Blätter flogen durch die Luft. Gebrüll und Geschrei – Drachen? Menschen? Nichts war mehr deutlich, nichts ließ sich auseinanderhalten, Staunen und Entsetzen waren eins. Doch den Drachen, der plötzlich über ihr war, kannte sie, und das riss Linn mit einem Ruck aus ihrer Benommenheit.

Diesem bronzefarbenen Drachen hatte sie die Schuppe an ihrem Schwert geraubt.

»Du!«, schrie er, aber sein Schrei hatte nichts Menschliches an sich, er klang wie eine straff gespannte Saite, wie ein aus dem Takt geratenes Lied.

Linn blinzelte, immer noch brachten diese neuartigen Wahrnehmungen sie völlig durcheinander. Doch die Gefahr war real und nah, und sie war schon lange genug Drachenjägerin, um rein instinktiv zu reagieren. Während die Lichtung in einem Sturm aus Feuer, Glanz und ohrenbetäubendem Gebrüll unterging, schwang sie das Schwert, als sei es die Verlängerung ihres Arms. Sie wehrte den ersten Drachen ab, der immer noch hinter ihr lauerte, sprang dem bronzefarbenen entgegen, während über ihr Schwingen rauschten, Blut spritzte, Knäuel von Flügeln und Zähnen durch die Nacht taumelten, und als sie zustach, wusste sie mit erstaunlicher Klarheit, dass sie hiermit ihre einzige Waffe aufgab. Sobald dieser Drache tot war, konnte sie ihr Schwert nicht mehr benutzen.

Sie hatte jedoch keine Wahl; der Kampf legte ihr seine eigenen Regeln auf, und es gab kein Entkommen. Aus den Augenwinkeln erhaschte sie einen Blick auf einen der Ritter, der sich gegen den violetten Drachen zur Wehr setzte. Wer immer es war, er stand noch aufrecht.

Linn schlug eine Schneise durch die Macht ihres Feindes, riss eine Bresche in seine Verteidigung, durchschritt sein Feuer wie in einem Traum und holte aus zum letzten Schlag.

Der Tod sah anders aus als jemals zuvor, wie das Erlöschen eines Feuers, das Verdunkeln eines Sterns, und trotz des Lärms, den die übrigen Drachen machten, war Linn in einer Blase aus Stille gefangen. Der Glanz der Schuppe an ihrem Schwert flackerte und erlosch, und eine Trauer überkam sie, die sie in die Knie zwang. Sie fiel und umklammerte die nutzlos gewordene Waffe, und als sich der nächste Drache auf sie werfen wollte, schien ihr dies nur gerecht. Jemand musste sie für das Sakrileg, einen Drachen getötet zu haben, bestrafen – wer, wenn nicht ein anderer Drache?

Doch ihr Angreifer wurde jäh zurückgerissen. Rote Schwingen streiften sie und schleuderten sie fort. Linn stieß schmerzhaft gegen einen Stein, wie sie zunächst glaubte, nur um benommen festzustellen, dass sie gegen einen toten Drachen gefallen war. Blut lief ihr über die Augen. Die ganze Welt schien rot zu sein, doch es war eindeutig Gah Ran, der gegen die anderen Drachen kämpfte. Sie hatte ihn nie von Nahem gesehen, so deutlich. Er war nur wenig größer als die anderen, aber ganz klar überlegen, wie er sie vor sich hertrieb, biss und sie an den Schwingen packte, schnell und wendig wie ein Aal mit Flügeln. Linn wischte sich mit dem Ärmel übers Gesicht, um besser sehen zu können. Er war so schön, dass sie nichts anderes wollte, als ihm zuzuschauen, endlos, so lange sie nur konnte … für einen Moment war ihr Hass verschwunden. Sie vergaß die Rache, der sie sich verschrieben hatte, vergaß, dass dieses Ungeheuer ihren Vater getötet hatte … Es war, als würde etwas diesen Drachen herausheben aus allen übrigen, ein besonderer Glanz, eine Macht, die etwas in ihr zum Schwingen brachte.

Dann fiel ihr siedend heiß ein, warum er hier war: weil sie die Kette verloren hatte, und jetzt bemerkte sie, was sie eben noch nicht hatte sehen können. Er kämpfte nicht einfach gegen die anderen.

Er arbeitete sich durch, nach unten hin, in ihre Richtung. Anders, als es ihr eben noch vorgekommen war, vernichtete er nicht ihre Feinde – die Bestien prügelten sich um die Beute, die schreckensstarr zu ihnen hochschaute.

Linn rappelte sich auf. Dort hinten kroch Gunya über den blutgetränkten Waldboden, während der Rote direkt über ihr einen der letzten Feinde in die Flucht schlug.

»Gunya!« Linn stolperte vorwärts, auf die Ritterin zu. »Gebt mir die Kette, schnell! Gebt sie mir zurück!«

Die Ritterin ächzte. Linn rollte sie rasch auf den Rücken und sah einen roten Anhänger aus einer Tasche herausblitzen. Hastig nahm sie die Kette an sich und band sie sich um – der feine Verschluss war zerrissen, sodass sie die Glieder mit bebenden Fingern verknoten musste. Ihre Haut war klebrig von all dem Blut, was die Sache erschwerte, doch schließlich richtete sie sich auf, blieb neben Gunya stehen und rief ihre Herausforderung in die Höhe: »Dann komm, Gah Ran! Komm nur, wenn du dich traust!«

Der Himmel über ihr war leer. Etwas Schweres krachte unweit durch die Baumwipfel, der Boden unter ihren Füßen wurde wie von einem Erdbeben durchgeschüttelt. Das Rauschen von Flügeln. Ein Schatten vor den Sternen, eine Silhouette vor dem Mond.

Stille.

Die Welt war wieder, was sie immer gewesen war, und Linn fühlte sich auf eine merkwürdige Weise taub und blind.

»Verzeiht mir.« Gunya umklammerte Linns Arm. »Bitte, verzeiht mir.«

Nachdenklich saß Linn am Bett der verletzten Drachenjägerin. Eine Kralle hatte ihr das Bein aufgerissen, eine Schwinge ihr ein paar Rippen gebrochen. Dabei hatte sie noch Glück gehabt; Dorwit hatte den Kampf der Drachen nicht überlebt. Okanion versuchte mit der Schwertklinge ein Grab zu schaufeln, scheiterte jedoch an dem steinigen, durchwurzelten Waldboden.

»Wir müssen ihn verbrennen«, sagte er schließlich. »Ich will nicht, dass die Wölfe seinen Leichnam zerreißen.« Trübsinnig starrte er auf ihr kleines Lagerfeuer, in dessen Wärme Gunya schwer atmete.

»Wartet.« Die Ritterin klammerte sich an Linn fest, als diese sich aufrichten wollte, um Okanion bei seiner traurigen Arbeit zu helfen. »Wartet, bitte. Ich wollte nicht ... ich wusste nicht ... Verzeiht mir«, wiederholte sie. »Ich sollte herausfinden, ob Ihr eine Zauberin seid. Der König selbst gab mir den Befehl dazu. Ich dachte, wenn ich Euch diese geheimnisvolle Kette abnehme, wird sich zeigen, wer Ihr wirklich seid.«

»Ich wäre tot«, sagte Linn langsam, und ihre Hand schloss

sich um den größten der roten Steine, »wenn es die Kette gewesen wäre, die mich vor dem Feuer beschützt. Ihr hättet mich dem Drachen ausgeliefert, während er angriff!«

»Es tut mir leid«, flüsterte Gunya und stöhnte, als sie versuchte, sich zu bewegen. »Aber wie …? Ihr standet mitten im Feuer.«

Linn streckte die Hand aus und berührte die Ritterin vorsichtig an der Wange. »So viele Blutspritzer … auch auf Eurer Haut. Wir sind durch Blut und Feuer gerannt. Es ist das Blut, glaube ich. Es hat auf meiner Haut gebrannt, es ist wie eine Hülle … deshalb bin ich noch hier.«

Nur mit einem magischen Schwert konnte man einen Drachen zum Bluten bringen. Nat Kyah war verletzt gewesen, und sie hatte so viel Blut abbekommen, dass sie nicht nur gegen sein Feuer, sondern auch bei den nächsten Kämpfen geschützt gewesen war. Der mondfarbene Drache hatte sie jedoch von hinten erwischt, wo der Schutz offenbar nicht vollständig gewesen war, daher die Verbrennung in ihrem Nacken. Jetzt ergab alles einen Sinn – aber wozu diente dann die Kette?

Okanion kam näher, das Gesicht dunkel vor Gram und Kummer. »Ihr wart eingehüllt in Flammen. In dem Moment dachte ich, Ihr seid ganz sicher eine Zauberin. Doch wie es aussieht …« Er schaute auf seine rotverschmierten Hände und drehte sie vor seinen Augen. »Es ist tatsächlich das Drachenblut. Nicht Ihr habt magische Fähigkeiten, sondern die Ungeheuer.« Sehr ernst sah er auf Linn und Gunya herab. »Verzeiht mir, dass ich das jetzt noch frage, aber was ist mit Eurem Schwert?«

Linn hob müde die Hände. »Probiert es aus.«

Okanion machte prüfend ein paar Schlenker durch die Luft, wirbelte herum und stach mit der Klinge auf den toten Drachen, der am nächsten lag. Funken sprühten auf, der Ritter taumelte zurück.

»Damit kommt man nicht durch den Panzer. Nicht besser als mit meinem.«

»So ist es«, bestätigte Linn. »An diesem Schwert ist nichts Besonderes.« *Nichts Besonderes mehr,* dachte sie. *Es ist keine Lüge. Mit dieser Klinge kann man keinen Drachen mehr töten.*

»Dann seid Ihr die Beste«, sagte Gunya und hustete; ihr schmerzverzerrtes Gesicht verriet, wie es ihr dabei ging. »Ihr habt die Belohnung verdient, verdammt noch mal.«

»Nein, das habe ich nicht«, widersprach Linn. Sie wollte keine Belohnung – nicht für das hier, für dieses Gemetzel. Nicht für Dorwits Tod. Nicht für den Schrecken und das Feuer. »Sie ist mir egal. Wir müssen nach Hause zurückkehren. Ihr könnt nicht weitermachen, Gunya.«

Nein! Nordwärts. Tijoa. Nach Norden, immer nach Norden, dorthin. Er wartet.

Linn horchte auf die Stimme. Sie schrie von einer Sehnsucht, die ihr zugleich fremd und vertraut war. Nicht Schenn, sondern der Norden. Nicht Brina und nicht Lanhannat, sondern Tijoa. Sie war schon fast da. Mit jedem Drachen hatten sie sich weiter von Schenn entfernt. Während der Frühling vorüberglitt und Sommerhitze sich über die yanischen Wälder legte, waren sie ihrem Ziel näher gekommen. Der Hass auf die Ungeheuer und der Ruf ihres Herzens hatten sie wie im Sturm vorwärtsgetragen, immer weiter nach Norden.

Es schien unmöglich, jetzt noch nach Süden zu gehen, ganz und gar unmöglich, während ihre ganze Zukunft im Norden lag. *Dort, wo er wartet.*

»Wer?«, flüsterte Linn sich selbst zu. »Wer ist dort? Was um alles in der Welt will ich eigentlich in Tijoa?«

Sie hob den Kopf und begegnete Okanions nachdenklichem Blick. Sein halbes Gesicht, von einem Drachen zerstört.

»Es waren noch keine zehn Drachen«, erinnerte er. »Wollt Ihr nicht noch weitermachen?«

Linn legte die Finger an ihre Maske und strich über die feinen glatten Schuppen. Sie fühlten sich an, als gehörten sie zu ihrer eigenen Haut. Oft vergaß sie sogar, sie abzunehmen.

Du tanzt durch einen Wald voller Blätter. Sie wirbeln durch die Luft, legen sich auf dein Haar, und der Sturm singt.

Dort ist das Ziel. Tijoa. Dort ist das Herz der Welt.

»Dieser Weg führt uns quer durch Yan, nach Tijoa«, sagte sie. »Wir ziehen direkt in die Schlachtlinie. Durch den Sturm hindurch, bis wir in der Stille ankommen.«

»Wovon redet Ihr?«, fragte Okanion. »Ich bin schon lange der Meinung, dass wir uns wieder nach Süden wenden sollten, nur Ihr wollt ja auf niemanden hören. Wir müssen Kesim in Sicherheit bringen. Und Euch, Gunya.«

»Lasst mich hier«, sagte Gunya. »Holt Euch den Drachen, Linnia, der noch fehlt. Ich werde alles bezeugen, was Ihr wollt – jederzeit. Nehmt, was Euch zusteht.«

Auf einmal hatte Linn den Eindruck, dass Gunyas Schmerzen nicht nur von ihren Rippen oder ihrem Bein herrührten.

»Ihr wisst, was der König mir wirklich versprochen hat, oder?«, fragte sie.

Gunya nickte. »Arian«, flüsterte sie. »Aber er hat mir nie gehört … Ich habe Euch gehasst, wie man nur hassen kann … doch jetzt fühle ich mich leer und ausgebrannt. Ihr seid eine würdige Drachenjägerin, Linnia. Ihr verdient den Platz an der Seite von Brahans Erben.«

Linn spürte, wie genau Okanion zuhörte, wie gierig er auf jedes dieser Worte war – und wie Erleichterung sich auf seinem halben Gesicht zeigte, als sie antwortete: »Nein. Nein, Gunya, das tue ich nicht.« Sie war kurz davor zuzugeben, dass sie sehr wohl Magie benutzt hatte. Dass sie tatsächlich eine Zauberin war – wenn auch eine unwissende, unerfahrene, hilflose Zauberin. »Jemand hat mir einmal gesagt, dass Prinzen nicht wegen eines hübschen Gesichts heiraten, nicht um des Herzens willen, sondern nur, um ihre Macht zu mehren. Ich glaube, das stimmt.«

»Ja«, flüsterte Gunya.

»Ihr habt ihn … geliebt?«

»Ja«, gab die Ritterin zu. »Ich bin sieben Jahre älter als er, aber das hat ihn nicht gestört, als ich an den Hof kam und er mich für die Garde vorschlug. Ich dachte … oh, und man fühlt sich ja auch geschmeichelt, nicht wahr? Wer wäre das nicht, wenn der Königssohn persönlich einem zulächelt und zärtliche Worte flüstert und die Zukunft in goldenem Glanz zu strahlen beginnt? Vielleicht hätten wir eine Chance gehabt, wenn er nicht der Prinz gewesen wäre. So aber war ich nur eine in der langen Reihe seiner Eroberungen.« Sie seufzte.

»Deshalb habt Ihr mich die ganze Zeit gehasst?«, fragte Linn. »Ihr dachtet, es geht mir um Arian?«

»Er ist wie ein Drache«, sagte Gunya leise, »das Gift seiner Zunge wirkt so verführerisch, dass ihm niemand widerstehen kann … ich jedenfalls konnte es nicht.«

Linn hätte gerne behauptet, dass ihr Arian nicht das Geringste bedeutete, aber sie musste zugeben, dass es nicht ganz so einfach war.

Man fühlt sich geschmeichelt … welche Frau wäre das nicht? Oh ja, das war ein Gift, das in den Adern brannte, das nicht aufhörte zu brennen. Der Königssohn persönlich …

Im Süden warteten alle ihre Probleme. Alle Versuchungen, alle Sorgen. Vielleicht war es besser, überhaupt nicht zurückzukehren. Im Norden warteten die Antworten. *Komm.*

Ein Ruf, so stark, so unwiderstehlich. Niemand kann sich diesem Ruf widersetzen, weißt du das denn nicht? Komm.

Sie drückte Gunyas Hand. »Ich werde nein sagen.«

Okanion stand immer noch da, unbeweglich wie ein Baum. Er räusperte sich, bevor er sprach. »Aber vielleicht …«

»Was?«, fragte Linn überrascht.

»Vielleicht wärt Ihr das Beste, was dem Königreich passieren kann.«

Wie viel Mühe hatte es ihn gekostet, diesen Satz auszusprechen?

»Vielleicht«, fuhr er langsam fort, »gehört Ihr zu denjenigen, die ihr eigenes Herz vergessen müssen … zum Wohl des Königreichs.«

Okanion wusste, dass ihr Herz nicht Arian gehörte. Wie konnte er das wissen, wenn er doch die ganze Zeit immer geargwohnt hatte, dass sie hinter dem Prinzen her war wie eine Jägerin ganz anderer Art?

»Die Welt bricht aus den Fugen. Vielleicht braucht Arian jemanden an seiner Seite, der das hier gesehen hat.« Seine blutigen Hände beschrieben einen weiten Bogen. »Diesen Wald, die Lager der Yaner, das Leid und das Blut …«

»Hallo, Freunde. Lebt hier noch jemand?« Kesims Stimme hallte durch die Dunkelheit, vorsichtig und hoffnungsvoll. »Ist das euer Lagerfeuer?«

»Hier sind wir«, rief Linn.

Kesim hatte die Pferde nicht mitgebracht, dafür jedoch den Karren mit den schlummernden Ferrans. Er legte die Stirn in Falten und zählte die toten Drachen.

»Acht und neun. Einer fehlt noch! Dabei hatte ich schon gehofft, wir könnten zurück nach Schenn!«

»Wollt Ihr denn mit?«, fragte Linn. »Ich dachte, Ihr versteckt Euch mit Euren Seidenpuppen im Wald und werdet reicher als König Pivellius?«

»Und gehe das Risiko ein, dass Drachen kommen und meine Tierchen verbrennen, die vollkommen hilflos sind in diesem Zustand? Nein, danke. Ich bleibe immer hübsch in der Nähe der Drachenjäger. Wie sieht es mit Euch aus, wenn ich fragen darf?«

Er blickte sich um und begriff erst jetzt, dass einer der Ritter fehlte. »Wenn es nach mir geht«, sagte er gepresst, »machen wir, dass wir hier fortkommen.«

Linn spürte, wie die Blicke der anderen auf ihr ruhten.

Tijoa. Du kannst dem Ruf nicht widerstehen, das spürst du, oder? Nicht mehr weit bis nach Tijoa.

»Gehen wir nach Hause«, entschied sie. »Zeit, dass wir aufbrechen.«

»Und der Drache, der Euch fehlt?«, fragte Okanion vorsichtig.

»Mir fehlt überhaupt nichts«, gab Linn zurück. »Die zwei hier sind viel schlimmer dran als ich.«

Du kannst nicht nach Süden! Du kannst nicht!

Kleiner Irrtum, sagte sie zu sich.

18

Jikesch hatte sich hinter einem Sessel verkrochen. Aus dem Teppich drang der vertraute Geruch nach Alter und Reichtum. Die hohen Fenster wiesen in die Nacht hinaus, die sich vor den Toren des Schlosses ausbreitete und die sich den Weg hier herein nicht einmal erkämpfen musste – sie ging ein und aus, wie es ihr passte.

Schluchzen schüttelte ihn, und selbst als er lange genug geweint hatte, blieb er in seinem Versteck hocken und wartete darauf, dass das Entsetzen sich verflüchtigte. Doch es hatte sich festgesetzt, und wie ein schwerer Stein in seiner Brust blieb wirklich, was geschehen war, und wollte sich nicht in einen Albtraum verwandeln, aus dem er erwachen konnte.

Jemand berührte ihn an der Schulter. Er hielt den Atem an, ohne sich zu bewegen, und wartete auf Chamijas Stimme, auf ihr helles Lachen oder ihre finstere Drohung.

»Ertappe ich dich auch einmal beim Weinen?« Der König sprach ungewohnt sanft. »Was bedrückt dich, mein Lieber?«

Jikesch hielt still und horchte auf die tröstende Stimme.

»Die Gaukler sind in der Stadt«, sagte Pivellius. »Ich habe davon gehört. Ist es das? Trauerst du darum, dass sie weiterziehen, ohne dich?«

Er hob den Kopf. »Sie ziehen weiter?«

Der König nickte. »Sie sind kaum angekommen und beladen schon wieder ihre Wagen, als wären sie auf der Flucht. Du warst unten in der Stadt, nicht wahr? Hast du dir gewünscht, du könntest mit ihnen ziehen und bist doch wieder hergekommen?«

»Ja«, flüsterte Jikesch, »ich bin wieder hier.«

Der König tätschelte ihm ungeschickt den Rücken.

»Mein Magen ist voller Steine«, sagte der Narr. »Sand zwischen meinen Zähnen, und in meinen Augen brennt der Staub der langen Straßen, die mein Volk gewandert ist.«

»Du gehörst hierhin.«

Er hatte gedacht, Pivellius würde sagen: Du gehörst mir. Oder: Du gehörst jetzt Arian. Stattdessen sagte er, als würde er tatsächlich daran glauben: Du gehörst hierher.

Jikesch hob den Kopf und wischte sich übers Gesicht.

»Deine schwarzen Augen sind verschmiert. Was ist mit deinen Lippen? Sie sehen aus, als hättest du Kohle gegessen.« Betroffen starrte der König ihn an. »Zum ersten Mal sehe ich dich so. Zum ersten Mal wird mir klar, dass es nur Farbe ist, die sich abwischen lässt. Wer bist du darunter?«

»Ein Junge, der verkauft wurde«, flüsterte Jikesch. »Ein Junge, dessen Lachen zwei Goldtaler wert war.«

»Zwanzig«, widersprach der König. »Ich habe zwanzig bezahlt. Mehr, als irgendein Narr wert sein dürfte.«

Jikesch starrte auf die Farbspuren an den weißen Handschuhen.

»Arian hat gar nichts bezahlt«, sagte er.

»Du meinst, ich hätte dich ihm nicht schenken dürfen?«

»Ein König und ein Königsnarr«, wisperte Jikesch. »Beide sitzen auf diesem Teppich, dessen Muster meine Haut schmücken sollte. Ein Teppich aus Khanat. Oh Barradas, ich bin nie in der Ebene der Freien Städte gewesen! Was für ein Anblick, zwei Könige, der eine stolz und streng, der andere mit verschmiertem Gesicht. Wer von ihnen ist der Narr, und welcher ist weise?«

»Du musst meinen Sohn beraten«, sagte Pivellius eindringlich. »Du musst sein Glück sein. Er ist alles, was Schenn noch hat, unsere ganze Zukunft. Mit ihm wird Brahans Linie enden, mit ihm werden die alten Geschichten und Traditionen untergehen, wenn er sich nicht fängt und den richtigen Weg einschlägt.«

»Was ist der richtige Weg?«, murmelte der Narr. »Hinaus, nach Süden, wohin uns der Wind weht? In die Ebene? Khanat wartet auf uns, auf die stolzen Drachentöter, damit wir ihnen den Segen der Götter bringen. Oder?«

Pivellius seufzte. »Arian ist unberechenbar geworden, und weil ich ihm die Macht dazu gab, wird es immer schwieriger, ihn zu bändigen. Er will ein Held sein und mehr als das, er will alle Erwartungen erfüllen und übertreffen, und er will sein, was es viele Generationen lang nicht gab: ein würdiger Erbe Brahans, eine neue Legende … Wird er der Heilige sein, der den rebellischen Süden in den Schoß der Götter legt?«

Pivellius' Augen waren müde, als hätte er nächtelang über Karten und Schriften gebrütet.

»Ich wollte Frieden«, sagte er. »Ich habe Freundschaft gesät und Krieg geerntet. Noch habe ich die Macht, Arian wieder wegzunehmen, was ich ihm gegeben habe – doch dann? Wie könnte er jemals meinen Thron erben, wenn ich ihm das Zepter jetzt wieder entreiße, wenn ich das Vertrauen, das ich in ihn gesetzt habe, widerrufe? Wer sonst soll hier sitzen und die Krone des Heiligen Brahan tragen, wenn nicht er?« Er stöhnte leise. »Irana ist zu früh gestorben. Ein Sohn allein ist zu wenig für eine Familie von Drachenjägern.«

Jikesch zupfte an seiner Mütze. Die Glöckchen klingelten, und er hielt das eine Glöckchen in der Hand, das einen anderen Klang hatte als die anderen, wie eine Fliege, die er mit einer schnellen Bewegung eingefangen hatte. Einen einzigen Rat hatte er für den König, doch den würde er nie aussprechen können – er hatte es schon so oft versucht, aber seine Zunge war wie gelähmt, sobald er von Chamija reden wollte. Er konnte nur ein paar Hinweise geben und hoffen, dass Pivellius sie verstand.

»Die Sonne scheint hell«, sagte er, »und verbrennt die Länder des Südens wie die des Nordens.« Eine Anspielung auf Chamijas blondes Haar. Nein, das war nicht genug. Der König würde nicht begreifen, was er ihm sagen wollte. »Die Sonne des Nordens«, fing er an, »entfacht ein Feuer, das niemand löschen kann.«

Der König nickte, er lächelte schwermütig. »Das befürchte ich auch«, murmelte er, »einen Brand, der sich nicht mehr eindämmen lassen wird. Wir werden zusehen und die Reste einsammeln, und wenn Schenn groß ist unter den Königreichen zwischen Meer und Fluss, werden wir stolz auf den Trümmern hocken.«

Später schlüpfte Jikesch in seine kleine Kammer und erneuerte seine Gesichtsbemalung. Vielleicht konnte er Mora doch noch dazu überreden, ihm die magische Schminke anzurühren. Er hasste die schmutzigen Handschuhe und das verschmierte Gesicht, als hätte er sich in Dreck gewälzt.

Denk nicht an Alasan. Denk nicht an die Frau deines Vaters und an seinen Kummer … denk an nichts …

Zögernd hockte er vor der Kiste, die zu den Geheimgängen führte. Seit Nivals Tod, seit er alle verräterischen Gegenstände entfernt hatte, war er nicht mehr dort gewesen. Diesen Teil seines Lebens hatte er abgelegt … aber die Geheimgänge führten auch in andere Bereiche des Schlosses. Linnia war nicht die Erste gewesen, die einen Zugang zu den Gemächern der königlichen Familie gefunden hatte.

Er musste es wissen.

Eine Weile hielt er die Mütze in der Hand und überlegte, ob

er sie ablegen sollte. Er konnte sich auch mit ihr lautlos bewegen, aber sobald er irgendwo anstieß, war ein leises Klingeln unvermeidlich. Doch wenn er sie hierließ und jemand ihn erwischte? Mit seinem hellblonden Haar erinnerte er zu sehr an Nival. Schließlich umfasste er ein Glöckchen nach dem anderen und riss sie mit einem Ruck ab. Die Schelle, die Chamija angenäht hatte, fühlte sich nicht anders an, jedenfalls nicht für ihn, der keine Magie spüren konnte. Würde er irgendetwas beschädigen, wenn er sie abriss – irgendetwas in ihm selbst? Mora hatte davon gesprochen, dass die Zauberin den Bann in seine Seele genäht hatte … Doch nach dem, was heute in der Stadt geschehen war, fürchtete er nicht mehr um seine Seele. Barradas war auch mit halben Seelen zufrieden, hoffte er, als er auch dieses Glöckchen mit einem heftigen Ruck von der Mütze trennte.

Er horchte. Wartete – auf irgendetwas, auf einen Schmerz, auf ein neues Gefühl. Nichts.

Schließlich setzte er sich die Mütze auf den Kopf, versteckte seine blonden Strähnen sorgfältig unter dem Stoff und stieg in die Kiste. Still wie ein Schatten bewegte er sich durch die schmalen Tunnel, tastete sich über unverhoffte Treppen und stieg über gähnende Schächte. Blickte durch Spalten und Türen in fremde Zimmer und fremde Leben und stand schließlich mit klopfendem Herzen hinter einem Wandteppich. Ein merkwürdiger Geruch lag in der Luft, schwer und süßlich und dabei ganz anders als das Kraut, das manche in den dunklen Vierteln Lanhannats zu rauchen pflegten.

Chamijas Tee.

Jikesch spähte durch die Ritze zwischen Wand und Behang. Am Schreibtisch des Prinzen saß niemand. War da nicht ein leises Flüstern, ein Tuscheln, ein Kichern?

Linnia und der Prinz in ihren Armen … Oh Barradas, wann werde ich das je vergessen können? Wie werde ich jemals wieder leben können? Er hatte gedacht, er hätte dieses Mädchen endgültig losgelassen, aber es war schwerer als erwartet. Während der Hass auf Arian die Liebe überwucherte, sie wie ein dunkles Schattengewächs erstickte, wurde die Verzweiflung in seinem Herzen immer finsterer und bitterer, ein übler Geschmack auf der Zunge, pelzig und nachtartig.

Dies ist der Mann, den sie will. Bitte schön. Wer sich mit Abschaum einlässt, wird ernten, was er verdient hat.

Das Kichern verstummte. Stille.

Jikesch steckte den Kopf hindurch, bis er im Halbdunkel eine Bewegung erkannte.

»Komm her, wenn du dich traust«, sagte Chamija.

Er hätte sich lieber zurückgezogen und hasste sich für seine Neugier, als er in das Gemach des Prinzen trat. Die Tijoanerin saß auf der Bettkante, nur mit einem seidenen Morgenmantel bekleidet, der in der Düsternis silbrig glänzte. Von Arian war nichts zu sehen; Jikesch vermutete ihn in dem Haufen von Decken und Kissen hinter ihr.

»Nun, mein kleiner Spion? Zufrieden?«

»Das ist nicht recht«, stieß Jikesch hervor, während der bittere Geschmack in seinem Mund sich verstärkte. »Er liebt Linnia.«

»Der hübsche junge Prinz liebt nur sich selbst«, sagte Chamija. Ihr Lächeln schimmerte heller als die Seide. »Er wird seine Träume von Linnia vergessen, wenn ich es will.«

»Ihr habt ihn verzaubert«, klagte Jikesch.

»Nicht sehr. Die Tees sind schwach. Nur ganz schwache Magie kann die Abwehrzauber in diesem Schloss umgehen. Wusstest du das, kleiner Narr? Dieses Schloss ist übervoll mit Magie, wie ein Bottich, bis zum Rand gefüllt, es fließt über. Schutzzauber und Bewahrungszauber und Abwehr, so viel, dass sich jeder Magier die Zähne daran ausbeißen könnte. Die vergangenen Jahrhunderte über haben die Zauberer sich viel ausgedacht, um die Königsfamilie vor Drachen und fremden Magiern zu schützen. Was glaubst du denn, warum ich mir nicht einfach nehme, was ich will? Warum Scharech-Par sich hier umgesehen hat, als würde er auf Eierschalen gehen? Ein kleiner Zauber ist möglich – hier eine Tür öffnen, dort eine schließen, ein paar Träume in die Vorhänge weben und die Fenster mit Blindheit schlagen –, aber um das Schloss und den Thron im Sturm zu erobern, ist es zu gut abgesichert. Allerdings dachten die alten Zauberer nicht an Tee. Sie haben mit Drachenmagie gezaubert und mit Drachenmagie gerechnet, nicht mit uralten Kenntnissen, die längst verlorengegangen sind in den Ländern zwischen Gebirge und Fluss.«

»Scharech-Par?«, flüsterte Jikesch. »Er war hier? Er will den Thron von Schenn?«

Chamija streckte die Hand aus und berührte seine Wange.

»Ist dies denn nicht der Thron von Brahans Erben?«

»Aber … er ist …? Das kann nicht sein.«

»Was kann nicht sein? Dass eine Linie eures Heiligen Brahan in Tijoa lebt? Dass es auch dort Nachkommen gibt, die Ansprüche erheben könnten, in jenem Land, in dem Bor-Chain gelebt hat, den ihr für ach so böse haltet? Was, wenn Hieron nicht der einzige Prinz war, der überlebte, wenn es noch jemanden gab, den wahren Erben? Besteht nicht eine winzig kleine Möglichkeit, dass die tijoanischen Geschichten stimmen, in denen behauptet wird, dass die Kinder nicht getötet wurden, dass Bor-Chain ein Königsmörder war, aber kein Kindermörder?«

»Aber«, stammelte Jikesch erneut und verstummte doch wieder.

»Mach dir nicht so viele Sorgen«, sagte Chamija geradezu fröhlich. »Nicht um diesen Thron, der gewiss nicht lange verwaist sein wird, und auch nicht um Brahans Geschlecht. Wer wird auf diesem Thron sitzen? Die Tage von Pivellius sind gezählt, wie du weißt. Hast du es nicht gemerkt, heute auf dem Markplatz, wie gut du bist, wie treffsicher?«

Jikesch schluckte, und unter der weißen Schminke wurde er blass. »Warum musste sie sterben?«, fragte er. »Alasan wäre Euch nicht gefährlich geworden. Sie wusste nichts von Euch. Was hätte sie sehen können?« Es fiel ihm schwer, es auszusprechen, das, was er noch vor sich hatte, was er tun musste. »Den Tod des Königs? Sie hätte ihn nicht gewarnt. Wir Gaukler kümmern uns nicht um den Tod von Königen. Wir ziehen weiter, von Ort zu Ort, wohin es uns verschlägt.«

»Warum die Träumerin sterben musste?« Chamija klang ehrlich erstaunt. »Das fragst du mich? Du hast sie getötet, oder nicht? Dann kennst du auch die Antwort darauf, kleiner Mörder.«

»Nein! Ich … ich wollte nicht …«

Chamija streckte die Hand aus und berührte die Enden seiner Mütze, eins nach dem anderen.

»Oh«, sagte sie. »So viel Zorn. Du bist zu jung, um so zu fühlen, viel zu jung. Bei mir hat es länger gedauert, bis der Zorn derart wuchs, dass ich ihn nicht mehr zähmen konnte, bis er wie ein wildes Tier zu wüten begann. Du bist zu jung, kleiner Narr, für eine solche Dunkelheit, für so viel Angst und Hass. Als hättest du einen Drachen in dir, der nicht mit sich reden lässt … Wie ähnlich wir uns sind, mein Lieber. Wie ein Messergriff fügst du dich in meine Hand, genau ausbalanciert, nahezu perfekt.«

»Ich wollte das nicht«, flüsterte er verzweifelt.

»Doch«, widersprach sie. »In dem Moment schon. Warum hättest du es sonst getan? Was hat denn Reue damit zu tun? Ein paar Stunden Bedauern, ein paar Tage oder Viertelmonde … Du bist zu biegsam, um daran zu zerbrechen. Jemand wie du wird wenigstens nicht Jahrhunderte benötigen, um zu begreifen, dass man Hass genauso wenig steuern kann wie Liebe. Dass ich den falschen Mann geliebt habe und das falsche Kind … dass ich erst in dem Moment, da ich tötete, meine Liebe kennenlernte … dass alles falsch war und dass keine Zaubermacht der Welt rückgängig machen kann, was man getan hat. Nie und nimmer. Damit zu leben … das kann man nicht lernen.«

Er musste den Kopf nicht bewegen, um zu wissen, dass sie die Glöckchen wieder an Ort und Stelle anbrachte, eins nach dem anderen, jedes an seinen Platz.

»Ist das auch ein Kräuterzauber?«, fragte er, während sich eine kalte Faust um sein Herz legte und ihm ein Gewicht die Luft aus den Lungen presste, als trüge er ganz Lanhannat auf seiner Brust. »Wie kann das Schloss Euch in seiner Mitte dulden?«

»Magie, die durch die Gitterstäbe schlüpft«, sagte sie leise. »Feine Fäden, unsichtbar, selbst für jene, die Drachenmagie erspüren können … Wir brauchen etwas, das wir nutzen können. Schwere, wilde, feurige Macht – oder ein paar Blüten und Kräuter, ein wenig Gesang, Worte, die nicht aus der uralten Sprache der Drachen stammen, sondern winzig sind im Vergleich zu ihren gewaltigen Worten. Ein Jammer, dass dieses Wissen verlorenging, nicht wahr? Wie hätte ich das ahnen können, als ich den ersten Drachen benutzte, um meinen Zwecken zu dienen? Wer hätte gedacht, dass es irgendwann einmal so nützlich sein könnte, mehr zu wissen als meine Nachfolger?«

»Wie alt seid Ihr?«, fragte Jikesch bang.

»Ich kannte sie alle«, sagte Chamija, in Gedanken versunken, als würde sie zu sich selbst sprechen, nicht zu ihm. »Brahan gab mir die Turmstube, er zimmerte eigenhändig mein Bett und hängte mir das Bord an die Wand für meine Kräuter … und ich wiegte Lar auf den Knien, den süßen kleinen Lar, das Kind mit dem nachtschwarzen Haar und den brennenden Augen, das ein Held sein sollte. Wani nannte sich meine Freundin und gab ihre Kinder in meine Obhut. Und Bor-Chain … nein, keine der Geschichten wird ihm gerecht. Ich war sehr jung, als ich ihn traf, und er war schon damals ein vielversprechender Zauberer. Ich wusste immer, ich würde nur einmal lieben, ein einziges Mal in meinem Leben. Eine Zeit lang glaubte ich, er sei es … aber er war es nicht. Ich habe meine Liebe verschwendet, an jemanden, der sie nicht wollte. Die Welt ging in Flammen auf. Nun ist es wieder so weit, das Feuer neu zu entfachen. Beantwortet das deine Frage, kleiner Narr?«

Wie konnte irgendein Mensch über achthundert Jahre alt sein und aussehen wie süße sechzehn?

»Ihr seid die Alte«, flüsterte er, plötzlich von der Erkenntnis gepackt, »die Alte, die Nat Kyah so gefürchtet hat.«

»Ach, Nat Kyah«, seufzte sie. »Ein Halunke, mit allen Wassern gewaschen. Dieser eingebildete Drache, der sich für so gerissen hielt. Mir sollte er den Stein bringen, ich war es, die ihm davon erzählt hatte, die ihn auf die Spur gesetzt hatte. Dachte er, ich merke es nicht, dass er ihn für sich selbst wollte? Dass er davon träumte, mir zu trotzen? Alles muss man selbst tun. Geh!«, fuhr sie Jikesch an, heftig und voller Zorn. »Niemand wird mir Widerstand leisten. Nicht Nat Kyah in all seiner Macht – und erst recht nicht du. Verschwinde. Verkriech dich, und morgen wirst du wieder lustig und harmlos sein. So lange, bis die Zeit gekommen ist. Noch werden die Waffen geschärft und alles, was aus Eisen ist, geputzt und poliert, doch bald kommt die Zeit, wenn sich erweisen wird, wer aus welchem Holz geschnitzt ist, wie aus Königen Narren werden und aus Narren Könige und wie leicht und schnell Menschen sterben.«

Obwohl Jikesch tausend andere Dinge lieber getan hätte, rang er sich zu dem Entschluss durch, es wenigstens zu versuchen, den Prinzen zu warnen.

Er kam zu einem denkbar ungünstigen Zeitpunkt. Arian stand an seinem Schreibtisch, über die große Karte gebeugt, und schob kleine Steine hin und her. Spielsteine? Jikesch ließ die Hand vorschnellen und verstreute die Steine über die Karte, die die Welt bedeutete.

»Lass das!« Arian schlug nach ihm. »Du bringst alles durcheinander. Habe ich dir nicht gesagt … Was soll denn das?« Er starrte auf die Linie, die der Narr gelegt hatte, direkt von Tijoas Hauptstadt Quint nach Lanhannat, eine Linie, die beide Königreiche verband.

»Er wird kommen«, wisperte er. »Scharech-Par. Er wird sich Schenn holen.« Er horchte, Angst kroch über seinen Rücken. Was durfte er sagen, was wenigstens andeuten? »Er will Brahans Thron.«

»So ein Unsinn«, wehrte Arian ab. Dass er sich überhaupt auf eine Diskussion mit dem Narren einließ, gab Jikesch zu denken. »Mein Bündnis mit dem König von Tijoa ist ausgewogen und bringt uns beiden Vorteile. Yan für ihn, eventuell Samaja, wenn seine Kräfte dafür reichen … und die Ebene für uns. Das erhebt uns in eine ganz andere Position gegenüber Wellrah. Wir werden … ach, was rede ich überhaupt mit dir! Verschwinde!«

»Er ist … der Erbe.«

»Welcher Erbe? Was ist das nun wieder für ein Unsinn?«

Wie kühle Fingerspitzen an seinem Nacken … ihn schauderte. »Brahans Erbe …«

Der Prinz hob die Hand und ließ sie wieder sinken. »Was rege ich mich überhaupt auf? Dass du meine Familie beleidigst, ist ja wohl nichts Neues. Es wird mir ein Vergnügen sein, dich aus dem Fenster zu werfen, aber die Mühe scheint mir übertrieben.«

»Er hat recht.« Chamija war wie aus dem Nichts erschienen. Plötzlich stand sie im Zimmer, die Hand auf Jikeschs Schulter. Ihr Griff war so hart, dass er vor Schmerz aufschreien wollte, und sich doch nur auf die Zunge biss.

»Äh, wie kommst du …?«, stotterte Arian.

»Ich war hier, erinnerst du dich nicht mehr?« Ungeduldig wischte sie seine Einwände beiseite. »Der kleine Narr hat recht, die Zeit ist gekommen, dass du mehr erfahren musst. Arian, ich war nicht ganz ehrlich zu dir. Als wir drei hier waren, der Botschafter, sein Helfer und ich … Es war anders, als du dachtest. Charrin ist echt, er ist der Botschafter des Königs von Tijoa. Aber Nexin … wollte sich in seinem Schloss umsehen.«

»In *seinem* Schloss?«, keuchte Arian. »Das ist doch …«

»Eine Frechheit? Eine Zumutung? Lanhannat gehört Brahans Erben. Ist es nicht so?«

»Aber …«

»Deine Linie stammt von Sanaka ab, Brahans drittem Kind. Von Prinz Hieron. Doch was, wenn ein älteres Kind überlebt hätte? Was, wenn es eine andere Linie gäbe?«

»Nein«, wehrte Arian ab. »Wir sind hier, seit Jahrhunderten! Was für eine andere Linie? Sprich klar.«

»Scharech-Par kann seine Herkunft nachweisen«, sagte Chamija. »Generation für Generation, bis in die alten Zeiten zurück, sogar bis zum Drachenmond. Arian, es ist nicht wahr, dass Brahans Enkel in Tijoa ermordet wurden. Ein Kind überlebte. Ein ganz besonderes Kind.«

Arian zog die Stirn kraus, bis seine finsteren Brauen sich berührten.

»Ach, ist das so?«, fragte er, Zorn bebte in seiner Stimme. »Selbst wenn es so wäre … Meine Familie lebt hier. Wir regieren Schenn. Ein solcher Anspruch wäre … veraltet.«

»Vielleicht«, sagte Chamija, sie klang unendlich sanft, als müsste sie ihn trösten, bevor sie ihm die nächsten schlechten Nachrichten um die Ohren schmetterte. »Wenn dies ein anderes Land wäre, dem die Vergangenheit nicht so viel bedeutet … dann vielleicht schon. Dann würde es niemanden interessieren, wer alles entkommen ist und wer wessen Blut in sich trägt. Ist das alles nicht achthundert Jahre her?« Sie lachte, und Jikeschs

Glöckchen klingelten, als sie seinen Kopf packte und schüttelte, als müsste sie damit ihr Lachen untermauern.

»Ach, Arian, ich könnte dir Dinge erzählen …«

»Warum tust du es dann nicht?«, fragte er schroff. »Vorausgesetzt, das würde mich interessieren?«

»Oh, das tut es sehr wohl. Würdest du sonst an meinen Lippen hängen? Du hast einem Mann die Hand gereicht und ihm Freundschaft geschworen, der dein allerliebster Vetter sein könnte … oder dein Feind, je nachdem, wie du dich entscheidest.« Sie seufzte, tätschelte Jikesch den Kopf und stieß den Narren zur Seite wie ein ungeliebtes Spielzeug. Stattdessen legte sie ihre schlanken weißen Finger auf Arians Arm.

»Ich werde dir sagen, was ich weiß. Mehr noch, ich werde dir helfen, mit der Bedrohung fertigzuwerden. Ich kann die Welt vor einem zweiten Drachenmond bewahren. Dafür verlange ich nur wenig – dass du mich heiratest.«

»Das werde ich ganz gewiss nicht tun«, knurrte der Prinz. »Ich bin verlobt, mit einer Prinzessin aus Wellrah, wie jeder weiß.«

»Was zählt schon eine Verlobung? Macht ist das Einzige, das dich interessiert. Wir sind uns ähnlicher, als du glaubst. Mit mir an deiner Seite wirst du die Macht haben, dich auf dem Thron zu halten. Das Königreich Schenn zu vergrößern. Der Menschheit selbst einen Dienst zu erweisen, der Brahans Heldentaten bei weitem übersteigt. Was hat dieser sogenannte Heilige denn bewirkt, außer eine alberne Prinzessin durchs Gebirge zu schleppen? Arian, ich bin so nah dran, näher als je zuvor … dann kann ich tun, was ich will, sogar Scharech-Par standhalten. Wir beide können Schenn retten.«

Arian musterte sie verständnislos. »Ich glaube nicht, dass Schenn gerettet werden muss. Wir strecken unsere Fühler nach Khanat aus, nach den Städten der Ebene … die Götter sind auf unserer Seite. Wenn du mehr weißt als ich, dann sprich es aus.

Warum sollte Tijoa den neuen Bund brechen? Was will Scharech-Par mit meinem Thron? Unser Volk würde ihn niemals akzeptieren.«

»Doch«, widersprach Chamija leise, »das würde es.«

»Einen Mann aus Tijoa? Versteh mich bitte nicht falsch, meine Hübsche, aber es wird noch eine Weile dauern, bis sich jeder daran gewöhnt hat, dass wir die alte Feindschaft begraben wollen. Diese Dinge sitzen tief in den Herzen der Menschen. Er müsste Schenn mit Gewalt an sich reißen, und der Hass meiner Untertanen würde ihn vom Thron stoßen, selbst wenn ich tot wäre. Tijoa hat nicht genug Soldaten, um sowohl Yan als auch uns zu erobern und zu halten.«

»Wie sehr du dich irrst«, sagte Chamija, und obwohl sie ihn nicht berührte, wurde Jikesch wieder kalt, als krallte sie immer noch ihre Hand in seinen Nacken. »Versprich mir, dass du mich heiratest, dann werde ich dir alles sagen, was du wissen musst, und dafür sorgen, dass Scharech-Pars Pläne sich nicht erfüllen.«

Arian lachte nur. »Du bist ja verrückt. Allerdings stört mich das merkwürdigerweise nicht so sehr, wie es vielleicht sollte.« Er küsste sie und warf Jikesch einen strengen Blick zu.

Der Narr huschte zur Tür, das Herz schwer vor Sorge und Angst. Im Gegensatz zu Arian zweifelte er nicht daran, dass Chamija die Wahrheit sagte.

»Heirate mich«, flüsterte sie.

»Unwahrscheinlich«, sagte Arian. »Das wird mein Vater niemals erlauben.«

»Dein Vater ist nicht das Problem.« Sie zwinkerte Jikesch zu.

Er ergriff die Flucht.

»Das muss aufhören«, sagte Mora böse, während sie in der Schüssel rührte. »Bei allen Göttern, ich weiß nicht, warum ich das überhaupt für dich tue. Ich sollte dich fesseln und in den Keller sperren. Ein Entfesselungskünstler bist du nicht, oder?«

»Nein«, sagte Nival. »Leider nicht. Aber ich kenne ein paar Tricks.«

»Was bei dir ein paar Tricks sind, kann ich mir denken!«, schimpfte sie. »Vermutlich willst du damit sagen, dass man dich wie ein Paket einschnüren könnte, und du würdest wenig später davonspazieren und das halbe Haus mitnehmen, ohne dass jemand es merkt. Warum hat mich niemand gewarnt, als ich einen Gaukler in mein Leben ließ, auch wenn er mein Neffe ist? Dein Vater hat meiner Schwester das Herz gestohlen, das hätte mir ein für alle Mal die Augen öffnen sollen.«

»Hab Dank, Tante Mora.« Nival nahm ihr die Schüssel ab und füllte die weiße Masse in einen kleinen Topf um.

»Cassemin hätte mich wenigstens besuchen können«, beschwerte sich die Kranke. »Wenn er bloß alle paar Jahre vorbeikommt, könnte man ein paar nette Worte erwarten und ein Geschenk. Habt ihr Spielleute keine Manieren? Dafür, dass ich seinen Sprössling versorge, mich um ihn kümmere und was weiß ich noch alles …«

»Sie sind nur kurz geblieben«, sagte Nival.

Er würde ihr nichts davon erzählen. Von dem Schrecken jenes Tages. Von Alasan. Von dem Schmerz. *Er hat meine Mutter vergessen. Es ist ihm gleich. Während ich sie immer noch vermisse, während ich immer noch ihr Gesicht vor mir sehe, hell in dem dunklen Verlies … Während ich immer noch dort bin, bei ihr, und auf die Schritte der Wachen lausche. Ich renne durch das Labyrinth, die Gänge brennen sich in mein Herz ein, und ich verstecke irgendwo in einem Winkel meinen dunklen Wunsch, die Sehnsucht nach Rache … und du, Vater, nimmst Alasan in die Arme und vergisst uns beide, meine Mutter und mich, dort unten im Verlies.*

Nival schlug die Hände vors Gesicht und stöhnte leise.

»Hat der König dich wieder geschlagen?«, wollte Mora wissen.

Was davon sind meine Gefühle, und was hat Chamija in mir be-

wirkt, dass ich so schnell zum Mörder geworden bin, dass die Tat über mich gekommen ist wie ein plötzliches Fieber? War ich es? War sie es? Wie soll ich den König retten, wenn sie jede meiner Handlungen bestimmt?

»Was weißt du über Kräuterzauber?«, fragte er. »Über Magie, die nichts von Drachen benötigt?«

Seine Tante blickte ihn überrascht an. »Wir Zauberer können nicht aus uns selbst heraus wirken. Das solltest du wissen.«

»Aber es könnte andere Dinge geben, die die Kraft bündeln. Pflanzen. Eine ganz andere Art von Zaubersprüchen. Früher gab es sie. Kann man damit den Bann irgendwie aufheben?«

»Eine andere Art? Wovon sprichst du überhaupt?«

»Die Art des Zauberns, wie du sie praktizierst, gibt es erst seit Brahans Tagen«, sagte er. »Wusstest du das nicht? Was ist mit der Zauberei, die davor betrieben wurde? Gibt es Überlieferungen, Traditionen, irgendetwas?«

Mora schüttelte den Kopf. »Davon weiß ich nichts. Wie sollte Magie ohne die Drachen möglich sein?«

Er wollte *ihren* Namen nicht einmal erwähnen. Auch nicht, wenn er Jikeschs Kostüm abgelegt hatte.

»Ich hätte die Tensi fragen sollen«, murmelte er. »Sie sind überall gewesen, sie hätten es gewusst. Vielleicht hätte Alasan es mir sagen können. Doch nun sind sie weg, ich selbst habe sie vertrieben, und ich fürchte, wenn sie mich auch nur von weitem sehen, werden sie mich keineswegs freundlich willkommen heißen.«

Er war Mora dankbar, dass sie nicht nach dem Grund fragte. Anscheinend hatten die Alten sie mit der Nachricht verschont, dass es eine Tote gegeben hatte, am helllichten Tag auf dem Marktplatz. »Die hübsche Messerwerferin, ein Jammer. Aber gut, sie war nur eine Gauklerin, also was soll's, hat einer der Werfer sie eben getroffen«, hieß es in der Stadt. Oder war es der Schreck, die Angst? Er hörte die Gerüchte, war durch einen

Sumpf an Gerüchten gewatet, durch Blut, das die Leute gesehen haben wollten, spritzendes Blut, das den Marktplatz besudelte. Manche redeten von Narren mit Messern. Nival konnte nur hoffen, dass diese Dinge dem König nicht zu Ohren kamen. Oder nein, er musste vielmehr darauf hoffen, dass genau das geschah, dass Chamijas Hinterlist zu ihrem eigenen Verderben wurde und ihre Pläne vereitelte. Irgendjemand würde sich Gedanken machen und Pivellius davon überzeugen, dass man einem Spaßmacher nicht trauen konnte, der sich aufs Töten verstand, woraufhin man ihn aus dem Palast werfen würde, bevor etwas Schreckliches geschah.

Nival wusste nicht mehr, worauf er hoffte, während sich das Verderben um ihn zuzog wie eine Schlinge, die ein geschickter Fallensteller ausgelegt hatte.

Mit gesenktem Kopf verließ er das Haus, den Beutel mit den Töpfen über der Schulter.

19

Jikesch hockte auf der Säule im Hof und beobachtete die Leute bei der Arbeit, die Soldaten, die aufmarschierten. Viele Soldaten, deutlich mehr als früher, während die Übungskämpfe zwischen den Säulen schon lange nicht mehr stattfanden. Sämtliche Drachenjäger waren im Einsatz. Er saß da und versuchte nichts zu denken, denn immer wenn er die Gedanken schweifen ließ, landeten sie bei verbotenen Dingen.

Chamija und Arian waren ausgeritten, gemeinsam. Eigentlich hatte der Narr die Gelegenheit nutzen wollen, um sein Kostüm abzulegen und Mora zu besuchen, aber es war, als hätte die Zauberin ihn mit Leim eingeschmiert, damit er hierblieb, fest auf seiner Säule. Jikesch blinzelte. Er begann bald wirklich, sich wie ein dösender Frosch zu fühlen.

»Ich habe dir gesagt, ich kann alleine hochgehen. Du hättest unten warten sollen.«

»Das ist nicht dein Ernst. Du sagst mir, ich soll warten?«

Die beiden jungen Männer, die eben durchs Tor geschritten waren und sich staunend im Hof umsahen, waren zum ersten Mal hier. Neulinge konnte man unzweifelhaft daran erkennen, dass ihre Augen groß wurden und ihnen der Mund offen stand, überwältigt von der Größe des Schlosses und des Hofes und den prächtigen Rüstungen der Soldaten. Manche wurden regelrecht erschlagen von der überwältigenden Schönheit dieses Ortes.

Die zwei blieben dafür recht entspannt. Sie blickten beiläufig zu der mosaikbesetzten Schlosswand hinüber, traten ohne Hast zur Seite, als ein Trupp Soldaten vorbeimarschierte, und unterhielten sich dabei wie Menschen, die sich schon sehr lange kennen. Obwohl beide dunkles Haar hatten, ähnelten sie sich überhaupt nicht; Brüder waren sie jedenfalls nicht. Der eine war breit gebaut, mit mächtigen Schultern, und selbst durch die schlichte Tunika konnte man die baumstammdicken Oberarme erahnen. Glänzendes schwarzes Haar flutete über seinen Rücken. Doch das Auffälligste an seiner Erscheinung waren seine Krücke und das Holzbein. Dass er damit in der Sommerhitze den steilen Hügel hinaufgehinkt war und nun fröhlich mit seinem Begleiter plaudernd den Hof in Augenschein nahm, verriet genug über seine Kraft und Ausdauer. Der andere Mann – und Jikesch konnte nicht anders, als ihn noch viel eindringlicher zu mustern – war etwas kleiner und schlanker. Die dunkelbraunen Locken trug er kurz. Er war auffällig attraktiv, und sämtliche Mägde im Hof verlangsamten ihren Schritt und lächelten hoffnungsvoll.

Jikesch stürzte sich kopfüber von der Säule, als eins der Mädchen sich vorsichtig näherte und die beiden Fremden nach ihrem Begehr fragte.

»Wir haben einen Passierschein«, sagte der Mann mit dem Holzbein und nickte seinem Freund zu. »Zeig's ihr, Yaro.«

Jikesch war schneller zwischen ihnen, als sie blinzeln konnten, und riss das Blatt Papier an sich.

Das erklärte natürlich, warum die Wachen am Tor die beiden durchgelassen hatten. Sie waren bereits unten in der Amtsstube gewesen und hatten die Erlaubnis erhalten, den Schlosshof zu betreten. Oh Barradas! Warum war er nicht mehr Schreibergeselle? Das hätte er mitbekommen müssen!

»He, gib das zurück!« Der Mann namens Yaro eilte ihm nach, während der Narr sich über den Platz rollte und das Schriftstück dabei in winzige Fetzen zerpflückte. »Was tust du da? Was soll das?«

Jikesch sprang auf und warf seinem Verfolger die Stücke entgegen. »Keine Erlaubnis!«, rief er. »Also raus. Runter in die Stadt. Einen besseren Rat als diesen werdet ihr nirgends kriegen.«

Yaro wandte sich seinem Begleiter zu, der ihm gewandt nachhumpelte, wobei er die Krücke äußerst geschickt einsetzte. Trotz seiner Behinderung wirkte er nicht weniger gefährlich als ein Ritter in voller Rüstung.

»Das kann nicht wahr sein! Dieser kleine Kerl hat unsere Berechtigung zerrissen«, beklagte sich Yaro. »Was machen wir denn jetzt, Rinek? Der Amtsherr hat gesagt, wir sollen sie an jedem Tor vorzeigen.«

»Wir müssen nicht unbedingt ins Schloss hinein, um meine Schwester zu finden. Dieser freundliche Herr wird uns sicherlich behilflich sein.« Rinek wandte sich an Jikesch und drückte ihm die Spitze seiner Krücke gegen die Brust. »Wo finden wir die Drachengarde? Wir suchen die Drachenjägerin Linnia.«

»Kenne ich nicht«, sagte er trotzig.

»Ihr Name sollte hier bekannt sein«, beharrte Yaro. Er klang so stolz und aufgeregt, dass Jikesch unter der Krücke hindurchtauchte und ihn kurzerhand in den Bauch boxte – nicht hart, sondern nur, um seinen Standpunkt klarzustellen.

»Was soll denn das? Wird man hier in den Schlosshof gelassen, um verprügelt zu werden?«

»Ja«, sagte der Narr böse. »Genau das. Die Drachengarde ist fort, um zu tun, was Drachenjäger eben tun: Drachen jagen. Übriggeblieben sind nur Schläge, die kann man sich bei mir abholen. Raus hier. Wir haben Krieg, keine Brautschau.«

»Woher weißt du, dass Linnia seine Braut ist?«, fragte Rinek sofort. »Du kennst sie, wetten? Ist sie wirklich nicht da?«

»Ist sie nicht«, grollte Jikesch. »Nicht da und nicht hier und überhaupt nicht. Meine Braut ist sie, dass ihr's nur wisst, und im Gänsestall brüte ich unsere zehn Kinder aus.«

Rinek und Yaro sahen sich an, unsicher, ob sie darüber lachen sollten. Jikesch bemerkte ihre Verwirrung und hasste sich selbst. Vor allem Rinek gefiel ihm auf Anhieb. Linnias älterer Stiefbruder, ihr Lieblingsbruder.

»Ich würd sie grüßen, wenn sie da wäre.« Er verzog das Gesicht zu einem angestrengten Grinsen. »Ist sie aber nicht. Unterwegs ist sie, dem Drachen das Herz aus dem Leib zu schneiden, sich seine Flügel auf den Rücken zu schnallen, und dann sitzt sie oben auf dem Turm und kräht mit mir um die Wette. Die Götter bröckeln schon, seht ihr? Man muss so schnell wie möglich alles vergolden, bevor es anfängt zu riechen.«

»Äh, ja«, sagte Yaro.

Rinek musterte den Narren nachdenklich. »Dann werden wir in der Stadt warten. Ich schätze, wir erfahren es, wenn die Garde zurückkommt.«

Sie wandten sich zum Gehen. Jikesch starrte ihnen nach, bemerkte die Mädchen, die Yaro ebenfalls nicht aus den Augen ließen, und schüttelte sich.

»Er ist's«, flüsterte er. »Yaro Tausendschön. Was für ein Gesicht! Oh, hätten mir die Götter solch ein Antlitz gegeben!« Leise knirschte er mit den Zähnen, während er den Abgang der beiden Besucher verfolgte. Ihre Kleidung verriet, dass sie vom Land kamen, die groben, hellen Stoffe, die Tuniken, die Überhänge – keine langen Mäntel, wie man sie in Lanhannat trug. Dennoch wirkten sie keineswegs wie Bauerntrampel. Rineks langes Haar fing die Blicke der Schlossbewohner ein und lenkte sie auf seinen Begleiter, und niemand konnte aufhören, Yaro anzustarren. Jikesch jedenfalls vermochte es nicht. Linnias Yaro.

»Oh Barradas«, murmelte er. »Oh hilf mir, was mach ich jetzt? Was nun?«

Nival suchte die ganze Stadt nach den Brinern ab, denn während er sich seines Narrenkostüms entledigte, hatte er ihre Spur verloren. Dank des auffälligen Holzbeins war es jedoch relativ einfach, ihren Aufenthaltsort herauszufinden. Rinek und Yaro hatten sich im Wilden Ochsen einquartiert und probierten gemeinsam das hiesige Angebot an Spezialitäten. Als Nival sich am Nebentisch niederließ und die beiden unter seinem Hut hervor beobachtete, fragte er sich zunächst, wie die Briner sich die feine Auswahl an Spirituosen leisten konnten, die der Wirt ihnen servierte. Bis Rinek auf einmal den Kopf hob, zu ihm herüberblinzelte und seinen Becher hob. »Lust auf ein Spielchen, Freund?«

Nival nutzte die Gelegenheit, sich zu den beiden an den Tisch zu setzen. »Ein Spiel?«

»Mein armer Kumpel hat eine Schwäche für kleine Spielchen«, vertraute Yaro ihm an. »Aber seid gewarnt, Ihr solltet Euch niemals zu Armdrücken verleiten lassen.«

Nival betrachtete Rineks Oberarme aus der Nähe. Der Müllersbursche hatte die Ärmel seiner Tunika hochgeschoben und entblößte gewaltige Muskeln, die jeden Gedanken an ein Duell bereits im Keim erstickten.

»Ich bin ja nicht lebensmüde«, versicherte Nival. »An was für eine Wette dachtet Ihr denn?«

Rinek holte einen kleinen Beutel aus der Tasche und ließ eine Handvoll Kugeln auf den Tisch rollen. »Kennt Ihr das? Ein Spiel aus Nelcken. Man muss die Murmeln mit den Fingern gegeneinanderschießen, ohne dass sie vom Tisch rollen.« Rasch erklärte Yaro die Regeln.

Es kam Nival nicht allzu schwierig vor, doch er ahnte schon, dass es einen Haken dabei gab, zumal es hieß, alles sei ganz einfach und der Einsatz werde ganz gewiss wieder an ihn zurückfallen.

In der Tat bewegten sich Rineks Finger flinker, als man ihm

zugetraut hätte. Doch Nival kannte sich mit dergleichen Spielen aus. Zwar hatte er diese Variante noch nicht kennengelernt, aber er beobachtete die Hände seines Gegenübers aufmerksam und entdeckte bald, dass Rinek eine der Kugeln stets in der Hand behielt.

Das erste Spiel gewann Nival natürlich, und zur Freude seiner neuen Bekannten war er bei seinem Einsatz nicht geizig.

»Nehmt Euch in Acht«, flüsterte der Wirt nicht etwa ihm, sondern den beiden Dörflern zu, während er die Becher auffüllte. »Ich kann einen Spitzbuben auf zehn Schritte Entfernung riechen. Die Typen aus den dunklen Vierteln verlieren nie.«

Nival hatte gute Ohren, er lüftete den Hut und grinste den um seine Gäste besorgten Mann an, der sich schnaubend abwandte.

»Wie lange seid Ihr schon in Lanhannat, meine Herren?«

»Seit einem Viertelmond«, erzählte Rinek. »Wir müssen etwas im Schloss erledigen und waren auch schon in der Amtsstube. Das Dokument, das wir für den Eintritt dort brauchen, ist uns jedoch leider abhandengekommen.«

Yaro stieß ihn mit dem Ellbogen an und schüttelte warnend den Kopf, doch Rinek ließ sich nicht beirren. »Vielleicht kennt Ihr jemanden in Lanhannat, von dem man Informationen bekommen kann?«

»Das kommt ganz auf die Art der Informationen an«, meinte Nival und stupste seine Kugel möglichst ungeschickt an.

Ich sollte sie gewinnen lassen, dachte er, aber er vermochte es nicht. Einmal, zweimal verlor er und erhöhte seinen Einsatz mit einer Verbissenheit, die nicht gespielt war, dann wendete sich das Blatt, und er nahm die zwei Bauerntölpel aus, was ihnen, wie er an ihren verblüfften Gesichtern unschwer erkennen konnte, zum ersten Mal passierte.

»Ihr spielt sehr gut«, sagte Rinek mit saurer Miene und blickte zum Besitzer des Gasthauses hinüber, der nur den Kopf schüttelte. »Dafür, dass Ihr dieses Spiel gar nicht kanntet. – Bestimmt hat er einen Wettstein«, murmelte er an Yaro gewandt. »Wie soll das sonst gehen?«

Ein Wettstein? Ob das wohl ein magisches Artefakt war, das einen gewinnen ließ? So etwas hatte ein trickreicher Tensi gar nicht nötig.

»Alles in Ordnung?« Der Wirt kam näher und funkelte Nival streng an.

Dieser lächelte zurück. »Oh, es könnte nicht besser sein.

Noch ein Spiel, meine Freunde? Die nächste Runde geht auf mich.«

Doch Rinek knabberte verdrossen am Rand seines leeren Bechers und hatte offensichtlich keine Lust mehr. »Ich denke, das reicht.« Sein Ärger war so offensichtlich, dass Nival beschloss, fürs Erste das Feld zu räumen.

Er wartete in der Nähe, bis die beiden Briner endlich das Gasthaus verließen.

»Braucht Ihr einen Stadtführer?«, sagte er, als er aus dem Schatten trat und sich zu ihnen gesellte.

Yaro zuckte zusammen, Rinek runzelte drohend die Stirn.

»Unser freundlicher Gastgeber hat uns gewarnt«, sagte er. »Wir hätten auf ihn hören sollen.«

»Dem Wirt kann es egal sein, wenn ein Spitzbube den anderen ausnimmt«, meinte Nival heiter. »Ihr seid nicht schnell genug, wenn Ihr die Kugel mit dem Daumen unter die Hand schiebt. Man sieht es.«

Rinek sog erschrocken die Luft ein. »Was wollt Ihr von uns?«, fragte er scharf.

»Ich? Warum sollte ich etwas wollen?«

»Was tut Ihr dann hier?« Yaros Stimme bebte vor Misstrauen. »Bei uns ist nichts zu holen.«

»Ihr erwähntet, dass Ihr Informationen benötigt.« Er hielt sich neben Yaro, fern von Rineks Stock. Aus leidvoller Erfahrung als Narr des Königs wusste Nival, wie gefährlich Krücken, Zepter und dergleichen waren.

»Ach, habe ich das? Ich bin sicher, dass wir eine vertrauenswürdige Quelle finden.«

»Oh, das bin ich«, behauptete Nival und begann zu lachen. Manchmal wunderte er sich selbst, wie es ihm je gelungen war, als Schreibergeselle durchzugehen. In dieser Aufmachung, in Kleidern, die ein klein wenig schäbig waren und eine Spur zu schick, mit diesem Hut, der sein Gesicht verbarg, mit Bewegungen, die auf eine rasche Flucht hinauszulaufen schienen, schrie alles an ihm: Halunke!

Stimmte das nicht sogar? Er musste die beiden Männer aus der Stadt vertreiben, so schnell er nur konnte, selbst wenn das drastische Maßnahmen bedeutete. Auf keinen Fall durfte Chamija von ihnen erfahren, daher würde er die Bücher aus der Amtsstube manipulieren und dafür sorgen, dass Yaro und Rinek niemals wieder den Schlosshof betraten.

»Informationen sind mein Spezialgebiet«, verkündete er mit einem Grinsen, das vermutlich reichlich schmierig ausfiel, denn Rinek krallte die Hand fester um die Krücke.

»Verschwindet«, befahl er. »Ihr habt uns bereits abgezogen, das sollte reichen, findet Ihr nicht? Noch einmal fallen wir nicht auf Euch herein.«

Sie sollten die Stadt verlassen. Möglicherweise brauchten sie dazu einen Denkzettel, der ihnen Beine machte – und den würden sie voraussichtlich genau dort erhalten, wo sie gerade hingingen. Trotzdem befahl ihm sein Gewissen, sie wenigstens zu warnen.

»Dann solltet Ihr jetzt entscheiden, ob Ihr wirklich diese Straße entlanggehen wollt«, sagte Nival. »Eine Straße, die geradewegs ins Herz der Dunkelheit führt. Glaubt mir oder nicht.«

Er zog sich zurück, leiser als ein Schatten, aber nicht zu weit, und hörte zu, wie sie sich stritten.

»Blödsinn«, behauptete Rinek. »Der Bursche wollte uns bloß ärgern.«

»Ich weiß nicht«, meinte Yaro zweifelnd, »ich trau ihm nicht, aber er kennt sich hier aus und wir nicht.«

»Vielleicht will er uns dazu bringen, einen anderen Weg zu nehmen, der irgendwohin führt, wo er oder seine Kumpane uns überfallen können. Ich bin dafür weiterzugehen.«

»Hm«, machte Yaro. »Die Stadt ist beängstigend groß. Ich komme mir vor wie in einem Wald im Nebel, man weiß nie, was hinter der nächsten Ecke lauert.«

»Ich«, sagte Rinek entschieden. »Ich lauere hier, und wehe dem, der sich mit mir anlegt.«

Sie gingen weiter, und Nival folgte ihnen lautlos. Die zwei marschierten geradewegs ins dunkle Viertel, was einerseits gar nicht so dumm war, wenn man Informationen kaufen wollte. Andererseits konnte es gut sein, dass man in diesen Ecken nicht nur seinen Geldbeutel, sondern auch sein Leben verlor.

Rineks kräftige Statur hielt zunächst das Gesindel fern, das sich hier herumtrieb. Doch bald schon merkte Nival, dass sich die ersten fragwürdigen Gestalten den ahnungslosen Provinzlern an die Fersen hefteten. *Nun,* dachte er, *es gibt hier wohl kaum jemanden, der zwielichtiger ist als ich.* Daher nahm er es gelassen. Eine kleine Prügelei würde den beiden nicht schaden. Andererseits …

In dem finsteren Durchgang war rein gar nichts zu sehen, aber die silbrigen Punkte konnten nur eines bedeuten: Wer auch immer da wartete, hatte Nachtglanz. Wie viele Augenpaare schimmerten da bloß? Verdammt, das war etwas anderes. Eine kleine Abreibung würde Rinek sicherlich durchstehen, aber das hier bedeutete … was? Dass es noch Vorräte an Zaubermitteln gab, die Schirdan vor seinem Ableben verkauft hatte? Oder, und an die Möglichkeit wollte er gar nicht denken, dass Chamija mit den Banden des dunklen Viertels zusammenarbeitete? Dass sie das Zeug herstellte und sich so den Zugang zu allen Geheimnissen der Stadt sicherte?

Er brauchte einen Zeugen, den er befragen konnte. Die letzten waren viel zu schnell gestorben, und Nival war sich nicht sicher, ob er überhaupt noch kämpfen konnte, ohne zu töten. Deshalb hielt er sich zurück, während vor ihm in der Dunkelheit lautes Fluchen ertönte.

»Yaro, pass auf!«

Schläge. Jemand keuchte.

Verdammt, jetzt musste er doch eingreifen. Nival war sich durchaus darüber im Klaren, wie das wirkte – als rettete er ihnen das Leben, um sich als ihr Wohltäter aufzuspielen.

Es war zu dunkel, um ohne Nachtglanz etwas zu sehen, aber das Klacken des Holzbeins verriet ihm Rineks Standort. Von dort kam auch der größte Lärm. Mit einem wilden Schlachtruf stürzte Nival sich ins Getümmel.

»Lebst du noch?«, fragte Rinek im Dunkeln.

»Weiß nicht«, stöhnte Yaro.

»Das beruhigt mich ungemein«, erklang Nivals muntere Stimme. »Hier liegen mehrere Gestalten leblos herum, es wäre jammerschade gewesen, wenn einer von euch darunter wäre.«

»Der ist auch noch da?«

»Ich bin bewaffnet, Bürschchen«, drohte Rinek.

»Ich habe Euch gewarnt, wisst Ihr noch?«

»Ach«, höhnte Yaro. »Das sollte eine Warnung sein? Das klang eher wie: Geht auf keinen Fall in die Richtung, die ich euch empfehle.«

»Ich kann nichts dafür, dass ich immer etwas spöttisch klinge«, sagte Nival. »Die Leute glauben oft, dass ich das Gegenteil von dem meine, was ich sage.«

Klack. Klack. Krücke und Holzbein auf dem Pflaster. »Lass uns gehen, Yaro«, brummte Rinek. »Irgendwo werden wir sicher einen Nachtwächter finden, dem wir die Sache melden können.«

Nival war noch dabei, die Opfer des Zwischenfalls zu untersuchen. Er hatte Glück. Während man aus den Männern, die seine tödlichen Tritte abbekommen hatten, nichts mehr an Informationen herauspressen konnte, waren Rineks Gegner nur zwischenzeitlich verstummt. Nival lud sich einen der Kerle auf und wankte mit ihm vorwärts, bis ihn ein Schlag vors Knie stolpern ließ.

»Wusst ich's doch«, sagte Rinek. »Der Spitzbube gehört zu denen. Na, bringst du deine Kumpel in Sicherheit?«

Nival spürte den Krückstock drohend im Nacken. Sicherheitshalber blieb er auf den Knien. Sein noch zu befragender Zeuge ächzte grausig, der beste Beweis dafür, dass der Stock hervorragend Rippen brechen konnte. Wenigstens konnte man an dieser Stelle etwas mehr sehen.

»Habt ihr die Toten gezählt?«

»Die Toten?« Yaro lachte. »Es waren zwei oder drei Angreifer, und mit denen sind wir ganz allein fertiggeworden. Ich glaube nicht, dass es dabei Tote gegeben hat. Willst du uns damit beeindrucken, dass du unser großer Retter bist? Das läuft nicht. Im Kugelspiel bist du uns vielleicht überlegen, aber zu mehr reicht es nicht. Tut uns wirklich leid.« Er verbeugte sich galant. »Gib ihn frei, Rinek. Ich kann diese freche Visage nicht mehr sehen.«

Nival versuchte, die Krücke, die immer noch drohend auf ihm ruhte, nicht zu beachten, während er sich über den Verletzten beugte.

»Nachtglanz«, fragte er. »Woher habt ihr Nachtglanz?«

Der Mann stöhnte. »Verrecke, du Schwein.«

»Schirdan ist tot. Woher also?«

Der Ganove spuckte Blut und versuchte sich aufzurichten, sank aber von Schmerz gepackt wieder zurück.

»Wer versorgt euch mit dem Zeug? Habt ihr einen Anführer, der es an euch weiterreicht?«

»Beeindruckende Vorstellung«, meinte Yaro höhnisch. »Fast könnte man glauben, dies sei ein echtes Verhör.«

»Einen Namen«, verlangte Nival. »Nenn mir einen Namen.«

»Sonst?«, witzelte Yaro. »Was sonst? Will ein Spitzbube den anderen erwürgen? Komm, Rinek, das ist Zeitverschwendung.«

Nival packte den Mann am Kragen. Seine Finger zitterten, er spürte kaum noch die Krücke, aber vielleicht hatte Rinek sie auch zurückgezogen, um die Szene besser zu beobachten. Für einen Moment vergaß der Lanhannater die beiden. Solche Leute wie der Verletzte hatten ihn und Mora bedroht. Deswegen lag sie nach so vielen Monden immer noch krank im Bett, deswegen hatte er sein Haus verloren. Ihm war nicht nach Scherzen zumute.

»Wer gibt die Befehle?«, fragte er. »Wer setzt euch auf eure Opfer an? Rede!«

Er hatte die Spur verloren, nach dem Brand, aber hier war sie wieder. War es ein Zufall, dass ausgerechnet die Briner von Räubern überfallen worden waren, die mit Nachtglanz ausgerüstet waren?

Entweder das – oder sämtliche Gaunereien wurden inzwischen damit ausgeführt, was bedeutet hätte, dass es mittlerweile zum Spottpreis zu haben war. So viele Zauberer, dass sie sich gegenseitig Konkurrenz machen konnten, gab es in Lanhannat allerdings nicht.

Die dritte Möglichkeit gefiel ihm am wenigsten: dass jemand ausgesandt worden war, um ausgerechnet die beiden Fremden zu töten. Warum?

»Seit wann beobachtet ihr diese Männer?«, fragte er und schüttelte den Gefangenen.

Er wartete auf Yaros bissigen Kommentar, doch alles blieb

still. In der dämmerigen Gasse war niemand mehr, außer ihm selbst, Rinek und dem unwilligen Verbrecher.

»Wo ist er hin?«

»Wer?« Rinek trat einen Schritt zurück. »Wer? Yaro?«

Nival sprang auf. Er horchte, während er versuchte, Rineks entsetztes Gesicht zu ignorieren. Ebenso bemühte er sich, den erhobenen Krückstock nicht zu beachten.

»Wo ist er?«, brüllte Rinek los.

»Still!« Nival hob die Hand. »Still!«

Linnias Bruder gehorchte überraschenderweise. Sie lauschten beide in die Nacht hinaus. Die Stadt schlief noch nicht, irgendwo schlugen Türen, aus einer Gastwirtschaft drangen Lärm und Gelächter. Von noch weiter her kam das erhitzte »Hay, hay, hay« der Zuschauer, die sich an Hahnenkämpfen und Schlimmerem ergötzten.

»Wartet hier«, sagte Nival. »Lasst ihn auf keinen Fall abhauen, ich brauche ihn noch. Vorzugsweise wach.«

»Oh Arajas«, flüsterte Rinek, »ich habe versprochen, dass ich Yaro wieder nach Hause bringe.«

Wie hatte es passieren können, dass jemand von seiner Seite verschwand? Vielleicht hätte Mora es gewusst. Nival konnte nur hoffen, dass die Männer, die er suchte, nicht über noch mehr geheime Zauberwaffen verfügten.

Er wandte sich ins Dunkel, tauchte in die Finsternis, in welcher der gewonnen geglaubte Kampf stattgefunden hatte, und verließ sich ganz auf seine Sinne. Wahrscheinlich genügten sie nicht, aber er hatte nichts anderes, das ihm den Weg weisen konnte.

Wenn er nicht so aufmerksam gewesen wäre, hätte er das Geräusch sicherlich überhört, ein ersticktes Ächzen.

Yaro!

Nival schlüpfte zwischen zwei Häusern hindurch in einen mit Gerümpel vollgestopften Hof, und bekam gerade noch mit, wie eine schmale Tür knarrend zuschwang.

Durch die vor Schmutz starrenden Fensterscheiben drang der flackernde Schein einiger Kerzen, doch die Fenster waren zu hoch, um in die dahinter liegenden Zimmer zu spähen.

Die an der Hauswand aufgestapelten Fässer weckten nicht gerade Nivals Vertrauen, aber da sie so passend unter dem Fenstersims standen, nutzte er die Gelegenheit und kletterte hinauf, wobei er sorgsam darauf achtete, nicht in die Mitte zu treten.

Durch die dreckigen Scheiben war kaum etwas zu erkennen, doch die kleinen Flammen beleuchteten immerhin zwei Männer, die Yaro auf einen Stuhl fesselten. Er ließ den Kopf hängen, vielleicht war er bewusstlos. Einer der Entführer riss ihn an den Haaren zurück, und im Kerzenschein blitzte eine Messerklinge auf.

Nival hatte keine Zeit, lange zu überlegen. Die Fensteröffnung war zu schmal, um durchzubrechen – er musste sofort durch die Tür und konnte nur darauf hoffen, dass er nicht zu spät kam. Er sprang vom Fass, wobei es zerbrach, verlor das Gleichgewicht und stürzte gegen die anderen Fässer und Kisten. Mit lautem Krachen und Scheppern fiel der ganze Haufen in sich zusammen. Damit hatte er bestimmt die halbe Nachbarschaft geweckt. Trotzdem stürzten ihm die beiden Kerle nicht entgegen, und die Tür blieb vor ihm geschlossen. Dafür erklang aus dem Inneren des Hauses ein wildes, wortloses Geheul.

In fieberhafter Eile ruckelte er an dem Draht, der ihm das Schloss öffnen sollte, rutschte nochmals ab, dann endlich hörte er den Riegel leise klacken.

Nival versetzte der Tür einen Tritt. Sie schwang auf; vor ihm lag ein langer, dunkler Flur, an dessen Ende ein schwacher Lichtschimmer unter einer Tür durchfiel.

Ohne Rücksicht auf Verluste stürmte er los und warf sich dagegen. Er platzte in den Raum, in dem sich die beiden Kerle über Yaro beugten, dessen schmerzverzerrtes Gesicht unzweifelhaft verriet, dass der Laut von ihm gekommen war – trotz des Knebels, den seine Peiniger ihm in den Mund geschoben hatten. Mit weit aufgerissenen Augen starrte er zu Nival hinüber und gab ein ersticktes Grunzen von sich.

»Lasst ihn in Ruhe!«, rief Nival, obwohl er wusste, dass Leute wie diese nicht auf wohlmeinende Ratschläge hörten.

»Macht weiter«, sagte eine Stimme aus dem Nichts. »Ich übernehme das.«

Etwas fuhr Nival in den Magen und warf ihn gegen die Wand.

Während er noch nach Luft schnappte, traf ihn der zweite Schlag und schmetterte ihn zu Boden, dann prasselten unzählige Hiebe in rascher Folge auf ihn herab.

Verdammt, dachte er, *ich hatte nicht vor, für Yaro zu sterben.* Die Wange auf dem rauen Lehmfußboden, sah er die Blutlache vor sich, die sich zu den Füßen des Gefangenen bildete.

»Na, hast du genug?«

In diesem Moment erkannte er die Stimme, die unterdrückte Wut darin. Losgelöst von dem dazugehörigen Gesicht wirkte sie seltsam schwerelos, aber sie gehörte keinem Geist, keinem unbegreifbaren, mächtigen Wesen, sondern dem Panther von Werlis, dem schwarzhäutigen Mann, den er bei nächtlichen Kämpfen ein ums andere Mal auf den Sandboden des Platzes geschickt hatte. Sie hatten einander diese Frage schon öfter gestellt.

Nein, er hatte noch lange nicht genug. Man ging zu Boden bei diesen Hinterhofkämpfen und stand dann wieder auf. So oft, wie es nötig war, um den Kampf zu gewinnen. Noch nie hatte Nival sich von dem alten Piraten den Sieg aus der Hand nehmen lassen.

»Wir sind bisher nicht mit bloßen Händen gegeneinander angetreten«, sagte er. »Aber dass du dir einen unlauteren Vorteil verschaffst, ist wieder mal typisch für dich.«

Schwankend stand der blonde junge Mann da, die Fäuste erhoben, und horchte auf ein Geräusch, das ihm den Standort seines Gegners verriet.

Jemand kickte seinen Hut zur Seite. »Du klingst vertraut. Ja, ich weiß, wer du bist! So bekomme ich ja doch mal dein Gesicht zu sehen – Affe von Lanhannat.« Verächtlich spuckte die Stimme Nival seinen Kampfnamen vor die Füße.

»Lasst meinen Freund gehen!«, forderte Nival, während er die Entfernung einschätzte.

»Er ist dein Freund? Dann hast du dir die falschen Freunde ausgesucht.«

Yaro heulte auf, und diesmal vergaß Nival jede Vorsicht. Er sprang vor, versetzte dem nächstbesten Folterer einen kräftigen Tritt in den Rücken und fühlte sofort darauf, wie ihn die gewaltigen Arme des Werlisers umschlangen und zurückrissen. Keuchend wand er sich in dem brutalen Griff und rang nach Luft. Den Unterarm des Mannes über der Kehle konnte er kaum noch atmen, unsichtbare Finger packten seine Hand und pressten sie wie in einem Schraubstock zusammen. Der Schmerz wurde unglaublich, und er kämpfte nur noch darum, bei Bewusstsein zu bleiben. Da schleuderte sein Gegner ihn plötzlich von sich. Mit einem erstickten Schrei landete Nival wieder an der bemerkenswert harten Wand. Er biss sich auf die Zunge und spuckte Blut.

»Vielleicht weißt du nicht, mit wem du es zu tun hast«, sagte die körperlose Stimme. »Ich konnte dich noch nie ausstehen, du Affe. Verdammt noch mal, wie hast du das gemacht?«

»Er ist tot«, sagte der zweite Entführer und beugte sich mit erschrockenem Gesicht über den ersten, in der Hand immer noch das Messer, schartig und schmutzig. Yaro wimmerte kraftlos.

Nival bewegte sich vorsichtig an der Wand entlang. Wenn es ihm nicht gelang, seine tödlichen Tritte anzubringen, war er verloren – er, Yaro und vermutlich auch Rinek. Ein Anschlag, der dem einen Briner galt, würde den anderen wohl kaum verschonen. Blut sammelte sich in Nivals Mund. Den Schmerzen nach zu urteilen hatte der Panther ihm mindestens ein paar Rippen gebrochen.

Natürlich hatte er die Faust, die sich ihm in den Magen bohrte, nicht kommen sehen. Im Moment war es völlig unmöglich nachzufragen, woher einer seiner beliebtesten Kampfgegner die Fähigkeit hatte, sich in Luft aufzulösen und trotzdem seine stählernen Fäuste zu behalten.

Nival krümmte sich, warf sich nach vorne und bekam die Beine des Werlisers zu fassen. Wie ein Ertrinkender klammerte er sich mit der unverletzten Hand daran, ignorierte den Griff in seinem Nacken, als der Panther ihn hochreißen wollte, zog die Knie an und schwang mit letzter Anstrengung die Beine in die Höhe. Die Schuhsohle, hinter der sich die tödliche Drachenschuppe verbarg, knallte gegen eine breite Brust. Dann ertönte nur noch ein lautes Poltern, irgendetwas krachte gegen Yaros Stuhl und warf ihn um. Der Bandit mit dem Messer fuhr laut fluchend herum und hob den Arm, um seine Waffe zu werfen, und in seinen Augen sah Nival, dass er unweigerlich treffen würde. Der Kerl stand zu weit entfernt, als dass er ihn hätte treten können. Niemand wäre schnell genug gewesen, jetzt noch der Klinge auszuweichen.

Da erschien eine Gestalt hinter dem Entführer, ein Stock sauste auf ihn nieder, und er brach zusammen, über sich Rinek, die Krücke erhoben wie ein wahnsinniger Rächer.

Nival blinzelte. »Wo kommt Ihr denn her? Woher wusstet Ihr, wo wir sind? Bei Barradas, ich hätte nicht gedacht, dass Ihr so zuschlagen könnt!«

»Von draußen.« Der Briner schob den Toten zur Seite – der Schlag hatte ihm den Schädel zerschmettert – und kniete sich umständlich neben Yaro. »Man musste nur der Quelle des ganzen Lärms folgen. Und was ist …«

Er merkte, dass er nicht an Yaro herankam, obwohl kein Hindernis zu sehen war. Nival rappelte sich stöhnend auf und half Rinek den unsichtbaren Toten zur Seite zu rollen.

»Ein Zauber, vermutlich«, erklärte er. »Wir haben nichts verpasst. Glaubt mir, auf den Anblick dieser Visage kann man gut und gerne verzichten.«

»Yaro«, flehte Rinek. »Yaro!« Er löste den Knebel aus dem Mund seines Begleiters, aber dieser antwortete nicht. Wie tot lag er da.

Die Männer hatten ihm eine üble Wunde zugefügt, die sich über seine Wange zog, hässlich und rissig. Seine Hände waren so blutig, dass man kaum erkennen konnte, was damit geschehen war.

»Fehlen ihm Finger?« Nival kroch näher.

»Nur – einige Fingernägel«, sagte Rinek mit belegter Stimme.

20

»Bei Arajas, wer tut so etwas?«, rief Rinek. »Warum? Was ist nur los in dieser verdammten Stadt?«

»Das frage ich mich auch.« Mühsam rappelte Nival sich auf. »Leider können wir uns bei keinem von denen hier erkundigen. Bei Barradas, ich habe Euch doch gesagt, Ihr sollt den Kerl auf der Straße nicht aus den Augen lassen!«

»Eben schien mir noch, als wärt Ihr recht zufrieden damit, dass ich hier aufgetaucht bin«, sagte Rinek, aber er klang alles andere als selbstgefällig. Mit vor Entsetzen grauem Gesicht untersuchte er seinen Freund.

»Wie habt Ihr das gemacht? Ich habe gar nicht gehört, dass Ihr gekommen seid.« Nivals Blick fiel auf das Holzbein, das, wie er jetzt erst bemerkte, mit dem Umhang des Briners umwickelt war.

»Ich wollte mich unauffällig anschleichen«, erklärte Rinek und legte die Hand auf Yaros Stirn, der leise ächzte.

»Du meine Güte«, murmelte Nival, »Unter einem Müller habe ich mir jemanden vorgestellt, der sanft und gutmütig ist.«

Rinek warf ihm einen scharfen Blick zu. »Woher wisst Ihr, dass ich Müller bin? Ihr kennt mich doch überhaupt nicht. Warum dachtet Ihr, ich könnte nicht zuschlagen? Wie kann einen jemand überraschen, von dem man nichts weiß?« Aber dann fügte er hinzu: »Gut, ich gebe zu, Ihr seid ebenfalls eine Überraschung. Ich habe Euch für einen kleinen Gauner gehalten, der hinter unserem Geldbeutel her ist, stattdessen stürzt Ihr Euch hier ins Gefecht wie ein Krieger.«

»Mein Freund …«

»Yaro! Du bist wach?«

»Oh ihr Götter«, stöhnte Yaro. »Er hat mich seinen Freund genannt.«

Rineks Gesicht schien zu glühen, vor Misstrauen, Angst und Sorge. »Wer seid Ihr? Mittlerweile fällt es mir schwer zu glauben, dass all das hier inszeniert ist, um unser Vertrauen zu erringen. Bei uns ist nichts zu holen. Das hier sind echte Tote, so wie das Blut an Eurem Kinn echt ist! Was bei Arajas' Mantel soll das alles bedeuten?«

»Ich kann es Euch erklären, soviel ich selbst weiß, und das ist leider nicht viel«, sagte Nival müde. »Doch dazu haben wir jetzt keine Zeit. Wir müssen hier weg. Wer weiß, wen der Lärm noch alles angelockt hat.«

Rinek packte seinen Stock und tippte Nival damit vor die Brust. Die gebrochenen Rippen protestierten gegen die unsanfte Behandlung, und er stieß einen erstickten Schrei aus.

»Ich gehe keinen Schritt weiter, selbst wenn gleich eine ganze Armee hier antanzt. Wer seid Ihr, Spitzbube?«

»Ein Zauberer«, flüsterte Yaro. »Er hat den Mann dort nur berührt, und er ist auf der Stelle gestorben.«

»Ich bin kein Zauberer«, widersprach Nival. »Keiner von denen hier ist einer, nicht einmal unser unsichtbarer Freund. Aber jemand verteilt gefährliche Zaubermittel an Menschen von zweifelhaftem Charakter. Ich bin nur daran interessiert zu erfahren, wer das tut. Leider habt Ihr den einzigen Zeugen entkommen lassen.«

»Wie heißt Ihr?«, verlangte Rinek zu wissen.

»Heißt mich einen Spitzbuben, wenn Ihr mögt, einen anderen Namen kann ich Euch nicht nennen. Und jetzt kommt, um Barradas' Esel willen, alles andere muss warten.«

Rinek stieß ein unwilliges Schnauben aus, aber er sagte nichts mehr. Gemeinsam versuchten sie, Yaro hochzuhelfen, was nur gelang, da er wach war und die Zähne zusammenbiss. Sie stolperten durch den Flur in den Hof hinaus. Alles war dunkel und ruhig.

»Keine Wachen?«, fragte Rinek leise. »Was muss man denn noch tun, um sie zum Eingreifen zu bringen?«

»Wachen würden in diesem Viertel nicht lange überleben«, sagte Nival. »Hier entlang. Es ist nicht weit.«

Die Leichen lagen unangetastet auf der Straße – ein gutes Zeichen, denn es bedeutete, dass keine weiteren Bandenmitglieder in der Nähe waren. Unbeteiligte machten meist einen weiten Bogen um alles, was nach Schwierigkeiten roch.

»Wir müssen in die Gasse dort.«

Rinek meldete wieder Zweifel an. »Sollten wir nicht lieber in eine belebtere, hellere Gegend? In unser Gasthaus?«

»Auf keinen Fall! Dort wärt Ihr nicht sicher.«

Nival pochte vorsichtig an die Haustür. Seine Finger schmerzten, er schätzte, dass mindestens einer gebrochen war, und er bezweifelte, dass er das Schloss in diesem Zustand knacken konnte. Vermutlich schliefen alle bereits tief und fest. Doch da erklang Aggas Stimme hinter der Tür: »Macht, dass ihr fortkommt, oder ihr werdet es bereuen!«

»Ich bin's.«

Sofort ging die Tür einen Spalt breit auf, und das Mädchen spähte durch die Ritze. »Herr Nival? Bei Belim, wie seht Ihr denn aus? Und wer …?«

»Lass uns rein.«

Agga leuchtete ihnen, während sie in den Flur stolperten, und ließ sie in die Stube. Yaro sank in einen Sessel und lehnte den Kopf zurück. Selbst jetzt, erschöpft und verletzt, war er so schön, dass Agga gedämpft fragte: »Wo habt Ihr denn den Götterknaben her? Wer bei Belim ist das?«

»Wir brauchen dringend einen Arzt«, sagte Nival erschöpft. »Ein Zauberer wäre noch besser, morgen darf man mir hiervon nichts anmerken.«

»Was ist hier los?« Mora stand auf der Schwelle, einen dünnen Morgenrock um ihr Nachthemd geschlungen. Mit ihren wachsamen Augen erfasste sie die Situation sofort. »Ihr großen Götter! Zeig her.« Sie erkannte, dass Yaro am ehesten Hilfe benötigte, und eilte zu ihm. Mit flinken Fingern untersuchte sie sein Gesicht und seine Hände, fühlte seinen Puls.

»Er hat einen Schock – daran kann er eher sterben als an den Wunden. Legt ihn ins Bett. Rasch.« Sie begutachtete erst Rinek mit der Krücke und dem Holzbein, dann Nival, der vor Schmerzen krumm dastand, und seufzte.

»Erst Yaro, danach ihr«, bestimmte sie. »Ihr beide seid aus härterem Holz geschnitzt. Agga, hilf ihm. Komm, Junge, das wird schon wieder.«

»Woher weiß sie seinen Namen?«, fragte Rinek verblüfft. »Kennt uns denn jeder hier in der Stadt?«

Mora und Agga halfen dem Verletzten ins Nebenzimmer. »Hol Wasser«, wies die Zauberin das Dienstmädchen an. »Und du, Nival, zieh ihn aus, ich muss ihn untersuchen.«

»Ich kann nicht, meine Hand ist gebrochen.«

Sie seufzte wieder. »Auch das noch. Dann weck die Alten, ich brauche jede Hilfe, die ich bekommen kann. Oh Belim und Bellius, was ist nur mit diesem Jungen passiert? Vor wem hast du die beiden gerettet? Waren es dieselben Typen, die hinter uns her waren?«

»Ich schätze schon«, meinte Nival. »Leider konnte ich niemanden mehr befragen.«

Das musste warten, obwohl die Verzweiflung in seinem Herzen brannte. Die drei alten Männer eilten die Treppe herab, schürten das Feuer, setzten Wasser auf, suchten Essbares in den Schränken. Während alle geschäftig umherrannten, saßen

Nival und Rinek beinahe vergessen am Küchentisch. Rinek entdeckte auf dem Bord über ihnen eine verheißungsvoll aussehende Flasche und einen Becher und schenkte Nival ein.

»Ihr seht aus, als hättet Ihr es nötig.«

»Danke.« Er kippte den Inhalt hinunter, dann erst versuchte er vorsichtig, seine Finger zu bewegen.

»Tut das lieber nicht«, warnte Rinek. »Ihr seid aschfahl, nicht, dass Ihr auch noch zusammenklappt.«

Der Branntwein glühte in Nivals Magen wie eine Feuerkugel. Vor Abscheu zog sich alles in ihm zusammen, aber es gelang ihm, die Flüssigkeit bei sich zu behalten.

»Woher …«, begann der Briner.

»Ihr seid nach Lanhannat gekommen, um Linnia zu treffen«, sagte Nival. »Ihr Ruhm dürfte sich im ganzen Land verbreitet haben und bis nach Brina vorgedrungen sein. Ihr wolltet wissen, wie es ihr geht, ob sie noch dieselbe ist, die Euch verlassen hat. In der Amtsstube hat man Euch die Erlaubnis erteilt, im Schloss vorzusprechen. Natürlich, der Verlobte und der Bruder einer so angesehenen Persönlichkeit genießen gewisse Privilegien. Doch die Garde ist zurzeit gar nicht in der Stadt, daher habt Ihr beschlossen, auf Linnia zu warten.« Er begegnete Rineks überraschtem Blick mit einem kühlen Lächeln. »Habe ich nicht gesagt, ich hätte Informationen für Euch? Die Antwort ist: Ja, es geht ihr gut. Sie ist am Ziel ihrer Träume. Sie kämpft gegen die Drachen wie niemand sonst, und die einfachen Leute in der Stadt verehren sie, als wäre sie aus Brahans Geschlecht. Es ist kein Wunder, dass Mora Yaros Namen erraten hat, zumal er in der Begleitung eines Mannes mit nur einem Bein ist. Genauso wenig ist es ein Zufall, dass Ihr ausgerechnet bei Linnias Freunden gelandet seid, denn ich habe gezielt nach Euch gesucht, sobald ich erfuhr, dass Ihr in der Stadt seid, und als ich im Wilden Ochsen neben Euch saß, wusste ich bereits, wer Ihr seid.«

»Linnias Freunde?«, wiederholte Rinek. »Es kommt mir seltsam vor, dass meine Schwester sich in solch düsteren Straßen herumtreiben soll.«

»Wir haben früher woanders gewohnt«, erklärte Nival. »Bevor uns unsere Feinde das Haus über dem Kopf angezündet haben.«

»Tatsächlich? Ihr scheint, verzeiht mir meine Offenheit, durchaus in diese Gegend zu passen.«

Nival lachte leise. Als er den Kopf schüttelte, begann sich alles um ihn herum zu drehen.

»Linnia fürchtet sich nicht vor Spitzbuben«, sagte er. »Sie fürchtet sich ja nicht einmal vor Drachen.«

»Ihr kennt sie wirklich«, murmelte Rinek. »Damit ist wohl jeder Zweifel ausgeräumt. Hat sie Euch nicht von dem Brief erzählt?«

»Welcher Brief?«

»Ihr habt ganz recht, wir sind hier, um nachzusehen, wie es ihr geht – und um sie nach Hause zu holen, sofern sie ihr altes Zuhause noch nicht vergessen hat. Uns wundert, dass sie nicht da ist, wo sie uns doch ausdrücklich aufgefordert hat herzukommen.«

Nival zögerte. »Ich dachte, in Brina kann niemand lesen?«

»Der Bote hat uns die Nachricht vorgelesen.«

»Das … kommt mir seltsam vor«, überlegte Nival. »Seid Ihr sicher, dass der Brief von ihr war?« Er mochte Rinek nicht sagen, dass er schon lange nicht mehr mit Linnia gesprochen hatte. Dass er nichts davon wusste, ob sie einen Brief geschrieben und nach Hause geschickt hatte. Ihm war es eher so vorgekommen, als hätte sie Brina und ihre Familie vergessen, als wäre sie voll und ganz von dem Gedanken an die Drachen beherrscht, als ginge alles andere dabei unter. Sie hatte ihm einmal gesagt, dass sie seinetwegen in Lanhannat bleiben wollte, aber das war Geschichte, jetzt, da sie ihn hasste. Und Arian? Es gab ihm ein seltsames Gefühl der Befriedigung, dass der Prinz Linnia nicht wichtig genug war, um auf ihre Heimkehr zu verzichten.

Wenn Arian ihr so wenig bedeutet … Warum habe ich dann Yaro gerettet? Wenn Yaro tot wäre und sie Arian verschmäht, vielleicht hätte ich ja doch noch eine Chance …

Er drängte den bösen Gedanken wieder zurück.

»Der Bote hatte ein Pfand dabei«, sagte Rinek. »Es war ihre Nachricht, ohne Zweifel.«

»Was für ein Pfand?«

»Der Ring. Der Verlobungsring. Yaro hat ihn selbst gemacht, es gibt keinen ähnlichen.«

Der Briner schenkte nach. Nival betrachtete die schimmernde Flüssigkeit nachdenklich. »Wie äußerst merkwürdig …« Linnia hatte den Ring nicht mehr getragen, seit sie aus der Gefangenschaft des Drachen zurückgekehrt war. Wo kam denn jetzt dieser Ring bloß wieder her?

»Chamija«, murmelte er. Angenommen, das Schmuckstück war auf Burg Ruath geblieben. Chamija kannte Nat Kyah – dann hatte sie diese Botschaft geschickt? »Was genau stand in dem Brief?«

»Meine Schwester hätte Sehnsucht nach uns. Wir sollten alle herkommen – ich und Yaro und Binia, unsere jüngere Schwester, und sie würde uns hier Geld und Geschenke geben. Wir sind allerdings nicht wegen der Geschenke hier«, fügte er mit Nachdruck hinzu.

»Binia ist also auch dabei?«

»Nein, meine Stiefmutter hat sie nicht gehen lassen. Zum Glück, würde ich mittlerweile sagen.«

»Ich brauche ein paar Antworten«, flüsterte Nival. »Es trifft auffällig oft Linnias Freunde, wenn in dieser Stadt etwas Böses geschieht.«

»Übrigens«, sagte Rinek beiläufig, »ich habe die Fragen gestellt.«

»Wie?«

»Die Fragen. Dem Kerl, auf den ich aufpassen sollte. Bevor ich Euch nachgeeilt bin, habe ich ihn noch zum Reden gebracht.«

»Das sagt Ihr mir jetzt?«, fuhr Nival auf.

»Erst musste ich wissen, wer Ihr überhaupt seid und was Ihr von uns wollt.« Er pulte sich etwas aus dem langen Haar, was ein Holzsplitter sein mochte. Hoffentlich. »Ich hab ihn nach dem Nachtglanz gefragt.«

»Ihr wisst, was Nachtglanz ist?«, fragte Nival überrascht.

»Ich habe nicht die geringste Ahnung, aber da Ihr so gerne wissen wolltet, ob er etwas damit zu tun hat, habe ich eben nachgehakt.« Irgendetwas daran, wie Rinek »gehakt« aussprach, verursachte in Nivals Bauch ein leises Grummeln. Kein Wunder, dass Linnia das Zeug zum Kämpfen hatte, wenn sie in einer solch schlagkräftigen Familie aufgewachsen war. Sie hatte nie erwähnt, dass ihr Bruder so brutal war.

»Ich habe ihn also gefragt, woher sie das Nachtglanz beziehen und so weiter. Der Kerl war nicht sehr gesprächig, aber ich habe einen Namen. Jedenfalls vermute ich, dass es ein Name sein soll, denn es klingt … irgendwie komisch.« Rinek hüstelte und bediente sich seinerseits an dem im Moment herrenlosen Becher. »Ziege. Sagt Euch das etwas?«

Nival erstarrte. Es gab nur einen Mann in Lanhannat, der als die Ziege bekannt war. »In der Tat. Mehr, als Ihr ahnt. Ich danke Euch«, setzte er hinzu.

»Gern geschehen«, murmelte Rinek. Er fuhr auf, als Agga im Türrahmen erschien. »Wie geht es ihm?«

Das Mädchen wischte sich über die Stirn. »Wir brauchen einen Zauberer. Mora hat die Wunden gesäubert – die hätten sich sonst schwer entzündet, sagt sie. Dreck und Rost und was weiß ich noch. Aber sein hübsches Gesicht … das war kein Mordanschlag. Was wollten sie bloß von ihm wissen?«

»Er trug einen Knebel«, sagte Nival. »Sie haben ihn überhaupt nichts gefragt.«

»Nun, wenn Linnia hier wäre … Frau Mora versucht, ihn zu behandeln, aber ihre Kräfte reichen nicht aus. Ich soll Euch fragen, Herr Rinek, ob Ihr zaubern könnt.«

»Wie bitte?«, fragte der Briner.

»Wenn Euer Freund diese Narben loswerden soll, dann kommt. Was sie mit seinen Händen angestellt haben, es ist ein Jammer! Also, könnt Ihr ihm helfen?«

»Ich?«, japste Rinek. »Warum sollte ich zaubern können?«

»Ihr seid immerhin Linnias Bruder. Wenn sie die Gabe hat, könntet Ihr sie doch auch besitzen.«

»Linnia ist keine Zauberin!«, wehrte Rinek empört ab. »Sie hatte nie echte Visionen, es waren nur Erinnerungen.«

Nival hob den Kopf. Wenn Mora Agga so viel anvertraut hatte, konnte er offen sprechen.

»Eure Schwester hat magisches Blut«, sagte er. »Herausragendes Talent. Sie kann heilen. Mora verdankt Linnia ihr Leben. Was ist mit Euch? Ich weiß, Ihr seid nur ihr Stiefbruder, aber auf dem Land kommt dieses Erbe noch recht häufig vor. Könnt Ihr *Caness*?«

»*Caness?*«, fragte Rinek verwirrt.

»Lässt Eure Stiefmutter Euch das Essen würzen?«

»Ich koche nicht!«

»Also habt Ihr es noch nie ausprobiert?« Nival seufzte. »Kommt.« Er stand auf und musste sich an der Tischkante abstützen, doch rasch fing er sich wieder. »Wir verlieren nichts, wenn Ihr es versucht.«

Mora hob die Brauen, als die beiden in die Krankenstube polterten, Rinek unüberhörbar mit seinem Holzbein, Nival zu wackelig auf den Beinen, um geradeaus zu gehen. Wie ein Toter lag Yaro auf dem Bett. Die Verbände an seinen Händen waren blutdurchtränkt, die Kerbe auf der Wange klaffte weit auf.

»Oh Arajas«, stöhnte Rinek und ließ sich auf der Bettkante nieder.

»Du hast ja doch noch Salbe da?«, fragte Nival, da Mora in einer kleinen Schüssel rührte. Schweiß stand ihr auf der Stirn, und sie sah aus, als würde sie gleich umkippen.

»Ein bisschen *Caness*«, sagte sie, »nebst ein paar anderen Zutaten. Damit dieses schwache Zeug wirkt, brauchen wir allerdings einen starken Zauberer. Ich habe angefangen, aber meine Kraft reicht nicht, dazu bin ich selbst noch nicht gesund genug. Könnt Ihr zaubern, junger Mann?«

Rinek, so direkt angesprochen, zuckte zurück. »Ich könnte es versuchen«, sagte er trotzig.

Mora zögerte. »Diese Worte sind eigentlich streng geheim. Wenn Ihr gar kein Zauberer seid ...«

»Tante Mora!«, rügte Nival. »Sag es ihm. Wenn nicht für Yaro, dann für mich. Ich brauche auch eine Behandlung, falls du das vergessen hast.«

Die Zauberin wirkte alles andere als erfreut, als er Rinek die Schüssel in die Hand drückte. »Streicht Eurem Freund das hier auf die Wunde. Das Wort lautet ... *Wintika*.«

»Er kann damit nichts anfangen«, behauptete Mora. »Du verschleuderst unsere teuer bezahlten Geheimnisse für nichts!«

Der Briner tauchte den Finger in die Salbe. Sie roch anders als sonst, bemerkte Nival, und sah auch anders aus.

»Ich hätte nie gedacht, dass ich so etwas jemals versuchen würde«, sagte Rinek leise. »Dass ich nicht voller Abscheu weglaufe, sobald jemand auch nur von Zauberei spricht. Früher hätte ich Euch ins Gesicht geschlagen, als Ihr behauptet habt, meine Schwester sei eine Zauberin ... aber mittlerweile weiß ich, dass diese Welt völlig anders ist, als ich gedacht habe. Hier liegt Yaro, und ich habe keine Ahnung, warum. Aber ich habe versprochen, ihn zurückzubringen, heil und in einem Stück. Ich bin ein anderer Mann als früher, auch ein anderer als der, den Linnia Euch möglicherweise beschrieben hat. Wenn man ein paar Mal im Kerker gesessen hat, lernt man, dass die Gesetze, die ein König irgendwo im fernen Lanhannat erlässt, nicht immer und überall Gültigkeit haben.«

»Ihr wart im Gefängnis?«, fragte Agga entsetzt. »Weswegen?«

»Wegen unverschämten Betragens gegenüber der Obrigkeit«, sagte Rinek bitter, »aus unterschiedlichen Gründen. Von überhöhten Forderungen der Heiler im Dienst des Vogts bis zu einer angeregten Diskussion über die Steuerlast unseres Dorfes, unterstützt von einer, äh, kleinen Geiselnahme ... das war dumm, wie ich mittlerweile weiß. Beim letzten Mal habe ich versucht zu verhindern, dass Yaro eingezogen wird ... ich habe ihn und meinen kleinen Bruder Merok versteckt. Linnias Brief kurz nach meiner Entlassung kam gerade recht. Ich kann nur hoffen, dass sie Merok nicht erwischen, während wir fort sind. – Man lernt in der Gefangenschaft, mit den Waffen umzugehen, die man hat«, fügte er mit einem finsteren Seitenblick auf Nival hinzu.

»In Nelcken werden die jungen Männer eingezogen?«, fragte Nival.

»In allen Provinzen – wusstet Ihr das nicht? Also, schauen wir mal, was die Zauberei uns bringen könnte.«

Mit überraschender Zärtlichkeit bewegte er seine großen Hände, während er Yaro die Salbe auf die Wange strich und dabei *»Wintika«* murmelte. Dann hielt er plötzlich inne und schnappte nach Luft. »Warum brennt mein Mund wie Feuer? Habt Ihr etwas Wasser für mich?«

Agga eilte mit einem Becher herbei. Mora beobachtete den jungen Mann scharf, während er trank.

»Das Wort ist zu stark für Euch«, sagte sie. »Hört auf damit, bevor es Euch vernichtet.«

»Dann bin ich also kein Zauberer«, meinte Rinek, er klang zugleich enttäuscht und erleichtert. Vorsichtig befühlte er seine

Zunge. »Was mich auch überrascht hätte, dabei hätte ich Yaro liebend gerne geholfen. Wie könnte ich ihn in diesem Zustand zurückbringen? Meine Stiefmutter Merina wird mich so lange anschreien, bis ich taub bin, und Lester – das ist mein Vater – wird ein Jahr lang nicht mehr mit mir reden.«

»Oh, Ihr irrt Euch«, widersprach Mora. »Ohne magisches Blut wäre dieses Wort nichts als ein Wort für Euch gewesen, belanglose Silben. Ihr habt soeben Euren ersten Zauber gewirkt, aber Eure Gabe ist zu schwach für so viel Glut. Geht es? Hat der Schmerz nachgelassen?«

Rinek nickte schwach.

Mora beugte sich vor und flüsterte ihm etwas ins Ohr. »Versucht es damit. Es ist mild und sanft und kann keine Sterbenden aufhalten, aber es sollte genügen. Das ist der Zauber, der in den einfacheren Salben ruht, doch wenn man ihn frisch ausspricht, müsste er noch wirksamer sein. Na los«, fuhr sie ihn an, »Ihr seid an der Reihe!«

Rinek blickte ratlos von einem zum anderen, dann gehorchte er und versuchte es erneut, so leise, dass Nival das Wort nur undeutlich hören konnte. Das musste Moras Rache dafür sein, dass er *Wintika* preisgegeben hatte, vor den Ohren nicht zauberkundiger Zuhörer.

»Schon besser«, flüsterte Rinek. »Es summt auf der Zunge wie eine Biene, die mich gleich stechen wird, und ist dabei von angenehmer Süße.«

»Ha!«, sagte Mora laut. »Nelcken ist ein guter Acker für magisches Blut.« Aber sie fiel dabei fast von ihrem Hocker.

Nival bedeutete Agga, die Verbände an Yaros Händen zu lösen. Ein Beben durchlief den Körper des Verwundeten. Er seufzte in tiefem Schlaf und schien nichts zu merken, als Rinek seine Verletzungen behandelte. Das Mädchen trug die ebenfalls schlafende Mora hinaus. Nun waren sie nur noch zu dritt.

»Es hört auf zu bluten, die Wunden schließen sich. Das ist …

erstaunlich«, murmelte Rinek. Abrupt wandte er sich zu Nival um. »Jetzt Ihr. Was habt Ihr abbekommen?«

»Seid Ihr nicht erschöpft?«

»Im Gegenteil«, behauptete Rinek, »ich habe das Gefühl, dass ich gerade erst anfange. Kann es sein, dass Heilen süchtig macht?«

»Wo warst du?«, kreischte Chamija.

»Im Stall«, sagte Jikesch. »Im Stroh, zwischen all den Eseln, die meine besten Freunde sind und mir ebenso laut in die Ohren brüllen wie Ihr, Verehrteste.«

Die Zauberin musterte ihn misstrauisch und lächelte dann. »Alle haben nach dir gesucht.«

»Wer? Seine Hoheit der Prinz wedelt mit den Händen, als wollte er Fliegen verscheuchen, sobald er mich sieht.«

»Ich«, sagte sie liebevoll, »ich vermisse dich, wenn du nicht in meiner Nähe bist. Weißt du das denn nicht? Was täte ich ohne dich, mein kleiner Spion, der alles hört und sieht und alles weiß? Es gibt ein Problem in der Stadt.«

»Oh«, sagte Jikesch, dem Böses schwante. »Bin ich denn der Entwirrer, der Fragenknäuel auflöst? Bin ich der Aufdröseler, der die Rätsel des Lebens auseinandernimmt und die bunten Fäden hübsch in die Schublade legt? Ich weiß nichts von Problemen, aber ich habe Hunger. Ihr habt nicht zufällig schon gefrühstückt und ein paar Krümel übriggelassen für einen seltenen Vogel, dem das Heu im Stall nicht mundet?«

Chamija starrte ihn eine Weile an, und er duckte sich unwillkürlich, als sie die Hand ausstreckte und sie ihm an seine weiße Wange legte. »Ja, mein kleiner Vogel, es gibt noch ein paar Körnchen für dich.«

Er hielt still, obwohl ihn plötzlich panische Angst durchzuckte, als sie sein Gesicht nun auch mit der anderen Hand berührte und sich vorbeugte, als wollte sie ihn küssen. Der Schmerz, der ihm durch den Schädel zuckte, schmolz alle Gedanken fort, die sich in seinem Kopf drehten, die ganze Sorge darüber, die Zauberin könnte sehen, was in der vergangenen Nacht geschehen war. Es gab nur noch dieses blendende weißblaue Feuer.

»Was hast du getan?«, fragte sie leise. »Hintergehst du mich? Verrätst du mich?«

»Nein«, flüsterte er. Allein Mora hatte er es zu verdanken, dass er noch fähig war zur Lüge, allein Mora, dass er an Jikesch dachte, an den Narren, der im Stroh schlief, während Chamija ihm in die Augen starrte, als könnte sie dort alle seine Geheimnisse entdecken. Hoffentlich konnte sie nicht sehen, ob er einen Nachmittag und eine Nacht im Stall verbracht hatte oder nur eine Stunde nach dem Morgengrauen, völlig erschöpft von dem Aufstieg zur Burg. Er fühlte sich immer noch angeschlagen, trotz der Heilung; der Kampf würde ihm wahrscheinlich tagelang in den Knochen stecken. Die Wächter hätten Chamija sagen können, wann er nach Hause gekommen war, doch er hoffte, dass sie sich nicht die Blöße geben würde, die Männer zu fragen. Was hatte die tijoanische Schreiberin schon mit dem Narren zu tun? Noch hatte sie hier keinerlei Befehlsgewalt.

»Gut«, sagte sie leise, und als der Schmerz ihn endlich freiließ, fiel Jikesch zurück auf den Marmorboden und blieb dort leise ächzend liegen. »Also wenden wir uns dem Problem zu. Wir haben Gäste in der Stadt.«

»Aha«, sagte er schwach.

»Nein«, sie lächelte, »oh nein, was du wieder denkst! Ich werde dich gewiss nicht zwingen, sie umzubringen. Ich bin keine blindwütige Mörderin! Alle meine Handlungen sind … präzise. Die beiden Männer, um die es mir geht, wurden überwacht, doch irgendwie sind sie aus dem Netz meiner Beobachter entkommen.«

»Das kann ich mir kaum vorstellen«, wagte Jikesch anzumerken.

»In der Tat«, meinte Chamija langsam, »ist das auch fast nicht vorstellbar, habe ich doch das Versprechen eines einflussreichen Mannes auf meiner Seite.«

»Hat auch er«, flüsterte Jikesch, »einen Bund mit Euch geschlossen?«

Ihre Augen leuchteten auf. »Oh ja, das hat er. Aber bei ihm, wie bei den meisten, genügen ein Handschlag und einige Waren, die begehrenswert erscheinen und die Verheißung von noch mehr Macht und Reichtum in sich bergen. Bist du eifersüchtig, mein Lieber? Glaubst du, ich gebe jedem einen Kuss, so wie dir, und ich verknüpfe mit jedem mein Schicksal, mit heiteren kleinen Narren genauso wie mit finsteren Gestalten, mit denen ich mich nicht beschmutzen mag? Dein Wunsch, mein Herzblatt«, sie küsste ihn zärtlich auf die Stirn, »ist mein Wunsch. Oh, wir sind uns so ähnlich, mein süßer Spaßvogel! Voller Geheimnisse und Gelächter und dunklem Wissen. Schon als ich dich das erste Mal gesehen habe, wie du Charrin die Bilder von Brahan erklärt hast, hast du mein Herz erobert. Ich würde viel lieber dich heiraten als den grantigen Prinzen, aber es geht nun mal nicht anders. Auch meine Wünsche, musst du wissen, sind sehr stark und treiben mich wie die Wellen des Ozeans durch mein Leben. Lange Jahre …«

»Was«, er wagte nur zu flüstern, »ist denn Euer Wunsch?«

»Euch zu retten«, sagte Chamija. »Das hättest du wohl nicht erwartet? Ich werde die Menschheit retten, und ja, es würde mir gefallen, dafür geehrt zu werden, so wie ihr Brahan und Laran verehrt.« Sie lachte leise. »Oh, wenn ihr wüsstet, wie es wirklich war! Ich werde nicht zulassen, dass die Drachen diese Welt in die Fänge bekommen. Doch dafür sind Schritte nötig, die nicht immer leicht zu gehen sind. Manchmal denke ich, was bin ich bloß für eine Närrin, es überhaupt zu versuchen. Aber«, ihr Lächeln war so schön, so verträumt, so zärtlich, dass Jikesch hätte heulen mögen, »wir beide werden tun, was getan werden muss. Nein, du stimmst mir nicht zu, wie hätte ich das erwarten können? Du fürchtest dich vor dem Schmerz.«

Er wollte stillhalten und sie ins Unrecht setzen, aber natürlich zuckte er zurück, als sie die Hände nach ihm ausstreckte.

»Glaubst du, ich bin böse?«, fragte Chamija geradeheraus.

»Es steht mir nicht zu, Euch zu verurteilen«, sagte er leise. »Ausgerechnet ich.«

»Ja«, bestätigte Chamija, »du mit deinem finsteren Wunsch. Kannst du ihn aussprechen? Kannst du dich dazu stellen, zu dem, was du willst? Was dich antreibt, was dich hergebracht hat, was dich aus der Mitte deines Volkes herausgerissen hat – kleiner Tensi?«

Sie lachte über sein Erschrecken. »Ich habe dort unten in der Stadt gesehen, wie sehr du zu ihnen gehörst. Ein Gaukler. Es ist dir nicht angeboren, in einem Haus Wurzeln zu schlagen, und mag es noch so groß sein. Also sprich. Ich will die Welt vor den Drachen retten. Deswegen ist mir auch Linnia so nahe, ihr Zorn und ihr Hass und ihr unbeugsamer Wille, gegen die Ungeheuer zu kämpfen. Dachtest du, meine Freundschaft sei gespielt? Ich habe«, fügte sie leise hinzu, »nur wenige Menschen geliebt in all den langen Jahrhunderten. Wenn ich dieses Mädchen wahrhaft meine Freundin nennen kann, was will ich mehr? Sie und ich, wir fechten denselben Kampf. Und was willst du?«

Nival befeuchtete seine trockenen Lippen. Wenn Chamija darüber sprach, klang es ganz einfach, so selbstverständlich und überhaupt nicht schlimm.

»Er muss sterben«, sagte Jikesch und horchte dem Klang seiner Worte nach. »Der König. Der König muss sterben.«

»Ja«, flüsterte Chamija. »Das muss er. Aber da ist noch mehr, nicht wahr? Sprich, mein kleiner Narr. Du bist kein alberner Hampelmann, der mit Tüchern und Köpfen jongliert, der nichtige Wörter in die Luft wirft und wieder auffängt. Oh nein, deine Wörter bedeuten etwas. Es ist, als könntest du zaubern, nicht mit Drachenworten, sondern mit allem, was einen Menschen ausmacht. Du bist viel mehr als ein Gaukler. Ich habe den Zorn in deinen Augen gesehen, bei jedem frechen Wort, bei jedem Scherz, in jeder deiner Bewegungen. Eine Nacht und einen Schmerz, in die ich dich tiefer hineinführen werde, als du je gehen wolltest, und wenn ich dich wieder heraushebe, wirst du dich fühlen wie neugeboren.«

»Ich will es tun«, wisperte Jikesch, »ich will ihn töten.«

Dank ihres wissenden Lächelns fühlte es sich nicht mehr an, als hätte er vor, ein Verbrechen zu begehen. Es war der Weg, der ihm nicht nur vorherbestimmt war, sondern den er selbst gewählt hatte. Seit er sich durch das Labyrinth getastet hatte, das Weinen der gefolterten Zauberer in den Ohren.

»Ich weiß«, sagte sie. »Es muss geschehen. Nur wenn der Weg frei ist für mich und Arian, kann ich Schenn retten. Der Herr der Drachen verfolgt seine eigenen Pläne, und wir müssen ihm mit so viel List und Heimlichkeit entgegentreten, dass bis zum letzten Augenblick sein Sieg sicher und für uns alles verloren erscheint. Ich muss meine Kraft nutzen können, frei und offen, ich muss meine Macht entfalten wie ein Vogel, der die Flügel ausbreitet, um zu fliegen. Pivellius würde mich daran hindern und uns alle in den Abgrund reißen. Dein Wunsch ist mein Wunsch und erstaunlicherweise fast aus den gleichen Gründen: um der Magie willen muss dieser König abtreten.«

»Der Herr der Drachen?«, fragte Jikesch bang. »Es gibt jemanden, der … ihr Herr ist?«

»Gegen Scharech-Par«, sagte Chamija, »bin ich kaum mehr als ein Milchmädchen. Wir haben nicht viel Zeit, Jikesch. Also, befassen wir uns mit dem Problem, das ich eingangs erwähnt habe.«

21

Mora betrachtete ihn besorgt. »Du siehst nicht gut aus, Nival.«

»Das sagst du immer«, meinte er mürrisch, trotzdem nahm er die Teetasse entgegen und trank gehorsam. »Ich leide an etwas mehr als einem Schnupfen. – Wir müssen die Briner dazu bewegen, die Stadt zu verlassen.«

»Das werden sie aber nicht tun. Sie sind hier, um Linnia zu sehen, hast du das vergessen? Es ist ein weiter Weg von Nelcken hierher. Außerdem war es für junge Männer nie weniger sicher als jetzt. Jeder, den die Soldaten erwischen, wird eingezogen, nur hier in Lanhannat können sie diesem Schicksal entgehen. Nein, ich glaube nicht, dass sie es so eilig haben, sich auf den Rückweg zu machen.«

Nival seufzte. »Sie müssen aber gehen. Ich konnte sie bisher gerade so davon abhalten, zum Schloss hochzumarschieren. Solange Jikesch aufpasst, werden sie keinen zweiten Passierschein bekommen, aber er ist nicht immer zur Stelle.«

Ihn schwindelte, und irgendwie brachte er es nicht fertig, die Tasse zurück auf den Tisch zu stellen. Verwirrt blinzelte er, als sie auf dem Boden zersprang.

»Tante Mora, was …?«

Sie baute sich vor ihm auf und starrte ihn kopfschüttelnd an. »Du solltest dir nicht so viele Gedanken über andere machen«, sagte sie streng, »sondern über dich. Wir leben in gefährlichen Zeiten, nirgends ist es sicher. Rinek und Yaro wissen das. Aber du … du bist eine der Gefahren. Ich habe gehört, was auf dem Marktplatz geschehen ist, als die Spielleute hier gewesen sind. Du hattest nicht einmal den Anstand, es mir zu beichten!«

»Mora«, flüsterte er erschrocken, mit Lippen, die sich kaum noch bewegen ließen.

»Du bist eine Gefahr«, sprach sie weiter, »für dich und für uns alle. Nival – wenn du den Namen meines geliebten Neffen überhaupt noch verdienst. Wer bei den dunklen Göttern bist du? Wozu hat dich diese Zauberin gemacht, zu einem Mörder, der Pest und Verderben überall hinträgt? Tote pflastern deinen Weg. *Jagian*!«

Er wollte widersprechen, sich rechtfertigen, doch da legte sich die Nacht über ihn wie ein dunkler Vorhang, und er merkte nur noch, wie er fiel.

Schwarz. Nival zwinkerte, öffnete die Augen und schloss sie sofort wieder. Kein Unterschied. Es war, als wäre er völlig blind, doch die Frage, ob er vielleicht unvermutet gestorben und in einer wenig attraktiven Ecke des Jenseits gelandet war – hatte irgendjemand nicht gerade eben noch über die dunklen Götter gesprochen? –, verneinte sein schmerzender Körper vehement.

Allerdings, wer wusste schon, wie viel Schmerz es auf der anderen Seite gab, jenseits der Schwelle?

Der Geruch war überraschend vertraut. Mäuse. Muffig und feucht. Die Welt der Götter würde wohl kaum nach Moras Keller riechen. *Nein, das ist mein Keller,* verbesserte er sich. *Fängst du selbst an zu glauben, dies wären Moras Haus und Moras Keller und Moras Kampf? Und Moras Ratten, die dort trippeln? Das sind meine Ratten, wenn ich bitten darf.*

Ein bitterer Geschmack im Mund erinnerte ihn an Moras Tee, mit dem er jedenfalls eindeutig nichts zu tun hatte.

Stöhnend versuchte er sich aufzurichten und stellte fest, dass man ihn an Armen und Beinen gefesselt hatte. Daher auch der Schmerz. Immerhin konnte er sich in eine sitzende Position bewegen. Stroh raschelte unter seinen Füßen. Wenigstens hatten sie ihm die Schuhe nicht ausgezogen, und wenn jemand sich näherte … Zorn wallte in ihm auf, heiß und erschreckend, und vor Wut knirschte er mit den Zähnen.

Sie hat recht, sagte die Vernunft in ihm. *Du gehörst Chamija. Du hast Linnia verraten, du hast Alasan umgebracht, du kannst ja nicht mal Zeugen übrig lassen, um sie zu befragen, so schnell wirkt deine tödliche Entschlossenheit. Mora muss befürchten, dass du auch Rinek und Yaro ans Messer liefern wirst. Aber sie bringt es nicht über sich, dich zu töten – sonst wärst du nicht hier. Was wird sie tun? Dich hier gefangen halten, damit du nichts Dummes anstellst?*

Sein Zorn war stärker als die Vernunft. Verdammt, er war immer noch er selbst, und er konnte entscheiden, was er tat und was nicht. Der König lebte schließlich noch, oder? Auch Linnias Familienmitglieder hatte Nival unter Einsatz seines eigenen Lebens gerettet. Er hatte sogar für Yaro gekämpft! Also was, bitte schön, berechtigte Mora, über sein Schicksal zu bestimmen?

Seine Finger waren klamm und taub und ließen sich kaum bewegen. Wie fest hatten sie ihn verschnürt? Er hätte niemals erwähnen dürfen, dass er sich auf Entfesselungen verstand. Die Tricks, die bei den Spielleuten zur Erheiterung des Publikums dienten, beruhten natürlich darauf, dass man wach war, während man gefesselt wurde, und dafür sorgte, dass dies auf eine bestimmte Weise geschah. Agga – vermutlich war dies hier ihr Werk – hätte ihm wirklich nicht so das Blut abschnüren müssen; er hatte Glück, wenn ihm nicht Hände und Füße abfielen.

»Ich hasse dich, Mora«, murmelte er.

In einer Ecke raschelte es, und etwas huschte erschrocken davon.

»Ich hasse dich!«, schrie er, so laut er konnte.

Sie hätten ihn besser auch noch knebeln sollen. Aber was nützte es, wenn er hier herumschrie? Die schwache Mora hatte ihn zwar betäubt, aber alles andere mit Sicherheit ihren Helfern überlassen. Agga und den Alten. Dabei war es *sein* Haus. Dies waren *seine* Leute, zumindest sollten sie es sein, und nicht das Gefolge einer mickrigen, unfähigen Zauberin, die glaubte, Chamija bekämpfen zu können, indem sie ihren eigenen Neffen festsetzte und der großen Zauberin den kleinen Gehilfen entzog.

Wir sind uns gleich … Er sah Chamijas schönes Gesicht vor sich, spürte ihre Fingerspitzen an seinen Wangen. *Dies ist unser Zorn und unsere Nacht …*

»Mora!«, brüllte er. »Lass mich hier raus! Das hältst du niemals durch!«

Er holte gerade Luft, um den nächsten Schrei loszulassen, als jemand klopfte.

Irgendwo über ihm. »Ist da wer?« Es polterte, dann fiel auf einmal Licht nach unten, und ein Kopf beugte sich über die Luke. »Wer ist da?«

»Yaro?«, rief Nival. »Yaro, bitte, holt mich hier raus!«

»Nival? Was macht Ihr denn da unten?« Der Briner konnte ihn offenbar nicht sehen, sonst hätte er nicht gefragt: »Habt Ihr Euch aus Versehen eingeschlossen?«

»So in der Art. Habt Ihr eine Lampe und ein Messer?«

»Nicht hier, aber ich kann Mora …«

»Nein!«, rief Nival. »Nein, nicht Mora fragen. Wo ist sie?«

»Draußen im Hof, sie steht mit den Alten zusammen und bespricht irgendetwas, in das ich mich nicht einmischen wollte.«

»Hört mir genau zu, Yaro. Holt die Lampe und das Messer und kommt zu mir nach unten. So schnell ihr könnt. Es eilt. Von den anderen darf keiner etwas mitbekommen, versprecht mir das!«

»Äh – gerne. Dann mache ich die Luke erst mal wieder zu,

damit niemandem etwas auffällt. Keine Sorge, ich bin gleich zurück.«

Nival atmete tief durch. Wenn nur seine Tante nichts merkte! Sie glaubte sicher, dass Yaro in der Dachbodenkammer schlief. Rinek ruhte sich bestimmt auf seiner Matte in der Küche aus; nach der anstrengenden Heilung schlief er oft stundenlang wie ein Stein und wachte plötzlich voller Tatendrang auf. Was immer Mora auch vorhatte, sie würde sich beeilen, damit ihre Gäste nichts davon mitbekamen.

Er wartete angespannt, doch Yaro ließ ihn nicht lange bangen. Schon nach kurzer Zeit öffnete sich die Luke wieder, und der Briner stieg mit einer Öllampe in der Hand herunter.

»Bei Arajas!«, entfuhr es ihm. »Ihr seid ja gefesselt!«

»Sieht ganz so aus. Schneidet die Stricke durch, rasch!«

Yaro stellte die Lampe ab, aus deren Schein allerhand Getier flüchtete, und setzte das Messer an. Er arbeitete langsam und vorsichtig – wahrscheinlich taten ihm die Hände immer noch weh, doch Nival konnte keine Rücksicht darauf nehmen. Er rieb sich die schmerzenden Gelenke und war dankbar für Yaros Hilfe beim Aufstehen.

»Fragt nicht«, sagte er. »Wir müssen hier raus. Hat jemand Euch gesehen?«

»Ich glaube nicht«, meinte Yaro, der immer noch so tat, als sei es nichts Besonderes für ihn, seinen Gastgeber aus einem dunklen Kellerloch zu befreien.

»Schiebt die Stricke irgendwo außer Sichtweite ... ich möchte meiner Tante gerne ein Rätsel aufgeben. Sie hält mich für einen Entfesselungskünstler, wisst Ihr.«

»Aha«, sagte Yaro. »Wie kommt sie denn darauf?«

»Keine Ahnung. Nehmt die Lampe ... und seid leise!«

Er kämpfte sich hinter seinem Retter die steile Leiter hoch ins Innere des Hauses. Yaro rückte den Deckel der Luke zurück an seinen Platz.

»Ihr legt Euch wieder ins Bett, wenn Ihr so freundlich wärt, damit niemand auf die Idee kommt, dass Ihr damit etwas zu tun habt. Ich plane eine kleine Überraschung.«

Yaro grinste. »Zu gerne wäre ich dabei.«

»Oh, wenn wir genug Lärm machen, könntet Ihr geweckt werden und herunterkommen. Aber ich fürchte, meine Tante wird nicht zugeben, was sie getan hat. Sie nimmt es mit der Wahrheit nicht immer so genau, also hütet Euch vor ihren Tees, verstärkt durch irgendwelches geheime Gemurmel.«

Yaro musterte ihn nachdenklich. »Und was ist die Wahrheit?« Er war natürlich zu klug, um an die Geschichte vom missglückten Entfesselungsversuch zu glauben, doch Nival konnte ihm schwerlich offenbaren, worum es wirklich ging.

Deshalb zuckte er nur die Achseln. »Geht schlafen. Der Schnitt da an Eurer Wange sieht schon recht gut aus.«

Er wartete, bis Yaro verschwunden war, dann setzte er sich in die Küche, in der Rinek ausnahmsweise nicht schnarchte. Nival konnte sich immer noch kaum rühren vor Schmerzen, sein Schädel brummte, und innerlich verfluchte er seine Tante samt ihrer Zauberkräfte, ihrer Hinterhältigkeit und ihrer erbarmungslosen Entschlossenheit.

»Und dann müssen wir zusehen, wie wir …« Mora öffnete die Küchentür und kam mit ihren Komplizen aus dem Hof herein. Als sie Nival am Tisch sitzen sah, wo er sich gerade eine Scheibe Schinken absäbelte, blieb ihr der Mund offen stehen.

Ihm war schlecht. Der Geruch des Fleisches verursachte einen Brechreiz, dem er kaum standhalten konnte. Doch es gelang ihm, sich ein Stück davon in den Mund zu schieben und kauend zu sagen: »Etwas zu salzig. Hast du vielleicht noch ein Schlückchen Tee?«

»Ähm«, meinte Lireck, »habt Ihr nicht gesagt, Frau Mora, dass, äh …?«

Mora starrte ihn an. »Oh Belim!«, murmelte sie. »Nival, das ist … wie hast du das gemacht?«

»Kein Tee? Aber Wasser wirst du doch haben? Agga, wenn es dir nichts ausmacht?« Er streckte die Hand nach dem Becher aus, den ihm das Mädchen mit weit aufgerissenen Augen reichte, und achtete ganz genau darauf, dass man ihm die Schmerzen nicht ansah. »Mein Mund ist etwas trocken. Ich hab vielleicht noch ein paar seltsame Fasern zwischen den Zähnen.«

»Der Knoten war hinter deinem Rücken«, meinte Mora. »Du konntest doch nicht … Bei Belim und Bellius, wie ist das möglich?« Sie ließ sich auf einen Stuhl sinken und presste die Hand aufs Herz. In ihren Augen schimmerte eine Angst, die ihm wehtat – und ja, ein Teil von ihm freute sich darüber. Da war etwas in ihm, das wollte, dass Mora ihn fürchtete, mehr, als sie irgendetwas anderes je gefürchtet hatte. Hatte sie darüber triumphiert, dass sie, eine kleine Pastetenbäckerin, den Ratgeber des Königs beeinflussen konnte? Dass dieses Werkzeug unberechenbar geworden war, geschah ihr nur recht.

»Mir scheint, du hast mich unterschätzt«, sagte Nival lässig und spülte den Schinken hinunter. Es gehörte nicht zu seinem Plan, auf den Tisch zu brechen oder sich in irgendeiner Weise anmerken zu lassen, in welch übler Verfassung er sich befand. Sobald seine Tante wusste, wie schwach er wirklich war, wie hilflos, wie leicht zu besiegen, war er verloren. Beim nächsten Mal würde sie besser darauf achten, dass niemand ihm helfen konnte.

»Wo ist eigentlich Rinek?«, fragte er. »Ihr lasst ihn doch wohl nicht allein in der Stadt herumlaufen? Du kannst nicht vergessen haben, dass Chamija nach ihm suchen lässt.«

Die Angst in Moras Augen verwandelte sich in Entsetzen. Nival wünschte sich weit fort, aber er konnte nicht aufstehen. Seine langsam auftauenden Gliedmaßen schmerzten so stark, dass er es kaum bis zur Tür geschafft hätte.

Yaro erschien im Durchgang und brachte eine verwirrte Miene zustande. »Oh, platze ich in eine private Unterredung? Dann gehe ich lieber wieder.«

»Bleibt hier«, rief Nival. »Wir nehmen gerade einen kleinen Imbiss zu uns. Danach sollten wir nach Eurem Freund suchen. Er ist doch wohl nicht wieder zur Amtsstube gegangen?«

»Wenn ihn der Amtsherr überhaupt vorsprechen lässt«, meinte Yaro seufzend. »Zwei Passierscheine sind bereits verschwunden – ich fürchte, einen dritten wird er uns nicht ausstellen. Oh, danke.« Er lächelte Agga zu, die vor ihm einen Becher auf die Tischplatte knallte. »Ich habe ihm gesagt, er soll nicht alleine gehen! Ich rate Euch, legt Euch niemals mit diesem Dickschädel an. Ihr glaubt vielleicht, sein Bein sei aus Holz, aber ich fürchte, das runde Ding, das er auf den Schultern trägt, ist nicht minder hart.«

»Findun.«

Der königliche Schreiber sah verwirrt von seinem Buch auf, bis er den Narren auf dem Boden hockend entdeckte.

»Ja?« Das schmale Gesicht des Beamten zog sich noch weiter in die Länge.

»Die beiden Briner. Bringen sie Nachrichten? Bringen sie den Beerenmond, den Kornmond, gar den Drachenmond? Ist ihnen der Sommer auf den Fersen?«

»Sie wollen ins Schloss«, erklärte Findun. Er musste nicht einmal in dem Buch blättern, um herauszufinden, wen Jikesch meinte. »Sie sind Verwandte der Drachenjägerin Linnia.«

»Unsere kleine Berühmtheit«, säuselte der Narr. »Oh, wie könnten wir jemals auf sie verzichten? Was wird sie tun, in ihrem winzigen Dorf? Hühner durch den Staub hetzen und mit einem Beil erschlagen? Wird sie Fallen stellen im Wald und die Soldaten des Prinzen fangen, die in den Provinzen herumschleichen?«

»Was willst du?«, fragte Findun. Er war blass geworden.

Jikesch beobachtete ihn eine Weile, ohne weiterzusprechen. Der Mann hatte so lange zu einem Teil seines Lebens gehört … aber ein Freund war er Nival nie geworden. Findun stand für alles, was Lanhannat ausmachte und was einem freien Gaukler zuwider war: Er vertrat das Gesetz und nahm jeden Buchstaben genau, und wenn ein Sturm kam, würde er nicht in den Wind springen und sich davontragen lassen, sondern sich hinter sein Pult ducken und sein Tintenfass festhalten, damit er keinen einzigen Tropfen verschüttete.

»Wäre es nicht schade, wenn die holde Linnia mit ihnen ginge?«, sagte er. »Die Drachenmaid, der Stolz der Krone, die Fahne, die vor dieser Stadt weht – welch ein Jammer!«

Findun starrte ihn immer noch an. »Was hat das mit mir zu tun?«

»Der König will die zwei nicht an seinem Hof sehen«, flüsterte er, »nicht so gerne wie Linnia.«

Endlich begriff der Beamte. »Das kommt vom König?«, hauchte er.

Jikesch lauerte auf der Säule. Ob Rinek und Yaro es trotzdem versuchen würden? Er hatte ihnen wirklich dringend geraten, in Moras Haus zu bleiben und sich nirgends zu zeigen, aber es war zwecklos. Mit Rinek konnte man einfach nicht vernünftig reden, während Yaro da wesentlich einsichtiger war. Ja, Linnias Verlobter war auf eine Weise angenehm, die Jikesch mit Unbehagen erfüllte. Er machte es einem wirklich schwer, ihn zu hassen. *Agga ist das bestimmt aufgefallen. Vielleicht bringt sie ihn dazu, sich für sie zu interessieren, und Linnia kommt just in dem Moment zurück, wenn die beiden sich küssen …*

Er hörte schlagartig auf zu träumen. Unruhe entstand am großen Tor; da kamen Reiter. Nicht sehr viele, nur drei, dazu ein herrenloses Pferd … die Drachengarde!

Der Narr stürzte sich kopfüber von der Säule und eilte näher. Da war Tani, das Pferd erkannte er schon von weitem. Seine Augen weigerten sich, die Gestalt im Sattel zu betrachten, er zuckte davor zurück, sie zu erkennen, und konnte doch nicht anders.

Linnia. Linnia hoch zu Ross, den Umhang zerrissen und dreckig über den Schultern, das Kettenhemd glitzerte in der Sonne. Die grüne Maske verdeckte ihr halbes Gesicht. Blätter und Grashalme in ihrem Haar, als wäre sie eine Tensi, die ihre Trophäen vorzeigte, die kleinen Beutestücke eines langen Weges. Jikesch starrte sie an wie eine Erscheinung, und mehr als alles andere fürchtete er den Moment, in dem sie ihn bemerkte.

»He, kleiner Freund!«, rief Okanion, aber der Narr konnte den Blick nicht von dem Mädchen losreißen. Würden ihre Augen wieder so kalt und abweisend sein? Würde sie ihn vernichten, wie sie es immer tat, mit ihrer grenzenlosen Verachtung?

Nein, sie lächelte. Mit dem ausgestreckten Arm beschrieb sie einen weiten Bogen, als gehörte das ganze Schloss ihr, eine weite, offenherzige Geste der Freude über ihre Rückkehr.

Sie blickte in seine Richtung, ihr Lächeln wurde breiter, und einen kurzen Augenblick lang verspürte Jikesch einen Funken Wärme im Herzen, ein ewig vermisstes Gefühl – dann merkte er, dass sie nicht ihn meinte, sondern über ihn hinwegsah, dorthin, wo gerade der Prinz aus dem Schloss kam, das dunkle Gesicht von einem kindlichen Strahlen erhellt.

Linn schluckte, als Arian auf sie zulief. Er rannte fast zu schnell für einen Mann, dem das halbe Königreich gehörte, und sie fühlte sich merkwürdig berührt davon, dass ihr seine Freude etwas bedeutete. Zögernd erwiderte sie sein Lächeln.

»Linnia.« Der Prinz hielt ihr die Hand entgegen, um ihr vom Pferd zu helfen. »Endlich bist du zurück.«

Er hatte keinen Blick für die anderen, für Gunyas blasses Gesicht, für Okanions Dunkelheit – dabei musste man blind sein, um nicht zu merken, dass ihn diese Reise gezeichnet hatte –, für den leeren Sattel. Er sah nur sie.

Welche Frau würde sich da nicht geschmeichelt fühlen?

Fast konnte sie die Soldaten vergessen, die weinende Flüchtlinge ins kalte Wasser trieben, dorthin, wo der Drache über den Wipfeln seine Kreise zog.

Der Sommer war mit Macht gekommen, heiß und brennend, und tilgte die Spuren des unbarmherzigen Winters. Alles wuchs, üppig und herrlich, und überwucherte die bösen Bilder. Das Leben war so stark, so unüberwindbar, dass man den Tod verdrängen mochte.

Fast konnte sie den Krieg vergessen, den Schenn führte, und die nagende Sorge um ihr Dorf, um die jungen Männer, die sterben würden, bevor Linn sie jemals wiedergesehen hatte.

Was ist mit Tijoa? Du bist nicht nach Tijoa gegangen.

Arian strahlte sie an.

Es geht nie um das Herz, immer nur um Macht … Sie wusste es, und dennoch wirkte sein Gesicht so ehrlich, so jung, so besorgt, so erleichtert, auf tausend Arten bewegt, dass sie nicht anders konnte, als ihn eingehend zu betrachten. So jungenhaft kam er ihr vor in seiner glühenden Verehrung. Er führte Tani zum Stall, überließ ihn den Knechten, wollte Linn zum Schloss geleiten, bis sie ihn daran erinnerte, auch die anderen Ritter zu begrüßen. Da endlich fiel ihm auf, dass sie nur zu dritt waren.

»Ist Dorwit verletzt, weil er nicht mit zurückkommen konnte?«

Vielleicht hatte sie nie darauf geachtet, wie viel Schmerz auch in Arian war. Wie er erschrak, als Okanion ihm in knappen Worten vom Tod des Ritters berichtete. Wie ein harter Zug um seine Mundwinkel trat, wie er kurz das Gesicht wegdrehte, damit niemand zu viel von seinen Gefühlen mitbekam.

Vielleicht könnte ich ihn lieben, dachte sie. *Nicht jetzt, aber eines*

Tages möglicherweise. Vielleicht wäre es das Opfer wert, für ihn alles andere aufzugeben, meine eigenen Träume und Hoffnungen. Nicht weil er der Mann ist, der er ist, sondern weil sein Ehrgeiz über Wohl und Wehe dieses Königreichs entscheidet … und weil Liebe vielleicht die Kraft hätte, diesen Ehrgeiz zu mildern, ihm zu zeigen, dass es noch andere Möglichkeiten gibt, sich einen Namen zu machen, außer Drachen zu töten und Krieg zu führen.

Welche? Ihr fiel keine ein, aber bestimmt gab es Aufgaben, lohnende Ziele, die das, was in diesem jungen Mann brannte, irgendwie lindern konnten. Den Schmerz, nicht so zu sein wie seine Vorfahren, kein zweiter Brahan, kein zweiter Laran, nur ein passabler Fechter mit einer halben Krone.

Arian führte das Mädchen rasch von den anderen fort. Er ging so schnell, dass sie kaum mitkam, hinter ihm herstolperte, in irgendeinem verlassenen Flur gegen ihn prallte, und da war es, als wäre sie nie fort gewesen, als hätte sie schon immer hier mit ihm gestanden, seit damals, als sie an Nivals Tod geglaubt hatte, während Jikesch im Hof herumturnte.

»Linnia«, flüsterte er.

Bestimmt hatte er sie hierhergebracht, um sie zu küssen. Linn zuckte unwillkürlich zurück, aber Arian streckte nur die Hand aus und strich ihr behutsam eine Strähne aus dem Gesicht. Zärtlich, nein, ängstlich.

»Geht es Euch gut?«, fragte sie vorsichtig.

»Bekomme ich dein Ja?«, fragte er drängend. »Hast du die Antwort mitgebracht? Lass uns heiraten, rasch, bevor mein Vater es sich anders überlegt. Er hat es versprochen, er muss sich daran halten. Bitte, Linnia! Ich weiß nicht, was ich sonst tue.«

Sie ließ es zu, dass er ihre Hände in seine nahm und festhielt, und auf einmal dachte sie: *Jetzt endlich verstehe ich es. Warum Nival sein ganzes Leben auf dieses eine Ziel ausgerichtet hat, Ratgeber des Königs zu werden. Wenn ich es doch nur könnte, Arian auf einen anderen Weg zu führen! Wenn ich ihn dazu bringen würde, Yan bei-*

zustehen gegen Tijoa, die Garde gegen die Drachen auszuschicken, die Soldaten aus der Ebene zurückzurufen! Wenn er auf mich hören würde, könnte ich die Welt ändern.

»Du sagst ja gar nichts.« Seine Stimme bebte, Schweiß stand ihm auf der Stirn, die Augen wirkten fiebrig. Am liebsten hätte sie ihn noch einmal gefragt, ob es ihm gut ging, aber bestimmt wollte er jetzt nicht über seine Gesundheit sprechen.

»Es waren keine zehn«, sagte sie. »Arian, ich habe es nicht geschafft. Die Bedingung deines Vaters … Wir mussten umkehren. Hörst du mir überhaupt zu?«

»Das zweite Mal nennst du meinen Namen«, sagte er entzückt. »Ich höre so gerne das Du aus deinem Mund. Hast du mich vermisst, so wie ich mich nach dir gesehnt habe?«

»Arian, ich habe keine zehn Drachen getötet. Außerdem war ich nicht ganz allein, Okanion, Gunya und Dorwit haben mich unterstützt, ich weiß nicht, ob das gilt, ob dein Vater das anerkennt.«

»Das ist mir gleich, wir werden das regeln. Wenn du nur ja sagst.«

Es heißt, Pivellius habe auf Irana gehört. Würde Arian auf mich hören? Würde er tun, was ich ihm vorschlage? Könnte ich damit leben, eine Gefangene im goldenen Käfig zu sein, ohne eigene Macht, umgeben von schnatternden Gräfinnen? Ihr grauste bei dem Gedanken. Aber durfte sie zimperlich sein, wenn sie als Königin vielleicht den Krieg beenden konnte?

»Nur neun«, sagte sie. »Das ist dem König ganz gewiss nicht gleich.«

»Für neun Drachen hätte man dich früher auf Händen durch die Stadt getragen«, meinte er. »Warum müssen es zehn sein? Welcher grausame Mensch hat das vorgeschlagen?« Dann schien er sich daran zu erinnern, dass es um seinen eigenen Vater ging, und er schüttelte den Kopf und fasste sich aufstöhnend an die Stirn. »Was tun wir jetzt? Was, liebste Linnia?

Könnten wir denn nicht jetzt heiraten, und du erledigst das fehlende Ungeheuer danach?«

Sie lachte gequält auf. »Arian, bitte. Das geht nicht, wir beide wissen das.«

Er seufzte.

Linn schämte sich dafür, wie erleichtert sie war, dass sie diese Entscheidung noch nicht treffen musste. Sie hatte nicht damit gerechnet, dass er dieses Ja so dringend hören wollte, hören musste.

Arian lehnte an der Wand und kämmte das verschwitzte Haar unruhig mit den Fingern durch, ein Geist seiner selbst. »Ich weiß nicht, was mit mir geschieht«, murmelte er. »Ich erkenne mich selbst nicht mehr, ich tue Dinge, die ich nicht wollte. Wenn du nicht da bist, verliere ich mich, mein Verstand ist wie von Nebel umhüllt. Sag, dass du mich heiraten wirst. Versprich es mir, dann warte ich auch auf die nächsten zehn Drachen. Nur schwöre mir, dass du mich heiratest, bitte, oder ich bin verloren!«

Ich brauche mehr Zeit, dachte Linn verzweifelt. Hatte sie nicht Zeit genug gehabt? Trotzdem wusste sie nicht, ob sie dafür bereit war, ob sie wirklich alles für das Königreich tun würde.

Schenn ist nur ein Blatt, das der Sturm vom Baum reißen wird. Warum kämpfen, wenn man weiß, dass der Herbst kommt, wenn er sich schon ankündigt, wenn der Duft nach Fäulnis und Vergänglichkeit in der Luft liegt? Vor dem Weinmond kommen Drachenmond und Laranstag. Jahr für Jahr, vor der Ernte kommt der Sturm.

Warum, wollte sie Arian am liebsten fragen, *interessierst du dich überhaupt für mich? Ist es, weil ich in Lanhannat beliebt bin? Willst du mich deshalb an deiner Seite, damit man dir zujubelt?*

Aber ihn das zu fragen hätte bedeutet, seine Gefühle mit kaltem Wasser zu überschütten.

»Wenn du erst meine Frau bist«, sagte Arian, »dann kannst du dir wünschen, was immer du willst.«

Das auch noch. Genau das, worauf sie hoffte! Er machte es ihr wirklich nicht leicht.

»Nun ja … irgendwie … ja. Nein! Bei Arajas, ich meine, ich würde sagen …«

»Eher ja oder eher nein?«

Warum musste das ausgerechnet ihr passieren? Warum nicht jemand anders? *So hübsch bin ich auch nicht, dass sich alle Welt um mich reißt. Ich bin nicht Prinzessin Wani, vor deren Tür die Königssöhne und Helden Schlange standen … und ich brauche niemanden, der mich aus der Drachengrube rettet.*

»Ich bin … äh … schon verlobt«, stammelte sie.

»Also ein Ja.« Arian grinste triumphierend. »Wenn du nur wegen deiner Verlobung zögerst … die löst du einfach auf. Und dann kommst du zu mir.« Sein Glück ließ Linn fast daran glauben, dass er sie tatsächlich liebte. »Danach reiten wir nebeneinander durch die Stadt und zeigen uns dem Volk«, schwärmte er, und es war fast eine Erleichterung zu wissen, dass er immer noch derselbe selbstverliebte Streber war, den sie kannte.

»Meine Liebe, du bist wieder da!« Chamija war außer sich. Sie umschlang Linn, drückte ihr ein Küsschen auf die Wange und betrachtete sie dann eingehend. »Gut siehst du aus. Aber was ist das? Ein paar Fältchen um die Augenwinkel?«

Bis in die Nacht hinein erzählte Linn ihrer Freundin von Yan, von den Flüchtlingen und den Drachen. Sie führte der zukünftigen Königin von Tijoa das Elend der Leute ausgiebig vor Augen, dafür verschwieg sie die Raupen – schließlich war ihr nur zu gut bewusst, dass Chamija als Tijoanerin das vielleicht etwas anders sehen und kein Verständnis dafür aufbringen würde, dass die Ritter Kesim und seine Seidenzucht beschützt hatten. Dass sie den Händler nach Schenn mitgebracht hatten, durfte erst recht niemand wissen. Kesim hatte sich mitsamt seiner kostbaren Fracht in einem Dorf im Gerin-Yan-Gebirge niedergelassen und wartete auf den richtigen Zeitpunkt zur Ernte. Niemandem, nicht einmal ihrer besten Freundin, würde Linn verraten, wo er sich versteckte.

»Warum hast du Gunya nicht geheilt?«, erkundigte sich Chamija. »Dann hättet ihr weitermachen können, du hättest deine zehn Drachen zusammenbekommen ... War es dir das nicht wert?«

Linn zögerte. Sie breitete ihr Seidentuch auf dem Bett aus und befühlte es. Jetzt, da sie wusste, worum es in diesem Krieg ging, bedeutete das Tuch ihr viel mehr als früher. So fließend leichter Stoff, dünn wie Schmetterlingsflügel. Sie hatte sich nie die Zeit genommen, die Muster ausgiebig zu betrachten.

»Diese Figur ist Brahan. Nicht wahr? Die Drachen sind nicht so gut getroffen, aber Prinzessin Wani mit dem schwarzen Haar und dem Verband um den Fuß gefällt mir. Und das ist das Kind, Laran. Nein, es hat braune Haare, dann ist es wohl eher Het-Kion? War er nicht löwenblond, wie es in der Legende heißt?«

Chamija beugte sich über das Tuch. »Das ist eins der Kinder. Laran steht dort drüben, siehst du?« Sie zeigte auf eine dunkle Gestalt in der Ecke, von Flammen umgeben. »Es ist einer der Enkel, nehme ich an, Hieron oder Rean-Tar. In unseren Legenden überlebten sie beide. Bor-Chain ließ die Kinder am Leben.« Sie seufzte. »Aber müssen wir über die alten Geschichten sprechen? Linnia, was ist los? Was ist passiert, auf der Drachenjagd? Ich habe, ehrlich gesagt, nicht erwartet, dich überhaupt wiederzusehen, wenn du in Richtung Tijoa ziehst.«

»Nachdem Gunya mir die Kette abgerissen hatte, um zu beweisen, dass ich keine Zauberin bin, war auf einmal alles anders«, sagte sie vorsichtig. »Ich wollte nicht riskieren, wieder in Verdacht zu geraten.«

Chamija starrte sie an. »Gunya hat was? Wie konnte sie es wagen! Oh ihr Götter, warum war ich nicht da? Du hättest sie zerschmettern können für diese Frechheit!«

»Ja, natürlich«, sagte Linn, »eine gute Idee, alle meine Freunde und Kameraden zu zerschmettern. Beruhige dich, Chamija, ich habe die Kette ja wieder. Sie ist kaputt, aber ich könnte sie reparieren lassen. Was ich wohl eher nicht tun werde, sonst wird der Goldschmied, dem ich sie anvertraue, von einem Fluch heimgesucht, wie jeder, der sie anfasst. Gunya hat noch Glück gehabt mit ihren Verletzungen – sie sind schmerzhaft, aber nicht gefährlich.« Sie zögerte. »Wir hätten die Ritterin in einem Dorf lassen und weiterreiten können ...«

Nach Tijoa. Schritt für Schritt, Kampf für Kampf, bis nach Tijoa.

»Ich hatte Angst, weißt du, dass diese Reise für sie ein böses Ende nimmt. Ich habe es ihr nicht gesagt, aber ich habe Menschen sterben sehen, nur wegen dieser Kette ... Nein, jetzt, da die Ritterin hier ist, geht es mir besser. Ich kann bald wieder losziehen und meine Arbeit fortsetzen. Es ist unglaublich, was die Drachen in Yan anrichten.«

Chamija nickte. »Ich muss dir etwas mitteilen, was deine Pläne vielleicht ändern wird.« Sie lächelte voller Vorfreude. »Yaro ist in der Stadt.«

»Das ist ja wieder einmal typisch«, schnaubte Linn wütend. »Nicht einmal das kannst du mir sagen!«

Jikesch fläzte sich im Schoß der steinernen Göttin. Er spielte mit zwei Steinen, die er träge hochwarf und wieder auffing.

Andere Männer – Arian zum Beispiel – versprachen ihr alles, was sie wollte. Yaro war bereit gewesen, ihr ein Haus zu bauen, und hatte geschworen, er würde sie retten, wenn es nötig sein sollte. Das war der Unterschied zu jemandem wie diesem Narren. Selbst eine so geringe Bitte zu erfüllen kam für ihn nicht in Frage.

»Weißt du, wo Yaro ist? Hat er hier im Hof vorgesprochen?«

»Ich darf das Schloss nicht verlassen«, sagte Jikesch. »Was weiß ich von den Dingen, die in der Stadt vor sich gehen?«

»Hör auf, du Lügner!«, rief sie. Schnell sah sie sich um, ob jemand ihren Ausbruch mitbekommen hatte. Vorsichtshalber senkte sie die Stimme. »Bitte. Chamija hat mir verraten, dass er in Lanhannat ist.«

»Hast du dich nicht gefragt, woher sie das weiß?«, fragte Jikesch und starrte in den Himmel, über den ein paar weiße Wölkchen segelten.

»Sie hat die beiden durchs Fenster gesehen – einen Mann mit einem Holzbein und einen zweiten mit dunklen Locken, aber bis Chamija unten im Hof war, hatten die Wachen sie schon wieder vertrieben.«

»Vielleicht war's gar nicht Yaro«, knurrte Jikesch. »Yaro mit Holzbein? Würdest du einen Einbeinigen heiraten, holde Linnia? Oder nimmst du den Holzkopf mit der Goldkrone? Du hast einen merkwürdigen Geschmack, Teuerste.«

Er setzte sich auf und sprang von der Säule. Sie fuhr zurück, so fremd kamen ihr seine Augen vor, voller Zorn und Hass.

»Wenn er wirklich hier wäre, dein Yaro Tausendschön, was tust du mit ihm? Wirst du ihm das Herz brechen? Wirst du ihm die Hand reichen und ihn küssen und einen kleinen Laden für ihn kaufen, wo man schöne Sachen aus Holz erwerben kann, Holzbeine oder Holzfüße oder Holzherzen? Oder schickst du ihn fort, in den Krieg, damit er ein Held werden kann?«

»Ich wüsste nicht, was dich das angeht«, fuhr sie ihn an, doch dann versuchte sie, ihren Ärger zu zügeln. »Ich finde ihn auch so, mit dir oder ohne dich, dessen kannst du sicher sein.«

Sie wandte sich ab und hörte Jikeschs gequälten Ruf hinterherschallen: »Linnia!«

Es war die Mühe nicht wert, sich zu ihm umzudrehen. »Was denn noch?«

Gebückt trottete er auf sie zu. Von der sonstigen Lässigkeit und Quirligkeit seiner Bewegungen war nichts mehr zu spüren, es war, als trüge er bleischwere Gewichte an Hand- und Fußgelenken.

»Ich kann es nicht sagen«, flüsterte er. »Ich will, aber meine Zunge verknotet sich. Sie wird taub, es ist, als hätte ich Gift gegessen … einen Pilz, an dem ich täglich knabbere, bis er meine Eingeweide verbrannt hat. Jemand wird sterben.«

Hastig schlug er sich die Hand vor den Mund, als hätte er schon zu viel verraten.

»Wer?«, fragte Linnia. »Wer wird sterben? Jikesch, was soll das? Willst du mir drohen?«

Er hob hilflos die Hände, und sie seufzte. Nein, nach einer Drohung hatte das nicht geklungen. Eher nach einer Warnung. Aber was sollte sie damit anfangen?

»Vergiss es«, sagte sie schroff. »Mir tut es leid, dass ich dich überhaupt gefragt habe.«

So schwer konnte es doch nicht sein, einen Mann mit einem Holzbein zu finden. Oder? Mit einem bangen Gefühl sah Linn auf das Häusermeer im Tal hinunter.

22

»Ah.« Das Gesicht des ziegenbärtigen kleinen Mannes leuchtete auf. »Mein Freund, der Affe! Bist du wieder hier, um die Wetten durcheinanderzubringen?«

Nival sah kurz zu den beiden Kämpfern hinüber, die verbissen miteinander rangelten. »Ich überlege noch«, sagte er.

Ziege nickte aufmunternd. »Ein paar meiner besten Leute sind ausgefallen, Ersatz käme mir gerade gelegen.«

»Davon habe ich gehört«, sagte Nival. »Der Panther ist verschwunden.«

»Von wem weißt du das?«, fragte der Wetteintreiber misstrauisch.

»Er soll nicht erschienen sein zu vertraglich vereinbarten Kämpfen, so ist es doch?«

»Man spricht also schon darüber.« Das schien Ziege keineswegs zu freuen. Er trat dichter an Nival heran. »Eine Menge Leute verschwinden in letzter Zeit. Viel zu viele Leute für meinen Geschmack. Gute Männer. Teilweise die besten, die ich hatte. Es wird schwierig, überhaupt noch jemanden für die Kämpfe zu finden.« Abfällig wies er auf die beiden Männer auf dem Kampfplatz, die sich keuchend niederzuringen versuchten. »Man kriegt kaum noch etwas, das besser ist als das. Dabei hatten wir hier die härtesten, blutigsten, ausgefeiltesten Kämpfe von ganz Schenn!«

»Man sagt, einige hätten sich den Truppen des Prinzen angeschlossen und wären in Richtung Südosten davonmarschiert.«

»Schön wär's«, knurrte Ziege. »Du ahnst nicht, wie viele Tote wir in diesem Sommer schon auf den Straßen aufgesammelt haben. Es ist, als wäre eine blutrünstige Bestie unterwegs.«

»Vielleicht sollten wir woanders darüber reden«, schlug Nival vor.

»Vielleicht bleiben wir lieber hier.« Ziege trat näher an den Kampfplatz heran, und Nival blieb nichts anderes übrig, als ihm zu folgen.

»Ich erinnere mich daran, dass du als Affe von Lanhannat nie getötet hast«, sagte der kleine Mann, »auch wenn ich dich ständig dazu bewegen wollte, dich wenigstens einmal auf einen der richtig harten Kämpfe einzulassen. Du wärst damit klargekommen. Ich sehe einem Mann so etwas an, und du hast es. Ich wusste, eines Tages würdest du mich fragen, ob du einen Kampf auf Leben und Tod bestreiten darfst.«

»Hast du diese Kerle deshalb zu mir geschickt?«, fragte Nival leise.

Ziege schwieg eine Weile und beobachtete die beiden Kontrahenten. Der Unterlegene, ein wahrer Hüne, ächzte unter dem geschickten Griff des kleineren, leichteren Kämpfers, dessen Körperbemalung verriet, dass es sich bei ihm um die »Giftechse« handelte, von der Nival schon gehört hatte.

»Er siegt meistens, doch seine Methoden langweilen die Zuschauer«, meinte Ziege. »Ah, es war ein Fest, dir zuzusehen! Was muss ich dir bieten, damit du wieder mitmachst, mein Äffchen?«

»Was hat sie dir geboten, um mich auszuschalten?«, fragte Nival.

»Sie?«

»Oh, ich bitte dich!«

Wieder schwieg Ziege lange.

»Sie«, murmelte er. »Wie kommst du darauf, es sei eine Sie gewesen? – Steigst du nun in den Ring oder nicht? Meine Antworten haben den Preis, den ich bestimme, und das ist er.«

Nival nickte düster. Mit einem Kampf hatte er sowieso gerechnet – wenn es nun auf diese Weise sein sollte, war es ihm recht. »Mit welchen Waffen? Mein schönes Netz ist bei einem unerklärlichen Brand vernichtet worden.«

»Oh, das macht nichts.« Ziege lächelte leutselig. »Der Panther hat sein Werkzeug hinterlassen. Nimm einfach seines. Du traust dir das doch zu? Oder stört es dich, mit unbekannten Waffen zu kämpfen?«

»Keineswegs«, behauptete Nival, obwohl die Stange, an deren beider Enden Messerklingen steckten, nicht seine erste Wahl gewesen wäre. Er konnte gut werfen – zuzustechen dagegen war wider seine Natur. Aber sei's drum. Die Zeit, in der er nur getan hatte, was ihm lag, war schon lange vorbei, wenn es sie denn je gegeben hatte.

Ziege führte ihn etwas abseits, wo er sich umziehen konnte. Nival entledigte sich hinter einer behelfsmäßigen Abtrennung seiner Schuhe und der Tunika. Hier hatte sonst der Topf mit der Farbe bereitgestanden, mit der man die Hautfarbe oder Haare nach Belieben verändern konnte, doch die Knappheit an Zaubermitteln war wohl auch an diesem Ort angekommen. Nun gut, dann blieb er eben blond. Der Schreibergeselle aus dem Schloss war tot, also würde ihn sowieso niemand mit ihm in Verbindung bringen.

Er rollte seine Sachen zu einem Bündel, um es zur Seite zu legen, da fiel ihm etwas an seinen Schuhen auf. Der schwarze Strich unter der Sohle war doch vorher noch nicht da gewesen? Alarmiert sah er sich um.

Mit schuldbewussten Gesichtern näherten sich Rinek und Yaro. »Tut uns leid. Wir wollten Euch nicht allein durch diese gefährliche Gegend streifen lassen.«

Nival schüttelte fassungslos den Kopf. »Ich habe Euch gesagt, Ihr sollt im Haus bleiben!«

»Das sagt Ihr gerade dem Richtigen«, murmelte Yaro mit einem Seitenblick auf Rinek.

»Bei Barradas, wie seid Ihr denn auf die Idee mit den Schuhen gekommen?«

Rinek hob schuldbewusst die Schultern. »Weiß ich auch nicht. War halt so ein Einfall.«

Nival musterte ihn misstrauisch. »Hat einer von Euch mit Linnia gesprochen?«

»Ich hab schon gehört, sie ist wieder da. Aber nein, ich war bisher nicht noch mal oben im Schloss. In dem Haus, in dem wir wohnen, sitzen immer so ein paar komische alte Männer mit einem sprechenden Vogel vor der Haustür und versuchen uns daran zu hindern, auf die Straße zu gehen.«

»Damit wir der bösen Hexe nicht begegnen, die im Schloss wohnt«, ergänzte Yaro. »Aber wenn es darum geht, Euch nachzuspionieren, wird sogar Eure Tante hilfsbereit.«

Nival stöhnte innerlich. »Bei Barradas, fasst nie wieder meine Schuhe an. Ihr ahnt ja nicht … Ich bin froh, dass Ihr noch lebt.« Er konnte die beiden jetzt schlecht wegschicken. Dabei hasste er es, Zuschauer zu haben, die er persönlich kannte; es lenkte ihn stets ab, wenn er das Gefühl hatte, besonders glänzen zu müssen. Er wollte nur diesen einen Kampf bestehen und die Ziege dazu bewegen, mit ihm zu reden. Falls das nicht klappte, würde er eine andere Methode ausprobieren, die er lieber vermeiden wollte. Er machte sich keinerlei Illusionen – jemand wie der Herr der Hinterhofkämpfe würde nur äußerst schwer dazu zu bewegen sein, Geheimnisse und Aufträge preiszugeben.

»Was habt Ihr bloß vor?«, fragte Yaro, als Nival sich seine alte Ledermaske umband, die er, seit die Alten sie ihm zurückgegeben hatten, stets in einer der zahlreichen Manteltaschen mit sich trug. »Ihr wollt doch wohl nicht da mitmachen?«

»Er will«, meinte Rinek düster. »Er ist verrückt, ist dir das noch nicht aufgefallen? Seine eigene Tante behauptet, dass er unzurechnungsfähig ist.«

»Ach, tut sie das?« Mit einem grimmigen Lächeln marschierte Nival durch die Menge. Die sensationslüsternen Zuschauer warteten schon; offenbar hatte Ziege den Affen von Lanhannat bereits angekündigt, denn man rief nach ihm.

»Affe! Affe!«

»Das wird etwas Besonderes«, rief eine laute Stimme. »Die Schlange von Jagor gegen unser aller Liebling! Wer hat seinetwegen schon Geld verloren? Ihr alle? Kein Wunder, wenn ihr so dumm wart, gegen ihn zu wetten. Überlegt euch, was ihr tut, ich erwarte die Einsätze. Oh ja, er ist wieder da – unser Freund, den wir alle so lange vermisst haben. Der einzigartige Affe von Lanhannat! Hier!«

Nival kannte dieses Gefühl. Wenn die Aufregung sich legte und das Herz, das vorher heftig geschlagen hatte, auszusetzen schien, sodass er seinen eigenen Körper kaum noch fühlte, wenn alle Sinne nach vorne gerichtet waren, auf den Gegner.

Gegen den Mann, der sich »die Schlange« nannte, war er noch nie zuvor angetreten. Das Auffälligste an ihm war die mit Schlangenschuppen bemalte Glatze. Seine Waffe sah relativ unspektakulär aus – ein dickes, geflochtenes Seil, grünlich eingefärbt, mit ein paar eingesetzten Haken und Dornen. Nival zweifelte nicht daran, dass der Kerl, der klein und breitschultrig dastand und sich die Lippen leckte, gut damit umzugehen verstand. Die Ziege hätte den wendigen Affen nie gegen einen schwachen Gegner eingesetzt, nicht einmal mit der ungewohnten Waffe eines Toten.

Wie gut die Schlange wirklich war, sollte Nival schnell erfahren. Das Seil zuckte vor und schrappte an seinen Schienbeinen entlang. Glühender Schmerz durchfuhr ihn. Die Haken mussten mit irgendetwas behandelt sein, hoffentlich kein tödliches Gift. In den Händen des Glatzkopfs schien das Seil zu einer lebendigen Schlange zu werden, es flog durch die Luft, es glitt über den Boden, und eine ganze Weile war Nival nur mit Ausweichen beschäftigt, während ihn eine merkwürdige Schwere in den Beinen erst recht das Fürchten vor einer erneuten Begegnung mit den spitzen Stacheln lehrte. Die Zuschauer buhten. Sie hatten mehr von ihm erwartet, natürlich, aber er bemühte sich, alles andere auszublenden. Die Meinung der Leute war ihm gleich. Wenn er nur öfter hier gewesen wäre und die Schlange beobachtet hätte … Benutzte sie immer Gift, und wozu führte es? Zum Tod? *Das, liebe Ziege,* dachte er, *zeugt von schlechtem Stil, aber es passt zu dir. Eleganter könntest du mich nicht loswerden.* Nival hatte nicht viel Zeit, um sich auf die Taktik seines Gegners einzustellen, aber sobald er durchschaut hatte, wie die Schlange sich bewegte, ging er seinerseits zum Angriff über. Er schwang den Stab und erwischte seinen Kontrahenten an der Hüfte, als ihn ein Schlag in den Rücken nach vorne schleuderte. Nival fuhr herum, doch hinter ihm war niemand. Wieder traf ihn das peitschende Seil, trieb ihn zurück in die Arme des Feindes, der ihn zu Fall brachte und auf den Boden warf, wo sich erneut die Schlange über ihn hermachte.

Das Publikum äußerte laut seinen Unmut.

Wenn er nicht schneller wurde, war er verloren. Nival sprang auf und schwang den Stab durch die Luft, doch die Klingen schnitten ins Nichts. Er wehrte das Seil ab, wich dem überraschten Schlangenmann aus und kämpfte gegen gar nichts. Hier irgendwo musste er sein – der Unsichtbare. Da, etwas traf ihn am Arm. Nival sprang vor, diesmal ohne auf die Schlange zu achten, denn das hier war der wahre Gegner. Er bekam jemanden zu fassen und schmetterte ihn gegen den Glatzkopf, der verdutzt rücklings zu Boden stürzte. Die Zuschauer in den vorderen Reihen merkten, dass da irgendetwas vor sich ging, was sie nicht verstanden. Unruhe kam auf. Nival ließ sich nicht ablenken, warf sich nach vorne, versuchte, den zweiten Angreifer zu packen, und fühlte sich von jemandem umarmt, den er nicht sehen konnte. Spitze Haken rissen ihm die Haut auf. Verdammt, sie waren zu zweit! Ungläubig starrte er auf seine Brust, wo sich die tiefen Kratzer mit Blut füllten.

»Krallenmann«, sagte er laut. »Nicht wahr?«

Er verwünschte, dass er die Schuhe ausgezogen hatte. Ein paar tödliche Tritte hätten genügt, um die Feiglinge zu erledigen, doch so war er ihnen rettungslos unterlegen. Die Männer in dem düsteren Hof sahen ihn gegen die Schlange kämpfen, sie mussten glauben, dass seine Verletzungen von den Dornen des Seils herrührten, während er unter dem Ansturm der unsichtbaren Feinde zu Boden ging.

»Elender!«, keuchte er. »Das wirst du büßen!«

Ein heiseres Lachen, irgendwo vor ihm. Darauf hatte er gewartet. Nival warf den klingenbewehrten Stab wie einen Speer in die Richtung des Geräusches. Ein Schrei aus dem Nichts. Blutflecken im Sand. Einer.

Der Zweite fuhr ihm in den Rücken, und Nival kam nicht mehr an seine Waffe heran. Der Schmerz wurde unerträglich, während ihn der Unsichtbare mit seinen Krallenfingern festhielt. Hämisch lächelnd trat die Schlange auf ihn zu.

Nival konnte ihr nicht ausweichen, konnte weder zurück noch zur Seite, während er festgehalten wurde. Er versuchte zu lächeln.

»Jetzt und heute«, verkündete die Schlange von Jagor triumphierend, »beenden wir die unrühmliche Geschichte des Affen von Lanhannat.«

Zuerst wusste Nival nicht, woher das Gebrüll kam, dann sah er aus den Augenwinkeln, wie ein Stock durch die Luft sauste – Rineks Krücke. Der Krallengriff lockerte sich, als der Unsichtbare unter Rineks Schlägen zusammenbrach, doch Nival wurde mit zu Boden gerissen. Der Schlangenmann legte das Seil zu einer Schlinge und näherte sich ihm mit vor Vergnügen aufgerissenen Augen, da sprang ihm Yaro von hinten in den Rücken.

»Das ist gegen die Regeln!«, kreischte die Ziege.

Nival rappelte sich auf. Das Gift wirkte bereits stärker, er konnte kaum noch stehen. Die Schlange wehrte sich gegen Yaro, der ihm den Arm um den Hals geschlungen hatte. Rinek kam seinem Freund zu Hilfe, indem er dem Glatzkopf mit der Krücke das vergiftete Seil entwand und in hohem Bogen in die Zuschauermenge schleuderte. Jemand schrie auf.

»Wir sollten machen, dass wir hier wegkommen«, schlug Rinek vor.

»Gute Idee.« Yaro packte Nival am Arm und zog ihn mit sich. »Lasst uns verschwinden.«

»Meine Schuhe! Ich kann hier nicht weg ohne meine Schuhe!«

»Das ist doch wohl nicht Euer Ernst.«

Mit der Krücke bahnte Rinek sich einen Weg durch die aufgebrachte Menge.

Nival sträubte sich gegen seine Retter. »Doch, ich muss zurück, ich …« Er schwankte.

»Ich gehe und hole sie«, erbot sich Yaro. »Wartet nicht auf mich, wir treffen uns bei Mora.«

Er verschwand zwischen den laut rufenden Männern, die ihre Wetteinsätze zurückforderten.

»Das ist nicht gut«, sagte Rinek trocken. »Aber was an diesem Abend ist das schon? Kommt, Ihr blutet aus allen Poren. Eure Spur zu verfolgen ist noch nie so einfach gewesen. Hier, nehmt meine Tunika.« Er zog sein Obergewand aus und hüllte es um Nivals zerschundenen Rücken.

»Die Dornen waren vergiftet«, brachte dieser heraus.

»Das hat man gesehen. Ihr wurdet immer langsamer. Er hätte Euch umgebracht, ist Euch das eigentlich klar?«

»Die Ziege knöpf ich mir vor«, murmelte Nival hasserfüllt. Sie hatten sich in eine enge, dunkle Gasse geflüchtet. Zitternd rang er um Atem. »Oh Barradas, ich hoffe, dass meine Tante mich nicht so sieht.«

»Dann sollte ich Eure Wunden heilen, bevor wir nach Hause gehen«, schlug Rinek vor.

Stöhnend lehnte Nival sich gegen eine Hauswand. *Das könnt Ihr nicht*, wollte er sagen. *Ihr braucht die magische Salbe oder wenigstens irgendetwas von einem Drachen.* Dann fiel ihm auf, wo sie waren. Dort drüben, schräg gegenüber, stand das Haus der Ziege. Nival wusste das, seit er dem König der Wetten einmal durch die ganze Stadt gefolgt war, bis hierher zurück in die Nähe des Kampfplatzes.

»Ich bin mir sicher«, sagte er leise, »dass wir hier etwas finden, das wir gebrauchen können.«

Kein Mensch weit und breit. Es war dunkel genug, sodass selbst Leute, die aus den Fenstern blickten, ihn nicht erkennen konnten – wenn es denn in dieser Gegend überhaupt jemanden interessiert hätte.

Er winkte Rinek, mit ihm zu kommen, und gemeinsam schlichen sie über die Straße zu Zieges Haus.

Doch was wenn hier weitere Unsichtbare wachten, vielleicht darauf warteten, dass sie ins Haus tappten? Nivals Finger bebten, während er den Draht im Schloss bewegte. Wenigstens seine Beine gehorchten ihm schon wieder besser; anscheinend ließ die Wirkung des lähmenden Giftes bereits nach. Auf Zehenspitzen huschte er ins Haus. Rinek war nicht ganz so leise, doch es war nicht nötig, ihn darum zu bitten, am Eingang Schmiere zu stehen. Als wäre er nie etwas anderes gewesen als ein Wächter, stellte der Briner sich vor die Tür.

»Geht«, flüsterte er. »Ich passe auf, ob jemand kommt.«

Nival tastete sich durch den Flur. Seine bloßen Fußsohlen berührten einen abgenutzten Teppich – schon das war ungewöhnlich, denn kaum jemand in Lanhannat konnte sich Teppiche leisten. Im nächsten Zimmer fand er eine Lampe, die er anzündete, trotz der Gefahr, dass man das Licht von draußen sehen konnte. Wenn er irgendwelche Zaubergegenstände finden wollte, kam er ohne Beleuchtung nicht aus.

Im Lampenschein offenbarte sich Zieges ganzer Reichtum. Er hatte das Haus luxuriös ausgestattet, weitaus besser, als man es in dieser Straße vermutet hätte, aber natürlich hätte kein Dieb es gewagt, ins Haus dieses Mannes einzubrechen. Schon im Eingangsbereich prunkte auf einem Marmorsockel eine hohe Vase, deren ungewöhnliches Muster auf ihre Herkunft aus dem sagenhaften Lonar hinwies. Auserlesene Möbelstücke, vor allem Sessel, überfrachteten die Wohnstube; Nival bezweifelte, dass der kleine Mann jemals so viele Besucher hatte. Auch die angrenzenden Schlafzimmer waren mit protzigen Himmelbetten und edlen, intarsienverzierten Kommoden ausgestattet, mit vergoldeten Waschtischen und – nein, in der Tat, er täuschte sich nicht – vergoldeten Nachttöpfen.

Kopfschüttelnd durchsuchte Nival einen Raum nach dem anderen. Er spähte in Tiegel und Döschen, doch der vertraute Geruch nach *Caness* stieg aus keinem davon auf, die stattliche Sammlung von Cremes und Puder war offenbar magiefrei.

Oben vom Treppenaufgang spähte er hinunter in den Flur, wo Rinek immer noch mit finsterer Miene an der Eingangstür lauerte. Er musste sich beeilen. Auch wenn die Ziege von der aufgebrachten Menge aufgehalten worden war, würden ihn seine Leibwächter rasch freiboxen. Jeden Augenblick konnten sie hier auftauchen.

Zögernd ging er die Treppe wieder hinunter.

»Nicht fündig geworden?«, flüsterte Rinek. »Wie wäre es, wenn wir auf den Kerl warten und ihn an einen Stuhl binden oder so?«

Die Ziege würde ihnen nie im Leben irgendetwas verraten.

Nival seufzte. Sie mussten gehen, unverrichteter Dinge. Da fiel sein Blick auf den abgetretenen Teppich im Flur. Der Läufer war lange nicht so schön wie die exquisiten Teppiche in den anderen Zimmern. Er bückte sich und hob eine Ecke an – darunter befand sich eine Luke, sorgsam in die Bodenbretter eingelassen.

»Die meisten Häuser hier haben einen Keller.«

»Beeilt Euch«, flüsterte Rinek.

Nival wollte die Klappe öffnen, scheiterte jedoch am Vorhängeschloss. Er mühte sich ab, den Draht einzufädeln, aber ob es nun an der Eile lag oder ob immer noch das Gift der Schlange von Jagor in seinen Adern kreiste, mit seinen klammen Fingern spürte er jedenfalls kaum etwas.

»Wenn Ihr freundlicherweise zur Seite gehen könntet.« Mit einem Ruck ließ Rinek den Krückstock auf das Schloss hinunterkrachen. »Bitte schön.«

»Warum haben die Soldaten eigentlich nicht versucht, Euch zum Heeresdienst einzuziehen?«, fragte Nival. Er vergaß zu flüstern – jetzt kam es sowieso nicht mehr darauf an. Wenn hier irgendwo jemand in unsichtbarem Zustand schlief, war er sowieso inzwischen wach. »Ihr hättet Khanat schon längst erobert, schätze ich, einfach indem Ihr das Tor eingetreten hättet.«

Rinek grinste. »Beeilt Euch.«

Nival kletterte die Stufen hinunter und leuchtete den Raum aus. Kein dunkler, feuchter Vorratskeller, sondern ein Lager – hohe Regale, in denen sorgsam beschriftete Krüge standen.

Caness.

Nachtglanz.

Heilsalbe.

Blindnebel.

In einem Schrank fanden sich Mörser, Waage, Hackbretter und diverse Gläser und Brenner.

Die Ziege hatte offenbar Schirdans Zauberwerkstatt übernommen – das hier waren eindeutig die Utensilien eines Magiers. Wenn der Herr der Hinterhofkämpfe nicht sogar selbst magisch tätig war. Konnte das sein? Dass die Ziege ein Zauberer war, der die Unterwelt mit diesen nützlichen Mitteln ausgestattet hatte? Wie überaus praktisch. Nival bezweifelte, dass er es hier bloß mit einem hasserfüllten Wettunternehmer zu tun hatte, der eine Rechnung mit einem unzuverlässigen Kämpfer hatte begleichen wollen. Chamija hatte Jikesch gegenüber zugegeben, dass sie mit jemandem aus der Stadt zusammenarbeitete.

Nival griff sich eine kleine Kiste, um einzupacken, so viel hineinpasste.

Als ein Poltern ertönte, fuhr er herum. Da stürzte Rinek auch schon kopfüber die Luke hinunter. Es gelang ihm gerade noch, eine Sprosse zu fassen zu bekommen und den Fall abzubremsen, doch die Krücke schleuderte in hohem Bogen gegen das Regal. Krüge und Töpfe fielen krachend zu Boden, eine Wolke aus Staub hüllte Nival ein. Zischend schlug eine Stichflamme aus der Öllampe.

Einer von Zieges bulligen Aufpassern beugte sich oben an der Treppe über die Kelleröffnung, sein hämisches Grinsen schien in der Luft zu hängen.

»Du bist so was von tot, du Krüppel«, höhnte er und machte sich daran, die Luke zu schließen. Nival griff nach Rineks Stock. Trotz seiner Schwäche verlieh ihm die Angst Flügel, und er sprang beinahe die Sprossen hinauf; gerade bevor der Deckel sich schloss, schob er die Krücke hindurch und traf die Beine des Mannes. Der Kerl taumelte rückwärts und fiel schwer gegen die Vase, die Nival beim Eintreten so bewundert hatte. Niemand fing das kostbare Stück auf, als es von seinem Sockel stürzte, und Scherben flogen durch den Raum.

»Wo bist du?«, schrie der Leibwächter der Ziege.

Der Mann stierte wild umher, schien Nival, der kaum ein paar Schritte von ihm entfernt stand, aber nicht wahrzunehmen.

Dieser verharrte mitten in der Bewegung und erlaubte sich einen Augenblick des Nachdenkens. Ohne seine tödlichen Schuhe, ohne irgendeine andere Waffe konnte er wohl kaum mit diesem bärenstarken Gegner fertigwerden. In seinem geschwächten Zustand war er auch nicht mehr so schnell und gewandt wie sonst; er war ja schon froh, dass er sich wieder einigermaßen normal bewegen konnte. Die Krücke war hinter dem Mann gelandet, an die kam er nicht heran. Deshalb brauchte er etwas anderes, womit er den Feind rasch außer Gefecht setzen konnte. Vorsichtig bückte er sich nach einer scharfkantigen Scherbe. Ein Knistern unter seinen bloßen Füßen verriet ihn, und sofort stürzte sich der Leibwächter auf ihn. Nival konnte sich nur mit einer beherzten Drehung retten. Aus der Kelleröffnung schlugen bereits Flammen. Er hatte keine Zeit, sich lange hier aufzuhalten, wenn er Rinek lebend dort herausholen wollte! Die Scherbe in der Hand sprang er den bulligen Leibwächter an, umklammerte seinen Hals und setzte ihm die scharfe Kante an die Kehle.

»Keine Bewegung!«, zischte er.

Doch die Ziege hatte ihre Männer offenbar nicht nach ihrer Klugheit ausgesucht. Der Leibwächter warf sich nach hinten, um den Angreifer unter seinem Gewicht zu zerquetschen, und berücksichtigte dabei nicht den Marmorsockel, auf dem die Vase gestanden hatte. Während Nival mit dem Rücken schmerzhaft in den unzähligen Splittern landete, hatte der Hinterkopf seines Gegners eine unerfreuliche Begegnung mit der Ecke des Sockels.

Stöhnend versuchte Nival, sich wieder aufzurichten.

»Rinek?«, krächzte er.

Einen Augenblick lang dehnte sich die Stille endlos. Dann erschien der Kopf des Müllers am Rand der Luke. Er kletterte hustend heraus, dicke Rauchschwaden und seltsame Gerüche um sich her, und blieb keuchend auf dem Boden liegen.

»Rinek!« Nival quälte sich hoch und kroch zu dem Briner. Mit letzter Kraft zog er ihn von dem Kellerloch weg.

»Meine Krücke«, stöhnte Rinek.

»Ja, die ist hier. Kommt.«

Sie hielten sich aneinander fest, während sie zum Ausgang wankten. Hinter ihnen waberten die Rauchwolken, als wollten sie die beiden gewaltsam aus dem Haus treiben.

Sie übersahen die letzte Stufe und fielen auf die Straße. Rinek lachte hysterisch. »Bei Arajas, dort geht eine ganze Zauberwerkstatt in Flammen auf!«

»Schade drum«, murmelte Nival. »Weg hier, bevor der Zauberer zurückkommt.«

Sie stolperten weiter. Rinek kicherte.

»Euch scheint es ja gut zu gehen. Was war wohl in dem Rauch?«

»Im Gegensatz zu dir.« Der Briner lachte laut auf. »Du siehst schrecklich aus. Ich glaube, du verblutest gerade.«

»Ihr könnt mich nicht sehen. Ich bin unsichtbar.«

»Unsichtbar?« Rinek bog sich vor Lachen. »Von wegen. Das hättest du wohl gerne, Spitzbube.«

»Jedenfalls war ich unsichtbar«, beharrte Nival. »Oder der Wächter war plötzlich mit Blindheit geschlagen. Habe ich nicht diesen Zauberstaub abbekommen?«

Sie taumelten in eine dunkle Gasse, wo Nival die Schwäche endgültig übermannte. Er fiel hin und landete mit dem Gesicht auf dem Pflaster. Rinek lachte immer noch, stupste ihn mit der Krücke an und kniete sich dann neben ihn. »Ich werde dich jetzt heilen«, verkündete er feierlich.

»Ich hab nichts dagegen.« Nival beschloss, in seiner letzten Stunde auf alle Förmlichkeiten zu verzichten. »Tu dir keinen Zwang an, Kumpel.«

Er spürte Rineks Hände an seinem Rücken. Es ziepte heftig – wahrscheinlich zog der Briner ihm irgendwelche Vasensplitter aus der Haut.

»Bist du bald fertig?«, knurrte er.

»Heilen«, sang Rinek. »Heilen, heilen. Ich könnte immerzu heilen. Wenn man erst einmal damit angefangen hat, will man gar nicht mehr aufhören.«

»Du hast gar nichts zum Heilen«, fiel Nival ein. »Es hat keinen Zweck. Bist du sicher, dass ich nicht gerade sterbe?« Dafür fühlte er sich allerdings verhältnismäßig munter.

»Natürlich hab ich was. Es wirkt schon, merkst du das denn nicht, du undankbarer Hund? Warum war ich wohl so lange im Keller, was glaubst du denn? Ich hab noch ein paar Sachen eingepackt, die ich ungern den Flammen überlassen wollte. Schöne Sa-ha-chen!«, sang Rinek.

»Du hast Töpfe eingepackt, während ich mit Zieges Wächter um Leben und Tod gekämpft habe? Dabei kannst du doch nicht mal die Beschriftungen lesen.«

»Deshalb hat es ja auch so lange gedauert«, erklärte Rinek fröhlich. »Ich heile, heile, heile«, summte er ungerührt. »Dreh dich um. Das ist von vorhin – das ist von der bösen Schlange – und das hier waren die unsichtbaren Kerle, wetten?«

»Es ist dunkel hier«, erinnerte Nival, der sich gehorsam umgedreht hatte und nun die düsteren Fassaden der heruntergekommenen Häuser über sich erahnte. Es war stockfinster.

»Ich hab mir was in die Augen geschmiert«, jubelte Rinek, während er Nivals Beine betastete.

Der Verletzte zuckte vor Schmerzen zusammen und versuchte, sich mit weiteren Fragen abzulenken.

»Nachtglanz? Du hast was davon mitgenommen?«

»Mein Mantel ist gefüllt wie die Taschen eines Diebes. Wenn da kein Zauberer gewohnt hat, dann weiß ich auch nicht. Es muss schön sein«, fügte er seufzend hinzu, »ein Zauberer zu sein. Ich heile, ich heile … Hast du nicht noch mehr Wunden? Es läuft gerade so gut.«

Prüfend bewegte Nival Arme und Beine und verrenkte sich, um seinen Rücken zu befühlen. Er war es gewöhnt, dass magische Salben die Schmerzen zunächst linderten, aber nicht restlos alle Verletzungen beseitigten, doch es ging ihm erstaunlich gut.

»Verdammt, wir haben Yaro vergessen«, fiel ihm plötzlich ein. »Wir müssen … Rinek?«

Das Singen und Lachen war verstummt. Erschrocken tastete Nival in der Dunkelheit nach seinem Freund, und kurz durchfuhr ihn die Angst, er könnte verschwunden sein. Doch Rinek war noch da. Er lag neben ihm auf dem schmutzigen Pflaster und atmete schwach.

»Was ist mit dir? Komm, wir müssen Yaro suchen!«

»Geh nur«, flüsterte der Briner. »Ich bin krank.«

»Die Zauberdämpfe? Hast du etwas Giftiges eingeatmet?«

»Nein«, stöhnte Rinek. »Mora hat mich gewarnt. Beim Heilen … nicht zu viel …«

Nival zog ihn hoch, aber natürlich war ein Kerl wie der Müller viel zu schwer für ihn.

»Das wird nichts. Ich muss Hilfe holen, Agga und die Alten, mit dem Karren.«

»Nein!« Rinek hielt seine Hand fest. »Ich komme schon klar. Zur Not mache ich mich unsichtbar, ich hab hier so ein Pülverchen dabei. Such Yaro.«

»Aber …«

»Hier sieht mich niemand, mir wird nichts passieren. Ich bin nicht verletzt, nur schwach. Den Karren kannst du später schicken. Such Yaro! Sie sind hinter ihm her!«

Nival drückte Rineks Hand. »Für einen anderen Zauberer wärst du vielleicht nicht unsichtbar.« Ein Gedanke durchzuckte ihn. »Könntest du nach dieser Heilungsaktion noch weiter zaubern? Bist du einfach müde, oder ist es mehr?«

»Was verlangst du von einem halb Toten?«, kicherte Rinek. »Die Wörter haben mich verbrannt. Ich bin hohl, hohl, hohl, wie ein morscher Baum!«

»Oh nein«, flüsterte Nival. »Also ist das der Weg? So schaltet man einen anderen Zauberer aus – indem man ihn dazu bringt, über seine Kräfte hinaus zu heilen? Wie lange wirst du so kraftlos sein?«

»Keine Ahnung«, murmelte Rinek deprimiert. »Es ging mir schon nicht gut, nachdem ich beim letzten Mal Yaro geholfen habe. Die Fingernägel, das war das Schwerste, das sag ich dir! Und du warst auch übel zugerichtet. Ständig muss man dir helfen, Spitzbube, gibt dir das nicht zu denken?«

»Ja«, sagte Nival, »das tut es. Außerdem ist da noch viel mehr, was mir zu denken gibt. Bei Barradas, wo ist Yaro? Ich muss mich beeilen.«

23

Was für ein seltsamer Kampf. Von ihrem Platz aus am Rand der Zuschauermenge hatte Linn verfolgt, wie Nival, der angeblich Tote, in der Rolle des Affen von Lanhannat wieder auflebte. *Er tut es schon wieder,* dachte sie. *Das kann nicht wahr sein. Bekommt er denn nie genug davon?*

Seit Tagen war sie auf der Suche nach Yaro und ihrem Bruder durch die Stadt gestreift. Hatte unzählige Fragen gestellt, war in fast allen Gasthäusern gewesen, doch obwohl sich der Wirt im Wilden Ochsen an den jungen Mann mit dem glänzenden schwarzen Haar und dem Holzbein erinnerte, weiterhelfen konnte er ihr nicht. Waren sie immer noch in der Stadt, oder hatten die beiden aufgegeben und waren nach Brina zurückgekehrt, müde davon, auf die Drachenjägerin zu warten?

Linns Suche hatte sie an viele vertraute Plätze geführt. Lenkten die alten Geschichten ihre Schritte in die Kurze Gasse? Moras Haus, nur noch Trümmer. Nivals Haus, eine verbrannte Ruine.

Irgendwie war sie schließlich hierher gelangt, getrieben von einer Sehnsucht, die sie nicht verstand, und es war, als wäre sie in die Vergangenheit zurückgekehrt. Nival beim Kampf.

Doch dann war alles ganz anders verlaufen als erwartet, und die Nacht endete im Chaos.

»Aus dem Weg!« Rücksichtslos schubste Linn alle zur Seite, die sich in die andere Richtung drängelten. Sie setzte die Ellbogen ein, um sich nach vorne zu schieben. Irgendwo weiter hinten sah sie Rinek mit seiner Krücke fuchteln … Oh verdammt, sie wollte zu ihm, wurde aber mit dem Strom der Leute abgetrieben. Wie konnte Nival es wagen, ihren Bruder in Gefahr zu bringen! Was für eine Frechheit, ihr zu verschweigen, wo ihre Verwandten waren! Sie hatte doch gewusst, dass Jikesch etwas zurückhielt. Dieser elende Mistkerl!

Linn erreichte den freien Platz der Kampfbühne, versuchte in keine Blutlache zu treten und stolperte unverhofft. Ihre tastenden Hände berührten einen menschlichen Körper. Erschrocken fuhr sie auf. Ein unsichtbarer Mensch? Wie war das möglich?

Schlagartig erklärte sich so einiges an Nivals merkwürdigem Kampfstil. Hatte Rinek das gewusst?

»Halt still!« Eine heisere, zischende Stimme. »Dann lasse ich dich am Leben.«

Wie erstarrt blieb Linn stehen, doch sie war gar nicht gemeint. Es war unverkennbar Yaro, der an eine Hauswand gepresst dastand, den Kopf zurückgelehnt, als würde jemand ihn am Kinn festhalten. An die Brust hielt er ein Kleiderbündel gedrückt. Warum wehrte er sich nicht – gegen was auch immer?

Etwas Dunkles schien über sein Gesicht zu kriechen. Unwillkürlich dachte sie an die Drachenraupen, da erkannte sie, dass es ein Messerschnitt war, aus dem Blut quoll. Nun erschien auf seiner anderen Gesichtshälfte ein weiterer schwarzer Tropfen …

Linn wartete keinen Augenblick länger. Die ganze Zeit über hatte ihre Hand auf dem Schwertgriff gelegen, sie brauchte es nur zu ziehen. Gegen Drachen war die Waffe nutzlos, doch man konnte immer noch Halunken damit aufspießen. Sie sprang vor und rammte die Klinge gegen etwas Weiches. »Weg von ihm!«

Ein Aufschrei, ein Fluch. Gleichzeitig verspürte sie selbst einen scharfen Schmerz. Verdammt, sie waren zu zweit! Zwei Unsichtbare!

»Nimm das!«, schrie Yaro und trat und schlug wild um sich – daraufhin hielt er inne und lauschte.

Stille.

»Wo sind sie?«, flüsterte er. »Hast du sie erwischt?«

»Ich glaube nicht.« Vorsichtig tastete Linn über den Boden. »Oder doch? Hier liegt einer. Scheint tot zu sein. Da ist noch einer. Dabei hatte ich gar nicht vor, jemanden zu töten.«

Sie befühlte die beiden Leichen. »Hilf mir mal.«

Mit vereinten Kräften zogen und zerrten sie die Toten auf die Seite.

»Das könnte der kleine Mann sein, der mit dem Ziegenbart«, meinte Yaro, der die Hände in Bodennähe bewegte.

»Ah, deshalb ist er den Leuten so schnell entkommen. Sie waren ganz schön sauer, weil sie fanden, dass der Kampf manipuliert aussah. Natürlich hatten alle auf den Affen gesetzt. Ziegenbart wäre steinreich geworden heute Abend.«

Sie standen beide auf und sahen sich an. Es war düster in der engen Gasse, gerade hell genug, um das Blut in Yaros Gesicht zu erkennen. Die dunklen Locken fielen ihm in die Stirn. Er lächelte nicht, und das Schweigen dehnte sich endlos. Linn fühlte ihr Herz schneller schlagen und dann fast aussetzen, und eine Traurigkeit übermannte sie, für die sie keine Worte fand.

»So sieht man sich also wieder«, sagte er.

»Yaro, ich …«

»Nicht jetzt«, unterbrach er sie. »Wir sollten hier verschwinden. Wer weiß, wie viele von dieser Sorte noch unterwegs sind.«

Auch dazu wusste sie nichts zu sagen.

Warum kommst du jetzt? Warum bist du hier, ausgerechnet dann, wenn Arian von mir erwartet, dass ich meine Verlobung auflöse?

Vor den erleuchteten Fenstern eines Wirtshauses blieben sie stehen.

»Kommst du nicht mit zu Mora?«, fragte er.

»Nein«, sagte Linn. »Ganz gewiss nicht. Aber wir können uns kurz hier reinsetzen. Du solltest dir nur das Blut vom Gesicht waschen.«

»Ich glaube, die da drin sind an blutige Nasen gewöhnt«, meinte Yaro, als ein paar lallende Betrunkene nach draußen stolperten.

Tatsächlich achtete niemand auf sie, als sie sich an einen leeren Tisch in der Ecke setzten. Linn zog ein Tuch aus ihrer Gürteltasche und tupfte ihm das Blut vom Gesicht. Zu spät merkte sie, dass sie dazu das kostbare Seidentuch aus echter tijoanischer Seide genommen hatte, das unbezahlbare Geschenk des Prinzen.

»Das sind keine Kratzer, die Wunden gehen tief. Yaro, die muss man unbedingt heilen.«

»Ich weiß«, sagte er ruhig. Seine Augen waren dunkel, wunderschön mit den langen Wimpern. Niemand hatte so herrliche, strahlende Augen wie er. Trotzdem hielt sie seinen Blick kaum aus. Sie ahnte die Frage, bevor er sie stellte.

»Warum bist du nicht zurückgekommen, Linn?«

Der Name tat weh. Nur in Brina nannte man sie so. Linn. Linni. Die Kosenamen der Kindheit. Es war fast so unerträglich wie seine sanfte Stimme. Vielleicht wusste er, dass sie nicht antworten würde, denn er redete einfach weiter. »Es war schwer, vor allem am Anfang. Sehr schwer. Rinek wäre längst tot, wenn er nicht so ein zäher alter Hund wäre. Wir haben einfach weitergemacht. Mit der Mühle, mit allem. Es ging, irgendwie ging es.«

»Und Binia?«, fragte Linn, obwohl sie kaum eine Stimme hatte für diesen Namen.

»Binia hat überlebt«, sagte er rau.

»Aber?«

Sie fürchtete sich so sehr, dass sie kaum atmen konnte. In diesem Moment wusste sie, warum sie nie einen Boten geschickt hatte. Warum sie aufgehört hatte, die Kaufleute zu befragen. Warum sie immer nur gekämpft hatte, gekämpft und gekämpft, ohne innezuhalten. Was musste man noch alles tun, um diese Frage auszulöschen, die sich nicht vergessen ließ? Um das Mädchen zu vergessen, das mit brennendem Haar durch die Straßen rannte … das Kind, das Linn zu wenig geliebt hatte, die Schwester, die sie gehasst hatte, bis sie sie verlor? *Es war meine Schuld. Die Drachen sind meinetwegen gekommen. All dies Leid, nur wegen mir …*

Sie wischte sich eine Träne aus den Augenwinkeln. »Was ist mit Binia?« Vielleicht würde es irgendwann aufhören zu schmerzen, wenn sie es nur oft genug wiederholte.

»Sie ist wunderschön«, sagte Yaro leise. »Sie hat …«

»Heile ihn nicht!« Nival stürmte durch die vollbesetzte Gaststube an ihren Tisch. »Du darfst ihn nicht heilen!«

»Wo kommst du denn her?« Empört starrte Linn ihn an. Er sah schon wieder besser aus, auch wenn sein Obergewand zahlreiche Blutflecken aufwies. Yaro reichte ihm sein Kleiderbündel, doch Nival beachtete es gar nicht. »Heile ihn nicht, auf keinen Fall!«

»Wie redest du eigentlich mit mir?«, fragte sie verärgert.

Nival zog sich einen Hocker heran und setzte sich zu ihnen. Ungeduldig winkte er den herbeieilenden Wirt fort. »Du darfst ihn nicht heilen«, wiederholte er eindringlich. »Das will sie. Nur darum geht es ihr, deshalb ist Yaro immer wieder das Ziel der Angriffe, deshalb wollen die Ganoven ihn bloß verletzen und lassen ihn am Leben. Ich hätte dich nie allein gehen lassen dürfen, Yaro, die Ziege ist genau aus diesem Grund hinter dir her.«

»Die Ziege ist hinüber«, sagte Yaro. »Jedenfalls glauben wir das, unsichtbare Leichen lassen sich nicht ganz so gut identifizieren.«

»Er ist tot? Na, wenigstens etwas. Wir haben schon genug

Zauberer gegen uns.« Hastig zog Nival das Bündel zu sich heran und wühlte darin herum, bis er seine Schuhe fand. »Nimm die hier, Yaro. Eine bessere Waffe als meinen linken Schuh wirst du nirgends kriegen. Nimm sie, solange ich stark genug bin, sie wegzugeben.«

Kopfschüttelnd sah Linn zu, wie Nival sich seine eigene Tunika überzog. »Was soll das?«, fragte sie. »Wir wollten uns hier eigentlich in Ruhe unterhalten.«

»Es geht ihr einzig und allein um dich, Linnia.« Wie immer hörte er ihr gar nicht zu. »Es trifft immer nur Menschen, die du kennst, Menschen, denen du helfen würdest. Das heißt, Chamija muss dich fürchten wie niemanden sonst. Alle anderen Zauberer in der Stadt hat sie entweder beseitigen lassen oder für ihre Zwecke eingespannt. Schirdan ist tot, bei Mora wäre ihr das beinahe geglückt, die Ziege war bestechlich und hat sich sowieso noch nie für ein anderes Ziel als Geld eingesetzt.«

»Was hat das mit mir …«, begann Linn, aber er unterbrach sie sofort wieder.

»Wusstest du, dass Heilen schwächt? Dass es müde macht, die Kräfte lähmt, dass man sich dabei völlig verausgaben kann? Deshalb hat sie deine Verwandten herkommen lassen – damit sie ihnen etwas antun kann und du sie heilen musst. Wenn sie nicht sowieso versehrt sind, so wie Rinek. Aber ich nehme an, ein verlorenes Bein kann selbst der beste Zauberer nicht ersetzen. Deshalb wollte sie, dass …«

Yaro mischte sich ein. »Der Brief kam gar nicht von dir, Linn?«

»Welcher Brief?«

Die beiden Männer sahen sich erschrocken an, und Linn fragte sich, was ihr hier entging.

»Von wem oder was redest du überhaupt?«

»Weißt du das denn nicht?«, fragte Nival. »Von Chamija, von wem sonst? Davon, wie sie möglichst unauffällig versucht, dich außer Gefecht zu setzen. Wenn sie keine direkte Konfrontation sucht, muss sie unglaubliche Angst vor dir haben. Du bist wahrscheinlich viel mächtiger, als du selbst ahnst. Wenn du den Kampf gegen sie anführen würdest, hätten wir eine echte Chance.«

Linn starrte ihn an. »Verschwinde endlich, Nival!«

Doch er machte keinerlei Anstalten dazu, stattdessen winkte er sogar dem Wirt, ihnen etwas zu trinken zu bringen.

Sie konnte seine Nähe nicht ertragen, ebenso wenig wie Yaros Blick. »Du hast uns nie eine Nachricht geschickt. Wir mussten glauben, du seist tot – bis wir von der berühmten Drachenjägerin hörten. Ich wusste gleich, dass du das bist. Jetzt, dachte ich, kommt sie sicher bald zurück. Diesen Frühling oder diesen Sommer oder im nächsten Herbst. Die Leute mussten mir meine Wette auszahlen …« Er grinste, aber da lag so viel in seinen Worten, von dem sie nichts wusste. Jahre, die ohne sie vergangen waren.

Sie musste die Verlobung lösen und es ihm jetzt sagen. Dass sie den Prinzen heiraten und den Krieg beenden würde, dass sie dieses Opfer bringen musste – auch für ihn, damit er nach Nelcken zurückkehren konnte.

Doch Linn brachte kein einziges Wort heraus. Da war das Band um sein Handgelenk, immer noch. Fleckig und ausgeblichen, aber unzweifelhaft ihr blaues Haarband … und sie fürchtete sich vor dem Moment, wenn er sie fragen würde, was aus ihrem Ring geworden war.

In diesem Moment liebte sie ihn fast unerträglich – so, wie sie Brina liebte und die Mühle und ihren Wald, den Platz am Bach, wo sie immer die Füße ins kalte Wasser gehalten hatte … die Katzen auf dem Dachboden … Merinas Eintopf … Lester mit seiner kleinen Geldkiste …

Linn sprang so hastig auf, dass ihr Hocker umfiel, und stürzte aus der Gaststube, ohne sich umzudrehen, während heiße Tränen ihre Wange hinabbrannen.

Nival presste die Fingerknöchel gegen die Lider. »Oh Barradas, sei mir gnädig. Sie ist so stur wie Jikeschs Esel.«

Yaro nippte nachdenklich an seinem Glas. »Heilen schwächt also?«

»Linnia darf dich nicht heilen. Sie darf … oh Barradas, es wäre besser, wenn sie Rinek und sein Bein gar nicht zu Gesicht bekäme! Sie würde es versuchen, wetten?«

»Deshalb sollten wir Binia mitbringen?«, fragte Yaro fassungslos. »In dem Brief stand ausdrücklich, wir sollten unsere kleine Schwester herbringen, Linn hätte ein Geschenk für sie. Aber wenn sie den Brief gar nicht geschrieben hat …«

»War es Chamija«, ergänzte Nival. »Sie weiß genau, welche Menschen Linnia etwas bedeuten.« *Vielleicht,* dachte er auf einmal, *sollten die Männer, die mich und Mora überfallen haben, uns gar nicht umbringen, sondern nur an den Rand des Todes bringen, so wie es ihnen bei meiner Tante gelungen ist? Das würde heißen, dass Chamija geglaubt hat, Linnia würde sich um uns sorgen … aber das hat nicht geklappt, und deshalb brauchte sie die Verwandten aus Brina.*

Er versuchte, den bitteren Schmerz in seiner Brust zu ignorieren und weiterzudenken.

Müsste Chamija dann nicht auch dafür sorgen, dass der Prinz verletzt wurde?

In der Tat – Arian war der erste Kranke gewesen, um den Linnia sich gekümmert hatte. Wenn nun gar nicht der Drache, sondern die Zauberin dafür verantwortlich war, dass der Arm sich entzündet hatte? Konnte das sein? Immerhin hatte die Tijoanerin Jikesch dazu gebracht, Linnia zu früh auf die Jagd zu schicken. War das der Grund – dass die Drachenjägerin den Königssohn heilen sollte und ihre Kraft dabei verlor?

»Wenn Linn die Fähigkeit zum Heilen entdeckt hat«, meinte Yaro leise, »dann wird sie es tun. Bei uns allen. Binia zuerst, sie ist so stark gezeichnet, immer noch hat sie Schmerzen. Ihr Leben lang wird sie darunter leiden. Dabei ist sie so hübsch, auch wenn sie nicht daran glaubt. Das Feuer hat ihr den Hinterkopf verbrannt und den ganzen Rücken. Sie trägt ein Kopftuch, das sie nie abnimmt. Manchmal ist ihr Leiden unerträglich, auch wenn sie versucht, es sich nicht anmerken zu lassen.« Er blickte hoch, in Nivals Gesicht. »Wenn Linnia das könnte, für ihre Schwester – sollte sie es dann nicht auch tun, sogar so schnell wie möglich? Zählt nicht jeder Tag voller Schmerzen, den sie Binia ersparen könnte?«

»Nein«, widersprach Nival mit belegter Stimme. »Denn wenn Chamija ihr Ziel erreicht – was wird dann geschehen? Wir dürfen ihr nicht in die Hände spielen.«

»Auch nicht für ein Mädchen, das nicht weiß, was Glück ist? Sollte das nicht Linnias Entscheidung sein? Wenn wir ihr erklären, wer Chamija ist … und sie dann selbst entscheiden lassen, wie sie ihre Kraft einsetzt, ob zum Heilen oder zum Kampf?«

»Das Problem ist, dass sie mir nicht glaubt«, seufzte Nival. »Ich kann sie nicht dazu bringen, mir zuzuhören. Sie wird nicht einmal dir glauben, weil sie weiß, dass wir miteinander gesprochen haben. Wenn ich sie um etwas bäte, würde sie genau das Gegenteil davon tun.«

»Selbst Mora warnt uns davor, dir zu trauen«, sagte Yaro. »Sie hat uns erzählt, dass du demnächst einen Mord begehen wirst.«

Nival seufzte schwer. »Vielen Dank, Tante Mora! Hat sie dir auch verraten, um wen es geht?«

Der junge Briner schüttelte den Kopf, seine Augen wanderten zu den Schuhen. »Sie wirken tödlich? Dann habe ich die beiden unsichtbaren Kerle umgebracht!« Er stöhnte auf. »Du hast mich zum Mörder gemacht!«

»Wäre es dir lieber, tot zu sein? Oder so zerfetzt, dass nur ein Zauberer dich wieder zusammenflicken kann? Du hast bewiesen, dass du damit umgehen kannst, also nimm sie und halte dir damit die Bestien von Lanhannat vom Leib.«

Yaro nickte nachdenklich. »Du willst also den bevorstehenden Mord vermeiden, indem du mir diese Dinger überlässt? Ich hatte vorhin, als du gekämpft hast, nicht den Eindruck, dass du so etwas brauchst, wenn du auf jemanden wütend bist.«

Nival drehte seinen Becher zwischen den Fingern und schwieg.

»Wäre es nicht klüger, das Opfer wegzuschicken, um nicht in Versuchung zu geraten?«

»Diesen Mann kann ich nicht wegschicken«, sagte Nival. »Er ist verloren, so wie ich es bin.«

»Tja«, meinte Yaro traurig, »immerhin konntest du meine Verlobte vertreiben.«

»Das tut mir leid. Alle, die bleiben sollen, laufen vor mir davon, und jene, die vor mir fliehen müssten, werde ich nicht los.«

»Was soll ich denn erst sagen? Ich habe ein Haus für Linn gebaut, und sie lässt mich einfach hier sitzen! Tut man so etwas? Nach all den Jahren? Kein Kuss, keine Umarmung, rein gar nichts! Ich könnte fast glauben, sie hat inzwischen einen anderen.«

Er musterte Nival misstrauisch.

»Mich jedenfalls hasst sie.«

»Hass ist wenigstens ein Gefühl. – He, Wirt, noch einen Becher!«, bestellte der Briner. »Etwas Stärkeres! Den lasst uns gemeinsam leeren.«

»Nicht bloß Linnia, alle hassen mich«, jammerte Nival.

»Ich nicht. Ich bin bei dir. Auf unsere Freundschaft!«

Sie prosteten einander zu.

Erst als Nival in seinem Versteck in dem leer stehenden Haus wieder in das bunte Kostüm des Narren schlüpfte, wurde ihm bewusst, dass er gar nicht barfuß war. Er hatte sich die Schuhe wieder genommen und angezogen, ohne es zu merken. Warum hatte Yaro nichts gesagt? War er zu betrunken gewesen, oder hatte er es gesehen und gefürchtet, Nivals Zorn zu erregen?

Die Drachenschuppe lag in der Sohle, klein und glatt. Er wog sie in der Hand und dachte darüber nach, sie einfach hierzulassen. Sie in irgendeiner Ritze zwischen den brüchigen Steinen zu verstecken. Alles war besser, als damit jeden zu töten, der ihn reizte. Bis irgendwann nichts und niemand mehr zwischen ihm und dem König stand.

Eine Weile zögerte Jikesch, während er Nivals schlichte braune Treter gegen die gelben gebogenen Schuhe des Narren tauschte. Dann steckte er den Drachenstein mit einem Seufzer wieder unter seine Fußsohle.

Linn eilte durch die Straßen. Sie konnte Yaros blutendes Gesicht nicht vergessen. Oh Arajas, wie sollte sie es ihm nur sagen? Alle Worte, alle Entscheidungen zerfielen, lösten sich auf wie ein Webmuster, aus dem jemand die Fäden zog.

Das Tor war längst geschlossen. Sie lehnte sich dagegen, umschlang ihren Leib mit beiden Armen, fröstelnd.

Ich muss mich entscheiden …

Arian oder Yaro.

Hierbleiben oder nach Hause.

Was fehlt mir noch? Ein Drache. Ein Drache, und ich habe die Bedingung des Königs erfüllt. Ein einziger Drache, und ich kann den Krieg beenden. Der Preis dafür ist bloß mein Glück, und was zählt schon das Glück eines einzigen Herzens? Was kümmert es die Soldaten, die in ihre Dörfer zurückkehren, ob ich dafür in den Armen eines Mannes liege, der mich nicht wirklich liebt, für den ich nur eine Laune bin? Wer außer mir wäre damit unzufrieden? Alle wären glücklich. Auch Yaro kann dann nach Nelcken zurück, und er wird dort sicher eine andere Frau finden. An Bewerberinnen herrscht bestimmt kein Mangel …

Sie rieb sich die Oberarme und ging auf und ab … Licht im Wächterhäuschen. Sie spähte durchs Fenster. Dort saßen vier Männer und spielten Karten.

Plötzlich erfasste das Heimweh sie mit aller Macht. *Ich kann nicht!*, schrie es in ihr. *Ich will nach Brina!*

Yaro zu sehen war wie ein Schock gewesen. Wie eine Flut kam nun alles zurück. Ihre Eltern. Wie sie Merina vermisste und ihr Schelten! Lester und sein sanftes Lächeln. Sie war hierhergekommen, um Erinnerungen an ihren echten Vater zu finden, um Menschen zu treffen, die ihn gekannt hatten, und hatte dabei den Vater verloren, der sie großgezogen hatte. Die Wettspiele im Dorf … Nein, es war nicht Yaro, nach dem sie sich sehnte, sondern Brina.

Ich habe gesagt, ich komme nach Hause, wenn ich Drachen töten kann. Wenn ich meinen Vater gerächt habe …

Das stand noch aus. Der rote Drache.

Ein Drache fehlte ihr zu ihrem Ziel.

Ein Drache für Arian.

Ein Drache für Brina.

Als der Morgen heraufdämmerte und die Wächter gähnend aus ihrer Stube schlurften, hatte Linn einen Entschluss gefasst.

Ein Drache.

Ihr war, als würde sich dann endlich alles klären. Wenn sie ihren Vater gerächt hatte, konnte sie heimkehren. Oder vielleicht brachte sie, wenn sie ihre Vergangenheit geordnet hatte, endlich den Mut auf, die Zukunft in die Hände der Götter zu geben und stark zu sein.

Sie sattelte ihr Pferd. Lange hatte Linn darüber nachgedacht, was sie mit ihrem Schwert anfangen sollte. Um Schuppen zu durchdringen, brauchte sie die Schuppe eines lebendigen Drachen, doch noch einmal nach Yan zu reisen und zu versuchen, eine zu erlangen, kam für sie nicht in Frage. Sie wollte sich nicht nach Norden wenden, denn sie war sich nicht sicher, ob sie noch einmal umkehren konnte.

Tijoa! Er wartet. Er wartet auf dich.

Nein, widersprach sie. *Ich gehe nicht nach Tijoa. Da kannst du lange warten.*

Sie musste es jetzt wissen. Ob es reichte, alles, was sie gelernt hatte. Ob sie schnell und geschickt genug war, ohne Zauberei zu kämpfen. Das Schwert. Die Dornlanze. Sie legte die grüne Maske um. Strich den Umhang glatt.

Chamija trat hinter sie. »Was hast du vor? Gehst du … nach Tijoa?«

Im Spiegel waren zwei Mädchen zu sehen. Das eine dunkelhaarig, einen trotzigen Zug um den Mund, das andere hell und lieblich.

»Nein«, erwiderte Linn.

»Dann ist es – der Zehnte?«

»Ich werde ihm allein entgegentreten«, sagte Linn. »Ohne Magie. Nur ich und meine Waffen. Eine ganz gewöhnliche Drachenjägerin.«

»Du bist schon lange keine gewöhnliche Drachenjägerin mehr«, sagte die Prinzessin. »Also gilt es? Für die Hand des Prinzen? Der König hat sich auf ein Geschäft eingelassen, dessen Ausgang er nicht erahnen konnte.«

»Niemand kann je erahnen, wie es ausgeht. Das hier ist mein Kampf. Dafür habe ich all diese Jahre gekämpft und trainiert. Dein Hinweis mit der magischen Schuppe war wertvoll, und ich weiß nun, wie es einfach geht. Doch diesmal soll es nicht einfach werden; ich würde mich betrogen fühlen, wenn es zu schnell vorbei wäre.«

»Brauchst du nicht einen Zeugen, wenn dies dein zehnter Drache sein soll?«

Das Angebot war verlockend. Nie zuvor hatte ihr Chamijas Freundschaft so viel bedeutet. Nival war nicht mitgekommen, damals, als sie ihn gebraucht hatte. Arian redete zwar viel davon, dass er ihr alles geben würde, was sie verlangte, aber wollte sie ihn überhaupt dabei haben, wenn sie gegen Gah Ran kämpfte? Nein.

»Gut«, sagte sie. »Komm mit. Aber halte dich im Hintergrund.«

»Nichts lieber als das«, meinte Chamija mit einem Lächeln.

Die beiden Frauen ritten den Hang hinunter und nahmen den Weg, der an den Hügeln entlangführte. Nicht nach Yan, sondern in östlicher Richtung am Gerin-Yan-Gebirge vorbei. Chamija stellte keine Fragen. Schweigend ritten sie nebeneinander her, und Linn atmete den Tag ein. Dort unten lag die Stadt unter einer dunstigen Haube. Es hatte geregnet, und die Sonne beleuchtete die Wolken, die über die Gipfel krochen, von unten.

Traurigkeit überkam sie. Wie auch immer dieser Tag enden würde, ihr Leben würde nie wieder so sein wie vorher. Dann fiel ihr Blick auf Chamija, und sie schämte sich, dass sie ständig nur über ihr eigenes Schicksal grübelte.

»Scharech-Par hat dich immer noch nicht abholen lassen«, sagte sie. »Ärgert dich das nicht mittlerweile?«

Scharech-Par. Der Name ließ sie erschauern.

Er wartet. Tijoa. Das Herz der Welt. Dort, im Auge des Sturms, dort.

Nein. Was kümmert mich das Herz der Welt? Hier ist mein Herz.

Das Mädchen drehte sich Linn zu. Ihr Gesicht hatte sich nicht verändert in diesem Jahr, immer noch schien sie keinen Tag älter als sechzehn.

»Er wird ganz sicher kommen, um mich zu holen«, sagte sie. »Die Frage ist, was wir bis dahin tun, um ihm entgegenzutreten. Es ist nicht alles, wie es scheint, Linnia. Er vertraut mir nicht mehr so wie früher. In der Tat fürchtet er mittlerweile, ich könnte seinen Plänen in die Quere kommen … deshalb hat er dich nach Tijoa eingeladen. Er braucht mächtige Zauberer an seiner Seite.«

»Ich bin nicht mächtig«, wehrte Linn lachend ab. *Komm. Nach. Tijoa.* »Und du? Bist du es?«

»Ja«, sagte Chamija, »das bin ich.«

Linn zögerte. Sie wusste nicht so recht, wie sie auf dieses Geständnis reagieren sollte. Wozu brauchte Scharech-Par, der größte Zauberer von allen, eine Zauberin wie sie, wenn er Chamija hatte? Warum rief er eine junge Drachenjägerin zu sich, obwohl sie so gut wie gar nichts konnte?

»Bisher ist es mir gelungen, sein Misstrauen zu beschwichtigen. Aber er fängt an vorzusorgen. Verstehst du, er will dich unbedingt in Tijoa haben. Ich kann dir nur raten: Was er dir auch anbietet, du musst ablehnen. Ich wundere mich, dass du ihm überhaupt bis jetzt widerstehen konntest.« Sie seufzte. »Du weißt längst, dass es die Maske ist, oder? Dass er sie hiergelassen hat, als er in der Schatzkammer war, im Vertrauen darauf, dass du sie bekommst?«

»Ja«, sagte Linn. »Ich weiß.«

»Aber du legst sie trotzdem nicht ab«, stellte Chamija fest.

Unwillkürlich berührte Linn die grünen Schuppen auf ihrer Haut. »Sie gehört mir! Ich werde sie nicht weggeben.«

Die blonde Zauberin nickte. »Ja«, sagte sie, »jetzt spielt es keine Rolle mehr. Sie ist bereits ein Teil von dir. Sie einmal zu tragen hätte genügt. Wie Gift, das du getrunken hast, wie der Stich eines gefährlichen Insektes … der Zauber ist längst bei dir angekommen. Trotzdem wirkt er nicht, wie er sollte, was mich sehr erstaunt.«

»Vielleicht ist Scharech-Par gar nicht so mächtig, wie er glaubt«, vermutete Linn.

Chamija schnaubte unwillig. »Oh doch, das ist er. Was dich auch hier in Lanhannat festhält und dich immer wieder zurückbringt, muss sehr stark sein. *Du* bist sehr stark. Du darfst nicht zu ihm gehen. Denn was er für diese Welt plant … wir müssen es verhindern, verstehst du? Niemand kann wollen, dass es so wird wie damals. Wohin sollen die Menschen fliehen, wenn die Drachen erneut herrschen? Wenn das ganze Jahr über Drachenmond ist und niemals Laranstag … was dann?«

»Ich gehe nicht nach Tijoa«, sagte Linn entschieden. »Mach dir keine Sorgen. Ich trage diese Maske nur noch, weil sie mir gefällt.«

Die Prinzessin zeigte nach oben. »Es ist so weit. Wenn Scharech-Par nicht dein Schicksal ist – der da könnte es sein.«

Über ihnen, mitten in den Wolken, wurden die Umrisse eines Drachen sichtbar. Er war rot, glutrot. Linns Herz begann schneller zu schlagen.

»Das Schicksal meines Vaters hat er entschieden«, sagte sie, »aber meins ganz gewiss nicht. Heute beende ich diesen Spuk.«

24

Chamija hatte sich in dem Streifen Nadelbäume verborgen, der sich über die Hänge zog. Linn ließ Tani bei ihr und trat allein auf den grasbewachsenen Hügel hinaus.

»Jetzt gilt es«, sagte sie. Sie bemühte sich, ihrer Stimme einen festen Klang zu verleihen. »Komm, wenn du dich traust. Komm, Gah Ran! Jetzt ist der Tag da!«

Dann zog sie die Kette von ihrem Hals und warf sie mit Schwung von sich.

Der Drache stürzte aus den Wolken, rot wie die untergehende Sonne, ein Drache wie ein Rubin. Linn starrte ihm entgegen und umklammerte die Dornlanze. Die Welt um sie herum hörte auf zu existieren. Es gab nur sie beide, sie und den Drachen.

Doch anders, als sie erwartet hatte, warf er sich nicht wie ein tollwütiges Tier auf sie. Flügelschlagend schwebte er über der Wiese.

»Nimm die Kette!«, schrie er. »Nimm sie wieder an dich, schnell!«

Das Gras wogte unter dem Luftzug, den seine Schwingen verursachten. »Beeil dich!«

Linn umfasste die Lanze fester und machte einige Schritte auf ihn zu. »Diese verdammte Kette«, sagte sie. »Glaubst du, ich wende dir ihretwegen den Rücken zu? Sie beschützt mich vor gar nichts. Es hat lange gedauert, bis ich das herausgefunden habe. Warum soll ich sie tragen? Weil sie meine Sinne dämpft? Weil sie mich lähmt? Weil sie mich daran hindert, mich dir entgegenzustellen?«

Wieder hatte sich die Welt verändert. Seine Schuppen waren so strahlend, dass es kaum auszuhalten war. Er glühte wie in einem alles verzehrenden Feuer, um ihn herum tanzten Funken. Seine Augen waren wie Schächte, in die man hineinstürzen konnte, wenn man zu lange hinsah. Ihr schwindelte, sie stützte sich auf die Dornlanze wie auf einen Wanderstab.

»Komm herunter! Bringen wir es zu Ende!«

»Sie ist da, hinter dir!«, rief er. »Dreh dich um! Nimm die Kette, oder alles ist verloren!«

Ein gewaltiger Schwall Feuer schoss aus seinem Rachen. Linn duckte sich unwillkürlich, obwohl sie mittlerweile wusste, dass ihr Schutz nicht in der Kette begründet lag. Dabei blickte sie schräg über die Schulter – und dort, eingehüllt in die Flammen, stand Chamija. Sie streckte die Hände nach der Silberkette aus, ihr helles Haar wehte in den züngelnden Flammen. Linn schrie auf. »Chamija! Nein!«, und stürzte auf sie zu, doch als sie ihre Freundin erreichte, fiel diese nicht in einem Häufchen Asche zu Boden, sondern stand nach wie vor aufrecht.

»Du … lebst?«

»Ich habe dir gesagt, ich bin eine Zauberin«, sagte Chamija. Ein sanftes Glühen überzog ihr lächelndes Gesicht. »Lass dich von mir nicht ablenken, ich bin nur hier, um einzugreifen, wenn du in Schwierigkeiten gerätst. Glaubst du, ich überlasse dich dieser Bestie? Kämpf, meine Liebe. Ich bin bei dir.«

Fass die Kette nicht an, sie ist verflucht, wollte Linn rufen, aber das Feuer hatte ihrer Freundin nichts anhaben können. Chamija war gegen den Fluch gefeit.

Plötzliches Misstrauen durchzuckte sie. »Warum wolltest du die Kette überhaupt nehmen?«

»Damit er sie nicht bekommt!«, schrie Chamija. »Der Drache ist hinter der Kette her, merkst du das denn nicht? Er fliegt zu dir, sobald du sie nicht mehr beschützen kannst, um ihrer habhaft zu werden. Jetzt ist nicht die Zeit für Erklärungen. Dreh dich um, Linnia, hinter dir! Oh, pass doch auf!«

Linn fuhr herum. Gah Ran war gelandet. Sie hatte ihn noch nie so nah vor sich gehabt, und gegen ihren Willen war sie beeindruckt. *»Es gibt keinen wie ihn.«* Hatte ihr Vater das gesagt, vor vielen Jahren, zu ihrer Mutter? Ihr war, als würde sie ihre Eltern sehen, wie sie in der kleinen Küche stritten. *»Es gibt keinen wie Gah Ran, niemand ist wie er, glaub mir doch.«*

»Er ist ein Ungeheuer!«, kreischte Merina. *»Wann wirst du das endlich einsehen. Ein Ungeheuer, das dir den Tod bringen wird!«*

Die Stimmen stritten in Linns Kopf. Nur Gah Ran hielt still, während sie ihn betrachtete. Seine Hörner waren heller als seine Schuppen, von einem noch intensiveren Glühen. Sein Blick machte sie schwindlig. Jetzt, ohne die Kette, musste sie darum ringen, nicht ohnmächtig zu werden vor dieser geballten Ansammlung von magischer Kraft. Und seine Stimme … so warm und vertraut, so zauberhaft. Ohne den Spott, der in Nat Kyahs Kehle gebrannt hatte. Ohne die Wut, die ihr von so vielen anderen Drachen entgegengeschlagen war. Eine Stimme wie aus geschmolzenen Rubinen, aus flüssiger Kraft, donnernd wie ein Sommergewitter und zugleich mild wie goldenes Herbstlaub, betörend wie Wein.

»Ich bin nicht hier, um mit dir zu kämpfen, Linn«, sagte er. »Nimm die Kette.« Er sprach betont ruhig, aber in seinen Augen pochte die Dunkelheit. »Nimm die Kette wieder an dich, bevor es zu spät ist.«

»Kämpf!«, rief Chamija. »Töte ihn, töte ihn endlich!«

Warum hat sie solche Angst?, dachte Linn. Sie fühlte sich wie betäubt. *Wovor? Seine Flammen konnten ihr nichts anhaben. Wie seltsam, dass Chamija unverwundbar ist, als hätte auch sie in Drachenblut gebadet.*

»Du musst seiner Stimme widerstehen!«, schrie die Zauberin. »Bitte. Erinnere dich an alles, was du bist! Das ist der Mörder deines Vaters!«

Linn griff nach dem letzten Rest eines klaren Gefühls, den sie festhalten konnte: ihrem Hass. Sie erhob die Dornlanze und taumelte auf den Drachen zu. Oh verdammt, sie brauchte die Kette, um seine Macht nicht so deutlich zu spüren … um nicht überwältigt zu werden von diesem Meer von Magie.

»Du hast meinen Vater umgebracht!«, schrie sie dem Drachen entgegen. *Und dafür töte ich dich,* hämmerte es in ihrem Kopf. *Dafür töte ich dich.*

»Er war mein Freund«, sagte Gah Ran. »Ich könnte es dir erklären, wenn du mir zuhören würdest, Linn.«

»Halt dir die Ohren zu«, heulte Chamija. »Töte ihn. Du kannst es! Ich weiß, dass du es kannst! Du vermagst sogar Scharech-Pars Ruf zu widerstehen, also sollte das eine Kleinigkeit für dich sein!«

In wilder Entschlossenheit erhob Linn die Lanze gegen den Drachen und hakte sie zwischen seinen Schuppen fest. Wenn sie jetzt daran zog, würde sie eine der Schuppen herausreißen, dann konnte sie diese mit einem Zauber belegen und ihn töten. Zu ihrem Erstaunen wehrte er sich nicht. Er stand da wie ein Fels.

»Warum hast du das getan?«, rief sie. Die Trauer verdrängte den Hass. Als wäre Harlon erst gestern im Feuer des Drachen gestorben, krampfte sich ihr Herz zusammen. »Habt ihr das Hohe Spiel gespielt? War Harlon dir untertan? Hat er sich schließlich gegen dich gewandt und musste deswegen sterben?«

»Harlon ist dafür gestorben«, sagte Gah Ran und hielt immer noch still. »Für die Kette. Bis zum Schluss hat er sie mit seinem Leben verteidigt, als die Hexe ihre Sklavendrachen ausschickte, um sie uns zu entreißen. Für mich ist er gestorben, damit sie mich nicht mehr als Gefahr betrachteten … Ich werde es dir erklären, aber nicht vor ihr.« Linn sah sein pochendes Herz vor sich. Es wäre so einfach gewesen, ihn zu töten.

»Nimm dir deine Rache!«, rief Chamija wild.

Linn war hergekommen, um zu kämpfen, und nicht, um Gah Ran abzuschlachten. Sie konnte es nicht tun, wenn er sich nicht wehrte. Oder galt das als Angriff, wenn er mit seiner gespaltenen Drachenzunge zu ihr sprach und ihr Dinge erzählte, die keinen Sinn ergaben?

»Dein Vater ist für das Erbe des ValaNaik gestorben«, sagte Gah Ran und fügte leiser hinzu: »Du solltest sie doch verstecken, damit niemand sie sieht!«

In diesem Moment erkannte sie seine Stimme. *Versteck dich, damit niemand dich sieht …* In ihren Erinnerungen hatte man ihr das zugerufen, und bis jetzt hatte sie geglaubt, es sei die Stimme ihres Vaters gewesen. Diese warme, zauberhafte Stimme, die sie ihr ganzes Leben begleitet hatte … Sie hatte geglaubt, Harlon hätte ihr das befohlen, damit sie beim Angriff der Drachen nicht zu Schaden kam. Doch nun erwachte die Erinnerung in ihrem Geist, ertönte die altvertraute Stimme. *Versteck dich …*

Gah Ran war es gewesen. Er hatte sich um sie gesorgt, hatte sie beschützt … Sie verstand es immer noch nicht, es war nicht zu begreifen, dass der Drache, in dem sie ihren größten Feind gesehen hatte, über sie gewacht hatte.

Die Erinnerungen veränderten sich, als würde sich ein Mosaik zusammensetzen, das bisher kein ganzes Bild ergeben hatte. Gah Ran hatte sie nie bedroht, er war nie an der Zerstörung beteiligt gewesen, wenn die Drachen kamen. Er war immer nur da gewesen, wenn es eng geworden war, und ihr war nie etwas passiert. Warum hatte sie das nicht bemerkt? Weil sie blind gewesen war vor Hass?

»Linn«, sagte er drängend, »bitte!«

Gah Ran kannte sogar den Namen, den sie sich selbst gab.

»Er verzaubert dich gerade«, sagte Chamija verzweifelt.

Es gab keine Beweise. Keine Erklärungen. Nichts. Sie musste sich entscheiden, wem sie vertrauen wollte.

»Glaub ihm nicht«, sagte Chamija, sie klang müde und traurig. »Du darfst niemals auf einen Drachen hören, das weißt du doch. Wie kannst du eine Drachenjägerin sein, wenn du die wichtigste aller Regeln missachtest? Tu es nicht.«

Wer war Freund, wer Feind? Alle Begriffe verschwammen.

»Du hast geschworen, mir zu vertrauen«, versuchte Chamija es weiter. Linn hörte ihre Stimme wie von ferne. »Meine Freundin zu sein. Wenn du jetzt auf ihn hörst, bist du verloren. Bitte, Linnia. Du hast es mir versprochen. Wir haben einen Bund geschlossen. Heute fordere ich dein Versprechen ein. Vertrau mir. Gib mir die Hand.«

Sie streckte die Hand nach Linn aus, als würde zwischen ihnen eine tiefe Schlucht klaffen, die man mit einem beherzten Sprung überwinden konnte.

Wie recht sie hatte. Und dennoch ...

»Ich kenne deine Stimme«, sagte Linn zu dem Roten. »Ich dachte immer, sie gehörte meinem Vater.«

»Aber mich kennst du auch!«, rief Chamija.

»Sieh genau hin«, flüsterte der Drache. »Sieh sie dir an, wie sie wirklich ist.« Er hauchte eine Woge aus Magie zu ihnen herüber. Linn drehte sich zu dem blonden Mädchen um und stellte fest, dass es verschwunden war.

An ihrer Stelle stand eine merkwürdig vertraute Fremde. Es war Chamija, aber eine andere Chamija, keine sechzehn mehr, sondern wesentlich älter, eine Frau zwischen vierzig und fünfzig. Immer noch war sie schön, das lange Haar silbergrau und nicht blond, und ihre blauen Augen waren klar und bittend. Ein sanftes Glühen um sie her – mehr zu fühlen als zu sehen. Linn begriff, dass es das war, was eine Zauberin ausmachte, was Leute mit magischem Blut gegenseitig erkennen konnten. Doch das Schlimmste war nicht ihr Alter – schließlich war sie keine runzlige, hässliche Greisin ohne Zähne, sondern hatte immer noch Chamijas liebes Gesicht. Aber das Leuchten in ihrer Brust war unerträglich, etwas, das dort schlug und hämmerte, das beinahe zu zappeln schien, als wollte es entkommen.

»Du hast … das Herz eines Drachen?«, fragte Linn entgeistert, und hinter sich fühlte sie Gah Rans ohnmächtigen Zorn. Der Hass des Drachen war wie eine Woge, die Linn mit sich reißen wollte. Nur mit Mühe konnte sie sein Entsetzen und seine Wut von ihren eigenen Gefühlen trennen.

Chamija lächelte wehmütig. »Ach, meine Liebe«, sagte sie. »Mit diesem Herzen kann ich so lange leben wie ein Drache. Ich bin genauso alt wie er«, sie zeigte auf Gah Ran, »und genauso lange sind wir schon Feinde. Merkst du nicht, wie er versucht, dich zu manipulieren, dich gegen mich aufzubringen? Warum zeigt er dir mein Herz? Du hast viel mehr Drachen getötet als ich. Du bist die Drachenjägerin, nicht ich. Aber ich habe herausgefunden, wie man die magische Kraft der Drachen benutzen kann, und deshalb hasst er mich. Denn er weiß, dass ich ValaNaiks Volk eher vernichten werde, als zuzulassen, dass sie ihre Macht wieder für sich selbst zurückerlangen. Wir kämpfen gegen dasselbe, und zusammen könnten wir unbesiegbar sein. Ich habe dir vielleicht nicht alles gesagt, Linnia, aber belogen habe ich dich nicht. Du musst ihn töten. Du musst verhindern, dass er den Stein des ValaNaik bekommt, dessen Hüterin du eine Zeit lang warst. Hör nicht auf sein sanftes Gesäusel, das ist bloß das Gift der Drachenzunge. Du hast mich jetzt gesehen, wie ich bin – na und? Davon wirst du dich nicht beirren lassen, da bin ich mir sicher. – Gah Ran, ich lache dich aus! Da musst du schon andere Geschütze auffahren, um die Tochter des Mannes, den du ermordet hast, durcheinanderzubringen!«

Gah Ran erwiderte nichts. Linn fühlte seine gewaltige Gegenwart hinter sich.

»An mir werden die Pläne der Drachen scheitern«, kündigte Chamija an. »Ich werde keinesfalls zulassen, dass sie dich zu ihrem Werkzeug schmieden. Es geht um nicht weniger als das Schicksal dieser Welt. Wenn Gah Ran das hat, was er will – einen Stein und eine Zauberin –, werden die Drachen wieder an die Macht gelangen. Das hat schon Nat Kyah versucht. Aber ich kann es verhindern. Wir stehen auf derselben Seite, Linnia.« Sie lächelte warm und einladend, und das Wissen in ihren Augen war Jahrhunderte alt.

»Frag sie, wer die Drachen nach Lanhannat geschickt hat«, sagte Gah Ran, »und dann entscheide, ob ihr auf derselben Seite steht.«

»Das ist nicht wahr!«, rief Chamija. »Scharech-Par befiehlt den Drachen, nicht ich!«

In Linns Gedanken arbeitete es. »Du hättest Nat Kyah nicht erwähnen sollen.« Es passte alles zusammen. Nat Kyahs Versuche, den grünen Stein zu gewinnen, seine Furcht vor jemandem, von dem er nicht sprechen mochte … seine Absicht, die Zauberin zu hintergehen, der er diente und die er hasste. »Denn jetzt habe ich dich doch bei einer Lüge ertappt. Es gibt sehr wohl Drachen, die dir gehorchen. Nat Kyah war in deinem Auftrag hinter dem Stein her – du bist die Alte, die er so fürchtete!«

Wut flackerte in Chamijas Augen auf. »Er hat versucht, mich zu betrügen. Er musste sterben.«

»Was hast du denn mit seinem Tod zu tun?« Eine neue Erkenntnis dämmerte in Linn herauf. »Hast du etwa dafür gesorgt, dass ich ihn töte?«

»Ich?« Chamija wies den Vorwurf weit von sich. »Wie das? Er hat dich verraten, und du hast dich gerächt, war es nicht so? Er legte die Drachenkralle zu deiner Beute, um die Drachen auf deine Spur zu bringen.«

Linn starrte sie an. »Davon habe ich dir nie erzählt.« Sie trat einen Schritt zurück, näher zu Gah Ran. »Warst du es? In der letzten Nacht bin ich über ein paar Unsichtbare gestolpert … Bist du so in Moras Haus gekommen? Unsichtbar? Hast du den Stein bei uns versteckt und dann die Drachen gerufen? Wenn das stimmt«, sie wurde blass, »dann waren auch die Wettsteine, die Akir bei uns im Dorf verteilte, von dir!«

»Es sind Scharech-Pars Drachen!«

»Nein! Es sind deine! Oh ihr Götter, es waren deine Drachen, die mir das angetan haben! Wie konntest du! So viel Tod und Schmerz und Vernichtung – nur für den Stein? Nur dafür?« Die roten Steine funkelten im Gras.

Das hübsche Gesicht der blonden Zauberin blieb unbeweglich. »Wenn du mir nicht glaubst, kann ich dir nicht helfen. Ich bin nicht so stark, dass ich sämtlichen Drachen befehlen könnte. Sonst hätte ich längst selbst dafür gesorgt, dass dieses hinterhältige Ungeheuer den Tod findet. Ich hätte ihm ein Dutzend Drachen auf den Hals geschickt. Nein, Linn, mach nicht den Fehler, mir an allem die Schuld zu geben. Wir haben einen gemeinsamen Feind. Scharech-Par kennt keine Skrupel.«

»Wie sonst hättest du mich dazu bringen können, das Hohe Spiel zu brechen und Nat Kyah zu töten?«, fragte Linn. »Weil er mit seiner Eigensinnigkeit alle deine Pläne gefährdete? Er stand dir im Weg. Mache ich gerade denselben Fehler?«

»Ich würde dir nie etwas antun«, sagte Chamija. »Ich liebe dich, wie Freundinnen oder Schwestern einander lieben, und jedes deiner Worte tut mir weh. Wir sind uns so ähnlich, Mädchen. Am Ende kommt es nur darauf an, das Richtige zu tun. Wenn du Rache geübt hast, wirst du frei sein von seinem Gift. Dann, und erst dann, steht es dir frei, dein eigenes Leben zu führen, und du könntest zurück nach Hause gehen. Aber ich glaube, du wirst erkennen, dass wir diesen Krieg gegen die Drachen gewinnen müssen, und mit mir weiterkämpfen.«

Linn starrte sie an. Auf einmal war alles ganz klar.

»Das glaubst du von mir?«, fragte sie. »Dass ich nur für die Rache lebe?« In dem Moment, als sie es aussprach, wusste sie, dass der Hass verschwunden war. Sie hätte Zorn empfinden müssen, den unbezähmbaren Wunsch, den Drachen zu töten. So wie sie Nat Kyah gehasst, ihn umgebracht hatte – und dabei war sie nichts als Chamijas Werkzeug gewesen.

Sie warf Gah Ran einen Blick zu. Der Mörder meines Vaters? Sie konnte nichts mehr dabei fühlen. Hatte er eine gute Erklärung für alles? Nicht einmal darauf kam es an. Seine Gegenwart war ... beruhigend. Ein tief vertrautes Gefühl der Geborgenheit überkam sie.

Er ist immer da gewesen, als ich klein war. Ich kenne ihn. »Versteck dich ...« Es ist seine Stimme.

»Lass dich nicht verzaubern«, warnte Chamija. »Vergiss nicht, wer er ist! Vergiss nicht, wer du bist!«

Der alte Spruch. *Wisse, wer deine Freunde sind. Kenne deine Feinde. Wenn du weißt, wer du bist, bist du unbesiegbar ...*

Es ging um die Macht des ValaNaik.

Linn legte die Lanze ins Gras, sie machte sich schwach und wehrlos, und das Kribbeln in ihrem Rücken ließ sie nicht vergessen, dass dies eine günstige Gelegenheit für den Drachen war, sie anzugreifen. Sie bückte sich und nahm die Kette auf. Die roten Steine leuchteten wie seltene Blumen in ihren Händen, und sofort verblassten alle anderen Farben.

»Gib sie mir«, zischte Chamija.

Sie war nun wieder jung, die geliebte Freundin, und das magische Glühen in ihrer Brust war verschwunden. »Ich bin nicht deine Feindin. Scharech-Par hat die Drachen geschickt, nicht ich. Bitte, gib mir die Kette!«

»Du hättest mich jederzeit darum bitten können. Du hattest alle Zeit der Welt, um mir zu erklären, was es damit auf sich hat und wofür du sie brauchst. Stattdessen hast du mich belogen. Warum? Wieso hast du behauptet, diese Schuppe existiere gar nicht? Weil du nicht wolltest, dass ich zu viel weiß! Und du willst meine Freundin sein?« Verächtlich schüttelte Linn den Kopf. »Selbst jetzt zögerst du … Deshalb bist du also mitgekommen, du dachtest, du könntest sie dir krallen, wenn ich sie ausziehe. Was für ein Zauber liegt darauf? Einer, der verhindert, dass jemand sie mir wegnehmen kann?« Von der Zauberin blickte sie zu Gah Ran hin. »Wenn er stirbt, ist die Wirkung des Zaubers nicht mehr so stark. Aus diesem Grund willst du, dass ich ihn töte!«

»Gut kombiniert«, sagte der Drache hinter ihr und lachte leise. Selbst sein Lachen klang vertraut.

Ich müsste ihn hassen. Ein lachender Mörder ist schlimmer als alles … aber …

Dieses Aber wuchs und wuchs und formte sich schon beinahe zu einer Entscheidung … in diesem Moment ertönte ein lauter Schrei.

»Ich komme!«, schrie Okanion und sprang gleichzeitig vom Pferd. Er stolperte vorwärts, während sein Ross das Weite suchte. »Haltet aus, ich bin da! Erledigt ihn!«

Linn starrte ihm überrascht entgegen. Sie war so auf Chamija und den Drachen konzentriert gewesen, dass sie gar nicht gemerkt hatte, wie der Ritter sich ihnen genähert hatte. Mit gezücktem Schwert rannte Okanion auf sie zu. Gleichzeitig kamen die anderen Drachenjäger – von allen Seiten, mit Dornlanzen und Schwertern.

»Nein!«, rief Linn. »Lasst ihn in Ruhe!«

Sie stopfte sich die Kette in die Tasche und sprang vor Gah Ran, dessen Kopf herumfuhr, als die ersten Gardisten ihre Dornlanzen in seine Zacken einhakten. Der Drache schleuderte die Männer zur Seite, bewegte die Flügel und stieg in die Luft. Ein Ritter hielt weiterhin die Lanze fest und wurde mit in die Höhe gerissen, konnte sich jedoch nicht mehr halten, als der Drache einen Bogen flog, und stürzte aus einer Höhe von mehreren Gildreks zu Boden.

Ungläubig sah Linn zu, wie Gah Ran davonflog, ein roter Strahl am Himmel.

»Warum habt Ihr nicht zugestochen!«, schrie einer der Ritter. »Ihr hattet ihn direkt vor Eurem Schwert!«

Das Schlimmste war, dass Okanion sie anstarrte, als sei sie eine Fremde. Wie der Respekt, den er ihr all die Jahre entgegengebracht hatte, allmählich aus seinem Gesicht verschwand.

»Seit wann ist die Garde wieder in der Stadt?«, fragte Linn verwirrt.

»Seit einigen Tagen. Habt Ihr geträumt, oder warum habt Ihr nichts davon mitbekommen? Wir sind Euch nachgeritten, um die Tötung des zehnten Drachen zu bezeugen«, sagte er. »Ich habe nicht daran gezweifelt, dass es ein Leichtes für Euch wird … Was ist los mit Euch, Ritterin Linnia?«

»Woher wusstet Ihr, dass ich auf Drachenjagd gehe?« Linn schaute sich um – Chamija war wie vom Erdboden verschluckt. Wenigstens musste sie nun nicht lange herumrätseln, wer ihr die Zeugen auf den Hals gehetzt hatte.

»Ritterin Linnia«, wiederholte Okanion, »was war das eben? Wieso habt Ihr gezögert? Ihr hattet seine Brust direkt vor Euch!«

Die Ritter hatten den gefallenen Körper ihres Kameraden aufgehoben und trugen ihn zu den Pferden. Zornige, anklagende Blicke trafen die Drachenjägerin. Einige versuchten aufzustehen und kamen stöhnend auf die Beine; mindestens zwei oder drei waren verletzt.

»Ich … wollte das nicht«, stammelte sie. Nie hätte Linn geglaubt, dass sie den Tod eines Menschen verschulden würde, wenn sie den Drachen verschonte. »Ich muss mit ihm reden, versteht Ihr? Er weiß etwas über den Tod meines Vaters, er weiß jede Menge Dinge, die ich unbedingt erfahren muss … Warum schaut Ihr mich so an?«

»Wir sind Drachenjäger«, sagte Okanion ernst. »Wir sprechen nicht mit unserer Beute. Was könnte ein Drache uns zu sagen haben – was, außer Lügen, die unseren Verstand vergiften und unser Herz aus dem Takt bringen? Ihr wisst um die Gefahr der Drachenzunge. Glaubt Ihr, weil Ihr die beste Jägerin seid, wärt Ihr als Einzige dagegen gefeit?«

Abrupt wandte er sich um. Linn blieb auf dem Hügel stehen, während die Ritter auf die Pferde stiegen und in Richtung Lanhannat loszogen. Erst als auch der Letzte außer Sicht war, rief sie Tani aus dem Wald und machte sich auf Rückweg.

25

Linn ritt, so schnell sie konnte. Da die Drachenjäger nur langsam vorankamen, um die Verletzten zu schonen, hatte sie eine Chance, vor ihnen in Lanhannat zu sein. Sie musste unbedingt mit Arian reden, bevor die anderen die Angelegenheit so verdrehten, wie es ihnen gefiel. Er würde es verstehen. *Endlich,* dachte sie, *kann er beweisen, ob er mich wirklich liebt.* Hoffentlich.

Sie brachte Tani in den Stall und eilte über den Hof, als sie die ersten Gardisten durchs Tor preschen sah. Verflucht! Wie sollte sie ihn jetzt noch allein sprechen? Unbedingt mussten sie allein sein, denn Prinz Arian war in der Gegenwart von Zuschauern immer ein anderer Mensch; nur wenn niemand dabei war, zeigte er sich, wie er war.

Er wird es verstehen. In seinem Herzen ist er nicht so streng und grimmig und abweisend, sondern sanft und verständnisvoll und einsam …

Während Linn die Stufen hinaufeilte, wurde ihr bewusst, wie sehr sie auf Arian hoffte. Wie sehr sie ihn mochte. Wie sehr sie sich danach sehnte, in seinen Schutz zu flüchten; er würde sie gegen die aufgebrachten Ritter verteidigen.

Hinter ihr erklangen bereits die Stiefel der Drachenjäger. Sie mussten bis vor die Stufen geritten sein und ihre Pferde dort einfach stehen gelassen haben. Und das nur, um sie so schnell wie möglich anzuschwärzen? Um den Prinzen vor ihr zu warnen, als sei sie eine tollwütige Verräterin?

Der Geheimgang! Nur so war sie vor ihren Verfolgern im Gemach des Prinzen! Linn wandte sich nach links, zu dem Flügel, wo Nivals Schreibkammer lag. Das Türschloss hielt ihrem Schwert nicht stand. Sie sah sich rasch um; alles verlassen. Schnell in den Schrank, in den Gang. Linn erinnerte sich noch gut an den Weg, schließlich war sie ihn oft genug gegangen.

Hinter dem Wandteppich schlüpfte sie mit dem Ruf »Arian!« hindurch und blieb wie erstarrt stehen.

Er war nicht allein. Chamija saß auf seinem Schoß und küsste ihn. Hell flutete das blonde Haar über ihre Wangen, und ihre schönen Augen wirkten so unschuldig wie die eines ganz jungen Mädchens.

Linn überkam ein merkwürdiges Gefühl der Unwirklichkeit. War Chamija nicht vorhin noch mit ihr draußen in den Hügeln gewesen? Wie kam sie so schnell zurück?

Nichts, was sie über die Zauberin sagte, würde jetzt noch glaubhaft klingen.

Arian stieß die Tijoanerin so hastig von seinen Knien, dass sie nach vorne fiel, aber er schien es gar nicht zu merken, als er aufstand und die Hände nach Linn ausstreckte.

Im selben Moment klopfte es an die Tür.

»Prinz Arian! Hoheit! Wir müssen mit Euch reden, rasch! Sie ist eine Verräterin, sie ist gefährlich!«

»Wer?«, fragte Arian verwirrt und schaute von Linn zu Chamija und wieder zurück.

Das Letzte, was Linn sah, als sie wieder hinter den Wandteppich schlüpfte, war Chamijas feines, wissendes Lächeln.

Linn wartete in ihrem Zimmer. Sie setzte sich auf die Bettkante, verbarg ihr Gesicht in den Händen und versuchte sich vorzustellen, was jetzt geschehen würde, doch ihre Gedanken schweiften immer wieder ab. *Chamija küsst Arian …* Wie lange ging das wohl schon so?

Wie konnte er nur? Wie konnte er ihr den Hof machen und gleichzeitig mit einem anderen Mädchen anbändeln? Wütend zerknüllte sie das Betttuch, und selbst für die Drossel, die fragend den Kopf schief legte, hatte sie keinen Blick. Wie hatte sie auch nur in Erwägung ziehen können, dass der Prinz es ernst mit ihr meinte? Es war ihm immer nur um ihre Beliebtheit im Volk gegangen, von der er profitieren wollte.

Doch damit war es jetzt ja wohl vorbei. Eine Drachenjägerin, die mit Drachen plauderte, statt sie zu töten, würde man ohne viel Federlesens aus der Stadt jagen.

»Wie konnte ich nur so dumm sein«, murmelte sie vor sich hin. »Ich habe mich schon auf dem Thron gesehen … Gütiger Arajas!«

Jemand pochte an die Tür, und eine herrische Stimme rief: »Mitkommen! Der Prinz wünscht Euch zu sehen! Legt Eure Waffen nieder!«

Linn öffnete und bemerkte die Schweißtropfen auf der geröteten Haut des einen Wächters. Was dachten sie denn? Dass sie sich in eine wilde Bestie verwandelt hatte?

Sie ging mit und fühlte sich wie eine Verbrecherin, von zwei Wächtern flankiert. Die Gerüchte hatten bereits die Runde gemacht, wie unschwer an den verächtlichen Mienen der Diener und Wachposten zu erkennen war.

»Harlon«, flüsterte jemand vernehmlich. »Haben wir nicht alle gewusst, was sie ist?«

Arians Gesicht war wieder so finster wie früher, sogar noch grimmiger und abweisender, aber mittlerweile kannte sie ihn gut genug, um in seinen Augen die Tränen zu erkennen, die er nicht weinen wollte.

»Ein letzter Drache«, brachte Arian hervor. Als Linn den Empfangssalon betrat, stand er am Fenster und wandte ihr den Rücken zu, und sie wunderte sich darüber, wie ihr Herz klopfte, als er sich umdrehte. Wie sie sich auf einmal wünschte, er möge ihr anders begegnen, sanft und zärtlich, in einem dunklen Gemach, und nicht enttäuscht und fassungslos.

Kaum vorstellbar, dass er sie jemals zu einem heimlichen Gespräch in einen verlassenen Gang gezogen hatte oder dass er versucht hatte, sie hinter einer Säule zu küssen und ihr ein paar geflüsterte Worte zu entlocken.

»Ein Drache hat dir noch gefehlt. War es denn so schwer? Du bist ausgezogen, um die Aufgabe zu vollenden, und dann hast du es dir anders überlegt? Womöglich, um mich nicht heiraten zu müssen?«

»Ein Drache«, sagte Linn. Warum brannte dieselbe Enttäuschung, die sie in seinem Gesicht las, auch in ihr? »Worüber wollen wir reden – über den Drachen oder über Chamija? Über mich oder über dich oder über uns?«

Sein Gesicht verfinsterte sich noch mehr. »Was willst du eigentlich hier in Lanhannat?«, fragte er. »Die bösen Taten deines Vaters fortsetzen? Warum bist du überhaupt wieder hergekommen, nachdem man dich entlarvt hat?«

Sie wollte Arian gar nicht. Er hatte sie verraten, er hatte sie nie geliebt, und das hatte sie im Grunde immer gewusst. Warum versetzte es ihr dann einen Stich, dass es nun vorbei war? Warum wollte sie es nicht wahrhaben und sehnte sich nach einer zweiten Chance?

»Ein Ritter ist gestorben«, sagte er anklagend. »Und du willst über Chamija reden? Verstehst du überhaupt, worum es hier geht?«

»Todesfälle kommen vor«, sagte Linn. »Jeder unserer Kameraden kennt das Risiko, wenn wir einen Drachen angreifen. Abgesehen davon hatten sie da nichts zu suchen. Ich habe niemanden gebeten mitzukommen.«

»Was ist bloß in dich gefahren?« Arian schüttelte fassungslos den Kopf. »Du bist ein Mitglied der Garde. Du kannst nicht einfach verschwinden, wenn es dir passt. Der Hauptmann entscheidet, wer auf einen Einsatz mitkommt, Eigenmächtigkeiten sind nicht erwünscht. Das sollte dir mittlerweile klar sein.« Er seufzte schwer. »Ein Ritter ist tot. Einer meiner Männer. Ich habe sie dir mitgegeben, damit sie Zeugen deines Triumphs werden, stattdessen sind sie mit einer unglaublichen Geschichte zurückgekommen. Du hast versucht, die Drachenjäger zu verjagen, statt mit ihnen zusammenzuarbeiten!«

»Es hätte mein Drache sein sollen, meiner allein«, brachte Linn vor. »Sonst hätte dein Vater ihn nicht gelten lassen.« Es hatte keinen Zweck. Arian hatte seine Entscheidung schon getroffen.

»Dann hast du die Ritter also abgewiesen, um mich heiraten zu können?« Er suchte in ihren Augen nach der Wahrheit, und sie konnte nicht lügen. Traurig schüttelte er den Kopf. »Selbst wenn das so wäre … wenn du aus lauter Eifer einen Fehler gemacht hättest, wenn du nicht kämpfen wolltest, sobald andere mitgeholfen haben … Linnia, du bist Harlons Tochter. Die Zweifel sind zu stark. Die Fragen werden immer lauter. Man spricht bereits von Verrat, davon, dass du dich heimlich mit Drachen triffst, dass du die Seiten gewechselt hast.«

Sie hatte Mühe, ihm zuzuhören. »Chamija ist eine Zauberin«, sagte sie. »Sie war dabei, und gerade weil sie mich so gedrängt hat, ihn zu töten, habe ich es nicht getan. Ich traue ihr nicht – zu recht, wie ich vorhin festgestellt habe. Hat sie dich verzaubert, Arian? Ein Teil von mir möchte das glauben. Dass du unschuldig bist, dass du nicht anders konntest … so wie auch ich ihr blind und vorbehaltlos vertraut habe. War es so?«

Ein gequältes Lächeln huschte über sein Gesicht, und einen Moment lang glaubte sie, er würde ihr zustimmen, er würde sich an sie klammern und sie anflehen, ihn vor Chamija zu retten. Doch als er sprach, war er wieder ganz der stolze Prinz.

»Du machst es nicht besser, indem du andere beschuldigst. Chamija war mit dir in den Hügeln? So ein Unsinn. Sie ist eine

Stunde lang bei mir gewesen, bevor du ins Zimmer geplatzt bist. Sie soll eine Zauberin sein? Sagst du mir das, damit ich mich von ihr abwende? Ganz ehrlich, ich will sie eigentlich gar nicht. Ich wollte immer nur dich … Ich habe versucht, sie abzuwehren, doch es war irgendwie unmöglich, und ich dachte, dass es mich zerreißt, dich zu lieben und sie bei mir zu haben. Aber jetzt sehe ich endlich, wer von euch beiden den Platz an meiner Seite verdient.«

Ich will sie eigentlich gar nicht …

Und ob er verzaubert war! Aber es half nicht viel, das zu wissen. Es half überhaupt nichts.

Es war aus. Linn starrte Arian an und wollte ihn festhalten, in diesem Moment, da sie ihn verloren hatte. Hätte sie es nicht fertigbringen müssen, Gah Ran zu töten, auch wenn er sich nicht wehrte? Was hatte sie dazu getrieben, seinen zauberhaften Worten zu erliegen?

Aber es war die Stimme, die immer bei ihr war. *Versteck dich. Los, auf zum Kampf.* Sie hatte gedacht, es sei ihr Vater gewesen, doch es war Gah Ran, der Harlon die Schlachtworte zurief, bevor sie Seite an Seite kämpften. Gegen Drachen oder Ritter, gegen wen auch immer. Hauptsache zusammen.

Harlons Stimme hatte sie vergessen, aber die des Drachen, ungleich kraftvoller und zauberhafter, war ihr geblieben, all die Jahre hindurch. Wie hätte sie diese Stimme zum Verstummen bringen können?

»Ich kann es dir erklären …«

»Schweig!«, fuhr Arian sie an. »Bei allen Göttern, schweig, Linnia, ich kann deine Rechtfertigungen nicht mit anhören. Ich habe dir vertraut! Ich habe mich für dich eingesetzt, damit du in die Garde kommst, damit du für die Ehre des Königreichs kämpfen kannst – trotz deiner unseligen Herkunft. Wir, der König und ich, haben viel riskiert, um dich in unsere Nähe zu holen. Bei Belim, ich wollte dich sogar an meiner Seite haben, für immer! Und was tust du? Du gehst denselben Weg wie dein Vater! Du verrätst alles, was dir angeblich so viel bedeutet hat? Mir aus den Augen! Geh!«

Die Tränen machten Linn blind, aber sie würde nicht betteln.

Unvermittelt erhob sich Chamija aus einem Sessel. War sie die ganze Zeit hier gewesen? »Ach, Linnia«, seufzte sie, »wenn du nicht immer behauptet hättest, dass du ihn nicht magst, dass du Arian verachtest und nur mit ihm spielst, hätte ich das gewiss nicht getan. Verstehst du nicht? Ich will dich nicht verletzen. Ich will, dass du glücklich bist. Wenn du mir jedoch nicht hilfst, brauche ich ihn, um Schenn zu retten. Verzeihst du mir?«

Linn ignorierte das Mädchen und griff nach Arians Händen. »Pass auf«, bat sie. »Trau ihr nicht. Was mit mir ist, darüber will ich nicht streiten ... Aber bitte, schick sie weg. Schick sie zurück nach Tijoa, bevor noch mehr passiert!«

»Was ich noch anmerken wollte«, meinte Chamija. »Wusstest du, dass sie die Kette deiner Mutter trägt, Arian? Dieses Silberding um Linnias Hals ist das verlorene Schmuckstück der Königin. Unter dem dünnen Silberüberzug ist sie golden, und der große rote Stein verdeckt den grünen, der Irana gehörte. Die Verzierungen sind leicht umgearbeitet, damit niemand erkennt, worum es sich handelt. Nimm sie ihr ab. Lass sie damit nicht aus dem Schloss gehen.«

»Aber ...« Arian streckte die Hände nach Linns Hals aus und ließ sie wieder sinken. »Das ist doch Unsinn. Ich habe gesehen, wie die Kette meiner Mutter im Feuer des Drachen geschmolzen ist. Was redest du da bloß?« Zum ersten Mal glomm Misstrauen in seinen Augen auf, und er wandte sich Linn zu. Für einen Moment, kurz, kaum greifbar, spürte Linn, dass etwas in ihm darum kämpfte, Chamijas Einfluss abzuschütteln.

»Lass uns einen Augenblick allein«, verlangte er gepresst. Chamijas Wut war fast sichtbar, ein zorniger Strahlenkranz um ihre Stirn, während sie aus dem Raum stapfte.

»Ich würde dir so gerne glauben«, flüsterte Arian. »Ich wünschte, dass du mir verzeihen kannst und ich dir. Chamija bedeutet mir nichts, sie ist wie eine aufdringliche Klette …« Er weinte fast. »Warum bist du neulich nicht mit zehn Drachen zurückgekommen? Wir hätten sofort heiraten können. Warum hast du alles kaputt gemacht?«

Stöhnend wandte er sich ab. »Was können wir denn jetzt noch tun? Würdest du ihn töten, den roten Drachen? Beim nächsten Mal?«

»Arian, hör mir zu, ich kann es dir erklären. Dieser Drache weiß alles über meinen Vater. Er kennt Chamija von früher; da muss sich, glaube ich, noch einiges aufklären. Allen geht es um den Stein des ValaNaik, und den habe angeblich ich, deshalb muss ich unbedingt herausfinden, was es damit auf sich hat. Ich muss noch einmal mit dem Roten reden und …«

Er brachte sie mit einer unwilligen Handbewegung zum Schweigen. »Genug! Weißt du denn nicht, was es bedeutet, mit einem Drachen zu sprechen? Hat sein Gift dich schon so weit zerstört, dass du alles andere vergessen hast? Du legst die Waffen vor ihm nieder, um dich zu unterhalten? Bei Treas, du wirst sterben!«, schrie er. »Du hirnlose Närrin! Glaubst du, das kümmert mich überhaupt noch?«

Unruhig wanderte er durch den Raum, setzte sich schließlich auf einen Sessel und barg das Gesicht in den Händen.

»Was soll ich nur tun«, murmelte er. »Wenn du nicht ausgerechnet Harlons Tochter wärst … dein Verhalten muss untadelig sein, und wo andere sich Fehler erlauben dürfen, musst du den geringsten Schnitzer vermeiden. Alles, was Zweifel an deiner Loyalität weckt … Wie könnte ich so jemanden auf den Thron setzen? Eine Frau, die alle eine Verräterin nennen werden? Die Leute werden sagen, du hättest mich verhext … ich wäre nicht Herr meiner selbst gewesen … sie werden mich für schwach halten.«

Er hob den Kopf und sah sie an, von Zweifeln und Sorgen gequält, und dazwischen, kaum sichtbar, aber dennoch vorhanden, glänzte sein Verlangen nach ihr.

»Vielleicht könnte man dafür sorgen, dass die Ritter die Geschichte anders erzählen. Dass sie mit dem Drachen gekämpft haben, dass er einen von ihnen tötete, und dann kamst du und hast das Ungeheuer vertrieben. Einen Drachen wie keinen anderen, riesig und mächtig … und du wirst auf die Suche nach ihm gehen und mir seinen Kopf bringen.« Arian sah sie an, Hoffnung malte sich auf seinen Zügen. »Aber ob das jemand glaubt? Sie müssten es, wenn du siegreich zurückkämst … mit diesem Drachen, der größer und furchtbarer ist als alle, denen wir bisher gegenübergetreten sind …«

»Er ist nicht viel größer«, widersprach Linn. »Er ist sehr alt, glaube ich, und einige Augenblicke lang, während ich meine Kette nicht trug, konnte ich sehen, wie mächtig er ist … So mächtig, dass selbst Nat Kyah es nicht wagte, ihn herauszufordern, obwohl er ihn hasste. An Gah Ran ist etwas, das ich noch an keinem anderen Drachen bemerkt habe.«

Arian starrte sie an. »Was soll das heißen? Dass du dich weigerst, ihn zu töten? Dass du immer noch unter seinem Zauber stehst? Linnia, dies ist deine letzte Chance! Töte ihn, und alles kann noch gut werden. Vielleicht gelingt es uns, deinen Verrat ungeschehen zu machen.«

»Meinen Verrat? Ich habe gar keinen begangen, ich wollte nur nicht zulassen, dass die Ritter einen Drachen angreifen, der die Antworten auf alle meine Fragen hat. Ich …«

Arian schüttelte den Kopf. »Du begreifst nicht einmal, was ich dir da anbiete. Du hast nichts davon verstanden. Ich war bereit, meine Entscheidung zu überdenken, meine Zweifel über Bord zu werfen, alles zu riskieren, um dich trotzdem noch für mich zu gewinnen – und du denkst bloß an diesen verdammten Drachen?«

»Ich kann dir nicht versprechen, dass ich ihn töten werde«, sagte Linn schlicht.

»Dann«, sagte Arian, »haben wir uns nichts mehr zu sagen. Geh! Ich entlasse dich aus der Garde. Du wirst diesen Umhang ablegen. Du kannst deine privaten Besitztümer aus deinem Zimmer holen, und dann will ich dich hier nie wieder sehen.«

Sie hörte seine Worte und war dennoch nicht in der Lage, sie zu begreifen. »Gah Ran hat einen Ritter getötet«, meinte sie. »Das kann ich nicht leugnen, aber hat er nicht das Recht, sich zu verteidigen?«

»Wachen!«

Linn schüttelte die Hände der Wachposten ab, die sie hinausgeleiten wollten. Auf einmal war es unerträglich zu gehen, so brutal hinausgeworfen zu werden. Sie hatte weder Arian noch das Königreich verraten, sie hatte nichts getan – sie hatte sich nur geweigert, einen Drachen, der nicht kämpfte, abzuschlachten. Chamija war die Feindin, nicht sie. Wie unerträglich, der Zauberin das Feld zu überlassen. Das Schloss und den Prinzen und das Schicksal Schenns.

Bitterkeit wuchs in ihrem Herzen, während sie die Stufen hinunterstieg, zu ihrem kleinen Gemach, wo sie ihre wenigen Habseligkeiten zusammenpackte. Die Drossel hüpfte in ihrem Käfig hin und her. Linn steckte einen Krümel durch die Gitterstäbe, nach dem die Affendrossel gierig pickte. Fragend legte sie den Kopf schief. »Faules Gör«, flötete sie.

»Ich muss weg. Tut mir leid, meine Liebe.«

Die Drossel putzte sich, fauchte nach Drachenart und hielt dann hoffnungsvoll nach dem nächsten Bissen Ausschau.

Linn konnte den Gedanken nicht ertragen, dass Chamija den Vogel behalten würde, deshalb trug sie den Käfig ans Fenster und öffnete das kleine Türchen.

»Flieg«, sagte sie. »Verschwinde.«

Tränen rannen ihr über die Wangen, während sie darauf wartete, dass die Drossel die Gelegenheit zur Flucht nutzte. Doch der Vogel blieb verwirrt auf seiner Stange sitzen und flatterte nur mit den Flügeln. Schließlich konnte Linn nicht länger warten. Sie griff in den Käfig, packte das Tier und warf es aus dem Fenster. Laut schimpfend stob der graue Federball davon.

»Es tut mir leid, Vater«, murmelte die junge Drachenjägerin vor sich hin. »So leid, dass ich weder deinen Namen noch meinen bewahren konnte.«

Sie führte gerade Tani aus dem Stall, als Gunya ihr in den Weg trat, ein gehässiges Lächeln auf den Lippen.

»Bestehlt Ihr gerade den König?«, fragte sie.

»Wie bitte?«

»Dieses Ross da«, die Drachenjägerin deutete mit Nachdruck auf den großen Braunen, »ist mit der Ritterwürde verknüpft. Der Hauptmann hat mir mitgeteilt, Ihr verlasst die Garde?«

»Ja«, bestätigte Linn. War es wirklich nötig gewesen, dass Arian das sofort lauthals verkündete?

»Also«, schloss Gunya messerscharf, »ist das nicht länger Euer Reittier. Ihr dürft mir dankbar sein, dass ich Euch gewarnt habe, bevor Ihr einen unverzeihlichen Fehler begeht.«

»Na, vielen Dank«, stieß Linn wütend hervor. Ihr blieb nichts anderes übrig, als das Gepäck wieder abzuschnallen. Was jetzt? Ohne Pferd würde sie nicht weit kommen. Sie schleppte ihren Reisebeutel und die gut verpackten Waffen nach draußen in den Hof – und sah sich Jikesch gegenüber, der gerade eine kleine, tänzelnde Stute zu beruhigen versuchte.

»Hab schon davon gehört«, sagte er. »Hier, nimm die Zügel, sie gehört dir.«

»Wo hast du das Pferd her?«, fragte sie.

»Das ist Apfelblüte. Sie gehörte dem obersten Stallknecht«, antwortete er. »Bis gerade eben.«

»Du hast sie gekauft?«

»Ich habe eine kleine Wette abgeschlossen.«

Linn seufzte. Sie wollte ihm nicht dankbar sein, nicht schon wieder. Es war so viel leichter, Jikesch einfach bloß zu hassen.

»Ich habe gewettet, dass der Prinz dich irgendwann anflehen wird, wieder in die Garde einzutreten«, erklärte er laut. Linn sah mehrere Knechte und Mägde, die aus dem Nutztierstall kamen und neugierig zu ihnen herübersahen. »Dazu gehört selbstverständlich, dass du hoch zu Ross davonreitest und nicht vor aller Augen schwer bepackt aus dem Schloss schlurfst.«

Die Gardisten hatten sich weiter hinten im Hof eingefunden, um ihren demütigenden, pferdelosen Abgang nur ja nicht zu verpassen.

In der Tat, sie *war* ihm dankbar.

»Ich tue mein Bestes«, versprach sie. Keiner der Zuhörer konnte ahnen, dass sie mehr meinte als den Wunsch, seine Wette zu erfüllen. »Ach, Jikesch …« Sie wollte die Hand nach ihm ausstrecken, ihn an sich ziehen und ihn nie wieder loslassen … aber sie tat nichts von alldem.

Ich sehe ihn zum letzten Mal …

Sein weißes Gesicht. Die schwarzen Augen, die schwarzen Lippen. *Ich würde dich küssen, dass es in deinen Zehen kribbelt und dein Bauch warm wird und dir die Haare aus dem Zopf kriechen vor Entzücken …* Schon lange flocht sie ihre Haare nicht mehr zum Zopf. So vieles hatte sich geändert, und nun musste sie endgültig gehen.

Sie schaute ihn an und dachte: *Ich kann nicht gehen. Ich kann nicht …*

Etwas raschelte im Stroh, und sie zuckten beide zusammen.

»Verschwinde«, sagte er munter, »bevor sie dich hinausjagen. Vielleicht holst du Yaro und Rinek noch ein, und ihr kehrt gemeinsam nach Brina zurück.« Er verzog den schwarzen Mund zu einem frechen Grinsen. »Oder willst du kämpfen, Drachenmaid?«

»Ich weiß nicht, ob ich gegen Chamija kämpfen würde, selbst wenn ich es könnte«, sagte Linn. »Ich weiß überhaupt nichts mehr … Ich hasse sie und hasse sie doch nicht. Vielleicht hat sie recht. Vielleicht stelle ich mich auf die falsche Seite und begehe den größten Fehler meines Lebens. Woher soll ich es wissen? Wer kann mir raten? Ich brauche Antworten, aber ich kann Wahrheit und Lüge nicht unterscheiden. Vielleicht ist sie schuld an allem, aber vielleicht bekämpft sie auch nur meinen wahren Feind. Wem soll ich glauben?«

Jikesch legte nachdenklich den Kopf schief. »Man kann nur kämpfen, wenn man nicht zweifelt.«

Linn saß auf; als sie sich nach ihm umschaute, war er verschwunden, als wäre er wie ein Vogel davongeflogen.

Sie hielt auf das Tor zu. Zu Fuß wäre es noch schlimmer gewesen, aber auch so fühlte es sich an wie Sterben, das Schloss auf diese Weise zu verlassen.

26

Nival schloss die Tür hinter sich und horchte. Im Haus war es still und dunkel – offenbar hatte niemand die Öllampen angezündet, die den Flur sonst erhellten.

»Agga? Tante Mora?«

Er tastete nach der Wand. Dort auf dem Bord stand sonst die Lampe – ja, seine Hand schloss sich um den Glaskolben. Die Zündholzer lagen direkt daneben. Er konnte sie schon unter den tastenden Fingern spüren, da hörte er, dass jemand atmete, kaum ein Gildrek hinter ihm. Einer, nein, vielleicht sogar mehrere. Ein kaum hörbares Scharren eines Fußes, das Knacken eines Gelenks. Jemand lauerte auf ihn, wartete, dass er weiterging. Seine Nackenhärchen stellten sich auf. Er war hier nicht allein.

Chamija!, war sein erster Gedanke. *Eine Falle. Sie hat jemanden hergeschickt. Weil – oh Barradas, sie hat unser Haus entdeckt! Nein! Tante Mora! Die Alten! Nein! Nein!*

Lautlos zog er die Hand zurück und machte sich bereit, dann warf er sich nach vorne, kam mit den Händen auf, schnellte mit den Füßen voran vorwärts, um den Eindringling zu treffen, und ging mit lautem Geschepper und Geklapper zusammen mit irgendetwas zu Boden. Jemand fluchte laut, und gleichzeitig ging das Licht an. Da standen Lireck und Borlin, Stricke in den Händen, und Kasidov hielt die Lampe. Agga mit hocherhobenem Arm, einen Knüppel in der Hand, bereit zum Zuschlagen. Nival starrte auf den Käfig, den er umgerissen hatte, darin, flatternd und schimpfend, Lirecks Affendrossel.

»Was soll das denn?«, fragte er.

Die vier zogen den Kreis enger, vorsichtig, und er bemerkte die Angst in Aggas Augen.

»Seid ihr verrückt? Ich hätte einen von euch töten können!« Nur die Gitterstäbe des Käfigs hatten den kleinen Vogel vor einem plötzlichen Ende bewahrt.

»Halt still!«, sagte Agga. »Du wirst dich jetzt fesseln lassen, ohne Widerstand zu leisten.«

Nival bückte sich und stellte den Käfig wieder auf. »Ihr habt der Drossel das beigebracht? Lautes Atmen und Füßescharren? Ihr wart bereit, sie zu opfern?«

»Beweg dich nicht«, befahl Borlin. »Wir sind zu allem entschlossen.«

»Wozu soll das gut sein?« Er wusste immer noch nicht, ob er sich ärgern oder lachen sollte. »Das ist mein Haus, und wenn ihr euch nicht wohlfühlt, könnt ihr gerne wieder ausziehen. Ihr seid keine Gefangenen hier. Bei Barradas, was nehmt ihr euch heraus?«

»Wir retten den König.« Agga machte einen Schritt auf ihn zu. Ihre Augen funkelten grimmig, doch er konnte ihre Angst riechen – so stark schwitzte sie sonst nicht. »Wir schätzen Euch sehr, Herr Nival, nicht aber den tollwütigen Mörder, zu dem Ihr geworden seid.«

»Vorsicht.« Unter der Treppe erschien Mora, eine schimmernde Gestalt in einem hellen Kleid. »Reizt ihn nicht. Er kann jeden von uns mit einem einzigen Tritt töten.«

»Pfeif deine Hunde zurück«, sagte Nival und bemühte sich, seine Wut hinunterzuschlucken. Sie war unverkennbar da; es war, als würde tief in ihm ein Kessel mit schwarzer Tinte zu brodeln beginnen. Die Dämpfe stiegen ihm in die Nase. Zaubertinte, eine schwarze, giftige Brühe, heiß und ätzend.

»Wir haben keine Wahl«, sagte Mora sanft, so unerträglich zärtlich, dass ihm Übles schwante. »Wir müssen dich außer Gefecht setzen, mein Junge. Wenn wir es nicht tun, wer sonst? Wärst du noch bei Verstand, würdest du uns zustimmen. Bitte, Nival. Ich muss eingreifen. Ich kann dir nicht länger trauen.«

Er versuchte, ruhig zu atmen. Die Alten wagten nicht, näher zu kommen, aber der Hausflur war schmal und eng und bot ihnen keinen Platz zum Ausweichen. Kasidov stand auf der untersten Treppenstufe, Lireck und Borlin hinter dem Käfig und Agga, die sich ebenfalls die Treppe hinuntergeschlichen hatte, zwischen ihm und der Haustür. Nival ballte die Fäuste und entspannte die Hände mit größter Anstrengung wieder.

»Wir wollten ihn überrumpeln«, sagte Lireck. »Was jetzt? Können wir uns darauf verlassen, dass er uns nichts tut, wenn es hart auf hart kommt? Wie schlimm steht es um ihn?«

»Ich weiß es nicht«, seufzte Mora. »Ich will ungern euer Leben riskieren, Freunde, aber wir können ihm nicht gestatten, ins Schloss zurückzukehren. Auf gar keinen Fall. Egal, was es uns kostet. Nur noch ein paar Tage bis zum Laranstag – ich glaube, dann wird sie es ihn tun lassen. Beim Fest, wenn der Aufruhr am größten ist. Du wirst den König töten, und die Menge wird dich in der Luft zerreißen – willst du wirklich, dass es so endet?«

Agga hatte sich bereits entschieden. Er hörte ihren Atem schneller werden, bevor sie den Knüppel auf ihn heruntersausen ließ, doch Nivals Reflexe waren jahrelang erprobt. Er ließ sich fallen, tauchte unter ihrem Schlag hindurch und packte den Knüppel, während die Magd noch um ihr Gleichgewicht rang. Er stieß sie fort, schubste Kasidov zur Seite und sprang die Treppe hinauf, wobei er mehrere Stufen auf einmal nahm. Die Lampe zersprang klirrend, und sofort wurde es wieder dunkel. Hinter ihm entstand ein Tumult.

»Bist du verletzt?«

»Dieser Idiot!«, kreischte Agga. »Schnappt ihn euch!«

Nival sah sich um. Die Türen zu den Zimmern der alten Männer waren nur zu erahnen. Er riss die erste auf und stürmte ans Fenster. Natürlich wäre es kein Problem gewesen, sich den Weg unten durch seine schwachen Gegner zu bahnen, aber er war sich darüber im Klaren, dass er sie nur allzu leicht töten konnte.

Dann tu es doch. Was bilden die sich ein?

Tief aus dem brodelnden schwarzen Kessel stieg ein Gedanke auf, ein finsterer, bitterer Gedanke: *Hat Mora nicht schon immer versucht, dich zu beherrschen? War sie es nicht, die dich dazu brachte, deine Aufgabe zu vergessen und ein Leben in Knechtschaft und Schmerz zu führen? Du hättest Pivellius längst töten können, du wärst schon seit Jahren wieder bei den Tensi, wenn du nicht auf ihr Gefasel von »Feindschaft begraben« und »neue Wege beschreiten« gehört hättest.*

Er lehnte sich aus dem Fenster und kletterte auf das Sims. Kleine Steinchen bröckelten unter seinen Füßen und fielen auf die Straße.

Er griff nach der Regenrinne, die sich unter seinem Gewicht nach vorne bog, und kletterte rasch daran hinunter. Doch kaum hatten seine Füße die Straße berührt, umschlangen ihn zwei Arme von hinten. Arme, so stark, so unerbittlich, dass sie ihm fast den Brustkorb zerquetschten, während sie ihm seine eigenen Arme an den Körper pressten. Es konnte nur einen geben, der so viel Kraft besaß. »Rinek?«, wollte er herausbrüllen, doch noch nicht einmal dafür reichte sein Atem.

Nival versuchte, sich aus dem Griff herauszuwinden, aber es war unmöglich, er war wie in einem Schraubstock gefangen. »Oh verdammt, Rinek!«, brachte er heraus.

Ohne darüber nachzudenken, was er tat, trat er kräftig nach hinten, gegen das Bein des Angreifers.

Seine Schuhsohle traf auf Holz. Sie wankten beide, doch sofort packten weitere Hände zu.

»Haltet ihn! Fesselt ihm die Beine, schnell!«

Aus den Augenwinkeln sah Nival, wie ein paar Passanten vorbeihasteten. Um Hilfe zu schreien würde nichts nützen, dafür hätte er sich eine andere Wohngegend aussuchen müssen. Bevor er noch einmal zutreten konnte, schlang ihm Yaro ein Seil um die Beine, wobei er darauf achtete, dem gefährlichen Fuß nicht zu nahe zu kommen. Dann schleppten ihn die beiden zurück ins Haus.

»Habt ihr ihn? Den Göttern sei Dank. Hier hinein mit ihm.«

Nival kämpfte gegen den eisernen Griff an, mit dem Rinek ihn festhielt. Wenn es ihm nur gelang, ein paar seiner Tricks anzuwenden ... Doch Rineks Arme waren sicherer als unzerreißbare Stricke. Das Holzbein klackte laut auf dem Holzfußboden, während die beiden Briner ihn durchs Haus zerrten.

»Auf den Stuhl oder aufs Bett?«, fragte Yaro.

»Setzt ihn dorthin«, befahl Mora. »Lasst ihn nicht los, Rinek, auf keinen Fall.«

Sie zwangen ihn auf einen Hocker. Der Griff lockerte sich nicht, aber Nival hörte nicht auf, sich zu wehren. Mit erschreckender Klarheit ahnte er, was ihm bevorstand. Er wusste, was Mora vorhatte, als er ihren Blick auf sich sah, so entschlossen und hart. An ihrem fleckigen, geröteten Gesicht erkannte er, dass sie geweint hatte. Stundenlang geweint.

»Haltet seine Beine fest«, sagte sie zu Yaro. »Ich weiß, das ist gefährlich.«

»Wir ziehen das durch. Tut, was immer getan werden muss, Frau Mora«, gab Yaro zurück.

Die Zauberin baute sich vor ihrem Gefangenen auf. An der Tür standen die Alten, wispernd, doch ein Blick von Mora genügte, und sie zogen sich zurück. »Wir werden alles beizeiten erfahren«, sagte Agga und schloss die Tür.

Sie waren nur noch zu viert. Irgendwo im Haus kreischte die Drossel.

»Tu es nicht«, sagte Nival. »Bitte, Tante Mora, das kannst du nicht machen! Willst du mich umbringen?«

»Wenn es sein muss«, sagte Mora ernst. »Wir haben nur einen Versuch. Wenn es mir gelingt, werden wir dich und den König retten, wenn nicht, dann wirst du jedenfalls nicht derjenige sein, der ihn auf dem Gewissen hat.« Sie musterte ihn traurig. »Mein lieber Junge, lieber töte ich dich mit meinen eigenen Händen, als zuzulassen, dass du diesen Weg weitergehst. Dass du dich in etwas verwandelst, das man jagen und zur Strecke bringen muss. Daher will ich versuchen, meinen Neffen zu finden.« Sie streckte die Hand aus, und Nival versuchte panisch, ihr auszuweichen, scheiterte jedoch an Rineks festem Griff.

»Lasst ihn auf keinen Fall los«, erinnerte sie. »Er wird noch stärker zappeln, wenn ich anfange. Er wird schreien, dass euch das Trommelfell platzt. Vielleicht wollt ihr euch vorher etwas in die Ohren stopfen?«

»Macht Euch um uns keine Sorgen«, sagte Yaro. »Fangt an. Wir halten ihn schon fest.«

Mora biss sich auf die Lippen und holte noch einmal tief Luft.

»Nein!«, flehte Nival. »Tu es nicht, bitte! Du hast behauptet, es geht nicht. Du meintest, es wäre nicht möglich. Das hast du selbst gesagt!« Er wunderte sich selbst darüber, wie laut er sie anschrie, und senkte hastig die Stimme. »Ich werde tun, was du verlangst. Alles. Nur bleib mir vom Leib. Du darfst den Bann nicht antasten – sie wird es merken, und dann ist alles aus.«

»Hüte dich, Chamija«, flüsterte Mora, ohne seine Bettelei zu beachten, »ich bin auch eine Zauberin.«

Sie öffnete die Finger. In ihrer Handfläche lag eine Drachenschuppe, glänzend wie eine Scheibe buntes Glas. Einen Moment staunte Nival über die Schönheit der Schuppe, er wollte fragen, woher Mora sie hatte und warum er nichts davon wusste. Hatte Rinek sie aus dem Keller der Ziege mitgebracht? Mora durfte eigentlich nicht so viel Macht besitzen, Chamija würde sich darum kümmern müssen.

Da presste sie ihm die Hand mitsamt dem funkelnden Stein an die Stirn und murmelte ein einziges Wort.

Der Schmerz war wie ein Blitz – genauso gleißend und heftig, aber leider nicht so schnell vorbei. Er fühlte sich in Glut getaucht, in ein Feuer, das in ihm brannte und das selbst Schreie und Tränen nicht löschen konnten. Es war, als würde jemand einen Vorhang mit einem Messer zerteilen, nur nicht schnell und glatt, sondern so, als würden die Zacken einer Säge sich durch jeden einzelnen Faden graben und sich so immer tiefer hinunterarbeiten. Er hörte sein eigenes Gebrüll, während die magische Säge einen Faden nach dem anderen zerrieb und zerfaserte und den Schmerz mehrte.

»Wag es ja nicht, ohnmächtig zu werden«, sagte Mora. »Du musst wach bleiben, hörst du? Sieh mich an. Nival, ich befehle es dir! Sieh mich an!«

Ihr Gesicht hing hell und rätselhaft vor seinem, ihre großen Augen gruben sich wie mit Widerhaken versehen in seine.

»Es ist dein Herz, Nival. Hörst du mich? Es sind deine Wünsche. Finde etwas anderes, auf das ich den Bann lenken kann. Gib mir etwas Besseres als Hass. Was ist noch da?«

»Hör auf!«, schrie er, während der Zackendolch immer weiter in sein Inneres vordrang, während die Lücke größer und größer wurde. Kälte wehte ihn an, als würde in ihm, während die Nacht tiefer wurde, Schneefall einsetzen. Er fror, seine Zähne klapperten, und an den Rändern seiner zerfetzten Seele bildeten sich Eiskristalle.

Rinek lehnte die Stirn gegen Nivals Hinterkopf, der warme Atem des Mannes blies in sein Haar. Wenn Nival sich jetzt nach hinten warf, konnte er ihm die Nase brechen und entkommen …

»Nival!« Die Scheibe an seiner eigenen Stirn brannte wie die

Sonne. »Du musst mir helfen! Du musst etwas finden! Wenn ich den Bann nicht umlenken kann, wirst du hier und jetzt sterben!«

Er hörte Moras Stimme wie von weit her. Dort unten war die Grube, in der es kochte. Zaubertinte. Zauberpech. Eine schwarze, brodelnde Masse. Dort war das Labyrinth, dort im Finstern. Er tastete sich voran, ein Kind, das aufgehört hatte zu weinen, das dem Luftzug durch die endlose Dunkelheit folgte, einem schwachen Wind, der in den Spalten und Nischen sang und heulte. Winzige Füßchen trippelten vor ihm her. Die Mäuse flüsterten. Irgendwo musste der Ausgang sein, das Licht … aber mit jedem Schritt ließ er diejenige im Stich, die er liebte. Seine Mutter hatte das Haar nach vorn gekämmt, um die Wunde an ihrer Wange zu verbergen, aber er hatte es gesehen. Sie versuchte zu lächeln und dabei nicht zu zeigen, wie viele Zähne ihr fehlten. Über allem lag der Geruch von altem Blut.

Geh. Folge dem Zauber. Es muss noch etwas anderes geben als die Nacht …

Ich werde zurückkommen. Ich komme zurück und hole dich hier raus. Versprochen.

Geh. Geh, mein Junge.

In der schwarzen Masse brodelte sein Zorn. *Dafür wird jemand bezahlen. Ich komme zurück. Ich werde zurückkehren, und dann wird der König bezahlen … Ich soll ihn retten? Ich habe nicht die Absicht.*

»Da muss noch etwas anderes sein«, drängte Mora. »Such danach. Jetzt, bitte!«

Er spürte Rineks Arme um sich, sein angestrengtes Keuchen. Wie lange würde seine Kraft noch reichen? Yaro umklammerte Nivals Beine, auch das drang bis in die Tiefen seines Bewusstseins. Oh ja, Yaro, als könnte er jemals vergessen, wer dieser Mann war. Mit Vergnügen würde er ihn umbringen. Er musste nur warten, bis die Wachsamkeit seines Rivalen nachließ, und dann, mit einem plötzlichen, heftigen Tritt …

Aber sie liebt ihn. Linnia liebt ihn. Er ist ihr Yaro, dieser hübsche junge Mann mit den dunklen Locken, mit den feurigen Augen. Gib's zu, er ist der Bessere von uns beiden.

Gib es zu. Auch das war ein Schmerz, kaum zu ertragen. *Du wirst nie an Yaro heranreichen. Weder an seine Schönheit noch an seine Treue. Der Einzige, der es verdient, von ihr geliebt zu werden. Vergiss Arian. Allein Yaro ist wichtig, denn er ist der Mann, zu dem sie zurückkehren wird, wenn alles vorbei ist.*

Es tat so weh, dass er nach Luft schnappte. Die Säge ratschte durch mehrere Fäden auf einmal. Der Teich der dunklen Wünsche lag still da.

Pivellius soll sterben.

Mein Vater soll sterben, denn er hat mich verkauft.

Alasan musste sterben, denn sie hat ihn dazu gebracht, meine Mutter zu vergessen.

Mora soll sterben, denn sie hat mich benutzt.

Yaro soll sterben, denn er besitzt, was ich begehre …

Dort unten, in seinem Innersten, in das er nur selten Einblick hatte, noch tiefer als der alles verzehrende Zorn, sah er sie vor sich. Linnia. Das Mädchen in Reisekleidung, müde von einem langen Weg, und doch leuchteten ihre Augen vor Begeisterung. *Ich frage mich, wer wohl die weißen Umhänge wäscht?* Linnia, die sich im Stroh an ihn schmiegte. *Ich bin verliebt. Wenn du wirklich mein Freund bist, wirst du dich für mich freuen.* Linnia, die betrunken in seinen Armen einschlief. Über ihnen die Sterne. *Wie alt bist du Jikesch? Uralt.* Ja, er spürte die zusätzlichen Jahre. Jede Nacht im Labyrinth ein Jahr. Jedes Flüstern, jedes vorsichtige Tasten im Gestein … Jahre und Jahrzehnte. Ein ganzer Berg lag auf diesem Jungen, der sich durch die Tunnel tastete. *Ich komme zurück und rette dich, Mutter …*

»Wir verlieren ihn«, sagte Mora, und etwas in Nival wunderte sich über die Untröstlichkeit in ihrer Stimme.

»Nein«, widersprach Rinek. »Na los, Nival, alter Kumpel.

Streng dich gefälligst ein bisschen an. Du bist kein hasserfülltes Ungeheuer. Du bist mein Freund, also, was ist? Finde einen anderen tiefsten Wunsch.«

Linnias Gesicht schimmerte auf der Oberfläche des schwarzen Teichs – aber auch das war ein verbotener Wunsch. Warum hatte er keinen anderen als diesen? Yaros Mädchen. *Wenn du ein guter Freund bist, freust du dich für mich …*

»Sag was, Yaro«, forderte Rinek.

»Er kann euch nicht hören«, sagte Mora leise. »Es ist zu spät. Lasst ihn los, Herr Rinek, er atmet nicht mehr.«

Linnias Gesicht auf der spiegelnden Oberfläche. Wenn ich mir das nur wünschen dürfte!

Wenn du ein Freund bist …

Es ging nicht, auf keinen Fall konnte er sich selbst unter diesen Bann begeben, Linnia um jeden Preis zu erringen. Denn dann würde er Yaro töten, gleich jetzt. Yaro, dessen Aufmerksamkeit nachgelassen hatte und der Mora stützte. Durch die Wimpern beobachtete Nival, wie Yaro den Arm um die Zauberin legte, wie er nicht mehr auf den Gefesselten achtete. Mitfühlend und behutsam, und dabei hatte er die starken Hände eines Knechtes …

Ich wünsche mir, dass ich die Freundschaft dieser Männer verdiene. Ich wünsche mir, dass ich so wäre wie sie …

Yaro legte seine Hand über Moras Hand, hielt sie fest, während sie vor Erschöpfung schwankte.

»Hörst du mich, Nival?«, sagte er leise. »Gib nicht auf. Wir brauchen dich hier.«

Wenn er ihren Erwartungen nur gerecht werden könnte … Das war Linnias Familie. Alle so wie sie: tapfer und aufrecht. Und jeder Einzelne von ihnen war bereit, auf Rache zu verzichten.

Warum habe ich Pivellius nicht schon längst getötet? Weil Mora es nicht wollte? Warum verflog mein Hass, als ich bei ihm lebte und einen alten, verbitterten Mann vorfand statt der Bestie, die zu töten ich ausgezogen war?

Ich beschloss abzuwarten und ihm eine Chance zu geben, ich und niemand sonst traf diese Entscheidung für mich.

Zu warten. Zu sehen, ob es nicht einen anderen Weg gab, die Geschehnisse im Verlies zu sühnen. Eine Zukunft für die Zauberer …

»Nival?«, fragte Yaro.

Als Mora sich zurücksinken ließ, fing er sie auf und legte sie auf ihre Bettstatt.

»Wie geht es ihr?«, fragte Rinek besorgt.

»Sie ist völlig erschöpft. In diesem Zustand kann sie nichts mehr tun, glaube ich.«

»Es sah nicht allzu schwer aus, ihm einen Stein an die Stirn zu halten«, meinte Linnias Bruder und seufzte. »Nicht so schwer, wie so einen Kerl festzuhalten. Bei Arajas, er fühlt sich an wie ein Fisch, der einem durch die Finger schlüpfen will. Er gibt einfach nicht auf. Wo sitzt bei diesem Mann der Verstand? Er könnte endlich einsehen, dass es keinen Zweck hat, Widerstand zu leisten, aber er begreift es einfach nicht.« Rinek ließ seinen Gefangenen auf den Boden gleiten, und Nival spürte das raue, kühle Holz der Dielenbretter unter seiner Wange.

Füße gerieten in sein Blickfeld. »Bei Belim«, rief Agga. »Ist er tot? Alle beide?«

»Mora lebt, sie ist bloß zu Tode erschöpft«, sagte Yaro vom Bett her. »Ich bin mir nicht sicher, ob sie beenden konnte, was immer sie da eigentlich getan hat.«

»Und er?« Die Schuhe kamen näher. Sie waren zerkratzt und staubig, und Nival dachte, ob er ihr nicht neue Stiefel kaufen sollte. Sie bekam zu wenig Lohn, auch wenn sie sich nie beklagte. Aber dazu hätte er wieder stehlen müssen, und er hatte es satt, den König zu hintergehen.

»Er lebt«, sagte Rinek, der Nival einer kurzen Untersuchung

unterzogen hatte. »Erstaunlich.« Er lehnte sich aufseufzend zurück und streckte das Holzbein aus, das über den Boden schabte. »Ich sage doch, der gibt niemals auf. Er ist hartnäckiger und verbissener als … keine Ahnung, womit ich ihn vergleichen soll.«

»Er liegt da wie tot«, jammerte Agga. »Dann war also alles umsonst? Was tun wir denn jetzt mit ihm?«

Nival versuchte, die Hände zu bewegen, was ihm zu seiner eigenen Überraschung gelang. Er setzte sich auf und berührte seine Stirn, die sich heiß anfühlte, als hätte er Fieber. Die anderen im Raum fuhren zurück. Er spürte ihre Angst, ihr Misstrauen, und das tat umso mehr weh, da er jetzt wusste, wie sehr er sich nach ihrer Freundschaft, ihrer Anerkennung sehnte.

Seine Beine waren immer noch gefesselt. Mit einem schnellen Griff löste er den Knoten und stand schwankend auf. Niemand kam ihm zu Hilfe. Ängstlich beobachteten sie ihn, keiner sagte ein Wort.

»Nival«, krächzte Mora vom Bett her. Sie versuchte sich aufzurichten, Yaro stützte sie.

Um Nival drehte sich alles. Die anderen wirkten irritiert, bereit zur Flucht oder zum Angriff, je nachdem, wie der Befehl lautete.

»Ist es gelungen?«, fragte Rinek. »Was sollen wir mit ihm machen?«

»Nival«, wiederholte Mora befehlend.

Er trat an ihr Bett. Yaro funkelte ihn angriffslustig an, aber die Zauberin hob die Hand, ihre Bewegung so schwach wie damals nach dem Überfall.

»Mein Junge«, flüsterte sie.

Ihre kleine Hand lag kühl in seiner. So zerbrechlich wie aus Glas kam sie ihm vor. Mora nickte den anderen zu.

»Lasst uns kurz allein. Bitte.«

Yaro zögerte, aber schließlich gingen sie hinaus, einer nach dem anderen.

»Ich konnte den Bann nicht umlenken«, sagte Mora leise. »Es tut mir leid.«

»Das ist nicht deine Schuld«, sagte er.

»Ich habe es wirklich versucht ... aber was immer du sonst noch für Wünsche hast, sie widersprechen sich. Da war kein Ziel, auf das ich den Bann richten konnte.«

»Ja«, flüsterte er. »Das war schon immer so. Hundert Wünsche, und sie kämpfen alle gegeneinander.«

»Es sind nicht deine Wünsche, die dich zu dem machen, was du bist«, sagte Mora. »Es sind deine Entscheidungen.«

»Ich muss Pivellius töten«, sagte er. »Ich muss es tun, sonst hört es nie auf, sonst gibt sie mich niemals frei. Es besteht nur eine einzige Möglichkeit, Tante Mora, den König zu retten. Dafür brauche ich deine Hilfe.«

»Meine Hilfe, um ihn zu töten oder um ihn zu retten?«

»Beides«, sagte er. »Chamija muss glauben, dass ich gehorsam war. Wenn ich mich weigere oder verschwinde, wird sie jemand anders beauftragen, vielleicht gar Arian selbst. Bevor das geschieht, tue ich es lieber. Der König muss sterben und in der Gruft seiner Familie bestattet werden, und dann werde ich ihn durchs Labyrinth führen, denselben Weg, durch den ich damals entkommen bin, durch die unterirdischen Tunnel. Mir war, als wäre ich wieder da. Ich hörte den Wind pfeifen, und die Dunkelheit war dichter als auf dem Grund des Meeres. Das ist der Weg, um Pivellius zu retten.«

Mora sah ihn an. »Gift, das ihn tot scheinen lässt? Dafür kann ich sorgen. Rinek hat ein paar Zutaten aus Zieges Werkstatt mitgebracht, die nützlich sein könnten.«

»Gut«, sagte Nival. »Ich werde Pivellius aus dem Schloss bringen, und sobald er in Sicherheit ist, werde ich die Stadt verlassen und gehen, wohin auch immer mich der Wind trägt.«

Mora schwieg lange. Schließlich seufzte sie. »Nein, Nival«, sagte sie. »Das ist zu riskant. Dein Plan klingt gut und könnte funktionieren. Den König vergiften und ihn dann auf unterirdischem Weg herauszuholen, aus Chamijas Nähe – das ist sogar fast zu gut. Aber ich bin mir nicht sicher, ob ich dir trauen darf. Oder inwieweit du dir selbst trauen kannst. Ich wäre dafür – wenn ich stark genug gewesen wäre, um diesen Bann aufzuheben, ohne dich zu beschädigen. Aber das war ich nicht. Du hast es gespürt – es ist nicht gelaufen, wie es sollte. Ich habe damit gerechnet, dass es wehtun würde, aber dass es dermaßen schlimm wird, habe ich nicht ahnen können. Es war, als würde ich den Bann aus dir herausreißen, und er hat sich in meinen Händen wie eine Schlange gewunden.«

»So hat es sich auch angefühlt.«

»Ich konnte ihn jedoch nicht entfernen, verstehst du? Er ist immer noch da. Ich habe die Verbindung zu deinem Wunsch, den König umzubringen, anscheinend unterbrochen. In der Hinsicht bist du frei – hoffe ich. Doch ich weiß nicht, für wie lange du frei bist, wenn überhaupt, oder ob die Zeit reichen wird, um Pivellius zu retten. Ich darf auch die Möglichkeit nicht außer Acht lassen, dass du das im Moment zwar ernst meinst, aber letztendlich nur einen genialen Plan entwickelt hast, um mein Vertrauen zu erringen, hier wegzukommen und den König umso sicherer umzubringen.«

»Dann muss ich es tun, solange ich noch klar denken kann. Sofort. Du hast keine andere Wahl, als es mich versuchen zu lassen, Tante Mora. Das weißt du so gut wie ich – wenn ich aus der Stadt verschwinde oder wenn du mich umbringst, sucht Chamija sich jemand anders. Sag ja, und wir machen es auf diese Weise. Ich brauche das passende Gift, das Pivellius ein paar Tage schlafen lässt und selbst eine Zauberin wie die Tijoanerin zu täuschen vermag. – Und?«

Er wartete, aber sie antwortete nicht.

»Du traust mir nicht«, sagte er schließlich traurig.

»Ein bisschen, und das muss genügen.« Schmerz verzerrte ihre vertrauten Gesichtszüge. »Deine Widerstandskraft ist ungemein groß«, meinte sie. »Rinek hat sich darüber beschwert, doch das ist das Einzige, was dich überhaupt bis hierher gebracht hat. Du wehrst dich so sehr gegen Chamija, dass wir alle hier dir unser Leben verdanken. Du hättest uns heute umbringen können, die Alten und Agga, sogar Rinek und Yaro und mich – wir wussten, welches Risiko wir eingehen, und dass womöglich nicht jeder von uns diesen Tag überleben würde. Wenn du nicht der wärst, der du bist, wärst du weder als Kind aus den Verliesen entkommen noch wärst du so ein einzigartiger Narr geworden, dessen Charme nicht einmal unser übellauniger König widerstehen kann, noch hättest du dich heute in unsere Falle begeben, damit wir tun konnten, was wir tun mussten. Du wusstest vielleicht sogar, was dich heute hier erwartet, und bist trotzdem hergekommen und hast uns unsere Arbeit erledigen lassen. Du hast keinen von uns umgebracht, du hattest den Bann im Griff statt er dich.«

»Was willst du mir damit sagen, Tante Mora?«, fragte Nival. »Wird die Wirkung des Banns wieder einsetzen?«

Die Zauberin nickte. »Ich fürchte, ja. Ich habe ihn dir aus der Seele gerissen, als hätte ich einen Blutegel von deiner Haut genommen. Du wirst innerlich verbluten, wenn er seinen Platz nicht wieder einnimmt. Es gibt keine Bilder, die genau beschreiben können, was eine Seele ist und was ich ihr angetan habe. Wenn sich zwei Zauberer um einen Menschen streiten, geht das selten gut aus, und Chamija ist so viel stärker als ich, dass ich auch dafür kaum Worte finde. Ich kann nicht gegen sie gewinnen – nicht auf diese Weise. Ich vermag dir nicht einmal zu sagen, was als Nächstes geschehen wird. Entweder wird der Bann sich wieder an dich heften, und dann wird es schlimmer sein als je zuvor. Ich fürchte, dann wirst nicht einmal du seiner finsteren Macht widerstehen können, und er wird dich zu Taten treiben, die du dir in deinen schlimmsten Träumen nicht vorstellen kannst. Oder du wirst sterben.«

Nival versuchte zu begreifen, was sie gesagt hatte, und vermochte es nicht.

»Dann sterbe ich lieber«, meinte er, und ihm war, als wären Wörter ohne Sinn das Einzige, mit dem er noch jonglieren konnte.

»Aber du darfst nicht sterben«, erinnerte sie ihn. »Wenn wir deinen Plan ausführen, darfst du auf keinen Fall sterben! Du musst warten, bis Pivellius für tot erklärt und zur Ruhe gebettet wird. Du musst durchhalten, bis er in der Gruft der Könige liegt, und du musst ihn auch noch durchs Labyrinth führen. Das alles kannst nur du. Wenn du an irgendeiner Stelle unseres Plans versagst, ist alles verloren. Wenn du stirbst, solange Pivellius in seinem Sarg liegt, hättest du ihn genauso gut ermorden können. Oder wenn du zusammenbrichst, während ihr unterwegs seid. Dann hat alles nichts genützt.«

Er nickte langsam. »Ich muss mich also beeilen. Drei Aufgaben auf meiner Schulter: Pivellius retten, nicht sterben und nicht dem Bann unterliegen. Du verlangst viel von einem Mann, dessen dunkle Wünsche ihn an diesen Punkt gebracht haben.«

Mora umklammerte seine Hände. »Du wirst ganz auf dich allein gestellt sein. Ich kann dir nicht helfen; alles, was ich tun konnte, habe ich vorhin getan.«

»Ich bringe den König her«, versprach er. »Was danach geschieht, ist unwichtig.« Er lachte leise. »Nun ja, nicht ganz. Wenn der Bann mich überwältigt, werdet ihr mich töten müssen, bevor ich dieses Versteck verrate. So oder so wird dieser Weg also mit meinem Tod enden.«

»Ich kann dich nicht gehen lassen, ohne einen Funken Hoffnung«, sagte Mora. »Im Moment bin ich so schwach, dass ich keinen einzigen Zauber wirken könnte, doch wenn du lange genug durchhältst, wenn du so lange lebst und frei bleibst, wie ich brauche, um neue Kraft zu schöpfen … und wenn ich irgendwie an eine Drachenschuppe komme in dieser Zeit … – oh, ich weiß, das sind zwei Wenns, die es in sich haben! –, vielleicht kann ich es dann noch einmal versuchen. Vielleicht kann ich einen Heilzauber wirken, der stark genug ist …«

»Ein Heilzauber würde dich umbringen«, sagte Nival. »Ich bin entbehrlich, sobald der König gerettet ist, aber dich brauchen wir für den Kampf gegen Chamija. Du bist nun mal die einzige Zauberin, die wir haben. Rinek ist noch zu unerfahren, um dich wirksam zu unterstützen. Du darfst dich nicht für mich opfern, Tante Mora, das wissen wir beide.«

Eine Weile saß er an ihrem Bett und hielt ihre Hand, dann beugte er sich vor und küsste sie auf die Stirn. Sie würden sich vielleicht nie wiedersehen. Wie viele Stunden hatte er noch, wie viele Tage?

»Was wäre dein Wunsch gewesen, wenn du es zugelassen hättest?«, fragte sie leise.

»Frag nicht«, entgegnete er. »Frag alles, nur nicht das.«

Linnia. Seit er sie das erste Mal im Schlosshof gesehen hatte, seit der Narr ihr einen Kuss geraubt hatte, den sie einem Ritter schuldete. Seit seine Welt hell wurde durch sie und dunkler, als er sich jemals hätte vorstellen können, und sein Denken aufhörte, sich nur um den König zu drehen. Er war nie verliebt gewesen, bis er miterlebte, wie ein Mädchen, das bisher kein Schwert in der Hand gehalten hatte, vorwärtsstürmte, gegen die besten Drachenjäger des Königs – nur weil sie daran glaubte, dass alles geschehen könnte, was sie wollte. Ihre Augen waren so wild und zornig wie sein Herz, aber ihre Lippen lockten weich und süß.

Nur auf den ersten Blick war Liebe ein wunderbarer, ein unschuldiger Wunsch. Denn er hatte die Kraft von Chamijas

Bannsprüchen kennengelernt. Sollte er ein Liebender sein, der kämpfte, ganz gleich, was es ihn kostete – oder sie? Würde er ihr Gewalt antun? Würde er am Ende eifersüchtig alle aus dem Weg räumen, die ihr mehr bedeuten könnten als er? Was brachte es, den König zu vergessen und stattdessen anzufangen, Yaro vor sich her zu hetzen wie einen Hirsch, den er mit seinem Zorn und seiner Eifersucht zerfleischte? Wenn er seine Liebe über alles stellte, würde das in einer Katastrophe enden.

»Was kann denn noch schlimmer sein, als den König zu töten?«, fragte Mora.

Yaro umzubringen, zum Beispiel.

»Du weißt nichts von meinem finsteren Herzen«, sagte Nival düster und stand auf. »Vielleicht habe ich weniger Zeit, als du denkst.«

An der Tür blickte er noch einmal zurück. Seine Tante wirkte so schwach und hilflos, und dabei war sie die einzige Waffe gegen Chamija, die sie hatten.

Aus der Stube hörte er Stimmen. Agga stritt mit den Alten. Rinek mischte sich ein, versuchte zu vermitteln.

Nival fuhr herum. Da stand Yaro, am Fuß der Treppe, im Dunkeln. Allein. Ohne Rinek, der ihn beschützen konnte. Die Gelegenheit.

Nival horchte in sich hinein und fand keine Wünsche, die ihn vorwärtstrieben, nur eine nachtschwarze Traurigkeit.

»Viel Glück«, sagte Yaro. »Draußen dämmert es schon. Soll ich dich begleiten bis zum Tor?«

Sie gingen nebeneinander her durch die stillen Straßen. Die Stadt erwachte gerade und schien sich schläfrig die Augen zu reiben. Yaro lachte leise. »Diese Nacht werde ich nie vergessen. Meinen besten Freund zu bekämpfen – das möchte ich nicht wiederholen, wenn es irgendwie geht.«

»Rinek ist dein bester Freund«, erinnerte ihn Nival, seltsam berührt.

»Rinek? Den betrachte ich eher als meinen Schwager. Auch wenn er das, zugegeben, noch nicht ist.«

Unter diesen Umständen hätte Nival sich viel lieber mit der Rolle des zweitbesten Freundes zufriedengegeben. Aber es gelang ihm, sich nicht einmal vorzustellen, Yaro in einer dunklen Gasse niederzuschlagen. Nein, musste er sich eingestehen, er stellte es sich durchaus vor. Doch gleichzeitig wusste er, dass sein Bedauern den Triumph bei weitem überwiegen würde.

Er atmete auf, als sie das Haus erreichten, in dem er sein Kostüm aufbewahrte.

»Hier ist mein Versteck, ich muss mich wieder in den Narren verwandeln. Unsere Wege trennen sich jetzt.«

»Dann freue ich mich auf unser Wiedersehen. Wenn du zurückkommst, mit diesem verrückten alten König im Schlepptau. Ich weiß es, vertrau mir. Niemandem würde ich zutrauen, einen Plan wie diesen auszuführen, außer dir.«

»Du hast gelauscht?«, fragte Nival erschrocken. »Bei Barradas' Esel, wie konntest du!«

»Ich stand zwischendurch einmal an der Tür«, gab Yaro unumwunden zu. »Es dauerte so unerträglich lange, und ich musste doch wissen, ob du Mora gerade erwürgst. Die Götter werden das nicht unbelohnt lassen und dich zurückkommen lassen. Bald sitzen wir wieder alle zusammen in Moras Küche.«

»Das wird sicher noch ein wenig dauern«, sagte Nival. »Ich werde nicht wieder Nival sein, bis ich den Plan ausgeführt habe. Mora soll mir das Zaubermittel während des Festumzugs geben, richte ihr das aus. Versprich mir eines. Wenn das hier vorbei ist – geht nach Hause, du und Rinek. Linnia ist schon unterwegs nach Brina, das hoffe ich jedenfalls. Versprich mir, dass ihr glücklich sein werdet, bis ans Ende eurer Tage.«

Yaro grinste schief. »Wenn's weiter nichts ist.«

»Hier«, sagte Nival. »Behalte sie.« Er überreichte dem Briner zum zweiten Mal seine Schuhe. »Halte sie fest.« Er wartete darauf, dass seine Hand sich bewegte, dass er die tödliche Schuppe wieder an sich nahm, aber er war Herr seiner Muskeln und seiner Gedanken; diesmal würde er sie wirklich loswerden.

»Gut«, meinte er erleichtert. »Dann kann ich ins Schloss zurück, ohne dass etwas Schreckliches passiert. Geh jetzt zu Mora. Bitte pass gut darauf auf – auf die Schuhe, meine ich. Um Mora ist mir nicht bange.«

Nival wartete, bis Yaro hinter der nächsten Wegbiegung verschwunden war, dann erst betrat er das leere Haus und zog das Kostüm aus dem Versteck. Er erreichte das Tor, als die Wächter es gerade öffneten, schlüpfte hinaus und hielt es so wie alle Tensi: Er blickte nicht zurück.

27

»Gah Ran! Ich bin hier! Gah Ran!«

Was tat sie eigentlich hier? Selbst für Drachenjäger war es nicht üblich, einen Drachen zu *rufen*.

Apfelblüte zitterte am ganzen Körper, als der Drache aus den Wolken schwebte. Die Stute riss an ihrem Strick, aber der Knoten hielt. Linn hatte kurz Mitleid mit dem Pferd, doch dann verdrängte die Ankunft des Roten alles andere.

»Du brauchst nicht so zu schreien.« In seiner Stimme schwang ein Lächeln mit und zugleich ein Knurren. Linn hatte die Kette auf einen Stein gelegt und sich ein paar Schritte zurückgezogen, und wieder hatte sich die ganze Welt verändert, sobald der Drache erschien. Sie konnte seine Gegenwart auf eine ungewohnte Weise wahrnehmen. Neu … und anders und beileibe nicht angenehm. Gah Rans Präsenz weckte Vorsicht in ihr, so wie man sich unter einem überhängenden Felshang unwillkürlich duckt … Steinschlaggefahr.

Keinen Augenblick vergaß sie, dass der Drache sie, wenn sie ohne Waffen vor ihn trat, mühelos töten konnte.

»Ich bin sehr hart bestraft worden«, begann sie, »für die wenigen Worte, die ich mit dir gewechselt habe. Lohnt es sich? Um das zu erfahren, bin ich hier. Für eine vage Hoffnung habe ich meine Zukunft fortgeworfen und den Namen meines Vaters geopfert. Alle meine Bemühungen, ihm zu neuem Ansehen zu verhelfen, sind damit gescheitert.«

Vermochte er zu begreifen, was das für sie bedeutete?

Der Drache richtete seinen dunklen Blick auf sie, und seine Augen waren wie Brunnen. Dann begann er zu lachen.

Ich bin verloren, dachte sie. Sie fragte sich, ob sie sich fürchtete, und wusste keine Antwort darauf. Wie hatte sich alles, woran sie je geglaubt hatte, so gründlich umkehren können?

»Linn.« Er hatte aufgehört zu lachen, aber das Gelächter schwang immer noch in seiner Stimme mit, tief und voll und ohne jede Häme. »Hier bist du also. Ich habe mich gefragt, ob du jemals so weit sein würdest. Mit Hass im Herzen lässt es sich schlecht denken. Hast du denn nicht gemerkt, dass ich dich stets beschützt habe? Ich war da, in Brina. Der Zauber, der dich schützen soll, wirkt nicht immer unfehlbar.«

»Du warst es!«, rief sie. »Ich erkenne deine Stimme. Jemand hat mich gewarnt, hat mir befohlen, aus dem Weg zu gehen. Es war nicht Yaro, sondern du!«

»Ich habe mich auf den Drachen gestürzt, der dich angreifen wollte, und ihn in eins der Häuser gestoßen. Damit habe ich dich gerettet und neues Leid verursacht ... so ist es, wenn man eingreift. Ich habe über dir gewacht, als du auf Burg Ruath warst. Nat Kyah hätte es nicht wagen dürfen, dir etwas anzutun. Er war vorsichtig, er wusste, dass er sich nicht mit mir anlegen darf. Ebenso war ich da, als die Drachen über die Stadt herfielen. Wenn ich sie nicht in einen Kampf verwickelt hätte, wäre die Sache noch viel schlimmer ausgegangen. Ich bin gekommen, als die Dörfler dich des Goldes wegen angegriffen haben, fast zu spät, aber immerhin. Ich kann nicht zaubern, Linn – wenn es mir möglich gewesen wäre, dich vor all dem Leid zu beschützen, ich hätte es getan. Aber ich konnte nur aus der Ferne über dich wachen und musste dich deinen eigenen Weg gehen lassen.«

Sie hörte ihm zu und versuchte, ihre Erinnerungen neu zu ordnen. »Du warst da«, gab sie zu, »und ich kann nicht beurteilen, ob zum Guten oder zum Schlechten. Neues Leid – wie meinst du das? Die Balken, die auf meinen Bruder heruntergekracht sind – das warst du, weil ihr euch auf dem Dach ausgetobt habt?«

Gah Ran nickte. »Willst du mich dafür hassen? Das steht dir frei.«

Linns Herz zog sich schmerzhaft zusammen. »Rinek verdankt dir seine Schmerzen, sein verlorenes Bein?«

»Ich wollte dich beschützen«, sagte Gah Ran, »doch wenn Drachen kämpfen, geht alles im Umkreis zu Bruch. Wenn ich ein Schwert führen könnte, so wie du, präzise und tödlich, wäre das anders.«

Er entschuldigte sich nicht.

»Und meinen Vater? Du hast ihn getötet, das hast du selbst zugegeben.«

»Harlon«, sagte der Drache. »Ach, Harlon ... Du hast keine Ahnung, was ich verloren habe. Jahrhunderte habe ich gebraucht, um einen Zauberer wie ihn zu finden ... einen Freund. Ja, ich habe es zu Ende gebracht. Er wollte so sterben, auch wenn du das nicht verstehen kannst. Im Feuer ... Seine Macht kam zu mir. Sie wäre sonst mit ihm untergegangen, doch auf diese Weise konnte ich ein Stück von ihm bewahren. Nichts vermag ihn zurückzubringen, Linn, doch dass er mir das geschenkt hat, kann ich nicht bereuen, weder für ihn noch für mich.«

»Bereust du überhaupt irgendetwas?«, fragte sie grimmig. »Wenn man dich so hört, ist alles irgendwie passiert, weil es nicht anders ging.«

Er lachte leise. »Wir alle müssen unsere Entscheidungen treffen. Es hat keinen Zweck, im Nachhinein darüber zu jammern. Du bedauerst, dass der Prinz sich von dir abgewandt hat? Dass du alles verloren hast, ohne zu wissen, ob du nicht den größten Fehler deines Lebens begangen hast? Ich bitte dich. Du hattest doch nicht im Ernst vor, den Rest deiner Tage in diesem Schloss zu verbringen, während die Welt um dich herum in Stücke zerfällt!«

Linn erstarrte. »Woher weißt du das? Wie kannst du das wissen, das von Arian und mir?«

»Drei rote Steine«, sagte Gah Ran. »Hast du dich nie gefragt, mit welchem Zauber sie belegt sind? Hast du dich denn nicht gewundert, warum ich so oft zur Stelle war – nicht immer, das gebe ich zu, denn ich hatte manchmal anderes zu tun, als über ein Kind zu wachen, das ganz gut auf sich selbst aufpassen konnte.«

Linn beugte sich über die Kette. »Du hast mich … beobachtet?«

»Es ist der Stein links. Von dir aus gesehen, wenn du sie um den Hals trägst. Ich konnte jedes Wort hören, ich konnte sehen, was immer es zu sehen gab.«

Linn wurde glühend rot. »Das kann doch nicht wahr sein! Du bist ja schlimmer als Nat Kyah!«

»Natürlich«, sagte Gah Ran leichthin. »Ich bin schlimmer als jeder andere. Ich bin gefährlich und skrupellos und hassenswert. Im Übrigen hatte ich Besseres zu tun, als dich ständig zu beobachten. Bevor du auf mich losgehst, solltest du bedenken, dass dein eigener Vater diesen Zauber auf die Schuppe gelegt hat, damit ich bei dir sein konnte und immer Bescheid wusste, was mit der Kette geschieht.«

»Mein Vater hat …« Sie schnappte nach Luft. »Das hat er mir angetan?«

»Es geht nicht um dich oder um mich«, sagte Gah Ran kühl. »Es geht um viel mehr. Der rechte Stein hat die Funktion, Zauberer und Drachen abzuwehren. Deshalb konnte weder Nat Kyah noch Chamija dir die Kette abnehmen.«

»Rania hat sie mir gestohlen, auf der Burg.« Die rothaarige Gräfin war mit ihr eine Gefangene im Süden gewesen. Mit den anderen Mädchen hatte Linn sich gut vertragen, aber Rania hatte sie von Anfang an nicht leiden können.

»Die einzige Frau, die keinerlei Zauberkräfte hatte.«

»Sie ist deshalb gestorben!«

»Es ist kein Fluch«, sagte Gah Ran. »Ich habe dafür gesorgt, dass niemand sie dir stehlen konnte. Nur auf Burg Ruath hat Nat Kyah eifersüchtig über seinen Besitz gewacht – über dich, meine ich. Bei Rania war es die Tatsache, dass sie dich angegriffen hat, die sie das Leben gekostet hat, denn Nat Kyah wusste nicht, was es mit der Kette auf sich hatte, sonst hätte er dir befohlen, sie ihm auszuhändigen, nachdem ihr das Hohe Spiel gespielt habt. Chamija ist viel schlauer. Sie war ziemlich gut darin, dich mit ihrem Charme einzuwickeln, nicht wahr? Natürlich hat sie sofort erkannt, dass du magisches Blut hast – wie denn nicht, als Harlons Tochter? Sie kam relativ schnell darauf, dass etwas nicht stimmen kann, wenn du bei anderen keinen Zauber spürst. Das hat dich verraten. Schon Mora hätte es erkennen können. Irgendetwas hat dein Gespür gedämpft, und es gehört schon einiges dazu, um die Fähigkeit eines Zauberers, Magie wahrzunehmen, so zu dämpfen, dass er blind und taub ist.«

»Das war auch die Kette?«

»Es ging nicht anders«, erklärte der Drache. »Dein Vater wandte für den mittleren Stein den stärksten Zauber auf, den er zustande brachte. Das hat ihn letztendlich so geschwächt, dass er gegen seine Angreifer nicht mehr ankam. Er hat sich verausgabt, um den Stein des ValaNaik zu schützen. Der rote Stein verdeckt das, was niemand finden darf, er verbirgt die Macht, die die Schuppe ausstrahlt, und weil er so stark ist, hat er für dich auch alles andere verdeckt, wenn du ihn getragen hast. Er dämpft übrigens nur die Empfindungen, nicht die Magie selbst, sonst hätten die beiden anderen Steine nicht mehr wirken können.«

»Niemand hat mich gefragt, ob ich das will.« Linn wusste nicht, ob sie empört sein sollte oder traurig. Ihr war, als hätte ihr eigener Vater ein Komplott gegen sie geschmiedet.

»Wer sonst hätte diese Bürde tragen sollen? Harlon hatte gehofft, Merina würde es übernehmen – auch sie kann ein wenig zaubern, wie du mittlerweile weißt. Aber dein Potenzial ist wesentlich stärker, und so kamen wir überein, dass du die Hüterin der Kette werden solltest, obwohl du noch zu klein warst, um zu begreifen, was das bedeutete.«

Linn versuchte sich vorzustellen, wie die beiden miteinander diskutierten. Ihr Vater und der Drache. Wie sie Für und Wider abwogen … Es war kaum möglich.

»Dann habt ihr also nicht das Hohe Spiel gespielt? Ich dachte, er sei vielleicht dein Untergebener gewesen … und musste tun, was du ihm befahlst.« Die letzte Hoffnung, eine Rechtfertigung für Harlons Handeln zu finden, war dahin, als Gah Ran lachend den Kopf schüttelte.

»Nein, Linn. Ich habe ihm nie etwas befohlen.«

»Aber … er hat die Ritter des Königs getötet!«

»Niemand erzählt die Geschichten je richtig, weißt du das denn immer noch nicht? Es hat sich alles ganz anders abgespielt. Seine Kameraden sind über ihn hergefallen, und er musste sich wehren. Die Königin hatte ihm die Kette überreicht und eine Fälschung herstellen lassen, und Harlon hatte den echten Stein noch nicht verzaubert. Die Macht war so groß, dass alle darauf aufmerksam wurden, sobald die Kette das schützende Schloss verlassen hatte. Ja, meine liebe Linn, jahrhundertelang war dieser Stein im Schloss von Lanhannat und wurde dort behütet, von unzähligen Magiern, bis es Brahans dämlichen Erben einfiel, die Zauberei zu verbieten. Er war nicht mehr sicher, deshalb entschieden wir, ihn woanders zu verstecken.«

»Das ist die Kette der Königin? Sie sieht ganz anders aus!«

»Das ist kein Silber. Ist dir nie aufgefallen, dass sie nicht schmilzt? Kein Drachenfeuer kann ihr etwas anhaben. Die Fälschung zerfloss unter Nat Kyahs Prüfung, aber wie viele Prüfungen, meine kleine Linn, hat dein Erbstück bestanden? Warum ist sie nie beschädigt worden, nicht in all dem Feuer? So viel Zauberkunst liegt auf dieser Arbeit, auf jedem kleinen Kettenglied, auf den Verzierungen, auf den Steinen … wir haben alle unsere Opfer dafür gebracht. Glaubst du, es macht mir nichts aus, mir Schuppen ausreißen zu lassen? Lässt du dir freiwillig Löcher ins Fleisch schneiden, für ein vages Ziel, dessen du dir nicht sicher bist? Nein, wir wussten alle, wofür wir kämpfen.«

Ehrfürchtig betrachtete Linn die Kette, sie wagte kaum, das Schmuckstück zu berühren, dabei hatte sie es jahrelang um den Hals getragen. Nein, es war ihr nie aufgefallen, dass die Kette unzerstörbar war.

Weißt du nicht mehr, wie Rania starb? Sie verging zu Asche, und die Kette fiel klirrend auf den Fußboden und war nicht einmal warm. Kühl und unversehrt …

»Dafür ist also mein Vater gestorben«, sagte sie langsam. »Er war der Meinung, es lohnt sich … Warum hat er ihn nicht eingesetzt? Wenn alles, was nötig ist, ein Zauberer und dieser Stein ist, warum habt ihr damit nicht getan, was immer man damit machen kann?«

»Eine gute Frage«, stimmte Gah Ran zu. »Aber siehst du, es ging ihm wie dir. Was kann man damit machen? Er war ein Zauberer und wusste trotzdem nicht, wie er vorgehen sollte, um den Fluch aufzuheben, der auf den Drachen liegt. Wir hatten vor, eine Reise an einen bestimmten Ort zu unternehmen …«

»An was für einen Ort?«, fragte Linn dazwischen.

Er zögerte, und als er den Namen schließlich aussprach, war seine Stimme voller Sehnsucht. »Steinhag«, sagte er leise. »Das unterirdische Reich der Drachen. Es liegt versteckt in den Bergen von Berat. Dort kommen wir her, und dorthin wollen wir zurück. Dort haben wir gelebt und geliebt und geträumt ... Das Gestein ist von unserer Magie durchdrungen. An den Wänden steht unsere Geschichte geschrieben, unsere Lieder und Visionen, unsere Klagen und Gebete. Für einen Zauberer müsste es sein wie ein riesiges Zauberbuch, durch dessen Seiten er wandern kann. Wo hätten wir eine Antwort finden können, wenn nicht dort? Sobald der Stein das Schloss verlassen hatte, begann jedoch die Jagd auf uns. Wir hätten es niemals bis dorthin geschafft, daher blieb uns nichts anderes übrig, als den Schatz zu verbergen. Harlon starb, und seitdem warte ich auf dich.«

Linn nickte. Langsam begann sie zu begreifen, wie sehr Gah Ran sie brauchte. »Auf euch Drachen liegt also ein Fluch. Wenn er aufgehoben würde, wärt ihr noch viel mächtiger – und das ist es, was Chamija verhindern will? Was wahrscheinlich alle Menschen verhindern wollen«, fügte sie hinzu.

»Dein Vater war da anderer Meinung.«

»Was soll ich jetzt tun? Sein Werk fortsetzen?«

»Die Verbannung schien ihm ein geringer Preis, um dieses Geheimnis zu wahren. Und du, Linn? Wirst du dich als seine würdige Tochter erweisen?«

Ihr schwirrte der Kopf von all dem, was sie gerade erfahren hatte. Noch kam es ihr unwirklich vor, dass sie mit einem Drachen redete, statt mit ihm zu kämpfen, und dass sie überhaupt darüber nachdachte, den Drachen eine Macht zu geben, mit der sie noch viel mehr zerstören konnten. Was hatte Harlon sich nur dabei gedacht? »Wo ist der grüne Stein? Kann ich ihn sehen?«

»Die Macht würde jeden Drachen im Umkreis anlocken, jeden Zauberer zu uns leiten. Dabei würde ich dir gerne einen kurzen Blick darauf gönnen, denn du musst wissen, wofür wir kämpfen, oder alles war umsonst. Ich könnte dir die Worte verraten, die den Zauber aufheben, doch um den Stein wieder zu verstecken, müsstest du so viel Kraft verschwenden, dass du einige Monde brauchen würdest, um dich davon zu erholen. Das kann ich nicht erlauben. Chamija gibt nicht so schnell auf. Sie wird nicht ruhen, bevor sie hat, was sie begehrt.«

»Was will sie damit?«, fragte Linn.

Gah Ran musterte sie. Seine schwindelerregenden Augen fixierten sie. »Verhindern, dass die Macht der Drachen wieder von ihnen selbst genutzt werden kann.«

»Aber …« Dieses Ziel klang nicht so abgrundtief böse, wie Linn erwartet hatte. »Kann sie das überhaupt? Oder reicht es, wenn sie den Stein in ihrem Besitz hätte und verhindert, dass jemand wie du ihn bekommt? Bei Arajas, jetzt weiß ich überhaupt nicht mehr, was ich tun soll.« Sie fragte sich erneut, ob sie einen Fehler gemacht hatte, als sie nicht auf Chamija gehört hatte. »War es Laran? Dieser Fluch, von dem du sprichst. Hat er die Drachen verflucht und so den Drachenmond beendet? Damals, vor achthundert Jahren, als der Krieg der Drachen endete, geschah es so?« Bei dem Gedanken an das, worum es hier gehen könnte, wurde ihr kalt. »Sag mir die Wahrheit, Gah Ran. Ist der Stein deshalb in Lanhannat, weil Laran ihn benutzte und die Drachen den Fluch, der sie zurückhält, sonst aufheben würden? Oh ihr Götter! Ich soll so etwas Schreckliches tun? Das wäre, als würde ich eine Meute wilder Hunde von der Kette lassen!«

»Ja«, sagte Gah Ran. »Du rätst recht gut, auch wenn es nicht Laran war, der uns verfluchte, sondern der Drachenkönig selbst. Damals endete unser Zeitalter, und die Menschen haben uns keine Träne nachgeweint. Aber ich bin noch da, und ich habe nicht vergessen. Du weigerst dich, die Hunde von der Kette zu lassen? Ja, du hast recht, dich zu fürchten. Es ist, als würdest du das Wehr öffnen, das den Fluss staut, und ihm seine Kraft zurückgeben, und natürlich wird alles überschwemmt von der Gewalt des Wassers. Du kannst den Riegel öffnen und die Gefangenen aus ihren Kerkern freilassen – das ist gefährlich, oh ja. Wer das tut, kann sich nicht sicher sein, ob er richtig handelt, denn es waren keine Unschuldigen, die zu Unrecht eingesperrt wurden. Du würdest Kräfte freisetzen, die keiner von uns je bändigen könnte.«

Linn trat einige Schritte zurück.

»Was hast du Harlon für diesen Verrat versprochen? Schätze und Reichtümer? Oder genügte es, ihn mit deiner Drachenzunge zu verführen, bis er dir hörig war?« Sie schleuderte ihm ihre Anklagen entgegen, doch er lachte nur, und die Bitterkeit in seinem Gelächter rührte sie gegen ihren Willen.

»Ich werde weder betteln noch handeln. Stell dich auf meine Seite, mit ganzem Herzen, oder lass es bleiben. Aber aus dieser Geschichte entkommen wirst du nicht. Ich kann dir den Stein nicht abnehmen, dieser Schutzzauber wirkt auch gegen mich. So oder so bist du seine Hüterin.«

»Ich könnte ihn Chamija geben.«

Zorn glühte in Gah Rans Augen. »Du Närrin«, zischte er.

Sie starrten einander an, und einen Moment lang fürchtete Linn, dass er sie angreifen würde. Vielleicht war es nur die verzauberte Kette, die ihn davon abhielt, seine eigene Schuppe, die alle magischen Angriffe abwehrte.

»Du bist eine Drachenjägerin. Möglicherweise gibst du ihr recht. Vielleicht willst du nicht aufhören, uns zu bekämpfen. Mit diesem Stein und deiner Hilfe kann ich etwas für mein Volk tun, worauf wir alle seit achthundert Jahren warten. Ich kann den Meinen etwas zurückgeben, was der Drachenkönig ihnen genommen hat. Die Welt würde nie wieder so sein, wie du sie kennst. Verbittert haben die Zauberer dagegen angekämpft. Es hat unendlich lange gedauert, einen Magier zu finden, der bereit war, sich auf meine Seite zu schlagen, der nicht meine Schuppen benutzen wollte, um seine eigene Macht zu mehren, sondern der stark genug war, um mich zu respektieren. Um zu verstehen, worum es geht. Es gab nie jemanden wie Harlon. Unser Bund war das Größte, was mir in meinem Leben je passiert ist, eine Freundschaft, die ich bis dahin für unmöglich hielt. Wir haben uns aufeinander verlassen, in allem … dafür gab er alles andere auf, die Ritterwürde, seine Ehre, seinen Namen, sogar das Glück seiner Familie. Glaubst du, ich weiß nicht, was ich da von dir verlange?«

»Du … verlangst es also?«, brachte Linn heraus.

»Ja«, sagte Gah Ran. »Das ist es, was ich von dir will. Ich biete dir an, den Bund, den ich mit deinem Vater geschlossen habe, weiterzuführen. Nenn es ein Hohes Spiel, dem kein Kampf vorausgeht. Jeder wird der Herr des anderen sein und jeder der Sklave. Mein Ziel wird dein Ziel sein, und meine Freude wird deine sein. Ich werde lieben, was du liebst, und hassen, was du hasst. Ich kenne dich, Linn, dein ganzes Leben lang habe ich dich begleitet. Deshalb habe ich keine Bedenken, mein Schicksal in deine Hände zu legen. Du bist stur und ein kleiner Hitzkopf und nein, du triffst nicht immer die klügsten Entscheidungen … Aber für diejenigen, die du liebst, würdest du durchs Feuer gehen. Ich weiß, wer du bist und dass du dieses Vertrauen verdienst. Den Vorteil hast du nicht. Wenn du dich darauf einlässt, musst du ins kalte Wasser springen. Es ist, als würdest du dich von einem Turm herabstürzen, im Vertrauen auf Flügel, von denen du nicht sicher weißt, ob du sie besitzt.«

»Das ist also dein Urteil über mich – dass ich ein kleiner Hitzkopf bin?«, fragte Linn beleidigt. Es gefiel ihr nicht, dass er sie so unter Druck setzte. »Ich bin eine Drachenjägerin. Ich kann mein Schicksal nicht in deine Hände legen.« Sollte denn die ganze Welt nach seiner Pfeife tanzen, nur weil er ein mächtiger Drache war?

Warum lächelte er so wissend, legte den Kopf schief, warum brannten seine Augen wie Nächte voller Sterne?

Ein Drache wie kein anderer …

»Niemand kann sich auf so etwas einlassen«, protestierte sie.

»Ist es so viel schlimmer, als Arian zu heiraten, um ihn zu ändern?«, fragte der Drache amüsiert, aber in seiner Stimme schwang die Erwartung mit, eine Spannung, die in der Luft vibrierte und den Boden zum Erzittern brachte. Vielleicht würde dieses Ungeheuer die Welt in Stücke zerreißen, wenn sie sich ihm als seine Zauberin zur Verfügung stellte. Er hatte ihr nicht angeboten, den Krieg zu beenden oder irgendetwas für Schenn zu tun. Oder für sie.

»Ich werde dir Dinge zeigen, die nie zuvor ein Mensch gesehen hat. Ich werde dich Wörter lehren, mit denen du die Welt aus den Angeln heben kannst. Ich werde dich teilhaben lassen an den Wundern einer vergangenen Welt, und dir die Möglichkeit geben, an der Entstehung einer neuen beteiligt zu sein. Du wirst von Geheimnissen erfahren, die alles auf den Kopf stellen, woran du je geglaubt hast.«

»Ist das der Zauber der Drachenzunge?«

»Was?«

»Dass alles so verlockend klingt.«

Gah Ran lachte wieder. »Oh, du bist wie Harlon, meine liebe Linn! Auch er konnte keinem Geheimnis widerstehen. Was ist, kommst du mit mir? Nach Norden, in die Berge? Nach Steinhag? Willst du es sehen – das unterirdische Reich?«

Sie war kurz davor, ja zu sagen.

Aber sie war eine Drachenjägerin. Wie konnte sie mit ihrer Beute gemeinsame Sache machen? Sie brauchte keine Geheimnisse, mit denen sie die Welt aus den Angeln heben konnte. Das, was sie sich immer gewünscht hatte, waren ein Platz in der Mühle, der Wald und der Bach und dass Yaro auf sie wartete.

»Ein Freund hat mir gesagt, dass man nicht kämpfen kann mit Zweifeln im Herzen, und das ist wahr«, sagte sie schließlich. »Mein Herz ist voller Fragen und Zweifel, voller Sorgen und Bedenken. Ich will nicht mit dir gehen, Gah Ran, und mich einer Sache verschreiben, die ich nicht durchschaue. Das war vielleicht das Ziel meines Vaters, aber es ist gewiss nicht meins. Vielleicht habe ich lange genug für ihn gelebt und dabei meine eigenen Wünsche vergessen.«

»Deine eigenen Wünsche«, knurrte er, und so, wie seine Macht größer war als alles, war auch seine Bitterkeit größer als jede andere, die ihr jemals begegnet war.

»Wirst du mich aufhalten, wenn ich nach Hause gehe? Es ist Zeit für mich heimzukehren. Allerdings …« Sie zögerte. »Werde ich dort jemals willkommen sein, wenn man herausfindet, dass ich nicht nur eine Drachenjägerin bin, sondern auch magisches Blut habe? Vielleicht sollte ich …«

»Nach Tijoa gehen?«, fragte Gah Ran.

»In der Tat«, sagte Linn steif. »Daran habe ich durchaus gedacht. Hast du das auch mit angehört? Natürlich. Du warst ja immer dabei, bei den persönlichsten Gesprächen mit meinen Freunden.«

Gah Ran schwieg lange. »Weißt du, was du da im Gesicht trägst?«, fragte er schließlich. »Du musst es doch wissen!«

»Verzauberte Schlangenhaut«, antwortete Linn. »Na und? Scharech-Par hat mir den Wunsch eingegeben, nach Tijoa zu gehen, auch das weiß ich. Vielleicht ist das gar nicht mal das Dümmste für jemanden wie mich. Was hält mich denn jetzt noch in Schehim? Ich bin gerade verbannt worden, wie du weißt.«

»Schlangenhaut?« Gah Ran lachte bitter. »Seit wann trägt Schlangenhaut Magie in sich?«

»Das stammt nicht von einem Drachen. Es ist weich und schön und hat nichts, aber auch gar nichts mit Hörnern und Schuppen zu tun.«

»Deine Kette schützt dich vor Angriffen, aber nicht vor Zauber«, sagte er. »Du hast die Maske freiwillig angenommen und liebst sie auch noch, obwohl du weißt, was sie in dir bewirkt! Auch das ist ein Zauber, ob du es wahrhaben willst oder nicht. Was du da trägst, ist Drachenhaut, Linn.«

»Aber …«

»Die Haut eines Drachen«, sagte er leise. »Wie kann sie weich und jung sein? Sie stammt von dem seltensten Drachen überhaupt, einem Drachen, wie du ihn nie kennengelernt hast und auch nie kennenlernen wirst. Sie waren immer so selten, dass sie das Kostbarste waren, was unser Volk besaß. Kinder.«

»Was?«, fragte Linn erschrocken.

»Die Trophäe eines Drachenjägers, der keinerlei Skrupel kannte. So weich auf deinem Gesicht … es muss ein sehr kleiner Drache gewesen sein. Einer der letzten unserer Art. Wir können uns nicht mehr vermehren, seit dem Fluch. So endete das letzte Drachenkind … um dir den Ruf eines Zauberers zu übermitteln.«

Ihr Herz schmolz, während sie ihr Gesicht befühlte.

Lass den Sturm hinter dir. Die Fragen. Den Kummer. Ich warte auf dich.

»Du willst der Entscheidung also ausweichen«, sagte der Drache schließlich. »Gut, tu das. Aber glaub mir, irgendwann wirst du sie treffen müssen.«

Er bewegte die Flügel, um sich in die Luft zu schwingen, und sie wusste nicht, ob sie traurig war oder erleichtert, als er verschwand. Als sie zu Apfelblüte zurückkehren wollte, fand sie nur noch den zerrissenen Strick vor.

Es war deprimierend, dass sogar Pferde besser wussten, wovor sie sich fürchten mussten, als sie.

28

Jikesch hockte auf dem kalten Marmorboden und malte mit einem Stück Kreide das Muster nach. Es war wichtig, beschäftigt zu wirken, auch wenn er angestrengt zuhörte.

»Wir können unser Bündnis mit Wellrah nicht erweitern«, sagte Arian gerade. »Ich will die Verlobung mit Prinzessin Daressia auflösen, Vater.«

Er marschierte mit finsterem Gesicht durch den Saal, nahm hier eine Vase von einem Podest, zupfte dort an einem Vorhang herum, hob Äpfel und Orangen aus einer silbernen Schale und legte sie wieder hinein, unruhig, ungeduldig; seine Schritte versetzten den Boden in Schwingungen. Währenddessen stand der König ruhig da, die Hände hinter dem Rücken verschränkt, und blickte aus dem Fenster.

»Ich könnte eine Prinzessin aus Tijoa bekommen, das würde wesentlich mehr bringen.«

»Tijoa ist im Volk nicht beliebter als vor unserem neuen Bündnis. Yan und Samaja sind gefallen. Warum kommen keine Nachrichten aus der Ebene? Wie sieht es mit Khanat aus? Was hat dein stolzes Heer bewirken können, mein Sohn?«

»Ich erwarte täglich die Nachricht von unserem Sieg. Wir werden mit Tijoa gleichziehen, glaub mir. Als ebenbürtige Partner, vielleicht sogar als Freunde.«

»Hältst du Scharech-Par wirklich für vertrauenswürdig?«

Wütend zerrupfte der Prinz ein Blumengesteck, das hilflos

auf einem Tischchen aus schwarzer Kirsche stand. »Ein Mann von Welt. Ein Mann, der weiß, was er will. Er wollte uns. Er ist nicht nach Wellrah gegangen. Er kam zu *uns*, nach Schenn, und hat uns seine Freundschaft angetragen.«

»Es gibt keine Freundschaft zwischen Königen.« Pivellius sah reglos zu, wie sein Sohn Stängel und Blüten in kleinste Teilchen zerpflückte. »Nur Bündnisse. Und meiner Meinung nach ist ein Bündnis mit Wellrah, unserem Nachbarn, eine wesentlich sinnvollere Angelegenheit als ein Bündnis mit einem Reich irgendwo hoch oben im Norden. Der Süden sollte zusammenhalten, wenn es Ärger gibt.«

»Tijoa ist die Zukunft«, knurrte der Prinz mit zusammengebissenen Zähnen. Mit den Blumen war er fertig, nun bohrte er mit dem kleinen Obstmesser ein tiefes Loch in eine der duftenden gelbroten Birnen. »Eine größere Zukunft, als wir es uns vorstellen können.«

»Größer«, wiederholte der König. »In der Tat, daran arbeiten sie kräftig. Wann sind sie so groß, dass wir uns Sorgen machen müssen?«

Arian ballte die Fäuste; gelber Blütenstaub rieselte daraus auf die Früchte.

»Irgendwann«, sagte er, »könnte Wellrah eine unserer Provinzen sein, so wie Nelcken und Inidria. In ein paar Jahren könnte ein König von Schenn auf dem Thron sitzen und auf ein Reich herabblicken, das doppelt so groß ist wie jetzt. Unsere Nachbarn breiten sich aus, unverschämt sitzen sie uns im Nacken. Wellrah macht sich Sorgen wegen Khanat? Das soll ich glauben? Sie bedauern nur zutiefst, dass sie es sich nicht schon längst geholt haben. Wie viele Freie Städte gibt es in der Ebene? Achtzig, neunzig? Dort blüht der Handel, unten im Süden findet das Leben statt! Die Städte nennen sich frei, aber das bedeutet nur, dass sie keinen Herrn haben, der sie beschützt. Wir werden dieser Herr sein.«

»Was macht dich da so sicher?«, fragte Pivellius, aber der Prinz antwortete nicht.

»Wellrah ist nichts«, flüsterte er. »Ein Bauerngarten, in dem Gemüse wächst. Sich mit Wellrah zu verbrüdern ist, als würde man eine Dienstmagd küssen. Sie mag davon träumen, Gold und Silber zu tragen, aber man wird immer den Schweinestall an ihren Händen riechen.«

Der Narr malte ein neues Muster auf den Boden. Die Kreide schabte über die Schlieren und Spiralen des glänzenden Steins, füllte Schnee in die wirbelnden Wolken, die über den dunklen Marmorhimmel zogen. Jikesch spürte den Blick des Königs auf sich und schaute auf. Er verzog die Lippen zu einem schmalen Grinsen.

»Nun?«, fragte Pivellius. »Was meinst du, kleiner Narr? Lohnt es sich, Wellrah den Bruderkuss zu geben?«

»Brüder«, meinte Jikesch, die Stimme fein und leicht, ein kleines Jubeln darin wie ein Vogelzwitschern. »Brüder seit hundert Jahren. Wer würde seinen Bruder verkaufen an den feinen Herrn aus dem Norden?«

Der Prinz schwieg, aber seine Augen funkelten wütend.

»Du wirst diese Verlobung nicht auflösen«, bestimmte der König. »Das verbiete ich. Solltest du dich weigern, werde ich deine Kompetenzen drastisch beschneiden.« Er legte die Hand auf Arians Schulter. »Wir sind nicht in eine leere Welt hineingeboren«, meinte er, »sondern in Traditionen. Diese gilt es zu erhalten, so verlockend auch manch anderes Angebot sein mag. Vergiss das nie, mein Sohn. Wir haben hier etwas zu bewahren, ein Erbe, das unsere Vorväter uns hinterlassen haben. Wellrah und Schenn sind wie Brüder, und wie eine Familie müssen sie zusammenstehen.«

Chamija öffnete die Tür und kam mit einem strahlenden Lächeln herein, ohne sich von der finsteren Miene des Königs beirren zu lassen.

»Tut mir leid«, sagte Arian gepresst, »ich kann dir leider nicht sagen, dass ich dich als meine Verlobte begrüße.«

»Was?«, rief Pivellius. »Dieses Weib willst du? Da hat mir ja selbst Linnia noch besser gefallen. Was willst du mit einer niederen Schreiberin?«

»Sie ist eine Prinzessin aus Tijoa«, widersprach der Prinz. »Wie ich seit gestern weiß. Ist das nicht eine wundervolle Überraschung?«

Der König musterte Chamija voller Verachtung und marschierte zur Tür. Dort wandte er sich noch einmal um. »Ich dulde dieses Weibsstück nicht in meinem Schloss«, sagte er. »Wirf sie raus, oder ich tue es selbst.«

Nur Jikesch bemerkte den glühenden Hass in Chamijas Augen. Der Prinz starrte auf seine Schuhe, dann richtete er den gequälten Blick auf die blonde Frau.

»Es tut mir leid.«

»Du magst nicht für mich kämpfen, nicht wahr?« Sie strich ihm über das dunkle Haar, eher wie eine Lehrerin als wie eine Geliebte. »So wie du für niemanden eintreten willst. Aber keine Sorge, ich kann für mich selbst einstehen.«

»Er hat recht«, flüsterte Arian. »Es muss Wellrah sein. Die alten Traditionen …«

»Sind nichts mehr wert«, behauptete Chamija. »Was nützt dir das, wenn Scharech-Par vor deinen Toren steht?« Sie seufzte. »Es ist einiges nicht ganz so gelaufen, wie es sollte. Verdammt, warum konntest du Linnia die Kette nicht abnehmen? Wenn ich sie hätte, würde alles anders aussehen … Ich kann nicht zulassen, dass die Drachen siegen. Scharech-Par jetzt herauszufordern wird Krieg bedeuten. Er weiß ganz genau, was er davon zu halten hat, wenn ich ihn vor den Kopf stoße und dich heirate. Aber ich bin bereit, es zu riskieren. Wir können immer noch gewinnen, es fehlen nur ein paar Kleinigkeiten, an denen ich gerade arbeite.«

Jikesch raffte all seinen Zorn zusammen, seine ganze blinde Wut, die sich in ihm aufgestaut hatte. Er krallte die Finger um das kleine, scharfe Obstmesser, das auf dem Tisch lag, und schleuderte es durch den Raum. Die Klinge zischte durch die Luft auf ihr Ziel zu, als hätte jemand auf Chamijas Rücken einen goldenen Kreis gemalt – und traf.

Er war nicht einmal enttäuscht, als das Messer klirrend zu Boden fiel, als sei es gegen eine Wand geprallt. Wusste er denn nicht, dass es nicht so einfach war?

Gleichzeitig war ihm, als hätte er immer schon gewusst, dass er eines Tages eine Grenze überschreiten würde, die ihn in ein Land bringen würde, aus dem es keine Wiederkehr gab, ein Land namens Du-bist-verloren-im-Dunkeln.

»Was war das?«, fragte Arian verwundert. »Hast du das gehört?«

Chamija drehte sich zu Jikesch um. Sie war unverletzt, ihr Lächeln eisig und kalt, als sie sich bückte und das Messer aufhob. Arians Verwirrung beachtete sie nicht einmal. »Netter Versuch«, sagte sie. »Ich sollte jetzt böse auf dich sein, aber das bin ich nicht. Es ist nur die Bestätigung dessen, was ich bereits über dich weiß. Dieser Zorn, mein Lieber, wird dich dorthin tragen, wo du hingehörst.« Sie wandte sich wieder an Arian. »Scharech-Par wird schon bald sein wahres Gesicht zeigen. Er wird seine Drachen auf die ganze Welt hetzen, wenn wir ihm nicht Einhalt gebieten. Wir haben nicht mehr viel Zeit. Ich brauche die Kette! Kannst du Linnia nicht etwas dafür bieten, das sie haben will? Weit kann sie noch nicht sein.«

Arian wandte sich schroff ab. »Ich werde nicht mit dir über diese Frau reden. Nie wieder. Sprich ihren Namen nicht mehr in meiner Gegenwart aus. Und jetzt muss ich mich umziehen für die Festtagsprozession. Die Feierlichkeiten für den Laranstag beginnen bald.«

Wie immer war die ganze Stadt geschmückt. An jeder Straßenecke erzählte ein Barde die Geschichte vom Heiligen Brahan. Kinder, in glitzernde Umhänge gehüllt und mit aufwändig gestalteten, riesigen Köpfen aus Schweinsblasen, spielten Drachengrube. Gaukler tanzten und musizierten auf den Straßen, doch vergebens hielt Jikesch Ausschau nach seiner Familie. Er hatte gewusst, dass sie nicht kommen würde, und war zugleich enttäuscht und erleichtert. Denn er musste sich auf das konzentrieren, was er tun wollte. Heute. Lange genug hatte er es hinausgezögert; wenn er noch länger wartete, würde Chamija am Ende die Sache selbst in die Hand nehmen.

Jikeschs Herz klopfte heftig, während er auf die Prozession der Garde wartete. Den ganzen Tag über fanden kleinere Festumzüge statt, die durch die engen Gassen zogen und jeden Fußbreit Boden segneten, denn natürlich konnte der König nicht durch alle Straßen gehen. Deshalb nahmen die Bewohner der Stadt die Segnung der kleineren Gässchen und Abzweigungen in die eigene Hand. Kaufleute streuten Süßigkeiten aufs Pflaster. Die Wäscherinnen wanderten geschlossen mit wehenden Fahnen durchs Handwerkerviertel und berührten mit ihren Tüchern jede Tür, während sie Larans Lieder sangen.

»Sind die Leute fröhlich?«, fragte Pivellius, während er sich sein mit Perlen und kleinen Drachenschuppen besticktes Gewand anlegen ließ.

»Ja«, sagte der Narr. »Das sind sie. Fröhlicher als letztes Jahr. Der Krieg bringt sie zum Lachen, alle, die noch übrig sind. Sie stopfen sich so viel Essen in den Mund, dass kaum noch Lieder hineinpassen, von Melodien ganz zu schweigen.«

Pivellius runzelte die Stirn. »Ich hoffe, die Boten aus der Ebene kommen bald. Heute wäre es besonders passend. Siegreiche Neuigkeiten zum Fest wären ein gutes Vorzeichen für das kommende Jahr.«

Heute. Ihm war, als hämmerte dieses Wort in seinem Kopf, in seiner Brust, wie ein schlagendes Herz, wie eine Trommel. Er hätte nicht sagen können, ob es von ihm kam oder von Chamija, wer ihm dieses Heute eingepflanzt hatte wie ein neues Lied zum Laranstag.

Heute. Heute …

»So.« Der König betrachtete sich zufrieden im Spiegel. »Dann wollen wir die Leute mal nicht länger warten lassen.«

Zuerst kamen die Ritter, dazwischen der Prinz, geschmückt und unbewaffnet, so wie Brahan unbewaffnet gewesen war, ohne Rüstung, nur mit der Gunst der Götter ausgestattet. Kinder in Drachenkostümen rannten zwischen den Rittern umher. Pivellius ging zu Fuß den Hügel hinunter und durch seine Stadt. Jikesch trottete hinter ihm her, hielt ab und zu die lange Schleppe des Umhangs hoch, sprang zwischen die Drachenkinder, die schreiend davonstoben, und die ganze Zeit über dachte er: *Heute.*

Grenzenlose Traurigkeit erfüllte ihn. Dabei war der Plan perfekt. An diesem Abend würde er den König töten. Nie zuvor war er so aufgedreht herumgesprungen. Nie war so viel Kraft in seinen Bewegungen gewesen, so viel Eleganz in jeder Drehung, so viel Witz in allen seinen Worten. Er warf die Hände in die Luft und sang.

»Laran vertrieb die Drachen, heißa!«

Pivellius drehte sich zu ihm um. »Nicht, dass du mir noch die Schau stiehlst, Narr«, sagte er. »Wenn ich gleich meine Rede halte, will ich kein Wort hören, verstanden?«

»Verstanden«, jubelte Jikesch, machte eine Rolle vorwärts und sprang wieder hoch. »Wie ist mein Verstand heute so klar. Heute! Heute ist Laranstag!«

Sein Blick schweifte über die Menge, bis er fand, wen er suchte: eine kleine Frau mit großen, wissenden Augen, ein grobes Tuch über dem langsam ergrauenden Haar. Er sprang an ihr vorbei, verbeugte sich, streifte ihre Hände. Seine Finger krallten sich um das winzige Fläschchen, dessen Kälte bis in sein Herz strahlte, sein Mund sang: »Heute! Heute!«, und er hörte kaum noch, wie Mora rief: »Er segne dich! Dein Gott segne dich!«

Barradas' Segen war wie ein zweischneidiges Schwert, und so kam Jikesch auch Moras frommer Wunsch vor wie ein Fluch. Sie wusste nichts über Barradas, sie, die helleren Göttern huldigte, und ahnte nicht, wie gefährlich es war, sich in die Hände dieses Gottes zu begeben.

Der Zug erreichte den Marktplatz, wo Pivellius auf ein Podest stieg. Erwartungsvolle Stille senkte sich über die Menge. Irgendwo kicherte ein kleiner Drache.

»Laranstag«, dröhnte die Stimme des Königs über den Platz. »Wie jedes Jahr feiern wir Laran, Sohn des Heiligen Brahan, den größten Helden, der je gelebt hat. Unseren Helden! So wie jedes Jahr sagen wir: Wenn du zurückkommst – wir sind hier, wir warten noch immer. Achthundert Jahre sind nicht zu viel, um dich zu vergessen.«

»Mein König!« Ein lauter Schrei lenkte die Zuhörer ab, Hälse reckten sich. Ein Reiter, dreckig und erschöpft, lenkte sein müdes Pferd zwischen die Menschen. »Ich komme aus Khanat!«

Sofort war der Prinz, der bisher eher schläfrig der Prozession beigewohnt hatte, hellwach. »Wie sieht es aus in der Ebene?«, rief er. »Was machen unsere Soldaten, haben sie die ersten Städte eingenommen zu Schenns Ruhm und zu Ehren Brahans und seiner Erben?«

»Drachen!«, heulte der Bote. Das Entsetzen stand ihm in die Augen geschrieben. »Drachen sind gekommen. Die Ebene brennt, überall lodern die Flammen. Unser Heer ist verloren, eingekesselt zwischen Feuer und Feinden.«

»Khanat ist nicht gefallen?«, rief der Prinz erschrocken.

»Gefallen? Ihre Zauberer lassen unsere Köpfe rollen! Glut unter unseren Füßen. Wir sind verloren!«

Betroffene Stille senkte sich über die Menschen, bevor das Geschrei losging. »Drachen? In der Ebene?«

»Ruhe!«, befahl Arian. »Ihr müsst Euch irren, Bote. Das kann nicht sein, Khanat hat keine Chance gegen uns. Die Götter sind auf unserer Seite! Wir sind Brahans Erben. Es kann doch nicht sein … Oh ihr Götter! Und das am Laranstag!«

Der König rang sichtbar um Fassung. »Waffenlos«, stammelte er, »marschierte Brahan in die Drachengrube, denn die Götter … die Götter … waren mit ihm. Wir werden die Drachenjäger aussenden, gegen die Drachen. Wir holen unsere Soldaten nach Hause. Wir werden … nein.« Ein paar Fürsten stützten Pivellius, als er wankte. »Kein zweiter Drachenmond!«

Auf einmal ertönten Schreie in der Menge, und zahlreiche Hände zeigten nach oben. »Da! Da ist einer!«

Auch Jikesch blickte hinauf und duckte sich unwillkürlich.

»Ein Drache! Die Götter stehen uns bei, ein Drache!«

Der blaugrüne Drache verschmolz beinahe mit dem Himmel, hoch oben war er kaum mehr als ein schillernder Fleck mit Flügeln, aber die Menschen heulten vor Entsetzen auf.

»Nein«, stöhnte der König, als hätte ihn der nächste Schlag getroffen, »nicht jetzt! Nicht hier!«

»Und wer«, erklang eine andere Stimme, laut und klar, »sollte das verhindern – Brahans Erben?« Ein Mann schob sich durch die Menge auf das Podest zu. Die Umstehenden wichen zur Seite, um ihn vorbeizulassen, dabei war er unscheinbar in einen schlichten Mantel gekleidet. Er trat vor den König, und nicht nur Jikesch erschrak, als er das Gesicht erkannte: Das war Nexin, der Assistent des Botschafters, der aus Tijoa gekommen war.

»Ihr!«, rief der Prinz und fasste Mut. »Was wollt Ihr denn hier? Mir erklären, wieso es in der Ebene schiefläuft, obwohl es ausdrücklich zu unserem Bündnis gehört, dass wir die Freien Städte bekommen?«

»Oh, seid versichert, nichts läuft schief«, versicherte der Mann. »Ist dies nicht der Laranstag? Wartet Ihr nicht auf Nachrichten, und habt Ihr sie nicht soeben vernommen? Euer Heer ist eingekesselt. Die Drachen machen Euch einen Strich durch die Rechnung. Doch seid Ihr nicht so stolz auf Euer Erbe, stammt Ihr nicht von Brahan ab, dem die Drachen nichts antun durften? Schickt sie fort. Sollten sie Euch nicht gehorchen, wie sie Laran gehorcht haben?«

»Drachen gehorchen niemandem«, sagte Arian und blickte finster nach oben. Auch wenn die gewöhnlichen Menschen schützend die Hände über den Kopf hielten – ein Drachenjäger wie er blieb kühl und gefasst im Angesicht der Gefahr. *Mit Sicherheit,* dachte Jikesch freudlos, *verschafft sich unser boshafter Prinz heute Respekt bei seinem Volk.* »Was tut Ihr hier? Warum unterbrecht Ihr unser Fest?«

»Oh, ich störe es keineswegs«, erwiderte Nexin. »Man könnte sogar sagen, ich bin ein Bestandteil dieses Festes. Vielleicht sollte ich mich jedoch zuerst vorstellen: Mein Name ist Scharech-Par, König von Tijoa.«

Arian wurde bleich. Pivellius löste sich von seinen Fürsten und trat empört vor. »Ihr seid … Wie könnt Ihr es wagen!«

»Was?«, fragte Scharech-Par. »Herzukommen, ohne Gefolge? Brauche ich denn ein bewaffnetes Heer, um mir zu nehmen, was mir gehört? Die Menschen hier lieben Euch, weil Ihr Brahans Erbe seid. In direkter Linie stammt Ihr von Hieron ab, dem Sohn Sanakas, Brahans Tochter. Doch lange genug hat diese Linie ihre völlige Unfähigkeit bewiesen. Es ist an der Zeit, dass die Krone an die wahren Erben Brahans zurückgeht.«

»Wer sollte das sein?«, fragte Pivellius höhnisch, während Arian noch blasser wurde.

Jikesch ahnte, was jetzt kam. So wie der Prinz hatte er nicht daran geglaubt, dass Chamija die Wahrheit gesagt hatte.

»Ich«, sagte der Tijoaner. »Auch ich stamme in direkter Linie von Eurem Heiligen Brahan ab. Ich bin Larans Erbe. Ist heute nicht ein guter Tag, um herzukommen, in diese Stadt, die auf mich wartet?«

»Nein!«, rief Arian. »Nein, das ist eine Lüge! Ihr seid aus Tijoa! Ihr lügt. Nie und nimmer stammt Ihr von Laran ab!«

»Oh doch«, sagte Scharech-Par, »ich kann es sogar beweisen. Wem werden die Drachen gehorchen – Euch oder mir? Diese Stadt, dieses Schloss und dieser Thron gehören Larans Erben – das verkündet Ihr Jahr für Jahr. Seit Hunderten von Jahren singt dieses Volk davon, wem es in Wahrheit dienen will. Hier bin ich, und ich fordere Euch heraus, König Pivellius.« Er wandte sich an den König, der vor Wut mit seinem Stab Löcher ins Podest schlug. »Wer kann den Drachen befehlen – Ihr oder ich? Natürlich soll kein Kampf den heutigen Festtag entehren.« Er verbeugte sich leicht und lächelte in die Gesichter der Zuschauer, die ihn entgeistert anstarrten. »In fünf Tagen, am Tag fünf des Weinmondes, werde ich Euch draußen vor der Stadt erwarten, lieber Vetter. Bringt einen Drachen mit, wenn Ihr könnt.«

Scharech-Par wandte sich um und schritt durch die Menge davon.

Jikesch wagte einen Blick nach oben – der blaugrüne Drache schwebte noch eine Weile über den Köpfen der Menge, dann segelte er lautlos davon. *Wie ein Hund seinem Herrn folgt.*

An Feiern war nicht mehr zu denken. Auf dem hastigen Rückweg ins Schloss schirmten die Wachen den König von allen Seiten ab. Jikesch blieb bei seinem ehemaligen Herrn, auch wenn er ungern verpasste, wie Arian mit seinen Rittern die Umgebung durchkämmte, um Scharech-Par festzunehmen.

»Das ist der Gipfel!«, schäumte Pivellius. »Wie kann er es wagen! Nie und nimmer stammt dieser Hochstapler von Laran ab. Der Held starb im Großen Krieg, er war nicht verheiratet, er hatte keine Kinder! Was erdreistet dieser Tijoaner sich!«

Jikesch hockte vor ihm auf dem Boden und schwieg.

Heute, hämmerte es immer noch in seinem Kopf. *Heute ist der Tag.*

Es würde keinen anderen Tag geben als diesen, und es war dringender als zuvor. Pivellius würde kein Duell mit Scharech-Par überstehen, ob mit Drache oder ohne. Aber Arian vielleicht schon.

»Nehmt«, sagte Jikesch. Er hielt dem König einen Drachenhornbecher hin. Seine Hand zitterte so sehr, dass der Wein über den Rand schwappte. »Nehmt. Es ist Zeit. Dies ist der Weg.«

Pivellius starrte ihn an. »Ich bin der König«, sagte er. »Der einzige rechtmäßige König.«

»Ja, Herr. Dies ist der Weg durch die Dunkelheit. Der Weg durchs Labyrinth. Der Weg hinaus aus der Gefahr. – Es tut mir leid«, flüsterte er, als Pivellius das Gefäß an die Lippen setzte und den Inhalt in einem Zug leerte.

»Aber es ist der einzige Weg.«

Der alte Mann begriff es nicht sofort. Er stand da, den Becher noch in der Hand, während ihm ein roter Tropfen über den Mundwinkel in den Bart lief. Dann begegneten sich ihre Augen, und Pivellius starrte den Narren an.

Es hätte der Moment seines größten Triumphs werden sollen. Für diesen Moment war der Tensi hergekommen, hatte er seine Familie aufgegeben, hatte er gelebt und gearbeitet – und trotzdem konnte Jikesch nichts fühlen, weder Freude noch Bedauern, weder Mitleid noch Angst.

»Du!«, schrie der König, streckte anklagend die Hand aus und brach zusammen.

Der Becher rollte über den glatten Marmorboden.

»Majestät!« Die Fürsten eilten zu dem Gestürzten. Jemand packte Jikesch am Arm und zerrte ihn zur Seite.

»Er ist tot! Nein!«, schrie jemand. »Oh nein, nein, nein!«

»Er wurde vergiftet!«

»Es war der Narr. Haltet den Narren!«

Jikesch versuchte nicht zu fliehen. Es musste so geschehen. Ein Schritt nach dem anderen, ein Mosaiksteinchen neben dem anderen, bis sich das Muster ergab. Er hatte getan, was Chamija von ihm wollte. Er hatte sich seinen finstersten Wunsch erfüllt, und zugleich hatte er die Rettung des Königs in die Wege geleitet. Nun musste er noch die nächsten Schritte gehen.

Sie hatten ihn in eine Zelle geschleift, unten im finstersten Verlies. Nun hockte er dort und wartete. Wie lange würde es dauern, bis sie den König in die Gruft gebettet hatten? Es musste schnell gehen, in dieser angespannten Lage wahrscheinlich noch schneller als sonst. Der Plan war eigentlich recht simpel. Sobald Jikesch erfuhr, dass die Bestattungsfeier vorbei und die Totenwache abgezogen war, würde er mit einem Draht seine Zelle öffnen und sich durch das Labyrinth der unterirdischen Tunnel und Gewölbe zur Gruft der Könige begeben. Bis dahin war der König hoffentlich aus seinem todesähnlichen Schlaf erwacht. Wenn das Gift, das Mora ihm gegeben hatte, genauso wirkte, wie es sollte, würde Pivellius drei Tage schlafen. Das war genug für die Feier und die Totenwache. Natürlich würde der König anschließend wütend sein, aber Jikesch vertraute darauf, dass er ihn dazu bringen konnte, ihm zuzuhören und mitzukommen. Durch den Gang, dem er damals als Kind gefolgt war, um seinem Gefängnis zu entrinnen, würde er den König aus dem Hügel herausführen, in Sicherheit.

Mit Mora zusammen würden sie einen Weg finden, Pivellius später die Rückkehr zu ermöglichen. Irgendwie würde es ihnen gelingen, Chamija zu bekämpfen und mit Scharech-Par fertigzuwerden. Doch selbst wenn nicht, würde der alte Mann wenigstens am Leben sein.

So rettete man seinen Feind, indem man ihn tötete.

Mit einem Lächeln dachte Jikesch über diese Ironie nach, als sich seine Zellentür öffnete. Chamija stand vor ihm, in einem langen weißen Kleid, das sich um ihre Waden bauschte. In der dunklen, dreckigen Umgebung wirkte sie völlig fehl am Platz, so hell und kindlich, und die Wachen hinter ihr machten besorgte Gesichter, als sie ihnen befahl, die Tür zu schließen.

»Wir können Euch doch nicht mit ihm alleine lassen. Er ist ein Mörder!«

»Oh, und ob ihr das könnt«, widersprach Chamija, und welchen Zauber auch immer sie einsetzte, die Wachen waren hilflos dagegen.

Die Tür fiel hinter ihr zu.

»Ich habe es getan«, sagte Jikesch, bevor sie fragen konnte.

»Ja«, stimmte sie ihm zu. »Das hast du. Ist es dir schwergefallen?«

»Es geht«, meinte er leichthin, damit sie nicht in sein Herz schaute und dort seinen Triumph bemerkte. Er senkte den Kopf, falls der Sieg vielleicht zu offensichtlich in seinen Augen brannte.

»Der Zeitpunkt war gut gewählt«, sagte Chamija anerkennend. »Nun wird Arian gegen Scharech-Par antreten müssen. Natürlich hat auch er keine Chance, und solange ich die Schuppe nicht habe, kann ich ihm nicht helfen. Aber das ergibt sich vielleicht noch.«

»Bin ich jetzt frei?«, fragte Jikesch leise. »Darf ich … bin ich … wieder ich selbst?«

»Oh, warst du das denn nicht immer?«, fragte sie. »Du selbst, ein Narr mit einem finsteren Geheimnis? Mein lieber kleiner Jikesch, wie kannst du glauben, dass du deiner eigenen Dunkelheit entkommst?«

»Du brauchst mich nicht mehr«, flüsterte er. Er dachte: *Ich muss Jikesch sterben lassen. Ich darf nie wieder der Narr sein. Sobald ich hier weg bin, muss ich die Narrenmütze an den Nagel hängen und zusehen, dass ich Land gewinne. Ich werde niemals zu den*

Tensi gehen können. Vielleicht werde ich ein Schreiber sein, irgendwo in einer fremden Stadt?

Chamija kniete sich hin und fasste ihm mit zarten Fingern ans Kinn. »Arian ist wütend, verstehst du?«, sagte sie leise und zärtlich. »Wie könnte ich zulassen, dass du irgendetwas verrätst? Deine Zunge darf sich nicht lösen, egal, was sie tun.«

»Was wird geschehen?«, fragte Jikesch bang.

»Was, glaubst du, machen sie mit dem Mörder des Königs?« Chamija legte die Stirn in kummervolle Falten. »Das weißt du doch, oder?« Er nickte, und ein merkwürdiges Zittern erfasste ihn von Kopf bis Fuß. »Ich weiß. Ich habe nur noch vier Tage. Ich dachte, du hilfst mir hinaus? Ich war gehorsam, das musst du zugeben.«

»Vier Tage«, wiederholte sie. »Die Hinrichtung findet immer nach der Begräbnisfeier statt, damit sich die Seelen von Opfer und Täter nicht begegnen. Sie senden den König in die Obhut der Götter und warten, bis er dort angekommen ist, bevor sie dich auf den Weg in die Finsternis schicken. So ist es in Schenn, ich habe mich erkundigt. In Tijoa handhaben wir das anders, dort gehen sie zusammen, Hand in Hand, der König und sein Mörder … Aber noch gelten Tijoas Gesetze hier nicht. Du hast Glück, mein Lieber. Vier Tage zum Atmen. Vier Tage, in denen dein Herz schlägt und das Blut durch deinen Körper pumpt. Vier Tage, um von der Sonne zu träumen.«

»Rette mich«, schlug er vor. Natürlich sollte sie das gar nicht. Wenn sie ihm jetzt aus der Zelle half, würden die Wachen das gesamte Labyrinth durchkämmen und es würde wesentlich schwieriger werden, den König zu retten. Aber er schätzte ihr Mitleid recht gering ein, mit Sicherheit würde sie keinen Finger für ihn rühren.

Als er Bedauern in ihren Augen sah, ehrliches Bedauern, wusste er, dass sein Plan schiefgegangen war. Gründlich schief, und vor Angst drehte sich ihm der Magen um.

»Falls du dachtest, dass sie dich in vier Tagen hinrichten, hast du dich getäuscht. Sie fangen jetzt sofort damit an – selbstverständlich werden sie darauf achten, dass du nicht stirbst, damit deine Seele nicht vor Pivellius bei den Göttern eintrifft. Dagegen kann ich nichts machen, denn als die zukünftige Königin von Schenn muss ich mich an eure Wege halten und an euren Glauben.«

Sie stand wieder auf.

»Diese vier Tage werden dir länger vorkommen als dein ganzes Leben, kleiner Narr.«

»Lass mich frei!«, rief er und klammerte sich an ihren Arm, als sie an die Tür pochte. »Lass mich frei!« Es würde einen anderen Weg geben, den König aus der Gruft zu holen. Schwieriger, aber nicht unmöglich. »Schick die Wachen weg, hilf mir! Bitte, Chamija, hilf mir!«

Sie schleuderte ihn von sich. Er krachte gegen die Zellenwand, und fast schwanden ihm die Sinne.

»Vielleicht hättest du das Messer nicht nach mir werfen sollen, Jikesch. Vielleicht wäre es besser gewesen, du hättest nicht versucht, mich zu betrügen.«

Sie schlüpfte durch den Türspalt.

»Chamija!«, schrie er. »Chamija!«

Er hörte ihre eiligen Schritte leiser werden. In fieberhafter Eile riss er sich die Mütze vom Kopf und fingerte nach dem Dietrich, mit dem er die Tür öffnen konnte, doch gerade als er den Draht mit bebenden Händen aus einem der Zipfel zog, erklang auf dem Gang die Stimme des Prinzen, eisig und hasserfüllt.

»Peitscht ihn aus. Aber nicht zu sehr – ich will nicht, dass er das Bewusstsein verliert. Gönnt ihm Pausen zwischendurch. Und dann hängt ihn auf, an einem Bein, oben am Turm.«

29

Linn war noch nicht weit gekommen. Es war ihr, als würde sie von allen Seiten gerufen, als würden unsichtbare Ketten an ihr zerren. Nach Norden, nach Tijoa. Nach Osten, wo wenige Yagons hinter ihr die Stadt lag. Nach Südwesten, in die Provinz Nelcken. Sie ging und blieb stehen, horchend, ging weiter und zögerte, und jeder Schritt riss an ihr.

Tijoa.

Brina.

Lanhannat.

Tijoa.

Brina.

Lanhannat.

Da hörte sie die Trommeln, und ihre Füße wurden noch langsamer. Der eindringliche, düstere Rhythmus fraß sich durch ihre Haut. Was war das für ein Lärm, was hatte das zu bedeuten?

»Gah Ran!«, rief sie. »Bist du noch da?« Sie konnte die Stadt sehen, von den Hängen hier oben. Kriegstrommeln? Doch keine Feinde waren in Sicht. Feuer? Nein, kein Rauch. Zutiefst beunruhigt hielt sie inne und starrte hinab ins Tal.

Der Drache landete neben ihr, flammend rot.

»Was ist das?«, fragte sie. »Was soll diese Musik, die bis hierher in die Hänge schallt? Es ist, als würde ich zurückgerufen, als wäre es mein eigenes Herz, das dort unten in der Stadt hämmert. Gibt es Krieg?«

»Der König ist tot«, erklärte Gah Ran. »Das ist es, was die Trommeln verkünden. Den Tod des Herrschers. Dem noch viele Tote folgen werden, dessen sei gewiss.«

Linn barg das Gesicht in den Händen. »Pivellius ist tot? So plötzlich? Oh ihr Götter, wie kann ich nach Hause gehen, wenn hinter mir alles zerbricht?«

»Du bist ein einfaches Mädchen aus der Provinz«, sagte Gah Ran, und in seinem Lachen schwang wieder der bittere Zorn mit, der sich wie ein Dorn in ihren Zweifel bohrte, »also was kümmert es dich? Kehr heim in deine Mühle. Arian wird es schon richten.« Gah Ran schnaubte unwillig. »Pivellius war ein halsstarriger alter Narr. Niemand weint diesem König hinterher. Ist dir klar, wie viele Zauberer er auf dem Gewissen hatte? Welch Ironie, dass jetzt alles an einer Zauberin hängt.«

»An mir?«, fragte sie.

Er schnaubte verächtlich. »An Chamija, würde ich doch eher annehmen. Die Frau an Arians Seite. Eine Zauberin und ein Drachenjäger – das verheißt nichts Gutes für einen wie mich.«

Linns Gedanken waren noch immer bei Pivellius. Sie stellte sich vor, wie die Ritter den Sarg durch die Stadt trugen, bevor sie ihn in die Tiefen der Gruft brachten. Es war wie ein endgültiger Abschied, sie fühlte eine Wolke von Traurigkeit über sich kommen. Nun gab es nichts mehr, was sie in der Nähe der Stadt hielt. Kein König, ihm zu dienen. Arian auf dem Thron, an seiner Seite Chamija.

Nein, hier gab es nichts mehr für sie zu tun.

»Vielleicht bin ich deshalb immer noch hier«, sagte sie. »Weil ich darauf warte, dass die letzten Stricke, die mich hier halten, durchgeschnitten werden. Dann … gehe ich jetzt. Eine Verbannte wie ich dürfte gar nicht hier sein.«

»Das nächste Mal«, sagte Gah Ran grimmig, »belästige mich bitte nicht, wenn du bloß etwas wissen willst. Wofür hältst du mich, für dein Orakel? Wenn du mich rufst, dann deshalb, weil du dich anders entschieden hast und bereit bist, mit mir zu kommen.«

»Unwahrscheinlich«, meinte Linn. »Selbst wenn er tot ist, werde ich meinen König nicht verraten.«

»Wie konntest du!« Arian stand vor ihm. Nur undeutlich konnte Jikesch ihn sehen, das schwarze Haar, die dunklen Brauen, verschwommen das Gesicht, doch die Stimme war vertraut. So wie immer, hasserfüllt und zornig. »Ich wusste, dass dir nicht zu trauen ist. Abschaum! Du bist weniger als gar nichts, geringer als der Dreck an meinen Schuhen.«

Der wievielte Tag war es? Jikesch hatte jegliches Zeitgefühl verloren. Wie lange noch, bis der König erwachte und sich im Sarg wiederfand?

Er hatte sich an diesem Gedanken festgehalten. Dass er die richtige Gelegenheit ergreifen musste, um wenigstens Pivellius zu retten, wenn er schon für sich selbst nichts mehr tun konnte. Würden sie aufhören, ihn zu quälen, wenn sie wussten, dass der König noch lebte? Doch es den falschen Ohren zu verraten, sodass Chamija davon erfuhr, würde seine gute Absicht zunichtemachen.

Manchmal war es ihm gleich. Wenn der Schmerz ihn übermannte, wenn die Welt, die nur noch aus seinem Körper bestand, in Flammen aufging, war es ihm völlig egal, dass der König in seinem Sarg sterben würde. Dass der alte Mann dort erwachte, im Dunkeln gefangen, und nach Luft ringen würde … so wie der Junge damals im Labyrinth. Wie alle Zauberer, die im Verlies saßen. Seine Schreie würden an der Decke abprallen. Niemand hörte auf jene, die unter dem Schloss schrien, in dieser Welt der Finsternis, in die kein Sonnenstrahl drang.

Pivellius würde sterben, und deshalb war es, als hätte Jikesch ihn bereits getötet. Als würde er die Hiebe verdienen, die ihm die Haut vom Fleisch rissen. Der Geruch des Blutes war ihm vertraut, ebenso der metallische Geschmack auf der Zunge. Es war, als wäre er in seine Kindheit zurückgekehrt, als die Welt nur aus Nacht und Entsetzen bestand.

»Du wirst den Weg finden«, sagte seine Mutter. »Den Weg hinaus. Folge dem Wind. Du bist ein Blatt im Sturm, kleiner Tensi, lass dich nach draußen wehen. Hörst du den Gesang des Windes im Gewölbe? Das Pfeifen, das Wimmern? Fürchte dich nicht. Folge dem Sturm.«

Aber da war kein Weg. Das Wimmern war sein eigenes. Die Wärter pfiffen. Die Peitsche fauchte und sang, und der Wind würde ihn diesmal nicht rufen. Er war kein Tensi mehr, seine Verwandten hatten die Stadt verlassen, ohne ihn. Die Wärter entdeckten das Bild auf seiner Haut, auf das er so stolz gewesen war, den Affen von Lanhannat, und als sie es ihm herausschnitten, wusste er, dass er nie wieder kämpfen würde.

»Holt … Arian.«

Irgendwie brachte er die Worte heraus. Der Prinz war der Einzige, dem er die Geschichte von dem lebenden Toten anvertrauen konnte. Die Augen wie blind spähte der Narr hinaus in die Düsternis des Kellers. Manchmal hängten sie ihn nach draußen, und der Wind kam und begrüßte ihn, und seltsamerweise fürchtete er sich nicht, während er dort draußen hing. Die Krähen schrien, als wüssten sie Bescheid. Das war der Weg zu Barradas. Wenn er starb, würde der Wind kommen und ihn mitnehmen.

Doch die Wachen holten ihn wieder zurück wie einen Köderfisch, der an der Angel hing, den sie regelmäßig ins Wasser warfen, um den Tod anzulocken, und machten weiter.

Chamija hatte recht gehabt: Es war wie ein zweites Leben. Jede Stunde maß ein Jahr. Er bekam ein zweites Leben, noch viel intensiver und greller und furchtbarer als das erste.

»Arian.« Sein Mund formte den Namen wie ein Zauberwort. Zwischendurch vergaß er, warum er die Silben herauswürgte, was an dem Namen wichtig war, der weder sein eigener war noch der eines Menschen, den er liebte. Es gab keine Liebe in dieser neuen Art von Existenz zwischen dem Ruf des Windes und den grausamen Händen, die ihn auf dieser Erde festhielten, damit er nicht davonflog. War er nicht schon immer leicht wie ein Vogel gewesen?

»Du mieses Stück Dreck.«

Jikesch öffnete die geschwollenen Augen und wunderte sich über das Gesicht des Prinzen. Es hatte sich in etwas Dunkles verwandelt, das ihm irgendwie bekannt vorkam. Welcher Tag? Das hatte eine Bedeutung, wenn er auch nicht mehr wusste, welche. Es war wichtig, wie viel Zeit vergangen war, aber warum?

»Arbeitest du für Scharech-Par?«, fragte die kalte Stimme. »Machst du den Thron frei für den Tijoaner? Wäre ich der Nächste gewesen?«

Der Thron. Irgendetwas war mit dem Thron …

»Der König …« Jikeschs Zunge war schwer. Sie stieß gegen zersplitterte Zähne. Da war ein Mann, ein Zepter in der Hand … hatte er sie nicht alle ins Dunkel gestoßen? Ihn und seine Mutter und die anderen? War der König nicht der Hirte, der die Herde in den Stall trieb und die Tür zumachte – und dort drinnen wartete die Nacht?

Lebt, wollte er sagen. Leise, damit niemand sonst es hörte. *Der König lebt.* Das war die Botschaft. Er wusste nicht mehr, wer ihm aufgetragen hatte, das zu sagen. Das Bild eines blonden Mannes mit einem Buch unter dem Arm trat ihm vor die Augen. Wie war noch mal sein Name? Nival? Aber Nival war tot, verbrannt in seinem eigenen Haus … Wer dann? Mora? Woher kannte Jikesch, der Narr, Nivals Tante?

»Der König lebt.« Er musste husten, Blut sammelte sich in seiner Kehle. Über ihm blitzten die dunklen Augen des Prinzen.

»Willst du mich verhöhnen?«, fragte Arian. »Immer witzig,

ein Narr, wie er im Buche steht. Der beste, nicht wahr, der König der Narren! Wie viel hast du meinen Vater gekostet? Eine Handvoll Goldmünzen? Ich hätte dich umbringen sollen, warum habe ich bloß meinem Instinkt nicht vertraut? Weil mein Vater es mir verboten hat? Sein gutes Herz hat ihn das Leben gekostet.«

Er musste es deutlicher machen, irgendwie. Der König würde erwachen und eingeschlossen sein. Niemand würde ihn hören. Sehr klar sah Jikesch das Bild vor sich, wie der Gefangene im Dunkeln tobte. Gab es einen grausameren Tod als diesen?

»Er … schläft«, sagte er, doch die Worte kamen so undeutlich heraus, so schwerfällig, in seinen eigenen Ohren kaum mehr als Gebrabbel. Er schloss die Augen, versuchte sich zu konzentrieren, auf die Worte, die Botschaft. Nur noch die Botschaft sagen, so, dass Arian sie verstand. »Schläft.«

Der Prinz lachte, wild und böse und untröstlich.

»Genug der Scherze«, sagte er. »Genug, mehr will ich gar nicht hören. Nie wieder will ich diese Stimme hören, wie sie spottet. Schneidet ihm die Zunge heraus.«

Oben am Turm war es windig. Der Sturm toste in Jikeschs Ohren. Seltsam, dass sie einander so nah waren. Der Narr im Wind. Sein Mund leer, ohne Worte, nur voller Blut. Und der König, dort unten in seinem Grab. Nie waren sie einander näher gewesen als jetzt.

Die Worte waren fort. Die Gedanken trieben wie Wolkenfetzen über den Himmel. Die Gegenwart des Königs war tröstlich. Aber vielleicht war es auch gar nicht der König, sondern Barradas, der zu ihm sagte: *Wirf dich in den Wind. Du bist leicht, viel leichter kannst du nicht mehr werden. Das Lagerfeuer der Götter blitzt durch die Risse im Himmel. Dort sitzen sie und trocknen ihre Gewänder. Aber ich bin hier, ich sitze nie bei ihnen. Hier bei dir bin ich, der dunkelste Gott von allen.*

Er konnte nicht weinen. Nun, da die Nacht ihn umfing, da die Stimme des Gottes über ihn hinwegstrich wie der Wind.

Der König würde sterben, zusammen mit seinem Narren. Keiner von ihnen hatte es gewollt, und doch hatten sie einander den Tod gebracht. Pivellius war tot, und jetzt gab es nichts mehr, was einen Tensi noch in dieser Stadt und in dieser Welt hielt.

Linn fiel es unerwartet schwer, sich nach Westen zu wenden. Ihre Füße waren so schwer, als trüge sie Stiefel aus Blei. Gah Ran war fortgeflogen, und sie hatte den Namen ihres Vaters abgelegt, endgültig, dennoch trottete sie hinter diesem Namen her wie jemand, der im Begriff war, sich zu verirren.

Warum warst du auf seiner Seite, Vater? Auch du warst ein Drachenjäger. Warum Gah Ran? Was an ihm hat dich dazu gebracht, dein Leben auf ihn zu setzen wie einen Wetteinsatz? Und das Leben meiner Mutter und meins dazu? Es war eine Wette, die du nur verlieren konntest.

Hatte sie die richtige Entscheidung getroffen? Sie legte die Hand um die Kette. *Nein, denk nicht zurück. Schau nicht nach hinten. Stell dir vor, es ist alles vor dir, alles, was wichtig ist, alles, was zählt. Nur vorne.*

Das, was du zurücklässt, geht dich nichts an, andere werden das Richtige tun.

Chamija war stark genug.

Aber in ihrem Inneren wusste Linn, dass nichts jemals wieder so sein würde, wie es sein sollte.

»Linnia! Warte!«

Sie drehte sich um. Eine Staubwolke verbarg Arian und sein Pferd. Der Prinz war kaum wiederzuerkennen, sein Haar war wild zerzaust, die Augen brannten in einem unheiligen Feuer.

Linn blieb stehen. Sie konnte sich nicht vorstellen, was er von ihr wollte, warum er ihr nachgeritten kam. Woher wusste er überhaupt, dass sie hier war?

Er sprang ab und stürzte auf sie zu. »Warte. Bitte.«

»Mein Beileid«, sagte sie und fragte sich gleichzeitig, ob sie trauerte oder wenn, um wen. »Ich habe die Trommeln gehört.« Sie senkte den Kopf, kaum merklich. »Mein König.«

Arian lachte schrill auf. »König? Oh, das bin ich noch lange nicht. Schenn hat zurzeit keinen König. Die Fürsten weigern sich, mich zu krönen, sie wollen erst das Duell mit Scharech-Par abwarten.«

»Was? Welches Duell?«

»Hast du denn nicht davon gehört? Er gibt sich als Larans Erbe aus und beansprucht den Thron für sich. Ich gehe durchs Schloss und frage mich, wie lange es wohl noch mein Schloss ist. Die Leute sehen mich an und scheinen sich zu fragen: Ist Arian überhaupt der rechtmäßige Erbe? Jetzt, da Larans Nachkomme angeboten hat, über uns zu herrschen? Was zählen Jahrhunderte, wenn Larans Blut zu uns zurückgekommen ist?«

»Das ist doch absurd!«

Arian strich sich das verschwitzte Haar aus der Stirn. »Ja, so absurd wie alles andere. Alles zerbricht, alle Gewissheiten lösen sich auf. Mein Vater ist tot, ermordet … und ich muss einen Kampf bestehen, den ich niemals gewinnen kann. Wie denn, gegen Larans Erben?«

Sie ließ den Redestrom über sich ergehen. Warum war er ihr nachgeritten?

»Hilf mir, Linnia. Er wird mit einem Drachen kommen, hat er gesagt. Wenn ich auch einen Drachen mitbringen könnte … du und dieser rote, wenn ihr mir helfen würdet? Wenn du ihm befiehlst, an meiner Seite zu stehen und Scharech-Par zu vertreiben? Alle würden sehen, dass auch ich über die Drachen gebieten kann, und …«

»Nein«, unterbrach sie ihn. »Nein, Arian, der rote Drache gehört mir nicht. Er hat andere Pläne. Er wird Schenn verlassen, und ich gehe zurück nach Nelcken.«

»Nein!«, schrie Arian. »Nein, das erlaube ich dir nicht! Das ist die einzige Chance, die ich habe. Komm mit mir!«

»Du kannst mir keine Befehle erteilen«, sagte Linn müde. »Nicht mehr, seit du mich aus der Garde geworfen hast.«

»Ich bin immer noch der Prinz von Schenn! Du musst mich begleiten. Du musst diesen Drachen töten. Wir müssen sie alle töten … Bitte, Linnia!«

»Ich werde keine Drachen mehr töten«, sagte sie. »Ich habe einen Blick werfen können auf das, was sie wirklich sind … Es geht nicht. Ich weiß nicht mehr, für wen oder gegen was ich kämpfen soll. Alles widerspricht sich, alles ist durcheinandergeraten. Mein Herz ist voller Zweifel.«

Sein Gesicht verzerrte sich. Er atmete tief durch, um sich zu beruhigen.

»Das ist dein Kampf«, sagte sie. »Nicht meiner.«

»Bleib hier!«, schrie er. »Du musst mir gehorchen!«

»Du hast mich verbannt. Ich bin keine Untertanin dieses Königreichs mehr.«

»Ich fordere dich heraus, Linnia Harlon!«, rief er. »Spiel das Hohe Spiel mit mir!«

Nun war sie doch überrascht. »Mit einer Verbannten?«

»Ich hebe die Verbannung auf. Hier und jetzt. Kämpf mit mir. Ich, Arian von Schenn, fordere dich hiermit zum Kampf. Ein Jahr, hörst du? Um ein Jahr will ich mit dir kämpfen, ein Jahr, in dem du Schenn von der Plage dieser Drachen befreien wirst. Nicht umsonst haben wir dich so gut ausgebildet. Du bist meine Drachenjägerin, und du wirst deine Aufgabe erfüllen!«

»Bher hat mich ausgebildet«, widersprach Linn. »Ein Knappe, für den ihr nur Verachtung übrighattet.« Aber ihre Hand ruhte bereits auf dem Griff ihres Schwertes, und als er auf sie zusprang, parierte sie den Angriff mit Leichtigkeit.

Sie umkreisten einander. Wenn Linn nicht vom Tod seines

Vaters gewusst hätte, so hätte sie gedacht, dass Wahnsinn aus seinen Augen sprühte. So verzweifelt wirkte er, so wild, so entschlossen, als könnte sein bloßer Wille Herzen bezwingen, Heere befehligen, Männer lenken und Frauen verführen.

Vielleicht, dachte sie, *wäre er ein ganz passabler König, mit einer klugen Frau an seiner Seite, die sein launisches Temperament ausgleicht.*

Dafür wäre sie nie die Richtige gewesen.

Dazu war sie selbst viel zu aufbrausend.

Nein, sie war nie besonders gut gewesen im Kampf gegen Menschen. Nicht einmal beim Schaukampf. Vielleicht lag es daran, dass sie immer fürchtete, jemanden zu verletzen. Doch jetzt, während sie Arians wuchtige Hiebe abwehrte, verflog die Furcht, ihm etwas anzutun, und wich der Empörung. Er hatte nicht das Recht, sie zu irgendetwas zu zwingen.

»Nicht – mit – mir!«, schrie sie ihn an. Sie duckte sich. Sie tanzte um ihn herum. Sie rollte über den Boden und sprang ihn an. Sie war wie der Narr, schnell und geschickt. Sie kämpfte gegen Arian, wie sie gegen die Drachen gekämpft hatte, ohne Furcht, im Vertrauen auf ihre Unverwundbarkeit.

»Ergib dich!«, brüllte er, als seine Klinge ihr durch den Ärmel fuhr.

»Ich denke gar nicht daran!« Sie tauchte unter seinem Schwert hindurch und erwischte ihn am Bein. Er taumelte rückwärts.

»Du kämpfst schlecht«, höhnte er. »Ausgerechnet du willst die beste Drachenjägerin sein? Ich hätte dich schon hundertmal töten können. Halte stand oder gib auf!«

Wieder ging er auf sie los, und sie wich ihm aus und ließ ihn ins Leere laufen. Aber sie fing bereits an zu schwitzen. Arian war mittlerweile der beste Fechter der Garde. Wenn es ihm gelang, sie zu entwaffnen … und in dem Moment, als sie es dachte, geschah es auch schon. Er lenkte sie mit einer Finte ab, seine Klinge umwarb ihre, zärtlich fast, dann sah sie auf einmal ihr Schwert durch die Luft wirbeln, auf seine ausgestreckte Hand zu …

»Pai Ri Ko Res«, zischte sie instinktiv, ohne einen Augenblick nachzudenken. Die Erde unter seinen Füßen stieg wie eine Schlange empor, riss ihn hoch und ließ ihn unsanft zu Boden fallen. Linn setzte zum Sprung an, und einen herrlichen Moment lang war es, als würde sie fliegen. Sie pflückte ihr Schwert aus der Luft, rollte sich aus dem Wirbelsturm und landete breitbeinig über dem Prinzen. Bevor er auch nur vor Erstaunen aufschreien konnte, setzte sie ihm die Spitze ihrer Klinge an die Kehle.

»Ergib dich.«

Sie stand auf seinem Schwert; er konnte es nicht unter ihrem Fuß hervorziehen. Die Verblüffung in seinem Gesicht erfreute sie einen köstlichen Augenblick lang.

»Ergibst du dich?«

Sein Erschrecken verwandelte sich in Zorn. Hier war wohl eine kleine Warnung nötig. Ein feiner Streifen Blut erschien an seinem Hals.

»Nein«, knurrte er.

»Oh, ich glaube doch.«

Er versuchte weiterzukämpfen, aufzustehen, sein Schwert zu benutzen, der Wahrheit der Drohung an seiner Kehle irgendwie zu entgehen. Als sein Ja endlich erklang, heiser und zornig, war ihre kurze Freude längst vorbei. Linn ließ ihn aufstehen und merkte, dass sie vor Erschöpfung zitterte. Dann stahl sich ein Lächeln auf ihre Lippen.

»Tja …«

»Sag nichts! Ich kann dir nicht dienen«, protestierte er. »Es geht nicht. Ich bin der Prinz. Ich werde König sein. Es kann nicht sein. Ich habe doch schon allen gesagt, dass ich dich zurückhole und du *mir* dienen wirst!«

Linn wischte sich den Schweiß von der Stirn. »Ach?«

»Das gibt mir den Rest«, keuchte er. »Was wird denn noch alles kommen? Erst ein älterer Verwandter aus Tijoa, und jetzt werde ich auch noch von einer kleinen Verräterin besiegt? Auf diese Weise wird mich niemand akzeptieren – abgesehen davon bin ich sowieso bald tot.«

Er knirschte vor Wut mit den Zähnen. »Chamija sagte, ich könnte nur gewinnen. Es sei denn, du setzt verbotene Magie ein. Und, hast du?«

»Chamija?«, fragte Linn. »Das war ihre Idee? Was wollte sie – dass du mich besiegst und mich danach zwingst, dir meine Kette zu geben? Natürlich, das hätte ich mir denken können. Ich hätte mich auf diese Herausforderung gar nicht einlassen dürfen.«

»Das war meine einzige Chance«, sagte er leise. »Verstehst du denn nicht? Entweder hättest du mir geholfen gegen Scharech-Par, oder du hättest Chamija in die Lage versetzt, mir beizustehen.«

»In der Tat habe ich Magie eingesetzt«, gab Linn unumwunden zu. »Doch es gibt keine Regeln, die das verbieten.«

»Das Gesetz des Königreichs verbietet es!«, rief er aufgebracht. »Du bist des Todes – und dein Sieg gilt nicht!«

»Was willst du dagegen tun? Mich verhaften? Wenn ich dich nach Lanhannat zurückschicke, musst du gehen, das weißt du. Du kannst dich nicht herausreden. Es war ein ehrliches Spiel, und ich habe mit meinen Waffen gekämpft. Was glaubst du denn, warum ich die beste Drachenjägerin der Garde bin?«

»Du bist eine Magierin?« Er starrte sie voller Abscheu an. »Wenn ich das gewusst hätte!«

»Chamija ist übrigens auch eine. Und Scharech-Par ist ein Zauberer – wie willst du ohne Magie gegen ihn bestehen? Also, stell dich nicht so an.«

»Wirst du mir jetzt befehlen, dich zu heiraten?«, fragte Arian missmutig.

»Bewahre! Ich will nichts mit dir zu tun haben, mehr nicht. Lass mich in Ruhe. Reite nach Hause, mein Prinz. Du brauchst ihnen ja nicht zu erzählen, dass ich dich besiegt habe.«

Sein Gesicht hellte sich auf. »Das muss ich nicht? Ich könnte ihnen sagen, ich hätte dich besiegt und dich dann weggeschickt. Das ist doch glaubwürdig? Ja, natürlich ist es das.« Er biss sich auf die Lippen. »Wird Chamija mir das abnehmen? Sie wird nach dem Stein fragen.«

»Denk dir etwas aus. Es geht mir nicht darum, dich bloßzustellen, Arian. Das Ansehen eines zukünftigen Königs darf nicht beschädigt werden. Ich bin nie gegen dich gewesen, das solltest du eigentlich wissen. Als ich dir damals das Leben gerettet habe – das war für Schenn.«

Auch wenn ich dadurch alles verloren habe. Den letzten Rest von Freundschaft, den Nival für mich empfunden hat … Innerlich zuckte sie zurück bei dem Gedanken an Nival.

Nein. Sie ballte die Fäuste, atmete tief durch und vermied es, ihn anzusehen.

»Was?«, fragte er. »Gibt es doch noch etwas, das ich für dich tun soll? So wie es aussieht, werde ich morgen meinen Thron an Scharech-Par abtreten müssen. Also, überleg schnell, solange ich hier überhaupt noch etwas zu sagen habe.«

»Nein«, sagte sie. »Es gibt nichts.«

Arian zögerte. »Ich dachte, du würdest vielleicht nach deinem kleinen Freund fragen. Nach dem Narren.«

»Warum sollte ich?« Sie schluckte, suchte nach Worten. »Wir gehen schon seit geraumer Zeit getrennte Wege. Er ist nicht mehr mein Freund.«

»Was vielleicht dein Glück ist, sonst hätte ich den Verdacht geäußert, dass du etwas zu tun hast mit dem Tod meines Vaters.«

Linn glaubte, nicht recht zu hören. »Jikesch hat …?«

»Ganz recht. Er ist der Mörder meines Vaters.«

Der Boden schien unter ihr zu schwanken. »Das glaube ich nicht. Ich kenne ihn, er ist ganz gewiss kein Mörder!«

»Dann kennst du ihn wohl nicht so gut, wie du meinst.«

Die Welt drehte sich um sie. »Er ist unschuldig. Er muss unschuldig sein.« Dann packte Linn plötzlich die Angst, und sie fragte: »Was hast du mit ihm gemacht?«

»Was tut man wohl mit dem Mörder des Königs? Dreimal darfst du raten.«

»Nein. Oh nein!« Der Aufschrei brach aus ihr heraus. »Nein, nein, oh Arian, sag das nicht!«

»Fällt dir jetzt vielleicht doch etwas ein, um das wir handeln können?«

Sie krallte die Hände um ihr Schwert, bis ihre Knöchel weiß hervortraten. *Sag etwas, Linn. Stirb nicht. Du kannst nicht hier zusammenbrechen und einfach sterben und ihm folgen. Du darfst nicht!*

»Ich möchte, dass er in der Gruft der Könige bestattet wird«, brachte sie schließlich heraus. »Bei seinem König. Er war der kleine König, weißt du.«

Arian wurde blass. »Das kannst du nicht von mir verlangen. Ich werde das Andenken meines Vaters nicht auf diese Weise entehren. Die Gruft wurde geschlossen, und sie wird erst wieder geöffnet werden, wenn ich tot bin. Es sei denn, Scharech-Par«, er lachte freudlos, »wirft meinen Leichnam den Hunden zum Fraß vor. Nein, Linnia, auch wenn ich dein Untergebener bin für die nächsten Stunden, die mir noch bleiben, werde ich meinen Abgang nicht mit einem solchen Frevel einleiten. Sobald der Narr tot ist, wird er den Krähen zum Fraß dienen.«

»Was?« Ihre Stimme zitterte, ihr ganzer Körper begann unkontrolliert zu beben. »Er … lebt noch?«

Arian schüttelte den Kopf. »Leben würde ich es nicht unbedingt nennen.«

Linn wurde blass. Ein Schluchzen brannte in ihrer Kehle, das sie nur mit Gewalt zurückhielt.

»Mich wundert, dass dich das Schicksal eines Mörders derart bekümmert. Jeder hat bemerkt, dass ihr nicht mehr so dicke Freunde wart, dass sich euer Verhältnis ziemlich abgekühlt hatte. Aber anscheinend hat Chamija trotzdem recht, und ich habe hier etwas in der Hand, das mächtiger ist als jedes Schwert. Was gibst du mir dafür, dass ich seinen Qualen ein Ende bereite? Ich lasse ihn gerne schneller sterben als geplant, aber das wird dich etwas kosten.«

»Er lebt? Jikesch ist noch nicht tot?« Ihr war so schwindlig, dass sie kaum stehen konnte.

»Wir haben selbstverständlich darauf geachtet, dass er nicht zu früh stirbt«, sagte der Prinz kühl. »Damit er den Weg der Seele meines Vaters nicht stört.«

»Gib ihn mir«, flüsterte sie. »Ich will ihn haben.«

»Ich soll dir den Mörder des Königs ausliefern? Das Gesetz ist eindeutig: Er muss sterben. Du kannst nicht von mir verlangen, gegen einen uralten Brauch zu verstoßen, auch nicht als Siegerin des Spiels. Du kannst mich nicht dazu verdammen, Recht und Ordnung zu missachten, Gewinnerin oder nicht. Ich werde nicht deine Marionette sein.«

»Du musst!«, schrie sie. »Du musst mir gehorchen!«

Finster funkelte er sie an. »Was bezahlst du mir dafür, dass ich gnädiger bin, als der Sohn eines Vaters sein darf?«

»Gib mir Jikesch heraus«, wiederholte sie atemlos. Es gab nichts anderes mehr als das. Aus diesem Grund war sie noch hier. Deshalb hatte sie nicht weggehen können – nur weil *er* in dieser Stadt lebte, und solange er lebte, konnte sie sich nicht abwenden und gehen. »Wir haben das Hohe Spiel gespielt. Du musst! Ich verlange es von dir, und ich werde nie etwas anderes von dir fordern als das.«

»Nein«, beharrte Arian. »Den Mörder des Königs? Würdest du das denn tun, den Mörder deines Vaters verschonen? Das ist das Letzte, was ich für Pivellius tun kann. Er war nie besonders stolz auf mich, aber wenigstens in dieser Hinsicht werde ich ihn nicht enttäuschen. Das kannst du mir nicht verwehren.«

»Mögen die Götter dich verfluchen! Du musst, wenn ich es dir befehle!« Linn hob das Schwert.

Abwehrend trat er einen Schritt zurück. »Nein! Was kümmert mich der Fluch der Götter? Morgen kommt Scharech-Par. So oder so habe ich alles verloren. Es sei denn …«

»Was?«, schrie sie. »Was willst du?«

»Wenn dir wirklich so viel daran liegt, an diesem Stück Abschaum … Er wird sich sowieso nie wieder erholen, sein Tod ist unvermeidlich. Tatsächlich behagt mir der Gedanke ganz und gar nicht, dass seine Seele in meinem Schloss freigelassen wird. Ich könnte ihn zu dir bringen, damit er hier seinen letzten Atemzug tut … für die Kette.«

»Was?«

»Du kannst Jikesch haben. Ich verkaufe ihn dir. Aber nur für die Kette, die Chamija braucht, um mir zu helfen. Du bist als die Siegerin des Spiels verpflichtet, mir das Leben zu retten, das weißt du doch? Damit würdest du deiner Verantwortung gerecht. Ich werde etwas in der Hand haben gegen meinen Gegner, und du kannst beruhigt von dannen ziehen.«

Ihre Finger schlossen sich um den großen roten Stein. »Dafür ist mein Vater gestorben«, flüsterte sie atemlos, heiser vom Schreien, von den Tränen, die sie noch nicht weinen durfte.

»Ich weiß nicht, wie lange du noch verhandeln willst«, meinte Arian. »Hältst du es für klug, dich hier mit mir zu streiten? Ich kann nicht genau sagen, wie lange der Narr durchhält. Viel ist er ehrlich gesagt nicht mehr wert. Er ist erstaunlich zäh, aber man muss auch den Blutverlust berücksichtigen. Vom Auspeitschen, weißt du. Und den Durst. Vielleicht noch ein halber Tag, noch ein paar Stunden? Also, wie gesagt, viel ist nicht mehr dran an ihm, und ich fürchte, das Lachen ist ihm vergangen.

Überleg es dir. Ich würde dir gerne einige Stunden oder Tage

Bedenkzeit geben, aber ich empfehle dir, dich schnell zu entscheiden. Keine Ahnung, wie viel noch von ihm übrig ist, und der Preis sinkt mit jeder Minute. Bald kannst du seine Leiche bekommen – die ist sogar ganz umsonst. Dann kannst du deine hübsche Kette behalten.«

Sie musterte Arians schönes Gesicht und wunderte sich. Nicht, dass sie ihn einmal beinahe geliebt hatte, dass sie kurz davor gewesen war, ihn zu heiraten. Sondern dass sie ihn nicht hasste. Nival hatte sie gehasst für seinen Verrat und seine Lügen, für Arian dagegen hatte sie nur Verachtung übrig.

»Wenn man jemandem die Zunge herausschneidet«, sagte er, »blutet es sehr stark. Man kann verbluten oder ersticken. Das Gute daran, wenn man jemanden kopfüber aufhängt, ist, dass er sich wenigstens nicht an dem ganzen Blut verschlucken kann. Es läuft gut ab. Manchmal gerät einem vielleicht etwas in die Nase, was sicher unangenehm ist …«

War sie auch so gewesen, in ihrem Zorn auf den Drachen, der ihren Vater getötet hatte? So blind vor Hass, zerfressen von Rachsucht? Sie hätte Verständnis dafür aufbringen müssen, dass man zurückschlagen wollte – hatte sie nicht jahrelang nur für ihre Rache gelebt? –, aber sie fühlte nur stummes Entsetzen.

»Hör auf«, sagte sie. »Es reicht.«

»Gut. Du hast dich also schon entschieden?«

»Ich akzeptiere deine Forderung«, hörte sie sich sagen, ihre eigene Stimme klang wie aus großer Ferne. »Ich kaufe den Narren. Bring ihn mir lebendig, dann gebe ich dir die Kette. Bring ihn mir tot, und wir werden dein verdammtes Schloss bis auf die Grundmauern niederreißen, ich und mein Drache.«

»Gut.« Arian lächelte geschmeidig. »Wie viel Glück er uns doch bringt, nicht wahr, dieser Narr. Mein Vater hat recht gehabt. Der kleine Kerl ist das Glück des ganzen Königreichs.«

30

Arian kam nicht einmal selbst. Stattdessen kam Chamija die staubige Straße heraufgeritten, eine Staubwolke um sich her. Nur ein Pferd.

Jikesch ist tot, dachte Linn, obwohl es sich nicht denken ließ. *Sie kommt, um mir zu sagen, dass ich mich zu spät entschieden habe …*

Zu spät. Auch das ließ sich eigentlich nicht denken.

Erst als sie dicht herangekommen war, erkannte Linn, was die Zauberin mit sich führte. Kein zweites Pferd, sondern etwas, das sie hinter sich herschleifte, an einem Seil, das an den Sattel gebunden war.

Ein Netz. Und in diesem Netz etwas, das sich bewegte. Etwas, das kaum zu erkennen war zwischen den Maschen, Fetzen eines violetten Kostüms. Eine blonde Haarsträhne, steif von getrocknetem Blut, ragte daraus hervor.

Chamija kappte das Seil. »Hier, bitte schön!«, rief sie munter. »Der Prinz verzichtet auf seine Rache, um sich und sein Königreich zu retten. Du müsstest am allerbesten wissen, was das Kind eines Ermordeten fühlt. Gib mir den Stein.«

Linn nahm die Kette ab und betrachtete noch einmal die verschlungenen Ornamente, das Strahlen der roten Schuppen, dann sah sie zu Chamija hoch.

»Was wirst du damit tun?«, fragte sie. »Wirst du es zum Guten wenden?«

»Natürlich«, sagte die Zauberin und lächelte, und Linns Herz wurde noch schwerer.

Sie hauchte den großen roten Stein an und flüsterte ein einziges Wort. »*Caness.*«

Die rote Schuppe ließ sich so leicht ablösen, als wäre sie nur mit ein paar Tropfen Leim an dem befestigt gewesen, was darunter lag.

Und alles verwandelte sich.

Die grüne Schuppe war nur wenig kleiner. Sie war grün und golden zugleich, ein Grün, das einen mit in die Tiefe zog wie in einen dunklen Teich unter den Bäumen. Licht spielte in dem undurchdringlichen Wasser und malte goldene Kreise. Es war wie eine ganze Welt in ihrer Hand, Wiesen und Wälder, Berghänge und das Meer, Sonne und Sterne. Eine Flamme loderte auf ihrer Hand, kalt und heiß zugleich, und auf einmal, ohne den Zauber, der ihre Wahrnehmung dämpfte, konnte Linn die Magie spüren, die überall war. Chamijas brennendes Herz. Den goldenen Glanz auf ihrer Haut und in ihrem Haar. Winzige Funken von Glut in der Luft, wo Gah Ran vorbeigeflogen war. Über allem jedoch das Leuchten auf ihrer Handfläche, wie einen Stern, der sich in ihre Obhut begeben hatte.

»Gib sie mir«, flüsterte Chamija angespannt.

Linn reichte der Zauberin die Kette, die sie ehrfürchtig entgegennahm.

»Die Macht des ValaNaik«, flüsterte sie. »Endlich.« Sie lächelte, wie sie noch nie gelächelt hatte, strahlend wie eine Göttin.

»Bist du jetzt zufrieden?«, fragte Linn.

Chamija wandte den Blick von dem Stein ab. »Ach, Linnia, schau mich nicht so feindselig an. Ich werde ihn gut verwenden. Wer hätte denn gedacht, dass jemand wie du sich auf die Seite der Drachen stellt? Nachdem du Jahre deines Lebens damit verbracht hast, sie zu jagen und zu töten? Komm mit mir, meine Liebe. Du kannst immer noch wählen. Dies war deine beste Entscheidung, es können viele weitere folgen. Gemeinsam können wir die Drachen zurückschlagen und einen zweiten Drachenmond abwehren. Meine Freundschaft war nicht gespielt, Linnia. Ich reiche dir die Hand, du musst nur einschlagen.«

Chamija streckte ihr die Hand entgegen. Der grünliche Schimmer des Steins tanzte auf ihrer Haut. In den hellen Augen die Bitte um Freundschaft, um Verzeihen, um Zusammenhalt … fast war es möglich zu glauben, es könnte so sein wie früher, sie beide gemeinsam in einem Zimmer, zusammen lachend und zusammen weinend …

Aber hier lag Jikesch, mehr tot als lebendig, und Linn zweifelte nicht mehr.

»Hast du meine Freunde verletzt?«, fragte sie. »Damit ich sie heile und meine Kraft schwäche?«

Chamijas Lächeln verblasste.

»Mit Arian fing es an«, sagte Linn. »Hast du dafür gesorgt, dass er verletzt wurde? Weil du geglaubt hast, ich würde etwas für ihn empfinden?«

»Das hat nichts gebracht«, flüsterte Chamija. »Es hat dich nicht in dem Maße geschwächt, wie ich erwartet habe.«

»Nur aus dem Grund, weil ich eine magische Salbe hatte, auf der bereits ein Zauber lag. Musste Schirdan deshalb sterben? Damit ich ganz allein bin, ganz auf mich gestellt? Und Mora … wolltest du sie deswegen loswerden? Du hast Yaro herkommen lassen und meinen Bruder, damit ich meine Kraft für sie opfere. Wie viel Schmerz hast du den beiden zugefügt, nur meinetwegen! Nein, Chamija, du hast nie geglaubt, dass ich auf deiner Seite stehen werde, wenn ich die Wahrheit kenne.«

»Wenn du nicht Harlons Tochter wärst, hätte ich dir längst alles gesagt! Aber es bestand die Gefahr, dass du genauso bist wie er. Wie hätte ich vergessen können, was ich ihm anbot und was er ausschlug? Du bist ihm so unglaublich ähnlich, dass mir manchmal war, als würde ich in sein Gesicht blicken. Ach, du bist so berechenbar«, sagte Chamija. »Für diejenigen, die du liebst, würdest du bis zum Schluss kämpfen, egal wie unsinnig das ist. Für dein Dorf, deinen Bruder, deinen Verlobten, sogar für Arian … Dein Herz ist deine Schwachstelle, Linnia.«

Linn schwieg dazu, von bitterem Groll erfüllt.

»Du wirst irgendwann nach Tijoa gehen«, sagte Chamija voller Bedauern. »Dir bleibt keine andere Wahl; als du die Maske angelegt hast, hast du dein Schicksal besiegelt. Nichts kann ich für dich tun, meine Liebe. Nur für eins kann ich sorgen: dass du, wenn du dort ankommst, Scharech-Par nichts mehr nützen wirst. Andernfalls hätte ich dich töten müssen. Glaub es mir oder nicht, aber du bist mir nicht gleichgültig, und ich betrachte dich tatsächlich als meine Freundin.«

Linn biss die Zähne zusammen.

»Das Schwierigste war herauszufinden, wem dein Herz wirklich gehört«, sprach Chamija weiter. »Zuerst dachte ich natürlich, es sei der Prinz, aber er war es nicht. Es hat dich auch nicht so sehr gestört wie erwartet, als ich mich an Nival herangemacht habe. Noch war die Gefahr nicht allzu groß, dass du nach Tijoa gehst, ich dachte, wenn ich dich für meine Sache gewinne, wäre es gar nicht so verkehrt, wenn du stark bist. Doch ich hätte mir denken können, dass Scharech-Par dich nicht einfach nur eingeladen, sondern dafür gesorgt hat, dass du kommen musst. Er überlässt nichts dem Zufall, aber ich wusste nicht, welchen Zauber er eingeschmuggelt haben könnte. Als ich es herausfand, war es zu spät. Dennoch musste es etwas geben, das dich hier hielt, sonst hättest du dich längst auf den Weg nach Tijoa gemacht. Du bist sehr stark, aber um so lange zu widerstehen, brauchtest du einen Grund. Da musste eine Verbindung sein, stärker als der Zauber, den Scharech-Par auf dich gelegt hatte, so viel stärker, dass sie dich sowohl retten als auch vernichten würde. Ein Bündnis des Herzens, wie es selten ist. Yaro?

Doch um ihn hast du dich erschreckend wenig gekümmert. Ich dachte: Was, wenn sie gar keinen Menschen liebt, sondern Ruhm und Ehre? Vielleicht muss sie damit konfrontiert werden, dass sie alles verlieren könnte, um endlich einzulenken. Sie ist ein Mensch, der für den Sieg lebt, für den nichts anderes zählt. Vielleicht ist es die Sehnsucht nach Rache, die den Ruf aus Tijoa übertönt. Dass du erst gehen würdest, wenn deine Aufgabe vollendet ist, wenn du Gah Ran getötet hast. Doch dann habe ich gesehen, wie du dich von Jikesch verabschiedet hast, im Stall. Ich war unsichtbar und habe euch beobachtet. Wie du ihn angesehen hast! Es hat dir weit weniger ausgemacht, mit Schimpf und Schande hinausgeworfen zu werden … aber ihn konntest du nicht einfach zurücklassen. Da wusste ich es endlich.« Sie nickte zugleich zufrieden und bedauernd.

»Als ich dir Arian nachgeschickt habe, war ich mir sicher, dass du immer noch hier bist. Du kannst nicht gehen. Der Ruf zieht dich nach Tijoa, das Heimweh nach Hause, aber die stärkste Bindung hält dich hier bei Lanhannat fest. Du entkommst dieser Stadt nicht, solange Jikesch hier ist.« Sie sah auf das blutige Bündel hinab, das sie mitgebracht hatte. »Denn ihn liebst du so sehr, dass du nicht mehr kämpfst, sondern aufgibst. Hier ist er.«

Mit diesen Worten wendete sie ihr Pferd, und eingehüllt in eine Staubwolke verschwand sie hinter dem Hügel.

Linn sah es nicht mehr, sie war bereits damit beschäftigt, das Netz auseinanderzuschneiden. Die Stricke waren glitschig und klebrig von Blut und schnitten Jikesch tief ins Fleisch. Rohes Fleisch. Gab es noch irgendwo eine heile Stelle an ihm? Er war dunkelrot wie ein Neugeborenes und sein Gesicht nur noch eine blutige Masse. Hatten sie versucht, ihm die Farbe abzuwaschen und festgestellt, dass das nicht möglich war? Um sie dann mit dem Messer zu entfernen?

Was Linn bei seinem Anblick empfand, war zu stark, um überhaupt etwas zu fühlen. Sie hatte geglaubt, sie würde Jikesch zurückbekommen, einen verletzten Jikesch, aber das hier war ein Bündel aus Blut, Fleisch und Knochen, in dessen Mitte ein Herz schlug. Es war unfassbar, dass er überhaupt noch lebte.

»Gah Ran!«, schrie sie. »Komm! Gah Ran!«

Sie wartete. Horchte. In den Wipfeln verstummten die Vögel. Die Stille ging dem Drachen voraus, bis hinter ihr das Rauschen gewaltiger Schwingen erklang.

»Hast du dich entschieden?«, fragte er. »Weißt du jetzt endlich, was du willst.«

»Ja«, sagte sie. »Das tue ich.«

Da erblickte der Drache den blutigen Körper.

»Was hast du getan?«, rief er erschrocken. »Was ist das?«

»Ich habe den Mörder des Königs gekauft«, sagte sie und entfernte ein Stück des Netzes nach dem anderen, behutsam und dennoch nicht behutsam genug. »Ich habe Chamija die Kette gegeben.«

»Was?«, brüllte er. »Wieso hast du das gemacht? Warum habe ich es nicht gesehen?«

»Ich habe die Schuppe, mit der du mich beobachtest, außer Kraft gesetzt«, sagte sie, ohne aufzublicken.

»Wie?«, schrie er. »Du bist überhaupt nicht ausgebildet!«

»*Caness*«, sagte sie. »Damit kann man jeden Zauber aufheben. Wusstest du das nicht? Es ist ganz leicht. Komm her, du musst mir helfen. Ich kann ihn nicht heilen ohne dich.«

»Ich soll dir helfen? Verflucht seist du!« Der Drache schrie seine Wut hinaus, Flammen stoben aus seinen Nüstern in die Höhe, sie sah die Magie in seinem gewaltigen Leib toben. »Du hast den Stein des ValaNaik weggegeben, für ein Stück rohes Fleisch? Dein Vater ist dafür gestorben! Für diese Schuppe hat die Königin ihr Leben gelassen. Dafür wurde deine Familie verbannt. Fast zwanzig Jahre lang habe ich auf dich aufgepasst und über dich gewacht, und wir waren endlich fast am Ziel! Aber du«, seine Stimme überschlug sich, »du gibst ihn einfach weg!«

»Man darf nicht immer nur zurückblicken. Hast du das nicht selbst gesagt? Ich habe dafür gelebt, mich zu rächen. Mein Dorf, meinen Vater, meinen Lehrer … Ich habe dafür gelebt, Drachen zu töten, die andere Menschen bedroht haben. Aber es ist genug, verstehst du? Das Einzige, was ich selbst wollte, habe ich auf dem Weg verloren, das Einzige, was mir je etwas bedeutet hat, den Einzigen, den ich jemals wirklich geliebt habe …«

Mit wild rollenden Augen beäugte der Drache das, was Linn gegen den grünen Stein eingetauscht hatte. »Wer ist das überhaupt?«, fragte er.

»Weißt du das denn nicht?«, fragte sie zurück. »Warst du nicht dabei, bei allem, was ich gesagt und getan habe?«

»Was erwartest du von mir? Ich kann nicht deine Gedanken hören!«, schnaubte er, außer sich vor Wut. »Ich kann nicht in dein Herz sehen!«

»Jikesch«, flüsterte sie. »Das ist die Strafe dafür, dass er den König getötet hat. Er stirbt, wenn du mir nicht hilfst.«

»Jikesch«, wiederholte der Drache. »Bei SaiHara, der die Welt schuf! Auch das noch!«

Sie schwiegen beide.

»Er stirbt tatsächlich«, sagte Gah Ran schließlich. »Begreifst du das nicht? Seine Seele hat sich versteckt, als der Schmerz zu groß wurde. Das hier ist nichts als eine leere Hülle. Dafür hast du die Macht der Drachen verschleudert, damit dein kleiner Narr in deinen Armen sterben kann? Dafür? Oh, ich hasse dich! Dich und ihn! Dafür habe ich all die Jahre gewacht und gekämpft – damit du einen Mörder aus dem Gefängnis holst?«

Gah Ran brüllte so laut, dass der Boden erzitterte.

Linn blickte auf. »Ich brauche dich, um ihn zu heilen.«

»Nein! Du kannst ihn nicht heilen!«

»Vielleicht nicht. Trotzdem werde ich es versuchen. Hilf mir.«

»Das tue ich nicht!«, schrie er. »Lieber bringe ich es selbst zu Ende, damit hier endlich Schluss ist!«

Nie zuvor hatte sie einen dermaßen wütenden Drachen erlebt. Dagegen war Nat Kyah gar nichts gewesen. Gah Ran war wie ein tobender Sturm, und sie zweifelte nicht daran, dass er sie auf der Stelle töten konnte. Vor seinem Feuer war sie zwar geschützt, doch was, wenn es ihm einfiel, sie hochzureißen und zu zerschmettern? Um Jikesch umzubringen, dessen Leben nur noch an einem seidenen Faden hing, reichte vielleicht ein einziger weiterer Drachenschrei.

»Sprich leiser«, befahl sie. »Wenn du dich endlich beruhigt hast, hör mir zu. Du warst dabei, bei allem, was in Lanhannat geschehen ist. Deshalb solltest du wissen, was dieser Mann mir bedeutet. Du weißt auch, dass es meine eigene Schuld war, dass ich ihn verloren habe. Ich war so zornig auf ihn … ich habe mir darin gefallen, hart und trotzig zu sein … und dabei wäre es so leicht gewesen, ihm zu verzeihen. Er war bereit, die ganze Welt aufs Spiel zu setzen, für mich. Erinnerst du dich daran? Wie Jikesch Nat Kyah die Kette der Königin brachte, um ihn zu besänftigen? Es war die falsche, aber schon damals hätte ich erkennen müssen, was er für mich empfand. Muss ich nicht dasselbe für ihn tun, auch wenn er mich nicht mehr liebt?«

»Nein, das musst du nicht«, grollte der Drache. Immer noch wirkte er wie ein Vulkan kurz vor dem Ausbruch, aber wenigstens hörte er ihr zu. »Denn diesmal ging es um die echte Kette, und die gehörte dir nicht! Du warst nur ihre Hüterin!«

»Wenn du mir jetzt hilfst«, sagte Linn, »werde ich dir helfen, sie zurückzugewinnen. Ich werde mit dir in die Berge gehen oder wohin auch immer du willst. Ich werde mit dir gegen Chamija kämpfen. Du brauchst eine Zauberin, und diejenige werde ich sein.«

»Es ist zu spät!«, schrie er. »Du hast den Stein weggegeben! Ich brauche dich nicht mehr!«

»Nein«, widersprach Linn. »Ich hätte dir nichts genützt, mit dem Stein und einem zweifelnden Herzen. Aber jetzt zweifle ich nicht mehr. Ich kämpfe an deiner Seite. Ich tue alles, was du willst, ich gebe den Drachen die ganze Welt. Aber zuerst heilen wir Jikesch.«

»Wenn du ihn geheilt hast, wirst du keine Zauberin mehr sein. Jemanden in einem solchen Zustand zu heilen ... Du wirst all deine Kraft verlieren, auf lange Zeit, wenn nicht gar für immer. Und wozu? Für noch mehr Schmerz, den du ihm zufügst? Lass ihn sterben.« Seine Stimme klang jetzt zärtlich wie nie zuvor, leicht und zauberhaft.

»Nein«, sagte Linn. Sie legte ihre blutigen Hände auf Jikeschs Haare, die einzige Stelle, die sie sich zu berühren traute.

Seine Hände auf meinem Haar ... Sie hatte diesen Moment gespeichert. Nival, der seine Finger auf ihrer Kopfhaut ruhen ließ, und die Erregung, die sie dabei durchfahren hatte, der Gedanke: *Oh Arajas, gib, dass dieser Moment niemals endet ...*

Die geschundene Gestalt gab ein Geräusch von sich, das ihr durch Mark und Bein ging, ein Wimmern, das nichts Menschliches mehr an sich hatte.

»Lass ihn gehen«, sagte Gah Ran. »Kein Mensch sollte so leiden. Ich kann es beenden, Linnia.«

»Nein.« Sie sprang auf und baute sich vor dem Drachen auf. »Wag es nicht!«

»Das Einzige, was du noch für ihn tun kannst, ist der Tod. Willst du zu allem, was er erdulden musste, diese letzte Grausamkeit hinzufügen: dass er darauf warten muss? Jeder Herzschlag ist eine Ewigkeit für ihn, und dort willst du ihn einschließen, eine Ewigkeit und noch eine, allein mit einer Qual, die nicht einmal die Götter irgendjemandem zufügen würden? Lass ihn gehen, und er wird einen Weg finden, seinen Göttern in die Arme zu springen. Tritt beiseite. Na los, tu es endlich! Für ihn. Wenn du ihn jemals geliebt hast …«

»Ja«, sagte Linn leise. »Ich liebe ihn, und ich werde ihn retten.«

»Da ist nichts mehr, was du retten könntest! Geh aus dem Weg, ich habe nicht vor, euch beide zu töten.«

Linn sah sich fieberhaft um. »Ich brauche etwas zum Zaubern, rasch.«

Gah Ran lachte heiser. »Hier nützt keine Salbe mehr.«

»Gib mir eine Schuppe von dir!«, verlangte sie.

»Was?« Der Drache fuhr zurück. »Das ist ja wohl der Gipfel der Dreistigkeit, nachdem ich dich am Leben gelassen habe trotz deines Verrats. Wenn du es irgendwie wiedergutmachen willst, brauche ich dich mit deiner magischen Kraft, nicht ohne. Du kannst nicht gegen Chamija kämpfen, wenn du schwach bist!«

»Meine Kraft wird irgendwann zurückkehren.«

»Da bin ich mir nicht ganz sicher, bei dem, was du dir da vorgenommen hast.«

»Dann besorge ich dir eine andere Zauberin. Du brauchst mich, Gah Ran. Denn ich werde auf deiner Seite stehen, wie nie irgendjemand dir beigestanden hat. Jetzt stell dich nicht so an. Du hast richtig gehört! Also, was ist mit deinem Mitleid, das angeblich so viel größer ist als meins? Eine Schuppe, von einem lebenden Drachen – und bei allen Göttern, rasch!«

»Du müsstest jede Stelle an seinem Körper damit bedecken. Wie, bitte schön, soll das gehen? Du kannst daraus keine Salbe herstellen. Selbst wenn ich dir einen Zahn opfern würde oder ein Horn, kannst du es nicht so schnell zerreiben oder auflösen.«

»Drachenzunge soll besonders wirksam sein bei Wunden.«

»Jetzt soll ich mir auch noch ein Stück Zunge abbeißen?«

Seine Opferbereitschaft schien nicht besonders ausgeprägt. Linn dachte fieberhaft nach. Eine Ewigkeit voller Schmerzen und noch eine … Die Sekunden verrannen. »Hast du Spucke im Maul?«

»Was?«

»Spucke. Speichel. Du weißt schon. Drachenspucke. Na los.«

Gah Ran rollte mit den Augen, aber schließlich sah er die Dringlichkeit ihres Anliegens ein und ließ sich dazu herab, seinen Speichel auf den Verletzten tropfen zu lassen. »Ich hasse dich, Linn«, murmelte er. »Ich glaube nicht, dass ich dir jemals wieder vertrauen werde. Du bist nicht nur halsstarrig und dumm, sondern auch noch grausam und selbstgefällig. Ach, tu doch, was du willst!«

Es war viel. Eine weißliche, schaumige Masse, die sie auf dem zerfetzten Fleisch verteilte. *Auf Nival. Das ist der einzige Mann, den ich je geliebt habe …* Mit Gewalt verbannte sie jeden Gedanken an Nival aus ihrem Geist. Sie musste aufhören zu denken und sich den Worten hingeben, den zauberhaften Worten einer uralten Sprache.

»Wintika. Wintika.« Mit der Macht eines lebendigen Drachen dürfte ihr nichts unmöglich sein. Keine Unsicherheit, kein Zweifel. *Es ist leicht.* Das war es immer. So leicht wie Atmen … Welche Ironie, hier von Atmen zu sprechen, bei diesem Sterbenden, der in seinem eigenen Blut badete, der in seinen Schmerzen ertrank.

»Wintika.«

Sie hüllte Jikesch in die klebrige Masse ein, von Kopf bis Fuß. Als wäre er immer noch ihr Geliebter.

»Wintika …« Immer wieder. *Wintika.* Es gab keine anderen Wörter mehr, nur dieses eine Wort aus dem uralten Schöpfungsbericht der Drachen.

»Da oben fliegt ein Drache«, flüsterte Gah Ran. »Das wird Scharech-Pars Schoßhündchen sein, Ojia Ban. Er ist blau.«

Nur mit Mühe vermochte Linn es, den Nebel aus ihren Gedanken zu vertreiben und in die Wirklichkeit zurückzufinden. Die Sonne war bereits untergegangen, rot blutete der Abendhimmel. Sie starrte auf die Wolken, durch die der blaugrüne Drache schimmerte, und fragte sich, ob es überhaupt irgendetwas in dieser Welt gab, das heil war. Sie selbst fühlte sich so erschöpft, dass ihr beim Aufstehen schwindlig wurde.

»Dann sollten wir in Deckung gehen.«

»Ich hatte gehofft, du würdest vielleicht doch kämpfen wollen. Deine Rache, weißt du noch? Das ist der Letzte, den du töten musst.«

»Du bist der Letzte, den ich töten muss«, erinnerte Linn. Sie war völlig erschöpft. »Weißt du was? Ich habe keine Lust mehr, irgendwen oder irgendetwas zu töten. Wir sollten uns im Wald verstecken.« Sie sah auf das Bündel Mensch herunter, mit dem sie sich so lange beschäftigt hatte. *Denk nicht, dass es Nival ist. Vergiss Jikesch. Denk nicht an dein Herz. Denk gar nichts, nur, dass das hier deine Aufgabe ist.*

»Du musst ihn tragen.«

»Ich?« Gah Ran schnaubte empört. »Ich war die rechte Hand des ValaNaik. Wir waren wie Brüder. Ich saß neben ihm, sogar an Festtagen. Ich bin kein Lastesel!«

»Du bist ja noch eingebildeter als Nat Kyah und Chamija zusammen!«, fauchte sie. »Es geht nicht anders. Wir brauchen einen anderen Platz, bevor uns jemand hier entdeckt. Schluck endlich deinen Stolz hinunter.« Sie funkelte ihn wütend an. »Flieg doch, wenn es dir nicht passt. Niemand hindert dich daran.«

Sie breitete die einzige Decke, die sie besaß, auf dem Boden aus, zögerte jedoch, als sie sich Nival zuwandte. »Ich muss ihn bewegen, aber er darf nicht aufwachen. Ich brauche einen Schlafzauber.«

Der Drache fluchte, doch Linn ließ nicht locker. »Sag mir das Wort dafür. Für festen Schlaf. Bei allen Göttern, Gah Ran! Du warst sehr schnell bereit, ihn zu töten, aber wenn es darum geht, ihm zu helfen, bist du sturer als ein Esel!«

»Er wird nie wieder aufwachen, wenn der Zauber zu stark ist.«

»Ich will kein Wort für ewigen Schlaf! Nur für eine Nacht.«

»Jagian«, murmelte Gah Ran verdrossen.

Linn sprach den Zauber über Nival aus, bevor sie ihn auf die Decke hievte. Sie band die gegenüberliegenden Ecken zusammen und bat den Drachen, die behelfsmäßige Trage behutsam hochzuheben. Unter wilden Flüchen erklärte sich das riesige Untier schließlich dazu bereit und nahm die Deckenzipfel vorsichtig zwischen die Zähne.

Linn ging ihm nach, über die Hügel. Der Zweifel war fort. Wer auch immer dieser rote Drache war und was er wollte – nicht, dass sie es ganz durchschaut hätte –, war ihr auf jeden Fall lieber als Chamija.

Denn dafür werde ich sie vernichten. Für das, was sie Jikesch angetan hat.

Die Hügel wuchsen in die Höhe und wurden zu Bergen. Über den Gipfeln hingen die Wolken tief. Doch mit jedem Schritt wurde alles klarer.

»Sie hat mich besiegt, Gah Ran«, sagte Linn. »Uns beide. Wir könnten die Macht in den Händen halten, stattdessen hat sie alles. Aber sie hat einen Fehler gemacht, einen entscheidenden Fehler. Sie hat mich dazu gebracht, mich für dich zu entscheiden. Wenn sie ehrlich gewesen wäre, dann wäre es ihr vielleicht gelungen, mich auf ihre Seite zu ziehen. Aber jetzt graust es mir vor ihr. Ich werde gegen sie kämpfen, mit Magie oder ohne. Mit dir oder ohne dich.«

»Na wunderbar«, stöhnte Gah Ran. Er legte den Verletzten ab und schüttelte die Flügel aus. »Was nützt mir das? Du bist dabei, deine Kraft zu vergeuden, an dieses Häufchen Mensch, das besser tot wäre. Bald ist nichts mehr von deiner Magie übrig. Du kannst nicht einmal mehr kämpfen. Wie willst du Chamija den Stein denn wieder abnehmen? Ich wüsste nicht, wie dir das gelingen sollte.«

»Ich denke mir gerade was aus.«

»Was hast du denn jetzt schon wieder vor? Wenn du anfängst, Pläne zu schmieden, beginne ich mich zu fürchten.«

»Wir gehen nach Tijoa, und ich biete mich Scharech-Par als seine neue Zauberin an. Dann helfe ich ihm gegen Chamija und bringe den Stein wieder an mich, wir tun, was immer du damit tun willst, und Scharech-Par verliert die Macht über seine Drachen. Am Ende haben wir beide besiegt.«

»Wie einfach das bei dir klingt«, höhnte Gah Ran. »Vielleicht solltest du dabei berücksichtigen, dass du bald keine Zauberin mehr bist und nicht einmal mehr Scharech-Par etwas nützen kannst, geschweige denn mir!«

»Dafür finde ich schon eine Lösung.«

Unbeirrbar stapfte Linn ihm nach, während die Nacht sich auf sie herabstürzte und die Schenner Berge verschlang. Kühl und abweisend leuchtete der Mond durch die Wolken, die eilig über den Himmel zogen, dunkel und dicht wie Fetzen aus schwarzem Samt.

Linn gönnte sich nur kurz Ruhe. Ein paar Stunden, dann schreckte sie wieder hoch. Das Licht über den Wiesen war warm und weich wie Wasser, und sie fühlte sich merkwürdig getröstet davon, dass es wieder einen neuen Tag gab, obwohl es ihr gestern noch so vorgekommen war, als fiele die ganze Welt auseinander. Sie beugte sich rasch über den Verletzten und überprüfte, ob er noch atmete. Er hatte nichts von Nival, sondern sah aus wie ein Ungeborenes unter der dicken Schleimschicht oder wie eine dunkelrote, eingesponnene Raupe, eine Ferran, die kostbare Seide wob. Ob der Heilzauber wirkte, war nicht zu erkennen. Es schien nichts zu bluten, aber aufwachen durfte er auf keinen Fall; die Schmerzen würden unvorstellbar sein. Vorsichtshalber erneuerte sie den Schlafzauber, bevor sie sich auf die Suche nach einem Bach oder einer Quelle machte.

Als sie zurückkam, war Gah Ran fortgeflogen, hoffentlich, um für das Frühstück zu sorgen. Linn flößte Nival etwas Wasser ein, sprach den Heilzauber bis zur Erschöpfung und legte sich dann neben ihn. Über ihr segelten die Wolken dahin, und sie wunderte sich, dass die Götter nicht den Lauf der Dinge anhielten und warteten, sondern dass sie einfach weitermachten, was auch geschah, ungeachtet des Lebens und Sterbens der Menschen. Irgendwann schlief sie ein. In ihrem Traum begegnete sie Jikesch, der sich in den Schoß der zerbrochenen Göttin schmiegte und mit seinen schwarzen Augen zwinkerte. *Meine Drachenmaid.*

Selbst im Traum wusste sie, dass etwas nicht stimmte, wenn sie auch nicht darauf kam, was es war.

Schau, sagte er, *ich kann fliegen*, und dann breitete er die Arme aus und sprang, aber auf einmal war es nicht die Statue, sondern der Turm, von dem er sich herabstürzte. Ein Turm, hoch wie der Himmel und tief wie die Drachengrube. Er fiel und fiel, und sie sah ihm dabei zu und dachte: *Ich sollte Nival bitten, das aufzuschreiben. Er muss mit dem König darüber reden …*

Linn schrak hoch, keuchend, und weil es an Nival nichts gab, was sie anfassen konnte, wusch sie ihm die Haare und lehnte dann ihre Wange an die blonden Strähnen.

»Spring nicht«, sagte sie leise zu ihm. »Es ist zu tief. Du darfst nicht springen.«

Er antwortete nicht. Stumm lag er da, und sie dachte: *Und wenn Gah Ran recht hat? Ich hätte Nival sterben lassen sollen.* Da bemerkte sie den ersten Schimmer neuer Haut über seinen Wunden.

31

Am nächsten Morgen fand Linn Gah Ran eingerollt wie eine Katze, in seiner Mitte den Verletzten wie ein schlafendes Baby, eine Wolke aus magischem Staub deckte ihn zu. »*Wintika*«, flüsterte sie.

Die Müdigkeit steckte ihr in den Knochen, und doch tastete sie sich durch den Wald, mitten durchs Unterholz, bis sie oben auf dem Hügel herauskam und die Stadt vor sich liegen sah. Das Schloss, glänzend im Morgenlicht, sah stolz aus wie eh und je. Ein Strom von Rittern und Soldaten wälzte sich den Hang hinab ins Tal, wo eine kleinere Gruppe bereits wartete. Der blaugrüne Drache war unschwer von hier oben auszumachen, der Mann neben ihm musste Scharech-Par sein.

An der Spitze des Zuges ritt der Prinz, die Reiterin neben ihm war weithin an ihrem langen blonden Haar zu erkennen. Während die Zuschauer sich im Tal verteilten, ritten Arian und Chamija auf den Herausforderer zu, ließen ihre scheuenden Pferde schließlich stehen und gingen zu Fuß weiter. Selbst aus der Ferne konnte Linn das Leuchten der Magie wahrnehmen, das die Zauberin umgab. Wie in einen grünlichen Schleier gehüllt trat sie auf Scharech-Par zu.

»Ich werde dich festhalten, wenn du zu ihm gehen willst«, verkündete Gah Ran. »Du bleibst hier, verstanden?«

Linn fuhr herum. »Du bist hier? Was ist mit Nival?«

»Der schläft wie ein Toter«, versicherte der Drache. »Glaubst du, ich lasse dich allein, obwohl du verzaubert bist und möglicherweise zu diesem Mann rennst?«

Tijoa, sagte die leise Stimme. *Nicht Jagor oder Bet-Jar oder Lonar. Nicht Schenn und nicht Wellrah. In Tijoa schlägt das Herz der Welt.*

»Dort ist er«, flüsterte sie, und obwohl er so weit entfernt war, dass sie nur eine kleine Gestalt sehen konnte, wusste sie, dass er derjenige war, der sie rief. Sein Ruf berührte ihr Herz und sang in ihrem Blut, sein Befehl wirbelte wie ein Sturm durch die Welt und brachte alle zu ihm, die ihn hörten. »Scharech-Par, der König. Nexin, der Zauberer. Wie viele Namen besitzt er eigentlich, und welcher ist der richtige?«

Linn atmete tief durch.

Das Zentrum. Der Herzschlag der Welt. Er ist die Stimme und der Ruf.

»Jetzt sei still«, befahl Gah Ran. »Dort unten wird über Schenns Schicksal entschieden. Der König von Tijoa wirkt nicht mehr ganz so triumphierend wie eben noch. Er weiß, was Chamija da hat und was das bedeutet. Das Lachen ist ihm vergangen. Wie finster dieser Mann dreinblicken kann!« Er stutzte. »Ich bin bei ihnen, so wie ich immer bei dir war. Wie ist das möglich? Ich dachte, du hast den Zauber des kleinen Steins aufgehoben?«

»Ich habe den Beobachtungszauber erneuert, als ich Chamija die Kette gegeben habe.« Ein triumphierendes Grinsen stahl sich auf ihr Gesicht. Zum ersten Mal, seit sie sich um den gefolterten Leib ihres Freundes kümmerte, lächelte sie wieder. »Nur ein zweites *Caness* war dazu nötig.«

»Es ist, als hätte ich dort unten ein Auge und ein Ohr! Ha! Jetzt wird die alte Hexe nichts tun können, ohne dass ich es weiß!«

Seine Freude war ansteckend.

»Ich sagte doch, ich kämpfe jetzt für dich. Also, was geschieht da unten?«

Der Drache schien gleichzeitig ins Tal und in sich hineinzublicken.

»Wie unscheinbar Scharech-Par aussieht. Das ist der Mann, dem ein hinterhältiges Biest wie Ojia Ban gehorcht?«

Gah Ran gab seine Beobachtungen an Linn weiter, wobei seine Stimme vor unterdrücktem Zorn bebte.

Scharech-Par stand neben seinem Drachen, mit hochmütigem Gesicht, und zwang sich zu einem Lächeln, das nicht dem Prinzen oder Chamija galt, sondern ihrem Gefolge. Die Ritter ließen sich nichts anmerken, aber die vielen Menschen, die aus der Stadt gekommen waren, konnten nicht anders, als ihn anzustarren, in ihren Augen die Frage: Ist er es? Trägt er Larans Blut in sich?

»Wie erbärmlich«, sagte Scharech-Par. »Du treulose Verräterin! Es gab eine Zeit, da standest du auf meiner Seite. Da verfolgten wir ein gemeinsames Ziel.«

»Das solltest du auch denken«, gab Chamija zurück. »Aber du hast dich geirrt – darin und in vielen anderen Dingen. Ich stand nie auf deiner Seite.«

Der tijoanische König rang um Fassung, die arroganten Gesichtszüge drohten ihm zu entgleisen. Er konnte den Blick nicht von dem grünen, leuchtenden Stein in ihrer Hand lösen.

»Das gehört mir«, sagte er. »Ich werde nicht eher ruhen, als bis das letzte Vermächtnis des ValaNaik in meinem Besitz ist.«

»Wann redet Ihr auch einmal mit mir?«, mischte Arian sich ungehalten ein. »Schließlich ist es meine Stadt, vor deren Toren Ihr die Muskeln spielen lasst. Vielleicht habt Ihr vergessen, dass wir Verträge ausgehandelt haben, dass Ihr an meinem Tisch gesessen und meinen Wein getrunken habt. Ich an Eurer Stelle wäre vorsichtig damit, irgendjemandem Verrat vorzuwerfen!«

Ojia Ban knurrte, doch Scharech-Par musste nur einmal die Hand heben, und er war wieder still.

Der Tijoaner musterte Arian, als hätte er ihn eben erst bemerkt. »Mit Bedauern habe ich von Eurem Verlust vernommen. Ihr seid ein wenig durcheinander, das kann ich verstehen und rechne Euch daher Eure Worte nicht an. Schenn und Tijoa, in Freundschaft verbunden – oh, glaubt nicht, dass ich das vergessen hätte. In der Tat zähle ich darauf, dass Ihr bald mein bester Freund sein werdet – wenn uns das Hohe Spiel noch enger miteinander verbindet, als irgendein Vertrag es könnte. Seid Ihr dazu bereit? Nehmt Ihr, vor allen diesen Zuschauern, meine Herausforderung an?«

Um Arians Mundwinkel zuckte es, Wut und Ärger mischten sich mit Triumph. »Das hättet Ihr wohl gerne, wie?«

»Kein Ritter von Ehre kann sich dem Spiel verweigern«, sagte Scharech-Par. »Ihr seid ja noch feiger, als ich dachte.«

»Ich würde Eure Herausforderung mit Freuden annehmen«, meinte der Prinz. »Doch wie Ihr höchstwahrscheinlich wisst, bindet das Hohe Spiel die Gegner aneinander. Ich kann nicht mit Euch kämpfen – ich habe es bereits gespielt.«

Der Tijoaner hob die Brauen. »Gewonnen oder verloren?«

»Das kann Euch gleich sein«, sagte Arian kühl. »Doch wenn Ihr es unbedingt wissen wollt: Ich habe gewonnen, gegen die berühmteste Drachenjägerin meines Königreichs. Sie untersteht mir, und ich bin, so sehr ich es bedauere, ein ganzes Jahr lang nicht berechtigt, gegen Euch anzutreten.«

Scharech-Pars Wut war fast greifbar.

»Heute wirst du dich jedenfalls nicht auf diesen Thron setzen«, sagte Chamija.

Funkensprühend blickte er sie an. »Du solltest es besser wissen, als mich zu reizen«, sagte er.

Sie lächelte. Ihre Schönheit hätte jeden Wankelmütigen in die Knie gezwungen, doch der König blieb unbeeindruckt.

»Das wirst du bereuen.«

»Schöne Worte von jemandem, der nichts in der Hand hat.«

Sie schwiegen beide, wie Menschen, die sich schon sehr lange kennen. Die Stille zwischen ihnen schloss alle anderen aus. Scharech-Par wirkte, als wollte er Chamija jeden Moment an die Kehle springen, und sie war wie eine Katze, die langsam die Krallen ausfährt. Der Duft nach Kampf und Tod lag schon in der Luft, und Arian legte die Hand an sein Schwert, aber bevor er es ziehen konnte, schüttelte der Tijoaner den Kopf.

»Heute wäre ein guter Tag gewesen«, sagte er. »Doch ein anderer Tag wird kommen, an dem Ihr bereuen werdet, dass Ihr mir nicht die Hand gereicht habt. Schon bald.« Seine Augen blitzten, bevor er sich abrupt abwandte und seinem Drachen einen scharfen Befehl zurief.

Ojia Ban nahm ihn in seine Klauen, stieß sich vom Boden ab und stieg steil in die Höhe. Mit einem Schrei verschwand er in den Wolken. Chamija lachte, und Arian küsste sie.

»Wir haben gesiegt! Ich fasse es nicht.«

»Freu dich nicht zu früh«, meinte sie aufseufzend. »Das wird er nie im Leben einfach so hinnehmen. Das war kein Sieg und auch kein Duell, nur ein Klären der Fronten. Er wird zurückkommen. Der Krieg beginnt erst.«

Den Zuschauern war das gleich; sie hatten nur mitbekommen, dass der Tijoaner abgezogen war, als hätte der Prinz ihn allein mit Worten in die Flucht geschlagen.

Aber auch enttäuschte Stimmen wurden laut. »Ist er denn nun Larans Erbe ist oder nicht?«

Gah Ran schüttelte ungläubig den mächtigen Kopf und schnaubte.

»Das kann doch wohl nicht wahr sein! Dieser Kerl bekräftigt seinen Anspruch als – Larans Erbe? Habe ich richtig gehört? Was nimmt er sich heraus? Nie im Leben stammt er von Laran ab. Was für eine dreiste Lüge!«

»Die Drachen gehorchen ihm«, sagte Linn, die fand, dass

Arian seinem Herausforderer in nichts nachstand, was unverschämte Lügen anging. »Sie arbeiten für ihn, das habe ich auch in Yan miterlebt, wo sie die Händler mit den Raupen verfolgt haben.«

Dafür hatte Gah Ran nur ein verächtliches Knurren übrig. »Wie auch immer er das macht, mich befehligt er nicht. Vielleicht hat er das Hohe Spiel mit ihnen gespielt und gewonnen?«

»Mit mehreren?«, fragte Linn. »Das ist doch gar nicht erlaubt.«

»So einer wie er hält sich mit Sicherheit an keine Regeln. Aber dass er die Drachen betrügt, macht ihn noch lange nicht zu Larans Erben. So ein verdammter ...« Er murmelte einen undeutlichen Fluch, den Linn glücklicherweise nicht verstand. »Was ist das für ein Zauberer, der unsereins beherrscht? Dieser Mann ruft dich? Bei SaiHara, das beunruhigt mich.«

Linn störte etwas anderes. »Wer hätte gedacht, dass es so einfach ist, dieses Volk für sich zu gewinnen! Mit einem gestohlenen Namen und der echten Macht über die Drachen?«

»Dieser Mann muss unglaublich stark sein, wenn er sich sogar zutraut, der Wut der Drachen standzuhalten. Meiner Wut zum Beispiel. Wozu braucht er dann überhaupt noch eine Zauberin wie dich? Sammelt er etwa alle Zauberer um sich? Ist das sein Geheimnis, wie er die Drachen beherrscht – mit der geballten Kraft von vielen? Das war schon einmal der Fall. Oh, verflucht!« Gah Ran war außer sich. Das tiefe Grollen in seiner Kehle klang wie Donner. »Ich brauche den Stein, um die Drachen zu befreien, um damit ein für alle Mal ein Ende zu machen. Wenn der Fluch erst von uns genommen ist, wenn wir wieder sind, was wir waren, hat es sich ausgezaubert. Ich brauche Dairans Schuppe!«

Er kämpfte gegen seinen Zorn an, Rauch stieg aus seinen Nüstern auf.

»Vielleicht solltest du zu Chamija gehen, Drachenjägerin«, sagte er schließlich, sein Rasen hatte sich in finstere Bissigkeit verwandelt. »Vielleicht solltest du ihr helfen, ihr Werk zu vollenden und das Volk der Drachen auszulöschen. Unsere Zeit ist vorbei, und alle meine Pläne und Träume waren wie das Aufbegehren eines Sterbenden gegen das Unvermeidliche.«

Sie hatten ihren Lagerplatz erreicht. Linn kniete sich neben die geschundene Gestalt, neben das halbtote Wesen, das sie aus dem Abgrund gerettet hatte und das sich doch immer noch dort befand, in seinem eigenen Höllenfeuer. Ihre Aufgabe war, die Flammen zu löschen. Wenigstens schlief Nival, aber sie wusste nicht, ob irgendein Schlaf tief genug war, um ihn von seiner Pein zu erlösen.

»Nein«, sagte sie leise. »Ich bleibe bei dir, Gah Ran. Sagte ich dir nicht, ich hätte mich entschieden? Wir sind Verbündete.«

»Du solltest mir nicht vertrauen«, knurrte er. »Ich bin ein Drache. Ich bin der Feind! Ich will etwas, was du unmöglich wollen kannst. Gib es zu – dein Vater hat sich geirrt. Es lohnt sich nicht, für mich alles aufzugeben.«

»Vielleicht hörst du endlich auf, dich selbst zu bemitleiden? Lass uns weiterziehen, solange Nival schläft. Suchen wir Antworten, solange die Welt noch nicht untergegangen ist.«

Gah Ran schnaubte verächtlich, doch er nahm das Tuch auf, das den Kranken einhüllte, und trug es behutsam wie eine Mutter ihr Kind.

In einer dieser Nächte in den Bergen blühten die Sterne am dunklen Himmel wie große Blumen. Linn lag neben dem kleinen Lagerfeuer, Jikesch im Arm. Sie hatte ihn in die Decke gehüllt und zu sich ans Feuer geholt; immer noch wagte sie es kaum, ihn zu berühren, aber sie brachte es genauso wenig über sich, ihn allein zu lassen.

Das Feuer war fast heruntergebrannt, nur schwach glomm

die wärmende Glut, doch dafür schienen die Sterne zu wachsen und die Dunkelheit zu verschlingen.

»Weißt du noch?«, fragte sie leise. »Dort oben versammeln sich die Götter am Lagerfeuer, so wie wir hier unten, und trocknen ihre Gewänder. Sie haben ihre weißen Kleider im Bach gewaschen und sitzen nun eng um das Feuer, um nicht zu frieren. Ihre heiligen Umhänge vertrauen sie niemandem an, daher müssen sie sich selbst die Mühe machen, sie hin und wieder aufzufrischen.«

»Sollten die Götter etwa weniger vornehm sein als die Ritter des Königs?«, fragte der Drache.

Linn blickte zu Gah Ran hinüber, der sich auf der anderen Seite der Feuerstelle ausgestreckt hatte. Seine Augen glänzten und schienen gleichzeitig dunkler zu sein als die Nacht um ihn her.

»Ich hoffe doch sehr«, sagte sie. »Die Vornehmheit der edlen Drachenjäger hat mir genug zu schaffen gemacht, und Prinzen sind auch nicht das, was sich die jungen Mädchen vorstellen. Was ist mit deinem Gott? Sitzt er auch dort bei den anderen und lacht und scherzt, oder hält er sich abseits, dunkel und geheimnisvoll, wie er ist?«

»Hay Ran Birayik.« Der Name entfaltete sein Aroma auf der Zunge des Drachen. »Er wohnt nicht hinter den Sternen. Ihm gehört das Land jenseits des Mondes, dorthin geht unser letzter Flug.«

Seine Stimme war wie dunkler Samt, voller Sehnsucht.

Jikesch bewegte sich in Linns Arm und rückte näher an sie heran. Seine Augen waren offen. Gemeinsam blickten sie zu den Sternen hinauf.

»Dort«, sprach der Drache weiter, »werden wir unsere Schwingen entfalten und durch das Silberlicht fliegen, ohne je müde zu werden, und unser Lied ist in jedem Mondstrahl, der auf die Erde fällt.«

Jikesch lehnte den Kopf an Linns Schulter. Sein Atem war kaum hörbar, aber sie spürte den leichten Luftzug auf ihrer Haut, und ihr Herz sang.

Die Sterne über ihnen schienen zu blinzeln.

Schatten flogen unter dem Nachthimmel vorüber, die Umrisse riesiger Vögel, gewaltiger Schwingen, die den halben Himmel auslöschten.

Es mussten Hunderte sein. Atemlos sah Linn zu, wie sie flogen. Schließlich blieben die Sterne verwaist zurück, aber in der Luft lag eine merkwürdige Stille, und selbst die Grillen hatten aufgehört zu zirpen.

»Was war das?«, flüsterte sie.

»Das ist Scharech-Pars Krieg«, sagte Gah Ran. »Der Beginn eines neuen Drachenmondes.«

ANHANG

Personen

Am Hof des Königs in Lanhannat

Arian, der Prinz, Hauptmann der Drachengarde
Chamija, eine blonde Schönheit aus Tijoa
Dorwit, ein Ritter
Findun, der königliche Schreiber
Gunya, eine Ritterin ohne viel Sinn für Kameradschaft
Hekam, ein Ritter mit interessanten Ansichten
Ichokar, Ritter und Truppenführer
Inya, die königliche Frühstücksbringerin
Jikesch, der Narr des Königs
Linnia, die Drachenjägerin
Nezky, ein Fürst mit gutem Appetit
Okanion, ehemals Hauptmann der Drachengarde
Pivellius, der König von Schenn

Bewohner Lanhannats

Agga, ein selbstbewusstes Dienstmädchen
Borlin, ein alter Mann ohne Haare
Mora, eine Zauberin, ehemals Pastetenbäckerin
Kasidov, ein alter Mann ohne viele Worte
Lireck, ein alter Mann mit einem Vogel
Nival, Moras Neffe, ein Schreiber

Panther, ein gefährlicher Kämpfer aus Werlis
Schirdan, ein Zauberer
Schlange, ein Kämpfer mit einem vergifteten Seil
Ziege, der Herr der Hinterhofkämpfe

Weitere Personen

Alasan, eine hübsche Tänzerin
Cassemin, ein Spielmann
Gah Ran, ein roter Drache
Kesim, ein Händler aus Yan, Linns alter Bekannter
Ojia Ban, ein blaugrüner Drache
Olkis, ein Gaukler und Tätowierer
Rinek, Linns schlagkräftiger Bruder
Scharech-Par, der König von Tijoa
Yaro, Linns attraktiver Verlobter

Tiere und Pflanzen

Astajin-Baum – liefert nach seinem Tod eine köstliche Frucht.

Berater Schneehuhn – die Federn dieser seltenen Schneehuhnrasse sind beliebt bei den tijoanischen Edeldamen und werden für Hüte und die Säume besonders prächtiger Umhänge verwendet.

Blätterdachs – eine scheue Dachsart, die sich unter Blättern tarnt. Wird sie aufgestört, versucht sie den Störenfried mit einem erschreckenden Gebrüll zu vertreiben, ergreift jedoch beim kleinsten Anzeichen von Gegenwehr sofort die Flucht.

Ferrans – tijoanische Seidenraupen, die mit ihren Hörnern und Stacheln wie kleine Drachen aussehen und die feinste, kostbarste Seide produzieren.

Flüsterwespe – das Summen dieser kleinen Wespenart klingt wie ein Flüstern, das Jammern der Gestochenen ist dagegen ungleich lauter. Die Stiche, oft mehrere an einer Stelle, schwellen zu erbsengroßen Beulen an, die mit einem leisen Flüstergeräusch zerplatzen.

Kappengeier – Gebirgsgeier mit einer zugespitzten Federhaube, kommt in Berat und Gerin vor, hat eine gewaltige Flügelspannweite von vier Gildreks (ca. sechs bis acht Meter).

Wildberilie – die Grundlage für ein schmackhaftes Gericht, das nur die Spielleute zuzubereiten verstehen.

Die Götter

Arajas – der gütige Gott wird in der Provinz Nelcken angebetet.

Barradas – wird von manchen aufgrund seines zwielichtigen Charakters zu den dunklen Göttern gezählt. Er ist der Gott der ungehorsamen Kinder, der Vagabunden und Strolche; wird vom Volk der Gaukler verehrt.

Belim – der Hauptgott von Schenn, der Barmherzige, der Große, der Gewaltige.

Bellius – Belims Götterbruder, etwas weniger mächtig, für gutes Gelingen in der Familie und im Handel zuständig.

Hay Ran Birayik – einer der dunklen Götter, der Gott der Drachen, Zauberer und Spieler.

SaiHara – der erste Drache, in den heiligen Büchern der Drachen der Gott, der die Welt aus sich selbst erschuf.

Treas – der Gott der Krieger und Soldaten, steht den Mutigen bei und verachtet die Schwachen.

Trineas – der Bruder des Treas, der Gott all jener, die von einem Krieg profitieren, also der Gott der Kaufleute, Waffenschmiede, Heiler und Sänger.